JULIE HARRIS

Träume *von der Ewigkeit*

Ins Deutsche übertragen von
Isabell Lorenz

BASTEI LÜBBE

BASTEI LÜBBE TASCHENBUCH
Band 14 938

1. Auflage: Juli 2003

Vollständige Taschenbuchausgabe

Bastei Lübbe Taschenbücher ist ein Imprint
der Verlagsgruppe Lübbe

Titel der englischen Originalausgabe: *No Exit*

Dieses Werk wurde vermittelt durch die Literarische Agentur
Thomas Schlück GmbH, 30827 Garbsen.

Einbandgestaltung: Gisela Kullowatz
Titelbild: Picture International
Satz: hanseatenSatz-bremen, Bremen
Druck und Verarbeitung: Elsnerdruck, Berlin
Printed in Germany
ISBN 3-404-14938-6

Sie finden uns im Internet unter
http://www.luebbe.de

Der Preis dieses Bandes versteht sich einschließlich
der gesetzlichen Mehrwertsteuer.

1. Kapitel

Die Aussicht war sehr schön – das immerhin konnte sie bereitwillig zugeben. Das Meer hatte sie immer schon geliebt, und um diese Jahreszeit hatte die Farbe des Wassers eine gewisse Eindringlichkeit, die nicht greifbar war. An der Penthouse-Wohnung gab es, außer vielleicht dem langweiligen Grau überall, nichts auszusetzen. Auch über die enorme Summe, die an jedem Ersten im Monat automatisch auf ihr Konto überwiesen wurde, konnte sie sich nicht beklagen.

Materielle Dinge, so hatte sie einmal erklärt, hatten ohne Liebe keine Bedeutung, denn die Grundlage des Lebens selbst war die Liebe. Gott war die Liebe, und die Unmenschlichkeit der Menschen untereinander sollte man nicht Gott anlasten. Bis vor kurzem hatte sie an das geglaubt, was sie da gesagt hatte.

Jetzt verlief ihr Leben normal. Aber natürlich bedeutet ›normal‹ nur das, woran der Körper sich allmählich gewöhnt hat. Da kann man jede Geisel fragen, jede verprügelte Ehefrau, jeden, der in der Routine eines Acht-Stunden-Arbeitstages steckt, und jeden, der regelmäßig seine Hypothekenzinsen zahlt.

Was vor kurzem passiert war, ähnelte dem Inhalt eines Buches, wie man es in der Romanabteilung jeder Bibliothek finden konnte. Wenn sie erzählen würde, was wirklich passiert war, glaubte ihr keine Menschenseele. Es gab mehr Arten, Leute zum Schweigen zu bringen, als durch einen schnellen, sauberen Tod.

Sie bezahlte keinerlei Rechnungen. Sie bekam kaum Anrufe – sie selbst rief inzwischen auch nur noch wenige Leute an. Jetzt, da sie eine andere war, jetzt, da sie normal war.

Auf ihrer goldenen Kreditkarte stand ein Name, den sie nicht von Geburt an hatte. Genauso war es mit ihrem neuen Pass und ihrem neuen Führerschein. Sie mochte ja in Australien geboren sein, aber jetzt war sie Amerikanerin.

›Rebecca Miller‹, so hatte sie geheißen, als ihre Eltern nach neun Monaten hitziger Debatten und nach weiteren drei Wochen der Unentschlossenheit einen Namen für sie fanden. Den einen Vornamen auszusuchen hatte sie so viel Zeit gekostet, dass ein zweiter Vorname nicht in Frage kam. So erging es einem wahrscheinlich, wenn beide Eltern Lehrer waren.

Ben und Jenny Miller waren praktisch veranlagte Leute und verfügten über keine besonderen Begabungen. Also, was für eine tief greifende Wendung des Schicksals hatte ihnen ein Kind beschert, das viel zu viel von Vergangenheit, Gegenwart und Zukunft anderer Leute wusste? Ein Kind, für das die Vorstellung von Gott nicht geheimnisvoll, sondern natürlicher Bestandteil des Lebens war? Ein Kind, das eine Laune der Natur war?

»Siehst du, Mami? Der Rose geht es schon besser. Kann ich sie in mein Zimmer stellen, zu Omas Freesien?«

Jenny Miller schaute auf die rote Rose hinunter, die ihre Tochter mit ihrer winzigen Hand umklammerte. Die Blume sah aus wie eine von den zwölf Rosen, die Ben ihr vor zwei Wochen zum Valentinstag geschickt hatte. Jenny war zu beschäftigt gewesen, sie hatte keine Zeit gehabt, die verblühten Rosen auszusortieren, obwohl sie sich jedes Mal, wenn sie an dem Flurtischchen mit der Vase vorbeiging, vornahm, sich darum zu kümmern.

Jenny wusste, dass die einzigen roten Rosen in der Nähe im Vorgarten des Nachbarn wuchsen. »Wo hast du die Blume her?«

»Aus der Vase.«

»Hör sofort mit dem Unsinn auf und sag mir, woher du die Rose hast.«

»Ich habe sie aus der Vase, Mami. Ich habe sie angefasst, und da hat sie aufgehört zu sterben. Manwell hat gesagt, ich soll es versuchen. Wirklich, das hat er. Er hat gesagt, wenn ich sie halte und ihr sage, sie soll sich re... regene... sie soll wieder lebendig werden, dann würde sie das auch. Siehst du? Er hatte Recht. Er hatte ja auch Recht mit Oma. Kann ich die anderen Rosen jetzt ganz machen, Mami, so wie ich Oma wieder ganz gemacht habe?«

Hundert behaarte Tausendfüßler krochen Jenny Miller das Rückgrat herauf und herunter. »Hör damit auf, Rebecca. Hör sofort damit auf! Mach das nie wieder. Du musst damit aufhören. Das ist nicht normal.«

Rebecca konnte einfach nicht begreifen, weshalb sie sich nicht darum kümmern sollte, dass es den Dingen besser ging. Schließlich wollte sie ja nur helfen.

»Dinge sterben, wenn es an der Zeit ist, dass sie sterben. Du musst damit aufhören. Unbedingt.«

»Kann ich eine hübsche Vase für meine Rose haben, Mami?«

Jenny traute sich nicht, ihrer kleinen blonden Tochter in die Augen zu schauen. Sie hatte Angst vor dem, was sie dort womöglich zu sehen bekam. Als sie eine Vase für die rote Rose ihrer Tochter gefunden hatte, dachte Jenny an ihre Schwiegermutter, an die Freesien und vor allem an das erste Wunder.

Ben und Jenny hatten die Kleine mitgenommen, damit sie noch ein letztes Mal ihre Großmutter sah, und auf der Fahrt zum Krankenhaus hatten sie versucht, den nahenden Tod diesem Kind zu erklären, das unsichtbare Engelfreunde hatte. Die Vorstellung von Leben und Tod geht über ihren Horizont hinaus, dachten Ben und Jenny jedenfalls.

Bens Mutter hatte mehrere Schlaganfälle erlitten. Hildas Zustand war kritisch, und sie wurde künstlich ernährt und beatmet. »Also, du brauchst keine Angst zu haben, Becky, wenn du die Oma jetzt siehst. Da werden Maschinen sein und allerlei Sachen. Die Oma ist jetzt nicht mehr so, wie du sie in Erinnerung hast.«

Wie hatte sie ihre Großmutter eigentlich in Erinnerung? In einem fort kamen herrliche Sachen aus Oma Hildas Kühlschrank, aber meistens lief Rebecca Miller ihrer Großmutter hinterher, stellte pausenlos Fragen und wurde oft in den Arm genommen.

Die Kleine umklammerte fest ihren rosa Elefanten und ging mit ihren Eltern in das Krankenzimmer. Und da im Bett, da lag Oma Hilda. Unaufhörlich piepsten Maschinen. »Wofür ist das?«, fragte Rebecca.

»Oma kann nicht essen, diese Röhrchen halten sie am Leben«, antwortete ihr Vater mit zittriger Stimme. Bald würde er die Entscheidung treffen müssen, und es war eine Entscheidung, der Ben sich am liebsten nicht stellen wollte. Wenn er schon Motten davor bewahrte, in der Badewanne zu ertrinken, wie sollte er dann dem Leben seiner eigenen Mutter ein Ende setzen und die Maschine abschalten, die ihren Körper am Leben hielt?

»Sei nicht traurig, Daddy. Oma und ich, wir werden Freesien in ihrem Garten pflanzen. Sie wird mir die Zwiebeln geben, und ich stecke sie in die Erde, und sie bedeckt sie, und sie wird sie mich gießen lassen, und wenn sie sich in Blumen verwandeln, wird sie mir einen Strauß für mein Zimmer schenken. Warte nur ab.«

»Ach, Becky, nein. Deiner Oma wird es nicht mehr besser gehen. Jetzt nicht mehr. Die Ärzte sagen, sie wird bald sterben.«

Aber die Kleine schüttelte den Kopf und verschränkte trotzig die Arme. »Nein, Daddy. Oma kommt nächste Woche mit uns nach Hause. Opa wartet nicht auf sie, noch nicht. Opa sagt, ihre Zeit ist noch nicht gekommen.«

Das Kind konnte den Großvater sehen, der vor sechs Monaten gestorben war, aber er wartete nicht auf seine Frau. Er war bei seinem Sohn. Und sein Sohn wusste das nicht. Und

Manwell war auch da; er sagte ihr, sie solle sich auf das Bett setzen und ihre Großmutter anfassen und mit ihr reden, und die Engel würden den Rest erledigen. Okay, antwortete das Kind stumm.

Traurig sahen sich Ben und Jenny an, als die Kleine auf das Bett kletterte und das Gesicht ihrer Großmutter anfasste. »Siehst du meinen neuen Elefanten, Oma? Siehst du den? Ich mag Elefanten gern, weißt du. Ich bin schon mal auf einem Elefanten geritten. Er war mein Freund, als wir in Indien gewohnt haben. Wir mussten Bäume wegtransportieren, damit ich Geld für meine Kinder bekam. Ich hatte sechs Kinder. Siehst du meinen Elefanten, Oma? Oma? Siehst du? Er heißt Maya. Das bedeutet ...«

Bens Mutter machte die Augen auf und sah nur wenige Zentimeter von ihrer Nasenspitze entfernt einen rosa Stoffelefanten. Der Beatmungsschlauch störte sie, sie musste würgen. Bald liefen Leute aufgeregt hin und her und redeten von einem Wunder.

Die Ärzte hatten keine Erklärung, aber für Rebecca Miller war alles ganz einfach. Auf dem Nachhauseweg konnte ihr Vater nicht mit dem Weinen aufhören, also musste ihre Mutter fahren. Er mochte es nicht, wenn die Mutter fuhr, aber heute sagte er nichts. Heute stritten sie sich nicht mal. »Wie hast du das gemacht?«, fragte ihr Vater wieder und immer wieder.

»Das hat die Liebe gemacht, Daddy. Manwell sagt, mehr braucht es nicht.«

»Irgendwas stimmt mit diesem Kind nicht, Jen. Irgendwas stimmt nicht mit ihr.«

Fünf Wochen später half Rebecca Miller ihrer Großmutter dabei, in deren Vorgarten um einen Kirschbaum herum Freesien zu pflanzen. Hilda gab dem Kind die Blumenzwiebeln, und Rebecca setzte sie in die kleinen Löcher in der Erde. Dann bedeckte Hilda die Zwiebeln mit Erde, gab dem kleinen Mädchen den Gartenschlauch und gab sich alle Mühe, die zehntausend Fragen zu beantworten, so gut sie konnte. Rebecca konnte ihrer Großmutter alles sagen. Die alte Frau nickte nur und stimmte ihr zu.

Vom Wohnzimmer aus sahen Ben und Jenny zu. »Ich wollte doch bloß ein normales Kind. Nur ein ganz normales Kind. Ist das denn wirklich zu viel verlangt?«

»Sie ist etwas Besonderes, Ben. Dem können wir uns nicht länger verschließen.«

»Es stimmt etwas nicht mit ihr. Siehst du das denn nicht? Sie ist nicht ... sie ist nicht menschlich. Da stimmt etwas nicht.«

»Da stimmt alles, Ben. Da stimmt alles!«

»Woher hat sie bloß dieses ganze Gerede von Gott? Was hast du ihr erzählt?«

Als Rebecca Miller zehn Jahre alt war, wohnte sie allein mit ihrer Mutter und sah ihren Vater nur zweimal im Jahr jeweils eine Stunde. Sie begriff einfach nicht, weshalb ihr Vater vor ihr Angst hatte.

Aber da war er nicht der Erste und würde auch nicht der Letzte sein.

Die meisten Kinder werden ihr Bedürfnis nach eingebildeten Freunden los, und eine ganze Reihe von Kinderpsychologen versicherte Jenny, dass auch Rebecca aus dieser Angewohnheit herauswachsen würde. Dazu kam es nie.

Als Rebecca sechs war, gab es Emmanuel als ihren Freund, der ihr alles Mögliche erzählte. Jetzt nannte sie ihn nicht mehr Manwell. Als sie dreizehn wurde, war er ein Hippie, der coole Klamotten und Sandalen aus Schilfrohr trug. Als sie zwanzig war, wurde er ihr Beschützer, ihr Heiler, ihr Führer, ihr Lehrer, der sie mit den Weisheiten der Alten vertraut machte, aber vor allem das Wesen, durch das sie berühmt-berüchtigt wurde.

In ihrer Gegenwart funktionierte nichts Elektrisches oder Elektronisches. An der Universität begann sie eine Ausbildung zum Beruf der Krankenschwester und Pflegerin, durchlief die Ausbildung aber nur zur Hälfte und fand anschließend keine Arbeitsstelle. Einen Computer konnte sie nicht bedienen, denn in ihrer Gegenwart versagten sofort die Festplatten. Glühbirnen, die tausend Extrastunden verhießen, hielten nicht länger als eine Woche durch. An einer Registrierkasse konnte sie nicht arbeiten. Fahrkartenautomaten auf dem Bahnhof gaben den Geist auf, wenn sie nur vorbeiging. Nur eine Sache blieb ihr; nur eine Sache beherrschte sie. Sie konnte völlig Fremden bedeutungsvolle Ereignisse aus deren Leben erzählen, konnte sagen, was gewesen war, was jetzt passierte, was die Zukunft bringen würde, und eine Berührung von Rebecca konnte heilen. Die Leute standen Schlange in ihrem Wohnzimmer und wollten Beratungen oder eine Therapie. Die Sitzungen wurden immer auf Tonband aufgezeichnet, vorausgesetzt sie stellte den Rekorder in mindestens zehn Metern Entfernung auf.

Als Rebecca Miller dreiundzwanzig war, ging sie auf die Straße und versicherte den Leuten, dass es trotz der gängigen Vorstellungen vom Tod das Leben gab. Mit Gleichgesinnten in mehreren Ländern stand sie bei Fragen der Parapsychologie in telefonischer Verbindung. In fünf Zeitschriften einer Pressezentrale hatte sie eine wöchentliche Kolumne, und tausende von aufrichtig Gläubigen traten einen dauerhaften Pfad zu ihrer Haustür aus.

Gelegentlich bat man sie, die Polizei zu beraten, wenn es um Vermisste oder um ungelöste Mordfälle ging. Und zweimal arbeitete sie per Videoschaltung über Washington mit Polizeipsychologen des FBI zusammen.

Als Rebecca Miller fünfundzwanzig war, nahmen sogar hart gesottene Skeptiker sie ernst.

Und als sie achtundzwanzig geworden war, bot ihr das Leben einen schon ausgetretenen, glatten Pfad, den sie zuversichtlich beschritt. Und dieser Pfad änderte an einem regnerischen Donnerstagmorgen in einem Hotel in Sydney seine Richtung.

Ihr Klient, den sie um neun Uhr dreißig erwartete, hatte nicht telefonisch abgesagt. Das taten die Leute selten. Vielleicht meinten sie, sie wüsste ohnehin alles, wenn sie wirklich diese parapsychologische Begabung hatte. Um neun Uhr fünfzig glaubte Rebecca das Bedürfnis nach einem starken Espresso, einer Zigarette in aller Ruhe und einem Platz, an dem niemand sie stören würde, zu verspüren. Seit Wochen hatte sie nicht einen einzigen Moment für sich gehabt. Ihrer Assistentin Annie sagte sie, dass sie eine kleine Pause machen wollte.

»Nicht vergessen, da kommt diese Amerikanerin um zehn Uhr dreißig.«

»Ich bin rechtzeitig wieder zurück.«

Annie legte den typischen Terminator-Gesichtsausdruck ab.

Zu Fuß suchte Rebecca ein Café auf, bestellte und setzte sich nach draußen unter die Markise. Von hier aus hatte sie einen schönen Blick auf den Hafen, und sie konnte rauchen, ohne gleich von der Nikotinpolizei verhaftet zu werden.

An einem Tisch in der Nähe saß ein amerikanisches Pärchen. Den Mann mittleren Alters beachtete Rebecca zunächst nicht, aber die Frau hatte das wilde, nicht zu bändigende Haar ihrer afrikanischen Vorfahren. Sie fing Rebeccas Blick auf und lächelte freundlich. Das ist mein Zehn-Uhr-dreißig-Termin, dachte Rebecca, als eine Bewegung am Rand ihrer Wahrnehmung ihre Aufmerksamkeit auf sich zog.

Seit Jahren hatte sie Emmanuel nicht mehr gesehen. Mit verschränkten Armen lehnte er an dem Acrylglas. Er hatte glänzendes, langes blondes Haar, das in der Mitte gescheitelt war und ihm bis zu den Schultern reichte. Seine Augen strahlten heller als ein Sommerhimmel. Seine Kleidung hatte sich nicht verändert. In seinem langen, lockeren Gewand und den Sandalen aus Schilf sah er immer noch wie ein Hippie aus. Er lächelte sie an. Niemand sonst in dem Café konnte ihn sehen. Wieso jetzt, nach all diesen Jahren ...

Ich bin nie weg gewesen.

Die Antwort kam, bevor in ihrem Kopf die Frage Gestalt angenommen hatte. Er las in ihr, so wie sie in anderen las. Hoch oben in der Aura sah und spürte sie die Frage, ehe ihr Gegenüber eine Vorstellung von dem hatte, was er wissen wollte. Und deshalb kam am Ende einer Beratung auf ihr abschließendes

»Noch Fragen?« auch immer die Antwort: »Nein. Sie haben mir alles gesagt, was ich wissen muss. Und sogar noch mehr.«

Dein Leben wird sich sehr bald ändern. Alles, was du gelernt hat, alles, woran du glaubst, wird nicht mehr so sein.

Und dann war er verschwunden.

Die Tiefgründigkeit GmbH schlägt wieder mal zu, dachte Rebecca. Der junge Kellner brachte ihr den Espresso und fragte, ob es etwas gäbe, womit er ihr den Aufenthalt noch angenehmer machen könne, falls ja, dann ... Er musste sie wohl irrtümlich für eine Touristin gehalten haben.

»Danke. Bei Gelegenheit vielleicht.«

Als sie dasaß und sich fragte, wie ihr Leben sich ändern könnte, brachte der Kellner Kaffee und Kuchen an den Tisch der Amerikaner. Seine leeren Phrasen fielen auf taube Ohren. Die beiden unterhielten sich weiter, und zwar recht laut:

»Aber die Zeit ist nicht reif dafür.«

»Die Zeit wird nie reif sein dafür. Einer muss es doch machen, Schatz. Und das kann genauso gut ich sein.«

»Aber mir behagt einfach der Gedanke nicht, dass dies womöglich unser letzter gemeinsamer Urlaub ist. Nur du und ich. Rob, Liebling, ich bin nicht sicher, ob ich das alles verkrafte.«

»Das wirst du schon, keine Sorge.«

Rebecca wurde allmählich neugierig. Um die beiden besser sehen zu können, drehte sie sich um, und genau in dem Moment drehte sich auch der Amerikaner, ein Farbiger, um. Ihre Blicke begegneten sich.

Gerade eben noch hatte sie Emmanuel gesehen, und schon hatte sie vergessen, was er gesagt hatte. Jetzt sah sie John F. Kennedy in die Augen. Er lächelte ihr zu und verschwand. Rebecca klopfte das Herz bis zum Hals, und jedes Härchen auf ihrem Körper richtete sich auf.

Von dem verehrten Verstorbenen einmal ganz abgesehen, wusste sie, dass sie den nächsten Präsidenten der USA vor sich hatte, und ihr erster Gedanke war: Nein, das kann nicht sein. Er ist schwarz.

Als könne der Amerikaner ihre Gedanken lesen, lächelte er sie an und nickte ihr freundlich zu, bevor er das Gespräch mit seiner Frau wieder aufnahm. Entsprechend verringerte sich auch die Lautstärke.

Herr im Himmel, dachte sie, und nervös rauchte sie noch eine Zigarette. Nach einem Blick auf die Uhr trank sie schnell den Espresso aus und ging zurück, vorbei am Tisch der Amerikaner. Rebecca spürte den Blick, als sie vorbeiging, und hörte: »Aber ich habe doch nur geschaut. Ein Mann wird doch dann und wann nochmal einen Blick riskieren dürfen.«

Bitte, lieber Gott, betete sie stumm. Lass nicht diesen Mann gleich um zehn Uhr dreißig durch diese Tür kommen. Rebecca betrat Zimmer 219. Sie schloss die Tür und lehnte sich dagegen.
»Was ist los?«, fragte Annie. »Du siehst ja aus wie der Tod.«

»Danke. Ich nehme das als Kompliment.«

»O Scheiße!«

»Was?«, fragte Rebecca besorgt, denn Annie war im achten Monat schwanger, und Rebecca hatte jeden Geburtsvorbereitungskurs miterlebt, als wäre es der Horrorfilm der Woche.

»Er hat nur getreten. Herrje, tut das weh.«

»Sag mir sofort, dass jetzt nicht die Wehen einsetzen, bitte.«

»Die Wehen setzen jetzt nicht ein.«

Rebecca setzte sich und nahm eine Zeitschrift. Vor drei Tagen hatte sie sie gekauft, aber noch keine Zeit gehabt, sie anzuschauen. Es war zehn Uhr fünfundzwanzig. Verzweifelt hätte sie noch eine Zigarette gebraucht, aber Annie ließ sie hier im Hotelzimmer nicht rauchen. Das würde dem Baby schaden.

»Was ist denn los mit dir?«

»Mein Leben wird sich ändern«, antwortete Rebecca.

»Meins auch.«

»Wollen wir tauschen?«

»Meinetwegen.«

Vier Minuten später klopfte es an der Tür. Annie watschelte hin, und zu Rebeccas großer Erleichterung führte sie die Frau mit den wirren Haaren ins Zimmer. »Nur keine Angst«, sagte

Rebecca leise und betete, ihre Hand möge aufhören zu zittern, als sie sie über den Couchtisch hinweg der Frau eines amerikanischen Senators reichte.

Sehr bald würde sich ihr Leben ändern.

2. Kapitel

Pete Hamill schaute seinen stellvertretenden Kommandeur an. »Was meinen Sie?«

»Was ich meine, spielt keine Rolle.«

»Ich würde aber gern hören, was Sie dazu sagen.«

Kelly Nolan seufzte. »Spielen wir es doch noch einmal ab.«

Der blonde Airforce-Colonel klickte auf seinem Computer das CD-Piktogramm an. Die illegale Aufnahme war digital aufbereitet worden, sodass der gesamte Dialog zwischen der Amerikanerin und der Australierin sauber, klar und in allen Einzelheiten zu hören war.

Was auch immer Sie sagen oder tun, Ihr Mann wird Präsident werden. Die Frage ist nur, für wie lange ... Eines kann ich Ihnen sagen, Liz. Wenn jemand versucht, ein Attentat auf Ihren Mann zu verüben, wird das nicht in Amerika passieren. Es wird in England passieren. Und zwar, lassen Sie mich überlegen, im Nordosten.

»Lassen Sie uns hier mal anhalten.« Kelly nahm die Füße vom Schreibtisch und griff nach seinen Zigaretten. Er zündete sich eine an und nahm einen tiefen, langsamen Zug. »Wann wurde das aufgezeichnet?«

»Vor zwei Jahren, als Rob in Sydney im Urlaub war.«

Pete Hamill nahm den Finger von der Stopptaste.

England? Aber wieso sollte er denn wieder nach England gehen?

Das ist nicht eindeutig zu sehen. Vielleicht eine Inspektionsreise ... Truppen, Luftwaffenstützpunkt oder so etwas ... See?

Wasser? Nein, das ist es nicht … Heathlake? Lakeheath. Sie kennen den Ort. Stimmt das?

Lakenheath?

Ja. Das ist es.

Da gibt es einen Stützpunkt der US-Luftwaffe in Suffolk. Im Golfkrieg war Rob da stationiert. Aber weshalb sollte er dahin zurückgehen?

Er braucht die Wählerstimmen der Soldaten.

Die kriegt er auch. Was soll ich denn jetzt bloß machen?

Wenn ich sage, dass die Zukunft nicht ein für alle Mal in Stein gemeißelt ist, dann müssen Sie mir glauben. So manch einer konnte ändern, was unweigerlich vorherbestimmt schien. Da Sie nun wissen, was die Zukunft eventuell bringt, könnten Sie ja vielleicht Vorkehrungen treffen, um das zu verhindern.

Pete stoppte die CD, nahm sie aus dem Gerät und steckte sie in ihre Hülle zurück.

Der Airforce-Colonel und der Navy-Commander starrten sich über den Schreibtisch hinweg an, aber keiner sah dabei das Gesicht des anderen. »Und das wurde vor zwei Jahren in einem Hotelzimmer in Sydney aufgenommen, in Australien?«

»Ja.«

»Aber wir wissen doch erst seit zwölf Monaten, dass Rob überhaupt kandidiert.«

»Ja.«

»Und jetzt sollen wir Babysitter spielen für so einen New-Age-Hippie, der nicht mal aus Amerika stammt?«

»Ja.«

»Und das auf der Grundlage eines vierzigminütigen Gesprächs, das zwei Frauen vor Jahren geführt haben?«

»Auf der Grundlage von weit mehr als dem.« Pete Hamill reichte eine umfängliche Akte herüber. In einer Plastikhülle obenauf befand sich eine Videokassette. »Diese Australierin wirkt wahre Wunder.«

Kelly machte eine wegwerfende Handbewegung. »Je weniger ich weiß, desto besser. Wieso wollten Sie meine Meinung überhaupt hören?«, fragte Kelly. Gleich darauf beantwortete er sich seine Frage selbst. »Einer muss den Männern sagen, dass eine Frau an Bord kommt. Das gibt einen Gleitflug wie bei einem Ballon aus Blei.«

»Um dreizehn Uhr am Donnerstag müssen Sie in Gatwick sein.«

»Ich? Wieso denn ich?«

»Sie sehen gut aus, Sie haben Charme, woher in drei Teufels Namen soll ich das wissen? Nehmen Sie Macpherson mit. Die Einwanderungsbehörden sind schon informiert. Unsere zwei Unzertrennlichen werden auf Sie warten.«

»Du liebe Güte. Was für ein Witz.«

»Und wir sind die Lachnummer. Es geht um die nationale Sicherheit, hat man mir jedenfalls gesagt.«

»Nationale Sicherheit, dass ich nicht lache. Was läuft denn hier?«

»Washington nimmt diesen Scheiß ernst, das läuft hier.«

Bei der Acht-Uhr-Versammlung in der Sporthalle drängten sich die Männer, alle in den dschungelgrünen Uniformen der Nighthawks. Kelly hatte keine Ahnung, was er sagen sollte. »Ruhe bitte. Ich habe gesagt, Ruhe bitte!«

Es wurde halbwegs ruhig in der Versammlung. Der stellvertretende Kommandeur hatte jetzt die ungeteilte Aufmerksamkeit von einhundertfünfundachtzig Mann der Schnelleingreiftruppe. Und los geht's, dachte er. »Nächsten Donnerstag um vierzehn Uhr werden wir eine wichtige Persönlichkeit an Bord bekommen, Dauer des Aufenthalts unbestimmt, Grund der Anwesenheit nur denen bekannt, die es wissen müssen. Hört ihr Flaschen mir zu?«

Sofort trat allumfassendes Schweigen ein.

»Diese Persönlichkeit ist Zivilist ...« Das allgemeine Aufstöhnen zwang ihn, einen Moment ruhig zu sein. »Ja, genau. Zivilist. Deshalb wird sie jederzeit mit Respekt und aller gebührenden Höflichkeit behandelt, ist das klar?«

»Haben Sie eben ›sie‹ gesagt, Sir?«, kam es aus der Versammlung.

»Ganz recht, Faraday. Bei besagtem Zivilisten handelt es sich um eine Frau.«

»Wie alt, Sir?«

Kelly beschloss, die Frage zu ignorieren. Das würden sie schon noch früh genug herausfinden. Gott steh uns bei, dachte er. »Einheit 5, 7 und 13 melden sich um elf Uhr in Planquadrat 17b. Mit scharfer Munition. Wegtreten.« Er ging, ehe einhundertfünfundachtzig identische Fragen auf ihn einprasselten.

Nationale Sicherheit, dass ich nicht lache, dachte er, als er die Treppe zu seinem Quartier hochging, immer drei Stufen auf einmal nehmend. Ihm blieben noch zwei Stunden bis zu seinem Termin in 17b, aber er zog sich seine schwarzen Sachen an und nahm den Pinsel von einem Krug neben der Staffelei. Jetzt ist die Serie bald fertig ... Das dachte er immer, bis der nächste Albtraum ein weiteres Bild ins Leben rief, das unter dem Feldbett zu verstauen war.

Es war immer dieselbe Frau – wenn man sie überhaupt Frau nennen konnte –, wirres blondes Haar, langer, weit schwingender Rock, geflickt und zerlumpt, mit Schnüren gebundene Stiefel, schlichte graue Bluse, die ihr immer von der rechten Schulter fiel. Nur ein Bauernmädchen in Bauernkleidung ... Sie sah nicht älter als sechzehn aus. Außerdem war sie schwanger. Auf diesem Bild wurde sie von einer wütenden Menschenmenge weggezerrt.

Als sie zum Haus ihres Vaters kamen, schrie die Menge ihren Namen. Sie hatte nicht einmal die Zeit zu fragen, worum es ging, da wurde sie schon von kräftigen Händen gepackt. »Da ist sie!«, kam der Schrei, als ihre rötlich-gelbe Katze mit erschrockenem Aufheulen zur Tür hinausschoss und auf und davon lief. »Da ist ihre Vertraute!«

»Sie trägt die Frucht der Gotteslästerung!«

»Sie hat beim Teufel gelegen!«

Hannah Dougall, die von der untergehenden Sonne geblendet wurde, versuchte, die Gesichter vor ihr auseinander zu halten. War das da nicht Nell aus Craigmore? Die Nell, die ihren fieberkranken Säugling geradewegs hier in dieses Haus getragen hatte?

»Seht ihr, wie sie uns verhext hat?«

»Die da hat meinen Sohn getötet!«

»Die da hat mich unfruchtbar gemacht!«

»Die da hat die Schafe eingehen lassen!«

»Das hier hat Michael Maginley in der McTaggart-Hütte gefunden! Seht her!« Nell aus Craigmore hielt eine kleine Puppe aus Ton in die Höhe und zeigte sie der gierigen Menge.

»Seht ihr die Elfenpfeile, die zum Herzen führen? Und ist Mairie McTaggart nicht die Lehrerin dieser Hure? Und hat Marie McTaggart nicht gestanden? Ich weiß, die hier trägt die Hexenmale! Wir wollen nicht noch eine von denen am Leben lassen!«

Von der blutgierigen Menge kam der Singsang: ›Tötet die Hexe, tötet die Hexe‹, und daraufhin rissen Ian der Fischer und Michael Maginley die winzige Hütte auseinander. Der Singsang schwoll an, als Michael Maginley voll beladen mit kleinen Puppen aus Ton, in denen Holzsplitter steckten, wieder heraustrat.

Diese Puppen hatte Hannah nie zuvor gesehen, und Nell aus Craigmore spuckte der jungen, verwirrten Hannah ins Gesicht. »Tötet diese Hexe! Tötet sie jetzt!« Die Hände hatte man ihr mit dickem, kratzendem Seil zusammengebunden, und so wurde die junge Hannah Dougall fortgeschleppt. Sie war schwanger und kaum siebzehn Jahre alt.

Rebecca schreckte aus dem Schlaf hoch und schaute auf ihre Handgelenke. Sie brannten und waren gerötet. Bitte, nicht schon wieder. Das jetzt nicht. Nicht schon wieder.

Von dem Moment an, als sie in Brisbane das Flugzeug bestiegen hatte, war ihr unbehaglich zu Mute gewesen. Ein fünfstündiger Aufenthalt in Kuala Lumpur hatte das Ganze nicht besser gemacht. Als sie wieder in der Luft waren, durchlebte sie die siebzehn längsten Stunden ihres Lebens. Sie musste das Flugzeugessen hinunterwürgen, wo sie doch nichts anderes wollte als Toast, vegetarischen Brotaufstrich und eine richtige Tasse Tee. Und dann schlief sie. Das heißt, sie versuchte es. Hannah war wieder da, nach so langer Zeit. Hannah war wieder da, suchte sie wieder heim.

Noch eine Stunde, ehe sie wieder festen Boden unter den Füßen hätte. Die Leute standen schon vor dem einzigen Waschraum an. Nach dem Höllenflug vom anderen Ende des Erdballs wollten sie sich waschen, sich die Zähne putzen und sich ein bisschen zurechtmachen. Also wartete sie.

Hoffentlich heißt es im Hotel nicht, es ist kein Zimmer frei. Am Flughafen nehme ich mir ein Taxi, dachte sie. Die Fahrt mit der U-Bahn will ich mir nicht zumuten. Ich bin zu müde. Ich will nur noch sterben. Rebecca schloss die Augen wieder und fiel in einen Halbschlaf, in dem sie träumte, sie ginge mit einem großen, dunkelhaarigen Mann über ein Rollfeld. Er trug Uniform. Er sah aus wie ein Halbindianer. Sie stritten. Und dann war alles weg. Es war eine Vision gewesen, eine Vorausdeutung, etwa so wie die schnellen, klaren Bilder, die sie für die vielen Leute deutete, die bei ihr saßen und deren Hand sie hielt, wenn sie ihnen alles von dem erzählte, was gewesen war, was jetzt passierte und was noch kommen würde. Aber Visionen sie selbst betreffend hatte sie nie gehabt. Das ist vielleicht der Jetlag, dachte sie.

Sie verscheuchte das Bild, stand auf und reckte sich. Eigentlich hatte sie vorgehabt, sich umzuziehen, aus dem weißen T-Shirt und den Jeans herauszukommen, stattdessen das schwarze Samtkleid anzuziehen, das sie in ihrer Reisetasche hatte, aber die Schlange vor dem Waschraum wurde immer länger. Auf sie wartete ja ohnehin niemand. Nein, dachte sie. Nein, das will ich mir nicht antun. Bis zum Flugplatz kann ich warten.

Rebecca reiste nach England, um einen wohl verdienten Urlaub zu machen und um in London an einem Symposium über Metaphysik teilzunehmen. Dort sollte sie am letzten Tag einen Vortrag halten. Sie hatte immer noch keine Ahnung, was sie den Leuten da erzählen sollte, aber aus Erfahrung wusste sie, dass es am besten war, die Sache nach einer kurzen Einführung den Zuhörern zu überlassen. Aus Fragen und Antworten lernten die Leute mehr, als wenn sie sich endlos lange Reden anhörten. Meist stellte sie das Mittelmaß zufrieden. Dreimal hatte sie mit dem Mann gesprochen, der das Ganze organisierte, einem höflichen Amerikaner, der darauf bestand, dass sie ihn mit Leon anredete. Er hatte gesagt, dass er versuchen wolle, sie, falls möglich, vom Flugplatz abzuholen. Sie hatte gemeint, das sei nicht nötig. Sie würden sich dann auf dem Symposium treffen. Ja, sie wusste, wo Earl's Court war. Ja, sie freute sich auch schon darauf. Am Telefon hatte er nett geklungen. Aber so war das ja immer, anfangs.

Das kleine Flugzeug auf dem Bildschirm vor ihr wackelte sich jetzt immer näher an London heran, und jeden Moment würde sie, wenn sie aus dem Fenster schaute, die englische Küste sehen. Die Aufregung nahm zu und ließ ihr Herz schneller schlagen. In einer halben Stunde wäre sie wieder im Land ihrer Väter. Nach der Konferenz wollte sie sich einen Wagen mieten und herumfahren. Zweieinhalb Wochen lang, wohin die Straße sie auch führte; so sollte es sein, solange nur Edinburg und Dublin Teil ihrer Reiseroute waren, denn Annie hatte ihr eine Einkaufsliste mitgegeben, die so lang war wie Rebeccas Arm.

Rebecca setzte den Kopfhörer auf und schaltete auf einen der Musikkanäle. Alle sechsundneunzig Minuten hatte sie da ein bestimmtes Lied gehört: ein trauriges Lied über einen Engel, der sich die Flügel versengt hatte, der nicht mehr fliegen, aber auch noch nicht sterben konnte. *Scorched are my wings, I cannot fly. Ambushed my heart, still I do not die. The counterfeit notes love always sings* ... Das Lied sang ein Mann, der selber die Stimme eines Engels hatte. Sie würde zu dem Musikladen auf der Oxford Street gehen und sich dieses Lied besorgen, und wenn es das Letzte war, was sie auf dieser Welt machte.

Der Commander der US Navy in der dschungelgrünen Uniform der Nighthawks wartete beim Einwanderungsschalter darauf, dass der nächste Strom von Passagieren durchgeschleust wurde. Es war nicht der Flug dieser Miller, aber er stand im Hintergrund, brauchte dringend eine Zigarette und beobachtete die Gesichter der Leute, als sie einer nach dem anderen auf Aufforderung über die gelbe Linie traten. Inder, Pakistani, Afrikaner, Japaner ...

Die Männer, die bei den ›sonstigen Staatsangehörigen‹ Dienst hatten und die Ausweise kontrollierten, würden ihm Bescheid geben, sobald Rebecca Miller ihren australischen Pass herüberreichte.

Eine Stunde verging. Im Abstand von drei Minuten trafen zwei Maschinen ein, spuckten ihren Inhalt aus, und die entsprechenden Schlangen wurden länger. Sie war da. Das wusste er. Kelly hielt Ausschau nach einer Frau, die seiner Meinung nach Rebecca Miller sein konnte. Er hatte ihre Stimme gehört, jetzt musste er gedanklich zu der Stimme das passende Gesicht herausfinden. Diese stillen Momente, in denen er sich selber auf die Probe stellte, genoss er sehr. Er irrte sich nur selten.

Etwa einhundert Leute kamen durch, ehe sich seine Aufmerksamkeit auf eine Frau richtete, oder vielleicht von einer Frau gefangen genommen wurde, die als fünfte hinter der gelben Linie stand. Sie war vielleicht fünfundzwanzig. Sie hatte wirres, honigblondes Haar, das zu einem Pferdeschwanz zusammengebunden war, und große Augen, die er aus der Entfernung für blau hielt. Groß war sie nicht, vielleicht ein Meter zweiundfünfzig, nicht mehr. Entweder war sie zu faul oder zu erschöpft, um ihre Reisetasche zu tragen; so schob sie sie über den Teppichboden, während die Schlange sich langsam in Richtung Freiheit vorarbeitete.

Also das war Rebecca Miller. Er hatte eine Frau vom Typ New-Age-Hippie erwartet, in einem indischen Gewand, vielleicht eines von diesen dunklen, samtigen Hexendingern, dazu Sandalen und eine Kette mit so viel Rosenquarzanhängern, dass sie ihren Guru damit erwürgen könnte. Die junge Frau, die er vor sich sah, trug ein ärmelloses weißes Shirt, keinen BH, Jeans und Turnschuhe.

Und dann schaute sie hoch, nahm ihre Umgebung in Augenschein, und ihre Blicke begegneten sich. Sie fuhr zusammen, als hätte ein elektrischer Schlag sie getroffen. Aber Kelly ging es ganz genauso, denn kaum waren ihre Blicke sich begegnet, da wusste er auch schon, wer sie war – dieselbe junge Frau, die er während seines Aufenthaltes auf der Eisenhower 1987 gemalt hatte. Diese junge Frau war Hannah. Kellys Herz schlug ihm bis zum Hals. Er sah sich um; da stand Macpherson und flirtete mit einer jungen Zollbeamtin in der Ausbildung. Von Leon Carter oder Gene Samperi war weit und breit nichts zu sehen. Und auch die beiden Unzertrennlichen waren nicht erschienen.

»Nächster.« Rebecca nahm ihre Reisetasche hoch und trat vor. Kelly wartete; er wusste, was jetzt kommen würde.

Der Mann, der den Pass kontrollierte, drehte sich zu ihm um und nickte. Man gab ihr ihren Ausweis zurück und wünschte ihr einen schönen Urlaub.

In dem Augenblick, als Rebecca ihre Reisetasche hochnahm, trat ein Soldat vor sie hin. Sie versuchte, zur Seite zu gehen. Aber das tat er auch. Sie schaute hoch. Im selben Moment fühlte sie sich ganz zittrig in den Knien, als habe ein elektrischer Schlag sie getroffen, und ihr Herz pochte so heftig, dass es fast wehtat. Das einzige Mal, dass sie so etwas gespürt hatte, war an dem Tag gewesen, als ein außerordentlich berühmter Rocksänger in ihr Wohnzimmer trat, sich seufzend setzte und zu ihr sagte: »Können Sie mir helfen, Schätzchen?« An dem Tag hatte ihre Professionalität den Schrecken bald überwunden. Aber das hier ließ sich durch nichts überwinden. Ich kenne diesen Mann, dachte sie. Ich *kenne* ihn.

Er war groß, etwa fünfunddreißig Jahre alt. Er hatte dunkle, sehr dunkle Augen. Er schien indianischer Herkunft zu sein. Cherokee? Das fragte sie sich. Er schaute sie an, ja, aber vielleicht irrte sie sich auch. Rebecca schaute sich um, nur für den Fall, dass er womöglich jemand anderen im Visier hätte. Hinter ihr stand eine Asiatin mit einem weinenden Kind.

»Rebecca Miller?«

Sie sah ihn an und entdeckte eine Spur von Belustigung in seinen Augen.

Noch einmal schaute sie sich um, denn sie dachte: Spricht er wirklich mit mir?

»Sie sind doch Rebecca Miller?«

Sie nickte.

»Würden Sie bitte mitkommen!« Es war nicht einmal eine Frage.

»Stimmt etwas nicht?«

»Alles in Ordnung, keine Sorge. Kommen Sie bitte mit mir.«

»Ich nehme Ihnen das ab.« Ein weiterer Soldat in der gleichen Uniform nahm ihre Reisetasche. Er war etwa in ihrem Alter, und sein Kopf war kahl geschoren. Der Große war Amerikaner, der Kleine Engländer, und ehe Rebecca es sich versah, wurde sie zur Gepäckausgabe gedrängt. Die beiden Fremden standen ganz dicht bei ihr, obwohl so viel menschliche Nähe sehr beengend war. Jedes Mal, wenn Rebecca einen Blick riskierte, beobachtete sie der Indianer. In dem Augenblick wusste Rebecca nicht, was sie fühlen sollte, aber eine innere Stimme sagte ihr, sie sollte lieber ruhig bleiben.

Die automatischen Türen des Pendelzuges öffneten sich ordnungsgemäß, und eine große Menschenmenge strömte auf Gepäckband Nummer 5 zu. Nach und nach erschienen Koffer und andere Gepäckstücke.

»Zeigen Sie nur drauf, und Billy holt ihn für Sie. Stimmt's, Bill?«

Sie schaute den englischen Soldaten an. Schüchtern lächelte er ihr zu.

Rebecca wartete auf ihren Koffer, und bald schon kam er die Rutsche herunter. Zu übersehen war er nicht – es war der einzige Koffer, der über und über mit Hare-Krischna-Stickern beklebt war. »Der rote mit den Stickern«, sagte sie leise.

Billy Macpherson schnappte sich den Koffer beim ersten Umlauf, klappte den Handgriff aus und zog ihn auf den Rollen hinter sich her. Weiß der Himmel, was sie darin hat, eine ganze Wagenladung von Ziegelsteinen wahrscheinlich, war sein erster Gedanke.

»Hier lang«, sagte der Amerikaner und streckte die Hand nach ihrem Arm aus.

»Nein. Halt. Einen kleinen Moment mal bitte.«

Kelly wusste, dass das passieren würde, aber er wollte nicht, dass es mitten im Flughafengebäude passierte, wo es von Menschen wimmelte. Samperi und Carter müssten eigentlich hier sein, um das Ganze zu erklären, sie zur Zusammenarbeit zu bewegen und sie dann in die Anstalt zu bringen.

»Was soll das alles?«

»Nicht hier, Miss.«

»Also, wer immer Sie auch sein mögen, immer hübsch langsam, ja? Ich bin völlig erledigt. Ich kann meinen Hintern nicht von meinem Ellenbogen unterscheiden, und ich trete in Löcher, die gar nicht da sind. Ich könnte einen umbringen für eine Zigarette. Aber bevor ich mich auch nur einen Schritt weit bewege, egal in welche Richtung, will ich wissen, wer Sie sind und was zum Teufel hier vor sich geht.«

»Man wird Ihre Fragen zu gegebener Zeit beantworten.«

»Das hätten Sie wohl gern, was, mein Freund? Man wird mir meine Fragen *jetzt* beantworten, oder ich schreie wie am Spieß. Das liegt ganz allein bei Ihnen. Aber entscheiden Sie sich schnell. Ich muss aufs Klo.«

»Im Namen der Regierung der Vereinigten Staaten befinden Sie sich gegenwärtig in Schutzhaft. Sie wollen eine Szene machen? Bitte schön, versuchen Sie's nur. Ich persönlich würde Ihnen davon abraten.«

»Also, wie immer Sie auch heißen mögen.« Wie er hieß, stand in Großbuchstaben auf der Tasche seiner khakifarbenen Uniform. NOLAN.

»Commander Kelly Nolan. Und das ist Oberfeldwebel William Macpherson.«

Wieder lächelte Billy sie scheu an.

»Hört mal, Jungs, ihr habt die Falsche. Ich bin aus Australien und will Urlaub in England machen. Außerdem muss ich zu einer Konferenz, also wenn Sie nichts dagegen haben ...« Rebeccas Stimme wurde immer leiser, als sie die Erkenntnis traf, und sie traf sie mit der Wucht einer Kanone.

»Das hier hat etwas zu tun mit den Wahlen in den USA. Das hat etwas zu tun mit dem Schwarzen, den ich in dem Café in dem Hotel in Sydney gesehen habe ...«

Wie lange war das her? Zwei Jahre. Sie erinnerte sich noch daran, wie seine Frau in das Hotelzimmer gekommen war. Sie hatte erfahren, dass jemand vorhatte, den armen Kerl umzubringen. Sie wusste noch, wie sie Annie davon erzählt hatte, und drei Stunden später hatten bei Annie die Wehen eingesetzt.

Wie ein Echo kamen ihr Emmanuels Worte wieder in den Sinn. *Dein Leben wird sich sehr bald ändern.* Aber das war vor zwei Jahren gewesen, und sie hatte geduldig gewartet, aber verändert hatte sich nichts.

Rebecca schaute Kelly Nolan direkt in die Augen. »Ihr Jungs meint das wohl ernst?«

»Sie haben es erfasst. Ich habe Befehl, Sie nach Wiltshire zu bringen, Miss Miller, und wir liegen bereits fünfzehn Minuten hinter unserem Zeitplan.«

»Also ... wie war nochmal Ihr Name?«

»Nolan. Commander Nolan.«

»Kelly. Ein Mädchenname.«

Und der Kahlrasierte im Hintergrund gab sich alle Mühe, nicht lauthals zu lachen. Aber Kellys Gesicht blieb ausdruckslos; in seinen dunklen Augen blitzte nur etwas auf, das schwer zu beschreiben war. Ob Belustigung oder Ärger, konnte Rebecca nicht erkennen. Aber Angst war jetzt das Letzte, was sie zeigen wollte. »Also schön. Hören Sie mir gut zu, Häuptling. Ich kann das nur einmal sagen, zu mehr reicht meine Kraft nicht, okay?«

Das Lachen brach aus ihm heraus. Macpherson konnte nicht mehr an sich halten. Kelly würde ihn umbringen, ganz, ganz langsam, später irgendwann. Viel später. Wenn er am wenigsten damit rechnete.

»Ich bin seit zwei Tagen unterwegs, und ich bin vollkommen kaputt, und ich würde mich nicht wundern, wenn ich auch vorübergehend unzurechnungsfähig wäre. Ich gebe mir alle Mühe, ruhig zu bleiben, aber ich muss dringend auf die Toilette, brauche eine Zigarette, eine Tasse Tee und ein Bett, und zwar in der Reihenfolge. Und wenn Sie mir jetzt nicht aus dem Weg gehen, können Sie mich nicht verantwortlich machen für das, was dann vielleicht passiert.«

Ein belustigtes Zwinkern flackerte kurz in den Augen des Mannes von der Navy-Spezialeinheit auf.

»Das meine ich wirklich ernst, Jungs. Fallt einem anderen auf die Nerven. Ich nehme mir jetzt ein Taxi und fahre in die Stadt. In zwei Tagen fängt meine Konferenz an. Ich will nicht in Schutzhaft sein, ganz egal bei wem. Ich habe gewisse Rechte. Auf Wiedersehen.«

Aber plötzlich wurde ihr Handgelenk gepackt, und jede weitere Bewegung war unmöglich. Kelly brauchte gar nichts mehr zu sagen. Als Rebecca ihm ins Gesicht sah, durchschoss ein Déjà-vu-Erlebnis jede Pore ihres Körpers. Sie hatte ihn schon einmal gesehen, und das nicht erst vor einer Stunde in einer Vision. Und dann wusste sie, was als Nächstes kommen würde. *Es gibt keine Konferenz.*

»Es gibt keine Konferenz, Miss Miller. Wir brauchen Sie hier. Sie sind jetzt hier, und Sie werden mitkommen. Es betrifft die nationale Sicherheit.« Das sagte er so leise er konnte.

»Wessen nationale Sicherheit?«, fragte sie ein wenig zu laut.

»Ich bin keine Amerikanerin. Ich bin Australierin, und das hier sollte, wenn sich der Pilot nicht mächtig verflogen hat, England sein.«

»Wenn Sie eine Szene machen wollen, nur zu.« Er legte einen Arm um sie und zog sie näher heran, doch es war keine Geste der Liebenswürdigkeit. Dann flüsterte er ihr ins Ohr: »In Sekunden sind Sie außer Gefecht gesetzt, und die Leute, die uns hier anstarren, werden glauben, Sie seien in Ohnmacht gefallen. Also, wie hätten Sie es denn jetzt gern?« Er ließ sie nicht los. Zwei seiner Finger gruben sich in ihren Ellenbogen, und sie wand sich. Es tat nicht richtig weh, aber ihr Arm fühlte sich an, als würde er brennen. Die Leute gingen vorbei und schenkten ihnen keinerlei Beachtung; man hielt ihn für einen Soldaten, der mit seiner Freundin unterwegs war.

Wäre sie auch nur halbwegs bei Verstand gewesen, hätte sie wahrscheinlich eine Szene gemacht, aber ein Blick ins Gesicht dieses Mannes, und sie entschied sich dagegen. Ein Blick in seine dunklen Augen hatte genügt, und sie hatte gesehen, was mit ihm los war: Er war bis an die Zähne bewaffnet und machte den Eindruck, als hätte er sich gerade vom Seil eines schwarzen Hubschraubers heruntergelassen. So etwas hatte sie in einem Film gesehen. Aus dem Kino konnte man hinausgehen, wenn man wollte, und an der Fernbedienung zu Hause gab es immer noch den Ausschalter.

»Wofür haben Sie sich entschieden!« Es war wieder keine Frage. Er drückte noch etwas fester zu.

»Schon gut, schon gut, Sie Bastard. Lassen Sie mich los!«

Er ließ sie los, und sie rieb sich den Ellenbogen. Ihre Finger kribbelten. Sie musste sich den Arm wachschütteln. »Mistkerl«, flüsterte sie.

Weglaufen konnte sie nicht. Er war knapp ein Meter neunzig groß. Ehe sie sechs Meter gerannt wäre, hätte er sie mit nur drei großen Schritten eingeholt. »Bei allem Verständnis für Ihre Verwirrung, Miss Miller, bitte vertrauen Sie mir. Es wird sich sehr bald alles klären. Wir sind nicht der Feind. Wir sind hier die guten Jungs.«

»Lassen Sie doch diesen Quatsch! Ich muss aufs Klo.«

»In einer halben Stunde können Sie auf die Toilette.«

Sie schaute ihm in die Augen und war sich nicht sicher, was sie dort sah. Nach der höflichen kleinen Umarmung von vorhin war sie nicht allzu begierig, weitere Entdeckungen zu machen. »Eine halbe Stunde kann ich es aber nicht mehr halten.«

»Doch. Das können Sie.«

»Nein. Kann ich nicht. Das in meinen Augen sind keine Tränen, mein Freund.«

Nach der raschen Überprüfung von Papieren und einem flüchtigen Blick auf Rebecca Millers Pass und Einreisevisum waren die Zollformalitäten schnell erledigt.

Der Commander und der Sergeant warteten vor der Damentoilette. Sie ließ sich ewig Zeit da drin. »Die ist nett«, meinte Billy.

»Das sollten Sie lieber gar nicht erst denken.«

»Sieht gar nicht aus wie eine von diesen Parapsycho-Typen. Aber Sie ja wohl auch nicht, schätze ich.«

Das überhörte Kelly lieber. »Sie hat noch sechzig Sekunden, dann gehen wir rein.«

Als Kelly innerlich bis zweiundzwanzig gezählt hatte, kam Rebecca heraus. Sie war ruhiger jetzt. Erleichtert. Ihre Augen waren unglaublich blau, und ihr Lächeln, das wusste Kelly, würde ihn bis ans Ende seiner Tage verfolgen. »Danke, dass ihr gewartet habt, Jungs. Habe ich noch einen letzten Wunsch frei?«, fragte sie scherzhaft.

»Kommt drauf an.«

»Ich brauche unbedingt eine Zigarette. Dann bin ich auch wieder ein richtiger Mensch. Ehrlich.«

Der Wagen vom Flughafen stand in einer Parkverbotszone, aber Kelly gestattete ihr die Zigarette, hauptsächlich weil er selber auch eine wollte. Er stand neben ihr. Das wäre nicht nötig gewesen. Er wollte es so. Sie war lebhaft. Das gefiel ihm. Außerdem fror sie. Was sie anhatte, war um diese Jahreszeit in Australien angebracht. Hier nicht.

»Haben Sie keine Jacke?«, fragte Kelly.

»Natürlich habe ich eine Jacke. In meinem Koffer. Mir ist aber gar nicht kalt.«

»Wie Sie meinen.« Kelly bot ihr eine Zigarette an.

»Ich habe meine eigenen, danke.«

Eine Weile sagte keiner was. Rebecca wühlte in ihrer Handtasche. »Das hat mit diesem schwarzen Senator zu tun, der für die Präsidentschaft kandidiert, stimmt's?«, fragte sie, als er erst ihre Zigarette anzündete und dann seine. Ohne blinzeln zu müssen, schauten sie sich über die Flamme des Feuerzeugs hinweg an.

»Darüber darf ich zum gegenwärtigen Zeitpunkt keine Auskunft geben.«

»Aber es stimmt.«

Das bestätigte Kelly mit einem schnellen Kopfnicken und streckte die Hand aus, um sie zu stützen – eine halbe Sekunde, bevor sie die Auswirkungen eines plötzlichen Schwindelgefühls zu spüren bekam. Rebecca dachte, auch er weiß, was passieren wird, noch ehe es passiert. Der Typ hat wahrscheinlich eine größere übersinnliche Begabung als ich. Wenn er mich nur nicht so anstarren würde. »Sie sind bei der Navy.«

»Ja.«

»Sie stammen von den Cherokee-Indianern ab.«

»Ja.«

»Ich habe Sie schon einmal gesehen.«

»Das möchte ich stark bezweifeln.«

»Doch. Wirklich. Gesichter vergesse ich nie. Ich habe Sie schon einmal gesehen.«

Und ich Sie, dachte Kelly. An jedem einzelnen Tag meines Lebens, seit 1987.

Billy stand im Hintergrund und fragte sich, weshalb die Leute bloß rauchen mussten. Außerdem hätte er gern gewusst, wie der Commander das anstellte. Nach nur ein paar Minuten hatte er es geschafft, dass sie zur Zusammenarbeit bereit war. Sie war nett. Er mochte sie. Auf eine ungewöhnliche Weise war sie hübsch, und sogar Billy fragte sich, ob er sie nicht schon einmal irgendwo gesehen hatte.

Sie rauchte die so bitter nötige Zigarette zu Ende, trat den Stummel auf dem Boden aus und sagte: »Bringen Sie mich zu Ihrem Vorgesetzten.«

Kelly hielt ihr die Wagentür auf. Das könnte recht interessant werden, dachte Rebecca. Mit quietschenden Rädern hielt der Wagen auf dem Rollfeld mitten zwischen kleineren Flugzeugen und privaten Hubschraubern, aber Rebeccas Aufmerksamkeit richtete sich auf einen Iroquois-Helikopter. Er war schwarz. Vollkommen schwarz. Als der Wagen sich näherte, fingen die Flügelblätter des Iroquois an, sich in der Luft zu drehen, erst langsam, dann immer schneller.

»Nein, nein. Kommt nicht infrage. Lieber vierzig Peitschenhiebe, aber das nicht.«

»Raus aus dem Wagen.«

»Nur das nicht. Bitte. Nur das nicht. Können wir nicht fahren? Gehen? Ein Auto anhalten?« Er stieg aus und ging zur Beifahrerseite herum. Die Tür ging auf.

»Setzen Sie sich in Bewegung, Miss.«

Wieder fixierten ihn diese hellblauen Augen. »Wenn ich da einsteige, werde ich sterben.«

»Los, raus aus dem Wegen, und zwar sofort, bevor ich nachhelfe.«

Mit einem Mal hielt Rebecca es für besser zu tun, was man ihr befahl. Fürs Erste jedenfalls. »Arrogantes Arschloch«, murmelte sie.

»Was haben Sie da gesagt?«

»Arrogantes Arschloch! War das jetzt laut genug für Sie?«

Billy brachte das Gepäck zum Hubschrauber; da war die Umgebung neutraler und er weniger in Gefahr, ins Kreuzfeuer zu geraten und etwas Falsches zu tun oder zu sagen.

Einen Moment lang blieb Rebecca stehen und schwankte.

»Los, Marsch.« Kelly schob sie vorwärts.

»Was zum Teufel bilden Sie sich eigentlich ein, wo Sie hier sind! Auf dem Exerzierplatz?«

Vom Dach des Hangars aus hatte der Heckenschütze gute, ja sogar perfekte Sicht. Knapp einhundertfünfzig Meter von dem zurücksetzenden Auto bis zum Hubschrauber, Zeit genug, den Schuss abzugeben und gut zu treffen. Durch das Zielfernrohr beobachtete er Macpherson, der das Gepäck in den Iroquois warf, Nolan, der die Frau hinbugsierte. Die Szene war amüsant. Der Mann hob die Waffe nur ein wenig – nein, ein Kopfschuss wäre wohl zu schwierig. Er senkte die Waffe, da verstellte Nolan ihm die Sicht. Der Schütze war sehr in Versuchung, aber er wartete auf eine bessere Gelegenheit. Nolan bewegte sich, er nahm die Frau beim Arm. Es sah aus, als führe er zum ersten Mal einen kleinen Hund an der Leine spazieren.

»Wenn ich da einsteige, werde ich sterben.«

»Um Himmels willen, in der Luft ist es sicherer als auf der Straße! Entweder steigen Sie jetzt in den Hubschrauber, oder ich helfe nach. Drei Sekunden. Sie haben die Wahl. Eins.«

»Nein.«

»Zwei.«

»Ich nehme den Bus.«

»Drei.«

Die Wucht der Kugel hob sie von den Füßen, und ihr Arm entwand sich Kellys Griff. Sie sackte zusammen. Einen halben Herzschlag lang konnte er nichts denken, in ihm war nur reiner Unglaube. Sie lag ihm ausgestreckt zu Füßen, eine Kugel war ihr durchs Herz gegangen. Er schaute hoch. Billy lief zurück, deutete auf das Dach eines Hangars. Der Unglaube schwand. Er handelte wie in Trance.

Bin ich das?, fragte sie.

Ja, das bist du.

Habe ich wirklich so ausgesehen? Ich habe immer gedacht, ich wäre ... hässlich.

Alles eine Frage der Perspektive, meine Liebe.

Wieso ist Kelly so wütend?

Es war seine Pflicht, dich zu beschützen. So ist es mit euch beiden immer gewesen.

Ach, Emmanuel, wieso versucht er das denn überhaupt?

Einen kurzen Moment endloser Zeit schauten sie beide hinunter auf den Soldaten, der immer noch versuchte, einen leblosen Körper zu beatmen und ihn wieder zum Leben zu erwecken. Der andere Mann rannte jetzt auf sie zu und deutete auf ein Dach.

Vielleicht weiß er, was du getan hättest.

Es war wichtig, nicht?

Ja. Es war wichtig.

Ich kann jetzt nicht mehr zurück, oder?

Könnte es sein, dass du das gern möchtest?

Ich habe noch nicht getan, was ich zu tun hatte. Aber sieh dir nur diesen Körper an. Der nützt mir jetzt nichts mehr.

Sie sah wieder zu den beiden Soldaten hin, die in den hinteren Teil des Hubschraubers hievten, was einmal ihr Körper gewesen war. Die Tür schloss sich. Der Hubschrauber startete.

Da ist immer Raum für ein Wunder, Rebecca.

Ich will mit ihnen fliegen.

Und dann war sie bei Kelly, beobachtete von innen heraus, wie er sich verzweifelt bemühte, sie wieder zum Leben zu erwecken, wo doch alle, sogar der schwarze Pilot, wussten, dass es zwecklos war.

Viel Blut war da nicht. Weit schlimmer war Kellys Qual. Sein Schmerz. Seine Panik. Er dachte: Dreihundert Jahre habe ich gewartet, und dann bekomme ich dreißig bescheuerte Minuten. Wieso? Wieso? Seine Gedanken schrien, aber sein Mund bewegte sich nicht.

Sie konnte verstehen, was gesprochen, gedacht und gefühlt wurde, und die Intensität dieser Worte, Gedanken und Gefühle war überwältigend.

Komm für einen Moment mit mir, meine Liebe. Du kannst

später wieder zurück. Wir haben einiges zu besprechen. Zeit bedeutet hier nichts, aber da bedeutet sie alles, also wollen wir uns lieber nicht zu lange aufhalten.

Emmanuel nahm sie bei der Hand, und sie gingen davon.

Aber dieser Körper nützt mir jetzt nichts mehr.

Da ist immer Raum für ein Wunder.

»Es hat keinen Sinn.«

Aber Kelly wollte nicht aufgeben, bis Macpherson ihn bei der Schulter packte und fest zudrückte. »Geben Sie auf. Sie lebt nicht mehr. Sie war schon tot, als sie auf dem Rollfeld aufschlug. Das wissen Sie. Da.« Billy gab seinem Freund ein sauberes Taschentuch, damit der sich das Blut von den Händen wischen konnte. Billy schaute weg. Er wusste nicht, was er noch sagen sollte. Er wusste jetzt, wer dieses Mädchen einmal gewesen war – dasselbe Mädchen, das der Commander malte, seit Billy ihn kannte.

Schauer rannen Billy das Rückgrat herauf und herunter, als sich Kelly auf den Boden des Hubschraubers setzte und den Kopf in die Hände sinken ließ.

Harlem flog den Helikopter nach Hause.

Hauptquartier und Baracken der 32. Internationalen Schnelleingreiftruppe, genannt Nighthawks, befanden sich in der Nähe von Salisbury. Das gut zweihundert Jahre alte Broadmeadows, auch als ›die Anstalt‹ bekannt, war eine heruntergekommene Nervenheilanstalt gewesen, als die amerikanische Regierung den Besitz 1982 gepachtet hatte. Das größtenteils stark bewaldete Gelände erstreckte sich über gut vierzig Hektar – und in den Wäldern versteckt lagen verschiedene Übungsplätze, Schießstände und Hindernisbahnen des Special Air Service und anderer Spezialeinheiten. Der eigentliche Stützpunkt erstreckte sich über zehn Hektar und umfasste vier Gebäude aus altem graugrünen Sandstein. Es handelte sich um Verwaltung, Wohnquartiere, Krankenstation und Sporthalle, die durch ein Gewirr aus Korridoren und unterirdischen Labyrinthen miteinander verbunden waren. In den 70er-Jahren hatte man die Gebäude als Hauptquartier für die UFO-Forschung genutzt, bis beschlossen worden war, dass eine Antiterroreinrichtung wahrscheinlich handfestere Kämpfe auszutragen hätte.

Auf dem Hubschrauberlandeplatz hinter der Sporthalle wartete ein Begrüßungskomitee, das aus drei Personen bestand: Da waren der Chefarzt Mike McLaren im Rang eines Hauptmanns von der Royal Navy, Chefsanitäter Mitch Stafford, den der Special Air Service der australischen Armee entsandt hatte, und der amerikanische Airforce-Colonel Pete Hamill, befehlshabender Offizier.

Wäre die so wichtige Persönlichkeit am Leben gewesen, hätte die halbe Kompanie den roten Teppich ausgerollt, denn die meisten Männer waren neugierig und wollten wissen, wie die Frau aussah.

Kelly schloss die Augen, als er das Begrüßungskomitee sah. Was hatte er doch am Morgen bei der Versammlung gesagt? Sie werden diesen weiblichen Zivilisten freundlich aufnehmen. Sie werden ihre Privatsphäre respektieren. Sie werden ihr jeden Wunsch erfüllen, vorausgesetzt das hauptsächliche Ziel ihres Aufenthaltes hier hat jederzeit Vorrang. Sie werden ihr nicht zu nahe treten, Sie werden sie beschützen – mehr Verbote als Gebote. Kelly wünschte, er könnte zurücknehmen, was er gesagt hatte, könnte die Zeit acht Stunden zurückdrehen und vielleicht einen anderen schicken, der sie abholen sollte. Vielleicht wäre sie noch am Leben, wenn ein anderer geschickt worden wäre. Er stieg aus und hielt sich im Hintergrund, während die Mediziner vortraten und Rebecca Millers Leichnam auf eine Tragbahre gehoben wurde. Pete kam zur Bahre, zog das Tuch zurück. Ein Blick genügte. Sie konnte nichts gespürt haben. Er sah Kelly an. Sein Gesicht war ausdruckslos. Macpherson ging an ihnen vorbei, ohne ein Wort zu irgendjemandem zu sagen.

»Washington ist schon informiert. Ich gebe Ihnen eine halbe Stunde. Säubern Sie sich.«

Wortlos ging Kelly in sein Quartier. Obwohl die Männer neugierig waren, stellten sie ihre Fragen nicht, als er an ihnen vorbeiging. Kelly schloss die Tür hinter sich, müde lehnte er kurz den Kopf dagegen. Sein Zuhause. Fotos zwischen Ramsch aus dem Fernen Osten. Ein paar Bücher, die er wegen Zeitmangel nie hatte lesen können. Der rote Perserteppich, den er in Karatschi gekauft hatte. Die Sitzkissen aus der Türkei. Der Tomahawk seines Urgroßvaters. Eine Sammlung von Säbeln und ein sechshundert Jahre altes Krummschwert, das er im Irak in der Wüste gefunden hatte.

Mein Zuhause, dachte er. Ein Ramschladen. Das meiste von dem Zeug wollte Marianne in ihrem gemeinsamen Haus in Norfolk nicht haben. Nicht, dass sie jetzt noch da wohnen würde. Nicht, dass es wichtig wäre.

Er fuhr sich übers Gesicht und merkte, dass er immer noch Blut an den Händen hatte.

Kelly zog sich aus, duschte und zog seinen schwarzen Dress an, Rückkehr zu einer gewissen Normalität. Er zündete sich eine Zigarette an. Er erinnerte sich, wie er ihr in die Augen geschaut hatte, als er ihr das Feuerzeug hinhielt. Wie er versucht hatte, an ihrem Top vorbeizuschauen. Wie er nachgedacht hatte. Und ein paar Minuten später war das Nachdenken vorbei. Nicht, dass er das gemerkt hätte, ehe es zu spät war.

Er holte seine Zeichenmappe unter dem Bett hervor und suchte hastig nach einer Zeichnung, die er vor fünf, vielleicht auch vor sechs Jahren gemacht hatte. Dasselbe Mädchen. Das Mädchen, das er Hannah nannte. Das schottische Mädchen. Er zog die Zeichnung heraus. Die junge Frau lag auf einem Strohbett, ein Knie hatte sie angehoben, auf ihrem Gesicht lag ein Lächeln. Das Mal war da. Auch Rebecca Miller hatte dieses Mal.

Und es war zu Ende, bevor es überhaupt angefangen hatte.

Kelly meldete sich im Dienstzimmer des befehlshabenden Offiziers, obwohl sein alter Freund ihm eine Gnadenfrist von einer halben Stunde gegeben hatte.

Mike, der schottische Chefarzt, hatte selber fünf Töchter. Die Kleine hier ist vielleicht so alt wie Bessie, die Tochter von jemandem, dachte er, als er den Leichnam musterte; er wusste, dass der Tod sofort eingetreten war. Mike schüttelte den Kopf und sagte: »Kümmern Sie sich darum, Mitch.«

Mitch Stafford wartete, bis sich die Tür zum Büro des Chefarztes geschlossen hatte, ehe er den Leichnam an Faraday weiterreichte, der in einer Stunde ein Blinddate hatte. Er wollte sich mit einem Mädchen im King's-Arms-Pub in Salisbury treffen.

»Idiot«, brummte Jamie Faraday in sich hinein und rollte die Tragbahre in den kleinen Kühlraum, der bei ihnen Leichenhalle hieß. Er schätzte, dass es nicht lange dauern würde: fotografieren, waschen, eine Liste der persönlichen Wertsachen aufstellen, die Leiche in einen Sack stecken und ab ins Kühlfach. Dann würde er sich zum Treffen mit der geheimnisvollen Linda auf den Weg nach Salisbury machen. Jamie Faraday konnte es kaum erwarten.

Jamie deckte den Leichnam vollständig ab. Es war ihm unverständlich, wieso der Commander sich überhaupt mit Wiederbelebungsversuchen aufgehalten hatte. Die Wunde sah aus, wie von einer Waffe mit Kaliber 338 verursacht. Das Einschussloch machte keinen sonderlich spektakulären Eindruck, aber er wusste, dass die von der Kugel geschaffene Höhlung fürchterlich war. Die Austrittsstelle lag auf Höhe der Nieren.

Bevor er den halb nackten Leichnam ganz entkleidete, machte er Fotos. Bei den Turnschuhen fing er an. Markenschuhe. Levis-Jeans. An die Unterwäsche ging er besser mit der Schere ran.

Als er eine Liste mit den persönlichen Wertgegenständen machte – Saphirring, goldener Ring an der rechten Hand, goldenes Kruzifix an einer Kette –, wurde das Licht in der Leichenhalle schwächer, fing an zu flackern. Stafford, der Witzbold, erlaubte sich wieder einen von seinen Scherzen.

»Mitch? Lass den Quatsch. Und sperr mich nicht wieder hier ein.«

Keine Antwort. Kein Laut, nur ein surrendes Geräusch, wie wütende Bienen in einem umgedrehten Bienenstock. Es war unheimlich. Und da war auch ein Geruch. Schwefel und Rosen. Das Licht wurde heller, knackte und wurde wieder schwächer, ehe es flackernd zu voller Kraft zurückfand und sich dann wieder abschwächte, bis es so strahlend wurde, dass Jamie dachte, die Netzhaut in seinen Augen würde explodieren, wenn er nicht die Hände schützend vors Gesicht hielt. Was zum Teufel war hier los? Jamie schaute blinzelnd zu der Leiche hin, und was er dann sah, blieb ihm für den Rest seines Lebens unerklärlich.

Rebecca Millers Leichnam war voller Licht – voll von reinem, strahlendem weißgoldenen Licht. Er hielt sich die Hände vor die Augen, trotzdem sah er, wie sich die Schusswunde schloss. Von innen. Das Licht war in ihrem Körper und außerhalb. Der gesamte Raum war erfüllt von diesem Licht. Nein, das Licht war lebendig in dem Raum. Er hatte keine Ahnung, wie lange das Phänomen dauerte. Dreißig Sekunden oder eine halbe Stunde, die Zeit war ohne jede Bedeutung. Und dann war es vorbei. Es hörte genauso schnell auf, wie es angefangen hatte. Jamie schloss die Augen und öffnete sie wieder.

Die Wunde war weg. An ihrer Stelle jetzt Narben. Jamie ging rückwärts, bis er nicht weiter zurückkonnte. Er versuchte, um Hilfe zu rufen, aber die Stimme versagte ihm. Die Frau, diese wichtige Persönlichkeit, wer auch immer sie sein sollte, fing an zu atmen. Sie bewegte sich. Sie gab einen Laut von sich – ein Wimmern, so als erwache sie aus tiefem Schlaf.

Wäre Jamie Faraday in der Lage gewesen, die Steinwand hochzuklettern, an der er jetzt lehnte, hätte er genau das getan.

»Mitch? Captain? Captain?«, rief er, jedes Wort lauter als das vorhergehende. Die Frau öffnete die Augen. Sie blinzelte. Runzelte die Stirn. Versuchte, die Hand zu heben. Wieder gab sie wimmernde Laute von sich. Ihr Körper reagierte auf die Kälte. Sie bekam eine Gänsehaut. Er wollte sich bewegen. Er wollte etwas sagen. Aber Jamie konnte nur dastehen, die Wand im Rücken, und sie anstarren. Sie versuchte, sich aufzusetzen, schaffte es aber nicht. Sie versuchte es noch einmal, jetzt klappte es. Sie sah sich um, versuchte, die Dinge um sich herum klar zu erkennen. Sie schaute an sich herunter und sah dann direkt zu Jamie herüber. Sie hatte die größten blauen Augen, die er je gesehen hatte, aber in diesem Moment waren sie längst nicht so groß wie seine. Es war wie in einem Horrorfilm mit Freddie Krüger. *Die Nacht der lebenden Toten.*

»Kalt«, flüsterte sie. »Mir ist kalt.« Sie zitterte. Sie sprach. Eine Stunde war sie tot gewesen, jetzt saß sie da und sprach. »Kelly. Wo ist Kelly ...«

»Herr im Himmel, komm doch endlich einer!«

»Wer wusste sonst noch davon, Pete? Wer kannte sonst noch die Flugnummer, die Zeit, den Ort?«

»Hier in England? Carter und Samperi. Sie hätten sich mit Ihnen am Einwanderungsschalter treffen sollen. Hätten da mit ihr reden sollen.«

»Die sind aber nicht aufgetaucht. Bei Samperi werde ich anfangen.«

»Das werden Sie bleiben lassen. Es ist aus. Vorbei. Sie wird als unbekannte Tote beerdigt werden.«

Kellys Piepser meldete sich. Er las die Nachricht. Er erstarrte und schaute Pete dann an. »Was?«, fragte Pete.

»Sie lebt«, flüsterte Kelly. Noch einmal las er die Nachricht.

»Nein«, sagte Pete. »Da hält uns einer zum Narren. Sie kann nicht leben.«

Commander Nolan, melden Sie sich auf der Krankenstation.

Vom Dienstzimmer zur Krankenstation war es normalerweise ein Fußweg von zehn Minuten, der durch zwei aneinander grenzende Gebäude führte. Kelly schaffte es in drei Minuten, stieß die Flügeltür mit dem Fuß auf und kam rutschend auf den Bodenfliesen zum Stehen. Was er sah, konnte auch er sich auf den ersten Blick nicht erklären.

Faraday saß auf dem Boden, sein Gesicht war weiß, die Hände zitterten ihm. Seine Augen waren so groß wie Untertassen.

Mike, der dreiundfünfzigjährige Kompaniearzt lag unter dem Tisch auf den Knien und versuchte in seinem schottischen Akzent jemanden zu ermutigen, unter dem Tisch hervorzukommen.

»Mike?«

»Jetzt ist er da. Er ist ja jetzt da.«

Kelly schlug das Herz bis zum Hals. Er hockte sich hin und riskierte einen Blick. Erschrockene blaue Augen starrten ihn an, dann setzte das Erkennen ein. »Kelly?«

Er setzte sich auf den Boden. Es ging nicht anders. Ihm versagte die Stimme. Er streckte die Hand aus und berührte sie. Ihre Haut war kalt. Eisig. Lebte sie? Aber wie?

»Was ist los? Wer sind diese Leute? Wo bin ich?« Zusammengekauert saß sie da, zitternd, in ein blutiges Tuch gewickelt, dasselbe Tuch, das vorher ihren Leichnam bedeckt hatte.

Einen Moment lang dachte er, er würde träumen.

»Kalt. Mir ist so kalt.«

»Sie kommen jetzt lieber da hervor.« Er musste es zweimal sagen, ehe die Worte richtig herauskamen.

»Ich kann mich nicht bewegen. Mir ist kalt.«

Kelly legte einen Arm um sie und zog sie heraus. »Was ist denn los mit mir ... was ist denn bloß los ...«, rief sie immer wieder.

Zum ersten Mal in seinem Leben hatte man Kelly Nolan eine Frage gestellt, auf die er nicht sofort eine Antwort wusste. Leere Phrasen würden genügen müssen. »Ist ja gut. Alles ist gut jetzt. Wir werden dafür sorgen, dass Ihnen warm wird, und Sie ins Bett bringen. Der Doktor hier wird nach Ihnen schauen.« Wenn er sich erholt hat, dachte Kelly.

»Bleiben Sie«, flüsterte Rebecca. Sie klapperte mit den Zähnen. »Bleiben Sie. Bitte lassen Sie mich nicht allein.«

Über die Schulter warf Kelly einen Blick nach hinten. Pete beobachtete sie bewegungslos. »Natürlich bleibe ich, wenn Sie das wollen. Ich bin hier. Ist ja schon gut. Ist ja schon gut.« Und er drehte sich um und rief, man solle ihm helfen. »Würdet ihr bitte aufhören, uns anzustarren, und euch in Bewegung setzen!«, schrie er.

Der befehlshabende Offizier ging in sein Dienstzimmer zurück und nahm den Hörer ab, um Washington anzurufen. Es würde nicht das erste und auch nicht das letzte Mal sein, dass ihm Rebecca Miller betreffend keine logische Erklärung einfallen wollte.

Faraday sagte sein Blinddate ab, suchte die Gesellschaft von Valium und legte sich ins Bett, während das erste seiner digitalen Fotos per E-Mail auf dem Stützpunkt die Runde machte. Die wichtige Persönlichkeit, die bei ihrer Ankunft tot gewesen war, lebte und saß im Isolierzimmer der Krankenstation im Bett; sie war in eine Wärmedecke gehüllt und trank sehr süßen Tee in kleinen Schlucken.

Keiner wusste, was er davon halten sollte. Es war ein Wunder.

Mike war fast eine Stunde bei ihr gewesen, und als er herauskam, sah er Kelly an und schüttelte den Kopf. »Ich habe keine Erklärung dafür«, sagte er. »Die Kleine ist in besserer Verfassung als ich. Ein Wunder, mein Junge. Ein richtiges Wunder. Sie will nur Sie.« Der Chefarzt ging und kratzte sich am Kopf; Kelly sah ihm hinterher, er wusste genau, dass der Schotte sich auf den Weg zu seinem Glenfiddich machte. Kelly wäre in diesem Augenblick ein Jack Daniels gerade recht gekommen. Er holte tief Luft und betrat das Isolierzimmer, setzte sich und gab sich alle Mühe, Rebecca Miller nicht anzusehen.

»Haben Sie Hunger?«, fragte er, weil er nicht wusste, was er sonst sagen sollte, um das Schweigen zu durchbrechen; dabei hatte Schweigen ihn vorher nie gestört.

»Hunger? Ich weiß nicht. Aber das hier wollte ich wohl, oder? Eine Tasse Tee.«

»Ja«, entgegnete er beinahe im Flüsterton. »Das wollten Sie wohl.«

»Was ist mit mir passiert?«

»Woran erinnern Sie sich denn noch?«

Eine Weile sagte sie nichts. Sie überlegte. »Ich wollte nicht aus dem Wagen steigen. Ich wollte nicht in den Hubschrauber.«

Wie konnte sie sich überhaupt an etwas erinnern? Vor Übelkeit drehte sich ihm der Magen um. Den ganzen Nachmittag hatte er wie ein Echo im Kopf ihre Stimme gehört: Wenn ich da einsteige, werde ich sterben. Und sie war gestorben. Aber jetzt saß sie da, trank Tee und sprach mit einer Stimme, die so leise war, dass er sich sehr anstrengen musste, um sie überhaupt zu hören.

»Wir haben uns gestritten, und dann hat mich etwas getroffen. Heftig getroffen.« Sie sah an ihrem Krankenhauskittel hinunter und dann in Kellys Augen.

»Man hat auf Sie geschossen«, sagte er leise. Sein Mund war ausgetrocknet. Er brauchte einen Bourbon, denn das hier fühlte sich wie eine Art Wachtraum an. Ein guter Traum, denn sie lebte, aber er hatte Angst, dass er jeden Moment aufwachen könnte.

»Aber wieso? In meinem ganzen Leben habe ich noch keinem Menschen absichtlich Schaden zugefügt.« Darauf sagte Kelly nichts. »Ich bin gestorben, nicht?«, fragte sie leise. Er nickte, sagte aber nichts. »Ich habe Sie gesehen«, sagte sie. »Ich habe gesehen, wie Sie Wiederbelebungsversuche gemacht haben. Ich habe gehört, was Sie dachten.«

»Ja, klar. Was immer Sie sagen.« Es war leichter, die Wand oder seine Fingernägel zu mustern, als ihr in die leuchtend blauen Augen zu schauen und ein lebendes Wunder zu sehen, das da im Bett saß.

»Sie haben gefragt, woran ich mich erinnere, also sage ich es Ihnen. Ich habe Sie beobachtet. Sie haben gedacht: Dreihundert Jahre habe ich gewartet, und dann bekomme ich dreißig besch... Minuten.« Rebecca richtete den Blick in eine Ferne, deren Tiefe nur sie ermessen konnte, und dann sah sie wieder ihn an. Ihr Blick brannte ihm ein Loch in die Seele. »Sie und ... Billy? Heißt er so? Er hat Ihnen andauernd gesagt, Sie sollten aufhören, aber Sie haben nicht auf ihn gehört. ›Sie war schon tot, als sie auf dem Rollfeld aufschlug.‹ Wer hat das gesagt?«

Wieder musste Kelly heftig schlucken. »Billy. Billy hat das gesagt.«

»Und Sie haben aufgehört, und dann haben Sie da gesessen, auf dem Boden vom Hubschrauber und ... ich ging dann irgendwohin. Aber die ganze Zeit wusste ich, dass ich zurückkommen würde. Da war noch etwas Unerledigtes, etwas, das ich zu Ende bringen musste.« Sie runzelte die Stirn, als versuchte sie, sich daran zu erinnern, was das wohl gewesen sein mochte. »Dann bin ich aufgewacht, und mir war so kalt, und ich war nackt, und da war dieser Engländer, der um Hilfe schrie und versuchte, die Wand hochzugehen, um von mir wegzukommen. Ich wollte ihm keine Angst machen. Aber das Einzige, woran ich mich da noch erinnern konnte, war Ihr Name. Und ich habe gerufen und gerufen, aber Sie sind einfach nicht gekommen. Nur so ein alter Schotte ist da gewesen. Der Arzt. Und dann habe ich Ihr Gesicht gesehen, und Sie waren wirklich da.« Sie schwieg einen Moment. »Daran kann ich mich erinnern.«

Er saß an ihrem Bett, hielt die Hände zwischen den Knien und wünschte sich sehnlichst, sie zu berühren, konnte es aber nicht.

»Ich weiß, was Sie denken. Drei Minuten, und das war's dann. Und das hier.« Sie führte die Hand zur Brust. »So was kann keiner überleben.«

Nichts auf der Welt vermochte seine äußerliche Ruhe zu erschüttern, nichts mit Ausnahme des eindringlichen Ausdrucks der wunderschönen, intensiven Augen dieser jungen Frau. Sie dürfte nicht am Leben sein. Den Tod hatte Kelly tausendmal gesehen, und sie *war* tot gewesen. Da konnte es keinen Zweifel geben. Es war ein Herzdurchschuss gewesen, und zwar, so schätzte er, aus nicht einmal einhundertfünfzig Metern. Eine L 115, Kaliber 338. Diese Art Job hatte er selber schon so viele Male erledigt, dass er es kaum noch zählen konnte. Er war der beste Heckenschütze der gesamten Truppe. Und sie sieht mich an und fragt ausgerechnet mich, weshalb irgendein Arschloch auf sie geschossen hat? »Es ... es tut mir Leid, aber ich weiß nicht, was ich Ihnen sagen soll.«

»Ich wüsste auch nicht, was ich mir sagen sollte.« Sie versuchte zu lächeln. »Also, Sie müssen nicht hier bleiben, wenn Sie nicht wollen.«

»Sie haben mich gebeten zu bleiben.«

»Ich hatte Angst, das ist alles. Ich habe mich an, ach, ich weiß auch nicht, an ein Rettungsfloß aus Vertrautheit geklammert. Es geht mir gut jetzt. Wirklich. Alles in Ordnung. Sie können jetzt gehen und etwas essen. Sie haben Hunger. Sie sind müde. Na los. Hauen Sie schon ab. Für einen Tag habe ich wirklich genug Uniformen gesehen.«

»Sind Sie sicher? Ich bleibe, wenn Ihnen das lieber ist.«

»Wenn ich nicht sicher wäre, hätte ich das nicht gesagt.«

»Na schön. Ich sehe Sie dann morgen.« Kelly ging zur Tür und blieb stehen, als er sie sagen hörte:

»Überprüfen Sie die Seile.«

»Wie bitte?«

»Die Seile. Jemand kommt aus einem Hubschrauber auf das Dach eines alten, ausgebrannten Gebäudes herunter. Prüfen Sie, ob die Seile in Ordnung sind, denn da ist irgendwo eine Kante, und die ist scharf. Tun Sie das? Werden Sie nachsehen?«

»Ja. Klar.« Und dann machte er sich auf den Weg, um etwas zu essen. Zu essen und einhundert Fragen abzuwehren, auf die er keine logischen Antworten wusste. Ja, sie war tot gewesen. Ja, jetzt lebte sie. Ich gehe zur Tür raus, und sie warnt mich vor einem Unfall, der während einer für morgen angesetzten Hubschrauberzielflugübung passieren wird, und wahrscheinlich weiß sie noch nicht einmal, was eine Hubschrauberzielflugübung ist. Es muss einen Gott geben, dachte er.

Allein jetzt. Aber nicht richtig allein. Es war ein Krankenhauszimmer, ein winziges Zimmer mit separatem Bad. Die Wände waren grellweiß, aber nichts konnte die Düsternis übertünchen, die hier einmal geherrscht hatte.

Früher war das Gebäude eine Heilanstalt für geisteskranke Kriminelle gewesen. Rebecca rutschte tiefer unter die Bettdecke. Die armen gequälten Seelen, die in diesem Haus grausig gestorben waren, befanden sich immer noch hier inmitten all der Erinnerungen an dieses Leben: der Schmutz, die Entbehrungen, die Ketten, eine einzige Hölle. Und sie alle hatten Rebecca genauso deutlich gesehen wie Rebecca diese Leute. Sie zog sich die Decke über den Kopf und versuchte, sie durch bloße Willenskraft zu verscheuchen, aber sie wollten nicht gehen. Wahnsinnig im Leben, wahnsinnig im Tod.

Dann waren da Schritte und wieder diese schottische Stimme zu hören. »Sie können sich nicht verstecken, Miss.« Die Stimme gehörte zur anderen Seite der Wirklichkeit, dorthin, wo die Wände weiß waren.

Auch ihm hatte sie Angst gemacht. Allen hatte sie Angst gemacht, nicht nur sich selbst. Rebecca schob die Decke zurück und schaute hoch in das bärtige Gesicht. Der Arzt hatte gütige grüne Augen. »Es geht mir gut«, sagte sie leise.

»Ja, das sehe ich, Miss.« Er steckte sich das Stethoskop in die Ohren und wärmte das untere Stück erst mit der Hand an. Er kann mir nicht in die Augen sehen, dachte sie. Er will mir tausend Fragen stellen, aber er findet keine Worte. Als er ihr Herz abhörte, ihr Herz, das vor zwei Stunden auseinander gerissen worden war, schüttelte er in einem fort den Kopf. Wenn er dabei an Wunder dachte, hätte er Recht gehabt.

»Sehen Sie mich nicht so an.«

»Wie sehe ich Sie denn an, Miss?«

»So, als wäre ich irgendein Alien aus dem Weltraum, der gerade unter der Tür hervorgekrochen ist.«

»So was passiert ja schließlich nicht jeden Tag. Da stimmen Sie mir doch wohl zu, oder?«

Rebecca sah die Polaroidkamera auf dem Schränkchen neben dem Bett. Die war vorhin noch nicht da gewesen. »Wofür ist die?«, fragte sie ängstlich.

»Ich muss ein paar Fotos machen.«

»Und wovon genau?«

»Von den Schusswunden.«

»Da ist mehr als eine Schusswunde?«

»Ja«, antwortete Mike. »Es war ein Durchschuss. Die Kugel ist auf Ihrem Rücken ausgetreten.«

»Wieso die Fotos?«

»Die glauben nicht, dass Sie leben.«

»Nein. Keine Fotos.«

»Doch, Miss. Das müssen Sie erlauben, wenn nicht, muss ich Jamie und Mitch rufen, und das wollen wir doch alle nicht. Ich muss das machen, Miss. Es dauert nur einen Moment, und dann lasse ich Sie wieder in Ruhe.« Aber sie zögerte immer noch. »Also soll ich jetzt Jamie und Mitch rufen?«

Langsam stieg Rebecca aus dem Bett und knöpfte den Krankenhausmorgenmantel auf. Ihr war, als würde sie mit jedem einzelnen Blitz vergewaltigt.

3. Kapitel

Pete hatte die Arme verschränkt, als er sich die Fotos auf seinem Schreibtisch ansah. »Da habe ich es nun vor mir, in Farbe, und ich will immer noch nicht glauben, was ich da sehe.«

Kelly schwieg.

»Woran erinnert sie sich?«

»An alles.«

»Das ist außergewöhnlich.«

Arg untertrieben, dachte Kelly.

»Wie geht es Faraday?«

»Er denkt, er hatte eine unheimliche Begegnung mit Gott. Ich frage mich, ob er da nicht vielleicht sogar Recht hat.«

Pete wollte nicht, dass der andere sein Lächeln sah, so drehte er sich weg und goss sich noch einen Whisky ein. »Es muss eine logische Erklärung geben für das, was da vorgefallen ist. Licht. Geräusche. Was hat er geraucht? Das würde ich wirklich gern wissen.«

Das Schweigen war beinahe greifbar. Es war ein kläglicher Versuch gewesen, die Situation durch einen Witz aufzulockern, und das wusste der befehlshabende Offizier. Kelly wischte ein Staubkörnchen von dem Bronzeadler, der auf dem Rosenholzschreibtisch seines Vorgesetzten stand. »Als ich auf der Krankenstation eintraf, war da immer noch eine Art elektrostatischer Ladung in der Luft. Nach dem heutigen Tag zweifle ich kein bisschen mehr an dem, was Faraday sagt. Ich glaube, das sollten wir alle nicht mehr. Wer hat zuerst angerufen, Pete? Gene oder Leon?«

»Gene. Ich weiß, was Sie denken, aber wir haben keine Beweise.«

»Ich brauche keine Beweise. Wann wird er hier sein?«

»Morgen.«

»So bald schon? Sie wollen schon Leute zu der Frau lassen?«

»Ich habe keine Wahl. Sie ist gesund. Ich habe hier den Bericht vom Chefarzt, wenn Sie ihn lesen wollen.«

»Das wäre ein Fehler. Es ist zu früh. Sie braucht noch etwas Zeit, um sich wieder zurechtzufinden.«

»Und ich habe gesagt, ich habe keine Wahl.«

Mike McLaren war in seinem Büro und betrachtete die Reihe von Fotos auf seinem Computermonitor. Eine Flasche Glenfiddich stand in der Nähe. Und, Herr im Himmel, die brauchte er auch. Er schüttelte den Kopf und richtete den Blick noch einmal für einen Moment auf das Foto auf seinem Schreibtisch, das im vergangenen Jahr Weihnachten am Loch aufgenommen worden war. An dem Tag war es eisig kalt gewesen, und nur wenige Touristen waren unterwegs. Alle seine Mädchen hatten sich gefreut, dass ihr Dad auf Urlaub nach Hause gekommen war. Jeanie, die kleine Mary, Agnes, Bessie und in seinen Armen die zehnjährige Kate, die sich an ihn klammerte. »Geh nicht wieder zurück, Dad. Bleib doch zu Hause.« Und wenn sie es zwanzigmal sagte ... Aber zwischen Mike und seiner Mary war immer eine gewisse Distanz. Eine Distanz, die weit größer war als die Kilometer zwischen Wiltshire und Inverness. Er berührte das Gesicht seiner Frau auf dem Foto. Noch zwei Jahre, dachte er. Noch zwei Jahre, und dann bin ich für immer zu Hause.

»Entschuldigung? Ich weiß nicht, wie ich Sie anreden soll.«

Rebecca stand in der Tür zum Büro des Arztes; sie hatte sich in eine Decke gewickelt.

»Sie sollten aber noch nicht aufstehen.«

»Ich kann nicht schlafen«, sagte sie. »Ich will ja, aber ich kann nicht.«

»Muss ansteckend sein. Da habe ich genau das Richtige für uns beide.« Mike holte noch ein Glas. »Möchten Sie mit einem alten Mann ein Gläschen trinken?« Rebecca nickte. Ein kleines Lächeln zeigte sich auf ihrem Gesicht. »Setzen Sie sich doch, am besten da an die Heizung. Dieses verflixte Gemäuer zieht einem die Wärme aus den Knochen, glauben Sie mir.« Hastig schaltete Mike den Monitor aus. Als er ihr einen Whisky eingoss, zitterte seine Hand ein wenig.

»Kann ich die Fotos sehen? Die Vorher- und die Nachher-Fotos?«

»Sie haben heute schon genug durchgemacht.«

»Bitte. Ich muss wissen, dass es wirklich passiert ist. Wenn ich weiß, dass es wirklich passiert ist, komme ich damit vielleicht zurecht.«

Mike schaltete den Monitor wieder an. Wenn sie zu nahe herankam, würde der Computer seinen Geist aufgeben, das wusste sie.

»Und die anderen Aufnahmen?«

Mike reichte ihr den Umschlag. Zuerst nahm Rebecca einen kleinen Schluck von dem Whisky, dann musterte sie nach und nach die Fotos. Es war ihr Körper, da konnte es keinen Zweifel geben. Und ja, sie war tot. Kein Wunder, dass Kellys Gesicht so bleich war. Kein Wunder, dass der Engländer unbedingt hatte wegkommen wollen. Dann sah sie dem Arzt direkt in die Augen. »Die Fotos haben alle schon gesehen, stimmt's? Die Männer hier?« Mike schwieg. Er musste auch gar nichts sagen. »Na großartig.« Wenigstens hatte sie ihre Jeans an. Ich hätte einen BH tragen sollen, dachte sie.

»Die denken, ich bin so eine Art Monster.«

»Nein, Miss. Keiner denkt das.«

»Aber ich denke das. Dazu brauche ich das hier nicht mal. Die Leute sehen sowieso nie hinaus über das, was ich tue, und jetzt das noch obendrein. Lazarus ist wieder auferstanden.« Sie gab die Fotos zurück und nahm das Whiskyglas. Es war in einem Zug ausgetrunken. Mike goss ihr noch einen ordentlichen

Schluck ein. Er wusste immer noch nicht genau, was er sagen sollte. Sie nahm das Foto seiner Familie vom Schreibtisch. Er ließ sie gewähren, beobachtete sie. Auch er versuchte, der Sache auf den Grund zu kommen. Rebecca musterte das gerahmte Foto, obwohl sich plötzlich alles drehte und die Müdigkeit allmählich die Oberhand gewann. »Sie sind ein glücklicher Mann«, sagte sie leise.

»Ich habe eine nette Familie, ja.«

»Fünf Mädchen. Ich wette, Sie fühlen sich ganz schön in der Minderheit, wenn Sie nach Hause fahren.«

»Ach, nein. Und Sie? Was ist mit Ihnen?«

»Familie? Nein. Nicht mehr. Da gibt es keinen mehr.«

»Keinen Mann in Ihrem Leben?«

»Um Gottes willen, nein. ›Und sie lebten glücklich bis ans Ende ihrer Tage‹, nein, das ist nur was für andere Leute.« Sie trank den Whisky aus und betrachtete noch einmal Mikes Foto. »Ihre Töchter sind wirklich schön. Das müssen sie wohl von ihrer Mutter haben!«

»Na, na, Sie freches kleines Ding.«

Gut, dachte sie. Er hat Humor. Den wird er auch brauchen. »Das ist vergangenes Jahr Weihnachten aufgenommen worden, nicht? Das erste Weihnachtsfest seit zwei Jahren, das Sie zu Hause verbringen konnten.«

»Ja. Woher wissen Sie das?«

»Die Kleine. Katie? Heißt sie so? Sie hat geweint, als Sie wieder zurückmussten. Ich weiß nicht, wer mehr Glück hat. Ihre Töchter oder Sie.«

»Möchten Sie noch was zu trinken?«

»Ja, wieso eigentlich nicht. Wenn ich eine Kugel im Herzen überlebt habe, dann wird mich ein Kater sicher nicht umbringen.«

Er goss ihr nach. Seinen Whisky teilte Mike sonst mit keinem. »Sie haben also diese Gabe. Das zweite Gesicht, sozusagen. Eine von meinen alten Tanten hatte es auch. O ja, wirklich. Die konnte ein Kind zu Tode erschrecken, wenn sie es nur anguckte.«

»Das zweite Gesicht ist gar keine so besondere Gabe, Captain. Und um die Wahrheit zu sagen, ich weiß gar nicht genau, was ich da habe. Ich gebe Informationen weiter. Ich sehe das, was gewesen ist, und das, was sein wird. Aber was ich wirklich habe, ist die Gabe zu heilen. Vielleicht kann ich mich hier nützlich machen? Tut mir Leid, aber ich weiß immer noch nicht, wie ich Sie nennen soll.«

»Einfach nur Mike, Miss.«

»Also kann ich?«

»Was meinen Sie?«

»Ihnen irgendwie nützlich sein.«

»Ich weiß nicht. Das hängt vom befehlshabenden Offizier ab.«

»Und wie ist der so?«

»Sie werden schon noch früh genug herausfinden, wie der so ist. Aber nehmen Sie sich in Acht! Der hat einen Blick für hübsche Mädchen. Lassen Sie sich das gesagt sein.«

»Ach, so eine kleine Herausforderung ist doch mal ganz schön.«

»Den Colonel würde ich keine kleine Herausforderung nennen, Miss.«

»Ich bin eine Heilerin, Mike. Das mache ich am liebsten. Das kann ich auch am besten.«

»Gut, ich werde es mir merken.« Noch ein Arzt, der ihr eine Abfuhr erteilte, wenn auch auf nette Art. Sie hatte es nicht anders erwartet. Rebecca stellte ihr Glas zur Seite, verschränkte die Finger, und dann musterte sie den Arzt von Kopf bis Fuß.
»Weshalb gucken Sie mich so an?«, fragte er.

»Sie wissen, dass der Whisky Ihrem Geschwür und Ihrer Arthritis nicht gerade gut bekommt.«

»Wie bitte?«

»Um genau zu sein, dem Zwölffingerdarmgeschwür und der rheumatischen Arthritis. Und dann ist da noch eine beginnende Osteoporose in Ihrem linken Knie. Die besteht seit ... lassen Sie mich überlegen, seit etwa einem Jahr, seit der Fraktur.« Rebecca erwähnte nicht, dass sie sehen konnte, wie der Unfall passiert war: Damals war er betrunken gewesen und auf der Treppe ausgerutscht. »Das schlechte Cholesterin ist zu hoch und das gute zu niedrig, und die gelegentlichen Schmerzen in der Brustgegend haben Sie auch nicht beachtet. Aber das sollten Sie, Captain Mike, wohl am besten wissen.«

»Ich will Ihnen jetzt mal etwas sagen, mein Kind. Wenn wir Freunde bleiben wollen, behalten Sie Ihre Ansichten für sich.«

Auf einmal lächelte sie, und als sie lächelte, dachte Mike, die Sonne wäre wieder aufgegangen. »Sie sind ein lieber, alter, gutmütiger Kerl.«

»So alt nun aber auch wieder nicht.«

Wieder dieses Lächeln, und er erwiderte es. »Danke für den Drink. Ich denke, ich gehe jetzt wohl lieber schlafen. Gute Nacht, Mike.« Sie streckte die Hand aus, und er nahm sie, aber es war kein Händeschütteln, nein, es war eher ein freundschaftliches sanftes Drücken, und mehr brauchte Rebecca auch nicht.

»Gute Nacht, mein Kind. Schlafen Sie gut.«

»Ich heiße Rebecca. Bis jetzt haben Sie mich Miss oder mein Kind genannt.«

»Ja, mein Kind. Ich weiß, wie Sie heißen.« Mike schaute ihr hinterher, bis sich die Tür zum Isolationszimmer schloss.

Eine Weile blieb er belustigt sitzen, bis ihm auffiel, dass das unangenehme Sodbrennen, mit dem er die vergangenen elf Jahre gelebt hatte, deutlich schwächer geworden war. Als er aufstand, machten sich seine Knie nicht schmerzhaft bemerkbar, und auch das Knacken aufeinander scheuernder Knochen in der linken Hüfte spürte er nicht. Er spreizte die Finger. Keine Steifheit. Kein Schmerz.

»Na, da hol mich doch ...«, flüsterte er. Der Chefarzt ging den Korridor der Station entlang, vorbei an dem einsam schlafenden Patienten, dem er erst gestern den Blinddarm herausgenommen hatte. Mike öffnete die Tür zum Isolationszimmer; den Mund hatte er schon auf, weil er fragen wollte, was zum

Teufel sie da gemacht und vor allem wie sie das gemacht hatte, aber Rebecca Miller schlief tief und fest.

Eine Weile schaute er auf sie hinunter, vergewisserte sich, dass sie noch atmete, aber das tat sie. Dann zog er ihr die Bettdecke hoch über die Schulter, strich ihr über das wirre blonde Haar und dachte: Sie ist tatsächlich ein Wunder.

Jeder Mensch brauchte einmal im Leben ein Wunder.

Der Captain ließ sie ruhig schlafen, denn er wusste, dass es am nächsten Tag mit ihrer Ruhe vorbei sein würde.

Zwei Tage kauerte sie jetzt schon mit Mairie in einer dunklen Ecke der Gefängniszelle und wartete darauf, dass diese Leute ihren Irrtum einsahen, aber stattdessen musste sie mit ansehen, wie andere fortgebracht wurden, in den Turm oder in den Kerker.

Und manche kamen nicht mehr zurück.

Hannah machte sich Sorgen um ihr Baby und auch um Mairie, die nicht sehen konnte, aber so viel wusste. Sei meine Augen, Kindchen. Sei meine Augen, hatte sie oft gesagt, aber das hier hatte Hannah nicht kommen sehen. Wer könnte in der Lage sein, Mairie solch schreckliche, schreckliche Dinge anzutun? Sie hatte den Menschen geholfen – weshalb taten sie ihr weh?

»Hannah?«

Sie versuchte, in der Dunkelheit zu sehen. Wer rief da ihren Namen?

»Hannah?«

»Robbie Innes? Bist du das?«

»Ja.«

»Wo um Himmels willen bist du gewesen!«

»Du musst jetzt mit mir kommen.« Große, schwielige Hände halfen ihr auf die Füße, und die blinde Mairie tastete in der Dunkelheit herum und rief: Nein, nicht meine Hannah. Nicht mein Mädchen.

»Jetzt ist alles gut, Mairie. Ganz bestimmt. Robbie ist ja hier.« Aber es gab nichts, womit Hannah das Geheul und die

Flüche der alten Frau zum Verstummen bringen konnte. »Nun hör aber auf zu weinen, Mairie. Robbie ist gekommen, und er bringt mich jetzt nach Hause. Jetzt ist alles gut. Du wirst schon sehen.«

»Du gehst nicht nach Hause, Hannah. Ich soll dich zum Amtsrichter bringen. Sie warten auf dich.«

»Aber ich verstehe das nicht. Was habe ich denn getan?«

Als er sie die rutschigen, unebenen Steinstufen hinaufführte, sagte Robbie: »Catherine hat es Nell aus Craigmore erzählt. Das Mal, das wollen sie sehen.«

»Ich verstehe das immer noch nicht. Was für ein Mal? Und was hat es mit diesen Puppen auf sich, die sie gefunden haben, mit diesen Elfenpfeilen ...«

»Ruhig jetzt. Sprich nur, wenn man dich etwas fragt, ja?«

»Du hast gesagt, du bringst mich nach Hause zu meinem Pa. Du hast gesagt, sie würden einsehen, dass sie sich geirrt haben, und mich dann gehen lassen.«

»Ruhig, und hör mir gut zu jetzt.« Bevor er die letzte Tür öffnete, schaute Robbie ihr in die Augen. »Wenn du gestehst, wenn du alles sagst, was sie hören wollen, wird das kleine Kind dich retten. Hörst du mich, Hannah? Sie können dir nichts zuleide tun, weil du schwanger bist.«

»Ja, schwanger mit deinem Kind, und du bist mit Catherine verheiratet, und die ist die beste Freundin von Nell aus Craigmore. Deine hässliche Kuh von einer Frau will ihre dreckigen Hände auf mein Kind legen. Auf meinen Jungen. Aber sie wird ihn nicht bekommen.«

»Hannah. Du musst tun, was ich dir sage.«

Robbie Innes führte die Gefangene in einen riesigen, düsteren Raum, einen Raum, dessen Wände lebende Schatten säumten: die Gesichter von Leuten, die Hannah kannte, von Leuten, die zu ihr gekommen waren, um von ihren Krankheiten geheilt zu werden, die aber jetzt kaum zu erkennen waren. Die Arme, die sie vor dem Richter und Inquisitor aufrecht hielten, waren stark, aber es waren nicht Robbies Arme. Jetzt nicht.

»Sie ist noch jung«, sagte einer – die Stimme war Hannah unbekannt. »Ein Kind, das ein Kind unter dem Herzen trägt.«

»Name?«, fragte einer.

»Hannah Dougall«, antwortete ein anderer. Es hörte sich an wie von Robbie gesprochen.

»Verlest nun die Anklage.«

Hannah verstand kein Wort von dem, was verlesen wurde, und auch die Fragen der Männer verstand sie nicht. »Nein, das ist nicht wahr. Ich habe niemanden verflucht. Ich habe mit Medizin geholfen, aber nie verletzt.«

»Das entspricht der Wahrheit. Sie kümmert sich um die Kranken.«

»Mit Gebräu vom Teufel, das Mairie McTaggart ihr gegeben hat!«

»Nell aus Craigmore«, schrie Hannah, »du bist ein Haufen voll Scheiße.«

»Entspricht das der Wahrheit?«, fragte der Richter. Jetzt erkannte Hannah sein Gesicht. Es war James Daly, bei Gott. James Daly, der eigentlich nicht zu fragen brauchte, er müsste es schließlich wissen. Was war das für ein Wahnsinn hier?

»Natürlich ist Nell ein Haufen voll Scheiße. Wer sie reden hört, verliert den Verstand.«

Gelächter brandete auf, aber Robbie Innes schloss die Augen und senkte den Kopf. Er wusste, dass sie tot war. Mit ihren eigenen Worten hatte sie eben ihr Todesurteil gesprochen.

»Ist dein Werk des Teufels?«, fragte James Daly.

Schweigen senkte sich über die Menge.

»Nein. Im Leben nicht. Wieso fragt Ihr mich das, James Daly? Ihr kennt mich doch. Ihr kennt meinen Pa. Ihr wisst, dass ich keiner Menschenseele ein Leid zufüge. Und Ihr! Michael Maginley! Ja, Ihr. Denkt Ihr, ich kann Euch da drüben nicht sehen? Ich habe Eurem Jungen durch das Fieber geholfen, oder? War das etwa das Werk des Teufels? Und Ihr, James Daly, der Ihr da wie Gott auf seinem Thron sitzt. Wie oft seid Ihr schon an meine Tür gekommen? War ich es nicht, die Eurer

Frau half? Ihr alle wisst, es ist Gott, der mir beisteht, und nicht der Teufel. Das wisst Ihr alle! Ich verstehe nicht, was dieser Unfug soll. Das verstehe ich einfach nicht.«

»Man hat gesehen, wie sie im Mondschein beim Wasser tanzte! Sie hat das Mal!«

Hannah drehte sich um zu Nell aus Craigmore und spie ihr ins Gesicht. »Du hässliche alte Kuh! Ich weiß, was Catherine und du wollt, was Ihr vorhabt! Ich weiß es!«

»Sie hat das Mal«, sagte Nell, und ihre Stimme sang die vier Worte.

»Ich habe kein Mal! Wollt Ihr mich nicht endlich nach Hause zu meinem Pa lassen! Er braucht mich. Er ist krank. Er stirbt.«

»Zeig dem Gericht dein Mal«, sagte James Daly.

»Guten Morgen.«

Eine sanfte Stimme mit singendem Tonfall schwebte am Rand ihrer Wahrnehmung, und im ersten Augenblick fragte sich Rebecca, wo sie wohl sein mochte. Sie machte die Augen auf. Das waren nicht die langen, widerhallenden Gerichtssäle einer Burg.

»Mit einem herzlichen Gruß von Frank, dem Gießer und Dreher.«

Fragend schaute sie auf das Essenstablett. »Gießer und Dreher?«

»Er gießt Essen in einen Topf, und er hat den Dreh raus, es hinterher Scheiße schmecken zu lassen.« Der Soldat war ganz eindeutig aus Liverpool. Sein Akzent ließ keinen Zweifel zu.

»Oh. Klingt ganz nach dem, was ich in der Küche so fabriziere. Wie spät ist es?«

»Noch früh.« Er hatte ein nettes Lächeln, und er kam ihr bekannt vor. Schließlich wusste Rebecca, wer er war. Er war der, der am Tag zuvor um Hilfe geschrien und versucht hatte, die Wand hochzugehen, nur um von ihr wegzukommen. Heute schien es ihm wieder gut zu gehen. Sie überlegte, ob er wohl beim Psychologen war.

Er hatte sehr kurzes braunes Haar und braune Augen, die

den nicht versiegenden Quell an Mitgefühl und Intelligenz, der darin schlummerte, nicht verbergen konnten. Genauso wenig wie die Angst. Rebecca überlegte, ob er wohl eine lange Liste von Freundinnen hatte.

»Erst die Untersuchungen, dann können Sie essen. Der befehlshabende Offizier wird uns mit seiner Anwesenheit beehren.«

Jamie steckte ihr ein Thermometer in den Mund und nahm ihr Handgelenk. In dem Moment der Berührung strömten Bilder auf Rebecca ein, die sie für sich behielt. Aus der Entfernung konnte sie sich vor ungewollten Informationen verschließen, aber bei einer Berührung konnte sie wenig machen, höchstens ignorieren, wenn es sein musste. Als das Thermometer herausgezogen wurde, sagte sie leise: »Ich wollte Ihnen gestern keine Angst machen.«

»Sie sind wieder da, das ist das Wichtigste.«

»Wie heißen Sie?«

Er deutete auf das FARADAY, das auf die Tasche seines dschungelgrünen Uniformhemdes genäht war. »Sie können mich Jamie nennen, wenn Sie persönlich werden wollen. Aber erst muss ich persönlich werden.« Er kam mit dem Stethoskop unter das Krankenhausnachthemd, horchte ihr das Herz und die Lungen ab und vermied es, ihr ins Gesicht zu sehen, wie Rebecca bemerkte; wahrscheinlich hatte er Angst vor dem, was er da zu sehen bekäme. Er fürchtete sich. Er fürchtete sich und versuchte tapfer, es sich nicht anmerken zu lassen. Als sie seine Hand berührte, sprang er zurück, bemerkte seinen Fehler aber direkt und kratzte sich die Stirn. »Sehen Sie mal, Miss, erst sind Sie tot, dann leben Sie. Da braucht man ein bisschen Zeit, oder nicht? Geben Sie mir einfach ein wenig Zeit.«

Jamie hob den Deckel von dem Essenstablett und gab den Blick frei auf eine winzige rote Rosenknospe in einer sehr winzigen Vase. Speck, Eier, Tomaten, Pilze. Toast. Ein kleines Päckchen vegetarischer Brotaufstrich, wie sie ihn von zu Hause kannte.

»Sind auch Australier hier?«, fragte sie voller Hoffnung.

»Ein paar. Aber ich glaube kaum, dass die Heimweh heilen können.«

Sie bot ihm ein Stückchen Toast an, in gespieltem Entsetzen wich er zurück, und der witzige Moment war schon vorbei, als von der Tür her eine Stimme kam: »Danke, Faraday. Sie können jetzt gehen.«

Rebecca drehte sich um. Also das ist der befehlshabende Offizier, dachte sie. Jamie verließ das Zimmer.

Rebecca nahm einen Schluck von ihrem Tee, nahm eine Papierserviette und wischte sich den Mund ab. Sie sah den großen blonden Mann in Uniform hereinkommen. HAMILL stand auf seiner Tasche. Auf der Schulter hatte er eine Art Adler. Er trug eine umfängliche Akte bei sich. Das bin ich, dachte sie. Das ist meine Akte. »Guten Morgen«, sagte sie, weil sie nicht wusste, was sie sonst sagen sollte.

Schnell schaute Pete Hamill auf und erwiderte den Gruß. Er schien überrascht. Konnte es sein, dass keiner diesem Mann je einen ›guten Morgen‹ wünschte? Verwirrung stand deutlich in seinen Augen. Verwirrung, die er – wie Rebecca bald herausfinden sollte – unter einer Schicht eisiger politischer Korrektheit zu verstecken versuchte. Rebecca bezweifelte, dass sie je in ihrem Leben bei einem menschlichen Wesen Augen von einem derart tiefen Blau gesehen hatte. Er musste wohl Kontaktlinsen tragen. Es war die Art Blau, wie man es für venezianisches Glas verwendete. Sein Haar hatte einen Blondton, den Haarstylisten nicht zu Stande bringen konnten, die Vererbung aber wohl. Er hatte breite Schultern und schmale Hüften – nicht dass sie überhaupt noch viel anderes zur Kenntnis nahm, denn sie konnte sich nicht von seinen Augen lösen. Und das wusste er.

Die Warnung des Arztes, die sie ursprünglich im Whisky ertränkt hatte, kehrte wie durch einen sanften Nebel zurück. Auch ihn habe ich schon einmal gesehen, dachte sie. Einen Moment lang überlegte sie, ob das 1987 auf diesem Flugzeugträger gewesen sein konnte. Ihre Mutter hatte damals zusammen mit einem Piloten für einen Fotografen posiert. Der Pilot sah diesem Mann hier wirklich sehr ähnlich. Er hatte sie um ihre Telefonnummer gebeten, hatte angerufen, und ihre Mutter verschwand drei Tage und zwei Nächte. Wochenlang war sie wie betäubt, noch lange, nachdem der Flugzeugträger die australischen Gewässer verlassen hatte.

»Beachten Sie mich gar nicht. Essen Sie nur weiter.«

»Nein, ich bin fertig.«

Pete Hamill legte die Akte hin, nahm Faradays Stuhl, zog die Ärmel seiner dschungelgrünen Uniform zurecht, stützte die Ellenbogen auf die Knie und schaute ihr in die Augen. »Ich weiß nicht so recht, was ich sagen soll, Miss Miller, und ich weiß sonst immer, was ich sagen soll.«

Rebecca wollte sich lieber gar nicht erst vorstellen, wie sie wohl aussah. Ihr Haar glich sicherlich wieder einmal dem der Medusa – mit dem Problem sah sie sich jeden Morgen nach dem Aufwachen konfrontiert. Sie musste dringend auf die Toilette, hatte sich die Zähne noch nicht geputzt, hatte vergangene Nacht einen Whisky zu viel mit dem Doktor getrunken, und da saß der Kommandeur der Kompanie und sah aus wie ein Superstar aus Hollywood, der über seinen Text stolperte. Er hat mit meiner Mutter geschlafen, dachte sie immer wieder. Was für ein Witz, was für ein gigantischer Witz.

»Willkommen bei der 32. Internationalen Schnelleingreiftruppe, auch bekannt als die Nighthawks, deren befehlshabender Offizier ich bin.«

»Sagen Sie das nochmal, wenn Sie ein paar Southern Comforts intus haben; ich wäre gespannt, wie das dann herauskäme.« Aber der befehlshabende Offizier schaute sie nur mit leerem Blick an. Einen Sinn für Humor hatte er nicht. Schließlich war er ja Amerikaner. Ein Militärmensch. Ein amerikanischer Militärmensch, der Karriere macht. Ihr Mut sank. »Und das bedeutet in meiner Sprache?«, setzte sie also etwas ernster hinzu.

»Wir spezialisieren uns auf Antiterroroperationen.«

»Aha.« Was zum Teufel soll ich dann hier?, fragte sie sich leise.

»Colonel Pete Hamill, US-Airforce, zu Ihren Diensten, Miss.« Er streckte die Hand aus, und Rebecca nahm sie. Hamill packte fest zu, und jäh wurde Rebecca in einen Tunnel hinuntergezogen, so schnell, so heftig, dass sie ihre Hand wegziehen musste, um wieder zurückzukommen.

»Testpilot«, flüsterte sie.

»Wie bitte?«

»Sie sind Testpilot.«

»Das war ich. Ja.«

»Sie wollten Astronaut werden. Sie waren bei der NASA in einem von diesen die Leute herumwirbelnden Dingern.«

Intensiv musterte der Colonel sie. »Ja, ich bin mehr als einmal in einer Zentrifuge gewesen. Woher wissen Sie das?«

»Ich war mit Ihnen da drin.«

»Aber ...«

»Sie haben mich angefasst.«

»Ich habe Ihnen die Hand geschüttelt, ja. Aber wie haben Sie das gemacht?«

»Sie haben mich angefasst. Sie haben es mir gezeigt.«

»Das wissen Sie nach einem Händeschütteln, das zwei Sekunden gedauert hat?«

Sie nickte. Erinnern Sie mich daran, dass ich nie mit Ihnen tanzen sollte, dachte sie.

»Jetzt weiß ich wirklich nicht mehr, was ich sagen soll.«

Das kann ich in Ordnung bringen, dachte sie. »Wie haben Sie von mir erfahren?«

Pete dachte gründlich über die Frage nach. »Was genau meinen Sie? Diese Einheit hier? Den CIA? Den Secret Service? Die Behörde für Nationale Sicherheit? Das FBI? Hier gibt es etliche Gruppierungen, suchen Sie sich eine aus, Miss Miller. Wo wollen Sie anfangen?«

»Sie können mir erzählen, weshalb ich unter Vorspiegelung falscher Tatsachen hierher gelockt wurde.«

»Man hat Ihnen doch deutlich gesagt, dass Sie seitens der amerikanischen Regierung in Schutzhaft genommen wurden, oder?«

Schweigen. Da lag etwas in den Augen dieses Mannes, das Rebecca nicht deuten konnte. Außerdem konnte sie seine Farben nicht richtig erkennen. Aber manche Leute waren so. Manche Leute bauten riesige, derart undurchdringliche Verteidigungswälle um sich herum auf, dass keiner einen Zugang zu ihnen fand, nicht einmal sie selbst. Wieso?, fragte sie sich. Was versteckt er?

»Soll das eine Art Erklärung sein? Eine Entschuldigung? In der irrtümlichen Annahme, dass ich auf einer Konferenz in London einen Vortrag halten soll, fliege ich um den halben Erdball. Ein Commander von der Navy wartet auf dem Flugplatz auf mich und sagt mir, es findet keine Konferenz statt. Stattdessen soll ich hierher kommen, wo immer das hier auch sein mag. Wenn es schon mit so viel Lügen anfängt, Colonel, wie soll es dann enden?«

»Es endet, wenn der Job erledigt ist. Keinen Moment früher.«

»Und worum handelt es sich bei dem Job?«

»Kurz gesagt geht es darum, Senator Glover bei seinem Besuch in England am Leben zu halten.«

»Und wann wird dieser Besuch stattfinden?«

»Das wissen wir nicht genau, aber es dürfte recht bald sein.«

»Ich habe keine Ahnung, wie ich Ihnen da helfen sollte. Sie gestatten?« Rebecca stieg aus dem Bett und schloss hinter sich die Tür zu dem kleinen Badezimmer. Der Colonel redete weiter. Rebecca überlegte, ob er wohl noch unter feuchtem Zement reden würde. Ob das jetzt unhöflich von ihr gewesen war oder nicht, war ihr egal. Sie hatte gehen müssen.

»Vor zwei Jahren haben Sie ... in die Zukunft gesehen ... sagt man das so? Für Senator Glovers Frau Elizabeth, und zwar in einem Hotelzimmer in Sydney. Die Niederschrift dieser Unterredung befindet sich hier in dieser Akte, wenn Sie Ihr Gedächtnis auffrischen möchten.«

»Die Tonbandaufzeichnung war für Elizabeth Glover bestimmt, für sonst keinen. Die Unterredung war privat und vertraulich«, kam die Antwort in gedämpfter Lautstärke aus dem Badezimmer.

»Und drei Jahre davor haben Sie eng mit den Profilern vom FBI zusammengearbeitet und haben geholfen, zwei der schlimmsten Serienmörder zu fassen, die es in den Vereinigten Staaten je gegeben hat. Und das haben Sie noch dazu vom anderen Ende des Erdballs aus gemacht. Sie sind nie in den Staaten gewesen.«

»Ist das nicht vielleicht ein Eingriff in meine Privatsphäre?«

»Rebecca, auf der ganzen Welt gibt es nur noch drei Leute, die so gut sind wie Sie.«

»Und für wen arbeiten die jetzt? Für den CIA oder für das FBI?«

Darauf reagierte er nicht. »Wir wissen mehr über Sie als Sie selbst.«

Rebecca kam aus dem Badezimmer. »Sie hätten mich einfach bitten können, mit Ihnen zusammenzuarbeiten, und dann hätte ich das getan. Das hätte ich auch von zu Hause aus machen können.«

»Das wäre die beste Lösung gewesen.«

»Für wen? Für den, der auf der Lauer lag und mich erschießen wollte? Willkommen in England.« Rebecca nahm ihren Koffer und hievte ihn auf das Bett.

»Lassen Sie mich das machen.«

»Ich bin nicht krank. Mir geht es gut. Ich bin wütend, aber sonst geht es mir gut.« Sie fand, was sie suchte, ein zerknittertes blaues Kleid; und damit ging sie in das Badezimmer zurück. »Gefragt hat mich immer noch keiner. Meine Zusammenarbeit wird irgendwie als selbstverständlich vorausgesetzt. Das ist nicht gerade ein guter Anfang.«

Sie kam wieder heraus; das Blau des Kleides passte genau zum Blau ihrer Augen, die dunkel und eindringlich waren. Irgendwie brachte sie ihr Haar halbwegs in Ordnung, nahm es zusammen, band es zu einem Pferdeschwanz; und dabei rutschten ihr die schmalen Träger des Kleides von der rechten Schulter. Das hatte Pete alles schon einmal gesehen, in Kellys Quartier, auf der Staffelei. Nein. Da nicht. Das Mädchen hing in seinem Dienstzimmer. Zwei Jahre hing sie da schon. Seine Nackenhaare sträubten sich. »Werden Sie uns helfen, Rebecca?«

»Ich werde tun, was in meiner Macht steht. Aber eines müssen Sie mir versprechen. Keine Lügen mehr. Entweder die Wahrheit, oder es ist vorbei. Einverstanden?«

»Ich gebe Ihnen mein Wort.« Er legte ihr ein Schriftstück vor, fünfundzwanzig Seiten lang, das sie unterschreiben musste. Sie hätte einen Anwalt konsultieren müssen, um den Inhalt zu verstehen. Es kam aus dem Pentagon. Es handelte sich um je fünf Seiten aus fünf verschiedenen Abteilungen.

»Und wenn ich nicht unterschreibe?«

»Dann können wir im Grunde für Ihre Sicherheit nicht garantieren.«

Herrje, dachte sie. Soll mich das etwa beruhigen? Sie nahm den Kugelschreiber und unterschrieb. »Das heißt, dass ich für die Dauer der Operation zu Ihren Leuten gehöre. Dass ich ein Nighthawk bin.«

»Mehr oder weniger«, antwortete Pete.

»Ist da noch etwas, das Sie mir sagen müssen?«, fragte sie.

»Ja. Zwei Agenten vom CIA kommen heute Nachmittag und werden sich mit Ihnen unterhalten.«

»Und?«

»Dann kommen noch ein paar Leute, die paranormale Phänomene erforschen; die wollen sich auch mit Ihnen beschäftigen.«

»Die Leute von der OSIR?«

»Ja, aber ...«

»Weshalb wollen die sich mit mir ›beschäftigen‹?«

»Zu Forschungszwecken, hat man mir gesagt.«

»Das soll ja wohl ein Witz sein. Kommen die vielleicht, um

zu gucken, wie nützlich ich Ihrer Regierung sein kann, ganz nach Belieben, irgendwann in der Zukunft bei wer weiß was für Anlässen?«

Der Colonel antwortete nicht.

»Keine Lügen mehr, dachte ich; haben Sie das nicht gesagt?«

»Ja, das habe ich gesagt, Rebecca. Die wollen sich mit Ihnen beschäftigen, um in Prozent ausgedrückt das Risiko einzuschätzen, das wir eingehen können oder eben auch nicht.«

»Also, wenn ich bestehe, können Sie es sich im Grunde leisten, mir zu vertrauen. Das wollen Sie mir doch damit sagen.«

»Ja, ich nehme an, das will ich sagen.«

»Und wenn ich nicht bestehe?«

»Sie werden bestehen.«

Das wusste Pete genau. Schon als Kind hatte er davon geträumt, Astronaut zu werden, aber den Test in der Zentrifuge hatte er dreimal nicht bestanden. Davon wusste nicht einmal seine Frau etwas.

Rebecca machte ihren Koffer zu und stellte ihn an die Tür. »Kann ich jetzt bitte in mein Zimmer? Die Atmosphäre hier gefällt mir nicht. Das war früher einmal ein Kerker. Hier unten haben sie geisteskranke Kriminelle weggesperrt. Es riecht nach Dunkelheit.«

Pete sah sich in dem Raum um. Die Wände waren grellweiß gestrichen. Nirgendwo Dunkelheit. Und dann verstand er, was sie meinte. Er war selber nie gern hierher gekommen, und er würde auch nie hier schlafen wollen, es sei denn, er befand sich an der Schwelle zum Tod.

»Ich führe Sie herum, aber nur ganz kurz. Man braucht wahrscheinlich ein bisschen Zeit, um sich hier zurechtzufinden. Außerdem müssen Sie das hier tragen.« Aus einer Plastiktüte nahm Pete ein paar Marken an einer Kette und reichte sie ihr. »Mit den Chips haben Sie fast überall, und ich betone, fast überall hier auf dem Gelände Zutritt. Die Türen lassen sich nur öffnen, wenn Sie das hier bei sich haben. Tragen Sie die Kette um den Hals.«

»Mit elektronischen Sachen hab ich so meine Probleme.«

»Das ist idiotensicher, Rebecca. Ich nehme Ihren Koffer.«

»Bitte, wenn Sie wollen.«

Sie ging ihm voran aus dem Isolationszimmer, und nur ein einziger Gedanke ging Pete durch den Kopf: Wieso ist sie am Leben? Als er neben ihr herging, durch die labyrinthartigen Gänge von der Krankenstation über die Messe zu den Quartieren der Offiziere, wusste Pete Hamill, dass ein lebendes Wunder unter ihnen wandelte, und an Wunder glaubte er nicht.

»Kelly hat gesagt, ich würde ihn heute sehen. Wo ist er?«

»Commander Nolan ist bei einer Morgenübung.«

»Aha. Und was macht er da?«

»Das fragen Sie ihn lieber selber. Stafford!«

»Sir. Miss.«

Mitch Stafford war der Erste, den sie auf dem Korridor trafen; auf dem Weg zur Krankenstation kam er gerade die Treppe herunter. Als Landsmann warf er der Frau aus Australien einen kurzen Blick zu und lächelte still in sich hinein. Das sah sie nicht.

Es roch nach Essen, und Rebecca wusste, dass die Küche ganz in der Nähe sein musste. Dann war ein Poltern von Stiefeln zu hören, als der Colonel und die Frau mit den übersinnlichen Fähigkeiten den ersten Treppenabsatz erreichten. Rebecca hörte ein paar Flüche, dann trat sofort Ruhe ein. Sie hoffte, nicht *ihre* Anwesenheit, sondern die des Colonel hatte für Ruhe gesorgt. Acht Soldaten in Uniform nickten ihr zu, und acht Stimmen sagten höflich: »Miss«, als die Männer vorbeigingen. Dann folgte ein lauter, durchdringender Fluch. Rebecca ging weiter die Treppe hinauf. Jemand hatte ihr hinterhergesehen und nicht darauf geachtet, wo er hintrat. »Lassen Sie es mich wissen, wenn sich jemand ungebührlich benimmt.«

»Wir leben im einundzwanzigsten Jahrhundert, Pete. Sind wir heutzutage nicht alle gleich?«

Nicht an einem Ort wie diesem, wenn man jemand ist, der sich zum Pissen hinhocken muss, Schätzchen, dachte er.

»Sie würden sich wohler fühlen, wenn ich ein Mann wäre, stimmt's, Colonel? Das würde es für alle Beteiligten leichter machen.«

Lieber Herr im Himmel, konnte sie etwa auch Gedanken lesen?

Sie sah sich nach ihm um und lächelte. »Manchmal«, sagte sie, und er wurde bleich.

Die Messe wurde ihr gezeigt. »Wieso heißt es eigentlich nicht Speisesaal oder Restaurant?«

»Weil wir es von jeher als Messe kennen. Das war schon immer so und wird auch immer so bleiben.«

Rebecca warf einen Blick in den Raum. Nur sechs Leute saßen da beim Frühstück. Rebecca wünschte, sie hätte zu Ende gefrühstückt, die Gerüche machten ihr allmählich wieder Appetit.

Am anderen Ende des Korridors, gegenüber der Messe, gab es eine Art Minihotel. Bar, Barhocker, Tische und Stühle, ein Podium und auf dem Podium ein Schlagzeug, zwei Gitarren und ein Keyboard. Eine riesige Jukebox stand da, aber der Colonel ließ ihr keine Zeit nachzusehen, was für Lieder sie spielte.

Der nächste Raum den Korridor weiter hinunter war eine arg verstaubte Bibliothek. Sie machte den Eindruck, als habe seit Jahren hier schon keiner mehr geatmet. Dann kamen zwei Wohnräume, ein weiterer größerer Saal, den sie für ein kleines Kino hielt, und ein Treppenhaus. In der Nähe befand sich ein uralter Aufzug.

Das Treppenhaus führte drei weitere Treppenfluchten hinauf, die an einem langen Flur mit dunklem, dickem Teppichboden endeten. An beiden Enden des Flurs befanden sich die Kameras einer internen Überwachungsanlage, und beide Kameras waren eingeschaltet. Alle Türen sahen gleich aus. Vor einer Tür am hinteren Ende des ruhigen Korridors setzte Pete den Koffer ab. »Sie brauchen Ihre Marke. Das ist Ihr Zimmerschlüssel.«

Rebecca nahm die Marken vom Hals. Sie schob einen Chip ein, das rote Licht wurde grün. »Erstaunlich, das funktioniert ja.«

Pete ging hinein und legte ihren Koffer auf einen kleinen Hocker neben einem schmalen eingebauten Wandschrank. »Sie werden Besseres gewöhnt sein, aber Sie haben eine wahnsinnige Aussicht hier. Wir hoffen, das wird ein kleiner Trost für Sie sein.«

Und das war es tatsächlich. Die Aussicht war atemberaubend. Jenseits des Rosengartens direkt unter dem Fenster befand sich eine Lichtung, und jenseits der Lichtung erstreckte sich Waldland. Dahinter hügelige Ackerlandflächen, soweit das Auge reichte. Pete sah sie an. »Die Salisbury Plains sind immer schon für Militärmanöver und -übungen genutzt worden. Gar nicht so selten kann man hier einen Panzer über ein gepflügtes Feld oder durch den Weizen eines Bauern fahren sehen. Außerdem herrscht hier auch zu unüblichen Tages- und Nachtzeiten viel Flugverkehr, sowohl ankommende als auch abfliegende Maschinen. Und erschrecken Sie nicht, wenn irgendwann mal Alarm gegeben wird. Wenn das passiert, gehen Sie um Himmels willen allen Männern aus dem Weg, die schwarzen Militärdress tragen.«

»Klingt ja unheimlich.«

»Ist es meist auch. Ich selber wohne nicht auf dem Stützpunkt. Ich wohne mit Frau und Tochter in Salisbury. Also, wenn ich mal nicht hier bin und Sie irgendwas brauchen, egal was, wenden Sie sich an Commander Nolan. Er hat sein Quartier gleich da hinten. Auf dieser Seite vom Flur. Jetzt packen Sie erst mal aus und machen es sich ein bisschen gemütlich. Mittagessen Punkt zwölf. Ich schlage vor, Sie kommen fünf Minuten früher. Willkommen an Bord.«

»Danke«, sagte sie.

»Nichts zu danken.«

Der Colonel ging, und Rebecca schloss die Tür. Der Raum war tatsächlich größer als manche Zimmer in Londoner Hotels, die sie von früheren Besuchen kannte. Sie hatte auch ihr eigenes Bad – Toilette, Dusche. Am Fenster gab es eine kleine Nische, ein idealer Platz zum Schreiben. Zum Denken. Zum Meditieren. Das wird schon gehen, dachte sie. Damit kann ich mich arrangieren. Ein paar Kristalle, ein paar Pflanzen ...

In der Ferne sah sie einen Hubschrauber über ein entlegenes Waldstück fliegen. Hörte sie da etwa Geschützfeuer? Brannte da etwas?

32. Internationale Schnelleingreiftruppe – die Nighthawks.

Diese Männer sind wie Söldner, und ich wohne jetzt hier bei ihnen.

Auch wenn das irgendein gigantischer Witz war, konnte Rebecca darüber nicht lachen. Sie packte ihren Koffer aus, räumte die Kleider in den Wandschrank und ging unter die Dusche, was sie bitter nötig hatte. Als ihr das heiße Wasser am Körper herunterlief, sie säuberte, sie rein wusch, dankte sie Gott, dass er ihr diese zweite Chance gegeben hatte. Sie gelobte, dass sie ihn nicht enttäuschen würde.

Was soll ich machen?, fragte sie stumm.

Nur das, was du machen musst, kam als Antwort Emmanuels Stimme.

Aber ich weiß doch gar nicht, was sie von mir wollen. Ich habe keine Ahnung, wie ich helfen kann.

Zeit, war alles, was Emmanuel erwiderte. *Zeit.*

4. Kapitel

Ich weiß nichts von dem, was Ihr sagt! Ich habe keinen anderen Namen als Hannah. Ich trage kein Hexenzeichen.«

»Sucht das Zeichen«, sagte James Daly seufzend.

Hannah spürte, wie ihr die Hände eines Fremden die Kleidung herunterzerrten. Alle im Raum sahen gierig zu, und wie nicht anders zu erwarten, zeigte sich das Hexenzeichen – ein kleines Muttermal oberhalb ihrer rechten Brustwarze. Und sie hörte jemanden sagen, dass sie damit den Teufel zu säugen pflegte, wenn er bei Nacht in ihr Bett kam. Es war Unsinn, das ganze Zeug. Der Einzige, der in ihr Bett kam, war Robbie Innes, und der war kein Teufel.

Müde rieb sich James Daly übers Gesicht und nickte einem Mann zu, den sie aus Inverness hergeschickt hatten. Es war der Scharfrichter, dem es in den meisten Fällen gelang, das Zeichen wahrer Schuld aufzuspüren.

Er näherte sich Hannah, und sie starrte auf die Kleidung, die er trug – die Halskrause, das herrliche Leinen seines Mantels. Prachtgewänder wie diese hatte sie noch nie gesehen. Ein reicher Mann, ja, und seine Augen waren grau, so grau wie die schottischen Lochs im Winter. Seine beiden Gehilfen nahmen ihr die Haube vom Kopf, und der eine hielt sie, während der andere sich mit der Schere Hannahs langem Haar näherte. Dann sank der Mann aus Inverness auf dem gefliesten Boden auf die Knie, berührte das abgeschnittene Haar und befahl, man möge es auf dem Kirchhof verbrennen. Denn nur dann hätte Satan keinen Ort mehr, an dem er sich verstecken könnte. Er sprach ein Gebet, seine Stimme klang beruhigend, besänftigend. Ein besänftigendes Flüstern, das niemand hörte, niemand außer Hannah. In seinen Augen spiegelte sich die See, in seiner Stimme die sanften, von einer leichten Brise bewegten Wellen. Sie ließ sich mit seiner Stimme treiben: Da wird kein Schmerz sein. Da wird kein Schmerz sein ...

Nackt wurde Hannah auf den harten Steinfußboden gelegt, aber es fühlte sich an, als schwebe sie auf Wasser, und sie schloss die Augen, als kundige Hände sie kneteten, sie streichelten, nach dem Zeichen des Teufels suchten, nach jener schwer zu findenden, nicht leicht sichtbaren Stelle, die unempfindlich war gegen Schmerzen.

Alle sahen schweigend zu, als der Mann aus Inverness eine lange Messingnadel mit reich verziertem Griff nahm und sie dem Mädchen tief in die Schulter stieß. Hannah schrie, und die Augen des Scharfrichters lächelten. Er stach noch einmal zu, diesmal in ihre Seite. Dann in ihren Oberschenkel. Ihre Hand.

»Genug!«, rief Robbie Innes. »Seht Ihr denn nicht, dass sie unschuldig ist? Hört Ihr denn nicht, dass sie Schmerz spürt?«

Der Scharfrichter sah erst Robbie Innes an, dann Hannah Dougall. Er wusste, wessen Kind sie trug. Er lächelte und musterte aufmerksam ihre Augen, als er sich über ihr Gesicht beugte; und dabei schwankte sein Körper leicht von einer Seite auf die andere. Sie war wieder auf See, auf See. Es stimmte, sie spürte keinen Schmerz. Und als er glaubte, der richtige Zeitpunkt für die Demonstration sei gekommen, nahm er von einem Kissen, das er an der Taille trug, die größte Nadel, das ganz besondere Instrument; und diese Nadel stieß er bis ans Heft in das Zeichen, das alle vor wenigen Minuten mit eigenen Augen gesehen hatten.

Sie spürte nichts, und die Nadel wurde wieder zurückgezogen.

»Da ist das Zeichen Satans, und da habt Ihr Eure Teufelsbuhle.«

»Ihr werdet doch eine Hexe nicht leben lassen!«, kreischte

Nell ekstatisch. »Verbrennt sie in einem Teerfass! Verbrennt sie bei lebendigem Leib!«

»Was sagst du jetzt, Hannah Dougall?«

Blinzelnd und verwirrt schaute Hannah James Daly in die Augen. Was hatte er gesagt?

Er schlug mit dem Hammer auf den Tisch, um dem Lärm Einhalt zu gebieten, und das pochende Geräusch befreite sie aus dem hypnotischen Zauber des Scharfrichters. »Die Schuld ist bewiesen. Sie soll im Kerker verbleiben, bis das Kind auf die Welt kommt. Führt die Nächste herein.«

In den Augen von Nell aus Craigmore spiegelte sich überschäumende Freude.

Robbie brachte Hannah zurück zu Mairie. Mairie, die am Freitag bei Sonnenaufgang verbrannt würde, wenn sie nicht vorher starb.

»Du hast gesagt, ich komme nach Hause zu meinem Pa. Er braucht mich.«

»Ich kümmere mich um ihn.«

Er versuchte, einen Arm um sie zu legen. Hannah wich ihm aus, so gut sie konnte. »Du hast es ihr gesagt. Du hast es Catherine erzählt. Nur deine Augen haben das Muttermal gesehen. Nur deine Augen.«

»Ich war betrunken. Wir haben gestritten.«

»Und du hast es ihr erzählt. Du hast gesagt, du liebst mich!«

»Das tue ich auch, Hannah. Wirklich. Glaubst du denn, das ist leicht für mich?«

Er drehte sie um, damit sie ihm zugewandt war, und so standen sie auf den düsteren, rutschigen Stufen, die sich ihren Weg in die Eingeweide der alten Burg bahnten. »Ich lasse nicht zu, dass sie dir wehtun, Hannah. Du musst mir vertrauen. Lieber würde ich sterben, ehe ich zulasse, dass sie dir wehtun.«

Als es an ihrer Tür klopfte, wachte Rebecca auf. Sie hatte keine Ahnung, wie spät es war. Um zweiundzwanzig Minuten nach eins war ihre Uhr stehen geblieben und hatte sich seitdem geweigert, wieder zu funktionieren. Sie muss in dem Augenblick stehen geblieben sein, als ich erschossen wurde, dachte sie. Rebecca machte die Tür auf; wer dastehen würde, wusste sie nicht.

Kelly.

Er war ganz in Schwarz gekleidet. Vom Ohr bis zum Kinn reichte ihm eine Art Mikrofon, und als sie an ihm hinunterschaute, sah sie in seinem Gürtel eine schwarze Kapuzenmütze stecken. In dem Gürtel steckte außerdem eine ziemlich große Handfeuerwaffe. Jetzt verstand sie, was der Colonel gemeint hatte, als er ihr riet, so schnell wie möglich aus dem Weg zu gehen. Heute funkelten die dunkelbraunen Augen des Commanders. Aber wieso sagte er nichts? Wieso stand er einfach nur so da? Wollte er prüfen, ob sie telepathische Fähigkeiten hatte?

»Kelly, wie spät war es, als ich gestor ... als man auf mich geschossen hat?«

Auf die Frage war er nicht vorbereitet. »Ungefähr dreizehn Uhr zwanzig. Wieso?«

Angestrengt überlegte sie eine Weile. Sie war nicht sehr vertraut mit der europäischen Art, die Uhrzeit anzugeben. »Meine Uhr ist um zweiundzwanzig Minuten nach eins stehen geblieben.«

»Wollen Sie eine neue Uhr?«, fragte er.

Sie schüttelte den Kopf. Nein, dachte sie. Auch die würde nicht über zweiundzwanzig Minuten nach eins hinausgehen.

Wieso stand er denn einfach nur so da? »Was ist?«, fragte sie.

»Wollen Sie was essen?«

»Ist es schon Zeit fürs Mittagessen?«

Er machte einen Schritt zurück und ging den Korridor hinunter, ehe sie die Tür geschlossen hatte. Sie musste laufen, um ihn einzuholen. »Wofür ist das?«, fragte sie und deutete auf das Mikrofon.

»Kommunikation.«

Heute wollte er sie einfach nicht ansehen. »Stimmt irgendwas nicht?«

»Was für Kleidung haben Sie eingepackt? Ist das ganze Zeug so wie das?«

»Wie was?«

»Na so.« Er schnipste gegen den winzigen Spaghettiträger des blauen Kleides, das sich eng an ihren Körper schmiegte und nichts der Fantasie überließ. »Sie sind hier mitten unter einhundertsiebenundachtzig Männern, die voll gepumpt sind mit Testosteron. Sie sollten sich nicht so zur Schau stellen.«

»Zur Schau stellen? Jungs interessieren sich nicht für mich. Das wäre schon ein Wunder, wenn es doch mal einer täte.«

Ein alles umfassender Blick vom blonden Pferdeschwanz bis hinunter zu den lackierten Zehennägeln und den Sandaletten, und dann: »Sie werden nachher nicht zu hören kriegen, dass ich es Ihnen doch gleich gesagt habe.«

»Was bilden Sie sich eigentlich ein, wer Sie sind, dass Sie mir sagen können, was ich zu tragen habe? Ich kann schon auf mich selbst aufpassen, vielen Dank.«

Darauf erwiderte Kelly nichts. Seine einzige Reaktion war ein Blick, und das genügte. Ohne ein Wort zu sagen, folgte ihm Rebecca den Gang entlang, die Treppe hinunter, einen weiteren Gang entlang.

Kelly hielt ihr die Tür auf, und Rebecca betrat die Messe; sie konnte unter seinem Arm durchgehen, ohne den Kopf einziehen zu müssen. Sofort war alles still. Die Atmosphäre war unbeschreibbar. Etwa sechzig eifrige, interessierte Augenpaare, die meisten amüsiert, manche verblüfft, wandten ihr ihre Aufmerksamkeit zu. Hier in diesem Speisesaal befanden sich sechzig Soldaten, und alle wunderten sie sich über dasselbe: Sie war tot, jetzt lebte sie. Sie hatten die Fotos gesehen, hatten die Gerüchte gehört, wie sie unter Soldaten typisch waren.

Keiner traute sich, etwas zu sagen, als sie an ihnen vorbei zur Essensausgabe ging. Der Commander nahm zwei Tabletts, gab ihr eins und überließ sie dann sich selbst, schließlich hatte sie ja gesagt, sie könne allein auf sich aufpassen.

Von einem Moment auf den nächsten hatte Rebecca keinen

Appetit mehr. Die Mauer unausgesprochener Fragen, das wortlose Starren tilgten jegliche Spur von Hunger.

Kelly hatte sich schon gesetzt und mit dem Essen angefangen. Und mit dem aufmerksamen Beobachten.

Rebecca entschied sich für Salat. »Ernähren Sie sich vegetarisch?«

Sie sah hoch. Ein Hüne von einem Mann in dschungelgrüner Uniform stand mit gekreuzten Armen auf der anderen Seite der Essensausgabe.

»Halb vegetarisch«, antwortete sie.

»Entweder ganz vegetarisch oder gar nicht, was dazwischen gibt's nicht.«

»Na dann gar nicht«, erwiderte sie. »Danke für die Rose.«

Der Koch, dem Jamie Faraday den Titel ›Gießer und Dreher‹ gegeben hatte, gab einen grunzenden Laut von sich und ging in seine Küche zurück. Rebecca drehte sich um, versuchte das Starren zu ignorieren. Hilfreich war, dass ein leises Gebrummel inzwischen das blanke Schweigen ersetzt hatte, das sie beim Betreten des Raumes verursacht hatte.

Vom Rand aus sah Kelly zu.

Auf den ersten Blick sah sie einen freien Platz nur an Kellys Tisch, aber man würde ohnehin erwarten, dass sie sich dorthin setzte. Sie hatte behauptet, sie könne auf sich selbst aufpassen. So schnell wollte sie nicht aufgeben. Wieso sollte sie ihn gewinnen lassen? Wieso sich als vorhersehbar erweisen? Wieso sich wie ein Mädchen benehmen? Rebecca ließ den Blick über ein Meer von Gesichtern schweifen, die meisten Männer waren ihr noch unbekannt. Dann blieb sie bei dem einen hängen, der am Flugplatz ihren Koffer getragen hatte. Sie versuchte, sich an seinen Namen zu erinnern. Mac-Irgendwie. Billy. Billy Macpherson. Oberfeldwebel, was immer das genau sein mochte. Rebecca ging zu ihm, und schnell räumte Billy den Platz gegenüber frei. Er hatte gelesen. Ganz bestimmt hatte er nicht damit gerechnet, dass sie sich zu ihm setzen würde.

Als sie zwischen den Tischen durchging, hörte sie das Geflüster. Abrupt blieb Rebecca stehen. »Also schön, bringen wir es hinter uns. Wenn einer von Ihnen mir irgendwas zu sagen oder mich irgendwas zu fragen hat, dann bitte jetzt, denn ich würde gleich gern essen.«

Interessiert sah Kelly zu. Damit hatte er nicht gerechnet.

Schweigen. Es gab hundert Fragen, aber kein Einziger wollte seine Frage als Erster stellen.

»Schön. Sie haben Ihre Chance gehabt.«

Sie ging weiter und war schon fast an Billys Tisch, als ein Arm ausgestreckt wurde und sie aufhielt.

Kelly schloss die Augen. Stafford. Er wusste, was jetzt kommen würde.

»Wenn ich etwas sage, würden Sie mir das dann übel nehmen?«

»Was?«

»Brüste.«

Und immer noch Schweigen, abgesehen von gelegentlichem, leise grollendem Gelächter, das aber jetzt auch erstarb. Rebecca drehte sich im Kreis, damit alle in der Messe sie gleich gut verstanden.

»Was ist los mit euch Jungs? Ich weiß, was ich an eurer Stelle fragen würde. Seid ihr denn kein bisschen neugierig? Mein Gott, ich würde platzen vor Neugier! Ihr seid doch alle hoch trainierte personifizierte tödliche Waffen. Ihr verbringt eure Zeit damit, Kriege zu führen, die kein anderer führen kann oder will, stimmt's?«

Als Antwort war da nur Schweigen, das aber ziemlich laut.

»Tag für Tag setzt ihr euer Leben aufs Spiel, wenn man es euch befiehlt, und das würdet ihr wahrscheinlich auch ohne Befehl tun. Ihr Jungs seid Soldaten. Ihr Jungs bekommt Zerstörung bringende Waffen in die Hand gedrückt, und ihr wisst, wie man damit umgehen muss.«

So aufmerksam hatte Kelly die Männer noch nie erlebt, aber ihm ging es nicht anders. Kein Gelächter bis jetzt. Na ja, abwarten.

»Und dann komme ich. Irgendeine Zauberpuppe aus dem Märchenland. Gestern komme ich hier an, mausetot. Schneller als mit Lichtgeschwindigkeit haben die Fotos hier doch die Runde gemacht, stimmt's? Der Commander da hinten hat das Blut noch immer nicht von den Händen gekriegt.«

Kelly besah sich seine Hände. Da war immer noch eine Spur Blut unter einem Fingernagel.

»Lasst euch hier und jetzt von mir sagen, so etwas wie den Tod gibt es nicht. So was hören Soldaten sicher nicht gern, oder? Aber jetzt habt ihr mich als lebenden Beweis vor euch. Ich weiß, was da drüben ist. Ich bin da gewesen. Ich bin zurückgekommen. Ja, es ist ein Wunder. Und was bekomme ich von euch zu hören?«

Sie schaute auf Mitch Stafford hinunter, den Australier vom Special Air Service. »Ich dachte, Wichser wie euch hätte ich achttausend Meilen hinter mir gelassen. Und wenn ihr nichts dagegen habt, würde ich jetzt gern etwas essen.«

Durch das leise Gebrummel ging Rebecca weiter zu Billy Macphersons Tisch, dann setzte sie sich und versuchte zu essen. Ihr Gesicht glühte, und ihre Augen leuchteten tiefblau. Außerdem zitterten ihre Hände, was Billy auffiel. Er versuchte eine aufmunternde Bemerkung in australischem Slang, aber so schlecht nachgemacht hatte sie das noch nie gehört.

Sie schaute zu Billy hoch und sah in sein lächelndes Gesicht. Da wusste sie, dass das Schlimmste jetzt vorbei war. »Ich habe mir gedacht, ich habe drei Möglichkeiten. Entweder weglaufen, aber genau damit hätten alle gerechnet, oder mich wie eine kampfbereite Emanze benehmen, aber das hätten auch alle erwartet. Oder die Wahrheit sagen. Damit hat wohl keiner gerechnet.«

Sie schaute zu Kelly am anderen Ende des Raumes, aber er sah gerade nicht zu ihr herüber. Oder vielleicht doch. Schwer zu sagen.

Das Essen war gut – sie verstand nicht, weshalb sie den Koch hier den ›Gießer und Dreher‹ nannten. Billy sagte sehr wenig, aber jedes Mal wenn sie hochschaute, sah er sie an, und wenn er lächelte, nahm sie seine Aura so wahr, wie sie es sonst nur von Frauen kannte. Wenn das von einem Mann ausging, konnte es nur eines bedeuten: Billy Macpherson war schwul.

Jetzt war das Schweigen in der Messe gebrochen: Etliche Stimmen redeten durcheinander. Man beobachtete sie immer noch, aber wenigstens wurde sie nicht mehr angestarrt.

Allmählich zerstreuten sich die Männer. Billy entschuldigte sich mit der Bemerkung, er müsse jetzt an die Arbeit zurück. Rebecca fragte ihn nicht, was das für eine Arbeit war. Wenn er wollte, dass sie das wusste, würde er es ihr sagen.

Es dauerte nicht lange, und die Messe war fast leer, bis auf zwei Leute. Rebecca drehte sich zu Kelly um. Er las Zeitung. »Wissen Sie, wo mein Büro ist?«, fragte er, ohne sie anzusehen.

»Nein. Der Boss hat mich nur ganz kurz herumgeführt.«

»Wenn ich hier fertig bin, kommen Sie mit mir. In dreißig Minuten wird Ihre Befragung stattfinden.«

»Befragung oder Verhör?«

»Befragung.«

»Sie dürfen es ruhig sagen.«

»Was?«

»Das habe ich Ihnen doch schon gesagt.«

»Und ich habe gesagt, dass ich genau das nicht sagen würde.«

»Haben Sie ein Problem mit mir?«

»Noch nicht«, antwortete Kelly.

Rebecca trank ihre Tasse Tee aus, trug Tablett und Geschirr zur Essensausgabe zurück und wartete im Gang auf Kelly. Sie wusste, dass er sie mit Absicht warten ließ.

Männer in Uniform gingen vorbei, und alle grüßten sie mit einem Kopfnicken oder einem ›Miss‹. Sie fragte sich, ob es ihnen wohl gestattet war, sie bei ihrem Namen zu nennen. Alle hatten sie ihren Nachnamen auf die Uniform aufgestickt. Bennett, Mancuso, Brannagh, Rydell, Macpherson, McLaren.

»Hallo, Mike.«

»Hallo. Die Rede hat mir gut gefallen. Haben Sie den Colonel schon gefragt?«

»Nein. Noch nicht. Ich glaube, bei ihm passe ich wohl lieber den richtigen Zeitpunkt ab. Den geeigneten Moment, wissen Sie.«

»Dann hätten Sie ganz schön schnell gelernt, Mädchen«, sagte er und ging wieder in Richtung Krankenstation.

Kelly kam. »Mir nach.«

»Aye, aye, Captain.«

»Ich bin nicht Captain.«

»Haben Sie Ihren Humor am Empfang abgegeben?«

Da drehte er sich jäh um und spießte sie mit seinem Blick auf. »Hoppla, 'tschuldigung, Commander.«

Rebecca ging Kelly hinterher, das heißt, sie musste laufen, um mit seinen ausgreifenden Schritten mithalten zu können. Er führte sie zwei Etagen hinunter, einen angrenzenden Korridor entlang, an einer Sporthalle vorbei und schließlich nach draußen. Es war die erste frische Luft, die sie seit Gatwick atmete. Die Luft war rein und ganz klar, fast lieblich, und dann blieb Kelly stehen und fischte seine Zigaretten aus der Tasche. Erst da wurde Rebecca bewusst, dass sie seit dem Flughafen nicht mehr geraucht hatte. Normalerweise rauchte sie dreißig Zigaretten am Tag. Das ständige Verlangen war verschwunden. Aber die angenehmste Methode, mit dem Rauchen aufzuhören, war das nicht unbedingt – erschossen zu werden.

Kelly bot ihr eine an, und sie überlegte. Zehn Jahre lang waren die guten Vorsätze fürs neue Jahr immer wieder über den Haufen geworfen worden. Sie war in Versuchung, aber das dauerte nur einen Moment. »Nein, danke. Lieber nicht.«

»Wie Sie wollen.«

Als er sich die Zigarette anzündete, sah sie sich um. Der Rosengarten musste sich auf der anderen Seite vom Gebäude befinden.

»Der Garten liegt auf der westlichen Seite«, sagte Kelly.

»Sie lesen wohl Gedanken, was?«

»Manchmal.«

Rebecca lehnte sich an die Mauer, hinter der die Sporthalle lag. Die Steine waren kalt. Alles hier war kalt. Sie hatte nicht genug passende Kleidung dabei, so viel war klar. Sie hatte sich gedacht, es würde leichter sein, in England einkaufen zu gehen, wenn sie erst einmal Gelegenheit gehabt hätte, die Launen des Wetters einzuschätzen. Auf der Oxford Street hatte sie einkaufen wollen. So war es beabsichtigt gewesen.

»Für das hier haben Sie den australischen Sommer hinter sich gelassen?«

»Es war Frühling. Was wissen Sie schon vom australischen Sommer?«

»Ich bin ein paar Mal da gewesen. Schönes Land. Aber zu viele Australier für meinen Geschmack.« Kelly steckte seine Zigaretten wieder ein. Er hatte eine Art Käppi im Gürtel befestigt, zusätzlich zu der Kapuzenmütze, der Waffe, und weiß der Himmel was sonst noch alles da versteckt war. Sie wollte das gar nicht wissen. Das Mikrofon und der Kopfhörer hingen ihm um den Hals wie einem Arzt das Stethoskop. »Ich habe da mal eine Frage«, sagte Kelly, und dabei hielt er die Zigarette so, als sei sie ein Joint, und musterte bedächtig die glühende Spitze.

»Schießen Sie los.«

»Das sollten Sie keiner ›tödlichen Waffe‹ wie mir sagen.« In seinen Augen funkelte es belustigt, als er sie ansah, und da fuhr ihr wieder diese elektrische Ladung durch die Knie. Ihr Herz pochte wie wild.

»Da bin ich wohl ein bisschen ins Fettnäpfchen getreten, was?«

»Das kann man so sagen.«

»Was wollen Sie denn wissen?«

»Wenn Sie derart übersinnlich begabt sind, wieso sind Sie dann in diesen Schlamassel geraten?«

»Das sollten Sie aber wissen.«

»Wenn ich es wüsste, hätte ich nicht gefragt.«

»Haben Sie je gewusst, was die Zukunft für Sie bringt?«

»Manchmal.«

»Aber es funktioniert besser bei anderen, stimmt's?« Darauf sagte er nichts, das war sicherer. »Ich weiß gar nicht, weshalb die mich hier haben wollen, wo Sie doch schon hier sind. Können wir wieder reingehen? Hier draußen ist es ziemlich kalt.«

»Ja, das sehe ich.« Ein Blick auf ihre Brüste, mehr brauchte er nicht. »Und wenn ich das sehe, sehen das auch die anderen einhundertsechsundachtzig Männer.«

Fest verschränkte Rebecca die Arme. »Na schön. Sie haben gewonnen. Von jetzt an nur noch Jeans und Pullover.«

»Danke.« Kelly machte es normalerweise Spaß, Leute warten zu lassen, aber jetzt warf er die halb gerauchte Zigarette weg.

»Ich will mir Mühe geben, einigermaßen vergammelt auszusehen. Schwer wird das ja nicht sein.«

Er versuchte, sich zusammenzureißen und nicht zu zeigen, wie sehr ihn das amüsierte, aber jedes Mal, wenn sie den Mund aufmachte, wollte er am liebsten laut loslachen.

»Ich hatte Sie vorhin nicht beleidigen wollen.«

»Wäre ich beleidigt gewesen, hätten Sie das gemerkt. Hier lang.«

Rebecca folgte ihm ins Verwaltungsgebäude. Er benutzte einen Chip von seinen Marken, um sich Zutritt zu verschaffen, aber in dem Moment, als Rebecca das Gebäude betrat, ging kreischend der Alarm los. Innerhalb von Sekunden erschienen bewaffnete Männer in Uniform aus dem Nichts. Rebecca dachte, sie müsste wieder sterben, diesmal vor lauter Angst, aber Kelly hob die Hand, und die Männer zerstreuten sich. »Geben Sie mir Ihre Marken«, brüllte er über dem kreischenden Alarm.

»Was?«

»Die Marken!«

»Was?«

Kelly zog ihr die Marken vom Hals, steckte einen Chip in den Schlitz und hämmerte eine Zahlenfolge in den Zugangsdecoder bei der Tür. Im selben Moment hörte der Alarm auf. Er zog den Chip heraus und gab ihn zurück. »Hier lang«, sagte er, und wieder musste Rebecca laufen, um mit ihm Schritt zu halten.

»Rebecca, Sie werden ...«, er merkte, dass sie nicht mehr neben ihm war. Er schaute zurück. Um Luft zu holen, war sie am Treppenabsatz stehen geblieben. »Sie hätten bloß zu sagen brauchen, dass ich langsamer gehen soll.«

»Langsamer«, keuchte sie.

Er ging zurück. »Sie sind in sehr schlechter Verfassung. Dagegen müssen wir etwas tun.«

Mit der Hand auf der Brust sagte sie: »Na los, bringen Sie es hinter sich. Erschießen Sie mich.«

»Ach wo. Erschießen nützt bei Ihnen nichts.«

Sie schaute auf. »Sind wir jetzt quitt?«

»Tut mir Leid«, sagte er.

»Ich brauche eine Lagekarte und einen Blindenhund, um mich hier zurechtzufinden. Was soll die Eile? Leben Sie Ihr Leben genauso atemlos, wie Sie gehen? Oder trainieren Sie für einen Marathon?« Die Welt drehte sich, sie suchte Halt an der Wand.

»Brauchen Sie einen Arzt?« Er nahm sie beim Arm, denn er fürchtete, sie könnte in Ohnmacht fallen. Auf Rebecca prasselte eine ganze Ladung schnell aufeinander folgender aufblitzender Bilder ein, und keines war angenehm. Vor allem das nicht, das noch blieb, als sie seine Hand schon abgeschüttelt hatte. Er beim Sex mit einer schönen, eleganten Frau. Sie wusste, es war seine Frau.

»Nein. Ich brauche keinen Arzt, und fassen Sie mich bitte nicht an. Fassen Sie mich um Gottes willen bitte nicht an.«

Er trat zurück, die Hände hatte er erhoben. »Ich dachte, Sie kippen mir noch um.«

»Ich mag es nicht, wenn man mich anfasst.«

Er warf ihr einen befremdeten Blick zu.

»Aus der Ferne kann ich es abblocken. Das habe ich inzwischen gelernt. Aber fassen Sie mich bitte nicht an, denn ich will es nicht wissen. In Ordnung? Ich will es wirklich nicht wissen.«

»Was wollen Sie nicht wissen?«

»Alles über Sie. Alles, was Sie betrifft.«

»So funktioniert das? Allein schon durch Berührung?«, fragte er leise.

»So ungefähr, ja. Sind wir immer noch nicht da?«, wollte sie wissen.

Er ging weiter, langsam diesmal, bis zu seinem Dienstzimmer auf dem obersten Stock der Verwaltungsabteilung. Er benutzte seine Chipkarte, um die Tür zu öffnen. Als Rebecca den Raum betrat, ging dieses Mal kein Alarm los.

Es war ein geräumiges Büro, und an den Wänden war nicht mehr viel Platz. Es gab viele Fotos: von Schiffen und Hubschraubern, Unterseebooten, Flugzeugträgern. Männer in merkwürdig aussehenden Booten, einer davon Kelly. Belobigungen, Auszeichnungen. An einem Haken hinter der Tür hing eine zweite Jacke. Überall waren ordentliche Stapel von Papieren zu sehen, und auf einem großen Schreibtisch stand ein riesiger Computer. In dessen Nähe wagte sie sich nicht, sie hatte Angst, er könnte explodieren. Merkte er denn nicht, was für eine Gefahr ihre Gegenwart für alles Elektrische und Elektronische bedeutete?

Auf dem Fensterbrett stand eine winzige Pflanze – liebe Güte, was sollte das sein – vielleicht ein Farn? Rebecca ging hin, berührte den einzigen Farnwedel, der halbwegs am Leben schien, und sah sich die Aussicht an. »Wo liegt Stonehenge?«

»Das kann man von hier nicht sehen.«

»Ach, wie dumm«, sagte sie leise, ein wenig enttäuscht. »Sind Sie schon mal da gewesen?«

»In letzter Zeit nicht.« Dass er bei seinem letzten Urlaub Marianne dahin mitgenommen hatte, wollte er nicht sagen – sie war aus den Staaten gekommen, und sie waren zwei Wochen durch Schottland gefahren. Auf der Isle of Skye hatte sie versucht, ihn umzubringen. »Zu viele Touristen. Kaffee? Tee?«

»Nein, danke. Aber bedienen Sie sich ruhig.« Rebecca ging im Raum herum. Auf einem Aktenschrank ein aufgetakeltes Schiff in einer Glasflasche. An der Wand, in einem schönen Rahmen, das Ölgemälde einer Frau. Sie war im Profil zu sehen, barfuß und von der Natur üppig ausgestattet. Sie hatte wirres blondes Haar. Es machte den Eindruck, als hielte sie das Gesicht in den Wind. Um den Hals hatte sie ein goldenes Kruzifix hängen. Es sah genauso aus wie das, das Oma Hilda Rebecca zu ihrem sechzehnten Geburtstag geschenkt hatte ... Genau das Kruzifix, das sie in diesem Moment trug. Zufall, dachte sie. Aber das Kleid, das die gemalte Frau anhatte, war dem sehr ähnlich, das sie in genau diesem Moment trug, bis hin zu dem Spaghettiträger, der der Frau auf dem Bild von der rechten Schulter rutschte. Aber er fiel so tief herunter, dass ... Rebecca musterte das Bild aufmerksamer. Ein Muttermal? Einen Moment lang stand sie wie erstarrt da. Sie traute sich nicht, Kelly anzusehen. Ihr Mund fühlte sich plötzlich ganz trocken an. Genau an derselben Stelle wie diese Frau auf dem Bild hatte auch Rebecca ein Muttermal ... lieber Himmel, großer Gott. Wer ist dieser Mann?, fragte sie sich.

»Ist das Ihre Frau?«, fragte sie schließlich, um Haltung kämpfend. Beinahe hätte sie gewonnen.

»Nein.«

Rebecca ging näher heran und schaute auf die rechte untere Ecke des Bildes. Es war signiert und mit einem Titel versehen. Einen Augenblick lang blieb ihr das Herz stehen. Das Bild hatte Kelly nicht nur vor zwei Jahren gemalt, sondern ... »Wieso haben Sie die Frau Hannah genannt?«

»Ich habe eine Frau gemalt, ich habe ihr einen Namen gegeben.«

»Haben Sie von ihr geträumt? Haben Sie sie deshalb gemalt?«

»Wie ich schon sagte, das ist niemand Bestimmtes. Ich werde während der gesamten Befragung zugegen sein. Ich schlage vor, Sie halten nichts zurück.«

»Na ja, das hängt einzig und allein davon ab, was die fragen werden.«

»Sie haben Ihre Zustimmung zur Zusammenarbeit gegeben.«

»Ich bin doch hier, oder?«

»Lassen Sie mich Ihnen einen Rat geben. Verarschen Sie diese Leute nicht.«

»Ich pflege Leute nicht zu verarschen, wie Sie es so vornehm ausdrücken. In Ordnung? Eines würde ich gern wissen, Commander. Wenn Weiß bei Buchstabe A ist und Schwarz bei Buchstabe Z und die meisten Leute ihr Leben in den Grautönen dazwischen leben, wo passen Sie und ich dann hinein?«

»Wir passen da hinein, wo wir hineinpassen müssen, Mädchen.«

»Na schön, Junge.«

Kelly sah sie an, und diesmal lächelte er.

Corporal Sam Tighe führte Leon Carter und Gene Samperi in das Dienstzimmer des Commanders, und nach einem schnellen Blick auf Rebecca ging er wieder.

Rebecca musterte die Agenten vom CIA. Sie wollte sich ihr Urteil nicht vorschnell bilden, auch wenn offensichtlich war, dass Kelly wenig Zeit auf die beiden verschwendete. Sie wollte sich nicht von der Reaktion eines anderen beeinflussen lassen.

Leon Carter, Anfang dreißig, trug Jeans, ein hellblaues Hemd und Turnschuhe. Vom ersten Moment an mochte Rebecca ihn. Der andere, Gene Samperi, war älter, vielleicht zehn Jahre älter. Er trug teure, weit geschnittene Hosen und ein Designerhemd, das ihrer Einschätzung nach aus Paris kam. Er roch nach Reichtum, Ehrgeiz und nach Calvin Kleins *Obsession*.

Sie hatte schon Schlangen gesehen, die freundlichere Augen hatten als er.

Der Mann aus Inverness vielleicht?

Geh weg, Emmanuel.

Aber das tat er nicht. Goldenes Licht schien durchs Fenster hineinzuschweben. Auch Kelly schaute zum Fenster. Auch er sah das Schimmern von goldenem Licht, aber auf seinem Gesicht zeigte sich keine Reaktion. Er dachte: Sie hat gegen ganz schön schweres Geschütz anzugehen. Schon früher hatte er farbige Energiefelder gesehen, die ganze Zeit sah er sie, aber goldene waren nie dabei gewesen.

»Leon Carter. Freut mich, Sie in so guter Verfassung zu sehen«, sagte Leon und streckte ihr die Hand hin.

Rebecca nahm seine Hand, hatte aber bei der Berührung mit ihm keinerlei Eindrücke. Sie lächelte höflich und sagte: »Wollten Sie nicht vielleicht sagen, Sie freuen sich, mich so lebendig zu sehen? Also Sie sind der geheimnisvolle Leon. Ihre Stimme kenne ich ja bereits. Wir haben schon miteinander telefoniert. Sie haben mich angerufen, um Einzelheiten, die Konferenz betreffend, zu klären. Termine, Veranstaltungsort, offizielle Einladungen ... Ihr Jungs habt euch mächtig Mühe gegeben, mich davon zu überzeugen, dass alles echt ist. Übrigens, großes Lob dem Grafiker. Wirklich sehr professionell. Und die Flugtickets, die Hotelreservierungen! Das alles hierfür! Eine Stimme vergesse ich nie, Leon, und auch Lügen vergesse ich nicht.«

Gene Samperi, der sich bisher noch nicht vorgestellt hatte, stand schweigend daneben und gab sich Mühe, nicht zu zeigen, wie witzig er ihre kleine Ansprache fand. »Für die Irreführung würden wir uns gern entschuldigen. Es war Mittel zu einem wirklich dringenden Zweck.«

»In Anbetracht der Ereignisse am Flughafen würde ich gern wissen, über welchen Zweck wir hier reden.«

»Nennen Sie mich Gene.« Er ging auf sie zu und streckte die Hand aus. Als Rebecca die Hand des zweiten Mannes ergriff, beobachtete Kelly sie aufmerksam. Ihr Gesicht wurde bleich. An ihrem Hals sah er eine Ader pulsieren. Ihr Atemrhythmus änderte sich. Was haben Sie gerade gesehen, Rebecca?, dachte er.

»Was kann ich für Sie tun?«, fragte Rebecca. Nur Kelly hörte das Zittern in ihrer Stimme.

»Vorläufig nur ein paar Fragen beantworten.«

»Schießen Sie ruhig los. Aber das sollte ich hier eigentlich nicht sagen.«

Kelly gewöhnte sich allmählich an die merkwürdigen Sachen, die sie manchmal sagte, aber an Samperi war jeglicher Versuch zu scherzen verschwendet. War es überhaupt ein Scherz? Rebecca warf Kelly einen verängstigten Blick zu, aber er konnte nichts weiter tun, als ganz ruhig zu bleiben.

»Wussten Sie, wer Elizabeth Glover war, als sie vor fast zwei Jahren in Ihr Hotelzimmer in Sydney kam?«

»Nein. Ich wusste nicht, wer sie war. Die Frau eines amerikanischen Senators sieht man ja schließlich nicht alle Tage. Bis sie hereinkam und die Sitzung begann, war sie nur eine Amerikanerin, die Hilfe suchte.«

»So weit, so gut«, sagte Leon.

Gene war nicht ganz so zufrieden. »Ich habe gehört, es ist allgemein üblich, nach Namen zu fragen, sich Telefonnummern herauszusuchen und ein wenig zu recherchieren, ehe der leichtgläubige Kunde mit einer Hand voll Bargeld hereinspaziert.«

Da wären wir also so weit, dachte Rebecca.

»So mögen manche vielleicht vorgehen. Ich nicht. Wenn ich unterwegs bin, empfange ich fünfzehn Leute pro Tag und gewähre jedem durchschnittlich eine Stunde, je nach den Umständen. Und unterwegs bin ich neun Monate im Jahr. Jetzt können Sie nachrechnen. Ich habe kaum die Zeit, mal ein gemütliches Vollbad zu nehmen, wieso sollte ich da versuchen, mir Hintergrundinformationen über völlig Fremde zu beschaffen? Das brauche ich nicht.«

Aber Gene Samperi glaubte ihr nicht. So viel war ihr klar. »Dann gehen Sie mal mit uns durch, was bei der Sitzung passiert ist.«

»Tut mir Leid, aber was bei den Sitzungen passiert, ist eine streng vertrauliche Angelegenheit zwischen dem Kunden und mir.«

Gene drehte sich zu Kelly um und sah ihn Hilfe suchend an. Kelly zuckte mit den Schultern.

»Sie haben Ihre Einwilligung zur Zusammenarbeit gegeben.«

»Weiß Elizabeth Glover, was hier abläuft?«, fragte sie.

»Ja, natürlich weiß sie das. Was glauben Sie denn, woher wir die Tonbandaufnahme haben?«

»Und der Senator?« Carter und Samperi sahen sich an. »Dachte ich es mir doch. Er hält es also immer noch für Unfug? Für kompletten Blödsinn? Hat er sich das Band seiner Frau angehört?«

»Ob er es gehört hat oder nicht, spielt keine Rolle. Das Band wurde dem Geheimdienst übergeben. Und wer es übergeben hat ... also hören Sie, erzählen Sie uns einfach, was in Sydney passiert ist.«

Die Befragung dauerte anderthalb Stunden. Anderthalb Stunden lang dieselben Fragen, wieder und immer wieder. Aber die einzig wichtige Frage war: Wer würde den Senator töten? Anderthalb Stunden lang dieselbe immer wiederholte Antwort. Es spielte keine Rolle, auf wie viele Arten sie sagte, dass sie es nicht wusste. Dann endlich gingen die beiden vom CIA. Der eine hatte ihr geglaubt, der andere nicht.

Kelly führte Rebecca in ihr Quartier zurück, dabei sprachen sie kaum etwas. Diesmal passte er sein Tempo an sie an. Sie wirkte sehr bedrückt. So weit er das sehen konnte, war die Befragung relativ harmlos gewesen, aber er unterrichtete eine breite Palette von Befragungstechniken. Und ja, sie hielt Informationen zurück. Ob die relevant waren oder nicht, konnte er nicht beurteilen. In den Nachrichten heute Morgen hatte es geheißen, dass Glover inzwischen tatsächlich als ernst zu nehmender Kandidat für das Präsidentenamt gehandelt wurde. Meinungsumfragen zeigten, dass er in der Gunst der Wähler bereits vorn lag.

»Reden Sie jetzt mit mir?«, fragte er, als er in der Tür zu ihrem Zimmer stand und sie beobachtete. Sie hatte sich auf das Bett gelegt und auf die Seite gerollt.

»Ich habe nichts zu sagen.«

»Blödsinn, natürlich haben Sie was zu sagen.«

»Lassen Sie mich in Ruhe.«

Kelly schloss die Tür und stellte sich an ihr Bett. Breitbeinig und mit gekreuzten Armen stand er da. »Was haben Sie gesehen, als Samperi Ihnen die Hand schüttelte? Ich weiß, dass Sie etwas gesehen haben.«

»Gehen Sie weg, ich bin müde.«

»Das war keine schwierige Befragung. Die waren richtig höflich zu Ihnen. Sie halten Informationen zurück.«

»Und das wissen Sie natürlich genau.«

»Ja, allerdings weiß ich das! Was glauben Sie eigentlich, was ich hier unterrichte? Grundschulstoff?« Seine kraftvolle laute Stimme machte ihr Angst. Sie rollte sich eng zusammen, und darüber war er froh. Angst war ein gutes Zeichen. Daran konnte er sehen, dass sie auch nur ein Mensch war. »Soll ich Ihnen mal erzählen, was ich gemacht hätte, wenn Sie mich so verarscht hätten wie diese beiden Idioten? Erst hätten wir geredet. Wenn das nichts gebracht hätte, wären andere Methoden zur Anwendung gekommen. Hören Sie mir zu?«

Sie schaute hoch, sie musste einfach. Sie hatte keine Ahnung, was er tun würde, wenn sie nicht irgendwie auf seine Worte reagierte.

»Da gibt es unzählige Methoden, Miss. Essensentzug, Nötigung und Erpressung, Androhung körperlicher Gewalt. Ich kenne fünfzig Arten, Frauen zu bearbeiten, und meistens genügt schon ein wohl platziertes Knie zwischen ihren Schenkeln oder eine Hand auf ihrer Brust. So was mache ich. Und ich bin richtig gut darin. Und mit Ihnen wäre es ganz einfach. Verarschen Sie diese Leute nicht, und lassen Sie es sich ja nicht einfallen, mich jemals zu verarschen, denn hier steht mehr auf dem Spiel als das Leben eines Schwarzen. Keiner hat Sie angefasst. Keiner hat Ihnen gedroht. Also reden Sie mit mir, und zwar jetzt sofort.«

»Ich habe gesehen, was er gemacht hat.«

Kelly wartete. Da kam nichts mehr. »Wen haben Sie bei was gesehen? Reden Sie.«

»Samperi. Der war das, da am Flugplatz. Der war das. Das Gewehr hatte eine dunkle Farbe, und es befand sich auf einer Art Gestell. Da war eine Art Zielfernrohr, wie man es manchmal in Filmen sieht. Ich habe gesehen, was er sah. Ich habe gesehen, wie er zuerst auf meinen Kopf gezielt hat, aber nein, dafür habe ich mich zu viel bewegt. Also hat er auf meine Brust gezielt. Und dann sind Sie ihm in den Weg gekommen, und er hat das Gewehr abgesetzt, bis er mich wieder hatte. Und dann, dann war es so, als würde ich eine rote Blume sehen, die sich im Schnee entfaltet. So hat er es auch gesehen. So hat er darüber gedacht. Und als mich die Kugel von den Füßen riss, sagte er: ›Wundervoll‹. Es hat ihm Spaß gemacht, Kelly. Es hat ihm einen richtigen Kick verschafft, und wenn ich Kick sage, meine ich Kick. Und da musste ich anderthalb Stunden sitzen in dem Wissen, dass er auf mich geschossen hatte und dass es ihm Spaß machen würde, es wieder zu versuchen. Was wollte er wissen? Ob ich das Gesicht desjenigen gesehen habe, der den Senator auf der Treppe seines Flugzeugs ermorden wollte. Herrje, Kelly. Das habe ich vor zwei Jahren gesehen, und es hat nur eine halbe Sekunde gedauert. Mehr weiß ich nicht. Tut mir Leid, wenn es nicht mehr in meinem Gedächtnis ist, aber wie oft muss man sagen, dass man nichts weiß, ehe Leute wie er es endlich glauben? Wenn Sie gesehen hätten, was ich gesehen habe, wenn Sie Zeuge Ihres eigenen Todes geworden wären, diesen Tod mit den Augen eines anderen gesehen hätten, wie hätten Sie dann reagiert? Das sagen Sie mir mal.«

Kelly sagte nichts. Er musterte seine Hände. Er wusste, dass sie noch nicht fertig war.

»Ich versuche immer noch herauszufinden, weshalb um Himmels willen ich wieder zurückkommen musste, und eines kann ich Ihnen sagen: Sich selbst sterben zu sehen ist weiß Gott nicht die angenehmste Erfahrung, die man machen kann, aber wenn Sie wissen, dass ein Kerl, der einen nie gesehen hat, dabei fast einen Orgasmus kriegt ... tut mir Leid, wenn ich Sie enttäuscht habe, aber ich bin eben nicht wie Sie. Die Welt, in der ich lebe, ist nicht die Welt, in der Sie leben. Beim Anblick einer Uniform oder einer Waffe kriege ich eine Scheißangst. So war das schon immer, und so wird es auch immer bleiben. Und wo bin ich jetzt? Das ist wirklich ein einziger gigantischer Witz. Das muss einfach ein Witz sein.«

»Ich will, dass Sie dem Colonel alles erzählen, was Sie mir gerade gesagt haben.«

»Wozu die Mühe, Kelly? Der Typ hat ja vielleicht auf mich geschossen, aber jetzt bin ich hier. Ich bin nicht tot. Ihm kann man nichts anhängen. Und das weiß der Mistkerl.«

»Was haben Sie bei Leon Carter gesehen?«

»Überhaupt nichts.«

»Das glaube ich nicht.«

»Er hat keine Zukunft.«

»Wie bitte?«

»Leon Carter hat keine Zukunft.«

»Woher wollen Sie das wissen?«

»Ich weiß es eben, und Sie wüssten es auch, wenn Sie es versucht hätten. Und jetzt gehen Sie bitte.« Rebecca stand auf und ging ans Fenster.

»Tut mir Leid«, sagte Kelly. »Ehrlich. Tut mir Leid, dass Sie in diese Sache verwickelt wurden. Tut mir Leid, dass Sie verletzt wurden.«

»Verletzt? So nennen Sie das? Verletzt?«

Er wollte ihr übers Haar streichen, übers Gesicht. Er wollte sie irgendwie trösten, aber er wusste nicht, wie, also blieb er, wo er war. »Rebecca?«

Als sie sich zu ihm umdrehte, musste sie sich die Tränen abwischen.

»Ich will ja nur, dass Sie mir vertrauen. Meinen Sie, das könnten Sie?«

Eine ganze Weile betrachtete sie sein Gesicht, ehe sie sich

wieder zum Fenster umdrehte. Seine Frage beantwortete sie nicht. »Er hat mich nicht einmal gekannt, Kelly. Wie konnte er so was machen? Wie konnte er nur?«

Es ist einfacher, wenn es ein Fremder ist, dachte Kelly. Er ging zu ihr hinüber. »Entweder arbeitet er auf eigene Faust, was ich nicht glaube, oder er hat auf Befehl gehandelt. Er wusste, wann Sie ankommen würden. Er wusste, wo der Helikopter stand.«

»Sehen Sie mich an. Wem könnte ich gefährlich werden?«

»Offenbar gibt es Leute, für die Sie sehr gefährlich werden könnten. Hier sind Sie in Sicherheit. Okay?«

Sie wünschte, sie könnte ihm glauben. »Ich wollte nie so sein. Ich würde das alles hergeben, wenn ich nur normal sein könnte. Und wenn es nur einen Tag lang wäre. Nur einen einzigen lausigen Tag.«

»Sie sind nicht wie die anderen. Und ich bezweifle stark, dass Sie es je sein werden.«

Sie starrte aus dem Fenster, ohne etwas zu sehen. Er wollte sie berühren, ganz verzweifelt wollte er das, aber er konnte nicht. Also stand er einfach da, breitbeinig und mit gekreuzten Armen. Es war sicherer so.

»Sagen Sie es mir. Bitte, sagen Sie es mir. Können Sie mich heilen? Mir helfen, einen Sinn in meinem Leben zu sehen? Die marschieren durch die Tür hinaus, und ich bleibe da sitzen, starre in mich hinein und frage mich, wieso zum Teufel ich das nur für andere, nicht für mich tun kann. Wieso hat diese Schwarze mich ausgesucht? Jedes beliebige andere Medium auf der Welt hätte sie aufsuchen können, wieso musste sie durch meine Tür kommen?«

»Einfach nur Glück, nehme ich an. Oder vielleicht war es Schicksal.«

5. Kapitel

»Komm mit, Hannah. Dein Pa schläft. Es wird keiner erfahren.«

Unsicher schaute sie weg.

»Komm«, sagte er wieder, ungeduldig wie immer.

Wie sehr sie ihn liebte, wie gut er aussah, Augen wie der Himmel, Haar wie die Sonne. Wie sehr sie zögerte. »Ich kann Pa nicht allein lassen. Er ist krank.«

»Kannst du denn nicht einmal an mich denken?«

»Ich denke nur noch an dich. Es ist nicht recht, was wir hier machen, Robbie.«

»Ach, komm!«, sagte er, nahm ihre Hand und führte sie fort vom Haus ihres Vaters und in die Dunkelheit hinein. »Wir sehen zu, wie der Mond über dem Wasser aufgeht.«

Hannah sah zu, wie der Mond aufging, sah die Schönheit, hatte keine Angst vor der Nacht, weil Robbie bei ihr war.

»Der Mond ist fast von derselben Farbe wie dein Haar«, sagte er.

»Was du immer für Sachen sagst. Ich weiß dann genau, was du willst.«

Er küsste sie und lachte darüber, wie sie versuchte, ihn abzuwehren.

»Es ist nicht recht. Du bist mit meiner Cousine verheiratet.«

»Catherine tut den ganzen Tag nichts anderes als herumnörgeln und sich beklagen und weinen. Dich will ich.« Er zog sie fest an sich, dann legte er sich in dem hohen Gras mit gespreizten Beinen auf sie und schaute zu ihr hinunter. »Ich schwöre, es

kommt der Tag, wo du mir ganz allein gehörst. Kein nörgelndes Weib mehr. Nur noch du und ich, Hannah. Du und ich. Ich liebe dich so sehr, ich kann es nicht ertragen, wenn du nicht in meiner Nähe bist.«

»Doch, das kannst du.«

»Nein. Sie schicken mich nach Aberdeen und dann nach Edinburg. Monatelang wirst du mich nicht zu sehen bekommen. Ich brauche dich jetzt, Hannah. Jetzt. Wenn du mich nicht bald lässt, werde ich noch wahnsinnig. Lässt du mich, Hannah? Lässt du mich heute Nacht?«

Jedes Mal wenn Rebecca versuchte, die Augen zu schließen, spielte sich Hannahs Leben vor ihrem inneren Auge ab. Hier, an diesem Ort, war alles noch intensiver als vorher. Obwohl sie sich nach Schlaf sehnte, war sie ganz aufgewühlt aufgewacht. Und diese Aufregung wollte nicht verschwinden. Außerdem hatte sie jedes Zeitgefühl verloren. Rebecca nahm den Telefonhörer ab. Kein Freizeichen. Nirgendwo eine Bedienungsanleitung. Wähle einfach eine Nummer, irgendeine Nummer. Sie drückte auf die Null und wartete. »Ja, Miss?«, hörte sie eine Stimme in amerikanischem Englisch, ehe sie noch ein Wort sagen konnte.

»Wie spät ist es?«

»Fünfzehn Uhr fünfzehn, Miss.«

Sie schloss die Augen. »Was heißt das in meiner Sprache?«

»Drei Uhr fünfzehn, Miss.«

»Wann gibt es Abendbrot?«

»Wie bitte?«

»Abendessen. Was zu futtern.«

»Oh, aha. Verstehe. Nach achtzehn Uhr dreißig – Entschuldigung, sechs Uhr dreißig, Ma'am.«

»Mit wem spreche ich?«

»Joel Barrett, Miss.«

»Danke!« Rebecca legte den Hörer auf und ging zum Fenster. Wenn sie während ihres Aufenthaltes hier nicht irgendwas

Sinnvolles zu tun bekam, würde sie noch durchdrehen, das wusste sie genau. Rebecca dachte, dass sie fürs Erste einen kleinen Spaziergang machen wollte. Die Sonne schien, und die hatte sie schon viel zu lange nicht mehr auf ihrer Haut gespürt.

Sie zog sich um. In Jeans, Pullover und Turnschuhen ging sie zwei Stockwerke hinunter. Schilder, die zu einem Ausgang führten, gab es nicht. Nur Kameras. Die meisten waren in Betrieb, und besonders eine war auf sie gerichtet, wohin sie auch ging. Also drehte sie sich zur Kamera, tänzelte ein bisschen hin und her und drehte sich dann wieder weg.

»Sie sieht klasse aus«, sagte Joel auf seinem Stuhl vor den Monitoren.

Rebecca ging in die Bar. Die Stühle waren von den Tischen heruntergenommen, ein Mann arbeitete hinterm Tresen, zwei Männer saßen davor. Stafford und Faraday. Die Namen auf den Hemdtaschen musste sie nicht erst lesen, um diese zwei zu erkennen. Mitch reagierte nicht, als sie hereinkam, sondern trank weiter sein Bier aus der Dose. Jamie stand auf und begrüßte Rebecca herzlich. »Er wollte gerade gehen, stimmt's, Sarge?«, sagte er mit einem Kopfnicken in Mitchs Richtung.

Mitch brummte etwas in sich hinein und trank weiter. Rebecca setzte sich zwischen sie, und Jamie spendierte ihr eine Cola. Etwas Stärkeres wollte sie nicht.

»Woher kommen Sie, Mitch?«, fragte sie.

»Perth«, sagte er darauf nur.

»Heimweh?«

»Nein.«

»Ich bin aus Liverpool«, sagte Jamie.

»Ja, ich weiß. Ich verstehe kein Wort, wenn Sie reden. Wie stehen die Chancen, dass mich einer von Ihnen ein bisschen herumführt? Ich würde gern im Garten etwas spazieren gehen.«

Mitch reagierte nicht. »Ich muss die Genehmigung einholen«, offerierte Jamie mit mehr Begeisterung als nötig.

»Sie brauchen eine Genehmigung, um mit mir spazieren zu gehen?«

»Tja.«

»Es ist zu gefährlich, wenn Leute wie Sie ohne Begleitung hier herummarschieren«, brummte Mitch.

»Und wer genau sind Leute wie ich?«

»Zivilisten«, antwortete Mitch. »Frauen.« Und damit warf Stafford seine leere Bierdose in einen Abfalleimer bei der Tür und ging hinaus.

Einen Moment lang sagte keiner was. In kleinen Schlucken trank Rebecca ihre Cola und sah sich den jungen Mann hinter der Bar an. Er hätte gut ausgesehen, wäre da nicht die Narbe vom linken Auge bis zur Nase hinunter gewesen, der kahl geschorene Kopf und die Tätowierungen. Auch er musterte sie aufmerksam. So müssen Wissenschaftler völlig neue Lebensformen betrachten, dachte sie. »Wie heißen Sie?«, fragte sie, denn es gab keinen Hinweis auf seinen Namen – er trug Zivilkleidung: Jeans und ein T-Shirt mit einem Werbeaufdruck für Zündkerzen.

»Greg«, sagte der Barkeeper und nahm Rebecca mit seinem belustigten Blick ganz in sich auf. Er streckte die Hand aus. Zögerlich nahm Rebecca sie. Sie sah, dass er Schlagzeug spielte, am anderen Ende des Raumes stand es auf dem Podium. Außerdem wusste sie, dass er tauchte und Sprengladungen an Gegenständen anbrachte: an Booten, Gebäuden, Türen ... Seine einzige Familie waren die Leute hier. Es war die einzige Familie, die er wollte.

Sie wollte ihn nicht wieder berühren.

»Kann ich Ihnen anbieten, Sie ein bisschen hier herumzuführen?«, fragte Jamie.

»Ich glaube nicht, dass der Colonel hier ist.«

»Herrje, den fragen wir nie was.« Jamie ging zum Telefon, das auf dem Tresen stand, wählte vier Ziffern und wartete. Beim Commander meldete sich niemand. Der Anruf wurde an Sam weitergeleitet, der Jamie informierte, dass der Commander sich auf Übungsplatz 17b befand. Von der Vermittlung wurde Jamie durchgestellt. »Sir? Unser Gast würde gern ein wenig auf dem Gelände herumgeführt werden.« Eine Weile nur Schweigen. »Ich dachte, ich biete mich an, Sir, wenn das in Ordnung geht.«

Wieder eine Weile Schweigen, da war nur viel Lärm im Hintergrund, und dann Jamies erhobene Stimme, als er sagte: »Danke, Sir. Ja. Verstanden.«

Jamie kam wieder auf seinen Platz zurück. »Dreißig Minuten höchstens. Trinken Sie aus.«

Diesmal achtete Rebecca besser darauf, wohin sie geführt wurde. Eine Etage tiefer und dann nach links. Flügeltüren öffneten sich, und sie betraten einen imposanten Eingangsbereich. Sie nahm weit geschwungene Treppen zu beiden Seiten der schweren, uralten, burgähnlichen Holztür wahr. Sogar hier gab es einen Zugangsdecoder. Kurz darauf stand Rebecca auf den Treppenstufen draußen, atmete die kühle, klare Luft und hoffte, ein verirrter Nachmittagssonnenstrahl könnte Kraft genug aufbringen, ihr Gesicht zu berühren.

Die gefliesten Stufen waren abgenutzt von den vielen Menschen, die sie schon beschritten hatten. Dieselben Stufen hatte es schon vor hunderten von Jahren gegeben, als die Umstände der Besatzung alles andere als ideal gewesen waren. Die meisten Leute, die ihren Fuß hier hineinsetzten, kamen nie wieder heraus. Rebecca hoffte, dass die Zeiten sich geändert hatten. »Sprechen Sie mit mir, Jamie Faraday«, sagte Rebecca.

»Ich kann Ihnen von mir aus keinerlei Informationen geben, Miss, aber ein paar Fragen darf ich Ihnen schon beantworten.«

»Also im Grunde ist es so: Wenn Sie denken, dass ich etwas über das Warum und Wieso hier wissen muss, dann werden Sie es mir sagen, ja?«

»Sie müssen hellsehen können«, antwortete er.

»Ist es hier immer so kalt?«

»Kalt? Heute ist es vergleichsweise warm.«

»Verglichen womit?«

»Wenn Sie lange genug hier sind, werden Sie es schon noch herausfinden.« Jamie deutete in Richtung Westen. »Der große

Parkplatz. Die rote Ducati gehört Billy. Die schwarze ist meine.«

»Und der BMW?«, fragte sie, obwohl sie schon wusste, wem er gehörte. Zweitürer. Sportausführung.

»Gehört dem Commander.«

»Ich glaube, es wird wohl nicht gehen, dass Sie mich mal zu einer kleinen Spritztour auf Ihrer Maschine mitnehmen, oder?«

»Das wäre dann wohl ein bisschen zu viel des Guten, Miss.«

»Bitte nennen Sie mich Rebecca.«

»Tut mir Leid, Miss. Das ist verboten. Zum Garten geht es da lang. Wenn man es überhaupt einen Garten nennen kann.« Rebecca ging neben ihm. Laufen musste sie dabei nicht. »Oberstes Stockwerk, Mitte, da hat der befehlshabende Offizier sein Dienstzimmer. Ich glaube, wir werden beobachtet.« Rebecca stand in dem kreisförmigen Rosengarten mit dem viktorianischen Brunnen in der Mitte, der längst schon nicht mehr in Betrieb war, und schaute zu dem mittleren Fenster der obersten Etage. Am Fenster waren die Umrisse einer Gestalt zu sehen.

»Woher wussten Sie, dass er da oben steht, wo Sie doch gar nicht hingeschaut haben?«

»Das könnte ich Ihnen sagen, aber dann ...«

»Dann müssten Sie mich umbringen, ja, ja. Das habe ich irgendwo schon mal gehört.«

Etwa hundert Meter vom Rosengarten entfernt befand sich ein gut dreieinhalb Meter hoher Zaun, und hinter dem Zaun erstreckte sich Waldland. »Da draußen ist das Übungsgelände. Übungsplätze für Nahkampf, Schießstände, brutal harte Hindernisstrecken, so was alles eben.«

Sanft, aber nachdrücklich lenkte Jamie das Gespräch in eine andere Richtung und blockte alle Fragen nach dem ab, was da sonst noch in dem Wald sein mochte. Sachen vielleicht, über die sie besser nicht Bescheid wusste.

»Da hinten befindet sich der Garten vom Lebensmittelmörder, aber da sollten Sie lieber nur hingehen, wenn Sie die ausdrückliche Genehmigung haben. Das ist Franks Territorium, und er passt eifersüchtig drauf auf. Wer sich an seinem Basilikum vergreift, ist des Todes. Der stirbt, und zwar langsam und unter großen Schmerzen. Auch Käfer und so was haben da keine Chance.«

»Gießer und Dreher. Lebensmittelmörder. Wie nennt man den armen Kerl denn sonst noch so?«

»Futterverderber.«

Sie lachte. »Tatsächlich?«

»Tja, aber dass wir uns recht verstehen, ich habe Ihnen das nicht gesagt.«

»Ich glaube, ich werde ihn Frank nennen.«

»Ich glaube, das würde ihm gefallen.«

Eine rötlich gelbe Katze lag schlafend auf der uralten Gartenmauer. »Das ist unser Hauskater. Der mag keinen.« Der Kater schnurrte, als Rebecca ihm über den Kopf strich. Dann reckte er sich und gähnte. Sie schaute über die Mauer. Sie sah ein kleines Gewächshaus und Kräuter in einem Garten, der makellos aufgeteilt und angelegt war. Wie das Leben des Kochs, dachte sie. Wie das Leben von allen hier, außer meinem.

Jamie führte Rebecca weiter, die Katze dicht auf ihren Fersen, vorbei an zwei riesigen Abfallbehältern und schließlich zum Eingang eines Gebäudes, das ihrer Einschätzung nach die Küche sein musste. Dann ging es über einen Innenhof.

»Diese Gebäude sind unterirdisch miteinander verbunden, nicht?«

Darauf sagte Jamie nichts.

»Was genau geht da unten eigentlich vor?«

»Das müssen Sie nicht wissen.«

»Ich bin ja nur neugierig. So wie Sie auch.«

»Ich bin nicht neugierig. Ich will gar nicht wissen, was in diesem Loch vor sich geht.«

»Aber Sie wollen etwas über mich wissen.«

»Wer würde das nicht gern?« Jamie machte die Tür zur

Sporthalle auf. Der Kater ging nicht mit hinein. Er musste draußen bleiben. Er war schon zwischen zu viele Füße in Stiefeln geraten und war aus Schaden klug geworden.

In der Sporthalle gab es eine Fülle verschiedener Bodybuilding- und Fitnessgeräte. Außerdem waren Netze aus dicken Tauen an zwei Wänden befestigt, und an der dritten Wand gab es eine Klettervorrichtung. Wie die Leute nach oben gelangten, konnte Rebecca sich beim besten Willen nicht vorstellen. Es gab keine Stricke, es gab nichts, wo man mit Händen oder Füßen hätte Halt finden können. Das lang gezogene Gebäude war in zwei Bereiche unterteilt. In der anderen Hälfte befanden sich ein Swimmingpool und ein Tauchbecken. Beim Einatmen der Chlordämpfe traten ihr die Tränen in die Augen.

Jamie führte sie wieder nach draußen und schaute auf die Uhr.

»Ich würde mich gern ein bisschen in den Garten setzen, wenn das geht.«

»Klar. Aber höchstens fünf Minuten.«

Rebecca ging zurück in Richtung Rosengarten, Jamie folgte ihr. Die Knospenruhe vor dem Wintereinbruch hatte gerade eingesetzt. Es blühte nichts, also wo hatte der Koch die rote Rosenknospe herbekommen?

»Sie müssen nicht bei mir bleiben.«

»Doch, muss ich wohl.«

»Was kann mir denn hier passieren?«

Wieder sagte Jamie nichts.

»Wieso bin ich für euch Jungs hier so wichtig?«

»Ich mache nur, was man mir befohlen hat.«

»Ich würde es als Soldat gerade mal fünf Sekunden aushalten.«

Auch darauf sagte Jamie nichts, aber sein Gesicht verzog sich zu einem Lächeln.

»Was wollen Sie denn wissen, Jamie? Die vergangenen zwanzig Minuten haben Sie doch fünfzig verschiedene Fragen hin und her gewälzt.«

»Also eigentlich ist es nur eine Frage auf fünfzig verschiedene Arten.« Er schwieg, bis es schließlich herauskam. »Was ist passiert, als Sie, na Sie wissen schon, als Sie ... als Sie ... gestorben sind?«

»Ich nehme an, meine Antwort hängt sehr davon ab, was Sie persönlich glauben. Es hat keinen Zweck, wenn ich Ihnen sage, dass es den Tod nicht gibt, dass der Teil von Ihnen, der denkt und fühlt, der Teil, der SIE sind, am Leben bleibt. Das kann ich nicht sagen, wenn Sie glauben, dass nach dem Tod nur eine riesige, gewaltige Leere auf einen wartet. Also sagen Sie mir, Jamie Faraday, was glauben Sie?«

»Den Tod habe ich zu oft gesehen, als dass ich an seiner Existenz zweifeln könnte.«

»Und wenn sich ein Leichnam aufsetzt und anfängt, mit Ihnen zu reden? Ich habe gefragt, was Sie glauben, nicht, was Sie gesehen haben. Das ist ein gewaltiger Unterschied. Was sagt denn Ihr Herz?«

»Dass ich in der Hölle ende, egal was ich glaube.«

»Aber wieso? Sie sind in einem Heilberuf. Sie helfen den Leuten.«

»Tja, aber ich bin auch der drittbeste Scharfschütze in dieser Einheit. Mit der richtigen Ausrüstung treffe ich ein Ziel aus gut anderthalb Kilometern Entfernung.«

Diese Auskunft brachte sie zum Schweigen, und ihm wurde klar, dass er das nicht hätte sagen sollen. Verflixt nochmal. Und er hatte gedacht, dass er hier das große Los gezogen hatte.

»Sie verlassen sich viel auf Ihre Intuition.«

»Ich glaube schon. Was Patienten betrifft, habe ich gewisse Gefühle, Vorahnungen.«

»Und bei Mädchen sicher auch.«

»Bei Mädchen?«, fragte er feixend. »Das ist ganz einfach. Wenn ich im Pub bin und ein paar Bier intus habe, sehe ich die Farben leichter. Ich weiß inzwischen, dass Grün freie Fahrt bedeutet. Wortwörtlich.« Wieso hatte er das jetzt eigentlich gesagt?

»Also was habe ich heute für eine Farbe?«, fragte Rebecca.

»So was habe ich vorher noch nie gesehen. Es ist …« Er schwieg und musterte sie eingehend. »Gold.«

»Woher haben Sie diese Begabung, Jamie?«

»Keine Ahnung. Darüber habe ich bisher nicht nachgedacht.«

»Das sollten Sie aber vielleicht. Womöglich kommen Sie zu völlig überraschenden Antworten.«

Wieder sagten sie eine Weile nichts. Rebecca musterte die armseligen, vernachlässigten Rosen und teilte schweigsam jedem Strauch eine Farbe zu, während Jamie seine Fingernägel betrachtete.

»Also, was ist da eigentlich am Flugplatz passiert?«, fragte er.

»Ich stritt mich mit dem Commander. Ich hatte Angst, ich wollte nicht in den Hubschrauber steigen. Im nächsten Moment beobachte ich von innen heraus die vergeblichen Wiederbelebungsversuche.«

»Und da haben Sie nichts gespürt? Keinen Schmerz? Nichts?«

»Wenn Sie wissen wollen, ob es wehgetan hat – nein. Wenn ich Schmerzen hatte, sind sie mir jedenfalls nicht bewusst geworden. Da war nur eine ungeheure Leichtigkeit des Seins und dieses alles umfassende Gefühl von Freiheit. Ich war immer noch ich selbst, aber es fühlte sich anders an, nicht mehr wie in meinem Körper. Wie soll ich Ihnen das beschreiben, Jamie? Stellen Sie sich Folgendes vor: Ihr Wissen über alles Mögliche ist so riesig wie ein Elefant. Das höhere Wesen da oben teilt Ihnen einen Körper zu, und das ganze Wissen so riesig wie ein Elefant wird auf einmal in etwas gezwängt, das winzig ist wie eine Streichholzschachtel. So fühlt sich das hier an, in einem Körper. Aber tot sein heißt, dass man seine Freiheit wieder hat. Man weiß so viel, und dann sind da keine Grenzen mehr. Man sieht alles und fühlt alles, und man empfindet es nicht als Last. Es ist nicht mehr, als man ertragen kann. Es ist nichts, wovor man Angst zu haben braucht. Aber ich war ein bisschen wütend und verwirrt, weil es noch nicht der rechte Zeitpunkt war. Anders kann ich es nicht erklären.«

»Also diese Seelen, das sind die eigentlich Freien. Wir sind die Gefangenen.«

»So ungefähr, ja. Da gibt es nur graduelle Unterschiede.«

»Und manche haben eine Verbindung zur anderen Seite, aber andere nicht.«

»Ja.«

»Manche tun so, als hätten sie diese Verbindung und geben großkotzig damit an.«

»Ja.«

»Aber Sie nicht.«

»Ich erzähle es einfach so, wie ich es sehe. Die Leute bezeichnen es als Gabe, als Geschenk. Aber das ist es nicht. Nicht, wenn man gern ein ganz normales Leben hätte. Die ganze Zeit stellt man zu Gunsten von anderen Leuten das eigene Leben zurück. Wer man selber ist, zählt nicht. Nur das, was man für andere tun kann. So sehen die Leute einen, Jamie. Immer. Es ist ungefähr so wie bei einem Polizisten. Die Leute wollen nur mit einem zu tun haben, wenn etwas schief läuft. Ich glaube, in mancherlei Hinsicht bin ich wie Sie. Nicht ganz, natürlich. Aber vielleicht ein wenig.«

»Den Captain hat die Arthritis in den Knien und in der Hüfte schon fast zum Krüppel gemacht, wussten Sie das? Sie haben ihn berührt, und seitdem geht er, ohne zu hinken. Wie haben Sie das angestellt?«

»Ich war das nicht. Das war Gott. Jamie, ich glaube, wir werden gebraucht.«

»Wie bitte?«

»In der Krankenstation. Wir werden gebraucht. Kommen Sie schon!«

»Ich bin doch gar nicht angepiepst worden.«

»Ich weiß. Ihren Piepser werden Sie hören, wenn wir schon halb oben sind. Sitzen Sie nicht so da und starren mich an. Los, kommen Sie!«

Jamie musste laufen, um sie einzuholen.

»Ich habe es ihm gesagt. Ich habe es ihm gesagt, aber nein; nein, wieso sollte ich auch annehmen, er würde auf mich hören?«

»Wovon reden Sie denn?«

»Jemand wurde verletzt.«

»Woher wissen Sie das?«

»Ich habe gesehen, wie es passiert ist. Verdammt nochmal. Ich habe es Kelly gesagt. Er hat versprochen, er wird die Seile überprüfen.«

Auf halbem Weg die Treppe hinauf ging Jamies Piepser los.

Als Billy Macpherson hereingebracht wurde, hatte sein linker Knöchel sich um einhundertachtzig Grad gedreht, und am linken Unterschenkel hatte er einen offenen Bruch. Er hatte so hoch dosiertes Morphium bekommen, dass er wenig um sich herum mitbekam. Rebecca war weit genug zurückgeblieben, um niemandem im Weg zu stehen, und sie beobachtete Mike, Jamie und Mitch, die wie eine gut geölte Maschine arbeiteten. Sie hatten als Team schon so lange zusammengearbeitet, dass keiner etwas sagen musste. Rebeccas Hände glühten.

Auch Kelly beobachtete das Ganze aus dem Hintergrund. Ihre Blicke begegneten sich über den langen Behandlungsraum hinweg. Gesagt werden musste nichts. Er hatte ihre Warnung in den Wind geschlagen, und noch schlimmer war, dass Billy ein Freund war. Ein guter Freund.

Mikes Befund lautete, dass die Brüche in Vollnarkose von einem Orthopäden gerichtet werden mussten. Und er war schon dabei, den Transport des Patienten in ein besser ausgestattetes Militärhospital zu arrangieren, als Rebecca vortrat.

»Kann ich einen Moment zu ihm, Captain?«

»Gehen Sie aus dem Weg, Kleine. Wir dürfen keine Zeit verlieren.«

»Bitte.«

Mike seufzte.

»Bitte. Es dauert doch noch einen Moment, bis der Hubschrauber hier ist. Bitte. Lassen Sie es mich doch versuchen.«

Da Macphersons Zustand stabil war und sie ohnehin nichts zu verlieren hatten, nickte Mike und ging hinaus, um den Transport zu organisieren.

»Jamie. Ich möchte, dass Sie bleiben.«

Mitch stellte sich zu Kelly und sah sich das Ganze eine Weile an. »Verrückt«, war alles, was er sagte. »Ihr seid ja alle wahnsinnig.« Mitch ging hinaus.

»Was ist passiert, Commander?«, fragte Rebecca.

»Freier Fall aus etwa fünfzehn Metern Höhe.«

»Es war das Seil, oder?«

Kelly sagte nichts. Ihre Warnung war ihm zu spät eingefallen. Er dachte erst wieder daran, als er Macpherson stürzen sah.

»Sie können bleiben, wenn Sie wollen.« Sie wandte ihre Aufmerksamkeit wieder dem verletzten Soldaten zu. »Billy? Wissen Sie, wer ich bin?« Mehr als nicken konnte er nicht. Sie musste Hand auflegen. Bitte, lieber Gott, lass es gut gehen, betete Rebecca. »Ich möchte, dass Sie die Augen aufmachen und mich ansehen, Billy. Na los. Machen Sie die Augen auf und sehen Sie mich an.«

Noch ehe sie ihn berührte, spürte sie seine schlimmen Schmerzen. Aber er ertrug die Berührung klaglos, bis sie sich über ihn beugte und ihm eine Hand flach auf die Stirn und die andere über das Herz legte. Es durchzuckte ihn, als sei eine elektrische Ladung durch ihn gefahren. Wieder konnte Jamie die immense Bedeutung dessen, was er da miterlebte, weder beschreiben noch voll und ganz erfassen.

Rebecca Miller war es nicht, die sich da über Macpherson beugte.

Es war ein Engel. Macpherson konnte er nicht erkennen. Das Licht war zu intensiv. Das Einzige, was er hörte, war das Schlagen seines eigenen Herzens. Und da war auch ein Geruch – nach Rosen. Nach Rosen und nach Schwefel.

Kelly wurde Zeuge eines anderen Phänomens. Mitten in

dem nach Rosen duftenden, goldfarbenen Nebel, der den Raum einhüllte, hatte sich ein anderes Wesen – er konnte es nicht besser ausdrücken – in die Frau hineinversetzt. Es war ein männliches Wesen, so viel wusste er.

Billy spürte nichts, nur einen dumpfen Druck, und dann ein prickelndes Gefühl da, wo noch vor einem Augenblick schlimmste Schmerzen gewesen waren. Er achtete nicht auf das, was sein Körper ihm sagte, denn ein Engel berührte ihn. Das Wesen roch nach Rosen, seine Berührung war glühend. Seine Berührung war die Liebe. Er wollte, dass es ewig so weiterging, aber es hörte auf, und plötzlich war da die völlige Abwesenheit von Schmerz.

Wer auch immer, was auch immer sich in den Körper der Frau versetzt hatte, zog sich zurück. Rebecca hob die Hände und machte einen Schritt nach hinten. Das Licht im Raum wurde schwach, und ihr wurde dunkel vor den Augen. Kelly sah es, bevor es passierte, und fing sie auf, als sie in Ohnmacht fiel.

Macpherson auf dem Behandlungstisch setzte sich auf. Vor zehn Minuten war etwa fünfzehn Zentimeter unterhalb seines Knies ein komplizierter offener Bruch gewesen, und sein Knöchel war aus dem Gelenk gesprungen, sodass sich sein Fuß um einhundertachtzig Grad gedreht hatte. Jetzt konnte man nicht einmal mehr sehen, dass da irgendeine Wunde gewesen war. Die einzigen Spuren der Verletzung waren etwas Blut auf dem Tisch und eine aufgeschnittene Uniformhose auf dem Fußboden, ein gerötetes Handgelenk und Blutergüsse auf der Brust.

Und die drei Männer starrten auf die junge Frau, die in Kellys Armen ohnmächtig geworden war.

Später berichtete Kelly dem Colonel in dessen Dienstzimmer von dem Vorfall.

»Was hat sie gemacht?«

Kelly musste es noch einmal sagen, aber auch die Wiederholung trug nicht dazu bei, dass einer von ihnen das, was wie pure Erfindung schien, leichter verdauen konnte.

Schweigen.

»Aber ... wie kann sie so was machen?«

»Faraday war auch dabei. Ich habe keine Ahnung, ob sein Bericht der Ereignisse mit meinem übereinstimmen wird.«

»Ja, was haben Sie denn nun eigentlich gesehen?«

Kelly hatte immer noch ganz zittrige Hände, als er sich den Kopf kratzte und nur mit einem Achselzucken reagierte.

»Und Sie sagen, Macpherson ist jetzt wieder ganz in Ordnung?«

»Es geht ihm besser als vorher, glaube ich.«

»Wie hat sie das gemacht?«

»Ich weiß nicht«, log Kelly. Aber war es überhaupt eine Lüge? Hatte sie die Heilung vorgenommen, oder war sie nur das Medium des eigentlichen Heilers gewesen?

»Herr im Himmel, das sollte lieber nicht durchsickern. Bringen Sie die drei her. Sofort.«

Kelly drehte sich um und machte sich auf den Weg in sein eigenes Dienstzimmer, wo er sich unbedingt ein paar Minuten hinsetzen und nachdenken musste, ehe er Faraday, Macpherson und Rebecca hereinrief, damit sie dem Colonel Bericht erstatteten. Aber er konnte kaum einen klaren Gedanken fassen.

Jemand klopfte an die Tür. Normalerweise trat der Besucher nach dem Anklopfen unaufgefordert ein. Es kam ein weiteres zaghaftes Klopfen. »Es ist offen.«

Rebecca steckte den Kopf durch die Tür. Inzwischen ging es ihr wieder gut. Als sie zu sich gekommen war, wollte sie nichts weiter als eine Tasse Tee und hatte die anderen gebeten, nicht so ein Drama daraus zu machen. So etwas Besonderes war es nun schließlich auch wieder nicht. Aber Kelly hatte gespürt, dass es etwas ganz Besonderes gewesen war, denn sogar sie konnte es kaum glauben, dass Billy vollkommen wiederhergestellt an ihr vorbeiging.

»Ihr Sinn für den richtigen Augenblick ist phänomenal. Der Colonel will Sie sehen.«

»Das habe ich mir schon gedacht.« Sie kam herein und schloss die Tür hinter sich. Kelly griff zum Haustelefon und wies Sam an, Macpherson und Faraday über ihren Piepser herzubeordern. »Kann ich mich setzen?«

Unverbindlich zuckte er mit den Schultern. Er kann mir nicht in die Augen sehen, dachte sie. Er weiß nicht, was er sagen oder wie er sich verhalten soll. Keiner weiß das. Und das kann ich ihnen nicht übel nehmen. »Kelly, wann werden Sie mich endlich ernst nehmen?«

»Was sind Sie eigentlich, Rebecca? So was wie eine Laune der Natur?«

Hätte er ihr ein Messer ins Herz gejagt und es ein halbes Dutzend Mal hin und her gedreht, hätte er ihr weniger wehgetan. Das sah er in ihren Augen. Er wusste, er hätte das nicht sagen dürfen, aber er wusste nicht, wie er sich für etwas entschuldigen sollte, was im Grunde nur die Wahrheit war. Sie *war* eine Laune der Natur.

Rebecca holte tief Luft, und er sah, wie sich in ihren Augen Tränen sammelten. Stattdessen sagte sie leise: »Ich nehme an, ich halte mich mal lieber bereit für das Unvermeidliche. Der Boss ist nebenan, nicht?« Und ohne auf Antwort zu warten, ging Rebecca.

Als sie das Dienstzimmer des Colonel betrat, standen da drei Stühle. Sie wusste, für wen sie waren. Die Tür zum Nachbarraum ging auf, und Kelly kam herein, blieb aber neben dem Colonel mit den blauen Augen stehen.

Das Schweigen war fast greifbar. »Sie wollten mich sehen?«, fragte sie und setzte sich.

Pete Hamill nickte, sagte aber weiter nichts, bis sowohl Macpherson als auch Faraday hereinkamen. Billy Macpherson war nicht in Uniform. Er setzte sich auf den Stuhl neben Rebecca, und sie wusste, dass er nur den einen Wunsch hatte, ihre Hand zu berühren, aber er saß da wie sie auch und wie Jamie. Wie drei ungezogene Schulkinder saßen sie da, die man zum Direktor beordert hatte und die jetzt auf irgendeine Strafe für ein

Vergehen warteten, von dem im Raum keiner so recht wusste, um was es sich dabei handelte.

»Faraday?«

»Sir?«

»Was für eine Schei ... was zum Teufel ist da heute passiert?«

»Jetzt haben Sie mich aber auf dem falschen Fuß erwischt, Sir. Ich weiß es nicht. Ich weiß nicht, was für eine Schei ... äh, ich habe keine Ahnung.«

»Macpherson?«

»Das Letzte, woran ich mich erinnere, Sir, ist der freie Fall und das Aufschlagen auf dem Gebäude. Das ist alles.«

»Rebecca?«

»Sir?«, sprang Faraday ihr bei. »Ich habe Miss Miller auf dem Gelände herumgeführt, und wir haben uns unterhalten, als sie plötzlich sagte, dass wir auf der Krankenstation gebraucht würden. Darauf sagte ich, dass ich meinen Piepser gar nicht gehört hätte. Darauf sie wieder, dass der Piepser losgehen würde, sobald wir auf dem Weg nach oben wären. So war es dann auch. Das hat mir eine Schei ... eine schreckliche Angst eingejagt. Ich will sagen, Sir, dass Miss Miller wusste, dass jemand verletzt worden war, noch bevor wir es wussten. Na jedenfalls, Sir, der Doc hat ihr erlaubt, eine Weile bei Billy zu bleiben, während er Vorkehrungen für den Krankentransport traf, und sie hat weiter nichts gemacht, als ihm die Hand aufzulegen.«

»Wieso sollte der Doc so was machen, Faraday? Wieso sollte er diese Frau eine Weile mit Macpherson allein lassen?«

»Sie hat seine Arthritis geheilt, Sir.«

»Jamie, ich habe Ihnen doch gesagt, dass ich das nicht gewesen bin.«

Er stieß sie mit dem Ellenbogen an. Bloß kein überflüssiges Wort jetzt.

»Stimmt das?«, fragte Pete. Rebecca wusste darauf keine andere Antwort als ein unverbindliches Achselzucken. »Wann ist das gewesen?«

»An meinem ersten Abend hier. Wir haben ein paar Whisky getrunken. Er wollte nicht glauben, dass ich Heilerin bin. Die ganze Zeit wollte ich Sie schon fragen, ob ich mich hier irgendwie nützlich machen kann, aber ich wollte den richtigen Augenblick abpassen. Ich nehme an, dies ist jetzt wohl nicht der richtige Augenblick, was?«

»Sie ist wirklich gut, Sir. Ich bin bloß in dem Behandlungsraum geblieben, weil sie mich da haben wollte. Und sie hat ihn nur berührt. Weiter nichts. Einfach nur berührt. Es war megageil. 'tschuldigung, Miss.«

Pete überhörte praktisch alles, was Jamie zu sagen versuchte.

»Stimmt es, dass Sie gesehen haben, wie dieser Unfall passierte, noch ehe er passierte?«

Rebecca sah Kelly an, und für einen kurzen Moment begegneten sich ihre Blicke. Sie schaute als Erste weg. »Ja, das stimmt.«

»Wieso wurde ich nicht informiert?«

»Ich habe angenommen, dass Sie nicht informiert werden wollten.«

»In Zukunft werden Sie mich über alles in Kenntnis setzen. Ist das klar?«

»Diese Anweisung werden Sie womöglich bereuen.«

Belustigung zeigte sich in Kellys Augen.

»Ich glaube, das bereue ich schon jetzt, Miss Miller. So was machen Sie also andauernd?«

»Was?«

»So was hier. Diese Wunderheilungen.« Er deutete auf den Wasserspender in der Ecke seines Dienstzimmers. »Wollen Sie das Wasser nicht in Wein verwandeln, wenn wir schon mal dabei sind?«

Kelly verzog das Gesicht zu einer Grimasse und schaute in die andere Richtung. Billy griff ihre Hand, hielt sie fest, und besänftigend erwiderte Rebecca den Druck. »Ich werde so tun, als hätte ich das nicht gehört.«

Aber eine Entschuldigung kam nicht und würde auch nie kommen.

Sie sah Kelly an. Er hatte sie eine Laune der Natur genannt, und so hatte er es auch gemeint. Jetzt erwartete der andere, dass sie Wasser zu Wein verwandelte. Zwei hier im Raum waren auf ihrer Seite: Faraday und der Patient. »Ich heile, wenn es nötig ist und nur, wenn ich die Erlaubnis des Verletzten oder Kranken habe.«

»Haben Sie ihr die Erlaubnis gegeben, Bill?«

»Sir? Ja, Sir.«

Jamie fügte hinzu: »Sie ist wirklich gut, Sir. Ich würde zu jeder Zeit liebend gern mit ihr zusammenarbeiten.«

»Habe ich mit Ihnen gesprochen, Faraday?«

Rebecca seufzte. »Können wir das vielleicht ein wenig ruhiger angehen? Um ehrlich zu sein, ich habe nicht damit gerechnet, viel für Billy tun zu können, schließlich handelte es sich um einen offenen Bruch, und der Fuß war völlig verdreht, dazu kamen noch die Rippen und die inneren Blutungen und das Handgelenk. Ich habe lediglich versucht, ihm etwas von den Schmerzen zu nehmen, damit er nicht noch mehr Morphium bekommen müsste. Mehr wollte ich gar nicht. Was dann passiert ist, damit hatte ich beim besten Willen nicht gerechnet.«

»Sie haben doch mehr für ihn getan, nicht? Sie haben Macpherson nicht nur die Schmerzen genommen, habe ich Recht?«

»Bekomme ich Schwierigkeiten, weil ich ihm geholfen habe? Weil ich Ihnen einen Mann zurückgegeben habe, der sonst wegen Krankheit längere Zeit ausgefallen wäre?«

»Ich weiß immer noch nicht, wer oder was Sie sind, Rebecca. Faraday, ich will einen Bericht von Ihnen. Das wäre dann alles.«

Jamie durfte wegtreten. Seine nächste Aufgabe würde darin bestehen, alles aufzuschreiben, was vorgefallen war, ohne dass es wie ein reines Hirngespinst wirkte. Er hatte keine Ahnung, wo er beginnen und vor allem, was er schreiben sollte.

»Mac. Haben Sie bei Ihrer Ausrüstung den Sicherheits-Check vorgenommen?«

»Auf den ersten Blick sah alles in Ordnung aus, Sir.«

»Haben Sie nun den kompletten Sicherheits-Check durchgeführt oder nicht?«

»Dafür war eigentlich nicht genug Zeit, Sir.«

»Und wie geht es Ihnen jetzt?«

»Ausgezeichnet, Sir. Ausgezeichnet. Wenn Sie es genau wissen wollen, es geht mir besser als heute Morgen, als ich aufgewacht bin.«

Auch Billy durfte wegtreten. Von irgendeiner Verletzung keine Spur, als er mit weit ausholenden Schritten zur Tür ging. Bevor er den Raum endgültig verließ, lächelte er Rebecca zu, und sie erwiderte sein Lächeln.

»So was werden Sie nicht wieder machen, haben wir uns verstanden?«

Rebecca versuchte, dem strahlend blauen Blick standzuhalten. Heute lag keine eisige politische Korrektheit darin, nur Verwirrung. Auf dem Herzen lag ihm die Frage, die allen auf dem Herzen lag, Rebecca nicht ausgenommen. Wie hatte sie das gemacht? So hatte sie vorher nie geheilt – weder so schnell noch so vollständig. Außerdem saß sie relativ dicht an seinem Computer, und der hatte immer noch nicht Feuer gefangen. Und Glühbirnen hatte sie auch noch nicht zum Zerspringen gebracht. Hatte während ihrer Wiedergeburt ins Leben womöglich irgendeine Veränderung stattgefunden?

»Haben Sie gehört, was ich gesagt habe?« Er sprach laut jetzt. Ungeduldig. Verwirrt.

»Ich habe gehört, was Sie gesagt haben. Aber ich kann keine Versprechungen machen, die ich mit Sicherheit nicht halten werde.«

»Sie werden mir Ihr Wort geben, dass sich so etwas nicht wiederholt.«

Schweigen.

»Ich warte auf Ihre Antwort.«

»Wenn Sie lange genug warten, werden Sie Spinnweben ansetzen.«

Kelly schloss die Augen. Weshalb nur hatte sie so wenig Respekt?

»Respekt, Commander, ist keine Einbahnstraße. Respekt muss man sich verdienen. Respekt ist kein Vorrecht. Ich trage keine Uniform, und ich bin keine Gefangene hier. Sie haben kein Recht, mir zu sagen, was ich zu tun habe und was nicht. Haben Sie mich verstanden? Gut. Und jetzt gehe ich. Auf Wiedersehen.« Sie stand auf, machte einen kleinen Schritt, und dann hörte sie:

»Sie werden sich auf der Stelle wieder hinsetzen, sofort!«

»Sie können mich mal, Colonel! Ich lasse mir von keinem Befehle geben. Das ist doch wohl klar, oder?« Rebecca schlug die Tür mit so viel Wucht zu, dass seine Jacke von ihrem Haken fiel.

Pete Hamill starrte seinen Bronzeadler an, sagte aber kein Wort. »Haben Sie nicht irgendwas erzählt von Liebe, Licht, Lachen und Weltraumkadetten?«

»Soll ich ihr hinterhergehen?«

»Nein. Nein, nein. Lassen Sie sie gehen! Sie wird sich schon noch entschuldigen.«

Kelly war nicht so optimistisch, was eine Entschuldigung in naher oder ferner Zukunft anging. Um ehrlich zu sein, er hatte vollstes Verständnis für ihre Reaktion. Erst einmal hätte er ihr nicht sagen dürfen, sie sei eine Laune der Natur, und dann hätte Pete es sich verkneifen sollen, die Sache mit der Verwandlung von Wasser zu Wein von ihr zu verlangen. Und was den Befehl anging, dass sie nicht mehr heilen sollte ... das war genauso, als hätte man sie aufgefordert, aus freien Stücken mit dem Atmen aufzuhören. »Pete?«

Hamill sah Kelly an, der jetzt auf Rebeccas Stuhl saß, sich eine Zigarette herausholte, sie anzündete und die Füße hochlegte. »Sie hat mich vor dem Unfall gewarnt.«

»Wann?«

»An ihrem ersten Abend hier. Ich habe gedacht, sie würde Ihnen das erzählen, aber das hat sie nicht. Also erzähle ich es

Ihnen. Ich bin gewarnt worden. Das Ganze hätte also vermieden werden können.«

»Wenigstens wissen wir jetzt, dass sie uns gegenüber loyal ist, beziehungsweise Ihnen gegenüber. Werden Sie damit klarkommen?«

»Es ist höchste Zeit, dass wir sie ernst nehmen.«

»Sie haben sich emotional schon zu sehr auf sie eingelassen, was?«

»Nein.«

»Nein? Das soll ich Ihnen glauben? Ich weiß, wer sie ist. Sie ist die Frau, die Sie seit der Zeit auf der Eisenhower immer wieder gemalt haben. Warten Sie, wann hat das angefangen, 1987? 1988?«

»Purer Zufall«, sagte Kelly dazu nur.

»Purer Zufall, dass ich nicht lache!«

»Außerdem hat sie mir gesagt, dass Leon Carter keine Zukunft hat.«

»Und was soll das nun schon wieder heißen?«

»Es heißt, sie glaubt, dass er bald sterben wird. Und wenn das stimmt, wird Samperi Leiter der Operation, und genau das ist seit fünf Jahren schon sein ehrgeiziges Ziel. Also, was ich meine, ist Folgendes: Wenn sie eine Warnung ausspricht, heißt das vielleicht, das vorherbestimmte Ereignis kann verändert werden, vorausgesetzt, die notwendigen Vorsichtsmaßnahmen werden ergriffen. Es ist beinahe so, als ob allein schon ihre Anwesenheit hier uns Warnung sein will, was Robs Kandidatur betrifft.«

»Meinen Sie das im Ernst?«

»Ich habe mir das ganz in Ruhe angeschaut. Wenn wir den Warnungen Beachtung schenken, passiert womöglich genau das, was das Schicksal vorgesehen hat, das heißt, wir bekommen einen schwarzen Präsidenten. Wenn wir die Warnungen in den Wind schlagen, bekommen wir einen weißen Präsidenten. Hört sich ein bisschen simpel an, aber das ist die Schlussfolgerung, zu der ich gelangt bin.«

»Und diesen Mist glauben Sie? Sie ist doch bloß ein Lockvogel.«

»Ach wirklich? Denken Sie doch mal darüber nach. Wie viele Beweise brauchen wir denn noch?« Kelly seufzte und stand langsam auf. »Darf ich einen Vorschlag machen?«

»Bitte. Ich habe nämlich keine Ahnung, was um Himmels willen wir mit ihr anstellen sollen.«

»Sie ist eine Frau, kein ›weiblicher Zivilist‹. Sie ist jung, und sie ist voller Ideale. Hier in dieser Umgebung ist sie völlig auf verlorenem Posten, aber sie gibt sich Mühe. Sie macht ihre Arbeit, wir machen unsere, also müssen wir einfach irgendeinen Kompromiss finden. Wir sind auf ihre Mitarbeit angewiesen.«

»Und?«

»Statt sie wie eine Kriegsgefangene zu behandeln, sollten wir einfach in ihr ein menschliches Wesen sehen.«

»Ich bin ja bloß froh, Kelly, dass Sie nicht gesagt haben, wir sollen in ihr einfach eine Dame sehen.«

Eine E-Mail kam herein. Pete las sie. Es war Faradays Bericht. »Bleiben Sie noch«, sagte er, als Kelly die Tür zum Nachbarraum aufmachte. »Kommen Sie und lesen Sie das.«

Kelly schaute seinem Freund über die Schulter und las, was Faraday geschrieben hatte.

Laut Bericht hatte er gesehen, wie sich ein Engel über den verletzten Soldaten gebeugt hatte. Anders vermochte er es nicht zu beschreiben. Was den Vorfall betreffe, könne er zu keiner rationalen, wissenschaftlich abgesicherten Schlussfolgerung kommen.

»Das Zeug, was die Jungs geraucht haben, hätte ich auch gern«, sagte Pete.

»Und wenn Macpherson nun auch einen Engel gesehen hat? Nichts, und ich kann nur betonen, nichts könnte mich hier noch überraschen.«

»Also was haben Sie denn nun gesehen?«

»Nichts. Überhaupt nichts«, log Kelly.

Er verließ das Dienstzimmer des Colonel, arbeitete noch seinen Papierkram auf – vor allem war das sein Bericht über den Unfall, der sich auf Übungsgelände 17b zugetragen hatte – und machte sich dann auf die Suche nach Rebecca. In ihrem Zimmer war sie nicht. Auch in der Messe war sie nicht und nicht in der Bar. Stattdessen saß sie im Rosengarten, ohne Mantel, zitternd und allein, nur der Kater war bei ihr, der immer die Küchenabfälle fraß. Er lag schlafend auf ihrem Schoß. Normalerweise kam keiner nah genug an ihn heran, normalerweise ließ er sich von keinem anfassen.

Kelly setzte sich neben sie. Die uralte Bank protestierte knarrend, und der Kater schreckte zusammen, aber eine leichte Berührung von Rebecca sorgte für Ruhe, und er ließ sich wieder nieder. »Sie sollten eigentlich nicht allein hier draußen sein.«

Wie ein ertapptes Schulkind hielt Rebecca ihre Hand hin, als würde sie gleich bestraft werden. Darauf reagierte Kelly gar nicht erst. »Mit ein bisschen Glück werde ich vielleicht entführt, und ihr Jungs könnt dann wieder eurem geregelten Leben hier nachgehen.«

Kelly fragte sich, weshalb sie das gesagt haben mochte. »Der Colonel und ich, wir sind zu dem Schluss gekommen, dass wir unsere Haltung noch einmal überprüfen sollten.«

»Sollen wir alle eine neue Persönlichkeit transplantiert bekommen?«

»Hören Sie, Rebecca ...«

»Sie müssen gar nichts weiter sagen, Kelly. Ich wollte vorhin in seinem Büro nicht so aus der Haut fahren. Es ist eben ... einfach passiert. Autoritäten gegenüber habe ich so meine Probleme.«

»Als wenn ich das nicht wüsste!« Kelly schälte sich aus der obersten Schicht Kleidung und legte ihr die angeraute Jacke über die Schultern. »Wenn Sie möchten, dass die Männer Sie Rebecca nennen, geht das in Ordnung. Sie dürfen sich auf dem Gelände frei bewegen, aber wenn Sie das Areal verlassen wollen, müssen Sie mich erst fragen.«

»Frei bewegen, heißt das, dass ich auch telefonieren darf? Ich müsste unbedingt Annie anrufen. Die dürfte inzwischen vor Sorge ganz krank sein.«

»Wer ist Annie?«

»Meine Assistentin. Ursprünglich hatte sie mich begleiten wollen, aber sie konnte ihren Jungen nicht allein lassen. Er ist noch so klein, und ihr Ex ist ... na ja. Sie ist so ziemlich die einzige Freundin, die ich habe. Das heißt, die einzige richtige Freundin. Ich muss sie unbedingt anrufen. Ich werde ihr nicht genau sagen, wo ich bin, sie soll nur wissen, dass es mir gut geht. Allerdings kann ich nicht sonderlich gut lügen, also werden Sie mir helfen und sich irgendwas Glaubwürdiges ausdenken müssen.«

»Wie wäre denn Folgendes ... Sie haben jemanden kennen gelernt, und Sie werden länger bleiben als geplant? Irgend so was.«

»Ach, das funktioniert nicht.«

»So was kommt vor, immer wieder. Eine Begegnung zwischen Mann und Frau. Ein Urlaubsflirt.«

»Nun machen Sie aber mal halblang! Ich und ein Urlaubsflirt? Auf was für einem Planeten leben Sie eigentlich? Annie kennt mich. Männer mögen mich nicht. Die interessieren sich bloß für das, was ich für sie tun kann. Nicht für mich als Person. Nicht für den Menschen, der ich bin. Ich habe die sexuelle Anziehungskraft einer verendeten Küchenschabe, Commander.«

»So ein Blödsinn.«

»Das ist kein Blödsinn. Ich bin achtundzwanzig und über die erste Verabredung noch nicht hinausgekommen.«

Kelly war verblüfft. »Wie kommt das?«

»Ich weiß nicht. Vielleicht bin ich ein asexuelles Wesen. Vielleicht dünste ich keine Pheromone aus? Ich weiß nicht, Kelly. Aber ich wünschte, ich wüsste es.« Sie seufzte. »Ich kann Annie unmöglich erzählen, dass ich einen Mann kennen gelernt habe. Sie wüsste sofort, dass das gelogen wäre.«

»Dann sagen Sie ihr doch einfach die Wahrheit.«

»Was? Soll ich ihr etwa sagen, dass ich mit einhundertfünfundachtzig Antiterrorspezialisten zusammenlebe? Dass einhundertfünfundachtzig Männer in Uniform Babysitter bei mir spielen, von denen die meisten nicht mal dreißig Jahre alt sind? Die macht sich vor Lachen in die Hose. Das glaubt die nie im Leben. Wer würde das schon glauben?«

»Genau. Wollen Sie sie gleich anrufen?«

»Annie?«

Der Lautsprecher des Telefons in Kellys Dienstzimmer war angeschaltet, so konnten sie beide die andere Stimme hören. Rebecca wartete darauf, dass in dem Schwall aufgeregter, wütender Worte eine Pause einkehrte. »Ja, ich weiß, du hast dir Sorgen gemacht. Ich weiß ja, ich hätte längst anrufen sollen.«

»Wo um Himmels willen steckst du denn? Ich habe im Hotel angerufen, aber da hat man mir gesagt, du hättest gar nicht eingecheckt. Ich bin ganz krank vor lauter Sorgen! Wo bist du?«

»Ich hause hier mit einhundertfünfundachtzig gut ausgebildeten Tötungsmaschinen, bis die amerikanischen Präsidentschaftswahlen vorbei sind.« Am anderen Ende verblüfftes Schweigen.

»Du hast einen Mann kennen gelernt, stimmt's? Ist er nett? Was macht er so? Ist er reich? Sieht er gut aus? Wie alt ist er?«

Kelly gab sich alle Mühe, sein Lächeln zu unterdrücken, denn Rebeccas Freundin war so richtig in Fahrt. Sie schoss eine Frage nach der anderen ab und wartete gar nicht erst auf Antwort. Er stellte sich die zur Stimme passenden körperlichen Merkmale vor: klein, Gewichtsprobleme, rot gefärbtes Haar, Tätowierungen oder Piercings – oder beides.

»Ich hab dir ja gesagt, du würdest jemanden kennen lernen, aber du wollest mir ja nicht glauben ... Er ist groß, dunkelhaarig und gut aussehend, stimmt's? Und reich ist er obendrein. Scheiße. Hat er einen Bruder? Einen Vater? Einen Klon? Ist er gut? Da hast du dir also endlich einen echten, lebendigen Kerl an Land gezogen, was? Klasse! Also viel Spaß im Bett, und denk an mich dabei, ja? Und vergiss nicht, was ich mir aus Irland gewünscht habe, und wenn du nach Edinburg kommst, denk an das Plaid. Das Geschäft ist gleich auf dieser Straße, die von der Royal Mile abgeht. Eine kleine Gasse lang und dann ...«

»Annie! Annie, ich muss jetzt Schluss machen. Gib Michael einen Kuss von mir und sag ihm, dass ich ihn lieb habe, ja? Und dich auch, Annie. Dich hab ich auch lieb. Wiederhören, Annie. Wiederhören.« Rebecca legte den Hörer auf und gab einen Seufzer von sich. »Die redet noch, wenn man sie unter Zement begräbt.«

»Wer ist Michael?«

»Annies zwei Jahre alter Sohn. Ich habe die Nabelschnur durchgeschnitten, als er auf die Welt kam. Er ist mein Ein und Alles, näher als ihm werde ich einem eigenen Kind nie kommen.«

»Wieso sagen Sie das?«, fragte Kelly.

»Allmächtiger, Commander Nolan, die nächste unbefleckte Empfängnis wird ja wohl kaum bei mir stattfinden, was? Können wir jetzt essen gehen, Starvin' Marvin?«

»Wie bitte?«

»Auf was für einem Planeten leben Sie? Starvin' Marvin – der äthiopische Junge aus ›Southpark‹. Ich habe Hunger.«

»Ach so. Entschuldigung. Ich habe gedacht, Sie hätten Starvin' Marvin gesagt.«

In der Messe setzte sie sich wieder nicht an seinen Tisch – von jetzt an würde sie immer direkt zu Macpherson gehen.

Kelly brauchte eine Woche genauer Beobachtung, ehe er begriff, dass sie mit dem, was sie gesagt hatte, im Grunde richtig lag. Keiner wollte hinaussehen über das, was sie tat. Die Männer – und das wusste er, weil er selber einer war – betrachteten sie alle mit einem Gefühl der Verwunderung. Schön, sie war attraktiv und freundlich, und sie hatte den schrägsten Sinn für Humor, der ihm je untergekommen war, aber neunundneunzig Prozent der Fragen an sie drehten sich um das, was sie tat. Keiner, wirklich keiner, fragte nach der Frau hinter den Taten.

Beim Essen saß sie bei Macpherson am Tisch, und er war höflich und erzählte ihr makabre Witze, die sie garantiert zum Lachen brachten, aber sogar Billys Haltung ihr gegenüber hatte sich seit seinem Unfall geändert. Faraday hatte einen Engel gesehen. Gott allein wusste, was Billy gesehen hatte. Wie Kelly sprach er nicht darüber. Mac war verliebt und zu ängstlich, um etwas daran zu machen.

Es war, als sei sie irgendwie unberührbar, unerreichbar. Vom ersten Augenblick an war sie Respekt heischend. Kaum einer redete sie mit ihrem Vornamen an, obwohl sie es inzwischen durften.

Die Reaktionen der Männer waren keineswegs das, was Kelly erwartet hatte.

Erst einmal zuvor hatte es eine Frau auf dem Stützpunkt gegeben. Sandy war Krankenschwester und hatte es kaum einen Monat ausgehalten, ehe sie sich wieder versetzen ließ. Aber bei Rebecca Miller war das anders. Keiner stand Schlange, um mit ihr zu tanzen. Nicht so wie bei Sandy. Rebecca verbrachte die meiste Zeit damit, den Leuten die Hand zu halten und Ratschläge zu erteilen, oder sie saß allein in der Bar an dem kleinen Tisch, den sie am liebsten mochte. Von dort aus konnte sie in den Garten sehen.

Keiner brachte ihr einen Drink oder forderte sie zum Tanzen auf oder unterhielt sich mit ihr einfach nur um der Unterhaltung willen. Alle brauchten sie einen Grund, ehe sie sich ihr näherten.

Sandy hatte mit der Aufmerksamkeit nicht umgehen können. Es war auch eine andere Art von Aufmerksamkeit gewesen.

Kelly brauchte also eine Woche genauer Beobachtung, ehe er begriff, dass das, was sie ihm erzählt hatte, nämlich dass sie bei einem Mann über ein erstes Treffen nie hinausgelangt war, tatsächlich stimmte. Die interessieren sich bloß für das, was ich für sie tun kann, hatte sie gesagt, nicht für den Menschen, der ich bin.

Was hatte sie doch noch hinzugefügt? Dass sie alles dafür geben würde, nur einen einzigen lausigen Tag lang ein ganz normaler Mensch zu sein? Dass Männer sich nicht von ihr angezogen fühlten: nicht in diesem üblichen Mann-Frau-Verhältnis jedenfalls.

Es stimmte alles. Allein aus seiner Beobachtung heraus wusste Kelly, dass das ihr Leben war. Für sie war es der Normalzustand. So war es immer schon gewesen, und es würde sich auch nicht ändern. Er mutmaßte, dass sie eine einsame Kindheit gehabt hatte, höchstwahrscheinlich weil sie anders war. In ihrer Teenager-Zeit musste die Vereinsamung noch schlimmer gewesen sein, weil ab dem Zeitpunkt klar war, dass sie ganz bestimmt, nicht nur höchstwahrscheinlich anders war. Und die meisten hatten solch ein Anderssein sicherlich nur geduldet, solange es ihnen nützte. So etwas kannte er aus eigener Erfahrung.

Am meisten mochte sie Musik – nicht die aus der Jukebox, sondern die Musik, die die Jungs selber machten. Und Kelly wusste auch, dass sie nur darauf wartete. Wollen Sie nicht mitmachen? He, Rebecca, kommen Sie rauf und singen Sie für uns, ja? Das ist schon in Ordnung, wir können auch nicht singen, wen kümmert das schon?

Es passierte nie. Sie verbrachte ihr Leben damit, eine Welt zu beobachten, in der sie nicht willkommen war.

Der Abend, an dem sie Leon Carter sterben sah, war wie jeder andere auch. Sie aß, sprach mit ein paar Männern, die ein geneigtes Ohr und einen Ratschlag brauchten, sie trank ein paar Gläser Wein in der Bar, sie entschied, dass sie keine Lust auf einen Film hatte, und ging hinauf in ihr Zimmer. Mit Kelly hatte sie kaum gesprochen, weil es nichts Wichtiges zu bereden gab. Nur ein schnelles ›Hallo‹, meist im Vorbeigehen. Ohne guten Grund konnte er sie kaum ansprechen, und einen Grund konnte er sich beim besten Willen nicht vorstellen.

Aber an dem Abend, als sie Carter sterben sah, spürte er im Voraus, wann sie sich zurückziehen würde, und ging früher als üblich. Wenn sie ihn auf der Treppe oder auf dem Gang sah, würde sie vielleicht stehen bleiben und mit ihm reden – oder wenigstens ›Hallo‹ sagen und ihm nicht nur ihr kleines Lächeln schenken.

Schweigsam ging sie vorbei, sie wollte in ihr Zimmer. Kelly stand im Gang, schaute herüber und lächelte.

»Wie geht's?«

»Mir geht's gut, Commander. Und Ihnen?« Sie schaute ihm in die Augen und versuchte zu lächeln, und dann öffnete sie die Tür zu ihrem Zimmer.

Und da traf ihn die Gewissheit; plötzlich wusste er, was nicht stimmte. »Rebecca?«

Sie schaute sich um.

»Sind Sie sicher, dass mit Ihnen alles in Ordnung ist?«

»Klar. Alles bestens. Wollen Sie mit mir sprechen?«

»Das würde ich gern«, antwortete er.

»Sie hätten sich bloß anzustellen brauchen.«

Kelly ging mit in ihr Zimmer, und sie schloss die Tür. Rebecca verströmte Traurigkeit. In ihrem Zimmer schien ein ganzes Meer von Traurigkeit zu sein, genug, um darin zu ertrinken. Wieso?, überlegte er. Sie ist nett. Sie ist hübsch. Weshalb ist sie immer so verdammt traurig? »Sie haben sich gut eingelebt. Hat ja nicht lange gedauert.«

»Seit die Jungs ein bisschen lockerer sind, ist es besser. Ich gebe mir Mühe, nicht mehr auf die Uniformen zu achten. Also, was wollen Sie wissen? Wenn es um den Senator geht, kann ich Ihnen noch nicht helfen. Aber vielleicht, wenn es um Ihre Frau oder sonst irgendwas geht. Ich halte entweder Ihre Hand, oder ich halte Ihre Uhr, oder ...« Nein, einen Ehering trug er nicht.

»Ich möchte mich dafür entschuldigen, dass ich Sie eine Laune der Natur genannt habe.«

»Wieso wollen Sie sich dafür entschuldigen? Sie haben ja nur gesagt, was alle anderen dachten. Ich bin das gewöhnt. Wirklich.«

»Nein«, sagte Kelly. »Es war dumm und rücksichtslos, so etwas zu sagen.«

»Ich habe gerade gesagt, dass ich so was gewöhnt bin.«

»Das glaube ich nicht.«

»Hören Sie, als ich fünf war, habe ich meine sterbende Großmutter berührt, und siehe da, ein Wunder geschieht. Ihr geht es besser. Drei Schlaganfälle hatte sie gehabt, vegetierte nur noch so dahin, da macht sie plötzlich die Augen auf und verlangt eine Tasse Tee und ein Stück englischen Früchtekuchen. Sehen Sie mich nicht so an. Das stimmt. Danach hat mich mein Vater in DAS DING umbenannt.«

»Das Ding?«

»Ja! Diese Fünfjährige war plötzlich zu einem DING geworden, das in seinem Haus lebte. Er wollte nicht mehr in meine Nähe kommen. Wenn ich das Zimmer betrat, stand er auf und ging raus. Ich durfte nicht einmal am selben Tisch sitzen wie er. In seinen Augen stand immer die Angst, und an dem Tag, an dem er wegging, hörte ich ihn zu meiner Mutter sagen, dass ich kein Mensch sei.«

»Das haben Sie geglaubt?«

»Manchmal denke ich, dass er vielleicht Recht gehabt hat. Ich war geächtet, ich stand immer außerhalb der Masse, und ich habe gelernt, damit zu leben. Man hat mich schon mit schlimmeren Ausdrücken als ›Laune der Natur‹ belegt. Okay? Verstehen Sie jetzt, was ich meine?«

»Ich bin Ihnen nicht absichtlich aus dem Weg gegangen.«

Ihre blauen Augen fingen die Lüge auf und warfen sie unverzüglich zurück. »Sie haben Ihren Job, und den hatten Sie schon lange, ehe ich hierher kam. Es ist ja nur, dass Sie außer Billy der Einzige sind, der mich nie um etwas bittet, und das ist so angenehm. Aber doch, es hat wehgetan, als Sie mich so nannten, denn ich hatte gehofft, Sie wüssten es besser. Ich habe mich geirrt. Das kommt vor. Aber jetzt wollen Sie mich etwas fragen. Also, worum geht es?«

»Ich wollte mich nur mal wieder bei Ihnen in Erinnerung bringen. Sonst nichts.« Wieder eine Lüge.

Rebecca seufzte. »Wie heißt sie?«, fragte sie leise.

»Wer?«

»Ihre Frau.«

»Marianne.«

»Haben Sie Kinder?«

»Lebende? Nein. Unser Sohn war eine Totgeburt. Jetzt im Frühjahr sind es acht Jahre her.«

»Oh. Das tut mir Leid.«

»Mir auch«, sagte Kelly. Er wäre gern noch ein bisschen geblieben, aber um nichts in der Welt wollte ihm etwas einfallen, was er sagen konnte, also wünschte er ihr eine gute Nacht und schloss die Tür hinter sich. Er war nicht sicher, was womöglich passiert wäre, wenn er geblieben wäre.

6. Kapitel

»Nein. Ich habe so ein Gefühl, dass es nicht recht ist. Was, wenn man uns sieht? Wir können nicht zum Tanzen gehen. Das wäre nicht gut, Robbie.«

»Woher willst du wissen, ob es gut ist oder nicht, wenn du es nicht einmal probiert hast? Da draußen ist eine neue Welt, und sie wartet auf dich.«

»Mir gefällt die Welt so, wie sie ist.«

»Tatsächlich? Wie kommt es dann, dass du nur lächelst, wenn ich in der Nähe bin?«

»Ich bin eben nur glücklich, wenn du in der Nähe bist«, sagte sie scheu.

»Dann komm. Nach da draußen gehörst du, mit mir zusammen, du darfst nicht eingesperrt sein in einer winzigen stinkenden Hütte mit einem altem Mann, der sein eigen Fleisch und Blut nicht einmal erkennt.«

»Er ist krank. Er braucht mich.«

»Und wenn er stirbt, was bleibt dir dann? Es ist höchste Zeit, dass du ein wenig Spaß hast, Hannah. Weißt du denn gar nicht, was Spaß ist?« Er war jetzt sehr dicht bei ihr. Berührte sie. Küsste sie. Das fühlte sich so schön an, so gut. Er verstand sich darauf, Sachen mit seinen Händen zu machen, die sie all ihre Sorgen vergessen ließen. »Also, dann bleiben wir hier?«

Gegen die spielerischen Berührungen konnte sie nichts einwenden, und sie schloss die Augen, als er sie wieder küsste. Dann kamen auch seine Finger heftig zum Einsatz. Manchmal war er so sehr in Eile, dass er blaue Flecken hinterließ. Aber im-

mer an Stellen, die niemand zu sehen bekam, also war es egal. Er sagte dann, es täte ihm Leid. Es würde nicht wieder vorkommen. Aber es kam immer wieder vor. Er konnte einfach nicht die Hände von ihr lassen, und das war das einzige Problem. Ehe sie es sich versah, lagen sie auf dem Boden, und sie schlug mit dem Kopf gegen das Tischbein, und alle Flaschen auf dem Tisch wackelten, und ihr Pa war im Raum nebenan und rief ihren Namen, und Robbie hörte nichts.

Also schaute sie hinauf zu den Spinnweben unter dem Strohdach und überlegte, wie sie da oben nur sauber machen könnte. Die einzige Zeit, in der sie die Spinnen zu Gesicht bekam, waren Momente wie diese. Und schon bald war er fertig, und er atmete schwer, und wie immer fragte sie sich, weshalb.

Immer sagte er, dass er sie liebe, bevor er seine Sache machte, aber nachher zog er sich immer an und sagte, er müsse nun gehen, ehe Catherine sich auf die Suche nach ihm mache. Ja, du gehst jetzt, sagte Hannah dann immer. Wäre schön, wenn er einmal bliebe. Wäre schön, wenn er sie ein bisschen hielte und ihr hinterher sagte, dass er sie liebe, nicht nur vorher. Wäre auch schön, wenn er nicht mit ihrer Cousine verheiratet wäre.

Aber er sagte, dass er sie liebe, und wenn sie seine Liebe erwidere, dann müsse sie ihn gewähren lassen, und dann könne sie Dinge mit ihm machen, die seine Frau nicht machen wollte. Wenn sie ihn genauso liebe wie er sie, dann würde sie nicht Nein sagen ... Also sagte sie nicht Nein, denn sie liebte ihn.

Kelly wurde wach, als ein hastiges Klopfen an seiner Tür zu hören war. Er schaute nach, wie spät es war. Es war drei Uhr dreißig. Kein Alarm, kein Piepser. Nur in Boxer-Shorts, mit seinen Marken um den Hals und noch halb im Schlaf, und ganz und gar nicht erfreut, dass er aus einem nur für Erwachsene zugelassenen Traum geweckt wurde, machte er die Tür auf.

Auf dem Flur stand Rebecca, sie trug ein T-Shirt, das ihr bis zu den Schenkeln reichte. Schöne Beine hatte sie. Er sah ihr ins Gesicht. War sie Schlafwandlerin? Und dann sprach sie. Ihre

Stimme war so ausdruckslos wie die eines Computers mit Sprachfunktion. »Leon Carter wird sterben.«

»Wie bitte?«

»Leon Carter. Er wird sterben – ein Autounfall.«

Kelly trat ins Zimmer zurück und ließ sie herein. Er machte das Licht an, und Rebecca zuckte zusammen. »Haben Sie das geträumt?«, fragte er.

»Ich weiß nicht genau. Ich glaube ja. Es hat geregnet. Die Straße war rutschig, und er ist unter einen Lastwagen geraten. Ich war bei ihm im Wagen. Es ist mitten am Tag passiert. Es hat geregnet. Habe ich das schon gesagt?«

»Sie sprechen über ein Ereignis, das in der Zukunft passiert, aber Sie benutzen die Vergangenheitsform. Wie können Sie bei ihm im Wagen gewesen sein?«

»Ich weiß nicht. Aber ich war im Wagen. Irgendeine Art Ford, glaube ich, und er war dunkelrot. Wir sind auf der Autobahn gefahren und haben eine CD von Bob Seger gehört, und wir haben beide mitgesungen, als es passierte.« Rebecca sagte weiter nichts.

»Bob Seger.«

»*Fire Lake.* Kennen Sie das?« Sie sang ein paar Takte von dem Lied.

Ja, das kannte er. Vage. Hatte er das um diese gottlose Zeit nötig? »Und Sie? Sind Sie verletzt worden?«

»Ich weiß nicht. Das funktioniert nur bei anderen Leuten. Bei mir sehe ich nichts, gar nichts.«

»Sie haben mir gesagt, Sie würden sterben, wenn Sie in den Hubschrauber einsteigen.«

»Und das stimmte nicht. Ich bin gestorben, *bevor* ich in den Hubschrauber einstieg. Ich muss Pete davon erzählen. Um wie viel Uhr fängt er an zu arbeiten?«

»Das überlassen Sie ruhig mir. Ihre Stimmungsschwankungen sind mir nicht ganz geheuer.«

Jetzt war sie hellwach. Sie versuchte zu lachen. »*Meine* Stimmungsschwankungen? *Sie* wechseln hier doch ständig von heiß zu kalt, Kelly. Nicht ich.« Sie sah sich im Zimmer um – es kam ihr vor wie ein Trödelladen, aber wenigstens hatte es Charakter. Ihre Aufmerksamkeit wurde von einem Tomahawk an der Wand gefangen genommen, ein kunstvoller Gegenstand, mit äußerster Sorgfalt geschnitzt. Und dann sah sie, wem der Tomahawk früher einmal gehört hatte: einem von Kellys Vorfahren. Die Gesichtszüge waren ähnlich, aber der Krieger trug sein Haar bis zur Taille, und er hatte ein weißes Tuch um die Stirn gebunden, das an der Seite geknotet war. Er schenkte Rebecca ein herzliches Lächeln und war verschwunden. Kelly ist ein Heiler, dachte sie. Er weiß es nur nicht. »Ich sollte Sie jetzt lieber wieder schlafen gehen lassen.«

»Daraus wird jetzt wohl nichts mehr.« Mit einem seltsamen Blick betrachtete er sie. »Hätten Sie nicht bis morgen Früh warten können?«

»Es ist Morgen.«

Sie schaute immer wieder in Richtung Staffelei. Hannah, halb nackt, in Embryostellung auf schmutzigem Stroh. Ein Kerker. Eine Art Gefängniszelle. »Malen Sie diese Frau immer?«

»Nicht immer.«

»Sie sehen sie in Ihren Träumen, stimmt's?«

»Tue ich das?«

»Ich tue das auch. Sie begleitet mich, seit ich fünfzehn bin. Sie hat gelebt, wissen Sie. Es hat sie wirklich gegeben.«

»Ja, ja, und ich bin die gute Fee aus dem Märchen.«

Schnell schaute sie auf. Wie konnte er das sagen? Sie wusste genau, dass er log. »Sind Sie nach dem Aufwachen immer so ein alter Brummbär?«

»Mitten aus einem verdammt guten Traum aufgeweckt, immer.«

»Das tut mir ja Leid, aber mein Traum war ein Albtraum.«

Sie blinzelte ein paar Mal und merkte, dass er fast nackt war. Ein schöner Anblick. »Was sagt man doch noch über Männer, die Satinunterwäsche im Bett tragen?«

»Keine Ahnung. Was sagt man denn?«

»Wenn ich das wüsste, dann würde ich es nicht ausgerechnet jemanden fragen, der Satinunterwäsche im Bett trägt, oder?«

Ehe er es sich versah, starrte er auf die geschlossene Tür.

»Also, wieso bin ich nicht informiert worden?«

»Sie werden jetzt informiert«, sagte Pete kurz angebunden.

»Mir war es doch so, als würden sie nur zu unseren Bedingungen Zugang zu ihr bekommen.«

»Hören Sie, Kelly. Carter holt sie heute Früh ab, und morgen Abend bringt er sie wieder zurück. In einer besonderen, zum Geheimdienst gehörenden Wohnung im Norden Londons haben sie eine Testapparatur für paranormale Phänomene aufgebaut. Sie ist gut aufgehoben bei Carter. Sie mochte ihn doch.«

»Ich fahre sie hin.«

»Carter fährt sie hin, und Carter bringt sie auch wieder zurück. Die Aktion ist genehmigt.«

»Ich habe gesagt, ich fahre sie hin. Heute Morgen um drei Uhr dreißig hatte ich Besuch. Die Miller teilte mir mit, dass Carter tot sei. Bei einem Verkehrsunfall getötet, und sie saß bei ihm im Wagen. Also, bevor wir irgendetwas unternehmen, rufen Sie ihn an und fragen Sie ihn, was für ein Auto er heute zu fahren gedenkt. Und fragen Sie ihn auch, was für CDs er hört. Wenn er Ihnen antwortet, der Wagen ist ein dunkelroter Ford und die CD Bob Segers Greatest Hits, dann ist es entschieden, dass *ich* sie nach London fahre. Rufen Sie ihn an. Bitte.« Aber Pete machte keine Anstalten, zum Telefonhörer zu greifen. »Kommen Sie, machen Sie schon. Mir zuliebe.«

»Nicht nötig. Er fährt einen roten Ford, und er hört nur Bob Seger. Wieso sagen Sie mir das jetzt erst?«

»Sie hat es mir erst heute Morgen gesagt, verstehen Sie? Sie hat es mir heute Morgen um drei Uhr dreißig gesagt.«

Rebecca packte Wäsche zum Wechseln ein. Sie musste zugeben, dass da tatsächlich wenigstens ein Mensch war, der wirklich an sie glaubte, ein Mensch, der Zweifel gar nicht aufkommen lassen wollte. Und noch schöner war, dass Kelly allmählich auftaute. Das dachte sie wenigstens, bis sie ihn in der Eingangshalle traf. Er trug keine Uniform, und sie erkannte ihn kaum. Trug er denn immer Schwarz, wenn er nicht im Dienst war? Schweig still, o mein pochendes Herz, dachte sie. Es ist ein Gefühl, als hätte ich ihn in der Tombola gewonnen. Vierundzwanzig Stunden. Nur er und ich – allein. Ein herrlicher Tagtraum, bis sie ihn sagen hörte: »Setzen Sie Ihren Hintern in Bewegung, wir haben nicht den ganzen Tag Zeit.«

»Ja, ja, regen Sie sich bloß nicht auf.«

Per Fernbedienung entriegelte er seinen dunkelblauen BMW und warf ihre Reisetasche in den Kofferraum. Sie stieg ein und hatte kaum Gelegenheit, den Sicherheitsgurt anzulegen, da setzte er auch schon zurück und schoss wie ein Pilot vor dem Abheben die von Bäumen gesäumte Auffahrt lang. Wenn man von hier zwei Stunden bis London brauchte, würde er es in einer Stunde schaffen.

Er sagte kein Wort. Das Wagenfenster fuhr elektrisch herunter, und er steckte den Zugangschip in das Schloss beim Tor. Es öffnete sich.

»Ich habe Sie nicht gebeten, mich zu fahren. Das, was ich heute Morgen gesehen habe, könnte womöglich nur ein Spiegel meiner Ängste sein – weil ich nichts gesehen habe, als ich Leon Carter die Hand schüttelte. Ich irre mich vielleicht. Das hier könnte eine gigantische Zeitverschwendung sein ...«

Er hielt einen Finger an den Mund, zum Zeichen, dass sie still sein sollte, und fasste an die Marken, die er um den Hals hatte.

Was wollte er ihr zu verstehen geben? Sie begriff nicht.

Er klapperte mit seinen Marken und bedeutete ihr wortlos, sie solle ihre abnehmen. Das tat Rebecca. Dann zeigte er auf das Handschuhfach, das sie öffnete. Drinnen befand sich ein kleines, schweres Etui aus Metall. »Sie wollen, dass ich ...«

Wieder gab er Zeichen, sie solle still sein.

Sie legte ihre Marken in das Etui, schloss fest den Deckel und folgte wieder einer Anweisung, als sie das Etui in das Handschuhfach zurücklegte.

»Jetzt können wir reden.«

»Was soll das? Habe ich eine Abhörwanze in meinen Marken?«

»Alles, was Sie seit Ihrer Ankunft auf dem Stützpunkt gesagt haben, wurde überwacht.«

Vor lauter Verblüffung brachte Rebecca kein Wort heraus. »Sie wollen mich auf den Arm nehmen.«

»Würde ich so was je tun?«

»Aber ... aber ... das ist ein Eingriff in meine Privatsphäre. Wollen Sie etwa sagen, dass irgendein Witzbold jedes verdammte Wort mitgehört hat, das ich gesagt habe? Die hören mich ... vierundzwanzig Stunden am Tag?«

»Ja.«

»Scheiße«, sagte sie leise.

Kelly lachte. »Es ist nicht alles aufgezeichnet worden.«

»Das will ich aber auch hoffen.« Noch einmal gebrauchte sie ihren Kraftausdruck. »Haben Sie sich deshalb so wie ein Arsch benommen?«

»Wie bitte?«

»Den bringe ich um.«

»Wen?«

»Unseren Freund mit den blauen Augen. Das war doch sicher seine Idee, oder?«

»Nein. Das war nicht Petes Idee.«

»Wessen Idee dann? Nein! Ich will es gar nicht wissen. Wie viele Leute haben da zugehört? Nein! Sagen Sie es mir nicht. Ich will es nicht wissen. Kein Wunder, dass mich alle so anfeixen. Ach herrje, ich glaube, ich sterbe. Ich sterbe.«

»Denken Sie einfach nicht mehr dran, Rebecca.«

»Sie haben leicht reden. Na, wenigstens weiß ich jetzt, weshalb Sie sich wie ein ...«

»Weshalb ich mich wie ein Arsch benommen habe?«

»Das auch. Und ich habe die ganze Zeit gedacht, Sie hätten mich für vollkommen ausgeflippt gehalten.«

»Wie kommen Sie darauf, dass ich Sie nicht für vollkommen ausgeflippt halte? Da«, sagte er und zeigte auf einen hohen Kirchturm in der Ferne. »Die Kathedrale von Salisbury. Schon mal was gehört davon?«

»Natürlich habe ich davon schon mal gehört. Ursprünglich hatte ich ja mal vorgehabt, sie zu besichtigen. Und wo ist Stonehenge?«

Er zeigte in die entgegengesetzte Richtung. »Auf dem Rückweg vielleicht, aber wirklich nur vielleicht. Man kommt sowieso nicht nahe heran. Übrigens ist das alles völliger Blödsinn. Und ich will jetzt keine weltbewegenden Thesen über einen Haufen alter Steine von Ihnen hören.«

Eine Weile sagte sie nichts. Jetzt konnten sie zwar offen reden, aber sie hatte das Gefühl, ein ganz neuer Mensch saß neben ihr und steuerte den Wagen, und so fiel ihr nicht allzu viel ein. Eigentlich war sie nur nervös und ein bisschen ängstlich, aber sie hatte keine Ahnung, wieso. Er kam ihr fröhlicher und lebendiger vor, seit sie den Stützpunkt verlassen hatten.

Das muss der wahre Kelly sein, dachte sie. Der Kelly, der eine Ehefrau hat. All die halbwegs Anständigen waren schon in festen Händen. Wahrscheinlich war es besser, sie zog das hier einfach durch, machte ihre Arbeit und fuhr wieder nach Hause. Eine andere Möglichkeit gab es nicht. Sie sah ihn an. Er roch auch noch gut. Er ist fantastisch, dachte sie, aber ich wünschte, er würde diese Sonnenbrille absetzen.

Kelly nahm die Sonnenbrille ab und warf sie auf das Armaturenbrett.

Rebecca blieb beinahe das Herz stehen. Sag was Intelligentes, schrie es in ihrem Kopf. Das ist deine Chance. Aber etwas Intelligentes wollte ihr partout nicht einfallen. Sie fand das Schweigen unerträglich und rutschte auf dem Ledersitz hin und her. Das Leder machte ein Geräusch, das sich anhörte wie ein riesiger Furz. Ohne auch nur mit der Wimper zu zucken, sagte Kelly: »Geben Sie weiter Laut, Sir. Wir finden Sie schon.«

»Das war ich nicht! Das war der Sitz.«

Jetzt lachte er sie aus. Ihr Gesicht glühte, und er fand das sehr komisch.

»Hören Sie auf«, sagte sie.

»Ihre Augen sind sehr blau, wenn Sie verlegen sind«, bemerkte er.

Darauf sagte sie nichts. Ihr Gesicht glühte noch immer. Etwas Intelligentes musste her, und zwar schnell. »Wissen Sie viel über dieses Testverfahren?«

»Machen Sie sich deswegen Sorgen?«, fragte er.

»Nein. Sie?«

»Ich werde ja nicht getestet.«

»Das wäre aber nötig.«

»Themawechsel, Lady. Und zwar sofort.«

»Wer ist der Indianer?«

»Wie bitte?«

»Der Indianer mit dem weißen Tuch um die Stirn?«

»Weißer Rabe. Mein Urgroßvater mütterlicherseits. Wieso?«

»Er ist die ganze Zeit bei Ihnen.«

»Ja, ich weiß.«

»Er ist ein Heiler. Er hat die Menschen geheilt.«

»Ja, ich weiß. Er war Schamane.«

»Und Sie haben diese Gabe geerbt.«

»Themawechsel, habe ich gesagt.«

»Ach, und worüber wollen wir uns unterhalten? Über Furzwitze?«, fragte Rebecca.

»Wenn Sie das brauchen. Von mir aus gern.«

Hätte sie ihn besser gekannt, hätte sie das vielleicht witzig gefunden, aber er war zu schnell. Er war viel zu schnell. Rebecca gestand ihre Niederlage ein, bevor das Wortgefecht überhaupt begonnen hatte. »Glauben Sie, dass Robert Glover je Präsident wird?«

»Ja, das glaube ich, vorausgesetzt man schießt ihm keine Kugel durch den Kopf.«

Diese geistreiche Bemerkung würgte für die Dauer der nächsten paar Meilen jedes Gespräch ab, bis sie nach Salisbury kamen. »Kann ich Sie etwas fragen?«, wollte Kelly wissen, als er darauf wartete, dass eine alte Dame in der Stadtmitte einen Fußgängerüberweg überquerte.

»Ist es die Art Frage, für die Sie sich eigentlich anstellen müssten?«

»Vielleicht.«

»Ich wusste, es war zu schön, um wahr zu sein. Schießen Sie los. Das meine ich natürlich nicht wörtlich.«

»Was wissen Sie über Hannah?«

Sie war sicher gewesen, dass das irgendwann kommen würde, aber sie hatte keine Ahnung gehabt, wann. Und sie wäre lieber nicht mit dem Unausweichlichen konfrontiert worden, aber sie wurde jetzt damit konfrontiert. »Hannah Dougall hat im siebzehnten Jahrhundert irgendwo im schottischen Hochland gelebt, und sie starb, als sie etwa siebzehn oder achtzehn Jahre alt war.«

»Ist das alles?«

»Sie hat sich in einen verheirateten Soldaten verliebt, der sie schwängerte und schließlich zusah, wie sie auf dem Scheiterhaufen umkam.«

»Er hat dagestanden und zugesehen, wie sie verbrannte, wollen Sie das damit sagen?«

»Ist das wirklich so wichtig?«, fragte sie.

»Ich glaube schon.«

»Wieso?«

»Weil ich glaube, dass wir das sind. Wir beide, Sie und ich.«

Einen Moment lang setzte ihr Herz aus. Die ganze Zeit hatte er das gewusst, und er war nicht in der Lage gewesen, ein einziges Wort zu sagen. Was soll ich jetzt machen, überlegte sie. Einfach cool sein, Rebecca. Einfach nur cool sein. »Wenn Sie und ich diese beiden sind, dann ist es vorbei. Es ist Vergangenheit. Längst vergessen. Es ist inzwischen ohne jede Bedeutung.«

Er sah jemanden auf dem Bürgersteig vorbeigehen. »Wenn wir beide Kenntnis von dieser Vergangenheit haben, dann hat es Bedeutung. Außerdem, wenn es vorbei und längst vergessen ist, wieso haben Sie dann das Mal?« Er wartete darauf, dass die Ampel umsprang.

»Was für ein Mal?«

»Das Muttermal auf Ihrer rechten Brust. Vor dreihundertfünfzig Jahren wäre es irrtümlich für eine dritte Brustwarze gehalten worden. Der Größe und der Form nach und ...« Er warf ihr einen Blick zu. »Ist Ihnen das wieder peinlich?«

»Peinlich? Mir? Nein.« Ich bin zu Tode erschrocken, dachte sie. Beinahe hätte sie gefragt, woher er das überhaupt wusste, aber wenn sie es recht bedachte, mit dem Bild an der Wand in seinem Dienstzimmer, mit den Wiederbelebungsversuchen im Helikopter, den digitalen Fotografien, die in rasender Geschwindigkeit die Runde auf dem Stützpunkt machten – man musste kein Genie sein, um sich denken zu können, woher er das wusste. Inzwischen hatte fast das ganze Pentagon ihren halb nackten Körper gesehen, während sie sich nicht einmal im Spiegel ansehen konnte. »Können wir Musik machen?«, fragte sie in der Hoffnung, er würde das Thema wechseln, aber die einzige Veränderung betraf die Ampel, deren Lichter endlich auf Grün umsprangen.

»Dieses Mal haben Sie genau da, wo Hannah es auch hatte. Mehr brauchten sie nicht, um sie wegen Hexerei zu verurteilen.«

»Wenn Sie schon wissen, was damals passierte, wieso fragen Sie mich dann überhaupt?«

»Sie verfolgt mich seit Jahren. Und dass ich sie male, bringt sie nicht zum Verschwinden. Es war schon schlimm genug, bevor ich Ihnen begegnete, aber jetzt ist es zehnmal so schlimm. Jedes Mal, wenn ich Sie ansehe, sehe ich Hannah. Ich habe mir gedacht, wenn wir darüber reden, es zugeben, es annehmen, dann könnten vielleicht ...«

»Dann könnten vielleicht die Albträume aufhören?«

»So ungefähr, ja. Also sagen Sie mir, was Ihrer Meinung nach passiert ist.«

»Damit es wieder passieren kann? Da träumen Sie mal schön weiter, Seemann!«

Eine Weile schwiegen sie. Rebecca betrachtete die vorbeiziehende Landschaft und hoffte, er würde das Radio anstellen oder eine CD suchen, damit sie nicht mehr über Hannah Dougall sprechen müssten.

»Ich bin kein Seemann. Ich bin ein Navy SEAL, ein Kampfschwimmer.«

»Gibt es da einen Unterschied?«

»Da gibt es einen gewaltigen Unterschied, und außerdem wollen Sie nur ablenken.«

»Das habe ich von Ihnen gelernt.«

»Sie wollen sich wohl dickköpfig stellen, was?«

»Genau.«

Zehn Meilen lang fiel kein weiteres Wort.

»Faraday hat gesagt, als Sie Macpherson heilten, hat er einen Engel in Ihnen gesehen.«

Rebecca lachte laut auf. Sie war ehrlich überrascht. »Ich? Ein Engel? Hat er irgendwelche Drogen genommen?«

»Er schwört jeden Eid, dass er genau das gesehen hat. Faraday lügt nicht. Faraday neigt nicht zu Fantastereien. Und Macpherson weigert sich zu sagen, was er erlebt hat.«

»Billy war bis obenhin zu mit Morphium, und Jamie muss Halluzinationen gehabt haben. Und wenn Sie glauben, ich könnte ein Engel sein, dann haben *Sie* ganz bestimmt Halluzinationen. Also, was ist? Was haben Sie gesehen?«

»Ich habe gesehen, wie ein Wunder geschah, also glaube ich, dass Sie sich möglicherweise nicht bewusst machen, was Sie sind«, sagte Kelly leise. »Hören Sie mir erst einmal zu, Rebecca. Sie haben mir von Ihrem Vater erzählt, und ich verstehe das. Ich weiß inzwischen, dass die Leute im Allgemeinen auf das, was sie fürchten, mit Aggression reagieren. Die Leute fürchten alles, was anders ist, was ungewöhnlich ist, was aus der Norm fällt. Und Sie müssen zugeben, dass Sie ungewöhnlich sind.«

»Das ist nie meine Absicht gewesen. Jedenfalls nicht, soweit ich es bewusst sagen kann.«

»Das ist mir klar. Soweit ich mir das zusammengereimt habe, ist es so, dass wir, und mit wir meine ich die Menschheit im Allgemeinen, dass wir uns weiterentwickeln, indem wir verschiedene Arten von Leben erfahren. Folgen Sie mir noch?«

»Es bleibt mir wohl kaum etwas anderes übrig.«

»Nach ein paar tausend Jahren haben wir uns bis zu einem Punkt entwickelt, wo das Zurückkommen nicht mehr nötig ist. Aber ab und zu kommen noch ein paar zurück, vielleicht weil sie müssen, weil es noch etwas Unerledigtes gibt, oder weil sie es wollen. Es steht ihnen frei. Ich persönlich glaube, dass Mohammed und Jesus Christus, nun ja, ich glaube, sie sind zurückgekommen, weil sie es wollten. Glauben Sie das nicht auch?«

Er meinte natürlich Reinkarnation. »Fahren Sie fort.«

»Und jetzt kommen wir zu Ihnen. Da sind all diese Sachen, die Sie ganz natürlich, ohne jede Anstrengung machen. Haben Sie je überlegt, dass Sie sich vielleicht bis zu einem Grad entwickelt haben, der bedeutet, dass dies Ihr letztes Mal hier ist?«

»Ich? Sie machen sicher Witze, Kelly. Ich bin weit davon entfernt, perfekt zu sein. Was ich mache, mache ich nur, weil ich es machen kann. Leuten helfen, das kann ich gut. Es ist das Einzige, was ich gut kann. Ich bin kein Engel. Ich bin kein hoch entwickeltes Wesen. Das kann nicht sein.«

»Ich habe Sie beobachtet. Habe gehört, was Sie gesagt haben. Sie bemühen sich so verzweifelt, sich anzupassen, normal zu sein. Aber Sie stehen immer außerhalb. Sie gehen allein durchs Leben, weil Sie immer allein gewesen sind, und Sie glauben irrtümlicherweise, dass Sie immer allein bleiben werden. Vielleicht gibt es einen Grund dafür, dass Sie nie über die erste Verabredung hinausgekommen sind.«

Rebecca sagte nichts.

»Da gibt es zwei Möglichkeiten. Entweder ist es Ihnen bestimmt, nicht noch ein weiteres Karma hervorzubringen, das Sie hier festhalten wird, oder Sie sind hier, um eine Angelegenheit aus früherer Zeit zu klären. Und wenn sie geklärt ist, kommen Sie weiter. Sie müssen nicht zurückkommen und alles noch einmal machen. Davon bin ich überzeugt.«

Gut dreihundert Jahre hat er auf dreißig Minuten gewartet, dachte sie. Er ist diese Angelegenheit aus früherer Zeit.

»Ich habe das ernst gemeint.«

Sie schaute weg, sie wusste, dass sie die Wahrheit gehört hatte. Er war tatsächlich der Grund dafür, dass sie zurückgekommen war. Es hatte gar nichts zu tun mit Robert Glover. Kelly und Rebecca, Robbie und Hannah waren der Grund. Sie wusste, dass sie Robbie Innes wiedersehen würde, wenn sie ihm jetzt in die Augen sah. Und obwohl sie unbedingt das Glücksgefühl dieser Liebe wieder spüren wollte, war ihre Angst, betrogen zu werden, viel zu groß. Rebecca wollte Kelly nicht in die Augen schauen. Es hatte damals nicht funktioniert, und es würde auch jetzt nicht funktionieren. »Ich will Ihnen sagen, was ich weiß, Commander. Ich bin hier, um Ihnen dabei zu helfen, einen Senator zu bewachen, der für das Präsidentenamt kandidiert. Deshalb bin ich hier. Wenn es vorbei ist, gehe ich wieder nach Hause. Und Sie bekommen entweder diesen Job im Pentagon, den Sie wollen, oder Ihre frühere Arbeit in Pensacola, und auch Ihre Frau wird glücklich und zufrieden sein, weil Sie zur Abwechslung vielleicht mal zu Hause bleiben. Können wir Musik machen?«

»Welchen Job im Pentagon?«

»Den Job, den Sie schon immer bekommen wollten; deshalb haben Sie ja auch eine Senatorentochter geheiratet.«

»Na schön, Klugscheißer. Und was habe ich in Pensacola gemacht?«

»Irgendwas mit hartgesottenen Kerlen? Was weiß ich, wie man das nennt, jedenfalls haben Sie Kriegsführung unterrichtet, besondere Kriegsführung. Und Sie sind viel getaucht! Sie haben Soldaten durch den Schlamm kriechen lassen und dabei auf sie geschossen, sind aus Flugzeugen gesprungen, was weiß ich. Es ist mir wirklich egal. Wenn das hier vorbei ist, gehe ich in die eine Richtung, und Sie gehen in die andere.«

»Weshalb reagieren Sie so ablehnend?«

»Ich bin nicht scharf auf eine Wiederholung.«

»Wir sind nicht mehr dieselben jetzt.«

»Blödsinn. Sie sind verheiratet, und ich sterbe wieder auf dem Scheiterhaufen. Was soll sich daran schon groß ändern?«

»Wieso sollte die Vergangenheit wieder auftauchen, wenn es da nicht etwas zu klären gäbe? Mir erscheint das ganz sinnvoll, und Ihnen erscheint es auch sinnvoll. Sie haben gesagt, Sie waren fünfzehn, als die Erinnerungen anfingen. Das war vor ... dreizehn, vierzehn Jahren? Bei mir war es auch um die Zeit.«

War ihr Schweigen wieder Zustimmung?

»Hannah sucht mich heim seit 1987. Ich war damals auf der Eisenhower, und wir lagen vor Australien. Brisbane, glaube ich. Ja, stimmt, Brisbane. Ich weiß noch, ich dachte, ich wäre gern mal von Bord gegangen und hätte mir die Weltausstellung angesehen, und das war 1988. Ich war ein Jahr zu früh dran.«

Rebeccas Nackenhaare sträubten sich. »Ich bin an Bord der Eisenhower gegangen, als sie vor Brisbane lag.«

Sie sahen sich an.

»Ja, wirklich. Es war heiß an dem Tag. Wir mussten ziemlich lange Schlange stehen, um an Bord zu kommen. Ich wollte gar nicht, aber ich wusste genau, wenn ich mich weigerte, würde ich das mein Leben lang zu hören kriegen, also bin ich mitgegangen, damit sie Ruhe gab. Damit sie aufhörte, an mir herumzunörgeln.«

»Wer?«

»Meine Mutter. Sie hatte diesen Fimmel, war verrückt nach Männern in Uniform. Vor allem nach Amerikanern. Ich glaube, sie hat immer sehnsüchtig darauf gewartet, dass die US-Navy in die Stadt kam.« Sie schwieg eine Weile, bevor sie fortfuhr: »Das ist unheimlich. Aber vielleicht ist es ja auch nur Zufall.«

»Zufall, dass Elizabeth Glover in Sydney in Ihr Hotelzimmer

spazierte? Zufall, dass wir uns 1987 vielleicht an Bord des Flugzeugträgers gesehen haben und dass da für uns beide die Erinnerungen anfingen? Ist es Zufall, dass ich Sie kenne, obwohl wir uns in Wirklichkeit nie begegnet sind? Nein. Das ist kein Zufall. Wir sind vorher schon einmal hier gewesen, Sie und ich.«

Bin ich mein ganzes Leben lang nur in Wartestellung gewesen?, fragte sich Rebecca. Ist der Grund dafür, dass ich allein bin, irgendein unsichtbares BESETZT-Schild, das andere immer gespürt haben? Sie sah Kelly an und dachte: Er? Schon wieder?

»Mögen Sie mich?«, fragte er.

»Wie bitte?«

»Mögen Sie mich?«

»Ohne Uniform sind Sie ganz in Ordnung.« Auch mit Uniform sind Sie in Ordnung, aber das werde ich bestimmt nicht laut sagen.

»Fühlen Sie sich von mir angezogen?«

Sie war innerlich ganz zittrig, weil sie diesem Mann im Augenblick so nah war. Die vergangene halbe Stunde war ihr wie eine Woche vorgekommen. Nimm dein Gewehr und erschieß mich, jetzt, bitte, flehte sie wortlos. Erlöse mich von meinem Elend. Ich halte das nicht mehr aus.

»Fühlen Sie sich von mir angezogen?«, fragte er noch einmal.

»Was soll das, Kelly? Würde ich jetzt ›Nein‹ sagen, dann würde ich lügen. Würde ich ›Ja‹ sagen, dann würde mir das auch nichts nützen.« Sie schaute zum Fenster hinaus und versuchte, sich auf die vorbeiziehende Landschaft zu konzentrieren. Sich auf irgendetwas zu konzentrieren, nur nicht auf diese seelenerschütternden Fragen, die er auf sie abfeuerte. So hatte noch nie jemand mit ihr gesprochen. Noch nie. Das war sie nicht gewöhnt. Die Wunder, die sie zu Wege brachte, verblüfften ihn nicht. Er erkundigte sich nach ihr. Nach Rebecca Miller.

»Also, Sie fühlen sich von mir angezogen.«

»Ja. Ja, stimmt. Das war schon in dem Moment so, als ich Sie das erste Mal sah; Sie standen am Einwanderungsschalter auf dem Flugplatz und haben mich angestarrt. Mir haben die Knie gezittert. Ich habe mich gefragt, was mir da in den Ohren hämmert, bis ich begriff, dass es ja nur mein Herz war. Ich bin genau wie jede andere Frau, mit der Sie zusammenkommen, wann immer es Ihnen passt. Und das wissen Sie ganz genau. Sind Sie jetzt zufrieden? Hat Ihr Selbstbewusstsein neue Nahrung gekriegt?«

»Wollen Sie mir vertrauen, Rebecca?«

»Weshalb tun Sie mir das an? Was wollen Sie von mir? Irgendwas haben Sie doch vor. Weiß der Himmel, wieso. Wenn Sie diesen ganzen Mist nur zusammenreden, damit ich mich besser fühle, geben Sie sich keine Mühe. Bitte! Geben Sie sich bloß keine Mühe. Das funktioniert nicht.«

Er drehte sich zu ihr um, lächelte und sagte: »Sie sind süß, wenn Sie verlegen sind.«

»Süß, dass ich nicht lache. Kleine Entchen sind süß. Also wenn Sie die Wahrheit hören wollen, Kelly: Ich sitze hier und fühle mich, als hätte ich Sie gerade eben in der Tombola gewonnen.«

»Wieso sollten Sie so etwas denken?«

»Vergessen Sie's. Bitte. Ja?«

Eine Weile sagten sie beide nichts.

»Das ist kein Mist«, sagte er. »Bestimmt nicht.«

»Kelly, bitte! Lassen Sie das!«

Sie waren jetzt auf der Autobahn, wichen im Regen Lastwagen, anderen Pkws, Motorrädern aus. Sie musste an Robbie und Hannah denken. »Wenn die Vergangenheit zu Ihnen zurückkommt, was sehen Sie dann? Schauen Sie zu, oder sind Sie Teil davon?«

»Sowohl als auch«, antwortete Kelly. »Sehen tue ich meist Hannah in einer Gefängniszelle. Manche Bilder sind barbarisch. Ich habe sie gemalt, und ich habe sie gleich wieder verbrannt. Die hatten damals Foltermethoden, die für den Durchschnittsmenschen von heute geradezu unvorstellbar sind. Aber das muss ich Ihnen ja nicht erzählen, oder?«

Nein, dachte sie. Dies hier ist Folter genug, danke.

»Ich bin ein paar Mal auf Edinburgh Castle gewesen, in der

Burg, und einmal durfte ich sogar in die Verliese. Und ja. Da ist sie tatsächlich gestorben. Da ist auch er gestorben.«

»Also, was machen wir jetzt? Was ist da zu klären?«, fragte Rebecca.

»Ich nehme an, wenn er sie sterben ließ oder wenn er sie in der Vergangenheit tötete, ist es jetzt seine Pflicht, sie am Leben zu halten. Das ist die Wiedergutmachung der allerschlimmsten Schuld, denke ich.«

»Kann das wirklich so einfach sein?«

»Die meisten Dinge im Leben sind einfach. Die Leute verkomplizieren sie nur unnötig. Wollen wir einen Kaffee trinken?«

Sie lächelte. Bei der nächsten Raststelle fuhr Kelly von der Autobahn herunter, parkte den Wagen, stieg aber nicht gleich aus. Zögerlich und still saß er da. Rebecca überlegte, ob er wohl darauf wartete, dass der Regen nachließ. »Hat Ihnen schon mal einer gesagt, wie schön Sie sind?«

Sie lachte. »Mir? Nein. Man hat mir schon gesagt, dass ich schöne Augen hätte und schöne ... na ja. Nicht schlecht, hat er gesagt. Könnten größer sein. Und einmal habe ich einen wahren Poeten kennen gelernt. Möchten Sie ein paar Verse hören, die er für mich geschrieben hat?«

»Wieso nicht?«

Und mit einer Aussprache wie aus dem tiefsten australischen Busch deklamierte sie ein Gedicht:

»Klar liebe ich dich, Süße,
bist 'ne Wahnsinnsmegabraut!
Und wenn ich sag, du bist echt Klasse,
mein ich das und sag es laut.
Also wirklich, Hand aufs Herz,
mir fuhr es gleich in alle Glieder,
so 'ne Superspitzenfrau
krieg ich nie im Leben wieder.
Und kriegst du Falten, geh ich bestimmt nicht laufen.
Jetzt halt den Mund, will Fußball gucken,
hol mir lieber was zu saufen.«

Außerordentlich laut war das Schweigen, das darauf folgte.

»Sie wollen mich auf den Arm nehmen«, sagte Kelly schließlich.

»Würde ich so was mit Ihnen machen?«

Kelly wusste nicht genau, was er davon halten sollte. »Erlauben Sie, dass ich Sie male?«, fragte er.

Verstohlen schaute sie zu ihm hin. Er meinte, was er gesagt hatte. Er meinte es tatsächlich so. »Werde ich schön aussehen auf Ihrem Bild?«

»Sie sehen auch so schön aus.«

Am liebsten hätte Rebecca dieses Lächeln genommen, es fest in einem Einmachglas verschlossen und es für immer im Herzen behalten. Auch wenn es die gigantischste Lüge war, die sie je zu hören bekommen hatte, war es doch ein kostbarer Augenblick, Worte von einem Hauptgewinn, der ihr nur vierundzwanzig Stunden gehören würde. Aber besser vierundzwanzig Stunden als gar nichts. Sie fühlte sich so lebendig, wenn er in der Nähe war. Lebendig und verwirrt, aber immerhin lebendig. Als wäre das Leben auf einmal etwas, das man genießen konnte und nicht nur ertragen musste.

Und dann stieg er aus dem Wagen. Während sie sich noch nach ihrer Handtasche bückte, ging er auf die Beifahrerseite und hielt ihr die Tür auf. Rebecca schaute hoch, überrascht. Machten Männer so was heutzutage noch?

Sie rannten zum Eingang des Rasthauses, schüttelten den Regen von sich ab und gingen hinein.

Er spürte ihren Widerstand. »Zeig es mir.«

»Und was, wenn Catherine zurückkommt?« Hannah schaute zur Tür, sie hatte große Angst, ihre Cousine könne zurückkommen.

»Sie ist nicht hier. Verlange ich denn wirklich so viel? Fällt es dir wirklich so schwer, so eine Kleinigkeit für mich zu tun?«

»Du hast wieder getrunken. Ich mag das nicht, wenn du

trinkst. Du bringst mich dann dazu, Sachen zu machen, die nicht recht sind.«

»Ich will es doch bloß mal sehen. Zeig es mir, sonst muss ich noch glauben, dass alles gelogen war.«

Hannah hob das Kleid hoch, sodass er den geschwollenen Bauch sehen konnte. »Es tritt. Komm und fühl, dann weißt du es.«

Seine harte Hand fühlte sich kalt auf ihrer heißen Haut an, und ein seltsamer Blick trat in seine Augen, als er spürte, wie sich das Baby in ihr bewegte. Dann versuchte er, sie zu küssen, so wie er das immer versuchte. »Nein. Was, wenn Catherine zurückkommt und uns zusammen sieht?«

»Catherine. Wenn ich ein Messer hätte, würde ich ihr die nörgelnde Zunge herausschneiden und die hässliche Kuh ins nächste Moor werfen.«

»Wenn du das nicht wirklich meinst, solltest du es nicht sagen.«

»Ich will dich, Hannah. Ich brauche dich so sehr, mehr als dein Pa dich braucht. Und ich werde dich bekommen.« Er zog sie auf das Bett hinunter.

»Nein, Robbie. Nicht hier ...« Er war zu schwer, sie konnte ihn nicht wegschieben. Seine Berührungen waren grob und ungeduldig, und es schien, als wolle es gar nicht mehr aufhören, bis sie das Geschrei ihrer Cousine hörte:

»Was treibt ihr denn hier!«

Robbie erstarrte, als ihn etwas am Rücken traf. Einmal, zweimal. Das Geschrei ging weiter. Er versuchte auszuweichen. »Sie ist schuld. Sie hat mich verhext! Sie will mich einfach nicht in Ruhe lassen!«

Hannah versuchte, Gesicht und Körper vor der Wucht des wieder und immer wieder zuschlagenden Besens zu schützen; schließlich rief sie: »Nein, Cathy, nein. Du bringst noch das Baby um!«

Catherine ließ den Besen sinken, und Robbie griff danach, als Catherine ihre junge Cousine anbrüllte, sie solle machen, dass sie fortkomme.

Ohne Kleider wurde Hannah in die Kälte hinausgeworfen. Es war Markttag im Dorf, und alle hörten den Aufruhr. Gelächter folgte ihr, als sie versuchte, sich zu verstecken, und alle hörten auch den Streit aus dem Innes-Haus.

»Was hast du bloß gemacht!«

»Cathy, du weißt ja nicht, was sie mit mir angestellt hat!«

»Sie ist in anderen Umständen! Sie ist in anderen Umständen! Du hast deinen Samen in sie verspritzt, und nicht in mich! Nie ich! Immer nur sie!«

Corey Lorber sah aus dem Arbeitszimmer seiner Villa in Atlanta, schaute hinunter bis zu den makellosen Rasenflächen, wo Gärtner bei der Arbeit waren. Einer saß auf einem riesigen Rasenmäher, der andere beschnitt eine Hecke. Seit Marianne in Warwick Castle den Ziergarten mit den beschnittenen Hecken in Pfauenform gesehen hatte, wollte sie genau das auch im Garten ihres Vaters haben. Ziergärten mit beschnittenen Büschen und Bäumen waren das Letzte, was ihm im Augenblick durch den Kopf ging.

Auf dem Schreibtisch des Senators lag ein Umschlag, und der Inhalt besagten Umschlages war über den Mahagonischreibtisch verstreut. Fotos von Leichnamen, Videoaufzeichnungen von Lebenden, Berichte. Audiokassetten und CDs von mitgeschnittenen Unterhaltungen. Corey drehte sich wieder zu seinem Gast um. »Ich verstehe das nicht, Gene. Ich hatte mich darauf verlassen, dass Sie dem ein Ende machen, ehe es überhaupt anfängt.«

»Ich dachte, das hätte ich getan, Sir. Die Kugel ging glatt durch sie durch. Sie war tot.«

Der Senator sah sich die Fotos an. »Und wie lange war sie tot?«

»Eine Stunde, glaube ich. Ich habe sie am nächsten Tag gesehen. Habe mit ihr gesprochen. Da habe ich sie nicht für sonderlich gefährlich gehalten. Und dass sie gefährlich ist, glaube ich immer noch nicht.«

»Ich bezahle Sie nicht fürs Glauben, Gene. Ich bezahle Sie dafür, dass Sie die Befehle ausführen, die man Ihnen erteilt.«

»Ja, Sir, das ist mir klar, aber ...«

»Glauben Sie etwa diesen Mist, den die uns servieren? Diesen Unsinn mit dem Engel?«

»Ich weiß nicht genau, was Sie meinen.«

»Machen Sie dem ein Ende. Aber machen Sie es diesmal ordentlich. Glover hat schon den halben Süden auf seine Seite gebracht. Und bevor Sie das Ganze zum Abschluss bringen, vergewissern Sie sich, was genau sie weiß.«

»Das war auch meine Absicht, Sir. Da gibt es allerdings ein kleines Problem. Sie will nicht mit mir reden.«

»Herrje, Gene. So schwer kann das doch nicht sein, ein Mädchen zum Reden zu bringen, oder?«

Es klopfte an der Tür, und Marianne kam herein, noch ganz außer Atem und verschwitzt vom Training. »Hi, Gene.« Sie küsste ihn auf die Wange und setzte sich auf die Schreibtischkante, die langen Beine ließ sie baumeln. Ihre Augen waren von einem erstaunlichen Blau, noch intensiver in der Farbe durch die Kontaktlinsen. Ihr Haar war hellblond und bis auf wenige Strähnen oben auf dem Kopf zusammengebunden. Sie trug Jogging-Shorts und ein knappes Shirt, das ganz feucht vom Schweiß war. Gene versuchte herauszufinden, was an ihr anders war, während sie vom Schreibtisch ihres Vaters ein Glas Wasser nahm und sich etwas von dem Wasser übers Haar träufelte. »Wie ich höre, hat sich Kelly da drüben ein Mädchen gesucht. Stimmt das?«

»Das besprechen wir dann später«, sagte Gene.

»Aber vergessen Sie nicht, noch bei mir vorbeizuschauen. Ich möchte Ihnen noch einiges zeigen.« Und mit einem Augenzwinkern ging sie hinaus.

Corey Lorber und Gene Samperi sahen sich an. »Halten Sie mich auf dem Laufenden«, sagte der Senator.

Gene ging schnell hinaus. Er lief die Treppe hinauf, immer zwei Stufen auf einmal nehmend, und klopfte an Mariannes

Tür. Es kam keine Antwort. Er ging hinein. Das Himmelbett war noch nicht gemacht. Aus dem Bad, das vom Schlafzimmer abging, hörte er Wasser laufen. Eine deutlichere Aufforderung brauchte er nicht.

Sie suchte Postkarten aus. Kelly wartete. Beim Ausgang kaufte sie sich Zigaretten. »Mit dem schrecklichen Laster wollen Sie doch wohl nicht wieder anfangen?«

»Wer sagt denn, dass ich überhaupt aufgehört habe?«, gab sie zur Antwort. »Während der vergangenen zwei Wochen habe ich mir von den Jungs immer wieder Zigaretten zusammengeschnorrt.«

Bevor Kelly den Wagen anließ, schaute er auf die Karte und ging im Geist die Strecke zu dem Geheimdiensthaus durch, das irgendwo in den Vororten lag. Squirrel Heath hieß es.

»Glauben Sie, es hätte einen Unfall gegeben, wenn ich mit Leon gefahren wäre?«

»Das werden wir womöglich nie erfahren.«

Den Rest der Fahrt über kuschelte sie sich in den Sitz und nickte immer wieder ein. Kelly fuhr zu dem Geheimdiensthaus – einem teuren Bungalow – jedenfalls teuer für englische Verhältnisse. Drei Wagen und ein gemieteter Kleinlaster parkten auf dem Gehweg, weil die Fahrbahn extrem schmal war. Kelly lenkte das Auto die Auffahrt hinauf und stupste Rebecca an.

Auf der Türschwelle stand Leon Carter und wartete auf sie.

»Und was, wenn ich mich nun geirrt habe, was ihn betrifft?«, fragte sie.

»Und was, wenn Sie Recht hatten?«, erwiderte Kelly. »Kommen Sie. Wir wollen sie nicht warten lassen.«

Der Teppichboden war dick und weich. Eine Treppe führte in die obere Etage, wo sich vermutlich die Schlafzimmer befanden. Leon führte sie durch einen Vorraum und dann ins Wohnzimmer. Dort waren acht Videokameras angebracht, die aus verschiedenen Blickwinkeln den Raum überwachten. Kameras wie diese hatte Rebecca noch nicht gesehen.

Die Mitglieder der Untersuchungskommission kamen herein, stellten sich aber nicht vor. Es handelte sich um drei Männer unterschiedlichen Alters und unterschiedlicher Nationalität, außerdem war noch eine Frau dabei, was Rebecca besonders freute.

Rebecca wurde gebeten, sich so auf einen Stuhl zu setzen, dass sie auf eine bestimmte Ecke des Zimmers schaute, dann wurde sie mit einer Reihe von Apparaturen verkabelt, die Hirnströme, Herzfrequenz und Stressniveau aufzeichneten. Zum Schluss verband man ihr die Augen.

Die ersten Fragen dienten nur zur Kontrolle, sodass man aus ihren physiologischen Reaktionen auf ihren körperlichen Normalzustand schließen konnte. Im Grunde handelte es sich bei der ganzen Apparatur um eine Art komplexen Lügendetektor.

Die Frau, die sich bis jetzt noch nicht vorgestellt hatte, die aber offensichtlich Kelly bekannt war, setzte sich in größtmöglicher Distanz zur Probandin an einen Tisch. Die Vorhänge wurden zugezogen, es gab keinerlei Lichtreflexe, keinerlei Spiegel, keinerlei Möglichkeit für Rebecca zu wissen, dass sich die Frau irgendwo im Raum befand. Die erste Aufgabe bestand darin, dass sie der Kommission sagen sollte, welches Symbol gezeigt wurde. Die Antwort kam ganz automatisch.

»Symbolkarten zur Überprüfung übersinnlicher Wahrnehmung. Ein blauer Stern. Ein Davidstern.«

Die Frau, die jetzt Kontrollfunktion hatte, hob einen Finger zum Zeichen der Zustimmung. Als Nächstes nahm sie zwei Fotografien zur Hand, und während sie noch überlegte, welche sie hochhalten sollte, sagte Rebecca:

»Ein Foto von einem Kinderspielzeug ... ein Spielzeugzug? Nein. Ein Lastwagen.«

Wieder das zustimmende Zeichen mit den zwei Fingern, aber noch ehe die Frau ihren nächsten Gegenstand aussuchen konnte, hörte sie: »Heute hat Dawn Geburtstag, und keiner hat daran gedacht heute Morgen. Sie kommt sich vor, als hätte man sie vergessen – im Stich gelassen. Sie ist sehr gekränkt, unter anderem, weil sie weiß, wie man sie hinter ihrem Rücken nennt. Sie hat das Gefühl, dass man sie nie respektieren wird. Aber das stimmt nicht, ganz und gar nicht. Bald werden Sie der Boss sein, Dawn. Und mit dem Geld, das Sie bei der Scheidung bekommen, werden Sie ein neues Haus kaufen, und Sie werden wieder heiraten ... Ihre erste große Liebe ... Richard? Nein, Rick. Ja, Rick. Sie werden auch wieder ein Baby bekommen, vorausgesetzt, Sie entscheiden sich für diesen Lebensweg. Nein, tut mir Leid, es ist schon beschlossene Sache. Den Ring haben Sie noch keinem gezeigt. Sie wollen nicht, dass die Leute reden. Übrigens, Rick hat Ihren Geburtstag nicht vergessen.«

Dawn Lindsay am Tisch hinter Rebecca wurde schneeweiß im Gesicht. Wieder ging der Finger hoch, dann hob sie ihre Hände. Sie packte ihre Objekte zusammen und machte den Platz frei.

»Also, wer ist der Nächste? Wollen wir den ganzen Tag so weitermachen?«

Ein jüngerer Mann setzte sich an den Tisch. Eine Weile herrschte tiefes Schweigen. »Ich habe eine Nachricht für Anthony, und zwar von Claudio. Claudio war ein alter Mann, als er starb. Er sagt, er ist Ihnen nicht böse, dass Sie nicht da waren, um Abschied zu nehmen. Er sagt mir gerade, Sie sollen sich auf das Heute konzentrieren. Leben Sie nicht im Gestern. Er sagt, wenn Sie allzu sehr am Gestern festhalten, sehen Sie das Heute nicht, geschweige denn das Morgen ...«

Vielleicht sollte sie ihren eigenen Ratschlag beherzigen, dachte Kelly.

Sie ›sah‹ alle im Raum, mit Ausnahme von Kelly, und das mit verbundenen Augen und ohne dass sie durch körperliche Wahrnehmung spüren konnte, wer an dem Tisch saß. Es hatte weder Fragen noch irgendeine Art von Rückmeldung gegeben.

Was hatte Pete gesagt? Diese kleine Australierin bringt Wunder zuwege? Je weniger ich weiß, desto besser, war Kellys anfängliche Reaktion darauf gewesen.

Rebecca saß immer noch mit verbundenen Augen und mit dem Rücken zu den anderen da. Anderthalb Stunden waren schon vergangen. Dawn kam herein und reichte Kelly einen Becher Kaffee. Sie lächelte ihn an, sagte aber kein Wort. Das brauchte sie auch nicht. »Wer ist denn der Unglückliche?«, erkundigte sich Kelly.

»Rick Newton.«

»Herzlichen Glückwunsch.«

»Danke, Kel.«

Dawn und Kelly sahen zu, wie der Chef der Kommission einen roten Schuh mit Pfennigabsatz auf den Tisch stellte. Er steckte in einer durchsichtigen Plastikhülle und war als polizeiliches Beweisstück mit einem Etikett versehen. »Kann ich ihn sehen?«

»Das möchten wir lieber nicht.« Aber sie durfte ihn betasten.

Rebecca saß da, mit verbundenen Augen, hielt den Plastikbeutel in der Hand, und eine Zeit lang passierte gar nichts.

»Es ist ein Damenschuh, Größe 5. Sie ... nein, es ist gar keine Sie. Ich habe hier einen Mann, der lieber eine Frau wäre. Die Anfangsstadien auf dem Weg zur Frau hat er hinter sich, die Hormonbehandlungen etc., aber die Operation noch nicht ... Ich sehe einen Rummelplatz. Warwick. Warwickshire? Einen Fluss, nein, es ist ein künstlicher Wasserlauf. Ein Kanal. Ein Hausboot, aber nicht etwas, das ich auf den ersten Blick als Hausboot erkennen würde. Es ist lang, schmal. He, tut mir Leid, sie ... O mein Gott. Kann mir jemand bitte sagen, was hier von mir erwartet wird?«

»Wir hätten nur gern Ihre Eindrücke, meine Liebe«, kam als Antwort eine Stimme mit deutschem Akzent.

»Da ist zu viel Furcht. Aber das ist nicht das richtige Wort. Auch Entsetzen trifft es nicht. Ich komme nicht daran vorbei. Nein, ich will das nicht. Nehmen Sie das weg.«

Aber es kam keiner den Plastikbeutel holen. »Wo ist die Leiche, Rebecca?«, fragte der Schweizer.

»Hier und da verstreut«, antwortete sie leise. »Sie werden sie nie ganz finden. Nur einzelne Teile. Nur den Schuh. Was?«

Es schien, als unterhalte sie sich wortlos mit einem unsichtbaren Wesen.

»Ich höre, Sie sollen nach den Clowns suchen. Ein Jugoslawe auf dem Rummelplatz. Können wir jetzt bitte eine Pause machen?«

»Ja, bald. Bald.«

Die physiologischen Reaktionen gingen auf normale Werte herunter, als der Schuh weggenommen wurde.

Die Augenbinde wurde abgenommen, und der Erste, den sie sah, war Kelly. Er nippte an einem Kaffee und stand bei Dawn Lindsay. Sie flüsterten miteinander.

Auf dem Tisch lagen verschiedene Gegenstände. Rebecca wusste, was jetzt von ihr erwartet wurde, ohne dass man es ihr zu sagen brauchte. »Sie dürfen sich etwas aussuchen«, sagte der Schweizer. Die verschiedensten Dinge lagen vor ihr – zwei Armbanduhren, zwei Ringe, ein versiegelter Umschlag und darin, wie sie wusste, ein Foto von Robert Glover aus der Zeit, als er Kampfpilot war. Spontan griff sie zu der Haarsträhne, die von einem winzigen lilafarbenen Band zusammengehalten wurde. Kinderhaar. Der Schweizer Psychiater saß jetzt mit angespannter Aufmerksamkeit da. Das war ihr klar gewesen.

Rebecca hielt die Haarsträhne in der geschlossenen Hand. »Die Kleine war schon tot, als man ihr die Strähne abschnitt. Ich sehe sie in einem weißen Sarg. Ihr Lieblingsspielzeug, eine rote Flickenpuppe, ist bei ihr. Sie sagt mir den Namen der Puppe ... ich kann ihn nicht aussprechen. Tut mir Leid. Es ist Deutsch.« Rebecca holte tief Luft und fuhr fort. »Sie trägt etwas Rosafarbenes. Weiße Schuhe. Ihre Lieblingsschuhe. Sie ist jetzt hier und sagt mir, dass sie an Leukämie gestorben ist, als sie sechs war ... nein, Entschuldigung, sieben. Ihr Name ist Eliza, und sie möchte Ihnen sagen, John, dass sie die ganze Zeit über ihre Familie wacht.« Rebecca schwieg einen Moment.

Kelly konnte seinen Blick nicht losreißen von ihrem Gesicht.

»Sie ist jetzt hier und fragt mich, weshalb Sie immer noch skeptisch sind. Sie sagt, sie war im Beerdigungsinstitut, als Sie ihr die Strähne abschnitten und mit diesem Band zusammenbanden.«

»Und wann ist dieses Kind gestorben?«, fragte der Schweizer.

»Am dritten Mai 1960. Sie erzählt mir, dass die Engel kamen und sie bei der Hand nahmen, als Sie und ihre Mutter etwas essen gingen. Drei volle Tage sind Sie nicht von ihrer Seite gewichen.«

»Ist Mary bei ihr?«

Einen Moment lang Schweigen. Kelly kam es so vor, als führe sie eine wortlose Unterredung mit jemandem.

»Sie kennt keine Mary, sagt aber, dass Agnetha letztes Jahr gekommen ist. Sie sagt, es war ein Autounfall. Sie will mit Ihnen reden, mit ihrem Daddy. Sie sagt, Sie wollen jetzt sterben, aber es ist noch lange nicht an der Zeit, dass Sie sterben.«

Der Schweizer Psychiater holte angestrengt Luft, so angestrengt, dass alle im Raum es hörten.

»Wieso sind Sie immer noch skeptisch? Was für Beweise brauchen Sie denn sonst noch? Die Liebe, die Ihr Kind für Sie empfindet, ist überwältigend und existiert immer noch. Wieso leugnen Sie das immerzu? Ihre wissenschaftliche Suche nach Antworten ist vergeblich, denn Sie haben die Antworten schon, hier drin.« Rebecca führte ihre Hand zum Herzen. »Vergessen Sie Physik und Technik. Solange es keine Wissenschaft des Geistes gibt, wird es keine greifbaren Antworten geben. Es ist alles hier, und Sie wissen das auch.«

Sie schwieg einen Augenblick.

»Der Tod Ihrer Tochter war keine Reaktion auf irgendein Versagen Ihrerseits. Ihr Tod trat ein, weil es an der Zeit für sie war zu gehen. Es hatte nichts zu tun mit Ihnen oder mit dem, was Sie hätten tun können oder auch nicht.«

Rebecca legte die Haarsträhne beiseite und nahm den Umschlag in die Hand. »Na ja, das mussten Sie wohl versuchen, Leon.« Sie schmiss den Umschlag wieder weg. »Robert Glover. Er fliegt eine F15 im Golfkrieg. Wenn ich Ihnen erklären würde, dass es noch zu viele unbekannte Aspekte gibt, um jetzt schon ein Ergebnis ableiten zu können, was würden Sie dann sagen?«

»Ich würde sagen, dass ich Ihnen glaube, Rebecca.«

»Und Sie hören immer Bob Seger im Auto. *Fire Lake*, stimmt's? Ist das Ihr Lieblings-Song?«

Sein Mund verzog sich zu einem breiten Lächeln. »Wie konnten Sie das wissen?«, fragte er.

Rebecca sah Kelly an, und der Gesichtsausdruck musste nicht erst analysiert werden. »Fahren Sie bei Regen nicht auf der M4, Leon!«

»Okay«, sagte er.

Sie widmete sich wieder den Gegenständen. »Die Armbanduhr vom Commander. Die will ich nicht ...« Sie hob die andere Armbanduhr hoch. »Dawn? Sie wieder. Sie haben es zufällig entdeckt, nicht? Also, wieso sind Sie so skeptisch? Wenn Sie diesen Anruf nicht machen, wissen Sie, was dabei herauskommen wird. Es gibt zwei Wege, die Sie einschlagen können. Lediglich der eine Weg führt in eine lohnenswerte Zukunft. Sie müssen nur zum Telefon gehen. Verstehen Sie, was ich zu sagen versuche?«

Dawn nickte.

»Schön. Und wenn Sie diesen Anruf machen, wird sich Ihr Leben zum Besseren wenden. Sie denken vielleicht, es ist alles zu Ende, aber da wartet eine völlig neue Welt auf Sie. Es ist, als würde das Leben gerade erst beginnen. Wenn Sie diesen Anruf nicht machen und ... Sie wissen, was ich meine. Weiter will ich dazu nichts sagen.«

Unbewegt sah Rebecca zu, wie die Frau sich in die Küche zurückzog.

»Wie wär's mit einer Pause und was zu trinken?«

Alle stimmten Leons Vorschlag zu, und als Rebecca von ihren Kabeln befreit wurde, sah sie auf Kellys Uhr. Es war halb drei am Nachmittag. Um halb elf vormittags waren sie angekommen. Sie nahm die Uhr auf, und eine so intensive und kraftvolle Welle der Liebe traf sie, dass es ihr fast den Atem verschlug. Sie ließ die Uhr fallen, als habe sie ihr die Hand verbrannt. »Ich brauche eine Zigarette«, sagte sie schnell, nahm ihre Handtasche und ging in den Garten hinter dem Haus.

Dawn stand an der Seite am Zaun und nahm einen tiefen Zug aus ihrer Zigarette. Sie konnte Rebecca nicht in die Augen sehen, als sie sagte: »Rick hat es festgestellt, ich nicht. Ich habe versucht, es zu ignorieren, aber das will er nicht zulassen. Sie wissen schon, in meinem Alter. Wer würde mich danach noch wollen? Herrje, die im Büro nennen mich sowieso schon die Amazone.«

Unter anderem, dachte Rebecca. »Es hat mir einmal jemand gesagt, dass der Körper die Tränen weint, die das Bewusstsein nicht vergießen will. In Ihrem Fall stimmt das, oder, Dawn?«

Dawn nickte. »Ich werde den Termin machen. Woher wussten Sie das?«

»Ich kann so was sehen.«

»Aber wie? Woher wussten Sie das alles über mich? Woher wussten Sie, dass Rick meine erste große Liebe war? Und das mit der Scheidung, mit der Verlobung. Und mit meinem Geburtstag?«

Rebecca zog die Schuhe aus und stand barfuß auf dem weichen Gras. »Ich bin mit Freunden aufgewachsen, die ich mir eingebildet hatte. Mein Problem ist, dass die immer noch bei mir sind.«

»Ich begreife nicht, dass wir bisher nichts von Ihnen gewusst haben, wo Sie doch so gut sind.«

»Und ich würde gern wissen, worauf das abzielt. Was soll das hier alles?« Als Reaktion nur Schweigen. Das hatte Rebecca auch gar nicht anders erwartet. »Wie lange arbeiten Sie schon beim CIA?«, fragte sie.

»Achtzehn Jahre. In England bin ich seit sechs Jahren.«

»Kennen Sie Gene Samperi?«

»Und ich dachte, es würde noch ein netter Tag für mich, herzlichen Dank.«

»Wieso ist er heute nicht hier?«

»Er ist diese Woche in den Staaten. Er kommt morgen her. Ach, was soll's. Und was läuft zwischen Ihnen und Kelly?«

»Nichts. Wieso?«

Dawn lachte, warf ihren Zigarettenstummel ins Gras und sagte: »Blind bin ich nicht«, und dann ging sie weg, immer noch belustigt. Und sie schaute Kelly an und lachte, als er herauskam und sie wieder hineinging.

»Die Dinger bringen Sie noch um«, sagte Kelly, als er sich selber eine anzündete. »Was ist mit Dawn los?«

»Das geht Sie nichts an.«

»Sie haben über mich geredet.«

»Bloß weil sie eine alte Flamme von Ihnen ist, müssen Sie nicht gleich unter Verfolgungswahn leiden.«

Eine Weile sagten sie nichts. Eine Boeing 747 donnerte über ihre Köpfe hinweg in Richtung Heathrow. »Ich habe das kleine Mädchen gesehen«, sagte Kelly. »Mit der Kirlian-Technik haben sie ihr Bild auf Video eingefangen. Sie dürfen es sich anschauen, wenn Sie mich nett bitten.«

»Kelly, ich brauche mir das nicht auf Video anzusehen. Ich brauche keinen Beweis. Passen Sie auf, schauen Sie sich einfach mal im Garten um, und sagen Sie mir, was Sie sehen.«

»Pflanzen. Gras. In einem Nachbarhaus steht einer an einem Fenster in der oberen Etage und beobachtet uns. Auf drei Uhr, das Fenster links vom Kamin.«

Rebecca schaute auf, und tatsächlich, da stand jemand und beobachtete sie. »Sie sind wohl nie außer Dienst, was?«

Darauf sagte er nichts. »Also schön, und was sehen Sie?«

»Hier gibt es so viele Tote, dass man ein ganzes Fußballstadion damit füllen könnte. Und wenn nur die Hälfte von ihnen die Gelegenheit hätte, mit mir zu reden, dann würden sie das tun. Alle auf einmal, wahrscheinlich. Für die Leute hier im Haus mag ich ja was ziemlich Faszinierendes sein, aber glauben Sie mir, so war das schon immer. Für mich ist das nichts Ungewöhnliches. Tote, Lebende, da gibt es keinen Unterschied. Der Geist hat zwei Bedürfnisse: gehört zu werden und geliebt zu werden.«

»Ja, das weiß ich.«

»Also, was soll das alles hier? Mal ganz im Ernst – hat es wirklich etwas damit zu tun, dass Robert Glover England einen Besuch abstatten wird?«

»Das bezweifle ich.«

»Gehen die davon aus, dass ich für sie arbeiten werde?«

»Ich hoffe nicht.«

»Ich glaube doch. Na schön. Noch eine Stunde, und dann will ich weg hier.«

Wenn sie gedacht hatte, er würde Einwände erheben, dann hatte sie sich getäuscht. Er nickte.

Videobänder wurden zurückgespult, als sie wieder ins Haus zurückging. Was bis jetzt mit Hilfe der Kirlian-Technik eingefangen worden war, waren verschwommene Bilder eines alten Mannes, der über Rebecca seinem Sohn eine Nachricht zukommen lassen wollte; außerdem eine junge Frau beziehungsweise eigentlich noch ein Mann in einem Kleid mit roten Pailletten, und ein kleines Mädchen. Aber dann war da noch ein Bild, das sie sich nicht erklären konnten: die Gestalt eines hoch gewachsenen Mannes mit langen Haaren in weißer Robe und Schilfsandalen, der fürs bloße Auge unsichtbar gewesen war und dreidimensional nur auf Video erschien. Emmanuel.

Der Schweizer Wissenschaftler war ständig in Begleitung seiner kleinen Tochter, obwohl diese vor gut vierzig Jahren gestorben war. »Wer ist Ihr Torwächter?«, fragte er, als sie sich gesetzt hatte und wieder verkabelt worden war.

»Wenn Sie einen Namen hören wollen: Er zieht es vor, Emmanuel genannt zu werden.«

»Woher kommt er?«

»Er sagt, das ist unwichtig.«

»Er ist einer von den Neun, stimmt's?«

»Er sagt, das ist unwichtig, und das wird er so lange sagen, bis Sie es leid sind, lächerliche, irrelevante Fragen zu stellen. Damit verschwenden Sie nur unsere Zeit.«

»Er ist Ihr Mittelsmann?«

Rebecca seufzte laut und vernehmlich. »Er ist mein Freund und Lehrer. Er begleitet mich schon mein ganzes Leben.«

»Zu welchem Zweck setzen Sie Ihre mediale Begabung ein?«

»Ich will dazu beitragen, dass die Leute begreifen, dass es so etwas wie den Tod nicht gibt. Dass der Tod der erste Schritt in Richtung spiritueller Freiheit ist – dass die Leute die Angst vor dem Tod verlieren.«

»Und solch einen Tod haben Sie erfahren?«

»Wahrscheinlich tausende von Malen, aber dieser hier war der jüngste.« Rebecca knöpfte sich die Bluse auf. Dawn wurde merklich blasser. Kelly war froh, dass Rebecca Unterwäsche trug.

»Wohin sind Sie gegangen, als Ihr Körper vernichtet wurde?«

»Ich weiß nicht. An irgendeinen anderen Ort. Einen Ort, der mir vertraut war. Es war zu Hause, nehme ich an. Ich kann es nicht mit Worten beschreiben.«

»Weshalb sind Sie zurückgekommen?«

Sie schaute zu Kelly, aber er sah gerade nicht in ihre Richtung. Er musterte seine Schuhe. »Ich musste noch etwas Wichtiges erledigen.«

»Und wenn das erledigt ist?«

»Ich weiß nicht, was die Zukunft für mich bereithält. Das weiß ich nie.«

Ich weiß es, dachte Kelly. Ich weiß, was die Zukunft für dich bereithält. Du und ich, das hält die Zukunft für uns beide bereit. Wenn du es nur geschehen lässt.

»Sie haben diesen Ort ›zu Hause‹ genannt?«

»Ja. Es ist zu Hause. Wie soll ich das erklären? Solange wir hier sind, glaube ich, ist dieses Leben die Realität. Aber wenn Sie sterben, wissen Sie sofort, dass das Leben hier nur ein sehr kurzer Traum war. Die Realität ist auf der anderen Seite. Da machen wir dann Pläne für unseren nächsten Traum, treffen unsere Freunde, unsere Feinde, da entscheiden wir, welche Erfahrungen wir brauchen, um unsere Entwicklung voranzutreiben.«

»Sind Sie das, was man einen Engel nennt, Rebecca?«

»Liebe Güte, nein.«

»Man hat Sie als Engel beschrieben.«

»Ein anderer mag das so sehen, meine Sichtweise ist das nicht.« Woher wissen sie das, fragte sie sich.

»Ihre Aura, das elektromagnetische Feld, das Ihren physischen Körper umgibt, misst gut 26 Meter vom innersten Kern bis an den äußersten Rand, Rebecca. Und die vorherrschende Farbe ist Gold. Sind Sie sich im Klaren, dass Meister der höchsten Stufe eine Aura aus Gold haben, die ungefähr dreißig Meter misst?«

»Nein, das wusste ich nicht. Ein ›Meister der höchsten Stufe‹ ist mir nie begegnet.«

Ich hatte Recht, dachte Kelly. Ich hatte tatsächlich Recht, was sie betrifft. Das hier ist ihr letztes Mal auf diesem Planeten.

»Wie kommt es, dass Sie von einer großkalibrigen Kugel mitten ins Herz getroffen wurden, Ihr Körper eine Stunde später geheilt war und Sie keinerlei körperlichen Schaden erlitten haben?«

»Ich weiß es nicht, und ich will es auch gar nicht wissen. Jeder nur denkbare, bis heute bekannte medizinische Test wurde bei mir angewandt, und ich bin vollkommen gesund. Ich weiß nicht, wieso. Ich weiß nicht, wie. Ich weiß nur, dass es so ist.«

Ungeduld machte sich bemerkbar. Kelly wusste, was jetzt bald kommen würde: Sie würde diesen Leuten von der OSIR sagen, sie sollten sich ihre Fragen dahin stecken, wo nie ein Sonnenstrahl hinkommt.

»Sie umgibt ständig der Duft nach Rosen, ja?«

»Ich weiß nicht, ist das so?« Sie schaute Kelly an, und er zuckte mit den Schultern. Für mich riecht sie nach Äpfeln, dachte er.

»Sie heilen, ja?«

»Ich bin ein Kanal für heilende Energien.«

»Sie heilen, ja?«

»Ja. Aber ich arbeite nicht allein.«

Der Schweizer Psychiater nickte Anthony zu, der vortrat, ein Skalpell aus der Tasche zog, die Schutzhülle von der Schneide nahm und sich in den Handrücken schnitt. Ohne lange nachzudenken, ergriff Rebecca schnell seine Hand. Es dauerte anderthalb Minuten, dann kam die Blutung zum Stillstand, und es bildete sich Narbengewebe. All das hielt die Kamera natürlich in der Nahaufnahme fest. Der Geruch nach Rosen und Schwefel hing schwer im Raum, und vor allem das Schweigen war unheimlich.

Aus früherer Erfahrung wusste Kelly, dass Rebecca wahrscheinlich gleich ohnmächtig würde. »Das wär's dann, Leute«, sagte Kelly. »Sie haben genug gehabt. Ich bringe sie nach Hause, Leon.«

»Das geht nicht. Wir haben eine Vereinbarung. Da sind achtzehn weitere ...«

»Es ist mir egal, wie viele weitere Tests Sie noch machen wollen. Ich sage Ihnen, jetzt ist Schluss. Sie hat genug, und Sie haben auch genug. Ich bin für sie verantwortlich. Jetzt übernehme ich.«

Kelly befreite die Probandin von der Monitor-Apparatur, reichte Rebecca ihre Handtasche, dann verließen sie das Haus und traten in den Regen.

Die Leute von der Untersuchungskommission standen auf der Türschwelle, als der BMW wegfuhr.

Rebecca starrte aus dem Fenster. »Danke«, sagte sie leise.

»Ach Scheiße, Sie sind doch keine Laborratte.«

»Sie sollten nicht fahren, wenn Sie wütend sind.«

Er fuhr langsamer, bis sie auf die Autobahn kamen, und seine tief sitzende Wut ließ etwas nach. Vielleicht war es eine Hilfe, dass sie nicht ärgerlich war. Wie konnte sie bloß so voller Vergebung sein? So sehr alles hinnehmen?

Halb nackt liegt Hannah in seinem Schoß. Ihre Augen flehen um einen schnellen Tod, sie sind voller Vergebung für alles, was er getan hat, und für alles, was er jetzt noch tun wird ... Er zieht sein Messer aus dem Stiefelschaft.

»Ich will nicht in die Anstalt zurück.«

»Wie bitte?«, sagte Kelly und begriff zu spät, dass er sich in einem Tagtraum verloren hatte, der kein Traum, sondern eine Erinnerung war. Eine Erinnerung an etwas längst Vergangenes.

»Ich habe gesagt, ich will nicht zurück.«

»Wir müssen aber zurück.«

»Ich weiß. Aber doch bestimmt nicht jetzt sofort. Ich bin müde und habe einen solchen Hunger, dass ich den Kopf einer Flickenpuppe essen könnte.«

»Was ist mit Marvin passiert?«, fragte Kelly.

»Er ist verhungert«, antwortete Rebecca.

»In einer Stunde und zwanzig Minuten sind wir in Salisbury. Ich weiß genau, wo wir hingehen könnten. Schlafen Sie ein bisschen.«

»Aye, aye, Captain.« Der Sitz ließ sich zurückstellen, und Rebecca machte sofort Gebrauch davon.

Sie schaute auf; irgendwie hatte sie gespürt, dass man sie beobachtete; sie erkannte die Gesichter, allerdings ohne sie richtig zu sehen. Kannten sie denn kein Schamgefühl? Keine Gnade? Bei der nächsten Kontraktion schrie Hannah – der Schmerz allein würde sie sicher umbringen, das wusste sie. Aber bevor es so weit kam, musste sie dieses Ding aus ihrem Körper herauspressen. So fest pressen, wie sie es mit der Kraft, die ihr noch geblie-

ben war, überhaupt konnte. Es dauerte jetzt schon Tage. Viele, viele Tage, und jetzt war Catherine hier ...

»Es kommt! Es kommt! Ich sehe schon den Kopf!«

Robbie kam gerade rechtzeitig, um mit anzusehen, wie sein Sohn auf das verfaulte Stroh hinausgestoßen wurde. Will hatte nach Aberdeen schicken lassen, um ihm auszurichten, er müsse kommen. Einen vollen Tag und die halbe Nacht noch dazu hatte er auf dem Pferd gesessen. Jetzt war er hier, und mit einem Aufschrei schob Catherine ihn weg. »Es ist ein Junge! Ein Junge!« Hannah, die ganz dünn, schwach und krank war, streckte die Hände nach dem Baby aus, nach ihrem Jungen. Ihrem Sohn, blutverschmiert und blau. Er weinte nicht. Er atmete nicht. Mit zittrigem Finger machte Hannah ihm den Mund frei, wie Mairie es ihr gezeigt hatte, aber er rutschte ihr aus den Händen und fiel ins Stroh. Sie nahm ihn auf und hielt ihn, wiegte ihn hin und her, und die ganze Zeit schrie Catherine: »Er ist tot, er ist tot ...«

Doch mit einem erbarmungswürdigen Schrei fand der Junge ins Leben zurück. Er hatte einen dichten roten Haarschopf wie jeder von einem Innes gezeugte Junge, und auch so wütend wie nur je ein Innes gewesen war, kam er auf die Welt. Robbie schaute Hannah in die Augen, und noch einmal brach ihm das Herz, als Catherine ihr den Säugling aus den Armen riss. Er konnte nichts tun, konnte es nicht verhindern.

»Ihr könnt ihn mir nicht nehmen! Ihr könnt ihn mir nicht nehmen ...«

Und doch nahmen sie ihn ihr fort. Catherine wickelte ihn in die Decke, die sie mitgebracht hatte, und lief mit ihm fort. Robbie blieb und versuchte, die Situation ein wenig zu klären. »Hannah, hör mir gut zu jetzt. James Daly sagt Nein. Er hat Angst, wenn er daran denkt, was du ihm antun könntest. Also habe ich gesagt, ich werde ihn nehmen. Er ist ohnehin mein Kind. Aber ich gebe dir mein Wort, wir werden gut ... wir werden gut ...«

»Was kannst du mir noch alles nehmen, Robbie? Was kannst du mir noch alles nehmen?«

»Wir sind da.«

Rebecca wachte auf. Keine Burg. Keine Kerkerzelle. Sie brauchte einen Moment, um sich zu orientieren. Das war immer so.

Es war bereits dunkel. Sie konnte sich einfach nicht daran gewöhnen, dass es um diese Jahreszeit schon so früh dunkel wurde, während zu Hause die Sonne scheinbar ewig am Himmel stand. Sie waren in Salisbury – jedenfalls nahm sie das an. Der Wagen stand auf dem Parkplatz vor dem King's Arms. »Das Essen ist gar nicht übel hier.«

»Wie spät ist es denn? Wieso ist es denn schon so dunkel?«

»Es wird bald Winter, und ich sollte Ihnen eine Uhr kaufen. Also das sind unsere Möglichkeiten: Entweder wir essen hier und fahren dann sofort zum Stützpunkt zurück, oder wir essen hier und nehmen uns ein Zimmer und fahren morgen Früh zum Stützpunkt zurück.« Er streckte einen Arm zum Beifahrersitz aus und kitzelte sie im Nacken.

»Kelly ...«

»Kelly ...«, machte er sie nach, dann beugte er sich hinüber, nahm sanft ihr Gesicht in eine Hand und küsste sie zärtlich. Als er sich wieder zurücksetzte, sah er eine heftig pochende Ader an ihrem Hals. Sie atmete schnell.

»Tun Sie das nicht. Bitte, tun Sie das nicht!«

»Weshalb können Sie mir nicht in die Augen sehen?«

»Ich weiß, was passieren wird, wenn ich das tue.«

»Und wäre das so schlimm?« Wieder berührte er ihr Gesicht und drehte sie zu sich herum. »Sieh mich an.« Sie versuchte es. »Ich werde dir nicht wehtun.«

Und da war das Echo der Stimme von Robbie Innes: *Ich würde lieber sterben, ehe ich zulasse, dass dir einer wehtut, Hannah. Ich würde lieber sterben. Ganz bestimmt.*

Aber Robbie Innes war jetzt nicht hier. Es war ein anderer Ort, eine andere Zeit. Finger fuhren über ihr Gesicht, ihre Kehle. Er fummelte nicht an den Knöpfen herum. Fingerspitzen glitten unter die Bluse und hinauf zu ihrer Schulter, über die sanfte, sachte Wölbung der Brust und wieder zurück zu ihren Lippen. Bei jeder Berührung liefen ihr Schauer durch den Körper. Und wieder küsste er sie. Wenn er so weitermachte, würde sie keine Verantwortung mehr übernehmen können. Das wollte sie auch gar nicht, und er wusste das auch.

»Du bist dran«, flüsterte er.

Kelly nahm ein Zimmer in dem Pub – ein Doppelzimmer. Rebecca duschte und zog ein violettes Samtkleid an, und dann gingen sie zum Essen hinunter. Essen hatten sie allerdings nicht im Sinn. Eine Band spielte Cover-Versionen von alten Liebesliedern. Er wusste, er sollte sie lieber zum Stützpunkt zurückfahren. Er wusste, er sollte das hier lieber nicht machen, aber seinen alten Freund, die Vorsicht, schoss er in den Wind. Kelly nahm ihre Hand und führte sie nach oben in ihr Zimmer, weg von den *Nights in White Satin* und hin zu etwas, das hoffentlich für sie ihre ganz besondere, denkwürdige Nacht werden würde. »Wenn du nicht willst, können wir gern fahren. Jetzt sofort, wenn du magst.«

»Nein«, sagte sie. »Ich will hier mit dir sein.«

Kelly zog den Reißverschluss ihres Kleides auf, und sie stieg heraus. »Ich kann so was nicht gut«, sagte sie leise. Aber es war eine immense Hilfe, dass er den Blick nicht von ihren Augen ließ. Sein Kuss schmeckte nach Zigaretten und Bourbon und noch etwas anderem, etwas, an das sie sich von früher erinnerte, von sehr viel früher. Sacht schob er ihr die Träger des BHs von den Schultern, und diesmal schaute er hin. Dem Blick folgte eine Berührung, und sie schloss die Augen. Seine Berührung war elektrisierend, dann war es vorbei. Er zog sich aus. Das sollte ich eigentlich tun, dachte sie.

Sie streckte die Hand aus und bekam nackte Haut zu spüren – warm und von einer Sanftheit, die man auf den ersten Blick nicht erwartet hätte. Und es war alles Wirklichkeit. Er nahm ihre Finger und biss zu, ganz sacht, lächelte mit den Augen, als er ihre Hand nahm und sie auf das große Messingbett zog.

Eine Weile lagen sie da und schauten sich an. Wie alt bist du?, überlegte sie.

»Ich bin fünfunddreißig«, sagte er. »Und du hast weit mehr als nur schöne Augen. Allerdings kann ich mit Worten nicht so gut umgehen wie dein Freund, der Poet.« Er zog sie auf. »Mehr als ein Mund voll ist doch sowieso Verschwendung.« Und er kostete und berührte sie wieder. Merkwürdig, wie jemand, der diese Art Beruf hat, so sanft sein kann, wenn es nötig ist, dachte sie.

Sie wusste nicht, was sie tun sollte. So was wie das hier passierte doch nur in Filmen – oder in Träumen. In Tagträumen. Oder wenn man nicht schlafen konnte und sich mit Fantasien über die eigene Einsamkeit hinwegtröstete.

Rebecca musterte sein Gesicht, als wollte sie es tief in ihrem Gedächtnis eingraben. Ich kann das kaum glauben, dass mir das tatsächlich passiert, dachte sie.

»Glaub es ruhig«, flüsterte er und beobachtete sie aufmerksam.

»Hör auf damit.«

»Was?«

»Hör einfach auf damit. Du bist unheimlich.«

»Du etwa nicht?« Er stützte sich auf einen Ellenbogen, drehte sie auf den Rücken und ließ den Finger über ihren Arm, über ihre Brüste gleiten, als zeichne er dort etwas Unsichtbares. Wieder küsste er sie, und immer noch auf den Ellenbogen gestützt, machte er weiter mit dem unsichtbaren Zeichnen, ihren Bauch hinunter, über ihre Hüften, Schenkel, Knie, die Innenseite der Schenkel, bis seine Finger zwischen ihren Beinen waren und sie ihn hineinließ.

Es beruhigte ihn, dass er es immer noch draufhatte, dass er ab und zu noch Wunder wirken konnte. Aber er hatte es nicht eilig. Mit jeder Sekunde spürte er die Spannung ansteigen. Ihr Atem ging schneller, es würde jetzt nicht mehr lange dauern, aber nach seinem Geschmack ging es viel zu schnell. Sie wimmerte, gab merkwürdige Geräusche von sich, wand sich. Als sie die Beine noch weiter spreizte und ein Knie hob, beugte er sich über ihre Brust und saugte, heftiger als er es hätte tun sollen, und dann kam sie, einen Schrei unterdrückend. Bingo, dachte er, und seine Hand war gefangen zwischen den zitternden Schenkeln. Sie war so gelöst, so unglaublich gelöst. Er spürte ihre Finger in seinem Haar. Er spürte das Pochen ihres Herzens an seinem Gesicht. Sie hielt ihn so fest, dass er glaubte, er würde ersticken. Gut zu wissen, dass ich es immer noch draufhabe, dachte er wieder. Dann gaben die Schenkel ihren Gefangenen frei, sie ließ sein Haar los, und er tauchte zum Luftholen auf. Seine Hand fuhr den Weg ihren Körper hinauf. »Hat es dir gefallen?«, fragte er überflüssigerweise.

Sie lächelte ihn an. Jetzt war sie an der Reihe. Sie stieß ihn aufs Bett, setzte sich rittlings auf ihn und sah zu, wie sich sein Gesicht verzog, als sie sich langsam herunterließ, und als sie erst einmal unten war, spannte sie jeden einzelnen Muskel an, so gut sie nur konnte. Die Augen konnte er jetzt nicht aufmachen. Er ertrug es, solange es ging, aber wenn sie so weitermachte, wäre es viel zu schnell vorbei, und das wollte er nicht. Also hob er sie herunter, und sie wollte protestieren. Aber er küsste sie wieder, hart und schnell, und ehe sie es sich versah, lag sie bäuchlings auf dem Bett. Ihre Gedanken waren wild, ungezähmt, ungehemmt, er allerdings war viel zu beschäftigt, um irgendetwas zur Kenntnis zu nehmen, was in diesem Augenblick außerhalb von ihm passierte. Glühend heiß fühlten sich seine Hände an. Das alte Messingbett quietschte und polterte gegen die Wand.

Er hatte kaum einen Laut von sich gegeben, nur ein schwaches Seufzen, als es schließlich vorbei war. Und erschöpft ließ er sich aufs Bett fallen. Entspannt, glücklich und erschöpft. Rebecca blieb bäuchlings liegen. Sie glaubte nicht, dass sie in der Lage sein würde, sich zu bewegen, geschweige denn zu gehen.

»He«, sagte er.

Brummelnd gab sie etwas zur Antwort.

Kelly drehte sie zu sich herum, und sein Arm wurde ihr Kissen.

Sie rechnete damit, dass er sich duschen, anziehen und dann sagen würde: Wir sollten jetzt lieber fahren. Aber er zog sie noch fester zu sich heran, küsste ihr Haar und sagte zu ihr, sie rieche nach Äpfeln, nicht nach Rosen.

»Das ist das Süßeste, was seit langer Zeit jemand zu mir gesagt hat.«

Wieder küsste Kelly sie. Das war das beste Dessert, das er seit Jahren gekostet hatte. Jetzt wollte er nur noch schlafen. Dazu bekam er allerdings keine Gelegenheit. »Was ist das?«, fragte sie und berührte eine erhabene, gezackte Narbe auf seinem Schlüsselbein.

»Kosovo. Schrapnell.« »Der Arm?« »Sudan.« »Die Hüfte?« Im ersten Moment wusste er nicht mehr, was es war, vielleicht hatte ihre Berührung es ausgelöscht, dann kehrte die Erinnerung zurück. »Motorrad. Eine halbe Meile bin ich auf meinem Hintern gerutscht.« »Der Schnitt am Kinn?« »Kneipenschlägerei in Norfolk«, log er. »Der Handrücken?« »Wir verbringen noch die ganze Nacht damit, wenn du eine ausführliche Beschreibung meiner Narben aus der Schlacht willst.«

»Sonst gibt es ja weiter nichts, was wir Nettes machen können.«

»Willst du mich jetzt schlafen lassen?«

»Nein.«

Kelly warf sie auf den Rücken. »Und wo sind deine Narben?«, fragte er. Die ganz offensichtliche übersah er. Abgesehen von der Narbe über ihrem Herzen war da nichts ... Ah. Da hatte er eine gefunden. Aber nur eine. »Und das?«, fragte er und küsste ihren Knöchel.

»Als ich zehn war, bin ich mit dem Fuß an einem Zaun hängen geblieben.«

»Ist das alles?«

»Gefährlichen Situationen bin ich immer mit äußerstem Mut begegnet.«

Sie lachten beide. Von diesem Augenblick an würde nie mehr eine Phase des Schweigens zwischen ihnen unangenehm sein.

Er lehnte sich wieder zurück und bot ihr zum zweiten Mal seinen Arm an. Rebecca kuschelte sich an ihn, ganz dicht, und legte ihr linkes Bein über seines.

»Danke«, sagte sie leise.

»Wofür?«

»Das steht dir nicht, wenn du dich dumm stellst.« Sie seufzte und machte die Augen zu. Kelly griff nach der Bettdecke. Es dauerte nicht lange, und er hörte ihr Atmen und wusste, dass sie schlief. Ihr weicher, heißer Körper wetzte allmählich seine scharfen Ecken ab, aber er war nicht nah genug. Er wollte unbedingt jede Wölbung dieses Körpers an sich spüren. Sie drehte sich weg und löste sich aus seinen Armen. Er drehte sie zurück, und sie kuschelte sich wieder an ihn, als hätten sie das schon tausendmal gemacht. Und das hatten sie auch.

»Deinetwegen wird sie sterben! Konntest du nicht ein einziges Mal deinen Mund halten?«

»Sie hat dich mir weggenommen, und du bist doch alles, was ich habe!«

»Einen Körper kann man nicht stehlen! Schließlich bin ich doch mit dir verheiratet. Mit dir. Du hast sie umgebracht. Ihr seid doch verwandt. Aber du hast sie umgebracht!«

»Noch ist sie nicht tot.«

»Wohl wahr, aber sie betet zu Gott, dass sie bald sterben darf. Weißt du nicht, was sie ihnen da oben in dem Turm antun? Weißt du nicht, was sie Mairie McTaggart angetan haben, bevor sie starb? Das ist doch Wahnsinn. Ein Wahnsinn, den du mit Nell am Leben hältst! Willst du ihnen nicht sagen, dass du dich geirrt hast? Sag etwas, bevor die sie umbringen!«

Das Baby wachte auf und schrie. Schreien, das war alles, was der Kleine tat – es war, als wüsste er, dass man ihn seiner Ma weggenommen hatte.

»Du bist schuld daran, sage ich. Du. Zur Hölle mit dir, Catherine. Bei dir will ich nicht bleiben. Bei dir kann ich nicht bleiben.«

»Du wirst mich nicht verlassen. Du kannst mich doch nicht verlassen! Robbie!«

Im nächsten Augenblick lag sie vor ihm auf den Knien. Hätte er sein Schwert bei sich gehabt, hätte er dem ein für alle Mal ein Ende gemacht. Weiß Gott, sie verdiente es. »Weshalb hast du es Nell erzählt?«

»Weil doch Hannah Nells kleinen Sohn umgebracht hat.«

»Ihr Sohn war schon so gut wie tot an dem Tag, an dem sie ihn zur Welt brachte. Das hast du doch gesagt, ich habe es gehört. Ein Jammer, was für ein Jammer. Das hat du gesagt!«

»Ich wusste nicht, dass es so weit kommt. Ich wusste das nicht. Was verlangst du denn von mir, was soll ich denn machen? Sieh dir doch den Kleinen an! Willst du ihn nicht einmal halten. Du bist doch sein Pa. Das haben wir doch immer gewollt, ein eigenes Baby. Das weißt du doch. Das ist unsere Chance. Unsere einzige Chance. Wir nehmen ihn, ja? Er gehört uns, Robbie. Uns! Du kannst uns jetzt nicht verlassen!«

Robbie sah hinunter auf seine Frau, die sich an sein Bein klammerte. Er stieß sie weg.

»Du hast doch gesagt, dass sie dich verhext hat. Du hast doch gesagt, sie trägt das Mal des Teufels!«

Lange vor dem Morgengrauen wachte Kelly auf, nicht aus einem Traum, sondern weil er unbewusst gespürt hatte, dass Rebecca nicht an seiner Seite war. Sie stand am Fenster, eine makellose Silhouette, und schaute hinaus ins Nichts. Sie trug sein Hemd. Es war nicht zugeknöpft. Es verbarg nichts. Wieso machen die Frauen das?, überlegte er. Ist das ein Zurschaustellen von Besitzanspruch? Irgendein weibliches Ritual? Kelly stand auf und ging ans Fenster.

»Ich will nicht zurück. Ich will mit dir hier bleiben. Nur mit dir.«

»Dann sind wir schon zu zweit.« Er legte die Arme um sie und drehte sie in einem sanften, privaten Tanz ohne Musik. Sein Herz schlug laut und schnell, und sie wusste, er könnte schon wieder, und wieder, wahrscheinlich bis die Sonne aufging, und sie würde ihn nicht abweisen, aber im Augenblick wollte sie weiter nichts, als seine Arme um sich zu spüren. Außerdem wollte sie etwas über seine Frau wissen, und den richtigen Moment dazu würde es nie geben.

»Erzählst du mir von ihr?«

Sein Körper verspannte sich, und unmerklich zog er sich zurück.

»Liebst du sie?«

Als er das Wort ›Liebe‹ hörte, erstarrte er. Wenn es stimmte, dass jeder ein Wort hatte, dass er entschieden verabscheute, dann war ›Liebe‹ sein Wort, besonders wenn es sich auf die Frau bezog, dic er geheiratet hatte. Der schlimmste, traurigste Fehler seines Lebens.

»Bitte. Ich breche sämtliche Regeln, die ich für mich aufgestellt habe, indem ich hier mit dir bin.«

Er machte einen Schritt zurück, als ob die Tatsache, dass er auf Distanz zu ihr ging, auch eine Distanz zwischen ihm und Marianne schaffen könnte. »Anfangs habe ich gedacht, ich liebe sie ... Herrje, Rebecca. Es ist schon kompliziert genug, weißt du das denn nicht?«

Geduldig stand sie da im Dunkeln, wartete und schaute hoch zu ihm. »Nein, das weiß ich nicht. Ich möchte, dass du es mir erzählst.«

»Na schön, na schön.« Anfangs schwang Resignation in seiner Stimme mit. Jetzt kam also das Unvermeidliche. »Sie ist schön, ja. Ein Mann schaut sie an und denkt sofort an eins, und nur an eins. Und das ist ganz in Ordnung, wenn er außer Sex nichts im Sinn hat. Aber du liebe Güte, was will man denn die übrigen dreiundzwanzig Stunden des Tages machen, was? Wie beschreibe ich Marianne am besten? Sie ist laut. Sie ist verwöhnt. Sie hat gerade wieder einmal fünftausend Dollar für eine Schönheitsoperation ausgegeben, weil sie unbedingt wie Pamela Anderson aussehen möchte. Ich kann sie einfach nicht davon abbringen. Ich wohne hier, und sie wohnt in

Amerika in Daddys Villa in Georgia. Wir haben ein schönes Haus in Norfolk, aber das genügt ihr nicht. Ihr genügt nie etwas. Ich weiß nicht, ob sie irgendwelche Liebhaber hat, und ich will es auch gar nicht wissen. Um ehrlich zu sein, es ist mir egal. Sie will keine Kinder, denn noch eine Schwangerschaft würde ihr die Figur ruinieren. Das ist meine Frau. Bist du jetzt glücklich?«

Rebecca verschränkte die Arme, ein vollkommenes Spiegelbild der Art, wie er dastand, und musterte ihn genauso, wie er sie musterte. »O ja, Herr, o ja. Ich bin sehr glücklich. Mir fehlt jetzt nur noch eines.«

»Du kleines Miststück«, sagte er.

»Wetten, du kriegst mich nicht?«

»Wetten, dass doch?«

Sie versuchte wegzukommen, ihm irgendwie auszuweichen. Keine Chance. Das Zimmer war zu klein und er zu schnell. Einen Moment lang hatte sie vergessen, mit wem sie es zu tun hatte. Im Handumdrehen lag Rebecca auf dem Teppich, und er hatte seinen großen Fuß auf ihrer Brust. Von da unten hatte sie einen sensationellen Ausblick, und sie konnte einfach nicht aufhören zu lachen.

»Sag: Es tut mir Leid, Kelly.«

Je mehr sie kicherte und seinen Fuß wegzuschieben versuchte, umso mehr Druck übte er aus.

»Sag: Es tut mir Leid, Kelly, dass ich dich dazu gebracht habe, Dinge zu erzählen, über die du sonst nie hast sprechen können.«

»Nimm deinen stinkenden Fuß von mir runter, aber sofort, sonst verwandle ich dich in Krötensuppe.«

»Ich verstehe dich nicht.«

»Ich bin froh, Kelly, dass du mir diese Dinge gesagt hast, die du sowieso hast loswerden müssen.«

»Gar nicht schlecht für den Anfang.« Kelly half ihr auf und hielt ihre Hand fest. »Wir haben noch ein paar Stunden«, sagte er. »Ich kann einfach nicht genug von dir kriegen.«

Mit Abstecher über Stonehenge fuhr Kelly den langen Weg zurück, aber es war so früh am Morgen, dass das Gelände noch nicht geöffnet war. Eine Viertelstunde würden sie noch warten müssen. Zwei Busse, voll beladen mit Touristen, standen schon hintereinander am Tor und warteten auf Einlass. Er fuhr langsamer und hoffte, sie überlegte es sich anders, hoffte, sie würde durch den dichten Zaun schauen, hoffte, das würde ihr genügen.

»Nein, ich brauche nicht hinein. Ich sehe jetzt, was du gemeint hast.«

»Aus der Luft hat man einen besseren Überblick. Ich werde einmal mit dir rüberfliegen.«

»In einem Hubschrauber? Nein danke. Da muss ich passen.«

»Hast du etwa Angst vorm Fliegen?«, fragte er überrascht.

»Vor dem Fliegen und vor Schlangen. Meine beiden Phobien. Hast du auch welche?«

Frauen, dachte er und fuhr die dreißig Meilen nach Hause.

Er steckte seine Chipkarte in den Decoder am Haupttor, und das Tor ging auf. Er hatte es nicht allzu eilig, auf den Parkplatz zu kommen. Er nickte den Leuten vom Alpha-Team zu, als sie an ihm vorbeijoggten. Macpherson schaute Rebecca mit breitem Grinsen an, als er vorbeilief. Eine kleine Woge der Eifersucht regte sich. »Ich sage das ja nicht unbedingt gern, aber wir können nicht ... es wird erwartet, dass ich mich emotional nicht näher auf dich einlasse.«

»Ich weiß.«

»Also nimm es nicht persönlich. In Ordnung?«

»Du willst sagen, das alles war nur eine weitere erste Verabredung.«

»Ich hoffe nicht.« Kelly griff nach ihrer Hand und drückte sie fest.

»Was bin ich froh, dass ich in dieser Tombola gewonnen habe.«

»Du bist total verrückt, weißt du das?«

Rebecca nahm ihre Marken aus dem Metalletui und hängte sie sich um den Hals. So brauchte er weiter nichts zu sagen. Er parkte den Wagen und holte ihre Reisetasche aus dem Kofferraum. »Ich werde mit unserem Freund mit den blauen Augen reden. Macht auch weiter nichts, wenn ich Schwierigkeiten kriege.«

»Das ist doch nicht nötig.«

»Versuch doch, mich aufzuhalten, Seemann.« Rebecca nahm ihre Tasche, und mit ihrer Marke öffnete sie die große Eingangstür. Die Party war vorbei.

7. Kapitel

Ich hatte die Idee, nicht der Commander. Er hat sich wie ein wahrer Gentleman verhalten.«

Das glaube ich aufs Wort, dachte Pete. »Die sind noch nicht fertig mit Ihnen, Rebecca.«

»Ich weiß. Aber wenn sie weitere Tests mit mir machen wollen, sollen sie herkommen. Ihre Apparate können sie mühelos mitbringen, und ich bin sicher, hier gibt es irgendeine Kerkerzelle, in der sie alles aufbauen können.«

»Weshalb sind Sie weggegangen?«

»Nach den ersten beiden Stunden hat es mir schon gereicht. Zu sehen, wie sich einer in den Handrücken schneidet und mir die Wunde auch noch unter die Nase hält, das war dann für Kelly zu viel des Guten. Er hat die Sitzung beendet, und ich bin ihm dankbar dafür. Ich weiß, wir hätten sofort zurückkommen sollen, aber ...« Sie beendete den Satz nicht.

Pete brauchte keine übersinnlichen Fähigkeiten, um zu wissen, was sie da verschwieg. »Sie wissen, dass der Commander ein paar Tage Urlaub nimmt.« Ihrem Gesichtsausdruck nach zu schließen, hatte sie keine Ahnung gehabt. »Außerdem kommt Leon Carter heute noch einmal.«

Rebecca machte die Augen zu und seufzte. »Pete, können Sie diesen Leuten bitte klar machen, dass ich die genauen Umstände noch nicht kenne? Erst wenn der Senator sich zu diesem Besuch entschließt, werde ich Näheres wissen. Wenn er sich überhaupt entschließt zu kommen.«

»Wenn das stimmt, was Sie sagen, werden Sie wohl überzeugender sein müssen.«

»Ich kann Ihnen allen wirklich nicht mehr sagen, als Sie ohnehin schon wissen.«

»Aber wenn die Zeit reif ist, dann können Sie mehr sagen.«

»Ungefähr fünf Minuten, bevor sein Flugzeug landet«, murmelte sie.

»Wie bitte?«

»Hören Sie, Colonel, Pete. Wie immer ich Sie auch nennen soll. Ich bin nicht gerade gern hier, und Sie wollen mich auch nicht gerade gern hier haben, aber jetzt sitzen wir nun mal hier. Ich wünschte, es wäre vorbei, wahrscheinlich wünsche ich mir das mehr als Sie. Also, gibt es da irgendwelche Vorschriften, die besagen, wir müssen nett zueinander sein?«

Er gab sich Mühe, nicht zu zeigen, wie komisch er das fand. »Ein klein wenig Höflichkeit könnte recht erfrischend sein.«

»Schön. Kann ich jetzt gehen, bevor ich noch in das Loch falle, das ich mir gerade selber grabe?«

Pete nickte und sah ihr hinterher, als sie zur Tür ging. »Rebecca?«

Sie drehte sich um.

»Kelly ist ein guter Freund von mir.«

»Ich weiß.«

»Außerdem ist er verheiratet.«

»Das weiß ich auch.«

Einen Augenblick länger, als unbedingt nötig gewesen wäre, schauten sie sich an. Jedes weitere Wort war überflüssig. Schließlich sagte Rebecca leise: »Ich kann nicht anders, Pete.«

»Dann sollten Sie sich mehr Mühe geben.«

Rebecca wusste nicht genau, was er damit meinte, und nachzufragen traute sie sich nicht. »Kann ich Sie etwas fragen?«

Er reagierte unverbindlich, aber in seinen Augen war Neugier zu erkennen.

»Waren Sie 1987 auf der Eisenhower?«

»Möglich ist alles. Dafür sind Sie ja der lebende Beweis.«

»Sie waren dort. Und Robert Glover war auch auf dem Schiff, nicht? Und Kelly auch. Genau wie ich, eine Stunde lang. Ich war mit meiner Mutter da. Sie war wunderschön. Sie hat immer zehn Jahre jünger ausgesehen, als sie eigentlich war. Sie hat sich mit einem blonden Kampfpiloten fotografieren lassen, der so ausgesehen hat, wie Sie damals ausgesehen haben müssen. Er hat sie angerufen, und dann sind die beiden drei Tage und zwei Nächte verschwunden.«

Der Blick aus den blauen Augen blieb unerschütterlich, aber seine Mundwinkel verzogen sich zu der Andeutung eines Lächelns. Vielleicht erinnerte er sich. »Tausende Zivilisten waren an Bord der Eisenhower, Rebecca. Und tausende Soldaten haben da gedient.« Aber er musterte sie aufmerksam. »Wie hieß denn Ihre Mutter?«

»Jennifer.«

Pete tat so, als krame er in seinem Gedächtnis, und schließlich zuckte er mit den Schultern.

»Sie kennen ihn, nicht wahr, Pete? Sie kennen Robert Glover.«

»Ich war Trauzeuge bei seiner Hochzeit. Aber ich glaube, das wissen Sie schon.«

»Er hat mir einmal zugelächelt. Ich habe ihn in einem Café in Sydney gesehen, in der Nähe vom Circular Quay.«

»Und wenn ich Ihnen nun sage, dass er sich an Sie erinnert?«

»Den Bären können Sie einem anderen aufbinden. Wie sollte das wohl möglich sein? Wir haben nicht miteinander gesprochen. Ich habe mit seiner Frau geredet. Er hat dieses ganze übersinnliche Zeug für Blödsinn gehalten. Und das tut er womöglich immer noch.«

»Und das glauben Sie?«

»Ich weiß nicht mehr, was ich glauben soll. Wissen Sie das noch?«

»Na, das ist doch erfrischend zu sehen, dass wir uns wenigstens in einem Punkt einig sind, auch wenn es nur unsere Unentschlossenheit ist. Sie können die Tür zumachen, wenn Sie gehen.«

Sie machte die Tür zu, als sie ging, und dann ging sie ein paar Schritte weiter den Korridor hinunter und klopfte an Kellys Tür. Sie wusste jetzt, dass sie nach dem Anklopfen unaufgefordert eintreten konnte. Alle machten das. Aber ein unerwarteter Anblick empfing sie, als sie die Tür aufmachte. Eine Frau saß auf dem Schreibtisch. Ihr blondes Haar kam offensichtlich aus der Tube, sie war hoch gewachsen, sie hätte als Model für jedes beliebige Hochglanzmagazin arbeiten können. Als Kelly gesagt hatte, sie wolle unbedingt wie Pamela Anderson aussehen, war das kein Witz gewesen. Marianne, dachte sie. »Huch. 'tschuldigung. Falsches Zimmer.«

Schnell schloss Rebecca die Tür und lehnte sich an die Wand. *Die?* Sie hörte es klar und deutlich. *Ist die das?*

Rebecca schoss den Korridor lang, als sie hörte, wie die Tür aufging. Kelly erschien auf dem Flur und sah sie weglaufen. »Rebecca?«

Bei der Treppe blieb sie abrupt stehen. Als sich ihr eine Hand auf die Schulter legte, fuhr sie zusammen.

»Ich hatte vergessen, dass sie kommt.«

»Das glaube ich dir nicht.«

»Es ist einfach zu viel passiert. Ehrlich. Ich hatte es vergessen. Ich möchte, dass du hereinkommst.«

Rebecca gab sich alle Mühe, Haltung zu gewinnen, als sie mit dem Unvermeidlichen konfrontiert wurde. »Gib mir drei Sekunden«, flüsterte sie, und Kelly ging zurück in sein Dienstzimmer.

Eins. Zwei. Drei.

Rebecca ging hinein, äußerlich wirkte sie selbstbewusst und zuversichtlich. Das Haar hatte sie hochgesteckt, aber es löste sich bereits aus dem Haarband. Make-up trug sie nicht. Sie kam sich wie ein Putzlumpen vor, mit dem zu oft schon verschmierte Fenster gereinigt worden waren, denn da war die andere. Kellys Frau. Marianne. Der Inbegriff reiner, eleganter, kostspieliger Vollkommenheit. Nur mit viel Geld, Anstrengung und Übung gelangte man zu solch einem Aussehen. Sie saß auf dem Schreibtisch ihres Mannes, als habe ein Prominentenfotograf sie sorgfältig dorthin drapiert. Ihr Haar war reines Platinblond in höchster Vollendung. Es fiel über schmale Schultern und weiter über massige Silikonbrüste, die ewig so straff bleiben und bis zum Ende der Schwerkraft trotzen würden, und ihr Gesicht war meisterhaft geschminkt. Das Designer-Kleid war von einem Blau, das genau zur Farbe ihrer Kontaktlinsen passte. Sogar die Zehennägel in den hochhackigen, vorn offenen, teuren italienischen Schuhen glitzerten.

Heilige Scheiße, dachte Rebecca.

»Rebecca, meine Frau, Marianne.«

In leicht übertünchtem Südstaatenakzent sagte Marianne: »Ich habe schon viel von Ihnen gehört.«

Rebecca ergriff die ausgestreckte Hand, obwohl sie das eigentlich gar nicht wollte. Viel Information konnte sie der flüchtigen Berührung nicht entnehmen. Da war nichts mit Ausnahme eines sehr langsamen, schmerzhaften Todes. Ich werde Kelly nicht ansehen. Ich kann Kelly nicht ansehen.

»Kümmert sich mein Schatz auch gut um Sie?«

»Wir hatten so unsere netten Momente.«

»Das habe ich mir gedacht.«

Rebecca hätte eine Axt gebraucht, um die zum Greifen angespannte Atmosphäre zu durchtrennen.

»Sie sind also die Frau mit den übersinnlichen Fähigkeiten, über die alle Welt redet?« Marianne ließ sich vom Schreibtisch heruntergleiten. Sie ging nicht durch den Raum. Sie schwebte. Bei Kellys Bild blieb sie stehen und zog einen schnellen Vergleich, dann lächelte sie, aber in dem Lächeln lag keine Freude, nur Verwirrung. »Ich nehme an, ihr zwei habt euch einiges zu erzählen. Meinen Mann können Sie nicht anlügen, aber ich nehme an, das können Sie lernen. Irgendwann. Tja, Herzchen, ich werde ihn für ein paar Tage entführen. Ich hoffe, das macht Ihnen nichts aus. Aber schließlich ist er ja mein Ehemann.«

Rebecca sagte nichts.

»Wer wird die Wahl gewinnen?«

Rebecca schwieg. Sie war damit beschäftigt, den Ansturm von Eindrücken zu verarbeiten, die sie von der Frau empfing. Ganz deutlich sah sie eine prachtvolle Villa: ein Anwesen, das direkt aus *Vom Winde verweht* zu stammen schien. Sie sah republikanische Banner, amerikanische Flaggen. Eine große Menschenmenge. Auch Gene Samperi sah sie, der den Arm um Kellys Frau gelegt hatte.

»Schön, Sie einmal kennen gelernt zu haben, Mrs. Nolan. Viel Spaß in Irland, Commander. Auf Wiedersehen.«

Und damit ging sie hinaus.

Von ihrem Fenster aus sah Rebecca zu, wie Kelly, wieder in Zivil, mit seiner Frau in den dunkelblauen BMW einstieg. Der Wagen fuhr an, die von Bäumen gesäumte Auffahrt hinunter, doch in was für eine Zukunft, das wusste sie nicht. Lange Zeit starrte sie vor sich hin, in ihrem Kopf widersprüchliche Gedanken.

Er hat mit mir geschlafen, aber mit ihr ist er verheiratet. Rebecca schaute sich im Spiegel an. Nicht einmal annähernd akzeptabel, und heute schon gar nicht. Sie zog sich das Haarband heraus. Das Haar hing ihr schlaff bis weit über die Schultern herunter. Der einzige Grund für das Fehlen einer Frisur war die Tatsache, dass sie keine Zeit hatte, sich nach einem Friseur umzusehen – es war bequemer, das Haar einfach zusammenzubinden. Sie überlegte, wo hier wohl der nächste Friseur sein mochte.

Sie drehte sich zur Seite, schaute in den Spiegel und hob den Brustkorb. Einen Moment lang sah es ganz in Ordnung aus, aber als sie ausatmete, sackte alles wieder nach unten. Ich wünschte, ich hätte fünftausend Dollar für eine Schönheitsoperation.

Vielleicht hat ja Liebe gar nichts mit dem Aussehen zu tun?

Rebecca seufzte. *Emmanuel, geh weg. Kann ich denn nicht einmal mehr meine ganz privaten Zweifel für mich allein haben? Schau mich an.*

Ich sehe nicht, was du siehst, vielleicht sieht er mehr als ich.

Du bist ja ein richtiger Witzbold heute, was?

Rebecca setzte sich an den kleinen Schreibtisch, nahm den Kugelschreiber vom Verteidigungsministerium, den sie dauerhaft von Kellys Schreibtisch geborgt hatte, und starrte auf das leere Blatt Papier, das sie vor sich hatte.

Leon. Gestern Früh hatte sie ihm wieder die Hand geschüttelt, und nichts hatte sich geändert. Was die Zukunft für Leon bereithielt, war eine leere Leinwand mit Einsprengseln von Grau. Und es gab auch nichts, was sie daran tun konnte, außer ihn warnen. Hatte das genügt? *Fahren Sie bei Regen nicht auf der M4.*

Aber das hier war England. Es regnete andauernd.

Die Grenze zwischen Einschreiten und Schicksal war nie ganz greifbar. Wie oft hatte sie diese Grenze schon überschritten? Wie oft hatte sie Fremden schon Dinge gesagt, die sie nie hätten erfahren sollen?

Ein paar Minuten lang brachte sie ihre Gedanken zu Papier, dann ging sie hinaus. Sie war zu verwirrt. Sie konnte nicht klar denken. Rebecca ging in die Messe hinunter. Vielleicht würde ein Kaffee helfen.

»Rebecca.«

»Hallo, Frank. Gibt es irgendwas Besonderes heute zum Mittagessen?«

»Etwas ganz Besonderes ganz allein für Sie«, sagte er lächelnd.

»Ich wette, das haben Sie zu allen Mädchen gesagt, die hier waren.«

»Und zu vielen, die nicht hier waren.«

»Angeber. Von einem wie Ihnen träumen alle Frauen – ein Mann, der kochen kann.« Rebecca schenkte sich gerade eine Tasse Kaffee ein, als sie vor ihrem geistigen Auge Leon sah. Ihre Tasse lief über. Heißer Kaffee ergoss sich über ihre Hand, aber sie spürte nichts.

»Rebecca?«

Franks besorgte Stimme hörte sie nicht.

Verblüfft stand Leon da und sah zu, wie Sanitäter und Polizisten eine Plane über das Autowrack deckten. Irgendwer sagte: Na wenigstens ist es schnell gegangen. Der arme Kerl.

He, Mann. Ich bin doch hier. Mir geht es gut, versuchte er zu sagen, aber es wollte ihn keiner hören.

Den einen Moment fuhr er noch vor sich hin, sang Fire Lake, *und im nächsten Moment schlingerte der Wagen vor ihm. Der Rest lief wie in Zeitlupe ab. Er sah, wie der Wagen von den mittleren Rädern des riesigen Lasters abprallte und zu ihm herumwirbelte, und es dauerte nur Sekundenbruchteile, bis Leon klar war, dass er nirgendwohin ausweichen konnte. Er sah in den Rückspiegel. Hauptverkehrszeit auf der Autobahn. O mein Gott, kann mir denn keiner helfen, dachte er, und dann schloss er die Augen.*

Da setzte der Schmerz ein. Zuerst war es nur ein dumpfer Druck in ihrem Brustkorb, ein Druck, der allerdings schon schlimm genug war. Plötzlich wurde er zu einem reißenden Schmerz. Sie ließ Kaffeekanne und Kaffeetasse fallen und tastete zittrig nach dem nächsten Stuhl. Sie bekam keine Luft. Der Raum drehte sich. Rebecca hielt sich den Kopf. Sie wusste nicht, was los war.

»Rebecca?«

Der Klang ihres Namens drang vom Rand ihrer Wahrnehmung zu ihr, vom äußersten Ende eines dunklen Nebels, aber sie konnte sich nicht aufraffen zu antworten. Etwas anderes zerrte an ihrem Geist. In dem Augenblick kam das Gefühl der Freiheit, und sie verstand. Sie verstand alles, als der Fußboden nach ihr griff und ihren Körper hart auffing.

Frank hatte gar nicht gewusst, wie schnell er sich bewegen konnte.

Leon?

Hallo. Rebecca? Was machen Sie denn hier?

Das ist jetzt unwichtig.

Sehen Sie sich die Jungs an. Die ganze Zeit sage ich denen, dass es mir gut geht, aber es hört mich einfach keiner.

Ja, ich weiß. Das hat schon seinen Grund. Wieso kommen Sie nicht einfach mit mir? Sie streckte die Hand aus, und er schien zu wissen, was er tun sollte. Er sollte mit ihr gehen. Aber er versuchte, sich umzudrehen.

Nein, schauen Sie nicht zurück. Sie sollten nie zurückschauen ... Ich bringe Sie jetzt nach Hause. Kommen Sie mit, mehr müssen Sie nicht tun. Kommen Sie mit ...

Ein Sanitäter lag auf dem Bauch unter dem zusammengefalteten Laster und holte Leon Carters Kopf aus dem heraus, was einmal der Rücksitz des roten Ford gewesen war.

Mit gekreuzten Armen und tief in Gedanken stand Mike an dem Krankenhausbett. Der Herzschlag der Kleinen wurde vom Monitor überwacht, der Defibrilator stand griffbereit. Das Herz war in Ordnung. Es hatte keine Hirnblutung gegeben. Keine Blutgerinnsel. Keine Verletzungen. Die Blutwerte waren in Ordnung. Keine Vergiftung. Keine Drogen. Und doch war Rebecca nicht ansprechbar, der Arzt hatte keine Ahnung, wieso. Noch eine Viertelstunde stand er da, dachte nach und stellte Theorien auf.

»Captain? Schon eine Veränderung?«

Mike drehte sich zu Jamie um. »Nein, Junge. Keine Veränderung.«

»Irgendeine Erklärung?«

»Nicht eine einzige. Und Sie?«

»Ich habe nachgedacht. Und nein, es hat nicht wehgetan. Wissen Sie noch, der Tag, als sie hier ankam?«

»Ja, sicher, das werde ich so schnell wohl nicht vergessen.«

»Ihre ersten Worte waren: ›Wo ist Kelly?‹«

»Was wollen Sie damit sagen, Junge?«

»Vielleicht will ich sagen, dass wir den Commander herschaffen sollten. Wo sie auch hingegangen sein mag, ich glaube, er kann sie wieder zurückholen.«

Der Captain antwortete nicht. So weit, so gut. Jamie fuhr fort. »Wenn sich keine körperlichen Ursachen finden lassen, dann vielleicht deshalb, weil es keine körperlichen Ursachen gibt. Das hört sich jetzt sicher dumm an, aber was ist, wenn sie einfach dicht macht, solange er nicht in der Nähe ist? Was ist, wenn er ihre Lebensenergie ist, oder irgend so was Irres? Was ist, wenn er der einzige Grund dafür wäre, dass sie hier ist und nicht gut anderthalb Meter unter der Erde, wo sie nach menschlichem Ermessen jetzt eigentlich sein sollte?«

Normalerweise hätte Mike ihn nur ausgelacht und ihm gesagt, dass es höchste Zeit für einen kleinen Urlaub wäre, jetzt aber sah er dem Mann aus Liverpool in die Augen und erkannte viel Wahres dort.

»Was haben wir denn zu verlieren, Sir?«

»Kelly wird nicht gerade jubeln vor Dankbarkeit. Es ist schon schwer genug, eine Ehefrau bei Laune zu halten. Das ist sein erster Urlaub seit Monaten.«

»Wenn Rebecca stirbt, Captain, wird er noch weniger jubeln. Wir haben keine Ahnung, was das verursacht hat, und wir haben keine Ahnung, wie wir es behandeln sollen. Ich sage, wir sollten den Commander zurückholen.« Eine Weile stand Jamie neben dem Bett und schaute auf Rebecca hinunter. Er hoffte, dass er sich wenigstens dieses eine Mal nicht irrte.

Jamie berührte ihre Hand. Ihre Haut war kalt, ihr Atem kaum wahrnehmbar. Drei Stromstöße von 360 Joules waren nötig gewesen, um ihr Herz wieder zum Schlagen zu bringen. Der Körper war am Leben, aber der Geist hatte sich irgendwohin zurückgezogen. Soviel wusste er immerhin. Wo bist du, dachte er. Wo bist du?

Als er sich zum Captain umdrehte, war der nicht mehr da.

Kelly stand am Abfertigungsschalter in Heathrow, in der Schlange für den Zwei-Uhr-Flug nach Dublin, und hoffte, das alles hier, drei Tage Tortur, würde ihm erspart bleiben. Da meldete sich mit *Yellow Rose of Texas* kreischend sein Handy.

»Ja? ... Mike? ... *Was* ist mit ihr? Wann?« Schweigen. Und dieses Schweigen schien endlos zu dauern. Das Herz blieb ihm beinahe stehen, als er zuhörte, was der Arzt zu sagen hatte. Er schaute zu Marianne, die neben ihm stand, und erkannte schon an ihrem Blick, dass dies wahrscheinlich der Nagel auf dem Sargdeckel ihrer Ehe werden würde. Aber das war ihm egal.

Man befahl ihm nicht, auf den Stützpunkt zurückzukommen. Er konnte sich frei entscheiden. Der Entschluss fiel ihm nicht schwer. »Ich bin schon unterwegs«, sagte er und unterbrach das Gespräch.

»Nein, du gehst nirgendwohin. Diesen Urlaub habe ich schon vor Monaten geplant.«

»Tut mir Leid, Marianne. Tut mir wirklich Leid. Ich muss gehen.«

Kelly nahm seine Reisetasche, rannte davon und ließ sie allein in der kurzen Schlange vor dem Erste-Klasse-Schalter stehen.

»Und was ist mit mir?«, rief Marianne so laut, dass hundert Leute sich umdrehten und sie anstarrten. »Tu mir so was nie wieder an! Wage das bloß nicht!«

»Aber heute Morgen habe ich noch mit ihr geredet. Es ging ihr gut. Um wie viel Uhr ist das passiert?«

»Frank sagt, um neun Uhr fünfundvierzig«, antwortete Mike. Um neun Uhr fünfundvierzig war Carter auf der M4 geköpft worden. Jetzt war es Nachmittag, zwei Uhr dreißig. »Kelly ist auf dem Weg hierher.«

»Wieso?«

»Meine Autorität hier brauchen Sie nicht infrage zu stellen, Pete, das wissen Sie doch.«

»Geben Sie mir auf meinem Piepser Bescheid, wenn er zurück ist.« Pete war alles andere als glücklich, als er das Isolierzimmer der Krankenstation verließ. Und Mike wusste, er würde dem Colonel Bescheid geben, wann er es für richtig hielt, nicht vorher.

Mike saß an dem Bett und legte der jungen Frau die Hand

auf die Stirn. Ihre Temperatur sank um einen halben Grad pro Stunde. Die elektrische Heizdecke half nicht. »Du bist mir ja ein schönes Sorgenkind, Mädchen. Ja genau. So ein richtiges Sorgenkind.«

Leon? Haben Sie keine Angst.

Aber hier kann ich nicht bleiben. Mir gefällt es hier nicht. Wieso ist alles so grau? Ich muss zu Susan. Ich muss zu meinen Kindern. Die haben alle noch geschlafen, als ich heute früh aus dem Haus gegangen bin. Ach herrje, ich habe ihr nicht einmal einen Abschiedskuss gegeben. Ich muss weg, Rebecca.

Hören Sie mir zu, Leon. Hören Sie mir zu. Sie können sich nicht verabschieden. Irgendwann bald können Sie vielleicht einmal zurück, und dann können Sie ja versuchen, ihr zu zeigen, dass es Ihnen gut geht, aber oft ist es vergeblich. Außerdem ist es zu schmerzlich, denn Sie können fühlen, was Ihre Frau fühlt, aber für die arme Susan ist es zehnmal intensiver als für Sie, und sie wird denken, dass sie wahnsinnig wird. Ja, sie wird wissen, dass Sie da sind, aber wenn sie versucht, jemandem davon zu erzählen, werden alle sagen, das sei Unsinn. Das sei nur reines Wunschdenken. Am Ende wird sie den Leuten glauben und weiterleben. Aber das werden Sie auch, Leon. Und Sie werden sie wiedersehen. Sie werden Susan erwarten, wenn ihre Zeit kommt. Leon? Sehen Sie mich an.

Leon schaute auf einen Engel.

Susan weiß, dass Sie sie lieben, und nur darauf kommt es an. Das müssen Sie mir glauben. Nur auf die Liebe kommt es an. Sie sollten keine Traurigkeit, kein Bedauern und keinen Ärger mit sich bringen. Bewahren Sie einfach die Liebe, die Sie errungen haben, als Sie noch am Leben waren. Mehr brauchen Sie hier nicht.

Schlitternd brachte Kelly den Wagen kaum einen Meter vor dem Haupteingang zum Stehen, den Wagenschlüssel warf er dem nächstbesten Soldaten zu. »Parken Sie den Wagen für mich, ja?«

Und schon war er weg. Die Türen gingen für seinen Geschmack viel zu langsam auf. Die Fahrt hierher waren die längsten drei Stunden seines Lebens gewesen. Und drei Stunden lang drehten sich in seinem Kopf wie ein Echo wieder und wieder Mikes Worte:

Lassen Sie es mich mal so sagen, mein Junge. Wir glauben, wenn Sie Ihren verdammten Arsch nicht so schnell wie möglich hierher bewegen, dann stirbt sie. Wir brauchen Sie nicht hier, aber Rebecca. Okay? Werden Sie kommen?

Mike war eingenickt. Als er den Tumult hörte, schreckte er hoch.

Mike kannte Kelly nun schon seit sechs Jahren, und in diesen sechs Jahren hatte er noch keine solche Angst in seinen Augen gesehen. Am besten, dachte er, lässt man die beiden jetzt wohl allein. »Ich bin in meinem Büro, wenn Sie mich brauchen.«

Kelly schaute auf Rebecca hinunter. Ihre Haut war fahl. Das einzige Geräusch war das ärgerliche Piepsen des Monitors. Ihm zitterten die Hände. Eine Flut von Gefühlen brodelte in ihm. Der Vulkan brach aus. »Tu das nicht, Kleines. Nicht jetzt. Bitte, nicht jetzt.«

Nichts. Keine Reaktion.

Kelly setzte sich und seufzte laut. Seine Augen brannten. Die Worte waren da, Worte, die sie beide unbedingt hören wollten, aber sie saßen gefangen in seiner Kehle, und er erstickte fast, als er sagte: »Was soll ich denn bloß tun, mmh? Was erwartest du von mir?«

Nichts.

Er berührte ihren Arm, ihren Hals, ihr Gesicht. Sie war kalt, obwohl sie unter einem ganzen Berg von Decken lag.

Und dann wusste er, was er zu tun hatte. Er zog sich die Stiefel aus und legte sich zu ihr ins Bett, legte ihr den linken Arm unter den Kopf, und indem er sich alle Mühe gab, den Infusionsschlauch nicht herauszuziehen, hielt er sie fest an sich gepresst. Aber sie blieb kalt, kalt und schlaff. Eine schwere, tote

Art Schlaffheit, die auf ein Fehlen von Leben deutete und ihm ein Stück seines Herzens herausriss. Es schmerzte gewaltig, denn er wusste, er hatte das schon einmal gemacht.

Aber ich kann doch nicht tot sein. Ich fühle mich nicht wie tot. Und wer soll sich denn jetzt um meine Familie kümmern? Wenn ich tot bin, wenn das stimmt, was Sie sagen, wieso ist dann meine Mutter nicht hier und ...

Da ist sie doch. Sie ist hier. Sehen Sie?

Eine Frau trat aus den grauen Schatten, und als sie näher kam, lächelte sie und griff nach Leons Hand. Erst als die Farben erschienen, als nichts mehr grau war, als Leon Carter beinahe friedlich in den Armen seiner geliebten Mutter lag, zog sich Rebecca zurück. Von irgendwo weit weg hörte sie eine vertraute Stimme. Die Stimme klang wütend. Wer ist das?, fragte sie sich und folgte der Stimme.

»Komm zurück, Kleines. Du kommst jetzt sofort zurück!« Was zum Teufel mache ich hier eigentlich?, dachte er. Wieso brülle ich Befehle, die sie doch nie befolgen wird? Sie lacht doch nur, wenn ich wütend bin. Sie beachtet mich dann doch gar nicht.

»Ich liebe dich. Ich habe dich immer geliebt. Und das wird auch immer so bleiben.« Er hielt sie noch fester an sich gepresst und drückte sein Gesicht in ihr Haar. Äpfel, ja, aber außerdem noch ... Rosen?

Rosen? Der Geruch war durchdringend und erfüllte den ganzen Raum.

Er hob den Kopf. Der Raum war erfüllt von hellem goldenen Licht. Es verengte sich zu einer wirbelnden Spirale und drehte sich durch den Raum, wie ein wunderschöner kleiner Tornado, einmal, zweimal, bevor die Spirale seine Stirn berührte. Als das geschah, war er einen Moment lang, eine Sekunde lang, vollständig. Er wusste alles. Er hatte alles getan. Eine so alles umfassende Liebe erleuchtete jede Zelle seines schmerzenden Körpers. Es war die Liebe der Ewigkeit. Im Aufblitzen eines Augenblicks erkannte Kelly diese Liebe, erinnerte sich an sie, und dann fand die Spirale aus glitzerndem goldenen Licht ihr wahres Ziel.

Rebecca atmete. Kelly spürte die Bewegung an seinem Körper. Sie gab einen Laut von sich. Kelly war sich nicht sicher, was sie meinte. »Rebecca?«

Sie machte die Augen auf und blinzelte ein paar Mal, versuchte, sich zu orientieren. »Kelly?« Angestrengt versuchte sie ihren Kopf nach hinten zu beugen und ihm ins Gesicht zu sehen. »Was machst du hier? Wieso weinst du denn?«

»O Gott«, flüsterte er. »Danke. Danke.« Noch einen Moment lang hielt er sie, bevor er ihren Kopf küsste und aus dem Bett stieg. Dass ihn jemand so sah, war jetzt ganz bestimmt das Letzte, was er wollte.

Aber es war schon zu spät. Die zwei Sanitäter und der Arzt hatten von der anderen Seite des Fensters zum Isolationszimmer zugesehen.

»Das hat keiner gesehen, klar«, sagte Mike.

»Nicht ein bisschen habe ich gesehen, Captain. Ich habe auch überhaupt kein Licht gesehen«, bot Jamie noch an.

Nur Mitch gab keinen Kommentar ab. Er folgte seinen Kollegen ins Isolationszimmer. Kelly gewann irgendwie seine Haltung wieder. Als Rebecca aus dem Bett steigen wollte, drückten Mikes große Hände sie wieder ins Bett. »Willkommen daheim«, sagte Mike. »Was ist das Letzte, woran Sie sich erinnern?«

»Kelly wollte in Urlaub. Ich habe ihn wegfahren sehen.« Mit seiner Frau, aber das konnte sie nicht sagen. Die Worte wollten ihr einfach nicht über die Lippen.

»Und dann?«

Rebecca versuchte zu überlegen, sich den Kopf frei zu machen. Mike leuchtete ihr mit einer hellen Lampe in die Augen, das tat weh. »Ich bin in die Messe gegangen und habe mir Kaffee eingegossen.« Plötzlich erhellte sich etwas, und sie begriff, weshalb der Arzt sich Sorgen machte. Sie war zu Leon gegangen. Sie hatte seinen Hilferuf gehört. Ihr Körper musste dicht gemacht haben, als ihr Geist so plötzlich ohne Vorwarnung auf Wanderschaft gegangen war.

»Sonst nichts?«

»Nein.«

Mike sah Kelly an und zuckte mit den Schultern. »Die Kleine will mich umbringen, deshalb macht sie das.« Kopfschüttelnd ging er hinaus.

»Wieso bin ich verbrannt?«, fragte sie, während Jamie die Sensoren abnahm, die auf ihrem Brustkorb klebten.

»Wir mussten drei Wiederbelebungsversuche mit dem Defibrilator machen.«

»Tatsächlich?«

»Tatsächlich. Mit unserem Futterverderber hätten wir das beinahe auch machen müssen.«

»Wo sind meine Kleider?«

Mitch holte ihre Kleidungsstücke aus dem Behandlungsraum, warf sie aufs Bett und ging hinaus.

»Wieso hasst er mich, Jamie?«

»Der hasst alle und jeden. Nehmen Sie das nicht persönlich. Ich lasse euch zwei jetzt allein.«

Kelly beobachtete sie genau, als sie ihr Shirt hochnahm, das sie am Morgen getragen hatte. Sie musste feststellen, dass man es mit einer scharfen Schere aufgeschnitten hatte. Genauso den BH. Aber die Jeans waren in Ordnung. Rebecca nahm die Decke vom Bett und legte sie sich um die Schultern. »Ich habe gehört, was du zu mir gesagt hast.«

Kellys Mund wurde trocken. In dem Moment hätte er es vorgezogen, einen Gegenangriff oder sonst eine gefährliche Aktion zu planen und durchzuführen, alles, nur das hier nicht. Also nahm er ihre Marken und sagte: »Ich gehe dir was zum Anziehen suchen.« Schon war er verschwunden.

Ihr Zimmer war ihr ganz persönliches Reich geworden. Er hatte keine Ahnung, wo all die Sachen hergekommen waren, die es normalerweise hier nicht gab. Auf dem schmalen Fensterbrett stand eine Art Pflanze, und was es auch für eine Sorte war, sie hatte eine weiße Blüte. Er fasste sie an. Sie war echt. Er überlegte, ob er sie vorher schon einmal gesehen hatte. Ging sie in diesem ganzen Chaos, wie die meisten Pflanzen hier, nicht ein? Der Farn auf dem Fensterbrett in seinem Dienstzimmer gedieh inzwischen recht gut. Er war plötzlich wieder zum Leben erwacht, und er konnte sich einfach nicht vorstellen, wieso, denn er goss ihn nie. Jetzt fiel es ihm plötzlich ein. Sie hatte ihn einmal berührt. Hatte den Farn berührt und ihn wieder ins Leben zurückgebracht.

Wie mich, dachte er. Sie hat mich berührt und mich wieder ins Leben zurückgebracht.

Neben dem Telefon am Bett lag eine Sammlung von Kristallen. Auf dem kleinen Schreibtisch lagen ein Schreibblock, ein Kugelschreiber vom Verteidigungsministerium, eine Postkarte an ihre Freundin. Die las Kelly nicht, er interessierte sich eher für das, was auf dem Schreibblock stand.

Leon.

Eisenhower. Viele schwarze Seeleute. Diesem Hawaiianer gefielen meine Turnschuhe.

Großer Indianer. Starrt mich dauert an. Wo ich auch hingehe, er ist da. Beobachtet. Ich lächle. Er lächelt zurück.

Mutter lässt sich mit einem Piloten fotografieren. Ich will den Indianer bitten, sich mit mir fotografieren zu lassen. Ich kann nicht. Irgendwas an ihm macht mir Angst.

Der Pilot flirtet jetzt mit Mom. Pete? Foto finden. Annie kann es mir schicken.

Kelly nahm die Postkarte in die Hand. Sie hatte mikroskopisch klein geschrieben, um alles draufzubekommen.

Liebe Annie. Ich hab dich lieb, und ich vermisse dich. Gib meinem Kleinen tausend Küsse von mir. Ich amüsiere mich prächtig – und ich muss ein Geheimnis lüften. Bitte geh zu mir nach Hause und in meine Garage. Schau in die Teekiste. Da muss es ein gerahmtes Foto von Mom mit einem blonden Kerl in Uniform geben, einem Piloten. Auf einem amerikanischen

Flugzeugträger aufgenommen. Bitte schick es mir an folgende Adresse:

Kelly legte die Postkarte weg und nahm wieder den Schreibblock in die Hand.

Kelly. Robbie. Ich. Hannah. 1987. Der Flugzeugträger. Kelly sieht mich. Von da an Hannah auch bei ihm? Erinnerungen aus fr. L.

Der mit den blauen Augen und R. Glover. Freunde?

Armeestützpunkt. Luftwaffenstützpunkt. Lakenheath. Feuerwehrautos. Lear-Jet. Zweite Stufe.

Kopfschuss. Blut auf dem Gesicht der Frau. Elizabeth?

Rosen. Kinder. Chaos. Pete. Kelly. Billy M.

Ich.

Wieso bin ich da?

Kelly.

Schwiegervater? Weißes Haus? Wie ist die Strategie?

Kelly. Marianne stirbt.

Soll ich?

Und mehr hatte sie nicht geschrieben. Ein Durcheinander von Gedanken, Eindrücken, Bildern, hingekritzelt, damit es nicht vergessen wird.

Marianne? Stirbt?

Sie hatten sich die Hand geschüttelt.

Kelly sah sich den Rest des Blocks an. Gedichte. Gedichte?

Kelly ging in sein Dienstzimmer, wo er die wichtige Seite des Schreibblocks kopierte. Dann brachte er ihn in ihr Zimmer zurück. Aufs Geratewohl nahm er einen Pullover und ging wieder auf die Krankenstation.

Sie hatte sich nicht von der Stelle gerührt. Sie saß immer noch auf der Bettkante, in die Decke gehüllt. Er gab ihr den Pullover. Als sie ihn anzog, sah er nur die Narbe von der kleinen Austrittswunde auf ihrem Rücken.

»Hast du gedacht, ich würde wieder in deinen Armen sterben?«, fragte sie.

»Ich weiß nicht, was ich gedacht habe.«

»Du kannst immer noch nach Dublin fliegen.«

»Das hat keinen Zweck.«

»Fahr zu deiner Frau. Sie braucht dich.«

»Und wenn dir wieder was passiert?«

»Wenn es passiert, dann passiert es. Los, fahr schon. Mach Urlaub. Und besorge einen von diesen irischen Ringen, Größe 7, für Annie, tust du das für mich? In Silber. Den wünscht sie sich. Ich habe so meine Zweifel, ob ich je nach Irland komme.«

»Wo bist du gewesen, Rebecca?«

»Ich habe Leon auf die andere Seite geholfen«, sagte sie leise. »Er ist heute früh auf der M4 gestorben. Ich habe ihm beim Übergang auf die andere Seite geholfen, aber das hat lange, wirklich lange gedauert. Ich nehme an, das verstehst du nicht. Er wollte nicht glauben, dass er tot ist.«

»Machst du so was oft?«

»Nicht dass ich wüsste. Ich habe gehört, wie er um Hilfe rief, und ehe ich es mich versah, war ich schon da. Ich verstehe das auch nicht.«

Kelly kratzte sich am Kopf.

»Als ich zurückkam, habe ich dich gehört. Ich habe gesehen, wie du mich gehalten hast, und als du gesagt hast, du liebst mich ... Da habe ich gedacht, ich berühre dich, damit du den Unterschied spürst zwischen dem, was du für Liebe hältst, und dem, was Liebe wirklich ist.«

Einen kurzen Moment lang trafen sich ihre Blicke.

»Danke«, sagte er leise.

»Bitte, gern geschehen«, antwortete sie mit amerikanischem Akzent.

»Ich war eben in deinem Zimmer und habe gesehen, was du geschrieben hast.«

»Oh.« Bitte, Gott, lass ihn jetzt sagen, dass es die offene Seite war, nicht die Gedichte.

»Du hättest mir das über Glover erzählen sollen.«

Also die offene Seite. »Du warst im Urlaub.«

»Ich erinnere mich nicht daran, dass du auf dem Flugzeugträger gewesen bist, Rebecca.«

»Ich erinnere mich an dich. Du warst jünger, aber ich natürlich auch. Du hast breitbeinig und mit gekreuzten Armen dagestanden. Ich weiß noch, wie ich dachte: Er sieht aus wie ein Indianer aus einem Western. Und du hast mich die ganze Zeit angestarrt. Du bist mir überall auf dem Schiff hinterhergegangen.«

»Ich erinnere mich nicht, tut mir Leid.«

»Ich war ein Teenager, Kelly. Ein halbes Kind noch. Natürlich erinnerst du dich nicht mehr. Mach dir darüber keine Gedanken.« Er wird mich nicht nach seiner Frau fragen. Er wartet ab, bis ich es als Erste erwähne. Aber das kann ich nicht. Ich kann das nicht. »Kelly, du bemühst dich zu sehr, dem Unvermeidlichen aus dem Weg zu gehen.«

»Ist das so offensichtlich, ja?«

»Deutlich und klar zu erkennen.«

Er legte ihr die Hand auf die Schulter und drückte sie. »Bis Freitag dann.«

Sie legte eine Hand auf seine, und einen Augenblick lang wünschte er, er könne die Jalousien herunterlassen. Sie hatte ihm womöglich einen kleinen Vorgeschmack auf die Liebe des Kosmos gegeben, doch was sie in diesem Moment brauchte, das war er. Wieso aber sollte er sie überhaupt begehren, wo er ja eine richtige Schönheitskönigin zur Frau hatte? Rebecca kam sich wie eine Maus neben einem Panther vor. Keiner würde Notiz nehmen von dieser Maus, bis sie gefressen wurde.

»Soll ich dir was sagen? Ich würde mich jederzeit für dich entscheiden.«

Er machte es schon wieder, las schon wieder ihre Gedanken.

»Mit deinen Augen muss was nicht in Ordnung sein.«

»Hundertprozentige Sehschärfe.«

»Aber sie ist hinreißend. Sie ist clever. Sie ist reich. Sie hat Stil. Was machst du bloß hier bei mir?«

»Ich bin hier bei dir, weil ich hier sein will.« Er küsste sie. »Und ja, ich habe gedacht, du würdest wieder in meinen Armen sterben. Du hast mir eine Heidenangst eingejagt.«

»Gut.«

»Freitag«, sagte er.

Sie versuchte zu lächeln, aber sie wusste, sie würde ihn am Freitag nicht sehen.

Rebecca sah ihm hinterher, als er aus dem Raum ging, und ihr Herz füllte sich mit Leere. Geh nicht!, wollte sie rufen. Stattdessen legte sie sich wieder aufs Bett, rollte sich zusammen und weinte leise.

Er bekam einen Platz in der letzten Maschine nach Dublin und nahm ein Taxi zum Hotel. Es war ein Uhr morgens. Eine Stunde, bevor er wieder in Wiltshire war, hatte Marianne eingecheckt, allein.

Sie hatten vorgehabt, einen Wagen zu mieten und herumzufahren. Es war ein Geschenk von ihr zum zehnten Hochzeitstag, eine Überraschung. Das war ihm völlig entfallen, bis sie in sein Dienstzimmer marschiert kam und fragte, ob er schon gepackt habe.

Viel zu lange stand Kelly vor der Hotelzimmertür. Dreimal zögerte er, ehe er klopfte.

Marianne machte die Tür auf, und eine Weile sagten sie beide nichts. Sie trug ein schwarzes Satinnachthemd, bis zum Bauchnabel geschlitzt. Ihr platinblondes Haar war bis auf wenige Zentimeter abgeschnitten. Frauen, dachte er, ließen sich die Haare schneiden, wenn sie trauerten. Das machten sie irgendwie unbewusst. Aber wie konnte sie überhaupt trauern, wenn es sogar am Anfang kaum Liebe zwischen ihnen gegeben hatte? Dann kam ihm eine schreckliche Wahrheit zu Bewusstsein. Vielleicht liebte sie ihn ja? Vielleicht hatte sie ihn immer geliebt?

Marianne starrte auf ihre nackten Füße und trat dann zur Seite. Kelly ging ins Zimmer und schloss die Tür hinter sich. Es war ein großes Zimmer, Fünf-Sterne-Luxus. Der Zimmerservice war da gewesen. Tequila und Speiseeis. Es ist also mal wieder so weit, dachte er.

Ohne ein Wort zu sagen, nahm Marianne ihren Platz mitten auf dem großen französischen Bett wieder ein. Sie sah sich gerade einen Film auf dem Videokanal des Hotels an. Mel Gibson, ihr Lieblingsschauspieler, stellte einen Typen dar, der wusste, was Frauen dachten. Kelly seufzte. Den Film hatte sie schon so oft gesehen, dass sie die Dialoge auswendig kannte.

»Liebst du sie?«, fragte Marianne.

»Ja, ich liebe sie.«

»Wie lange kennst du sie schon?«

»Dreieinhalb Wochen.«

»Wie lange sind wir schon verheiratet?«

»Gestern waren es zehn Jahre.«

Sie drehte sich zu ihm um. »Hast du mich je geliebt?«

»Ja.«

»So wie du sie liebst?«

»Nein.«

»Und weiß sie das?«

»Ich habe sie nicht gefragt, und sie hat nichts gesagt.«

»Oh, sie weiß es. Das sehe ich in ihren Augen, wenn sie dich ansieht. Hältst du mich etwa für bescheuert, oder was?«

Marianne nahm das Kissen, hielt es fest umklammert und fing an, sich hin und her zu wiegen. Er wusste, was das zu bedeuten hatte. Ein Ausbruch stand kurz bevor. Sie würde weinen, sie würde schreien. Das Geschrei würde in Hysterie umschlagen, und ein durch nichts einzudämmender Wutanfall würde sich anschließen. Sie würde nach einem Messer greifen oder nach dem erstbesten Gegenstand, der in der Nähe lag, und wenn sie nicht versuchen würde, sich zuerst umzubringen, würde sie ihn umbringen wollen. Vorsichtig wie auf Eierschalen bewegte sich Kelly. Eine halbe Flasche Tequila hatte sie schon getrunken. Es würde noch schlimmer, wenn die Flasche erst einmal leer war, das war ihm klar.

»Was ist bloß mit uns passiert?«, fragte sie.

»Ich weiß es nicht. Aber wir haben zwei Tage Zeit, um zu einer Einigung zu kommen. Wir haben zwei Tage Zeit, um zu besprechen, was wir tun können.«

»Daddy wird das nicht gefallen. Eine Scheidung könnte auf ihn zurückfallen. Könnte womöglich seine Kampagne beeinträchtigen.«

»Das ist mir klar.«

»Wenn du mich verlässt, Kelly, wird er deiner Karriere kein bisschen mehr auf die Sprünge helfen.«

»Meine Karriere interessiert mich nicht mehr.«

Ehrlich überrascht schaute sie auf. »Was willst du denn machen, wenn du deinen Abschied eingereicht hast?«

»Keine Ahnung.«

»Und sie, diese Rebecca? Passt sie in deinen Plan?«

»Keine Ahnung. Das liegt bei ihr.«

»Sie steckt dahinter, stimmt's? Sie bringt dich dazu. Du würdest alles für sie tun. Wieso?«

»Das kann ich dir nicht sagen.«

»Aber sie hat nichts. Rein gar nichts.«

»Marianne, bitte ...«

Sie drehte sich wieder zu ihm um, und die Tränen in ihren Augen waren echt. »Ich weiß nicht, was ich sonst noch machen soll, um dich an mich zu binden.«

Kelly seufzte. Jetzt empfand er nur noch Mitleid. »Du kannst niemanden an dich binden, Marianne. Das ist nicht möglich.«

»Wieso siehst du mich nicht an? Ist dir denn noch gar nichts aufgefallen?«

»Doch. So kurz gefallen mir deine Haare nicht. So wie sie vorher waren, mochte ich es lieber.«

»Wie bei Pamela. Wie bei ihr.«

»Du verstehst es einfach nicht, Marianne, oder? Es geht nicht ums Aussehen. Darum ist es nie gegangen.«

»Mein Kopf bringt mich noch um, Kel. Ich brauche unbedingt ... brauche unbedingt ...« Sie legte sich das Kissen unter den Kopf und drehte sich auf die Seite. Den Film hatte sie vergessen. Fünf Sekunden später war sie eingeschlafen, und dafür war er dankbar. Er schaltete den Fernseher aus, schüttete den Tequila in die Toilette und besah sich im Badezimmerspiegel. Was ihm da entgegenstarrte, gefiel ihm nicht. Er konnte sich nicht einmal selber in die Augen schauen.

Kelly duschte und legte sich neben seine Frau ins Bett. Er drehte sich zur Wand um und zuckte zusammen, als sie ihm die Hand um die Taille legte, näher kam, sich an ihn drückte.

Sein Körper reagierte nicht: nicht einmal eine Spur einer unwillkürlichen Reaktion.

Den Rest der Nacht verbrachte er damit, die Wand anzustarren. Ihm war klar, dass die nächsten achtundvierzig Stunden die längsten seines Lebens würden. Also dachte er stattdessen über Rebecca nach. Aber nicht über das, was an diesem Tag geschehen war. Nein, seine Gedanken wanderten zu der ohne Schlaf verbrachten Nacht in dem Doppelzimmer oben im King's-Arms-Pub. Wie er sie sacht und langsam genommen hatte. Wieder und immer wieder. Wie er sie am Fenster hatte stehen sehen. Wie sie sein Hemd angehabt hatte. Den tiefen Schacht voll Traurigkeit, der unter ihrer Oberfläche lag, konnte er nicht ermessen. Sogar wenn sie lächelte, stand diese Traurigkeit in ihren Augen. Sie sieht nicht mich, dachte er. Sie sieht ihn. Jedes Mal, wenn sie mich ansieht, sieht sie nur ihn. Und das kann ich ihr nicht vorwerfen. Nichts hat sich geändert. Überhaupt nichts hat sich geändert.

Ich habe Orden und Belobigungen, dachte er. Eine ganze Waggonladung davon. Aus dreißigtausend Fuß springe ich aus Flugzeugen. Ich habe eine Ausbildung in spezieller Kriegsführung. Mit jeder Situation kann ich umgehen, überall, jederzeit.

Aber ich bin weiter nichts als ein erbärmlicher Feigling, und sie weiß das.

Rebecca sah sich das Basketballspiel an und jubelte für beide Seiten – so war es einfacher, auch wenn sie insgeheim hoffte, dass Billys Team gewann. Als es zu Ende war, unentschieden, und die Jungs auseinander gegangen waren, blieb nur Billy zurück. Er hatte sie in die Sporthalle eingeladen, und sie war gekommen.

»Wie geht es Ihnen?«

»Gut. Und Ihnen?«

Billy warf einen Korb und lenkte den Ball dann in ihre Richtung. Rebecca fing ihn, dabei überlegte sie, was er wohl wollte. In einem Punkt war Billy wie Kelly: Er stellte sich nie in der Schlange an, um mit ihr zu reden. Also dribbelte sie den Ball über das Spielfeld, durchbrach seine Verteidigung und punktete.

»Sie sollten in meinem Team spielen.«

»Ach wo. Ich sitze lieber am Spielfeldrand und jubele allen zu.«

»Sie sitzen immer am Rand.«

»Das ist der sicherste Platz, Sergeant.« Sie versuchte, noch einen Korb zu werfen, aber er griff ein. Er warf den Ball nicht. Er hielt ihn fest. »Was ist?«, fragte sie.

»Der Commander hat mich gebeten, Ihnen ein paar Grundregeln der Selbstverteidigung beizubringen.«

»Wieso?«

»Keine Ahnung. Ich tue nur, was man mir gesagt hat.«

»Aber wieso hat er Sie dazu ausgesucht?«

»Weil ich das unterrichte, wenn er nicht abkömmlich ist.«

»Und was, wenn ich nicht will?«

»Dann lässt er mich den Rasen mit der Nagelschere schneiden.«

Zuerst dachte sie, er wollte einen Witz machen. »So was würde Kelly nicht tun.«

»Wollen Sie wetten?«

»Was sollen Sie mir denn beibringen?«

»Wie Sie sich verteidigen können. Wie Sie am Leben bleiben. Wie man mit der Pistole umgeht. Es wird eine Weile dauern.

Vielleicht ist Ihnen dann ja nicht so langweilig.« Er warf den Ball weg und zog eine riesige Matte vor.

Billy war nicht gerade hoch gewachsen. Er war gut ein Meter siebzig groß und musste ungefähr sechzig Pfund schwerer sein als sie. Er sah nicht gerade so aus, als könne er sonderlich gut kämpfen. Aber so sah sie ja schließlich auch nicht aus. Sie waren etwa im selben Alter. Er hatte glänzende, haselnussbraune Augen, aber welche Farbe sein Haar hatte, konnte sie nicht sagen. Den Schädel rasierte er sich offenbar jeden Tag, auch einen Bart hatte er nicht.

»Weshalb sind Sie kahl geschoren?«

»Fünfzig Jungs haben das für einen wohltätigen Zweck gemacht, ein paar Tage vor Ihrer Ankunft.«

»Was für einen wohltätigen Zweck?«

»Ein Waisenhaus in Rumänien.«

»Was seid ihr doch für große, hart gesottene Kerle, was?« Rebecca erwischte ihn unvorbereitet. Sie stürzte sich auf ihn, packte zu, wirbelte ihn hoch, und da lag er auch schon flach auf dem Rücken. »Karate, brauner Gürtel bei den Junioren. 1986.«

»Weiß der Commander das?«, fragte Billy und gab sich Mühe, nicht laut herauszulachen.

»Nein, das weiß er nicht. Und er wird es auch nicht erfahren, klar? Ende der Lektion.«

Rebecca setzte sich neben Billy auf die Matte. Er lag da und starrte an die Decke. »Was haben Sie sonst noch für verborgene Talente?«

»Ich habe dieses Spiel gern gemacht, wo man sich mit Farbkugeln beschießt.«

»Und, waren Sie gut?«

»Nein. Ich war immer von oben bis unten mit Farbe voll geschmiert. Im Ernstfall würde ich gerade mal fünf Sekunden durchhalten.«

»Fünf Sekunden, das ist doch gut.«

»Nicht, wenn man kreischt vor Angst und es nicht einmal Ernst ist.«

Darüber musste er lachen. »Das ist bestimmt nicht einfach für Sie, hier bei uns.«

»So übel ist es gar nicht, ich mache es mir wohl selber schwer. Die Uniformen sehe ich allerdings kaum noch. Das ist schon eine Hilfe. Und die Jungs sind im Allgemeinen ja auch ganz nett. Ich komme mir vor wie die kleine Schwester von euch allen.«

»Würden Sie heute Abend mit mir essen gehen?«

»Ich gehe doch jeden Abend mit Ihnen essen.«

»Nein, ich meine irgendwo draußen.«

»Eine Verabredung? Wollen Sie sich mit mir verabreden, Billy Macpherson?«

»Möchten Sie denn?«

»Ja, gerne.«

»Kommen Sie«, sagte er, setzte sich auf und nahm sie bei der Hand. »Ich hole Ihnen einen Mantel. Es ist kalt draußen.«

Als er sie berührte und ihr aufhalf, hatte Rebecca auf einmal keinerlei Zweifel mehr, weshalb Kelly diesen jungen Mann gebeten hatte, sie in Selbstverteidigung zu unterrichten und während seiner Abwesenheit auf sie aufzupassen. Billy Macpherson war definitiv schwul. Dieses Ausmaß an weiblicher Empfindsamkeit in einem Männerkörper war einfach nicht normal.

Die Jacke, die er ihr gab, war schwarz und außerordentlich schwer. Billy beachtete die Männer gar nicht, die wie die Wölfe aufheulten und anzügliche Kommentare abgaben, als sie durch den Wald gingen, an drei Übungsplätzen vorbei und in das Gebäude hinein, das den Schießstand beherbergte: fünfzehn Kabinen und Papierfiguren als Ziele.

»He, Patroni«, sagte Billy scherzhaft zu dem Sergeant an der Tür. Er unterschrieb, und das tat auch Rebecca. Sie bekamen ihre Waffen und die vorgeschriebenen Ohrenschützer. »Also schön. Das ist eine Glock 21. Kaliber 45 mit Schiebertechnik und zwölf Schuss. Also vergessen Sie nicht zu zählen.«

So etwas hatte Rebecca schon einmal in einem alten Mel-

Gibson-Film gesehen, aber nie im Leben hätte sie gedacht, dass sie es eines Tages selber machen würde. Nur leider war Billy Macpherson nicht Mel Gibson.

»Mein Vater hat mal gesagt, dass nicht die Waffe tötet, sondern der Idiot, der sie hält. Ich habe schon zu viele Jungs gesehen, die nachlässig waren, und dann hat es Unfälle gegeben. Sie sehen mir einfach zu, ja?«

Billy lud den Revolver, langsamer als er das normalerweise tat, und gab sieben schnelle Schüsse auf die Papierfigur ab – drei in den Kopf, vier in die Brust. Dann zog er den Ladestreifen heraus und trat zurück.

»Ich bin mir nicht sicher, ob ich das wirklich machen sollte, Billy.«

»Hier gibt es viele Hektar Grasland, mein Engel. Das würden Sie mir doch nicht antun, oder?«

Mein Engel. Sie sah ihn an. Er lächelte. Sie dachte, wie nett, dass er sie Engel nannte.

»Sie können das. Da bin ich mir ganz sicher.«

Das Ziel war gut fünfzehn Meter entfernt. Er machte wohl Witze.

Der Lear-Jet kommt zum Stehen, die Motoren werden ausgeschaltet. Die Tür geht auf. Glover erscheint. Er hebt die Hand, um den Kindern zuzuwinken, die sich auf dem Rollfeld versammelt haben, hinter der Absperrung …

»Jetzt nicht«, flüsterte sie.

»So eine gute Gelegenheit wie jetzt kommt so schnell nicht wieder. Das sollten Sie eigentlich wissen.«

»Ich habe das nicht zu Ihnen gesagt. Ich habe mit mir selbst gesprochen.«

»Oh. Entschuldigen Sie bitte die Störung.«

Rebecca legte den Ladestreifen ein, entsicherte und hielt die Waffe so, wie Billy sie gehalten hatte, jedenfalls dachte sie das. »Aber nein. Ach du lieber Himmel, nein! Sie halten sie ja völlig falsch. Es wird einen Rückstoß geben, und Sie werden die Waffe verlieren, wenn Sie sie so halten. Am Ende schießen Sie sich noch in den Fuß. So macht man das.«

Seine Hände kamen von hinten, und sie spürte seinen heißen Atem an ihrem Haar, als er ihre Handhaltung an der Waffe korrigierte. Dann ließ er wieder los. Sie zielte, betätigte den Abzug, und zuerst mit einem Pling, gleich darauf mit einem Plopp prallte die Kugel ab. Gott weiß, was für ein Ziel die Kugel traf, aber sie bückte sich beim Geräusch des Abpralls.

»Noch einmal. Nur schön mit der Ruhe diesmal. Nicht nervös werden.«

»Das kann ich nicht.«

»Doch, natürlich können Sie das.«

»Aber die Absicht ist schon genauso übel wie die Tat selbst.«

»Na, wenn Sie so denken, sind Sie tot. Der zielt auf Sie. Der wird von seiner Waffe Gebrauch machen. Da heißt es, Sie oder er. Sie haben zwei Sekunden.«

Diesmal war Rebecca weniger nervös, denn jetzt wusste sie ja, was passieren würde. Sie traf das Ziel tief. Sehr tief.

»Tot ist er nicht, aber ich würde sagen, mit dem Kinderzeugen wird das nichts mehr. Sie haben einen Schuss, nur einen einzigen. Das Glück von fünfundzwanzig Leuten hängt davon ab, wie klug Sie Ihre Kugel nutzen. Was werden Sie machen?«

»Delegieren?«

»Was werden Sie machen?«

»Weinen?«

»Mein Engel. Die Grasfläche ist groß!«

»Ich will das nicht machen, Billy.«

»Wenn ein direkter Kopfschuss nicht möglich ist, dann zielen Sie aufs Herz – irgendwo im Brustbereich, das genügt dann schon.«

Es liegt ein Mädchen auf dem Rollfeld. Das Zielfernrohr sucht sich den Weg zu ihrem Kopf, aber das ist nicht machbar. Also verlagert sich der Blick nach unten.

Rebecca ließ den Revolver sinken und trat zurück.

»Was ist los?«

»Was Sie da gerade gesagt haben. Genau das ist mir passiert.«

Ein lautes Schweigen folgte.

»Wieso, Billy? Wieso sollte jemand, der mich überhaupt nicht kennt, so etwas tun?«

»Vielleicht hatte er den Befehl.«

»Und wenn Sie so einen Befehl hätten? Würden Sie das machen?«

»Wollen Sie das wirklich wissen? Ich würde keinen Augenblick zögern.«

»Das meinen Sie doch nicht im Ernst?«

»So ist das nun mal.«

»Das begreife ich nicht, und das werde ich nie begreifen.«

»Dann werden Sie wild. Werden Sie wütend.« Billy zeigte auf das Ziel. »Das ist der Mistkerl, der auf Sie geschossen hat. Nein, das sind alle Mistkerle, die Ihnen irgendwann einmal wehgetan haben. Das sind alle, die Sie hassen. Machen Sie es. Das ist jetzt Ihre Gelegenheit.«

Rebecca hob den Revolver und feuerte und feuerte immer weiter, bis nichts mehr zu hören war, nur noch ein stetiges leeres Klicken. Die Papierfigur war völlig zerfetzt, aber Rebecca konnte nichts erkennen. Sie war blind vor lauter Tränen. Das nutzlose Durchziehen des Abzugs hörte erst auf, als Billy ihr den Revolver aus den Händen nahm und das Magazin herausholte. Sie zitterte. Sie weinte. Mechanisch legten sich ihr seine Arme um die Schultern. »Schon in Ordnung, mein Engel. Alles in Ordnung. Ich glaube, für einen Tag haben wir genug gehabt«, sagte er leise, als er dem ›Patroni‹, der für die Waffen zuständig war, die Revolver zurückgab und sie in die Oktoberkälte hinausführte. »Wen haben Sie da eben erschossen?«, fragte Billy.

»Meinen Vater«, sagte sie leise.

Kelly fuhr durch Galway. An diesem Morgen redete sie viel, den üblichen Mist, bei dem er gar nicht erst zuhörte. Und dann schleifte sie ihn mit, als sie einkaufen ging. Den größten Teil des Tages verbrachte er mit Warten und überlegte, ob Macpherson seine Aufgabe wohl schon in Angriff genommen hatte. Überlegte, ob er Rebecca womöglich schon wehgetan hatte. Oder sie ihm.

»Na?« Marianne tauchte aus der Umkleidekabine der Boutique auf. Sie trug ein tief ausgeschnittenes rotes Jerseykleid. Erst da fiel ihm auf, dass nicht nur ihr Haar bis auf die gebleichten Stoppeln geschnitten war, sondern dass sie sich auch die Brüste hatte vergrößern lassen. Es sah aus, als hätte sie zwei überdimensionale Bälle auf dem Brustkorb kleben. Ihm wurde ganz übel. Wie konnte ihm das entgangen sein? Dann schaute er sich ihr Gesicht genauer an. »Du hast Nasenbluten«, sagte er.

»O nein, nicht schon wieder.«

Er ging mit ihr in die Umkleidekabine. »Was soll das heißen, nicht schon wieder?«

»Herrje, Kelly, zieh den Vorhang zu.«

Er machte den Vorhang ganz zu, griff nach seinem Taschentuch und drückte es ihr ins Gesicht. »Wie oft passiert das?«

»Zwei-, dreimal am Tag.«

»Und die Kopfschmerzen?«

»Ich habe immer Kopfschmerzen, das weißt du doch. Mir geht es gut, alles in Ordnung.«

Marianne. Sie stirbt.

»Wenn du wieder zu Hause bist, gehst du zum Arzt. Versprich mir das.«

»Ja, ja.«

»Versprich es mir!«

»Wieso, zum Teufel, kümmert dich das?«

»Was ist los mit dir, Marianne?«

»Nichts.«

»Blödsinn. Hast du mir irgendwas zu sagen?«

»Ja. Du kaufst mir dieses Kleid. Vielleicht trage ich es nächste Woche bei Daddys Dinnerparty. Oder vielleicht zum Ball bei der Amtseinführung des Präsidenten.«

Er nahm das Taschentuch weg, die Nase blutete nicht mehr. Auf dem Weg nach draußen warf er es in den Abfalleimer.

Auf der Straße zündete sich Kelly eine Zigarette an und wartete darauf, dass sie mit noch einer Tragetasche herauskam, die sie gleich an ihn weiterreichen würde. Auf der anderen Seite der Einkaufsstraße mit dem Kopfsteinpflaster sah er einen Juwelier. Er ging hinüber.

Bald darauf erschien Marianne, vorsichtig über das Kopfsteinpflaster stöckelnd. Sie legte ihm den Arm um die Taille, während er die Auslage betrachtete. »Der Diamant da wäre ein hübsches Scheidungsgeschenk.«

»Träum nur weiter!« Er sah zu den traditionellen irischen Ringen aus Gold. Da war einer, von dem sein Blick immer wieder angezogen wurde. Er war mit Smaragden besetzt. »Willst du was trinken?«, fragte er, denn er wusste, wenn er sie erst einmal im nächsten Pub hatte, könnte er sich hinausschleichen, den Ring kaufen und zurück sein, ehe ihr aufgefallen wäre, dass er sich ein bisschen zu lange auf der Herrentoilette aufgehalten hatte.

Und genau das tat er dann auch.

Aber dieser irische Ring war nicht für Annie gedacht. Annies Ring würde er von einem fahrenden Händler bei den Cliffs of Moher kaufen.

Hannah wachte auf, als sie die Schritte hörte. Quietschend ging die Zellentür auf, und er kam herein. Sie starrte auf seine Stiefel, auf den Dolch im Stiefelschaft, und zog sich die stinkende Decke noch fester um ihren zerschundenen Körper. Was werden sie wohl diesmal mit mir machen?, überlegte sie.

»Hannah?«

»Will? Bist du das?«

»Ja. Ich bin es. Will. Mein Gott, Hannah, was haben sie denn nur mit dir gemacht?«

»Es tut weh, Will. Es tut so weh.«

»Ja, das sehe ich. Das sehe ich.«

Hannah war froh, dass Will gekommen war. Will, der ihr im-

mer das Essen brachte, das sie schnell hinunterschlang, bevor die Ratten kamen. Das würde ihn seinen Kopf kosten, wenn man ihn dabei erwischte. Dass er ihr so das Essen brachte. Der arme Will. Er hatte ihr erzählt, er habe Robbie versprochen, ihr so gut beizustehen, wie er nur konnte. Aber er hatte nicht verhindern können, dass man sie in den Turm oder nach unten in den Kerker brachte, das hatte er nicht gekonnt. »Morgen wird es sein, Will. Morgen werden sie mich holen kommen und mich verbrennen. Sie haben gesagt, es wird leichter für mich, wenn ich gestehe. Dann verbrennen sie mich nicht bei lebendigem Leib.« Aber sie traute sich nicht zu weinen. Das Weinen tat ihr zu weh.

»Du hättest schon längst gestehen sollen.«

»Aber ich habe doch nichts Böses getan. Ich habe im Namen von Gott dem Herrn gehandelt. Das ist niemals böse.«

»Stimmt schon, aber das wollen sie nicht hören. Kannst du gehen, Hannah?«

»Nein, ich kann mich nicht rühren.« Sie hustete, blutiger Auswurf löste sich.

»Robbie wartet auf dich. Er hat gesagt, ich soll dich bringen. Er hat gesagt, er wird dem jetzt ein Ende machen. Also komm mit mir, ja?« So vorsichtig, wie er nur konnte, und ohne ihr noch mehr Schmerzen zuzufügen, als sie ohnehin schon erlitten hatte, hob Will sie hoch, aber sie schrie auf vor Schmerz.

Es war schon spät, und es war keine Menschenseele zu sehen, als er sie die steile, rutschige Treppe hinauftrug und dahin brachte, wo Robbie wartete.

Das Klopfen an der Tür klang musikalisch. Rebecca machte auf. Da stand Billy und lächelte siegessicher. »Ist sieben zu früh für Sie?«

»Nein. Genau richtig.« Was für eine Verschwendung, dachte sie, als sie ihm in die Augen sah. In seiner Gegenwart würde sich jedes Mädchen wie eine Prinzessin fühlen, wenn er Mädchen nur mögen würde.

»Dann sehe ich Sie unten um sieben, meine hübsche kleine

Lady.« Er imitierte John Wayne. Ganz unverkennbar. Sie machte die Tür zu und seufzte tief.

Um sieben Uhr (sie hatte Joel gebeten, sie um halb sieben anzurufen) ging Rebecca hinunter, an der Messe vorbei, und dann zum Haupteingang. Die Männer, die ihr den ganzen Weg lang Wolfsgeheul hinterherschickten, beachtete sie nicht. Sie wusste, dass sie gut aussah. Leider war Kelly nicht hier und konnte sie so sehen. Aber wenn Kelly hier gewesen wäre, dann wäre sie auch nicht mit Billy zum Abendessen ausgegangen, oder? Einen Moment lang fragte sie sich, ob sie das Richtige tat. Aber bei Billy war sie sicher. Billy war schwul.

Der Captain stand in der Eingangshalle. »Oh, Miss. Wenn ich denken müsste, Ihre Ehre wäre in Gefahr, würde ich Sie nicht aus den Augen lassen.«

»Bei Ihren Töchtern sind Sie noch schlimmer, oder?«

»Bis elf Uhr sind Sie wieder mit ihr zurück.«

»Sir.«

Rebecca konnte sich nicht erinnern, je so viel Spaß gehabt zu haben. Dreieinhalb Stunden brachte Billy Macpherson sie zum Lachen, und er wusste, es war höchste Zeit zu gehen, als er sie davon abhalten musste, noch einmal auf dem Tisch zu tanzen. Sie war eine ausgezeichnete Tänzerin, aber die Band ließ immer wieder ein paar Noten aus, und der Sänger vergaß dauernd seinen Text. Er schaute auf die Uhr. Zehn Uhr dreißig. Sie konnte sich kaum noch auf den Beinen halten, also schwang Billy sie auf die Schulter und bahnte sich seinen Weg zum Parkplatz. Er trank nicht. Er sagte, er sei schon nüchtern dumm genug, aber sie wusste, dass das nur eine Ausrede war, denn heute Abend hatte er die alleinige Verantwortung für sie.

Er ließ sie in Nick Mancusos Auto fallen – das hatte er sich für diese Gelegenheit ausgeliehen – und schloss die Wagentür. Rebecca lehnte sich zurück. Die Welt verschwamm vor ihren Augen, aber das war ihr egal.

»Ach je, was für eine Verschwendung.«

»Wieso?«

»Na ja, Sie. Ich würde Sie mir im Handumdrehen schnappen, Billy. Und Sie dann nie wieder gehen lassen. Nie wieder.«

»Alles nur leere Versprechungen.«

»Nein, ganz im Ernst. Sie sind so süß, ehrlich.«

»Beim ersten Black Velvet habe ich Sie schon gewarnt.«

»Und beim zehnten wieder. Aber das ist mir egal.«

»Ich muss Sie jetzt nach Hause bringen. Ihnen wird doch nicht schlecht, oder?«

»Oh, das ist so unfair von Ihnen.«

Billy warf ihr einen Blick zu, als er rückwärts vom Parkplatz fuhr. »Was ist unfair?«

»Sie sind unfair. Sie sind fantastisch, wirklich wahr. Ich hätte am liebsten ein halbes Dutzend Kinder mit Ihnen, aber Sie mögen Mädchen ja nicht. Wie kommt das eigentlich? Erzählen Sie es mir. Sie müssen es mir erzählen.«

»Ich mag Mädchen, mein Engel. Aber nicht so, wie Sie im Moment gern hätten, dass ich Mädchen mag. Wenn Sie verstehen, was ich meine.«

»Sie haben gesagt, ich wäre schön.«

»Das sind Sie auch.«

»Nicht einmal ein klitzekleines bisschen? Überhaupt rein gar nicht?«

»Tut mir Leid. So nicht, nein.«

»Wieso bin ich bloß immer die kleine Schwester von allen?«

»Meine kleine Schwester sind Sie ganz bestimmt nicht, verlassen Sie sich drauf.«

»Billy? Halten Sie an. Ich glaube, mir wird gleich ganz ...«

»Nicht in Nicks Auto. Der bringt mich um!« Schlitternd kam er am Rand der schmalen Straße zum Stehen, gerade noch rechtzeitig. Sie sprang aus dem Wagen und übergab sich im hohen Gras.

»Ich habe Sie vor diesen Black Velvets gewarnt«, sagte er zu sich selbst, als er aus dem Auto stieg, in sicherer Entfernung dastand und ihr den Rücken massierte, während sie sich übergab.

Als sie sicher wieder bei der Anstalt waren, hob Billy seinen Engel aus dem Wagen. Sie erklärte, sie habe Beine – nicht, dass ihm das sonst nicht aufgefallen wäre – und könne allein die Treppe hinaufgehen, ohne umzufallen. Trotzdem hielt sich Billy ganz in ihrer Nähe.

Es war zehn vor elf, als sie an den Haupteingang kamen. Rebecca schwankte, ihr war immer noch etwas übel und schwindlig. Gerührt betrachtete sie den alten Aufzug.

»Nein. Den benutzen wir nur zum Training.«

»Dann lassen Sie uns doch so tun, als seien wir da stecken geblieben.«

»Wenn wir da reingehen, bleiben wir auf jeden Fall stecken.«

»Aber ich bin ... es sind viel zu viele Stufen.«

»Ich trage Sie.«

»Mein Held«, brummelte sie und fiel ihm in die Arme.

Billy schwang sie sich wieder über die Schulter und ging zügig die drei Etagen hinauf. Er war heilfroh, dass er keinem begegnete, wusste aber sehr wohl, dass die Leute vom Sicherheitsdienst zusahen und sich wahrscheinlich schlapp lachten. »Übergeben Sie sich jetzt bloß nicht.«

Auf dem Flur vor ihrem Zimmer setzte er sie ab. »Wo ist Ihr Schlüssel?«

Feixend schaute sie ihn an. »Wenn Sie eine Leibesvisitation vornehmen, finden Sie ihn womöglich.«

»Rebecca ...«

»Mit Ihnen kann man gar keinen Spaß haben.« Sie gab ihm die Marken. Die Tür war schon aufgeschlossen.

»Haben Sie abgeschlossen?«

»Ich weiß nicht. Ich erinnere mich nicht.«

Er hängte ihr die Marken wieder um den Hals, ging ins Zimmer und machte das Licht an. Es sah alles ganz in Ordnung aus. Ins Badezimmer schaute er nicht.

»Sie legen sich jetzt am besten hin.«

»Legen Sie mich hin und erzählen Sie mir eine Geschichte, Sergeant.«

»Ich sehe Sie dann morgen bei einem fettigen Frühstück.«

»Das ist Folter.«

Er küsste sie auf die Stirn und ging. »Aber ich wollte doch nur ...«

»Ich weiß. Gute Nacht.«

Die Tür ging zu.

»... in den Arm genommen werden«, sagte sie und legte sich bäuchlings auf das Bett. »Ich wollte doch nur in den Arm genommen werden.«

Eine Kugel aus goldenem Licht schwebte ganz in der Nähe. »Ich weiß, ich weiß, ich weiß. Aber ein bisschen Spaß ab und zu brauche ich nun mal. Ist ein bisschen Spaß haben denn so schlimm? Geh weg.«

Das goldene Licht verschwand so schnell, wie es gekommen war.

Rebecca hatte das Gefühl, das Universum käme auf sie zu. Sie drehte sich um. Die Welt drehte sich. Langsam setzte sie sich auf und wartete darauf, dass das Zimmer sich wieder beruhigte.

Nie wieder würde sie Guinness und Champagner trinken. Nein, nie wieder würde sie trinken. An viel konnte sie sich nicht erinnern. Außer daran, dass sie viel gelacht hatte. Getanzt? Ja, Bauchtanz. Ein paar Hüftschwünge, ein oder zwei Shimmys. Ein paar Synkopen, mehr brauchte sie nicht zur Improvisation, auch wenn sie alles ganz allein machte ... Also, das war nun wirklich etwas, von dem Kelly keine Ahnung hatte. Ihr Tanzen, das hatte Billy ganz schön umgehauen. Die Band übrigens auch, wenn sie sich recht erinnerte.

Das wäre eine schöne Überraschung für Kelly. Seine eigene private Tänzerin. Da muss ich mir mal so richtig was überlegen, dachte sie.

Eine Dusche. Ja. Eine Dusche. Und Zähne putzen. So gut es ging, zog sie sich die Kleider herunter, dann stolperte sie in die Dusche und zog die Gardine zurück.

An mehr erinnerte sie sich nicht.

8. Kapitel

Billy sah auf die Uhr. So spät war sie noch nie gekommen, aber er nahm an, dass es dafür wohl einen Grund gab. Und bei diesem Grund dürfte es sich um einen fabelhaften, farbenfrohen Kater handeln. Trotzdem wunderte er sich, weshalb sie noch nicht unten war. Wenigstens eine Tasse Kaffee könnte sie trinken, um den Kreislauf wieder in Schwung zu bringen. Vielleicht hätte ich warten sollen, bis sie im Bett lag, dachte er.

Nein, sie hätte versucht, mich ins Bett zu kriegen. Der Gedanke war nicht einmal abstoßend. Ganz und gar nicht. Aber er hatte Befehl vom Colonel höchstpersönlich. Führen Sie sie aus. Sie soll mal ein bisschen Spaß haben. Sie soll sich ruhig betrinken, wenn ihr danach ist. Und davon mal ganz abgesehen, schließlich konnte er ja nicht dem Commander in die Quere kommen. Wenn er überhaupt nur daran dachte, mit Rebecca ins Bett zu gehen, wäre er schon ein toter Mann. Offenbar hielt sie ihn für schwul. Wieso nahm sie bloß so etwas an?

Die zweite Frühstückssitzung war fast vorbei. Es sah Rebecca gar nicht ähnlich, das Frühstück zu verpassen. Sie war die einzige Frau in seinem Bekanntenkreis, die nicht ständig ein großes Getue darum machte, was sie essen sollte und was lieber nicht.

Billy ging zu ihrem Zimmer hinauf und klopfte. Es kam keine Antwort. Von drinnen war nichts zu hören. Er ging wieder hinunter und bat Joel, bei ihr anzurufen. Es kam keine Antwort. Soweit Billy wusste, war der Commander der Einzige, der den Zugangscode zum Zimmer kannte. Aber der Commander war nicht hier.

Das Gefühl der Beklommenheit nahm zu. Ein Gefühl, das Billy gar nicht mochte. Kelly hatte ausdrücklich gesagt, er solle sie nicht aus den Augen lassen, und er hatte auch den Grund dafür genannt. Er wählte Kellys Handy-Nummer, aber entweder war er außer Reichweite, oder das Handy war ausgeschaltet. Also sprach er mit dem Offizier, der im Rang gleich hinter dem Commander kam. Dem Captain.

Mike kam von der Krankenstation herauf und klopfte an Rebeccas Tür. Keine Reaktion.

Er hatte keine andere Wahl, er musste Anweisung geben, die Tür aufzubrechen.

Und als sie sich Zugang verschafft hatten, fand sich in dem Zimmer nichts außer einem Berg Kleidung, einem Schuh und einer Blutlache auf dem Fußboden in der Dusche.

Rebecca war nirgends auf dem Gelände zu finden.

Ohne große Gefühlsregung schaute sich der Colonel die Videoaufzeichnung an; zu sehen war Macpherson, der die betrunkene Rebecca den Flur entlangtrug. Die Tür zu ihrem Zimmer war nicht abgeschlossen. Er ging hinein, sie folgte. Nur wenige Augenblicke später kam Billy heraus und ging wieder die Treppe hinunter.

»Weiter ist nichts auf dem Band, Sir. Wir haben es uns angesehen.«

»Dann sehen Sie es sich noch einmal an!« Der Colonel sah auf einmal ganz ernst aus.

Als Pete den Videoüberwachungsraum verließ, trat Barry Mannett vor. »Sir?«

»Was?«

»Ich könnte vielleicht behilflich sein.«

»Sie? Und wie?«

»Es war eine vertrauliche Sache zwischen mir und dem Commander, Sir, aber er hielt es für angebracht, in ihre Chips für die Zugangsdecoder einen Peilsender zu installieren. Eine neue Sache, an der ich gearbeitet habe, und der Commander wusste davon. Wahrscheinlich hat er diese Situation von Anfang an vorausgesehen, Sir. Es ist meine eigene Variante eines GPS-Senders, Sie wissen schon, eines von diesen Navigationsgeräten.«

»Und?«

»Hier lang, Sir.«

Barry, Technikgenie und Computerfreak der Einheit, führte den Colonel in sein kleines, voll gestopftes Dienstzimmer. Er fasste an seinen Touchscreen-Monitor, und eine Landkarte von Südengland erschien. Ein rotes Lämpchen blinkte. Noch einmal berührte er den Monitor, und der Ausschnitt, in dem das Lämpchen zu sehen war, vergrößerte sich. Der Osten von Salisbury. »Das Ganze ist keine exakte Wissenschaft, Sir. Jedenfalls noch nicht. Aber nach dem hier zu urteilen, und immer vorausgesetzt, sie trägt ihre Marken, befindet sie sich irgendwo hier in den östlichen Außenbezirken von Salisbury.«

»Können Sie sagen, ob sie am Leben ist?«

»Nein, aber wenn Sie mir eine Stunde geben, Sir, sollte ich in der Lage sein, mein Programm auf den Hauptschirm des Iroquois-Hubschraubers zu laden.« Und dann beten, dass es auch klappt, fügte er in Gedanken hinzu.

»Eine Stunde hat sie vielleicht nicht mehr, Barry. Na schön. Versuchen Sie es.«

Barry holte eine CD heraus, griff sich ein Laptop und ein paar Leitungen und legte los.

Die Vorhänge am Fenster waren aus schwerem roten Samt. Der Raum war fast unmöbliert, außer einem Klapptisch und zwei Plastikstühlen gab es weiter nichts. Der einzige Geruch war zwanzig Jahre alter Staub, der sich mit aufsteigender Feuchtigkeit mischte.

Rebecca war allein, und ihr war kalt, obwohl sie fest in eine Decke gewickelt war. Sie fühlte sich beinahe wie gelähmt. Ihre

Kopfschmerzen waren grauenvoll. Ihre Handgelenke waren mit dunklem Plastikband zusammengebunden. Als sie die Hände bewegte, schnitt ihr das Band ins Fleisch. Trotzdem fasste sie sich an den Kopf. Blut. Der Schnitt über ihrem Auge würde genäht werden müssen. Sie hatte keine Ahnung, was passiert war. Das Letzte, woran sie sich erinnerte, war Billy, der ihr Zimmer verließ. Sie hatte getrunken. Black Velvets. Beim bloßen Gedanken daran musste sie sich beinahe wieder übergeben.

Draußen schlug eine Autotür zu. Schritte. Jemand kam ins Zimmer.

»Kelly?«

»Nein. Tut mir Leid. Sie werden mit mir vorlieb nehmen müssen.«

Kalte Angst durchfuhr Rebecca. Es war eine Angst, die sie nicht mehr gewöhnt war, eine Angst, die sie schon lange nicht mehr gespürt hatte. Sie erkannte die Stimme. Samperi. Jetzt hatte er bekommen, was er wollte. Er hatte Leons Job. Und er hatte sie – was er sich am meisten gewünscht hatte. Offiziell durfte er das nicht machen. Diesmal bringt er mich um, dachte sie. Sein einziges Ziel ist, in Erfahrung zu bringen, was ich weiß. Und dann bringt er mich um. Zum zweiten Mal.

Er trat in ihr Blickfeld. »Was ist denn mit Ihrem Kopf passiert?« Gene setzte seinen Plastikbecher mit Kaffee ab und hockte sich neben sie. Vor der Berührung, die sie kommen sah, zuckte Rebecca zurück. »Wie Sie wollen, ich habe ja bloß versucht, nett zu sein.« Er zog die Decke weg. Sie trug nur Unterwäsche. Ganz nett, dachte er. Gar nicht übel. Die Narbe an der Stelle, an der die Kugel sie getroffen hatte, war hellrot. Es gab keinen Zweifel. Sie war hier. Sie war am Leben, und er musste seine Arbeit machen. Er zog ein Klappmesser aus der Tasche, und wieder zuckte sie zusammen, weil er es dicht an ihrem Gesicht aufschnappen ließ. In ihren Augen stand jetzt blankes Entsetzen. Sie atmete heftig. »Immer mit der Ruhe, wieso sollte ich Ihnen etwas antun wollen?«

Dafür gibt es viele Gründe, dachte sie. Lauter gute Gründe.

Er schnitt das Plastikband durch. Ihre Hände waren frei. Dann warf er ihr einen Parka zu. Er war rot. Blutrot. Rebecca zog ihn sich über und behielt die Decke über den Beinen.

»Kaffee?«

»Ja.« Beinahe hätte sie danke gesagt.

Aus einer Thermoskanne goss er dampfenden schwarzen Kaffee in einen zweiten Plastikbecher und reichte ihn ihr. Es machte nichts, dass er schwarz und ungesüßt war, obwohl sie ihren Kaffee normalerweise weiß mit zwei Stück Zucker trank.

Was für merkwürdiges Zeugs einem doch die Jungs beibrachten.

Wo mochten sie sein? Ob sie überhaupt wussten, dass sie weg war? Wahrscheinlich nicht. Billy würde annehmen, dass sie einen Kater von gigantischen Ausmaßen hatte und weder ihm noch einem Frühstück ins Auge sehen wollte. Der schöne Abend, den ich mir machen wollte, so dachte sie, hat sich als verhängnisvoll erwiesen.

Nur ein Gesicht hätte sie jetzt liebend gern gesehen: Kellys. Hatte er gewusst, dass so etwas in der Art passieren würde? Erst gestern, in der Turnhalle, und dann auf dem Schießstand ... Dass sie die Grundregeln der Selbstverteidigung lernen sollte, war seine Idee gewesen.

»Wissen Sie schon über Leon Bescheid?«, fragte Gene.

»Ich wusste über Leon Bescheid, als ich ihm die Hand schüttelte.«

»Ja, das habe ich gehört. Fahren Sie bei Regen nicht auf der M4 – haben Sie das nicht gesagt? Dawn war beeindruckt. Die anderen auch.«

»Ich werde weder mit Ihnen noch für Sie arbeiten.«

»Gehen Sie doch nicht so auf Abwehr, Rebecca.«

»Auf Abwehr? Wieso das alles hier? Das wäre doch nicht nötig gewesen.«

»Sie weigern sich doch, mit mir zu reden.«

Die waren richtig höflich ...

Aber was Kelly sonst noch gesagt hatte an dem Tag, als er ihr solche Angst eingejagt hatte, das wusste sie nicht mehr. »Ich muss auf die Toilette.«

»Und ich muss Antworten haben. Ich nehme an, da können wir wohl einen Kompromiss schließen.«

»Ich kann Ihnen nicht helfen. Ich weiß noch immer nichts.«

»Mich können Sie nicht anlügen, also hören Sie sofort mit diesem Blödsinn auf. Ich würde das gern mit der gebotenen Höflichkeit handhaben, und ich bin sicher, das wäre Ihnen auch lieber.«

Rebecca nahm noch einen Schluck von dem Kaffee. Er war stark und bitter. »Dann lassen Sie mich auf die Toilette. Bitte!«

Gene nahm ihren Kaffeebecher, stellte ihn auf den Fußboden und führte sie aus dem leeren Raum heraus, einen Flur entlang und in ein staubiges altes Bad. Er blieb an der Tür stehen und wartete.

Der Spiegel hatte einen Sprung und war schon schwarz angelaufen an den Rändern. Sie sah viel schlimmer aus, als sie sich fühlte, und das war möglicherweise auch der Grund dafür, dass er sich, im Moment wenigstens noch, menschlich zeigte.

Das Fenster klemmte, allerdings hätte sie sich ohnehin nicht hindurchzwängen können. Ihr Hintern war zu breit.

Rebecca kam heraus, die Decke hinter sich herziehend wie die Schleppe eines Hochzeitskleids. Jetzt setzte sie sich lieber auf den Fußboden, in die Nähe des Fensters mit den Samtvorhängen. Sie wusste, dass das ein Fehler war, dass sie ihm die Kontrolle über sich gab, wenn sie sich so tief auf den Boden setzte, aber so fiel sie wenigstens nicht so tief. »Was wollen Sie wissen?«

»Was immer Sie mir erzählen können.«

»Über was?«

»Hören Sie, Rebecca, meine Geduld reicht aus, um eine ganze Woche hier zu bleiben, falls nötig.«

Da hatte sie keinerlei Zweifel. »Was genau wollen Sie wissen?«

»Glover wird in zwei Wochen herkommen. Es ist so etwas wie eine Goodwill-Tour. Er braucht die Wähler. Die Männer vom Militär sollen für ihn stimmen.«

»Ja, das weiß ich. Das wusste ich schon vor zwei Jahren.«

»Ja, ja, in der Tat. Sie sind ganz schön clever, was?« Er nahm ein Schriftstück mit Spiralheftung aus einer Aktenmappe bei der Tür. Von da, wo sie saß, sah es aus wie ein Manuskript. Er ließ es ihr in den Schoß fallen.

»Ich möchte eine Zigarette.«

Gene hielt ihr eine hin und zündete sie an. Über der Flamme trafen sich ihre Blicke. Sie traute ihm genauso sehr wie er ihr. Vielleicht kann ich ihn ja irgendwie austricksen, dachte sie. »Danke.«

»Bitte sehr.« Er deutete auf das Schriftstück. »Erkennen Sie das?«

Sie besah sich das kleine Büchlein und blätterte es durch. Es wäre ganz gut gewesen, wenn sie klar und deutlich hätte sehen können. Die Schnittwunde auf der Stirn blutete aber immer noch.

15. November. Vor zwei Jahren. Sydney.

Sie befand sich wieder in dem Hotelzimmer. Sie saß Elizabeth Glover an dem Couchtisch gegenüber und hielt ihre Hand. Was eine private Konsultation hätte sein sollen, war Wort für Wort mitgeschrieben worden. Bis jetzt, als sie es schließlich las, hatte sich Rebecca nur an die Quintessenz des Gesprächs erinnert, allzu viele Einzelheiten wusste sie nicht mehr. Nicht, dass es anfangs viele Einzelheiten gegeben hätte.

Fünfzig Seiten säuberlich abgetippter Unterredung lagen auf ihrem Schoß, eine Seite für jede Minute, die sie mit Elizabeth Glover gesprochen hatte. Was hatte Elizabeth gemacht? Hatte sie die Originalaufzeichnung behalten und sie dann heimlich, als ihr Mann gerade nicht hinsah, einem seiner Bodyguards vom Secret Service zugesteckt?

»Ich muss wissen, was Sie wissen.«

»Ich wusste überhaupt nichts, bis ich ihre Hand berührte.«

»So wie Sie wussten, dass Leon in einem zermalmten Auto umkommen würde, bevor es geschah?«

»Ja. Ich empfange Bilder, hier drin«, sie fasste sich an die Stirn, zwischen die Augen, »und Gefühle hier«, mitten auf den Körper. »Und auch die Stimmen. Es ist eine Kombination von allen dreien. Die Eindrücke richtig zu deuten, das ist der entscheidende Punkt. Das richtig hinzubekommen ist der schwierigste Teil.«

»Sie haben also Senator Glover sterben sehen, stimmt das?«

»Ja. Aber was, wenn die Vision einfach nur als Symbol für den Tod seiner Ideale steht? Dass ihm die Hände gebunden sein werden, wenn er sein Amt antritt, und er rein nichts mehr machen kann? Dass seine einzige Aufgabe nur noch darin besteht zu tun, was man ihm sagt? Vielleicht ist es das, was sein Tod zu bedeuten hat. Womöglich ist alles nur symbolisch?«

»So symbolisch wie mein Arsch. Sie haben gesagt, ›wenn‹ er sein Amt antritt, nicht ›falls‹.«

»Er wird Präsident.«

»Das müssen wir ja wohl erst abwarten, nicht?«

»Ich weiß nur eines. Eine Schwarze kam Rat suchend zu mir. Ich habe ihr erzählt, was ich zum damaligen Zeitpunkt wusste. Sie liebt ihren Mann, und daran wird sich auch nichts ändern, ob er nun Präsident der Vereinigten Staaten ist oder Straßenkehrer. Begreifen Sie das, was ich Ihnen hier erzähle?«

»Schauen Sie doch mal auf Seite 20 nach.«

Sie blätterte in dem Heft auf die entsprechende Seite, und als sie zu lesen anfing, roch sie beinahe Elizabeth Glovers moschusartiges Parfüm. Es war stark gewesen, aber nicht so stark wie die Angst in den Augen der Frau.

EG: Bitte, Sie müssen mir helfen. Was immer Sie mir zu sagen haben, ich will es hören. Überall auf der Welt habe ich medial Begabte aufgesucht, aber die haben mir immer nur gesagt, was ich ihrer Meinung nach unbedingt hören wollte. Ich muss es wissen, um für alle Eventualitäten Vorkehrungen treffen zu können. Bitte. Ich vertrage es schon.

(Fünf Sekunden Pause)

RM: Ihr Mann wird für das Präsidentenamt kandidieren. Er hat das Gefühl, dass nur das ihn wirklich ausfüllen wird. Er ist ... voller Ideale. Ihr Mann ist hoch angesehen, und ich finde es fürchterlich, dass ich das sagen muss, aber es gibt etliche, die wären lieber tot, als zu sehen, wie ein Schwarzer das höchste Amt in den USA bekleidet. Wenn Ihr Mann bei den Vorwahlen Erfolg hat, ist es nur eine Frage der Zeit, bis er dann tatsächlich Präsident wird. Seine Kandidatur wird schon viele auf den Plan rufen, die Ihnen Böses wollen, aber wenn er das Amt erst einmal angetreten hat – du liebe Güte!

(Drei Sekunden Pause)

RM: Die Leute, die Ihnen Böses wollen, sind diejenigen, die Ihnen am nächsten stehen, diejenigen, die Sie seit vielen Jahren für gute, verlässliche Freunde gehalten haben. Von dort droht Ihnen Verrat, Elizabeth. Und zwar hauptsächlich aus einer Quelle, aus der Sie es nicht erwartet haben. Ihre größte Sorge ist, dass Sie von einem Tag zum anderen nicht wissen werden, ob Ihr Mann lebend zu Ihnen nach Hause kommt. Das ist im Augenblick Ihre Sorge, aber diese Sorge haben Sie immer schon gehabt. Vor allem, wenn er selber geflogen ist.

EG: Seit achtundzwanzig Jahren ertrage ich das jetzt alles, aber ich liebe ihn immer noch wie verrückt. Ein Leben ohne ihn kann ich mir einfach nicht vorstellen.

RM: Ich weiß. Ich kann das nicht anders ausdrücken, und ich hoffe, ich irre mich, aber diesmal sind Ihre Sorgen und Ängste berechtigt. Sie bilden sich das nicht ein. Das alles will Ihnen Warnung sein.

EG: Ist es das, was ich fast jede Nacht sehe, seit er nicht mehr bei der Air Force ist und für den Senat kandidiert hat?

An dieser Stelle hat sie meine Hand so fest gedrückt, dachte Rebecca, dass ich die Knochen in meinen Fingern knacken hörte.

EG: Ich muss es wissen. Bitte! Sagen Sie es mir!
RM: Ich sehe Ihren Mann, und Sie stehen hinter ihm. Sie kommen beide die Gangway eines Flugzeugs herunter. Aber es ist nicht das Präsidentenflugzeug Air Force One. Es ist kleiner, viel kleiner. Wie einer von diesen Jets, die John Travolta fliegt.
EG: Ein Lear-Jet. Mein Mann hat sich einen Lear-Jet gekauft. Er fliegt ihn selber. Er verzichtet sogar auf den Schutz durch den Geheimdienst, obwohl er darauf Anspruch hat.
RM: Dann ist es womöglich höchste Zeit, dass Sie ihm sagen, dass er diesen Schutz braucht. Sagen Sie ihm, er soll aufhören, solch ein alter Sturkopf zu sein. Überzeugen Sie ihn! Sie schaffen das! Er hört auf Sie!
EG: Er kommt nicht mehr lebend diese Gangway herunter, oder? Das träume ich die ganze Zeit.
(Sechs Sekunden Pause)
Aber er ist so ein guter Mann, ein guter Mann.
RM: Die Warnung ist eindeutig. Und es lässt sich vermeiden. Erzählen Sie ihm davon.
EG: Er wird sagen: Liz, Liebling. Das ist doch alles Unsinn. Das wird er sagen. Ich habe ihn gefragt, ob er mit hereinkommen möchte, aber er hat gelacht und gesagt, das ist alles nur Quatsch. Er hat gesagt, dass ich albern bin. Ich will ihm doch nur helfen, aber ich weiß nicht, ob ich das kann.
RM: Sie können ihn nicht davon abhalten, für das Präsidentenamt zu kandidieren. Dass er das tut, das ist sein Schicksal. Er muss es machen. Was auch immer Sie sagen oder tun, Ihr Mann wird Präsident werden. Die Frage ist nur, für wie lange. Eines kann ich Ihnen sagen, Liz:

(Zwei Sekunden Pause)

Wenn jemand versucht, ein Attentat auf Ihren Mann zu verüben, wird das nicht in Amerika passieren. Es wird in England passieren. Und zwar, lassen Sie mich überlegen, im Nordosten.

EG: England? Aber wieso sollte er denn wieder nach England gehen?

RM: Das ist nicht eindeutig zu sehen. Vielleicht eine Inspektionsreise ... Truppen, ein Luftwaffenstützpunkt oder so etwas ... Die See? Wasser? Nein, das ist es nicht ... Heathlake? Lakeheath. Ich höre, Sie kennen den Ort. Stimmt das?

EG: Lakenheath?

RM: Ja. Das ist es.

EG: Da gibt es einen Stützpunkt der US-Luftwaffe in Suffolk. Im Golfkrieg war Rob da stationiert. Aber weshalb sollte er dahin zurückgehen?

RM: Er braucht vielleicht die Wählerstimmen der Soldaten.

EG: Was soll ich denn jetzt bloß machen?

RM: Wenn ich sage, dass die Zukunft nicht ein für alle Mal in Stein gemeißelt ist, dann müssen Sie mir das glauben. So manch einer konnte ändern, was unweigerlich vorherbestimmt schien. Da Sie nun wissen, was die Zukunft eventuell bringen mag, könnten Sie Vorkehrungen treffen, um das zu verhindern.

Rebecca schloss das gebundene Schriftstück und legte es auf den Teppich. Das Band dem Geheimdienst zu übergeben war Elizabeth Glovers Weg gewesen, Vorkehrungen zu treffen, um das Vorherbestimmte zu verhindern. Und da war nun also sie und steckte mittendrin – und ertrank.

»Erzählen Sie mir nicht, Sie wüssten von nichts.«

»Aber ich weiß wirklich weiter nichts. Ja, stimmt, da sind diese Aufzeichnungen, aber letztlich nützt das keinem, der zu gegebener Zeit vor Ort sein wird, oder? Die Einzelheiten, die

Kleinigkeiten. Wo. Wann. Wie. All diese Dinge sollte ich Ihrer Meinung nach wissen, aber ich weiß das alles nicht, und ich werde es auch erst wissen, wenn ...«

»Wenn?«

»Der Zeitpunkt näher rückt, – oder ich den Senator persönlich treffe.«

»Aber Sie empfangen mehr Bilder. Mit jedem Tag kommt etwas Neues dazu.«

»Das ist ohne Bedeutung. Es ist ohne jeden Nutzen für Sie.«

Er nahm etwas aus der Aktenmappe. Es war eine Fotokopie des Schreibblocks, den sie in der Anstalt benutzt hatte. Ihre Einfälle, ein ungeordneter Fluss von Gedanken, der nur für sie einen Sinn ergab, für niemanden sonst. Es war rein persönlich. Privat. Wie war er darangekommen? Wer war in ihrem Zimmer gewesen?

In dem Zusammenhang fiel ihr nur ein Name ein.

Kelly. Nur Kelly war in ihrem Zimmer gewesen. Übelkeit stieg in ihr hoch, als sie auf dieses Stück Papier in ihren Händen starrte. Wie Zement hatte der Verrat sich tief in ihr Herz gesenkt, ihren ganzen Körper zog es schwer nach unten.

»In Ihrer Unterredung mit Elizabeth Glover haben Sie eine Art persönlichen Verrat erwähnt. Wie relevant könnte das sein?«

»Ich hatte ganz vergessen, dass ich das überhaupt gesagt hatte. Ich habe das erst jetzt wieder in dem Manuskript gelesen.«

»Pete Hamill?«

»Ich weiß nicht!«

»Die beiden sind Freunde. Sie haben zusammen in der Air Force gedient.«

»Er war Trauzeuge bei der Hochzeit des Senators. Das hat er mir selber erzählt. Wie sind Sie an dieses Papier gekommen?«

»Bewahren wir Ihnen Ihre Illusionen doch noch einen Moment, ja?«

»Wie sind Sie an dieses Papier gekommen?«, schrie sie; die

Tränen blendeten sie und strömten ihr das schmutzige Gesicht hinunter.

»Denken Sie doch mal nach. Wer hat denn Zugang zu Ihrem Quartier? Wer hat Sie auf dem Flugplatz so lange im Freien stehen lassen? Wer hat seinem Mann reichlich Zeit gegeben, auf Sie zu schießen?«

»Das meinen Sie doch nicht im Ernst?«

»Sie vertrauen dem Falschen. Sie haben sich in den Falschen verliebt.«

»Ich habe mich nicht verliebt!«

»Was soll all dieses mysteriöse Zeug hier?« Er riss ihr das Stück Papier aus der Hand. »Fr. L.? Was soll das heißen? Früheres Leben?«

»Wer hat Ihnen das gegeben?«

»Was glauben Sie denn?«

»Sie sind ein widerlicher Lügner!«

»Sie vertrauen dem Falschen. Mit mir oder mit Pete sollten Sie reden. Oder mit Dawn. Nicht mit Kelly Nolan. Sie wissen doch, mit wem er verheiratet ist, oder?«

»Ja. Seine Frau ist die Tochter eines Senators.«

»Und dieser Senator ist wer?«

»Ich weiß das nicht. Ich will es auch gar nicht wissen.«

»Tja, Schätzchen, ich meine, das sollten Sie vielleicht lieber erfahren.« Er blätterte in den kopierten Seiten. »Hier. Schauen Sie. Sie haben es selbst geschrieben. *Schwiegervater. Weißes Haus.* Corey Lorber. Haben Sie von dem schon mal gehört?«

Schnell sah sie auf und wischte sich mit der Hand übers Gesicht. »Lorber kandidiert ebenfalls für das Präsidentenamt. Ich wusste nicht, dass das Kellys Schwiegervater ist. Den Namen hat er mir nie genannt.«

»Weshalb sollte er auch? Wie konnten Sie ihm nur vertrauen, wo Sie doch nicht einmal wussten, auf welcher Seite er steht?«

Schweigen. Der Schmerz in ihrem Herzen war qualvoll.

»Wollen Sie wirklich wissen, weshalb Sie hier sind, Rebecca?« Gelegenheit zum Antworten ließ er ihr erst gar nicht. »Man benutzt Sie als Lockvogel, nicht mehr und nicht weniger.«

»Als Lockvogel?«

»Um mögliche Verschwörer aufzudecken, deshalb sind Sie hier. Also reden wir mal ganz in Ruhe darüber, ja? In zwei Wochen fliegt Glover nach Lakenheath, am Steuer seines eigenen Lear-Jet. Etwa eine Woche davor wird Pete Sie dort hinbringen. Natürlich wird auch Kelly da sein. Er ist zuständig für die Organisation des Ablaufs. Na schön, es ist eine Goodwill-Tour. Wir wissen mit Sicherheit, dass Glover nur das unbedingt notwendige Minimum an Schutz durch den Geheimdienst zulässt. Robert Glover ist ein Albtraum für jeden Sicherheitsdienst. Die Wählerstimmen der Soldaten hat er bereits, das weiß er. Er will sich einfach nur noch einmal vergewissern. Ob es stürmt oder schneit, Schätzchen, er wird kommen. Bis jetzt ist noch nicht bekannt, ob seine Frau ihn begleiten wird. Also was genau haben Sie gesehen?«

Ihre Stimme war ausdruckslos, als sie leise sagte: »Das Flugzeug kommt zum Stehen. Er kommt heraus und steht auf der zweiten Stufe. Er sieht zahlreiche Schulkinder auf dem Rollfeld, und er hebt die Hand und winkt ihnen zu. Und da ... da trifft ihn eine Kugel zwischen die Augen.«

»Wer ist dafür verantwortlich?«

»Das weiß ich nicht.«

»Woher kommt der Schuss? Ist es nur ein Schuss?«

»Das weiß ich nicht! Ja. Ja. Es ist ein Schuss. Nur einer.«

Gene seufzte und rieb sich den Nacken. »Bin ich auch da?«

»Das weiß ich nicht. Da ist ein Meer von Gesichtern. Viel Geschrei. Das reine Chaos.«

»Hier«, sagte Gene und bot ihr noch eine Zigarette an. Mit zitternden Fingern nahm sie sie. Eine Weile musterte er sie eingehend.

»Und was, wenn ich mich irre?«

»Ich bezweifle stark, dass Sie sich überhaupt je irren. Ich

möchte Ihnen gern was sagen. Es hat mit dem Test zu tun, dem Sie unterzogen wurden. Der Weltbeste, jedenfalls unseres Wissens, hat alle notwendigen Tests gemacht und eine Punktzahl von 87 erreicht, und das war vor acht oder neun Jahren. Wissen Sie, wie Ihre Punktzahl war, Rebecca? 98,9. Und Sie haben nur knapp die Hälfte der Testaufgaben gemacht. Wir können es uns nicht leisten, Sie nicht zu beachten! Ich habe übrigens ganz bestimmt keine übernatürlichen Kräfte.« Er setzte sich neben sie auf den Teppich, aber nicht nah genug, um sie berühren zu können. Jedenfalls noch nicht. »Nolan ist der Attentäter von Lakenheath.«

»Nein. Da irren Sie sich. Ich kenne ihn.«

»Und ich etwa nicht? Kelly und ich, wir kennen uns schon sehr lange, Rebecca. Sie haben gesehen, was für ein Auto er fährt. Sie haben seine Frau gesehen. Wer bezahlt das alles wohl? Glauben Sie etwa, er verlässt Ihretwegen seine Frau? Schauen Sie, ich will ja nicht zu sehr in Sie dringen, aber wie lange hat es gedauert, bis er Sie im Bett hatte?«

Rebecca sagte nichts.

»Die Jungs führen Buch über so was, Rebecca.«

Rebecca versuchte aufzustehen, und Gene beging den verhängnisvollen Fehler, sie zu berühren. Er fasste sie am Arm an und zog sie zurück.

In dem Augenblick wusste sie, dass sich nichts geändert hatte.

Da stand immer noch Gene auf dem Dach am Flugplatz und empfand immense Freude darüber, dass sich eine rote Blume im Schnee entfaltete. Und da im Bett mit Marianne Nolan, das war auch Gene. Er liebte sie. Er wollte Kelly aus dem Weg haben. Gene war es, der seine Anweisungen von Corey Lorber entgegennahm. Wieder sah Rebecca den palastartigen Landsitz. Ziergarten mit beschnittenen Büschen und Bäumen. Marianne schwamm nackt im Pool, Gene sah zu. Er wollte nicht sie. Er wollte, dass ihr Vater Präsident wurde. Er war auf dem Weg, eine Art Präsidentenberater zu werden. Der Mann in Lakenheath würde Gene sein.

Und vom Rand ihrer Wahrnehmung kehrte Kellys Stimme zurück. *Psychisch, emotional, physisch. Das wird alles ganz einfach sein.*

»Wie lange hat es gedauert, bis er Sie gebumst hat, Rebecca? Denn wenn Sie glauben, es war reine, zärtliche Liebe, dann irren Sie sich gewaltig, Schätzchen.«

Die perfekte Reaktion. Tränen. Jetzt hatte er sie so weit.

»Er will Sie dazu bringen, ihn zu lieben, denn wenn Sie ihn lieben, dann hat er leichtes Spiel. Er ist gedeckt. Er hat Ihr Vertrauen. Er hat Ihre Loyalität. Er nutzt Ihre Schwächen aus, Kleine. Weiter nichts.«

Schweigen. Sie verteidigte ihn schon nicht mehr.

»Er würde Ihnen eine Pistole hinters Ohr halten und dann einen Schritt zur Seite machen, damit Ihr Blut nicht auf ihn spritzt, Schätzchen. Er würde keinen Augenblick zögern, Sie umzubringen, wenn es der richtige Moment ist. Er wird die Verwirrung ausnutzen, das Chaos, das Sie ja schon gesehen haben. Da macht er es dann – wenn er Glover erledigt hat. Er ist Soldat. Er macht, was man ihm befiehlt, wann man es ihm befiehlt. Aber das ist nicht der einzige Punkt auf seiner Tagesordnung, und darüber sollten Sie sich im Klaren sein.«

Das Schweigen war intensiv und umfassend. Genes Hand, die noch auf ihrem Arm lag, packte jetzt nicht mehr so fest zu, aber sie spürte, wie die Erregung durch seinen Körper lief – ein immenser Adrenalinstoß. Sie wusste, zu was das führen würde. *Eine rote Blume, die sich im Schnee entfaltet. Wundervoll.*

»Bloß weil er Sie gebumst hat, heißt das noch lange nicht, dass er Sie nicht umbringt.«

Eine Blume, die sich im Schnee entfaltet. Wundervoll.

»Denken Sie doch mal nach. Überlegen Sie mal. Sie haben seine Frau gesehen. Weshalb sollte er Sie wollen?«

Rebecca drehte sich zu Gene um und sagte: »Er liebt mich. Und Sie sollten mich nicht anfassen, Gene. Das sollten Sie eigentlich besser wissen. Eine rote Blume, die sich im Schnee entfaltet, war es nicht so? Und dann Sie haben gesagt: ›Wundervoll.‹ Das hier hat überhaupt nichts mit Kelly zu tun.«

In seinen Augen war jetzt deutliche Verwirrung zu erkennen. Er hatte die Lage falsch eingeschätzt. Jetzt ließ sich nichts mehr reparieren. Schnell ließ er sie los, und Rebecca rappelte sich auf. Die Wunde am Kopf hatte ihren Gleichgewichtssinn beeinträchtigt. Sie versuchte wegzukommen. Dafür war er zu schnell. Rebecca versuchte, ihn zu treten, ihn aus dem Gleichgewicht zu bringen. Sie traf ihn. Ihr Fuß landete auf seiner Brust, aber der Tritt war nicht kraftvoll genug. Er griff nach ihrem langen Haar, als sie wegzulaufen versuchte, und das Messer, mit dem er sie vorhin von dem Plastikband befreit hatte, drückte sich an ihren Hals. Sie spürte einen stechenden Schmerz.

Die Cliffs von Moher. Noch zwei Stunden, und er würde in Waterville sein. Sie wollte sich unbedingt dabei fotografieren lassen, wie sie die Charlie-Chaplin-Statue umarmte. Er musste auf der fürchterlichsten Straße des ganzen Weltalls fahren, damit sie mit einer Statue schmusen konnte.

Nur einen Tag noch, dachte er. Nur noch einen einzigen Tag.

Kelly stöhnte laut, als er sah, wie überfüllt der Parkplatz war. Ein dürftiger Sonnenstrahl im Oktober, und schon strömten die Touristen hierher. »Mit den Schuhen kommst du nicht bis zu den Klippen.«

»Man kann nie wissen, Kelly. Vielleicht rutsche ich ja aus. Dann bekommst du das Geld aus der Versicherung *und* die andere Frau. Dann wärst du doch glücklich. Weiß der Himmel, ich kann einfach nicht mehr.«

»Hör auf damit, Marianne. Bitte. Was zu viel ist, ist zu viel.« Er stieg aus dem Wagen und schlug die Tür heftiger zu, als es hätte sein müssen. Er zündete sich eine Zigarette an, während fünf junge Mädchen im Teenager-Alter vorbeigingen. Sie redeten über ihn. Zwei der Mädchen sahen sich nach ihm um. Er warf ihnen eine Kusshand zu, die Mädchen kreischten und liefen kichernd weg. Das war für ihn der Höhepunkt des Tages.

Und einen Moment lang überlegte er, ob er solch eine Reaktion womöglich 1987 auf der Eisenhower bei einem Teenager ausgelöst haben mochte. War er dem Mädchen auf dem Schiff hinterhergegangen? Sehr wohl möglich. Und dann erinnerte er sich dunkel an eine Kleine, etwa sechzehn war sie. Das lange Haar hing ihr bis weit auf den Rücken hinunter. Sie trug es offen, es flatterte im Wind. Herrje, dachte er. War das Rebecca?

Marianne stöckelte über den Parkplatz, an der Bude eines fahrenden Händlers vorbei und auf den Weg zu, auf dem ausgetretene Stufen auf die Klippen hinaufführten. Einen Moment lang stand Kelly da, ließ die Aussicht auf sich wirken, aber es dauerte nicht lange. Vorn am Hals spürte er ein Brennen, so als habe ihn etwas gestochen, und er rieb sich die Stelle.

»Kommst du jetzt oder nicht?«, fauchte Marianne.

Und als er zu ihr ging, dachte er, dass sie ja vielleicht, nur vielleicht fallen könnte ... *Tragischer Unfall in Irland: Die Tochter eines amerikanischen Kandidaten für das Präsidentenamt stürzt sich zu Tode.* Das bringt dem alten Mistkerl wahrscheinlich aus lauter Sympathie ein paar Wählerstimmen mehr ein. Nein, Kelly wusste mit absoluter Sicherheit, dass das, was man sich am sehnlichsten wünschte, nie eintraf. Er kannte hunderte von Arten, jemanden umzubringen. Aber die meisten waren schnell und sauber. Keine einzige war heute langsam genug für Marianne. Ihr einziger Daseinszweck bestand darin, ihm sein Leben so unerträglich wie nur menschenmöglich zu machen.

Er brauchte weiter nichts als eine heftige Windbö. Von den Winden hier oben hatte er schon viel gehört. Sie rissen nichts ahnende Menschen hoch und trieben sie über die Klippen auf die Felsen da unten ...

Sie stapfte immer weiter auf ihren hochhackigen Schuhen. Sie wollte ja nie auf ihn hören. Jetzt würde sie den ganzen Abend über die Blasen an den Füßen jammern.

Er starrte auf die Landschaft und versuchte, sich auf die wechselnden Farbtöne von Meer und Klippen zu konzentrieren. Er versuchte, den Kopf ganz klar zu machen, aber es wollte nicht gelingen. Immer wieder stellte er sich das Leben ohne Marianne vor. Einen Augenblick lang hoffte er, Rebecca habe Recht gehabt. Falls ja, dann war es nur noch eine Frage der Zeit. Aber bei Kellys Glück würde sie an einem nur allmählich größer werdenden Leck in den Silikonkissen sterben, und der ganze Prozess würde sich über dreißig Jahre hinziehen.

Von Anfang an ging sie sehr schnell. Sie blieb nicht stehen, um die Aussicht zu bewundern. Nein, sie hatte ihrem Daddy versprochen, dass sie die Klippen erklimmen und dann, wenn sie ganz oben wäre, ein Foto machen würde. Marianne blieb nie irgendwo stehen, um in Ruhe zu betrachten, zu meditieren. Sie blieb nie stehen, um zu sehen, zu fühlen, zu hören, zu berühren oder zu riechen.

Kelly wusste mit Sicherheit, dass er mit Rebecca hier schweigend würde sitzen können. Dass er derjenige wäre, der als Erster unruhig würde. Ich werde sie hierher bringen, dachte er. Ich werde sie an jeden Ort der Welt bringen, zu dem sie möchte.

Unter den Touristen hielt er Ausschau nach seiner Frau. Sie plapperte. Immer plapperte sie nur, aber sagen tat sie nie etwas.

Schmerzlich sehnte sich Kelly nach dem Klingeln des Telefons. Nach irgendeinem Notfall. Nach irgendeiner Aktivität. Irgendetwas. Marianne hatte das Handy in ihrem Designer-Rucksack verstaut. Sie hatte ihm versichert, dass es auf Empfang gestellt sei. Natürlich sei es auf Empfang. Tja, wer's glaubte.

Kelly lief zu ihr hin, kramte in dem Rucksack und holte das Handy heraus.

Es war ausgeschaltet. »Gott, Weib, am liebsten würde ich dich jetzt umbringen.«

Und sie hielt das für einen Scherz.

Er lief die lange, flache Treppe wieder hinunter, nahm dabei immer zwei Stufen auf einmal, wich den Touristen aus, umschiffte die jungen Mädchen und warf eine irische Münze in einen Geigenkasten. Die Straßenmusikantin war ein hübsches junges Ding, und sie spielte auch recht nett. Aber er sah ihr Lächeln nicht, denn er blieb gar nicht erst stehen.

Für Annie kaufte er einen silbernen irischen Ring, Größe 7. Er hoffte, dass das die richtige Größe war. Dann eine Dose Cola. Danach schlenderte er zum Wagen zurück. Ihm war klar, dass ihm eine lange Zeit des Wartens bevorstand. Dafür würde sie schon sorgen. Stundenlang würde sie ihn warten lassen, falls nötig.

Er legte das Handy aufs Armaturenbrett.

Die Batterie war geladen.

Er wollte bloß ihre Stimme hören. Vielleicht sollte er anrufen. Es war sechzehn Uhr. Was machte sie wohl um sechzehn Uhr? Manchmal war sie um diese Zeit in der Bar und spielte Pearl Jam auf der Jukebox. Manchmal war sie auch in ihrem Zimmer und lag auf ihrem Bett. Sie meditierte, wie sie sagte. Er nahm das Buch, das in der Seitenablage steckte. *Ewige Lust.* Ein Liebesroman im Taschenbuchformat. Allein schon dem Bild auf dem Cover konnte er entnehmen, dass es sich nicht nur um eine simple romantische Geschichte handeln konnte, sondern um einen Trivialroman, bei dem es von der ersten bis zur letzten Seite nur um Sex ging. *So entspanne ich mich nun mal.*

Ach ja? Sex im Kopf war doch wohl nicht das Gleiche wie wirklich Sex haben.

Er konnte sie sich einfach nicht aus dem Kopf schlagen. »Verdammt.« Kelly nahm das Handy, und tatsächlich, da war eine Nachricht. Er wählte die Nummer des Stützpunkts und dann ihre Durchwahl. »Na komm schon«, brummte er und sah nach, ob Marianne schon zurückkam. Noch nicht.

Es klingelte ein halbes Dutzend Mal, bis Joel den Anruf entgegennahm. »Bedaure, der Teilnehmer, dessen Nummer Sie gewählt haben, ist nicht zu erreichen. Kann ich Ihnen weiterhelfen?«

»Nolan. Wo ist sie?«

»Herr im Himmel, den ganzen Tag versuchen wir schon, Sie zu erreichen.«

»Was ist los?«

»Sie ist verschwunden.«

Schweigen.

»Sind Sie noch da?«

»Ja.«

»Sie ist verschwunden. Wir suchen sie, aber bisher ohne Erfolg.«

»Machen Sie sich auf die Suche nach Samperi, wenn Sie den haben, dann haben Sie auch Rebecca. Sprechen Sie mit Mannett. Wir haben einen Peilsender in ihren Chips installiert. Ich bin schon unterwegs.« Kelly stieg aus dem Wagen. Er spürte wieder ein Brennen.

Ein schmales Rinnsal aus Blut tröpfelte ihren Hals hinunter und hinterließ Flecke auf dem Kragen des Parka. »So soll es nun einmal sein, Gene. Glover wird Präsident werden. Sie sind austauschbar. Sowohl für Corey Lorber als auch für seine Tochter sind Sie austauschbar. Sie sind nur Mittel zum Zweck, genau wie ich. Tun Sie es nicht. Sie können das nicht tun. Sie wissen, dass Sie einen Fehler machen.«

Über ihnen zerteilte das Geräusch von Rotorblättern die Luft.

Leise fluchte er, und Entsetzen breitete sich in ihm aus – so viel, dass es auch auf Rebecca überschwappte.

Gene wirbelte sie herum. Ihr Hinterkopf knallte gegen seine Schulter. Die Messerspitze hielt er ihr unters Ohr. Sie wusste, es würde schnell gehen und relativ schmerzlos sein. Eine Art Gelassenheit umgab ihren Geist, als Gene sie in einem ungelenken Tanz zur Hintertür dirigierte.

Die Sonne ging gerade unter. Dort draußen sah Rebecca Ackerland: viele Hektar Brachland. Ein schwarzer Hubschrauber fiel vom Himmel und wirbelte Staub auf, der ihnen den Atem zu nehmen drohte.

»Lassen Sie mich gehen, Gene. Lassen Sie mich gehen, sonst bringen die Sie um.«

Er zog sie wieder ins Haus und schlug die Tür zu. Jetzt waren sie wieder da, wo sie angefangen hatten.

Er wird mich umbringen, dachte sie. Weshalb bin ich so gelassen?

Auf dem Dach hörte sie ein Geräusch, er hörte es auch.

Sic spürte, wie die Panik des Mannes in sie überströmte. Sie war so intensiv, dass sie sie schmecken konnte. Damit hatte er nicht gerechnet. Sie aber wohl. Um ihren Hals hatte sie die Marken hängen, und wenn Kelly eine Art Mikrofon da angebracht hatte, dann hatte er doch bestimmt in weiser Voraussicht auch eine Art Peilsender installiert.

Körperlich befand er sich hunderte von Meilen weit weg in Irland, aber seine kluge Voraussicht rettete ihr das Leben.

Er hatte gewusst, dass so etwas passieren würde.

Er hatte es gewusst.

Rebecca versuchte, Samperis blindes Entsetzen auszuschalten. »Sie haben schon einmal auf mich geschossen, Gene. Aber Sie haben mich nicht umgebracht. Was bringt Sie zu der Annahme, dass Sie diesmal Erfolg haben werden?«

»Halten Sie verdammt nochmal den Mund!«, brüllte er. Aber bevor er noch die letzten Worte ausgesprochen hatte, wurden beide Fensterscheiben eingeschlagen, der Fensterrahmen flog heraus, die Vorhänge fielen herunter, und Rebecca sah drei Gesichter, drei Männer hingen am Dachvorsprung, zwei von ihnen kopfüber. Vier Schüsse, so laut, dass sie sofort taub wurde, und so nah, dass sie die Kugeln vorbeifliegen spürte. Und dann drückte sich ihr das Messer nicht mehr in den Hals. Sie stand immer noch da, aber Gene Samperi lag tot auf dem Boden, ihr zu Füßen.

Rebecca war wie erstarrt.

Die drei Nighthawks von der Schnelleingreiftruppe, alle völlig in Schwarz, schwangen sich ins Zimmer.

Einer sprach in ein Mikrofon dicht an seinem Mund. »Auftrag ausgeführt. Sie ist unverletzt. Zielobjekt getötet.« Eine englische Stimme. Jamie?

»Mein Engel? Jetzt ist alles gut. Es ist vorbei.« Eine englische Stimme. Billy?

Dann nahm der dritte Mann, der mit den kobaltblauen Augen, seine Kapuzenmütze ab. »Rebecca? Sagen Sie was.« Ein Amerikaner. Pete. Blaue Augen.

Aber sie konnte sich immer noch nicht bewegen, geschweige denn reden. Eine warme Hand kam, führte sie weg, half ihren Beinen, sich in Gang zu setzen. Brachte sie hinaus in die Kälte, wo sie vor lauter Staub und geblendet von der untergehenden Sonne nichts sehen konnte. Das Hämmern in ihren Ohren tat weh. Ihre Knie wollten sich nicht durchdrücken lassen, aber jemand half ihr, aufrecht zu stehen, und als ihre Knie wieder nachgaben, trug sie jemand. Sie wusste nicht, wer es war. Es war ihr egal.

Man legte sie auf eine Art Bett hinten in den Hubschrauber. Jemand deckte sie zu, und ein Gurt wurde befestigt. Jamie klebte ihr ein Pflaster auf die Stirn und legte einen Verband an ihrem Hals an. Sie starrte ihm in die Augen. Sie wusste, dass der Mann unter der schwarzen Maske Jamie war, aber sonst nahm sie kaum etwas wahr. Dann hob der Hubschrauber ab und flog eine scharfe Linkskurve. Rebecca zitterte viel zu sehr, um auch nur ein Wort zu sagen.

Schnelleingreiftruppe? Schnell war ein fast zu zögerliches Wort. Es war vorbei, ehe sie auch nur einmal hatte blinzeln können.

Sie spürte eine Berührung auf ihrem Gesicht. Auf ihrer Hand. Jemand versuchte, ihr Zittern einzudämmen. Billy. »Wir sind fast zu Hause«, brüllte er. Bei seiner Berührung nahm ihr Zittern Ausmaße an, die es ihr unmöglich machten, sich noch länger zusammenzureißen. Sie weinte, wie sie noch nie zuvor in ihrem Leben geweint hatte. Und die Soldaten in den schwarzen Uniformen, die in dem Hubschrauber um sie herum saßen, machten keine Anstalten, sie zu trösten, denn nichts hätte sie trösten können. Ihre Reaktion war vollkommen normal.

Kelly hatte gesagt: ›Eines Tages werden Sie verstehen, weshalb es Leute wie uns auf der Welt gibt.‹

Dieser Tag war jetzt gekommen.

Vom Shannon-Flughafen rief der Commander an. Er hatte keinen Flug mehr nach England bekommen können, und die Fähre von Rosslare aus war lange schon weg. »Na schön, Joel. Gut. Sehr gut. Sind Sie sicher, dass es ihr gut geht? ... Jemand muss sie zum Reden bringen ... Nein, Macpherson sollte es nicht sein, wenn er dabei war ...«

Marianne saß in der VIP-Lounge, trank Baileys, und mit jedem Atemzug verwandelte sich Abneigung in Hass, als sie hörte, wie Kelly mit Gott weiß wem über diese Frau sprach. Diese Übersinnliche.

»War es Samperi?«

Als der Name fiel, drehte sie schnell den Kopf.

»Scheiße, ich habe es gewusst. Ich nehme den nächsten Flug, den ich bekommen kann.«

Kelly beendete das Gespräch. Marianne war ganz gespannt. »Sie haben sie gefunden«, sagte er. »Sie lebt. Samperi ist tot. Dawn Lindsay hat jetzt die Verantwortung, Gott sei Dank.«

Aus Mariannes Gesicht war jede Spur Farbe gewichen. Das Glas Baileys fiel ihr aus der Hand und schlug auf dem Teppich auf. »Gene?«

Auf der Stirn, über dem linken Auge, hatte sie drei schmale Pflaster und Verbände am Hals. Mike hatte gesagt, es würde wohl keine Narbe bleiben. Aber das war ihr egal.

»Wollen Sie denn überhaupt nicht mit mir reden, Kleines?«

Vom Fenster ihres Zimmers aus starrte Rebecca in die Nacht, über die Bäume hinweg. In welcher Richtung mochte Irland liegen?

»Sie müssen reden, Kleines.«

»Lassen Sie mich in Ruhe, Mike. Bitte.« Ihre Stimme war zittrig. »Ich muss einfach nur eine Weile ganz für mich allein sein.«

Bei der abschließenden Einsatzbesprechung hatte sie kein Wort gesagt. Mike war klar, dass sie nicht reden würde, bis der eine Mensch hier war, dem sie vertraute. Aber er wusste nicht, wann er kommen würde.

Vor nicht ganz zehn Minuten hatte Kelly angerufen und mit Hamill gesprochen. Er musste seine Frau zu ihrer Familie in die Staaten zurückbringen. Sie konnte nicht allein reisen. Sonderurlaub war bewilligt worden.

»Wollen Sie mich nicht wenigstens einmal ansehen, Kleines?«

Hannah kümmerte sich um ihren Vater, der im Sterben lag. Zuerst starb der Geist, dann der Körper. »Mach dir keine Sorgen, Pa. Diesmal ist es nur ein ganz kleines Malheur.«

Und vor lauter Scham weinte der alte Mann, als sie ihn mit ein wenig Wasser wusch, in das sie etwas Rosmarin gegeben hatte.

»Ich will nur noch sterben ...«

»Sag das nie wieder, Pa. Hörst du mich?«

Doch er weinte wieder, weinte um Ma, die zu Gott heimgegangen war, als Hannah noch ganz klein war. Jetzt war sie an der Reihe, sich um ihn zu kümmern, so wie er sich ganz allein so lange um sie gekümmert hatte. Es gab nur noch sie beide.

»Ist gut jetzt, Pa. Ich hab dich lieb. Ich hab dich doch lieb.«

Rebecca drehte sich um und schaute in die ruhigen, freundlichen Augen des Arztes. Sie hatte nie einen Vater gehabt, jedenfalls keinen, der sie geliebt hätte. Väterlicher als dieser Mann würde nie einer zu ihr sein. »Kommen Sie doch etwas näher.«

Rebecca kam näher. Sie hatte nicht gezögert, und das war ein gutes Zeichen. Mike streckte die Arme aus und hielt sie fest, und einen Moment lang spürte er die Anspannung in ihrem Körper. Sie ließ nicht nach. Es würde noch lange dauern, ehe sie nachließ. »Sie sind heute durch die Hölle gegangen, habe ich Recht?« Sie nickte. »Hat Ihnen mächtig Angst eingejagt, was?« Wieder nickte sie. Seine Hände waren warm und stark und Vertrauen einflößend. So hält er seine Töchter, dachte sie. So sieht er mich: als Tochter. Der Gedanke war sehr tröstlich.

»Es gibt kein Gesetz, das besagt, Sie müssen so tun, als wären Sie jemand, der Sie gar nicht sind.« Sie entspannte sich. »Also reden Sie mit mir. Ja?« Sacht schob Mike sie ein Stückchen weg, und sie sah ihm in die Augen.

»Ich hatte keine Angst«, sagte sie leise, ihre Stimme zitterte ein wenig.

Der Captain glaubte ihr nicht.

»Nein, wirklich nicht. Ich wusste ja, was er wollte. Ich wusste, was er geplant hatte, ich wusste, was er schließlich tun wollte. Das hätte er auch machen können, Mike. Das hätte er machen können, aber er hat gezögert. Ich hatte den Eindruck, als wüsste er, dass er mich nicht verletzen sollte. Und dann habe ich den Hubschrauber gehört. Da ist dann alles schief gegangen. Es war nicht richtig so. Der Hubschrauber, die Fenster, der Lärm. Ich stand da wie gelähmt. Ich konnte mich nicht rühren. Innerlich schrie ich, aber es kam nichts heraus. Ich schrie: ›Weshalb habt ihr ihn getötet?‹, denn wenn der Hubschrauber nicht gekommen wäre, hätte er mich gehen lassen. Ich weiß, er hätte mich gehen lassen.«

»Nein, meine Kleine. Da irren Sie sich. Das hätte er nicht gemacht.«

»Aber sicher können Sie da nicht sein. Sie können doch nicht wissen, was in seinem Kopf vorging.«

»Na ja, schön, aber Sie können das, ja? Soll ich Ihnen mal sagen, was die Jungs in seinem Wagen gefunden haben?« Mit ruhiger Stimme erzählte er ihr von den Rollen dicker Plastikbahn. Von der Axt. Von der Säge. Von den gut verpackten Flaschen mit Säure ... »›Sweeper‹ nennen wir die Leute, die nach einem

Attentat alles wieder aufräumen, als wäre nichts gewesen. Kennen Sie den Ausdruck, Kleines?«

Rebecca nickte.

»Dann muss ich ja weiter nichts sagen.«

Rebecca lehnte den Kopf an Mikes Brust. Sein Herz schlug laut.

»Tut mir Leid, Kleines. Tut mir Leid, dass Ihnen das passiert ist.«

Rebecca zog sich von dem angebotenen Trost zurück, schlang die Arme fest um sich und ging langsam wieder zum Fenster. »Ich weiß einfach nicht, was ich glauben soll, Mike. Ich weiß es einfach nicht mehr.«

»Vorläufig sollten Sie sich damit gar nicht mehr beschäftigen. Gehen Sie ins Bett und nehmen Sie, was ich Ihnen hingelegt habe. Kelly wird zurück sein, sobald er kann. Er musste seine Frau nach Hause nach Georgia bringen.«

Die ganze Zeit hatte sie gewusst, dass er am Freitag nicht zurück sein würde. »Ihr Liebhaber ist tot jetzt. Sie wird auch bald sterben.«

»Wie bitte?«

Rebecca schluckte das Beruhigungsmittel und schlug die Bettdecke zurück.

»Kellys Frau und Gene Samperi. Da lief schon seit Jahren was zwischen den beiden, hinter Kellys Rücken. Das Baby, das tot zur Welt kam, das war nicht seins, obwohl er das denkt.«

»Woher wissen Sie das?«

»Gene hat mir die Hand geschüttelt, und sie auch. Aber Kelly habe ich das nicht erzählt. Ich konnte das nicht. Vielleicht hätte ich es erzählen sollen. Vielleicht wäre das alles ja gar nicht passiert, wenn ich es erzählt hätte. Das alles wäre nicht passiert, wenn ich nur ...«

»Was, Kleines?«

»Normal wäre«, sagte sie, und dicke Tränen standen ihr in den Augen.

»Möchten Sie, dass sich ein alter Mann ein Weilchen zu Ihnen setzt?«

Rebecca legte sich in das schmale, harte Bett und drehte sich auf die Seite. Mike setzte sich aufs Bett und überlegte einen Moment. Und wie er so dasaß, sah sie Hannahs Vater, als er noch jünger war, ehe er krank wurde. Er hatte immer an dem schmalen Strohbett seiner Tochter gesessen, und er hatte ihr vorgesungen, und wenn die Wiegenlieder nicht halfen, dann erzählte er ihr Geschichten. Herrliche Geschichten von rühmlichen Heldentaten und glorreicher Liebe. Aber meist erzählte er ihr Geschichten über die Frau, die er liebte. Ihre Mutter.

Und dann war das Bild verschwunden. Jetzt saß da ein Captain von der Navy, ein großer Mann mit grau meliertem Bart und einem Alkoholproblem, der seine Familie vermisste und eingehend seine Fingernägel betrachtete.

»So etwas wie ›normal‹ gibt es auf der ganzen Welt nicht, und wenn es das gäbe, würden Sie es nicht wollen. Gott hat Ihnen eine Gabe verliehen, und wenn man eine Gabe von Gott hat und sie nicht nutzt, ist es so, als würde man dem Herrn ins Gesicht spucken. Sie sind eben anders, das ist alles. Anders. Aber wenn James Faraday, der junge Spund, mir erzählt, er sieht einen Engel in Ihnen, wer um Himmels willen bin dann ich, dass ich ihm nicht glaube? Es ist wahr, Kleines. Es ist alles wahr. Es vergeht kein Tag, an dem ich selber nicht darüber nachdenke, was wirklich wichtig ist. Und wenn ich Leute berühren könnte so wie Sie, ohne es im Grunde zu wissen, würde ich als glücklicher Mensch sterben. Sie haben hier etwas bewirkt, Rebecca. Sie haben uns alle verändert. Wir wissen nicht, wie, und wir wissen nicht, wieso, aber wenn Ihnen heute da draußen etwas zugestoßen wäre, dann wäre unter den Leuten hier keiner, der sich nicht selber die Schuld daran gäbe. Ich habe es doch gesehen, Mädchen. Einhundertachtzig Männer haben sich freiwillig gemeldet, wollten mit dem Hubschrauber los und Sie suchen. Auf Befehle mussten die erst gar nicht warten. Nur Ihretwegen, das passiert alles nur Ihretwegen.«

Er sah auf sie hinunter. Sie schlief. Aber er blieb noch gute fünf Minuten sitzen, und in der Zeit wünschte er sich, und wie er es sich wünschte, dass er zwanzig Jahre jünger wäre. Und zum ersten Mal in seinem Leben beneidete Mike McLaren einen anderen Menschen. Er beneidete Kelly Nolan, denn er wusste, was die Zukunft für die beiden bereithielt. Und es ist höchste Zeit, dachte Mike. Höchste Zeit, dass sie beide endlich einmal ein bisschen Freude haben. Freude aneinander. Solange es auch dauern mochte.

Er zog ihr die Bettdecke bis zum Kinn hinauf, strich ihr übers Haar und ging hinaus. Es war spät, aber er rief noch seine Frau an. Dafür gab es natürlich gar keinen Grund, und Mary verstand es auch nicht, aber als er sagte, dass er sie liebe, dass er sie immer geliebt habe und dass er bald nach Hause kommen werde, freute sie sich sehr. Dass er sie liebte, hatte er ihr nicht mehr gesagt, seit er ihr damals den Hof gemacht hatte. Denn so etwas konnte sich seine Mary einfach nicht sagen lassen, ohne zu fragen, was er denn jetzt schon wieder wolle. Also hatte er es seitdem nie mehr ausgesprochen.

Er wusste nicht, wie viel Zeit er noch auf dieser Erde hatte, aber er wusste, dass er diese Zeit umgeben von den Seinen verbringen wollte – seiner Frau, seinen Mädchen, seinem kleinen Enkel. Einem Enkel, der sechs Wochen alt war und den Mike bis jetzt noch nicht gesehen hatte. Er hatte jede Woche neue Fotos geschickt bekommen, aber er hatte ihn noch nicht auf dem Arm gehalten. Bis jetzt war es ihm noch nicht vergönnt gewesen, sich im Licht dieses neuen Lebens zu sonnen, das neuerdings das Herz seiner Familie erhellte.

Zeit, dass ich meinen Abschied nehme, dachte er.

Kelly saß im Dunkeln, den rotgoldenen irischen Ring mit den Smaragden drehte er zwischen den Fingern. Er hatte zugesehen, wie Marianne vier Schlaftabletten mit einem bis zum Rand gefüllten Glas Whisky hinuntergespült hatte. Sollte sie damit gerechnet haben, dass er sie davon abhalten würde, dass er ihr sagen würde, das sei zu viel, dann hatte sie sich getäuscht.

Sie hatte schließlich zugegeben, dass sie nach England gekommen war, um mit ihm über die Scheidung zu sprechen und über den besten Zeitpunkt dafür, und darüber, wie man es vermeiden könne, dass das Ganze sich schädlich auf die Kandidatur ihres Vaters für das Präsidentenamt auswirken würde. Aber dann hatte sie von der Frau mit den übersinnlichen Fähigkeiten erfahren. Es hatte Gerede gegeben. Der Gedanke, dass eine andere in sein Leben getreten war, hatte sie wütend gemacht. Aber das zählte jetzt nicht. Jetzt zählte nur noch, dass Kellys Freunde den Mann ermordet hatten, den sie liebte. Sie hatte vorgehabt, gleich wieder zu heiraten. Sie hatte vorgehabt, Gene zu heiraten. Und sie hatten vorgehabt, in Washington zu leben, denn wenn Robert Glover erst einmal aus dem Weg wäre ... Aber jetzt war Gene tot, und das Leben war nicht mehr lebenswert, wenn es das überhaupt je gewesen war.

Wie lange war das hinter seinem Rücken denn schon gegangen? Neun Jahre. Neun Jahre, und seit zehn Jahren waren sie verheiratet.

Ja, natürlich wusste ihr Vater davon. Alle Welt wusste davon.

Alle Welt, nur Kelly nicht. Aber schließlich hatte er es ja auch nicht wissen wollen, oder?

Er betrachtete sie, wie sie so dalag und schlief. Wie hatte er nur glauben können, dass er sie liebte? Inzwischen genügte allein schon die Erwähnung ihres Namens, dass sich ihm die Eingeweide zu einem strammen, würgenden Knoten verdrehten.

Sie würde tief schlafen, das wusste er. Tief im Innern wünschte er, sie würde nie wieder aufwachen.

Sie hatten eine Reservierung für den Sechs-Uhr-Flug von Shannon nach Heathrow. Abflug in die Staaten dann um neun Uhr fünfzehn. Da drüben würde sie am Flughafen eine Limousine erwarten. Daddy schickte einen Wagen, aber nein, Daddy war in Washington. Sobald es ihm möglich war, würde er zu seinem kleinen Mädchen nach Hause kommen.

Kelly fuhr nach Hause. Aber das bedeutete ihm nichts. Zu Hause, das war jetzt für ihn Rebecca.

›Sie spricht nicht, Sir‹, hatte Joel gesagt. ›Sie will mit niemandem sprechen.‹

Was hatte Samperi gesagt? Was für einen Schaden hatte er angerichtet? Welche Taktik wandte er an, wenn er mit einer Frau zu tun hatte? Die geistige? Die körperliche? Hatte er alles eingesetzt, was ihm bekannt war?

Kelly konnte sich nur auf seine Vorstellungskraft verlassen, aber reine Vorstellung war es im Grunde nicht, denn wer hatte Gene schließlich ausgebildet? Ich hätte dort sein sollen, dachte Kelly. Ich hätte das längst schon voraussehen müssen. Ich hätte sie selber vorbereiten sollen.

Ich hätte ...

Marianne schrie im Schlaf. Er drehte sich zu ihr um. Kelly empfand nichts. Kein Mitleid. Keine Liebe. Keinen Hass. In ihm war jetzt absolut überhaupt nichts, nur eine große Leere.

So leise es ging, brachte Will sie herein, und Robbie wandte sich ab, da er ihren Anblick nicht ertrug. Aber noch länger durfte er sich nicht mehr abwenden. Jetzt nicht mehr. Er nahm Hannah aus Wills Armen. »Du lässt uns jetzt allein, ja, Will?«

Und obwohl niemand es Will gesagt hatte, schien er zu wissen, dass er keinen von beiden je wiedersehen würde. Aber so war es besser, nicht so, wie James Daly es für den morgigen Tag bestimmt hatte.

»Sie will den Jungen sehen«, sagte Will.

»Geh jetzt, Will. Geh jetzt.«

Ein letztes Mal begegneten sich ihre Blicke. »Wir sind eine lange Zeit befreundet gewesen, Robbie.«

»Ja. Und daran wird sich auch nichts ändern.«

Will musste sich tief bücken, um aus der winzigen Zelle herauszukommen. Er schloss die Tür.

Robbie verriegelte die Tür von innen. Sie sollten nie gefunden werden. Mit seiner Last auf den Armen setzte er sich in eine dunkle Ecke und hielt sie an sich gepresst. Sie wimmerte, wie sie so auf seinem Schoß lag. Nur unter Schmerzen konnte sie atmen. Gott allein wusste, was sie ihr dieses Mal angetan hatten. In ihren Augen war kein Leben mehr. Überhaupt kein Leben mehr.

»Hannah?«

Sie schaute zu ihm auf. Mit den Fingern umschloss er ihre Hand, und der Schmerz schoss ihr durch den ganzen Körper. Er sah nichts. Er hatte nicht gewusst, dass man ihr sämtliche Finger gebrochen hatte. Einen nach dem anderen. Tränen standen ihm in den Augen. Der große Mann weinte. Und dann wischte er die Tränen mit seinem Ärmel weg. »Der Junge gedeiht prächtig«, sagte er. »Er sieht aus wie ich, ja, aber ich sehe nur dich in seinen Augen.« Er berührte ihr Gesicht, die kräftigen Finger waren zum ersten Mal ganz sanft.

Den ganzen Tag und die ganze Nacht schrie er bloß. Es war, als ob er alles wüsste. Er ertrug seinen Anblick nicht. Er ertrug nicht, was er angerichtet hatte. Das war ein Schmerz, den er nicht länger erdulden wollte.

»Er lächelt schon richtig. Ja, wirklich. Ein fröhlicher kleiner Bursche«, log er. »Dein Lächeln hat er.«

»Er ist glücklich …« Auch sie versuchte zu lächeln. Die Augen hatte sie geschlossen, der Kopf rollte ihr in seinem Arm hin und her. Die Steinplatten fühlten sich kalt und feucht an ihren nackten Beinen an. Robbie zog die stinkende Decke fester um sie.

»Ich liebe dich, Hannah. Das musst du mir glauben. Dich liebe ich für immer und ewig, und nur dich.«

Schweigen.

»James Daly sagt, es sind ihm die Hände gebunden. Er kann das Ganze jetzt nicht mehr aufhalten. So weit hätte es nie kommen dürfen, Hannah. Das alles hätte nie passieren dürfen. Ich würde es wieder gutmachen, wenn ich nur könnte, aber die Zeit mit dir möchte ich niemals missen, immer wieder würde ich mit dir zusammen sein wollen. Das musst du mir glauben, Hannah. Ja? Bitte? Wenn ich noch einmal die Gelegenheit hätte, würde

ich es richtig machen. Mach doch bitte die Augen auf und sieh mich einmal an, ja?«

Die Ruhe war unerträglich. Es war totenstill, nur das Atmen zweier Menschen war zu hören. Zermalmt und zerbrechlich lag sie in seinen Armen. Jeder Atemzug war höchste Pein für sie. »Hörst du mich?«

»Ja. Ja. Ich höre dich, Robbie.«

»Wirst du mir helfen, es richtig zu machen?«

»Ja. Lass mich gehen, Robbie. Lass mich einfach nur gehen.« Neben ihm stand jetzt ihr Pa. Er lächelte. »Pa? Pa? Bist du das?«

»Dein Pa, der ist vor Wochen schon gestorben. Ich habe es dir nicht erzählt. Ich konnte einfach nicht.«

»Pa?«, sagte sie fragend.

»Dein Pa, er ist tot, Hannah.«

»Nein, da steht er doch. Da steht er doch neben dir.«

Robbie folgte ihrem Blick, aber er konnte niemanden entdecken. Er schaute auf ihr Gesicht hinunter. Zum ersten Mal seit sechs langen, qualvollen Monaten leuchteten ihre Augen wieder.

»Wirst du mir vergeben, was ich jetzt tue?«, flüsterte er, warf die schmutzige Decke zur Seite und griff in seinen Stiefelschaft. Er nahm sein Messer und überlegte, wie es am besten zu machen sei, damit sie es nicht spürte. Er war sich nicht sicher, ob es überhaupt eine Art gab, bei der sie es nicht spürte. »Ich liebe dich. Denke immer daran«, flüsterte er.

»Ja«, sagte sie und hustete. Die Schmerzen. Die Schmerzen. »Lass es bald vorbei sein, Robbie. Lass es bald vorbei sein, ja?«

»Du gehörst mir, auf ewig.« Er hob den linken Arm, sodass sie ihm näher war, und dann küsste er sie. »Ich liebe dich«, sagte er sanft und stieß mit dem Messer zu, so fest er konnte, so tief er konnte, und dann drehte er das Messer um. Ihre Augen weiteten sich. Blut tröpfelte ihr aus dem Mund. Seltsame Laute entrangen sich ihrer Kehle. »Stirb doch«, sagte er. »Wieso stirbst du denn nicht?« Sie starb nicht. Robbie Innes stieß noch einmal zu, fester, zweimal, dreimal, und dann war es vorbei.

Er presste den leblosen Körper an sich, aber er verspürte keine Erlösung von seiner Pein, und diese Erlösung würde sich auch nie einstellen. Der einzige Mensch, den er je geliebt hatte, hing schlaff wie ein Lumpen auf seinem Schoß, und lange, lange saß er da und stieß mit dem Kopf gegen die Steinwand. »Mein Gott, mein Gott, wirst du mir vergeben?« Blind tasteten seine Finger nach ihrem Gesicht, ihrer Kehle, und schließlich verharrten sie bei dem Messer, das bis ans Heft in ihrer Brust steckte. Er zog es heraus und stieß es tief noch einmal hinein – in seine eigene Brust.

In der Dunkelheit des Hotelzimmers geschah es ganz mechanisch, bis zum Ende. Die einzige, ihm bekannte Möglichkeit, den Film aufzuhalten, der wieder und immer wieder in seinem Kopf ablief, bestand darin, die Bilder zu zeichnen. Und als er fertig war, wog die Leere in Kellys Herzen schwerer als je zuvor.

Auf einem Stück Papier mit dem aufgedruckten Briefkopf des Hotels und gezeichnet mit einem Hotel-Kugelschreiber – ein Mord und ein Selbstmord. Er schaute ins Dunkel. Das konnte nicht sein. Er nahm das Blatt mit ins Bad, schloss die Tür und machte das Licht an.

Nicht Robbie Innes hielt Hannah Dougalls blutenden Körper.

Er hatte Rebecca gezeichnet, die seinen Körper hielt.

9. Kapitel

Nichts durchbrach das umfassende Schweigen, als Rebecca am nächsten Morgen die Messe betrat. Sie wollte gar nicht darauf achten, aber es war unmöglich. Fünfzig Augenpaare taten so, als starrten sie nicht auf sie.

»Es ist ... anders«, sagte Frank.

Sie sah ihn an und versuchte zu lächeln, aber es wollte nicht so recht gelingen.

Rebecca nahm sich ein Tablett, eine kleine Schüssel, eine Packung Cornflakes und Kaffee.

Noch nicht einmal leises Gemurmel war zu hören.

An diesem Morgen musste Billy nicht erst Platz für sie schaffen. Rebecca setzte sich am anderen Ende des Raums ans Fenster, mit dem Rücken zu den Männern, allein, bis einer aufstand und sich seinen Weg zwischen den Tischen hindurch bahnte. Er setzte sich ihr gegenüber. BRANNAGH war auf seine Hemdtasche gestickt. »Ich mache es Ihnen, wenn Sie wollen«. Noch ein Engländer.

»Was wollen Sie machen?«

»Ihr Haar. Ich weiß, wie.« Er streckte die Hand aus und wollte berühren, was er in eine anständige Frisur zu verwandeln hoffte, zog aber schnell die Hand zurück, als sie zusammenzuckte.

Billy widmete sich wieder seinem Frühstück. Wenigstens musste er jetzt nicht mehr darüber grübeln, was er ihr heute sagen sollte. Von dieser Pflicht hatte Rebecca sie alle befreit. Wut kam in ihm auf. Wut, die er unterdrückte. Der Mistkerl musste sie vergewaltigt haben, sonst würde sie doch nicht so reagieren. Hätte er das gewusst, dann hätte er ihm keinen so gezielten Todesschuss verpasst. Einen Todesschuss hätte er sicher abgegeben, aber einen, der ihm einen langsamen Tod bereitet hätte. Langsam und qualvoll.

»Tut mir Leid ... Brannagh?«

»Steve reicht voll und ganz.«

»Steve. Ich bin ein bisschen empfindlich heute. Nehmen Sie es nicht persönlich.« Rebecca nahm einen Schluck von ihrem Kaffee und wandte sich den Cornflakes zu.

»Um die Mittagszeit dann also, ja?«

»Ist es denn wirklich so schlimm?«

Er nickte. Was hatte sie bloß gemacht? Hatte sie eine Faust voll von ihrem Haar gepackt und sich mit der Papierschere daran zu schaffen gemacht? »Da.« Er setzte ihr seine Mütze auf. »Die kriege ich dann später zurück.« Er ging an seinen Tisch zurück.

Die Cornflakes schmeckten nach Pappe, also aß Rebecca sie nicht auf. Sie erhob sich, ließ ihr Tablett auf dem Tisch – was sie sonst nie machte –, und dann ging sie mit der Tasse in der Hand hinaus.

Dröhnendes Gemurmel hüllte die Messe ein, kaum dass sie den Raum verlassen hatte.

Auf dem ersten Treppenabsatz bog Rebecca um die Ecke. Der Mann, der hinunterwollte, sah sie nicht kommen. Eine halbe Tasse heißer Kaffee schwappte über eine dschungelgrüne Uniform. »Sch ... Sch ... Schwupps; guter Treffer.«

Pete. Scheiße. »'tschuldigung, Boss.«

»Ich habe Sie gar nicht gesehen.«

»Ich habe auch nicht aufgepasst, wo ich hinging.«

»Ich muss mit Ihnen sprechen, Rebecca. Unter vier Augen.«

»Heute ist ein neuer Tag, Pete. Gestern ist längst vorbei, und was immer gestern passiert ist, kann bleiben, wo es ist, herzlichen Dank.«

»Sie müssen mit jemandem reden.«

»Gestern Abend habe ich mit Mike geredet.«

»Sie müssen mit mir reden, nicht mit Mike. Auch nicht mit Kelly, mit mir. Um Punkt zehn Uhr, in meinem Dienstzimmer.«

»Jawohl, Captain.«

Er seufzte. »Was zum Teufel haben Sie mit sich angestellt, Mädchen?«

»Mit kurzem Haar ist es schwieriger, Junge.«

Den Sarkasmus versuchte er, nicht zu beachten. Ließ er ihn aber wirklich außer Acht, wäre er gezwungen gewesen, ihre gesamte Existenz außer Acht zu lassen. »Was ist schwieriger?«

»Denken Sie doch mal nach, Einstein«, sagte sie, ging um den Colonel herum und machte sich auf den Weg in ihr Zimmer.

Rebecca war froh, endlich die Tür hinter sich zumachen zu können. Sie schaute aus dem Fenster. Heute regnete es in Strömen. Sie berührte die Lilie auf dem Fensterbrett. Sie hatte die Pflanze in der Messe gesehen und dann Frank gefragt, ob sie deren kleines Leben retten dürfe. Ihm war das egal. Er hatte sowieso nicht gewusst, wie die Pflanze dahingekommen war.

Die einzelne weiße Blüte war inzwischen von Grün überschattet. Die Staubgefäße würden bald vertrocknen, und die Schönheit der Blume – ihr eigentliches Leben – würde vergehen. Aber eine neue Blütenknospe zeigte sich schon, sie wartete darauf, ihren Platz in dieser Welt einzunehmen.

So war das immer. So war das Leben. Leben und Tod. Wieder und immer wieder. Leben und Tod, bis es schließlich nur noch Leben gab. Wie sie sich nach dieser Zeit sehnte!

Rebecca nahm den Schreibblock in die Hand. Kelly hatte diese Seite gesehen. Er hatte den Block nicht von vorne durchgeblättert, denn falls ja, hätte er das dann nicht erwähnt? Sie hatte wieder Gedichte geschrieben. Seit ihrer Teenager-Zeit hatte sie keine Gedichte mehr geschrieben. Zur anspruchsvollen Lyrik dieser Welt würden ihre Gedichte allerdings nicht gehören. Und außerdem hatte sie nicht mehr die Energie, nach Reimen zu suchen. Sie blätterte zurück zur ersten Seite und las, was sie geschrieben hatte.

Deine schnellen Küsse sind grausam
Und deine seltsam flüchtige Süße brennt kalt
Die düstere Sichel der Zeit tröpfelt zerstückelt und blutig
Raben mit weißem Gefieder sind rar
In ihrer Jubelfeier der Trauer brechen
stürmische Winde meinen schwindenden Glauben
In den Schwingen deines Kusses
Aber dich aufzugeben
wäre ich nie bereit
Schieb mich nicht beiseite
Verschmähe mich nicht
Erspare mir wenigstens dies
So zum Scheitern verurteilt und hoffnungslos
diese Verbindung auch sei
Sie ist doch nicht bitterer als der Schrecken
der Möglichkeit, dass du sagst: ...
Und als es ausgesprochen, war ich frei

Und ihr wollte immer noch kein Wort einfallen, das in die Lücke gepasst hätte. Aber was machte das schon? Rebecca riss die Seite heraus und warf sie in den Papierkorb aus Metall. Sie landete auf ihrem abgeschnittenen Haar. Und da war noch ein Gedicht, geschrieben nach der Nacht im King's-Arms-Pub.

Er wütet in solcher Schönheit
Er durchbohrt mein Herz
Er ertränkt mich mit Feuer
Schürft mir die Haut auf
Küsst meine Sünde ...

Auch die Seite riss sie heraus. Jetzt war nur noch das auf dem Block, was Kelly gesehen hatte. Das Einzige, das er gesehen hatte. Gott sei Dank. Rebecca setzte sich, Tränen brannten ihr in den Augen. Sie schaute auf ihr Spiegelbild, aber nicht lange. Sie schaute hinunter in den Papierkorb voller Gedichte und voller Haar. Sie hatte es sich morgens um vier abgeschnitten, und sie hatte geweint dabei.

Und jetzt würde einer der Jungs es ihr in Ordnung bringen. Steve. Bis heute hatte sie nie ein Wort mit ihm gewechselt.

Wieder schaute sie hoch. Ihre Augen waren strahlend, und sie wusste nicht, wieso. Sie gab sich Mühe, nicht an gestern zu denken, denn Gestern würde wieder geschehen, sobald die Uhr zehn schlug.

Sie betrachtete ihr Spiegelbild. Der Spiegel hing auf Augenhöhe. Spiegel logen nie. Gene hat Recht gehabt, was Kelly betraf, dachte sie. Er könnte mich nie wollen. Das könnte er einfach nicht. Ich bin nur ein Job. Ein Auftrag. Eine Mission. Wie immer sie das auch nannten.

Hat er Sie schon gebumst? Wenn Sie glauben, es war reine, zärtliche Liebe, dann irren Sie sich gewaltig.

Aber es war kein Irrtum. Es könnte nie ein Irrtum sein. Rebecca schloss die brennenden Augen und kämpfte das Gefühl nieder. Es kam ihr so vor, als sei er wieder hier. Im Zimmer. Seine Finger auf ihrem Gesicht, er dreht ihren Kopf. Eingehend musterte er sie, als ob er jede Linie und jede Windung in seinem Gedächtnis speichern wollte. Seine Berührung. Sein Körper. Die Art, wie er sie so fest hielt, dass er sogar im Schlaf Angst zu haben schien, sie zu verlieren. Wie sie so getan hatte, als ob sie schlief, wo sie in Wirklichkeit auf das Geräusch seines Atmens gehorcht hatte ... und vor allem gedacht hatte: Er ist hier. Mit mir. Da habe ich mir doch tatsächlich endlich einen echten, lebendigen Kerl an Land gezogen.

Sie kehrte in die Gegenwart zurück. Das führte doch zu nichts. Zu rein gar nichts. Blöde Gedichte, was interessierte ihn das schon? Um Himmels willen, schließlich war er Soldat. Er ist nur ein Mann. Ich bin eine Frau. Wir haben es gemacht. Na und? Jede Minute machen es irgendwo auf der Welt Millionen von Menschen. Was sollte an uns schon Besonderes sein? Nichts. Sie griff sich den Kugelschreiber und nahm den Schreibblock mit ans Bett. Sie klopfte die Kissen auf und versuchte, es sich gemütlich zu machen, aber sie vermisste ihr eigenes antikes Messingbett und die Aussicht auf den Fluss von ihrem Balkon aus.

Sie sah sich an, was noch auf dem Block stand. Diese Seite hatte er bestimmt gelesen. Wie inzwischen halb Amerika.

Die Eisenhower. Rebecca schlüpfte ins Bett und überlegte erst jetzt, wie es kam, dass sie sich so gut an alles erinnern konnte, dass sie vor ihrem geistigen Auge sein Gesicht hatte sehen können. Er war natürlich jünger gewesen damals, aber allzu sehr hatte er sich im Lauf der Jahre nicht verändert.

Was mag er an dem Tag in mir gesehen haben?, überlegte sie. Wenn er mich denn überhaupt gesehen hat!

Die Antwort stellte sich ein. Kelly hatte weiter nichts gesehen als ein staunendes Mädchen im Teenager-Alter mit großen blauen Augen und blondem Haar bis tief auf den Rücken hinunter. Und er war ein junger Mann, der viel zu lange schon auf See war.

Die meisten Matrosen hatten sie angelächelt und sie Miss genannt. Dieser Hawaiianer war so ein netter Mensch gewesen. Stunden hätte sie mit ihm reden können, wenn das möglich gewesen wäre.

Der Indianer war ihr nachgegangen. Wohin sie auch ging, er war immer da, im Hintergrund. Und beobachtete. Breitbeinig und mit verschränkten Armen. Er beobachtete. Sah genau hin. Starrte.

Geh und mach irgendwas, hatte Jenny Miller gesagt, kaum dass sie den blonden Piloten entdeckt hatte. Sie war so extrovertiert. Sie flirtete herum. Machte neckische Spielchen. Benahm sich wieder wie eine Hure. Traurig schaute sich Rebecca das an. Dass diese Frau ihre Mutter war, gab sie nur ungern zu.

Sie stand da und schämte sich und beobachtete ihre Mutter, während der Indianer sie beobachtete. Jenny flirtete mit dem Piloten, bevor sie ihn fragte, ob er sich mit ihr fotografieren lassen wollte. Und er flirtete hinterher mit ihr.

Wenn sie das kann, kann ich das auch, hatte Rebecca gedacht. Sie warf dem Indianer einen Blick zu, und beinahe, aber nur beinahe, hätte sie den Mut gehabt, dahin zu gehen, wo er mit einem großen Schwarzen stand, und beinahe, nur beinahe hätte sie den Mut gehabt zu fragen: »Würden Sie sich bitte mit mir fotografieren lassen?« Und sie wusste, dass der Indianer ihre Gedanken las, denn er sagte etwas zu dem Schwarzen und machte einen Schritt nach vorn, aber in dem Augenblick, als er sich bewegte, schwand ihr Mut. Sie griff sich den nächsten Marinesoldaten – er sah aus wie höchstens siebzehn, und er war nur allzu glücklich darüber, sich mit ihr fotografieren zu lassen. Nach der Aufnahme sah sich Rebecca nach dem Indianer um. Er war verschwunden.

Die nächsten vierzig Minuten hatte sie gehofft, sie würde ihn irgendwo auf dem Schiff sehen, aber dazu war es nicht gekommen.

Bis jetzt.

Der Halbindianer in Uniform mit dem Cherokee-Blut war Kelly gewesen. Das wusste sie inzwischen. Vor so vielen Jahren hatte sich ihr die Gelegenheit geboten, ihn kennen zu lernen, und sie hatte sie nicht genutzt.

Rebecca starrte zur Decke und sah nichts. Wenn sie sich damals kennen gelernt hätten, was wäre dann jetzt? Hätte er beim Fotografieren neben ihr gestanden, hätte er dann wohl etwas gesagt? Vielleicht hätten sie sich geschrieben? Über die Jahre irgendwie Kontakt gehalten? Eventuell hätte er Marianne dann gar nicht erst geheiratet ...

Was wäre, wenn?

Sie seufzte. Blödsinn. Kompletter Unsinn, das Ganze. Sie war sicher, dass sie wie achtzehn ausgesehen hatte. So wie sie Kelly kannte, hätte er vier Worte gesagt: »Wie alt sind Sie?«

Und wenn sie geantwortet hätte ›fünfzehn‹, hätte er gesagt: »Alles Gute für dich, Kleine« und wäre dann weitergegangen. So hätte sich das abgespielt, und wenn sie etwas anderes glaubte, dann machte sie sich etwas vor.

Rebecca griff zum Telefon. »Hallo, Joel. Wie spät ist es?«

»Soll ich Ihnen eine Uhr für Ihr Zimmer besorgen, Rebecca?«

»Nein. Meine einzige Freude im Leben ist es, Sie ein Dutzend Mal am Tag zu ärgern.«

»Es ist halb zehn.«

»Danke, Joel.«

»Rebecca?«

»Was?«

Schweigen. Ein langes Schweigen. »Nicht so wichtig.«

Rebecca legte den Hörer auf, putzte sich die Zähne, gab sich Mühe, nicht in den Spiegel zu schauen, setzte sich Steves Nighthawks-Mütze auf und war entschlossen, einen langen, langsamen Spaziergang zu den Büros der Verwaltung zu machen, als das Telefon klingelte. Es war das erste Mal, dass sie es klingeln hörte. Sie ging hin und nahm den Hörer ab. »Rebecca.«

»Wie geht es dir?«

Ihr Herz fing so heftig an zu schlagen, dass sie im ersten Augenblick kaum Luft bekam. Tränen brannten ihr in den Augen. »Kelly?«, versuchte sie zu fragen, aber sie bekam kein einziges Wort heraus, und die Hände fingen ihr wieder an zu zittern.

»Rebecca? Bist du noch da?«

»Ja, ich bin noch da«, keuchte sie.

»Was ist da los?«

»Nichts. Gar nichts. Alles in Ordnung.«

»So hört sich das aber nicht gerade an.« Es war seine Außer-Dienst-Stimme. Seine zivile Stimme.

»Du hast mich überrascht. Das ist alles. Ich war gerade auf dem Weg zum Boss. C'est la vie.« Allmählich gewann sie ihre Fassung zurück. Sie dachte, es wäre wieder alles in Ordnung, bis sie seine Stimme hörte. Du lieber Himmel, was tut er mir bloß an? »Wo bist du?«

»In Georgia.«

»Geht es ihr gut?«

»Marianne? Keine Ahnung.«

»Aber sie ist bei dir?«

Er lachte, aber es lag keine Vergnügtheit in seiner Stimme. »Wenn man es so nennen will.«

»Kelly ...«

Er wartete.

»Ich ... ich ...«

»Ich weiß. Ich weiß. Ich bin Sonntagabend wieder zurück, in Ordnung?«

»Sonntag? Was für ein Tag ist heute?«

»Donnerstag.«

»Oh. Also Sonntag dann.« Sie versuchte, sich ihre Enttäuschung nicht anmerken zu lassen, aber das wollte ihr nicht gelingen. Das einzige Geräusch war jetzt das Schweigen am anderen Ende der Leitung, im Hintergrund nur ein Knall und ein Krachen und ein spanischer Fluch, der von einem weiblichen Wesen kam.

»Ich wäre so gern bei dir, das weißt du doch.«

»Ja, das weiß ich.«

Wieder Schweigen.

»Du wusstest es, oder? Du wusstest das mit meiner Frau und Samperi.«

Sie brachte keinen Ton heraus.

»Wieso hast du mir das nicht erzählt?«

»Das konnte ich nicht.«

Wieder Schweigen. Zu hören nur atmosphärische Störungen.

»Sonntag. In Ordnung?«

»Ja. Sonntag.«

»Ich schätze, so um dreiundzwanzig nullnull.«

»Dreiundzwanzig nullnull was?«

Sie hörte das Lächeln in seiner Stimme, als er sagte: »Dreiundzwanzig Uhr.«

»Aha. Das ist dann ... elf Uhr abends?«

»So könnte man das sagen, ja.«

Jetzt völlige Stille. Sie dachte schon, er hätte aufgelegt. Am Telefon hatte sie bisher noch nicht mit ihm gesprochen.

»Also bis dann.«

»Okay. Schön, deine Stimme zu hören, Kelly.«

»Ja. Ebenso.«

»Rebecca ...«

»Kelly ...«

Das kam gleichzeitig, dann nichts mehr.

»Du zuerst.«

»Ich wollte einfach nur deine Stimme hören. Verstehst du das?«

Rebecca schloss die Augen und wollte sich bei ihm bedanken, dass er ihr das Leben gerettet hatte, aber die Worte blieben ihr im Hals stecken, und die Augen brannten ihr. Er vermisste sie fast genauso, wie sie ihn vermisste. Aber wie wollte man das gegeneinander aufrechnen? Es war wie Schmerzen. Schmerzen, die so individuell waren, dass nur der Betroffene selbst sie spürte.

»Also, ich mache dann wohl lieber Schluss.«

»Sonntagabend. Ich warte auf dich«, brachte sie schließlich heraus.

Und beide zögerten, keiner wollte zuerst auflegen.

Rebecca stand auf, sie starrte das Telefon an, und dann seufzte sie tief. Eine schwere Last war von ihr abgefallen. Sie hatte seine Stimme gehört, und das genügte fürs Erste.

So ging es auch Kelly.

Und Joel Barrett, der das Gespräch mitgehört hatte, machte seinen Kollegen ein Zeichen, indem er den Daumen hochhielt.

»Herein.«

Rebecca betrat den Raum.

»Sie sind früh dran.«

»Es wäre wohl ziemlich unhöflich, Boss, das Erschießungskommando warten zu lassen.«

Darauf ging Pete gar nicht erst ein. »Setzen Sie sich.«

»Wird man mir die Augen verbinden?«, fragte sie, als sie sich setzte und die Beine ausstreckte.

»Was haben Sie eigentlich für ein Problem, Rebecca?«

»Wie viel Zeit haben Sie, Pete?«

Pete seufzte und rieb sich mit den langen Fingern über das raspelkurze blonde Haar. »Kaffee? Tee?«

»Kaffee. Wie nehmen Sie Ihren?«

»Das müssen Sie aber nicht ...«

»Ich weiß. Aber ich muss auch nicht hier sein, oder?«, sagte Rebecca, als sie aufstand und zur Kaffeemaschine ging. Er schaute ihr hinterher. Sie spürte den Blick, also drehte sie sich um und sah, wie er sie anstarrte. »Schwarz? Mit Milch?«

»Schwarz. Danke.«

Sie nahm die Tasse, die sie für seine hielt: schwarz natürlich, mit goldenem Aufdruck. *Nighthawks* 32. SET. Das stand für Schnelleingreiftruppe, wie sie jetzt wusste. Sie goss ihm den Kaffee ein und stellte ihn auf den Schreibtisch. Er wirkte etwas erschöpft. Nicht, dass sie ihm das übel nahm. Er müsste sich dringend umziehen. »Schon gut, dieses Mal habe ich Sie gesehen.« Sie ging zurück zur Kaffeemaschine und goss sich auch eine Tasse ein. »Mike hat gesagt, sie haben Plastikbahnen im Wagen gefunden. Plastikbahnen und ... anderes Handwerkszeug von so einem ›Sweeper‹. Und ich hatte gedacht, so was gibt es nur in Hollywood-Filmen.«

Darauf sagte Pete nichts.

»Woher wussten Sie, wo ich war?«

»Kelly hat so eine Art neumodisches Aufspürsystem in Ihre Marken installieren lassen. Das dürfte sich als ganz nützlich erweisen, wenn erst mal die Feineinstellung stimmt. Es funktioniert auf der Grundlage des früheren GPS-Systems.«

GPS, das Navigationssystem. Rebecca drehte sich zu Pete

um und musterte ihn eine Weile. »Ich bin in so was nicht so toll, stimmt's?«

»Das erwartet auch keiner von Ihnen.«

Sie ging in dem Büro hin und her – es war zweimal so groß wie Kellys Dienstzimmer. Sie versuchte, sich Kelly in dem Chefsessel des Colonel vorzustellen, aber das wollte nicht so richtig funktionieren. Offenbar fühlte er sich ganz wohl als stellvertretender Befehlshaber. Als Zweiter in der Hierarchie führte er keine Existenz, bei der er sich so sehr von sich entfremdete wie als Oberbefehlshaber. Die Männer mochten und respektierten Kelly, ganz gleich, welchen Rang er einnahm. Was hatte Billy noch gesagt? Der Commander verlangt von uns nichts, was er nicht auch sich selbst abverlangen würde.

Auch bei Pete hingen gerahmte Fotografien an der Wand. Flugzeuge. Kampfjets. Plaketten, Auszeichnungen, Belobigungen. Allerdings war Rebecca keineswegs überrascht, zwischen all dem Militärischen auch Familienfotos zu finden. Seine Frau war eine wirkliche Schönheit mit flammend rotem Haar; sie in grüner Seide und er in Ausgehuniform. Es war ein relativ neues Foto, denn zwischen ihnen stand der gegenwärtige Präsident, der bald Robert Glover seinen Platz räumen würde, wenn erst einmal alle Stimmen ausgezählt wären.

Es wurde gerade Geschichte geschrieben, und sie spielte eine Rolle dabei; eine Rolle, von der der Senator wahrscheinlich gar nichts wusste. Es gab Momente, in denen Rebecca fast vergaß, weshalb sie eigentlich hier war.

Noch ein einzelnes Foto. Ein kleines Mädchen mit dunklem Haar und blauen Augen. Ein Vorderzahn fehlte. Das Fahrrad der Kleinen hatte noch diese winzigen Hilfsräder. Die Kamera hatte Lichtreflexe um den Kopf des Kindes eingefangen. Manche würden sagen, es war der Einfallswinkel der Sonne oder eine Täuschung des Lichts, aber Rebecca kam es so vor, als sähe sie sich selbst an; das auf dem Foto hätte sie im Alter von sechs

Jahren sein können. Diese Kleine ist etwas Besonderes, dachte sie. Auch sie hat das Wissen. Man konnte sich nur schwer vorstellen, wie Pete mit seiner Tochter spielte. Vielleicht war er wie Kelly. In dem Augenblick, in dem er diese Tore hinter sich ließ, verwandelte er sich in ein richtiges menschliches Wesen. »Wie heißt sie?«, fragte Rebecca.

»Jennifer. Würden Sie sich bitte wieder setzen? Ich verstehe voll und ganz, dass es Ihnen schwer fällt, offen über das zu reden, was gestern ...«

»Sie verstehen gar nichts. Sie sind nicht ich, und ich bin nicht Sie. Okay?« Doch dann setzte sie sich trotzdem und seufzte. »Danke«, sagte sie leise.

»Wofür?«

»Dafür, dass Sie mich gefunden haben. Hinterher weiß man es ja immer besser, stimmt's?«

»Erzählen Sie mir, was an dem Abend passiert ist, an dem Sie entführt wurden.«

»Das weiß ich nicht. Ich war stock ..., na ja, Sie wissen schon.« Sie sah seinen erstaunten Blick. Schon wieder ein Missverständnis. Sie hatte gemeint: stockbesoffen. Er dachte wohl: stocksauer. »Stockbesoffen. Ich hatte zehn Black Velvets in Salisbury.«

»Ja, ich weiß, was stockbesoffen heißt. Sie waren also sternhagelvoll, habe ich Recht?«

»Das könnte man so sagen.«

»Und was ist mit Ihren Fähigkeiten unter Alkoholeinfluss? Sind die dann beeinträchtigt oder eher noch ausgeprägter?«

»Weggewischt, Pete. Absolut wie weggewischt.«

»Sie wollen sagen, Sie haben keine Ahnung, wer Sie von dem Gelände hier weggebracht hat?« In kleinen Schlucken trank er von seinem Kaffee, aber über den Rand der schwarzgoldenen Tasse musterte er sie aufmerksam.

»Keinen blassen Schimmer. Ich war auf dem Weg in die Dusche, weil ich mich auf dem Nachhauseweg übergeben hatte. Mehr weiß ich nicht. In einem kahlen Raum mit schweren Vorhängen bin ich dann aufgewacht. Ich habe gefroren und mir war schlecht, und vor lauter Kopfschmerzen konnte ich keinen klaren Gedanken fassen. Ich weiß nicht, wie spät es war, denn meine Uhr ist stehen geblieben, als ich ... meine Uhr funktioniert nicht mehr. Ich könnte da stundenlang gelegen haben oder auch nur Minuten. Ich habe keine Ahnung. Zeit war ohne Bedeutung. Und dann kam er.«

Pete stellte die Tasse ab, und langsam und nachdenklich fuhr er mit der Fingerspitze über den Goldaufdruck. »Samperi war allein?«

»Ja. Nur er und ich. Zuerst war er ganz nett. Doch, wirklich. Aber ich konnte ihm nicht mehr erzählen, als ich Ihnen auch schon gesagt hatte. Er hatte eine Mitschrift über Mrs. Glovers Konsultation bei mir dabei, und er hat mich darüber befragt. Er erwähnte sogar, wie beeindruckt die Forscher gewesen seien. Dass ich besser abgeschnitten hätte als je einer vorher. Wie es sich niemand mehr leisten könne, mich zu ignorieren. Nehmen Sie es mir nicht übel, dass ich das jetzt sage, aber als ich Gene Samperi zum ersten Mal sah, in dem Augenblick, als er mir die Hand schüttelte, wusste ich, dass er das auf dem Flugplatz gewesen war.«

»Das weiß ich, Rebecca.«

»Hat Kelly Ihnen das erzählt?«

»Natürlich hat er mir das erzählt. Leon ist genauso gestorben, wie Sie es vorausgesagt hatten, und Samperi hat Leons Stelle bekommen. Wir haben ihm keinen Zugang zu Ihnen gewährt, und womöglich ist das der Fehler gewesen. Mein Fehler. Ich habe die Situation falsch eingeschätzt, und dafür möchte ich mich entschuldigen. Tut mir Leid. Ich hätte das kommen sehen müssen.«

Er saß einfach da und gestand einen Fehler ein?

»Bin ich zu leichtgläubig, Pete?«

Er lächelte nicht nur mit dem Mund, sondern auch mit den Augen. »Sagen Sie mir, weshalb Sie sich für leichtgläubig halten, dann werde ich meine Antwort sorgfältig abwägen.«

»Eine Weile lang habe ich ihm geglaubt.« Rebecca nahm einen Schluck Kaffee und holte die Zigaretten aus der Tasche ihrer warmen Flauschjacke. Zum Anzünden benutzte sie ein Streichholz, dann lehnte sie sich zurück und streckte wieder die Beine aus. »Es war, als würde er ein Segelboot steuern. Lenkte erst hierhin, dann dorthin, dann wieder in eine andere Richtung, und ehe ich es mich versah, hatte er mich so verwirrt, dass ich kaum noch meinen eigenen Namen wusste. Normalerweise kann ich durchaus klar denken. Ich weiß, was richtig und was falsch ist. Ich weiß, wenn mich jemand anlügt, dazu brauche ich den Leuten nur in die Augen zu schauen. Aber bei ihm wusste ich das nicht. Er war sehr überzeugend.«

»In welcher Hinsicht?«

»Er hat mir erzählt, dass ich nur als Lockvogel hier sei, um potenzielle Verschwörer aufzudecken. Vielleicht stimmt das ja auch. Auf eine irgendwie verdrehte Art und Weise verstehe ich das sogar. Aber er hat Kelly als Staatsfeind hingestellt. Und einmal hat er sogar gemeint, *Sie* würden dem Senator eine Kugel durch den Kopf jagen.«

Nicht einmal die Spur einer Gemütsregung fuhr über sein Gesicht, als er fragte: »Ich?«

»Es war alles nur eine Ansammlung verstreuter Hinweise, aber so wie er das vorbrachte, klang es für mich glaubwürdig.«

»Was speziell war so glaubwürdig?«

»Alles. Also, was ist er eigentlich gewesen? Anwalt? Er hat gesagt, er und Kelly kannten sich schon sehr lange. Ist er erst zur See gefahren und hat dann zu den J.A.G. gewechselt? Und schließlich zum CIA?«

Pete nickte.

»Und ich dachte, das sei bloß eine Fernsehserie. Sie wissen schon: ›J.A.G. Im Auftrag der Ehre‹. Mann, wenn das hier doch auch bloß eine Fernsehserie wäre. Dann könnte ich mich aus dem Drehbuch schreiben lassen, nicht?«

»Rebecca, hat Samperi Sie in irgendeiner Weise angegriffen?«

»Er hat mir ein Messer an die Kehle gehalten. Haben Sie ihn deshalb erschossen?«

»Ich meine, hat es einen sexuellen Übergriff gegeben? Hat er Sie angefasst? Sie bedroht?«

»Nein.«

»Aber wieso dann das?« Er deutete auf ihre Mütze.

»Kurz bevor die Truppe eintraf, habe ich versucht, mich loszureißen, und er hat nach dem Einzigen gegriffen, was er zu fassen bekam – nach meinem Haar. Die ganze Nacht habe ich schlecht geträumt, und um vier Uhr heute Früh bin ich aufgewacht, und ehe ich wusste, wie mir geschah, war ich auch schon mit der Schere zugange.«

»Verstehe.«

»Denken jetzt alle, er hat mich vergewaltigt?«

»Genau das habe ich gedacht, als ich Sie auf der Treppe sah.«

»Das hat er nicht. Er hat mich nicht angefasst.«

»Da war nur das mit dem Messer?«

Sie nickte. Eine Weile schwieg Pete. Jetzt rieb er sich das Kinn und dachte nach. »Was ist?«, fragte sie.

Er holte ein fotokopiertes Blatt Papier aus der obersten Schublade seines Schreibtisches und reichte es ihr herüber. Es war schmutzig und zerknittert, und es war ein Fußabdruck zu sehen, außerdem einige Blutflecken. »Haben Sie eine Ahnung, wie er daran gekommen ist?«, fragte Pete.

»Er hat irgendwie angedeutet, dass Kelly es ihm gegeben hat, aber deutlich ausgesprochen hat er es nicht. Deshalb ist es ihm auch so gut gelungen, mich zu verwirren, glaube ich. Er hat mich genau zu den Schlussfolgerungen verleitet, die ich ziehen sollte. Zum Beispiel, dass er der Einzige sei, dem man vertrauen könne. Sonst keinem.«

»Es stellen sich keine Bilder ein?«

»Nein. Tut mir Leid, aber heute weiß ich nicht einmal, wo hinten und wo vorne ist.«

»Kel hat mir das auf den Schreibtisch gelegt, einen Tag vor seiner Abreise nach Irland.«

»Sie haben gesagt, einer hat es irgendwie an Samperi weitergegeben. Und Sie glauben, es war derjenige, der mich entführt hat.«

»Wir haben eine Lücke in unserem Sicherheitssystem, Rebecca. Um die ausfindig zu machen, brauche ich Ihre Hilfe.«

»Jetzt fühle ich mich hier so richtig sicher und geborgen.«

»Also wie ist das? Hat jemand, ich meine, irgendjemand, irgendwelche Grenzen überschritten?«

»Nein. Im Grunde nicht. Mitch war ein bisschen seltsam, aber ich glaube, das ist eben so seine Art. Am Anfang war er ziemlich störrisch, aber inzwischen gehen wir uns einfach aus dem Weg. Das ist mir ganz recht. Und dann ist da dieser Italiener, Mancuso. Der sieht mich an, als ob ich ihm absichtlich all seinen Sauerstoff wegatme. Die anderen sind in Ordnung.«

»Mitch ... das ist doch Stafford von der Krankenstation?«

»Bitte machen Sie da keinen Wirbel. Offenbar mag er mich nicht sonderlich. Und wenn er nichts damit zu tun hat, wird er mich nur hassen, und ich bin mir sicher, er hat nichts damit zu tun. Bitte keine Hexenjagd. Versprechen Sie mir das.«

Aber der Zweifel war gesät, und ihr war klar, der Colonel würde das zarte Pflänzchen tüchtig gießen. »Am Montag in vierzehn Tagen kommt Robert Glover am Steuer seines eigenen Jets nach Lakenheath.«

»Ja, das hat Gene mir erzählt.«

»Das wusste er?«

»Er hat es mir erzählt.«

Ein Fluch lag ihm auf den Lippen, wurde aber nicht ausgesprochen. »Na toll. Ich habe selber gerade erst davon erfahren.« Er brummelte in sich hinein, und sie glaubte, dass er leise fluchte. »In einer Woche fliegen wir nach Lakenheath, um die entsprechenden Sicherheitsvorkehrungen zu treffen. Ich möchte, dass Sie dabei sind.«

»Ich weiß.«

»Was, hat er Ihnen das etwa auch gesagt?«

»Ja.«

»Noch etwas, das ich wissen müsste?«

»Ich glaube nicht, Boss.«

»In dieser Einheit ist Commander Nolan der Chef-Ausbilder im Mann-gegen-Mann-Kampf und im Nahkampf. Er wird Sonntagabend wieder auf dem Stützpunkt sein ...«

»Ja, ich weiß. Er hat mich heute Morgen angerufen.«

Ohne auf ihren Kommentar zu achten, fuhr Pete fort: »Am Montagmorgen will ich Sie hier haben – zur Ausbildung.«

»Was für eine Ausbildung?«

»Sie trainieren das Überleben in Situationen, die alles andere als ideal sind.«

Beinahe hätte sie gesagt, dass Kelly mithilfe von Billy Macpherson schon damit begonnen hatte, aber sie schwieg. Unter den Umständen die beste Entscheidung. Dieser Mann vermittelte den Eindruck zu wissen, was in der Einheit vor sich ging, über die er das Kommando hatte, aber in Wirklichkeit hatte er keinen blassen Schimmer.

»Und irgendwelchen Esoterikscheiß über Licht, Liebe und Lachen will ich gar nicht erst hören, klar? Es muss nun mal sein. Wir wollen nicht, ich wiederhole, *nicht*, dass sich die unglückseligen Vorkommnisse von gestern wiederholen. Ich will das ohne Blutvergießen, vor allem ohne Ihr Blutvergießen durchziehen.«

»Aye, aye, Captain.«

Es überraschte ihn, dass sie sofort einverstanden war. Die schnelle Zustimmung traf ihn unvorbereitet, aber er fing sich rasch wieder. »Washington will Sie bei Glovers Eintreffen in Lakenheath in Uniform sehen.«

»Wieso?«

»Da sind Sie nicht die Einzige, die das gern wüsste. Das hier macht mich genauso glücklich wie Sie, Rebecca. Der Commander wird Ihnen nur genau das beibringen, was Sie können müssen, um Ihre Rolle zu spielen. Begreifen Sie, was das heißt?«

»Ich werde Soldatin sein. Scheiße. Ich?«

Sein Telefon klingelte. Er achtete gar nicht darauf.

»Sie werden nicht Soldatin sein. Sie werden einen Tag lang ein Nighthawk sein. Aber ich warne Sie, die nächsten vierzehn Tage werden für uns alle nicht leicht werden. Das wäre dann alles für den Moment.« Er nahm den Hörer ab. »Hamill.« Er winkte sie hinaus, als er sagte: »Rob? Ja, schön von dir zu hören. Danke, dass du so schnell zurückgerufen hast.«

Rebecca schaute auf die Uhr, bevor sie leise das Büro verließ. Er sprach mit dem Senator. Als sie den Gang hinunterging, überlegte sie, ob sie ihn wohl je kennen lernen würde: diesen Mann, der bald König einer Nation sein würde, die gar kein Königreich war.

Nein, sie glaubte kaum, dass sie ihn kennen lernen würde. Das alles hier für ein paar Minuten auf einem Luftwaffenstützpunkt, nur damit ein Mann es die Stufen einer Gangway hinunter schaffte, ohne zu sterben.

Bis zum nächsten Mal, natürlich.

Sie ging in die Messe, um dort auf Steve Brannagh zu warten, stellte aber fest, dass er bereits auf sie wartete. Er sagte kein Wort, als er sie zu ihrem Zimmer begleitete, immer zwei Schritte hinter ihr.

Sie schloss die Tür auf, und er wartete, bis sie als Erste hineingegangen war. Die Tür machte Rebecca nicht zu, und er bat sie auch nicht darum.

Steve sagte kaum ein Wort, er erzählte ihr nur, was er mit ihr vorhatte. Als sie sich mit einem Handtuch um die Schultern in ihrem winzigen Bad vor einen Spiegel setzte und sich ihr Spiegelbild einfach ansehen musste, entschied sie, dass alles, was Steve tun würde, auf jeden Fall eine Verbesserung war.

Er besprühte ihr Haar mit Wasser und kämmte es durch. Sie sah den Blick in seinen Augen und hoffte, er würde bald mit ihr reden. Die Männer wussten, was er früher gemacht hatte, und im Augenblick war sein Leben eine einzige Tortur.

»Sind Sie irgendwie verwandt mit Kenneth?«

»Mit wem?«

»Kenneth Brannagh. Dem Schauspieler.«

»Weshalb fragen Sie?«

»Einfach nur aus Neugierde.«

»Der Grund ist nicht gut genug.« Eine Weile sagte er nichts, machte sich nur an ihrem Haar zu schaffen.

»Was machen Sie hier, Steve?«

»Verschiedenes.«

»Und was genau? Irgendwas, das mitten in der Nacht in die Luft geht?«

»Das brauchen Sie nicht zu wissen.«

»Können Sie wirklich aus Dünger Bomben machen?«

Sein Gesicht verzog sich zu der Andeutung eines Lächelns.

»Und das Haareschneiden? Wo haben Sie das gelernt?«

»Ich habe mal für eine Filmproduktion gearbeitet. Vor allem bei den Spezialeffekten. Make-up und Frisuren nur manchmal.«

»Wow. Tatsächlich?«

»Halten Sie still.« Sie traute sich nicht einmal zu blinzeln. »Ich glaube nicht daran, wissen Sie«, sagte er, als er mit dem Schneiden anfing.

»Woran?«

»An ein Leben nach dem Tod. Dieses Psychozeug.«

»Na, wenigstens sind Sie ehrlich.«

»Und dass eine Frau hier ist, behagt mir auch nicht. Das hier ist kein Ort für eine Frau und wird es nie sein.« Er war nicht gerade sanft, als er ihr den Kopf zur Seite bog. Die Schere fühlte sich an ihrem Wangenknochen kalt und scharf an.

»In vierzehn Tagen reise ich ab«, sagte sie. »Wenn der Senator weg ist.«

»Gut«, sagte er.

»Allerdings muss ich eine von euch werden – und das bis nächste Woche.«

Steve hörte auf zu schneiden und schaute sie im Spiegel an. »Wieso das denn, um Himmels willen?«

»Keine Ahnung. Befehl von ganz oben.«

Er bog ihr den Kopf auf die andere Seite, und bis er fertig

war, wurde kein Wort mehr geredet. Steve Brannagh nahm das Handtuch weg, rollte es zusammen und legte es ins Waschbecken, dann fuhr er ihr mit den Fingern durchs Haar und trat dann zurück.

Eine Verbesserung war es nicht. Es war eine Verwandlung.

In Anbetracht des frühzeitig einsetzenden Winters war die Zentralheizung umgeschaltet worden. Rebecca wusste nicht, was sie jetzt anziehen sollte. Sie hatte einige Sommerkleider im Schrank, und da war das schwarze Samtkleid, aber das war zu warm.

Rebecca entschied sich für ein blutrotes rückenfreies Jerseykleid mit Nackenverschluss, für das sie in einer Boutique ein kleines Vermögen gezahlt hatte. Es war ein bisschen durchsichtig, aber was machte das schon. Es sah sie sowieso keiner an. Sie duschte, legte einen Hauch Parfüm und ein wenig Make-up auf. Schließlich Lipgloss und Wimperntusche. Dann fuhr sie sich mit den Fingern durchs Haar, genau wie Steve es ihr gezeigt hatte.

Sie hatte nie für möglich gehalten, dass sie so aussehen könnte. Rebecca verschloss die Tür sorgfältig, als sie das Zimmer verließ. Darauf achtete sie genau.

Runter mit dir und benimm dich, befahl Billy einem wichtigen anatomischen Teil seines Körpers in dem Augenblick, als er sie in die Messe schweben sah. Wieder herrschte allgemeines Schweigen, bis jemand dieses Wolfsgeheul ausstieß. Rebecca nahm sich ihr Tablett, drehte sich um und schaute in das Meer der sie anstarrenden Gesichter.

»Und wer ist verantwortlich für solch eine sexistische Geste?«

Zweiundvierzig Männer hoben die Hand.

»Witzbolde«, sagte sie und wählte ihr Essen. Billy machte Platz, als sie näher kam. Er hatte wieder gelesen. Es war auch gar keine so uninteressante Geschichte, aber in dem Augenblick, als sein Engel hereinkam, verblasste sie zu völliger Bedeutungslosigkeit. Und sie kam auf ihn zu. Danke, Gott, flüsterte er. Sein Herz pochte laut, und er war entflammt. Er wollte aufstehen, aber das konnte er nicht. Bitte, betete er still. Sie will heute Nacht in den Arm genommen werden, stimmt's? Bitte, Gott, sag, dass sie heute Nacht in den Arm genommen werden will ... »Sie sehen fantastisch aus«, sagte er so ruhig er konnte.

»Sie auch, Sergeant.«

In Jeans und T-Shirt? Sie machte wohl Witze. Er sah zu, wie sie die Papierserviette nahm und sie sich in den Ausschnitt steckte. Aber die am Nebentisch sahen sich das auch an. Bitte, bitte, lass mich diese Papierserviette sein. »Das hat Brannagh gemacht? Sieht unglaublich aus.«

»Und wenn Brüste sprechen könnten, würden sie sagen: Danke, dass Ihnen mein Haar auffällt, Sergeant.«

Rauf mit den Augen. Er widmete sich wieder seinem Essen. Es war völlig geschmacklos, und was das Buch anging ... welches Buch?

»Raten Sie mal?«

Billy wartete. Und während er wartete, fragte er sich, wie es wohl sein würde, wenn ...

»Nächste Woche werde ich ein Nighthawk sein.«

Billy hustete. Er würgte. Rebecca war schnell aufgesprungen, aber es war nicht nötig. »Geht schon wieder«, keuchte er, inzwischen bekam er wieder Luft, und er hatte gar nicht gemerkt, dass er aufgestanden war – und dass er stand, der gewisse Körperteil. Aber ihr fiel es auf. O mein Gott, ihr fiel es auf. Wie könnte sie das auch übersehen?

Rebecca ging ihm ein Glas Wasser holen und brachte es an den Tisch, dabei war sie sich der Blicke bewusst, machte sich aber keine Sorgen deswegen. »Hier«, sagte sie und gab Billy das Wasser. »Ich hätte nicht gedacht, dass es so ein Schock sein würde.«

Allmählich gewann er seine Fassung zurück. »Das ist doch ein Witz, oder?«

»Diesmal sind Sie aus dem Schneider, Billy. Der Commander wird mich in eine tödliche Waffe verwandeln, Sie brauchen das nicht zu tun.«

Billy gab sich alle Mühe, das Lächeln zu unterdrücken, das an die Oberfläche wollte, aber es kam näher und immer näher, bis es heraus war, und er lachte so schallend, dass ihm die Tränen in die Augen stiegen.

»Aha. Schon klar. Sie glauben also nicht, dass das möglich ist«, sagte Rebecca, als sie sich wieder ihrem Essen widmete. In ihren Augen lag eine stillschweigende Herausforderung.

»Genau. Ich glaube nicht, dass das möglich ist.«

»Wieso nicht?«

»Sie sind ein Mädchen.«

»Na und?«

»Mädchen können so was nicht.«

»Und was genau können Mädchen nicht? Na los! Erklären Sie mir das!«

»Das ist doch ein Witz, oder? Sie haben zu viele schlechte Filme gesehen, mein Engel.«

»Das ist kein Witz, Sergeant. Das ist todernst. Der Boss hat irgendwas davon gesagt, dass es keine Wiederholung der unglückseligen Vorkommnisse von gestern geben darf. Ich muss nach Lakenheath, und ich muss Uniform tragen, und es wird von mir erwartet, dass ich weiß, wie ich meine Rolle zu spielen habe. Und ich *werde* sie spielen. Ich liebe Herausforderungen.«

»Herausforderungen ... Na, wir werden ja sehen.«

»Ja, das werden wir. Fünfzig Pfund?«

»Das ist rausgeschmissenes Geld, Rebecca.«

»Fünfzig Pfund, Sergeant. Und dann können Sie sich das Geld in den Mund stecken, den Sie zu weit aufgerissen haben.«

»Ich bin dabei.« Hände wurden über dem Tisch ausgestreckt, und als sie ihm die Hand schüttelte, wusste sie es. Ach, du liebe Güte, und wie sie es wusste. Billy war ganz und gar nicht schwul. Die klaren rosafarbenen Wolken, die von ihm ausgingen, beruhten einzig und allein auf Liebe. Seiner Liebe zu ihr. Schnell ließ sie seine Hand los und aß weiter. Benimm dich ganz normal. Er ist immer noch Billy Mac. »Sergeant?«

»Was?«

»Ich möchte mich entschuldigen.«

»Wofür?«

»Ich war betrunken, und ich habe mich total schlecht benommen.«

»Machen Sie sich darüber keine Gedanken.«

»Nein. Wirklich. Ich habe falsch gelegen, was Sie angeht. Die ganze Zeit habe ich falsch gelegen. Tut mir wirklich Leid. Aber ich habe gemeint, was ich gesagt habe. Dass Sie lieb sind. Sie sind einer der nettesten Menschen, die mir je begegnet sind.«

Billy spürte, wie das bewusste Wort über ihm schwebte. »Aber?«, fragte er. Sie brachte es nicht heraus, also sagte er es. »Der Commander.«

Sie nickte.

»Er muss ja nichts davon erfahren.«

»Das könnte ich ihm nicht antun, und Ihnen auch nicht.«

»Aber als Sie betrunken waren, da wollten Sie doch.«

»Billy, ich habe gedacht, Sie sind schwul.«

Ihre Worte trafen ihn hart. »Wieso um alles in der Welt haben Sie das gedacht?« In seinen Augen lag Schmerz. Enttäuschung. Sie hatte ihn an einer Stelle getroffen, an die man besser nicht rührte: an seinem männlichen Stolz. »Ich bin verdammt nochmal nicht schwul!«

Bei dem Wort drehten sich etliche zu ihm um. Musste er denn so schreien?

»Tut mir Leid. Ehrlich«, sagte sie leise. »Ich hätte das gar nicht erwähnen sollen.«

»Herr im Himmel. Sitzen Sie bloß deshalb bei mir hier am Tisch? Essen Sie bloß deshalb mit mir? Weil Sie sich bei mir sicher fühlen? Sie haben gedacht, ich wäre so eine bescheuerte Schwuchtel?«

»Nein, Billy. Ich mochte Sie von Anfang an, gleich als ich Sie sah.«

»Weil Sie dachten, ich wäre schwul.«

»Nein! Weil Sie nie etwas von mir wollten!«

»Tja, da irren Sie sich aber, Rebecca. Sie irren sich ganz gewaltig, denn mit Ihnen ins Bett zu gehen, das war alles, woran ich denken konnte, seit ich Sie das erste Mal zu Gesicht bekam. Ach Scheiße, Sie ahnen ja nicht, was Sie mir antun. Sie sind das ideale Beispiel für das, was passiert, wenn man Beruhigungsmittel in den Tee bekommt.«

Was sollte das heißen, Beruhigungsmittel im Tee? Tränen brannten ihr in den Augen. »Wenn Sie wollen, dass ich mich woanders hinsetze, bitte.«

»Aber Rebecca, ich will nicht ...«, dass Sie sich woanders hinsetzen. Zu spät. Sie setzte sich nicht an einen anderen Tisch. Sie stand einfach auf und ging hinaus, ihr Essen rührte sie nicht mehr an.

Eine ganze Weile saß Billy noch da, die stille Heiterkeit im Raum fiel ihm nicht auf. Weshalb sollte sie so etwas denken? Weshalb sollte sie denken, dass ich schwul bin? Vom ersten Augenblick an habe ich doch weiter nichts gewollt als ... Er nahm sein Buch und machte sich auf die Suche. Sie saß in der Bar, an dem Tisch, an dem sie immer saß, und sie starrte in die Nacht hinaus und kaute an ihrem Daumennagel. Als er näher kam, sah er das Unvermeidliche: Tränen auf ihren Wangen.

»Ich bin nicht schwul«, sagte er. »Aber ich bin zu langsam.«

Sie schaute auf und wischte sich schnell übers Gesicht.

»Ich habe Sie gesehen, und vom allerersten Moment an ... na ja, ich wusste, ich hatte keine Chance. Darf ich?«

Sie nickte, und er setzte sich ihr gegenüber.

»Sie waren irgendwie ... also, ich weiß nicht, wie ich das ausdrücken soll. Ob *vertraut* vielleicht das richtige Wort ist? Jedenfalls kam es mir so vor, als hätte ich Sie mein ganzes Leben schon gekannt, und doch waren Sie eine vollkommen Fremde.«

Er ist früher Will gewesen, dachte sie. Und das spürt er auch. Er begreift es zwar nicht, aber trotzdem spürt er es. Ihr war klar, dass es jetzt am klügsten war, den Mund zu halten. Für einen Abend hatte sie schon genug Schaden angerichtet.

»Und ich habe gesehen, wie Kel, 'tschuldigung, der Commander Sie ansah, und Mann, da war mir klar, dass ich absolut keine Chance hatte. Für ihn war es noch schlimmer, weil er Sie ja jahrelang gemalt hat.«

Billy seufzte und richtete den Blick in die Ferne.

»Es ist einfach so, dass ich immer irgendwie zu spät komme. Und ich habe den Blick in Ihren Augen bemerkt, als Sie ihn ansahen, und mir war klar, dass alles nur Wunschdenken meinerseits war. Und dann kam der Absturz und ... Wollen Sie wissen, was ich gesehen habe? Ich habe Sie gesehen, wie Sie wirklich sind. Ich konnte die Situation nicht ausnutzen, als Sie betrunken waren, weil ich nun mal nicht so skrupellos bin. Jetzt verstehe ich natürlich, dass es einfach nur irgendwie mit Ihrem Selbstwertgefühl zu tun hatte, und nicht etwa mit mir. Aber eines möchte ich doch gern wissen. Sagen Sie mir doch bitte, weshalb Sie gedacht haben, ich sei schwul.«

»Ihre Farben«, sagte sie leise.

»Was für Farben?«

»Was ich um Sie herum wahrnehme. Die ganze Zeit. Die Farben, die Sie umgeben, wenn Sie mich ansehen. Ich habe das falsch eingeschätzt, weil ich so etwas bisher nur bei Müttern gesehen habe. Bei Müttern mit Kleinkindern. Das hatte ich bisher noch nie bei einem Mann gesehen. Na ja, einmal vielleicht. Er war homosexuell.«

»Also, mein Engel, gibt es da eine Möglichkeit, wie ich das verdammte Ding ausschalten kann?«

»Ich glaube kaum, es sei denn, Sie möchten mich lieber hassen. Aber das wäre mir nicht so lieb.«

Billy wusste nicht genau, wie sie das meinte, und suchte in ihrem Gesicht nach einer Erklärung, aber alles, was er sah, war Traurigkeit. Traurigkeit, Scham. Missbehagen. »Jetzt fühlen Sie sich nicht mehr sicher bei mir, was?«

»Schließlich sitze ich doch hier, oder?« Sie versuchte zu lächeln. Es wollte nicht so richtig gelingen. Jetzt saß ihr Will gegenüber. Es war nicht Billy Mac. Es war Will, der Hannah zu essen gebracht hatte, der zu ihr gekommen war. Und dann war da noch ein anderes Gesicht. Und noch eines. Und noch ein weiteres. Und sie wusste, dass das immer schon so gewesen war. Ja, er war immer schon zu spät gekommen, oder war zu schüchtern gewesen, oder zu gehemmt. Alle Liebe, die er je empfunden hatte, und da war so viel davon, war unerwidert geblieben. Außer vielleicht einmal. Und er sehnte sich so verzweifelt danach, dass er das unbedingt wieder erleben wollte.

Sie hatte schon gedacht, sie hätte ihn für immer verloren, aber da saß er nun, ihr gegenüber, und entschuldigte sich überflüssigerweise andauernd. »Natürlich fühle ich mich sicher bei Ihnen.«

Er griff nach ihrer Hand. »Rebecca, wenn ich Ihnen nun sage, dass ich ...«

»Ich weiß, Billy. Ich weiß.«

Aufgeregt holte er Luft. »Können wir nicht irgendwo hingehen und uns mal ganz in Ruhe unterhalten? Nur Sie und ich?«

Und sie sah ihn an und sah Will, der in den Augen des jungen Sergeant immer noch lebendig war. Will und all die anderen Leute, die er gewesen war. Jetzt brauchte sie keine übersinnlichen Fähigkeiten. Sie wusste ganz genau, was ihm im Moment durch den Kopf ging. Und dabei ging es ganz bestimmt nicht darum, sich mit ihr in Ruhe zu unterhalten. »Ach, Billy ...«

»Das muss er doch nicht wissen.«

»Aber wir wüssten es.«

»Rebecca, er ist verheiratet.«

Er ist immer verheiratet gewesen, dachte sie. Immer. Und Billy war es nicht. Er war nie verheiratet gewesen. Er hatte nicht mehr als eine Hand voll Freundinnen gehabt, und die hatten etwas gegen seinen Beruf gehabt. Und jetzt verliebte er sich in sie.

Die Entscheidung lag bei ihr. Sie könnte aufstehen und hinausgehen, und er würde hinterherkommen, und sie würden sich auf irgendeinem Flur treffen, irgendwo tief unten in den Eingeweiden der Anstalt, und es würde dunkel sein, und seine Hände wären heiß, und er würde sie gegen eine uralte Steinmauer lehnen, und er würde Sex mit ihr haben und ... Herrje, und er wäre gut.

Sie schaute ihm in die Augen. Ganz harmlos hatte er sie an der Hand berührt, und schon glomm ein Feuer in ihr. War das echt, oder war es nur die Einsamkeit? Wäre es falsch? Aber was war das für ein Wort: falsch? Was bedeutete das? Sie waren beide erwachsen, und sie brauchte die Berührung eines menschlichen Wesens fast so nötig wie er.

Billy Macphersons Finger fuhren über das goldene Kruzifix, das sie um den Hals hängen hatte. Sein Handrücken streifte ihre glatte Haut, und ihr liefen Schauer durch den Körper.

»Was meinen Sie?«, flüsterte er.

Sie schaute ihm in die Augen.

»Bitte?«

Gestern, im Hubschrauber. Billy hatte fest ihre Hand gehalten, als sie weinte. Er hatte kein Wort gesagt. Das brauchte er auch gar nicht. Seine Gegenwart war genug gewesen.

Rebecca stand auf, schaute auf ihn hinunter und ging weg.

Sie hatte nicht Nein gesagt, und sie hatte auch nicht Ja gesagt. Billy blieb noch einen Augenblick sitzen und sah ihr hinterher, als sie zur Tür ging. Und als sie sich umdrehte, hoffte er, dass das, was in ihren Augen zu lesen war, dem Gefühl entsprach, das gerade in seinem Körper tobte. Sie lächelte.

Er wartete noch einen Moment und ging dann auch hinaus. Es fiel niemandem auf.

Rebecca wartete unten an der Treppe. Billy nahm sie bei der Hand und führte sie Richtung Block B und zu seinem eigenen privaten Dienstzimmer. Hier unten gab es keine Kameras. Er schloss die Tür ab, streckte die Arme aus und hielt sie einen Moment lang ganz fest. Sie erhob keine Einwände. Vielleicht war es ja genau das, was sie wollte, genau das, was sie brauchte. Aber ihm würde das nie und nimmer genügen. Billy küsste sie, ganz zärtlich zuerst und auch irgendwie zögerlich. Wenn in ihrer Reaktion Leidenschaft lag, bemerkte er das jedenfalls nicht. Er wollte ihre Brüste berühren, sie sehen, sie halten, die Wärme spüren, das Gewicht, wollte wieder Kind sein. Zu einer Einheit verschmelzen, nach der er sich schmerzlich sehnte, aber seine Hand lag nur auf ihrem Arm. Es schien, als habe er nicht den Mut, sich weiter vorzuwagen. Sie war so klein, beinahe zart. Wenn er ihr die Hände um den Hals legte, würden sich seine Finger treffen. Er fuhr ihr über das Schlüsselbein, die Rippen. Wie leicht würden ihr die Knochen brechen! Und wie leicht waren sie tatsächlich gebrochen. Eine Narbe war geblieben. Sie war deutlich sichtbar. Und sie war verdammt hässlich. Er schaute ihr in die blauen Augen und sah wieder dieses erstaunte, tote Starren.

Rebecca, die nach hinten in den Hubschrauber geworfen wurde. Der Commander, der sein eigenes Messer benutzte, um ihr das Shirt aufzuschneiden. Hilf mir, Mac! Sie beide auf den Knien. Billy bei der Mund-zu-Mund-Beatmung, der Commander bei der äußeren Herzmassage. Billy hörte das Knacken der Rippen unter dem Druck.

Sie war schon tot, als sie auf dem Rollfeld aufschlug.

Was?

»Das haben Sie gesagt.«

Er machte einen Schritt zurück. Das musste er einfach. Wie konnte sie wissen, was er gedacht hatte?

»Und Sie haben mir eine graue Decke übergeworfen, und dann haben Sie sich zurückgelehnt, und weil Kelly nicht wissen sollte, dass Sie ihn hatten weinen sehen, haben Sie sich zum Fenster umgedreht. Frauen hätten laut geschluchzt. Hätten sich in den Armen gelegen. Aber Männer? Nein. Nein, die lehnen sich zurück, sagen gar nichts. Lassen kein Gefühl erkennen.«

Billy starrte seinen Engel an. Keine Flügel, kein Licht, keine

Zauberei. Da war nur Rebecca, die sich an die Wand aus weißem Backstein lehnte, die Hände hatte sie hinter dem Rücken verschränkt. Es machte den Eindruck, als ob sie wüsste, dass sie nicht hier unten sein dürfte, als ob sie wüsste, dass dies nicht passieren sollte.

»Was sehen Sie, wenn Sie mich anschauen, Billy?«

Die Frau eines anderen, dachte er.

»Genau. Wir können das einfach nicht tun. Er würde es wissen. Es geht einfach nicht.«

Und alle Hoffnung, die er gehegt hatte, starb einen langsamen, zögerlichen Tod. »Er hat mit Ihnen geschlafen, stimmt's?«

Sie nickte.

»Es wird wohl nichts draus, was?«

Rebecca schüttelte den Kopf. »Nicht so, wie Sie sich das wünschen. Nein.«

»Tut mir Leid.«

»Leid müsste es uns nur tun, wenn wir jetzt so weiter gemacht hätten, Billy. Das wäre für uns drei nicht gut gewesen.«

»Kommen Sie her«, sagte er und hielt sie wieder fest im Arm. Sie lehnte das Gesicht an Billy Macphersons Schulter, und zum ersten Mal, seit Kelly fortgegangen war, fühlte sich Rebecca sicher. »Wird wohl allmählich Zeit, dass wir wieder auftauchen«, sagte Billy. »Eine Suchmannschaft uns auf den Fersen können wir nun wirklich nicht gebrauchen.«

Kelly wusste nicht, ob es eine Warnung oder ein böses Vorzeichen war, oder einfach nur Karma. *Was glaubst du wohl, wie es sich anfühlt, den eigenen Tod zu sehen? Rebecca, in Uniform – mit kurzem Haar. Du in Weiß – angeschossen, im Sterben liegend.* Er steckte die Zeichnung wieder in die Tasche zurück. Warnung, böses Vorzeichen oder Karma, er wusste jetzt, was er zu tun hatte. »Commander?«, sagte die Sekretärin. »Er ist jetzt für Sie zu sprechen.«

Kelly wurde in das Büro seines Anwalts geführt.

»Lange nicht mehr gesehen. Wie sieht es so in England aus?«

»Nass«, sagte Kelly.

»Was kann ich für Sie tun?«

»Zwei Dinge, Matt. Die Scheidung und ein neues Testament. Können Sie das erledigen?«

Aus der Musikbox schmetterte Shania Twain.

Mitch Stafford ging hin, wählte ein Lied und holte sich eine Dose Bier von der Bar. Als Shania Twain ihren Song beendet hatte, setzte Cold Chisel ein. *When the War is Over.*

Rebecca saß da, betastete das Kruzifix um ihren Hals und hörte einem Lied zu, das sie als Kind immer gemocht, aber bis zu diesem Augenblick nie richtig verstanden hatte. Als die traurige Gitarre endlich zu Ende geweint hatte, hörte sie, wie eine Bierdose auf dem Tisch aufschlug. Sie musste gar nicht erst hochschauen, sie wusste auch so, wer es war: Sie erkannte den Hass.

»Bis Sie dieses Lied gespielt haben, ging es mir noch gut.« Sie schaute hoch zu Mitch. Doktor Jekyll und Mr. Hyde, in der einen Hand die Erste-Hilfe-Ausrüstung, in der anderen die Maschinenpistole, um den Hals ein Stethoskop und im Innern brodelnd ein Vulkan aus Wut. Genau das, was sie jetzt brauchte.

Und Mitch musterte ihr Haar, das Make-up, das Kleid mit Schlitz bis zum Oberschenkel. Ihr war kalt. Sie trug keinen BH. Ihre Brustwarzen wirkten geschmacklos. »Wenn der Commander Sie jetzt sehen könnte, würde er Ihnen in den Hintern treten.«

»Ich trage genau das, was ich will, und zwar wann ich will. Fallen Sie einem anderen auf die Nerven.« Rebecca versuchte aufzustehen, aber eine Hand legte sich ihr in den Nacken.

»Was versuchen Sie hier zu beweisen?«

»Was geht Sie das an, Mitch? Was ist eigentlich los mit Ihnen?«

»Ich kann Ihnen sagen, was los ist. Von einem durchgebrochenen Magengeschwür weg werde ich zum Colonel gerufen. Was ziehen Sie hier ab?«

»Wer hat denn ein durchgebrochenes Magengeschwür?«

»Was ziehen Sie hier ab?«

»Irgendwer hat mich entführt, okay? Pete wollte wissen, ob sich einer von den Männern hier mir gegenüber merkwürdig benommen hat.«

»Und da haben Sie *meinen* Namen genannt? Na danke. Vielen herzlichen Dank. Ach, Scheiße. Was habe ich Ihnen denn getan?«

»Ich habe ihn gebeten, es auf sich beruhen zu lassen. Ich habe gesagt, ich will keine Hexenjagd. Ich habe ihn gebeten, mir zu versprechen ...«

»Dumme Gans«, sagte Mitch. »Versprechungen und Offiziere, das passt nicht zusammen.« Er ließ los, und hätte Rebecca nicht schnell ihr Gleichgewicht wiedererlangt, wäre sie mit dem Gesicht auf dem Tisch aufgeschlagen.

»Das sehe ich jetzt auch. Tut mir Leid. Tut mir ehrlich Leid. Ihr Name war nicht der einzige, den ich genannt habe. Waffenstillstand, ja? Bitte!« Sie streckte ihm die Hand hin. Mitch ergriff sie, zögerlich zuerst, und in dem Moment, als er sah, wie sich der Ausdruck in ihren Augen leicht veränderte, wusste er, dass er sie nicht hätte berühren dürfen. Aber es war nur ein leises Flackern. Sonst war da nichts, soweit er das sehen konnte. »Es ist Mike, nicht? Er ist krank.«

Mitch nickte.

»Wer ist bei ihm?«

»Faraday.«

»Darf ich?«

»Was sollte ich wohl sonst für einen Grund haben, nach Ihnen zu suchen?« Mitch trank sein Bier aus und begleitete sie auf die Krankenstation. Sie waren noch nicht sehr weit gekommen, als es anfing.

»Ich muss Ihnen etwas sagen, Mitch«, sagte sie auf der Treppe. »Und ich möchte, dass Sie mir gut zuhören, denn es ist wichtig.«

»Sparen Sie sich das. Ich will es nicht wissen.«

»Ich sage es Ihnen trotzdem.«

»Und ich habe gesagt, ich will es nicht wissen.«

Aber sie beharrte trotzdem darauf. Sie wusste, es ging nicht anders. »Die einzige richtende Instanz im Leben kommt von innen, und Sie haben weiter nichts zu fürchten als Ihre eigene ...«

»Ich höre mir diesen Scheiß nicht an, kapieren Sie das nicht endlich? Ich höre gar nicht zu!«

»Aber vielleicht sollten Sie das! Da gibt es eine Frau, die sieht aus wie ich, und sie hat zwei kleine Jungen bei sich, und seit fünf Jahren wartet sie schon darauf, Ihnen eine Nachricht zukommen zu lassen!«

Im Nu hatte Mitch Rebecca an die Wand gedrückt, den Arm hatte er ihr um die Schultern gelegt. »Und ich habe gesagt, ich höre gar nicht zu. Sind Sie taub, oder möchten Sie vielleicht sterben? Was von beidem?«

Aber sie starrte ihn immer noch an. Sie wich keinen Zentimeter. »Sie haben Ihre Söhne nicht umgebracht. Das war Jeanie. Jeanie hat die Zwillinge genommen und sie ins Auto gesetzt und dann den Schlauch auf das Auspuffrohr gesteckt, Mitch. Sie sind das nicht gewesen!« Und immer noch starrte er sie an, aber der Hass schwand schnell. »Sie waren in Timor. Ost- und Westtimor. Bei der SAS, Special Air Service, ja? Sie waren mit sechs weiteren Männern da, lange bevor Cosgrove unsere Truppen hinschickte. Sie haben Ihre Familie nicht umgebracht. Weshalb in Gottes Namen tun Sie sich das an?«

»Ich bin eben nicht da gewesen, verdammt nochmal!« Er ging weg.

»Sie war psychisch krank, verwirrt.«

»Glauben Sie, das weiß ich nicht?«

»Der Krieg ist vorbei, Mitch. Es ist vorbei.«

»Es ist nie vorbei.«

»Vergeben Sie ihr, und es wird vorbei sein. Mehr will sie nicht von Ihnen. Nur Vergebung.«

»Wie kann ich ihr vergeben? Wie kann ich das? Diese geisteskranke Irre hat meine Söhne umgebracht.«

»Lassen Sie es hinter sich. Lassen Sie es einfach hinter sich. Sie bittet mich darum.«

»Gut. Soll die geisteskranke Irre doch bitten und betteln und dann verdammt nochmal den Mund halten. Ich will von diesem ganzen Scheiß nichts mehr hören. Ich glaube nicht an so was.«

»Blödsinn, Mitch! Natürlich glauben Sie daran. Gehen Sie nicht weg, wenn ich mit Ihnen rede!«

Irgendetwas traf ihn hart am Hinterkopf, und schnell drehte er sich um. Ein Schuh? Sie hatte ihm einen Schuh an den Kopf geworfen? Seinem tödlichen Blick begegnete Rebecca mit genauso intensiver Entschlossenheit. Fast hätte Mitch gelacht. Die Kleine war hier genauso beliebt wie ein Furz im Aufzug, aber ihre Ausdauer war bewundernswert. Rebecca humpelte den Korridor lang und zog sich den Schuh wieder an. »Sie sagt, ihr Name schrieb sich nur mit einem ›n‹, und Sie haben ihn immer mit zwei ›n‹ geschrieben, nur um sie zu ärgern. Sie sagt, Sie haben die ganze Zeit dieses Lied vor sich hin gesungen. *When the War is Over*. Das nehmen Sie überallhin mit. Sie sagt, dieses Lied ging Ihnen im Kopf herum, als man Sie schließlich in Timor aufspürte und Ihnen mitteilte, Sie müssten sofort nach Hause zurück, aber man wollte Ihnen nicht sagen, weshalb. Die einzige Auskunft, die Sie bekamen, war die, dass es etwas mit Ihren Kindern zu tun hatte. Und als Sie dann nach Hause kamen ...«

»Wie können Sie das alles wissen? Keiner weiß das. Keiner.«

»Sie *erzählt* es mir, Mitch. Jeanie steht neben Ihnen. Sie ist ... Mitch, Sie haben mich gesehen, und Sie haben gedacht, ich wäre Ihre Frau, stimmt's? Und was Sie zu mir in der Messe gesagt haben, ob ich es Ihnen übel nehmen würde, wenn Sie mir etwas sagten, das haben Sie auch zu ihr gesagt. Aber sie hat nicht so reagiert wie ich. Sie hat Ihnen in die Augen geschaut und gesagt, das sei der blödeste Aufreißsatz, den sie je gehört hat, aber wenigstens einigermaßen originell. Ja?«

Er konnte Rebecca nicht in die Augen sehen. »Es war nicht originell.«

»Die Jungs, sie sind bei ihr. Aber sie sind auch bei Ihnen. Zwei kleine Jungs. Eineiige Zwillinge. Drei Jahre alt. Der eine spielt zu Ihren Füßen. Er hat einen gelben Spielzeuglaster. Er heißt Sean. Der andere malt etwas. Jason? Ja, Jason.«

»Meine Jungs sind tot, weil ich nicht da war. Ich war in Timor. Wäre ich zu Hause gewesen, würden sie jetzt beide zur Schule gehen.«

Das war eine Tatsache, die sie nicht leugnen konnte. Rebecca streckte die Hand aus und berührte Mitch leicht am Arm. Seine Impulsivität ließ etwas nach. »Sie haben sie geliebt, aber das war nicht genug. Manchmal ist das einfach nicht genug, und das weiß sie jetzt. Aber sie hat Sie auch geliebt, Mitch. Sie kam nur einfach nicht allein zurecht. Auch wenn Sie da gewesen wären und regelmäßig von neun bis fünf in einem Krankenhaus gearbeitet hätten, wäre sie immer noch nicht allein zurechtgekommen. Okay?«

Endlich nickte er.

»Also lassen Sie es doch hinter sich, ja? Genau jetzt. In diesem Moment. Lassen Sie das alles hinter sich. Die drei lieben Sie, so wie Sie die drei geliebt haben, aber jetzt müssen Sie sie gehen lassen.« Rebecca berührte sein Gesicht, und er spürte eine elektrische Ladung von ihren Fingerspitzen ausgehen. Und dann lächelte sie. In dem Moment sah auch er, was Faraday gesehen hatte. Und als er wieder Luft bekam, war die drückende Last verschwunden, die ihm die vergangenen fünf Jahre auf dem Herzen gelegen hatte. Und auch der Hass war nicht mehr da, den er wie ein Lieblingskleidungsstück bei jedem Wetter getragen hatte.

Er hatte sie gehen lassen.

Der Sergeant von der SAS wischte sich mit dem Ärmel übers Gesicht. »Mike braucht Sie. Hier lang«, sagte er nur. Als Rebecca sich umdrehte, gingen die Frau und die beiden kleinen Jungen ins Licht. Hände streckten sich ihnen entgegen.

10. Kapitel

Kelly fuhr zum Landsitz der Lorbers zurück, er wollte nur packen und dann den erstbesten Flug nach Hause nehmen. Er fuhr die kreisförmige Auffahrt hinauf. Er hatte nicht damit gerechnet, Mariannes Wagen an seinem üblichen Platz zu sehen. Sie hatte gesagt, sie wisse noch nicht, was sie heute machen wolle, und überhaupt, was ihn das denn noch anginge? Er hatte gehofft, sie wäre zum Einkaufen gefahren, denn wenn sie die Kreditkarte benutzte, würde sie merken, dass er sie hatte sperren lassen. Er stieg aus dem Wagen, schlug die Tür zu und lief die Treppe hinauf, immer drei Stufen auf einmal. Er war froh, dass seine Schwiegermutter in Paris war. Ihr Gesicht war nun wirklich das Letzte, was er jetzt sehen wollte.

Er ging durch die Küche und gab Maria einen Klaps auf den Hintern. Mit einem Messer in der Hand drehte sie sich zu ihm um. Er nahm einen Schluck Milch direkt aus der Tüte und stellte sie in den Kühlschrank zurück, alles nur, um die alternde spanische Haushälterin zu ärgern. »Ich reise ab, Maria.«

»Sie fahren zurück nach England?«

»Ja. Wir werden uns nicht mehr wiedersehen. Verstanden?«

In ihrem Gesicht spiegelte sich Enttäuschung. »Kommen Sie her.« Sie winkte ihn näher heran, obwohl sie immer noch das Messer in der Hand hielt. »Umarmen Sie eine alte Señora zum Abschied.« Kelly umarmte sie, und sie tätschelte ihm den Rücken. Sie wollte ihn gar nicht mehr loslassen, und so stand er da, während die alte Frau sich an ihn klammerte und ihn an ihren üppigen Busen drückte. Und er nahm das mannhaft hin, bis sie genug hatte. Ein Kuss auf die Wange, und schon war er die Treppe hinauf. Im Gästezimmer holte er seine Reisetasche aus dem begehbaren Kleiderschrank und packte.

Hinterher ist man immer klüger. Hinterher kann man, wenigstens theoretisch, alle Fehler wieder gutmachen. Er wünschte, er hätte gar nicht erst überlegt, was er als Nächstes machen sollte. Er wünschte, er hätte nicht beschlossen, Marianne noch auf Wiedersehen zu sagen.

Er hätte in dieses Auto einsteigen, zum Flugplatz fahren und das nächste Flugzeug nehmen sollen.

Aber das tat er nicht.

Er klopfte an ihre Tür. Er hörte Wasser laufen. Dann merkte er, dass der Teppich nass war. »Marianne!«, rief er. Nichts.

Maria hörte ihn rufen und kam die Treppe heraufgelaufen, so schnell ihr alter Körper es zuließ. Sie sah, wie er die Tür eintrat. Das Wasser, das im Zimmer mehrere Zentimeter hoch stand, ergoss sich auf den Flur. Maria ging hinein, ihre weißen Schuhe patschten über den voll Wasser stehenden Teppich. »Was ist denn los?«, fragte Maria auf Spanisch. Sie hörte, wie das Wasser abgedreht wurde, aber Kelly antwortete nicht auf ihre Frage, also ging sie an dem großen Bett vorbei zum Badezimmer. Sie sah rosafarbenes Wasser auf den weißen Fliesen.

Kelly stand neben der Badewanne und schaute hinunter. Er drehte sich zu Maria um, und sie wusste nicht, was er dachte. »Maria, rufen Sie die Polizei.«

»Die Polizei? Wieso?«

»Kommen Sie nicht herein. Tun Sie einfach, was ich sage. Jetzt.«

Nicht war ein Wort, das Maria gar nicht gern verstand. Sie ging hinein.

Marianne lag in der überlaufenden Badewanne. Sie hatte ein Skalpell benutzt, um sich den einen Arm vom Handgelenk bis zum Ellenbogen aufzuschneiden. Hätte das Skalpell seine Wirkung verfehlt, hätten die Pillen und der Brandy auch genügt. Maria fing an zu schreien. Kelly hörte kaum etwas davon.

Rebecca stand am Bett, sie wusste, dass Mike das nicht allzu bereitwillig über sich ergehen lassen würde. Sie zog sich einen Stuhl näher heran. Mike wachte nicht auf. Sie schlug die Bettdecke zurück und legte ihre Hand auf sein Herz. Schnell schloss sich seine Hand über ihrer. »Was haben Sie vor, Kleines?«

»Ich habe gedacht, Sie schlafen.«

Daraufhin drückte er ihre Hand. »Ja, das tue ich auch. Also raus mit Ihnen.«

»Werden Sie mich Ihnen helfen lassen?«

»Das ist meine Aufgabe.«

»Lassen Sie mich Ihnen helfen.«

Seine Hand lag noch auf ihrer Hand. Mitch und Jamie schauten zu. In identischer, aber spiegelverkehrter Körperhaltung standen sie da. Mitch hatte den rechten Arm über dem linken und den linken Fuß über dem rechten, und Jamie hatte den linken Arm über dem rechten und den rechten Fuß über dem linken.

Wie siamesische Zwillinge.

»Sie wollten gar nicht, dass ich hiervon erfahre, oder? Aber Mitch ist gekommen und hat es mir erzählt, Sie haben also verloren. Wieso, Mike? Wieso?«

»Gottes Wille«, sagte er nur.

»Sie sturer alter Idiot, das hängt allein von Ihrem Willen ab. Lassen Sie Gott aus dem Spiel.«

Er grunzte, hielt aber immer noch ihre Hand. »Sie nennen mich also einen alten Idioten, ja?«

Mitch und Jamie senkten beide den Kopf und gaben sich alle Mühe, nicht zu lachen.

»Ich will Ihnen mal was sagen, Sie sturer alter Schotte. Es ist Gottes Wille, dass ich jetzt hier bei Ihnen bin und Ihnen die Hand halte, verdammt nochmal, oder?«

»Lassen Sie mich in Ruhe. So können Sie nicht mit mir reden.«

»Wie sollten Sie mich daran hindern?«

»Ich lege Sie übers Knie und gebe Ihnen tüchtig was hinten drauf. Genau das, was Sie brauchen.«

»Dazu sind Sie viel zu krank. Sie können sich ja nicht einmal aufsetzen! Geben Sie es schon zu.«

Mike drehte sich um und sah sie an, dann schloss er die Augen. »Herrje, Gott im Himmel. Würden Sie sich bitte etwas anziehen.«

So etwas Komisches hatten sowohl Jamie als auch Mitch seit Wochen schon nicht mehr gehört.

»Lassen Sie mich Ihnen helfen, Mike.«

»Das kann ich nicht zulassen.«

»Weshalb nicht?«

»Es bereitet Ihnen Schmerzen. Deshalb.«

»Es bereitet mir keine Schmerzen. Ich fühle mich dann nur immer ein bisschen ... ach, ich weiß auch nicht. Schwindlig.«

»Schwindlig, dass ich nicht lache. Los, raus mit Ihnen. Ich will Sie hier nicht haben!«

»Mike, Sie sind ein ...«

»Ja, ich weiß. Los, raus mit Ihnen.«

Er weigerte sich rundheraus. »Na schön. Ganz wie Sie wollen. Dann quälen Sie sich doch. Spucken Sie eimerweise Blut. Leiden Sie doch unter unbeschreiblichen Schmerzen. Wenn Sie glauben, dadurch kommen Sie schneller nach Hause, dann irren Sie sich.«

»Sie reden Blödsinn.«

»Ich weiß, wo Ihr Entlassungsgesuch ist. Ich weiß, wo Sie es hingelegt haben. Aber ich bin sicher, Mary will Sie nicht so krank zu Hause haben, oder die Mädchen. Und was ist mit dem kleinen Hamish?«

Mike keuchte. Die Schmerzen waren wieder da. Wie konnte sie von Hamish wissen? Dem kleinen Jungen? Dem kleinen Enkel, den er noch nicht gesehen hatte?

»Ich will doch nur helfen. Wenn ich in Ohnmacht falle, lassen Sie mich einfach auf dem Fußboden liegen.«

Jetzt übergab er sich, spuckte hellrotes Blut. Und dann nickte er. Die Schmerzen konnte er nicht länger ertragen.

Die beiden Sanitäter sahen dem Engel bei der Arbeit zu. Diesmal gab es keine Lichteffekte – es ging alles ganz unspektakulär zu. Der Raum füllte sich mit dem Duft nach Rosen, der den Geruch der Desinfektionsmittel überdeckte.

Nach sechs Minuten setzte sich Rebecca zurück und streckte sich aus.

»Hier«, sagte Jamie. »Versuchen Sie es mal damit. Zuckerlösung.«

Bereitwillig nahm Rebecca das Glas. Sie wurde nicht ohnmächtig. Allerdings wich sie für den Rest der Nacht auch nicht von Mikes Bett.

Es war zwei Uhr dreißig am Morgen, als Jamie aufwachte. Ihm war nicht einmal bewusst, dass er eingeschlafen war. Er sah Mitch, der mit verschränkten Armen am Fußende des Bettes vom Chefarzt stand. Mitch hatte Rebecca eine Decke umgelegt. Sie jetzt von hier wegbringen zu wollen war zwecklos.

»Wie geht es ihm?«

»Besser.«

»Ich habe da ein Gerücht gehört.«

»Und?«, fragte Mitch, als sie zusammen auf ihre Station gingen.

»Der Colonel will Rebecca in Lakenheath in Uniform sehen.«

Mitch reagierte nicht so wie die anderen. Er lachte nicht, verschluckte sich nicht, regte sich nicht auf und schloss auch keine Wetten darüber ab, dass sie es nicht schaffen würde. »Und wer hat den Kürzeren gezogen?«

»Kelly.«

»Weiß er das schon?«

Als Antwort nur ein Schulterzucken. Erst da zeigte sich auf Mitchs Gesicht ein Lächeln.

»Du siehst irgendwie anders aus. Habt ihr es getrieben?«

»Faraday, halt's Maul.«

»Ach komm schon, los, erzähl es mir doch. Als du sie suchen gegangen bist, warst du stocksauer. Aber zurückgekommen bist du ganz verändert. Wo habt ihr es gemacht? Wie war sie?«

»Faraday, halt dein Maul, oder ich mach dich kalt.«

Sie trug immer noch das rote Jerseykleid, als sie zum Frühstück herunterkam. Wenn der Anblick des Essens schon genügte, ihr den Appetit zu nehmen, dann war der Geruch Übelkeit erregend. Sie konnte das nicht ertragen, jedenfalls nicht heute, also holte sie sich einen Kaffee. Billy saß nicht an seinem Tisch, und Schuldgefühle regten sich. Zu viel Schaden war angerichtet worden. Sicher, sie waren vergangene Nacht als Freunde auseinander gegangen, aber sie wusste, dass ihre Beziehung jetzt einen Riss bekommen hatte. Irreparabel war er allerdings nicht. Sie nahm ihren Kaffee mit nach oben.

Pete wartete auf dem Flur, in der Nähe ihres Zimmers. »Morgen«, sagte sie.

»Wo sind Sie gewesen?«

»Auf der Krankenstation. Mike ist krank gewesen. Was habe ich denn diesmal angestellt, um diesen Besuch zu verdienen?«, fragte sie, als sie die Tür aufschloss und Pete ihr hinterherging.

»Sie? Gar nichts.«

»Das ist ja mal was ganz Neues.«

»Kelly hat mich gerade angerufen.«

In Petes Stimme lag nichts, was sie hätte deuten können. »Er kommt also heute nicht zurück, oder?«

»Seine Frau ist tot.«

Rebecca stellte die Tasse ab, ehe sie sie fallen lassen konnte. Was sie in diesem Augenblick fühlte, konnte sie nicht benennen: eine Mischung aus Traurigkeit und Hochstimmung. Nicht das Mitleid beziehungsweise das Mitgefühl, das sie hätte empfinden sollen. Es war eine schmerzliche Freude, und sie wusste, es war falsch, so etwas zu fühlen. »War es eine Hirnblutung?«

»Nein. Er hat sie in der Badewanne gefunden. Selbstmord.

Ich wollte Ihnen das lieber sagen, denn ich habe keine Ahnung, wie es ihm gehen wird, wenn er zurückkommt.«

»Wann wird er denn nun kommen?«

»Heute Abend.«

»Ich soll ihm da durchhelfen. Wollen Sie das?«

»Ich glaube schon. Sie scheinen jedem hier in der Truppe auf die eine oder andere Art zu helfen. Ehe ich es vergesse, für nächsten Freitag habe ich ein paar Leute zu mir nach Hause zum Abendessen eingeladen. Wenn dem Commander der Sinn danach steht, hätte ich gern, dass er Sie mitbringt. Übrigens, Ihre Frisur gefällt mir.«

Und damit war er wieder weg.

Der Tag dauerte eine ganze Ewigkeit.

Kelly parkte auf dem für ihn reservierten Platz. Er stieg aus dem Auto, nahm seine Reisetasche aus dem Kofferraum und schloss den Wagen mit der Fernbedienung ab. Er schaute auch zu den Offiziersquartieren hoch. Ihr Licht war nicht an. Er spürte Enttäuschung, was zwar ungerecht war, aber trotzdem spürte er sie. Aus irgendeinem Grund hatte er gehofft, sie würde auf ihn warten.

Er benutzte seine Chipkarte, um die Tür zu öffnen, und ging hinein.

»He, Seemann.«

Beim Klang dieser Stimme schlug ihm das Herz bis zum Hals. Rebecca saß auf der Treppe, die Arme hatte sie um die Knie geschlungen. Ihr Haar war kurz, und sie sah völlig verändert aus, aber das war ihm egal – sie war der Anblick, nach dem er sich endlose Tage gesehnt hatte. Sie leuchtete von innen, als sie ihn ansah. Aber sie rührte sich nicht. Sie lief nicht auf ihn zu, um ihn zu begrüßen. Sie schlang nicht die Arme um ihn.

Er hatte gedacht, es ginge ihm gut, bis er sie da sitzen sah, bis er ihre Stimme hörte.

»Ich wollte draußen auf der Treppe warten, aber es war zu kalt. Wird es bald Schnee geben?«

»Nein«, sagte er. »Dazu ist es noch nicht kalt genug.«

»Oh«, sagte sie enttäuscht. »Ich habe noch nie Schnee gesehen. Jedenfalls keinen echten.«

»So toll ist das auch wieder nicht.« Sie weiß es, dachte er. Sie weiß es, und sie sagt kein Wort. Er setzte die Reisetasche ab. »Was ist denn da passiert?«, fragte er und fuhr ihr mit den Fingern durch das, was von ihrem Haar noch übrig war.

»Eine lange Geschichte.«

»Und deine Stirn?«

»Dieselbe lange Geschichte.« Er war randvoll, übervoll von Verzweiflung. Sie spürte es – ganze Wellen davon –, aber er ließ sich nichts anmerken. Wie war das möglich? Wie konnte er das so wirkungsvoll wegschließen?

»Jahrelange Übung«, antwortete er leise.

Er hatte wieder einmal gewusst, was sie dachte. Wie war das nur möglich?

»Du bist ein offenes Buch für mich, Kleine. Was ist passiert?«

»Es ist vorbei. Nicht wichtig.«

Rebecca erhob sich. Sie stand jetzt auf der zweiten Stufe, sodass sie sich zum ersten Mal auf gleicher Höhe wie der Commander befand. Sie wusste nicht, was sie sagen sollte. Sie hätte ihn gern berührt, sich überzeugt, dass er wirklich da war, dass er jetzt nicht etwa nur ein Hirngespinst war, beziehungsweise von Anfang an gar nicht existiert hatte. »Schön, dass du wieder da bist. Ich habe dich vermisst. Ich vermisse sonst nie jemanden.«

»Außer Annie.«

»Mit Annie ist das etwas anderes. Es ist ...«

»Frauenkram.« Sein Blick heute Abend war sehr intensiv. Beinahe beängstigend. Er hat nicht geschlafen, dachte sie. Er hat nicht geschlafen, er hat nur in seinen Gedanken gelebt, war zu lange da eingesperrt. Bald wird er explodieren.

»Pete hat mir das mit Marianne erzählt. Ich weiß nicht genau, was ich jetzt sagen soll.«

»Dann sag gar nichts.« Kelly nahm seine Reisetasche hoch und ging die Treppe hinauf. Rebecca blieb stehen, wo sie war, bis sie seine Stimme hörte: »Kommst du nicht?«

Ohne ein Wort zu sagen, folgte sie ihm. Er öffnete seine Tür und drehte sich zu ihr um. »Gib mir deine Marken.«

Sie nahm sie ab. Kelly öffnete auch ihre Tür, warf die Marken hinein und schloss sie.

»Aber, aber ...«

»Ich kenne den Code.« Ohne ein weiteres Wort gab er ihr zu verstehen, sie solle in sein Quartier gehen.

»Dafür bringen die uns vors Erschießungskommando.«

»Nur mich, dich nicht. Und mir ist das egal.«

»Sag das nicht. Es ist dir nicht egal.«

»Mach mal Pause, ja? Bitte!« Frauen, dachte er. Sie müssen andauernd reden. Reden und reden und immer weiter reden. Er setzte seine Reisetasche ab und zog sich die Stiefel aus.

Rebecca sah zu, wie er sich auskleidete. Wie er duschte, ohne den Vorhang vorzuziehen. Mein Gott, er ist wunderschön, dachte sie. Wie er so dasteht und die Hände auf die Fliesen ausstreckt. Ich könnte ewig zuschauen und es nie leid werden. Wasser strömt herab, Dampf steigt auf. Den Kopf stützt er jetzt auf den Oberarm. Er weint, dachte sie. Er weint, und ich kann einfach nichts tun, ich kann ihm da nicht durchhelfen. Er hat Marianne wirklich geliebt, aber bis zu diesem Augenblick hat er es nicht gewusst.

Rebecca drehte sich weg und setzte sich ans Fenster, in die Nähe der Staffelei. Da war eine flüchtige Studie von ihr, hastig und schemenhaft. Sie las, hatte den Kopf in die Hand gestützt. Sie machte einen schrecklich gelangweilten Eindruck. Er hat gesagt, er lässt mich schön aussehen, dachte sie. Auf dem Bild sehe ich traurig aus.

Sie schaute noch einmal ins Badezimmer, als er das Wasser abdrehte. Sie sah ihm zu, wie er sich abtrocknete. Und dann fing er ihren Blick auf. Schnell schaute sie weg. »Das ist es nicht«, sagte er.

»Was?«

»Was du dir da ansiehst. Das ist es nicht.«

Er kam aus dem Bad und tat so, als habe er Shampoo in den Augen. Kelly war splitternackt und rieb sich den Kopf mit einem Handtuch trocken. »Ich weiß noch nicht, was ich mit dir mache.«

Das hätte sie auf tausenderlei Arten interpretieren können. Er konnte sich splitternackt vor ihr ausziehen, und es machte ihm nichts aus. Machte er so was oft? Hatte er denn kein Schamgefühl? War ihm nicht kalt?

»Nein, mir ist nicht kalt. Und ich fühle mich wohl in deiner Gegenwart.«

»Lass das!«

»Was denn?«

»Du liest schon wieder meine Gedanken.«

»Dann weißt du ja jetzt, wie ich mich fühle.« Er hängte das Handtuch auf. Sie hatte noch nie einen Mann gesehen, der tatsächlich irgendetwas aufgehängt hätte. Sie sah zu, wie er sich anzog. Boxershorts und T-Shirt.

»Nein, Kelly. Ich weiß nicht, wie du dich fühlst. Du sagst ja nie etwas. Ich habe gedacht, du würdest dich freuen, mich zu sehen. Ewig habe ich da auf dieser Treppe gesessen und auf dich gewartet, und dann kommst du rein und sagst kein einziges Wort.«

»Ich habe mich gefreut, dich zu sehen. Ich freue mich, dich zu sehen.«

»Dann sag es.«

»Wieso? Du weißt es doch schon. Wieso muss ich es dann noch sagen?«

Und das war der Unterschied zwischen ihnen; der Unterschied zwischen Mann und Frau.

»Komm her. Bitte.«

Wieso muss immer ich gehorchen? Wieso kannst du nicht mal zu mir kommen, was? Nur ein einziges Mal. Einmal nur. Komm zu mir! Aber sie sagte nichts. Sie konnte diesem Mann, der sein ganzes Leben nichts anderes gemacht hatte, als anderen Befehle zu erteilen, keine Befehle erteilen.

Dann spürte sie seine Hand auf ihrer Schulter. Sie fühlte sich warm und stark an. Er riss sie hoch von ihrem Stuhl und zog ihr den Pullover über den Kopf. Kaum hatte er sich angezogen, zog er sich auch schon wieder aus. Zu schnell. Er war zu schnell, zu verzweifelt. Seine Berührungen waren hastig und grob, seine Hände rau. »Kelly, nein. Nein! Du tust mir weh!« Er drückte sie gegen die Wand, zog ihr die Jeans herunter. »Kelly!« Aber er hörte sie nicht. Sie versuchte, ihn wegzuschieben, aber er drückte ihr brutal ein Knie gegen die Schenkel. »Nicht ... Lass das! Du bist nicht er! Du bist nicht Robbie!«

Es hörte so schnell auf, wie es angefangen hatte.

»Tut mir Leid. Tut mir Leid.« Heftig zog er sie an sich, und dann hielt er sie ganz fest. Er presste sein Gesicht in ihr Haar und atmete Äpfel ein. Dann lag er auf den Knien und schluchzte. Seine Tränen fühlten sich bitter auf ihrer Haut an. Auch Rebecca ließ sich auf die Knie fallen und zog ihn auf den Fußboden hinunter. Sie drückte ihn an sich, hielt sein Gesicht an ihrem Herzen, wiegte ihn hin und her, dachte an nichts und sagte noch weniger.

Sie wusste nicht, wie lange sie ihn so hielt, aber ihr war kalt, also zog sie eine Decke vom Bett herunter und deckte sich und ihn damit zu. Rebecca dachte schon, seine Tränen würden nie versiegen, bis sie begriff, dass er diese Tränen jahrhundertelang in sich aufbewahrt hatte.

Eine Ewigkeit verging, während er sich in den Schlaf weinte. Er war so schwer. Ein lebloses Gewicht. Wie von Nadelstichen pochte es in ihrem linken Arm. Sie versuchte, sich zu bewegen, aber er klammerte sich weiter fest. »Kelly? Kelly, geh ins Bett. Bitte, mir ist kalt.«

Die Stimme drang zu ihm durch. Er spürte sie mehr, als dass er sie hörte. Ganz weich an seiner Wange. Ein regelmäßiger, kräftiger Herzschlag an seinem Ohr. Er machte die Augen auf.

Eine weiche Brust. Sie war echt. Er schaute hoch. Rebecca. Scheiße.

»Mein Arm ist eingeschlafen.«

Schnell zog er sich zurück. Das Licht war immer noch an. Ihre Kleider lagen verstreut auf dem Boden. Sie setzte sich auf und zog die Decke fest um sich, allerdings nicht schnell genug, denn er sah die Blutergüsse. Was zum Teufel hatte er ihr angetan?

Er half ihr beim Aufstehen. Er wusste nicht genau, was er sagen sollte. Und er wusste auch nicht, wie er sich fühlen sollte. Wäre es jemand anderes gewesen, hätte er mit Aggression reagiert, um gegen die Scham anzugehen. Aber sie sagte nichts. Sie wickelte die Decke noch fester um sich, hob ihre Kleider auf und ging zur Tür.

»Wohin gehst du?«

»Ich muss mich hinlegen. Bitte schließ meine Tür auf. Ich kenne die Nummer, aber es funktioniert nur, wenn ich die Marken habe.«

»Ich will nicht, dass du gehst.«

»Kelly ...«

»Wieso kannst du mir nicht in die Augen sehen? Wieso hast du Angst vor mir?«

»Ich habe den anderen in dir gesehen. Er ist zurückgekommen.«

Das Gewicht, das er mit sich trug, schien zu schwer zu sein. Er ließ den Kopf sinken. »Ja, weißt du es denn noch nicht?«

»Was?«

»Ich liebe dich.« Es kam ganz automatisch. Ganz natürlich. Er erstickte nicht daran. Er meinte es wirklich. »Ja. Ich habe dich gesehen, als du noch ein kleines Mädchen warst. Du hattest langes Haar bis zum Hintern runter. Und da wusste ich es. Gleich als ich dich an Bord kommen sah. Ich wusste, wer du warst und wer du sein würdest.«

»Wieso hast du denn nichts gesagt? Wieso hast du denn nicht mit mir geredet?«

»Was hätte ich sagen sollen? Ich war einundzwanzig, und du warst ein Kind mit staunenden Augen. Du verstehst es nicht, oder? Du verstehst es einfach nicht. Wenn ich dich damals angesprochen hätte, dann hätte sich alles wiederholt. Dann hätte alles wieder von vorn angefangen. Aber jetzt ist das nicht mehr so. Jedenfalls muss es nicht mehr so sein. Ich liebe dich, Rebecca. Ich brauche dich. Bitte, geh nicht durch diese Tür.«

Er wurde wieder ganz schläfrig, sein Arm war ihr Kissen, seine riesige Hand bedeckte ihre Brüste. Es fühlte sich angenehm an. Wie Sex fühlte es sich nicht an, vorausgesetzt, er spielte nicht. Als sie an die Wand starrte, überlegte sie, ob er Marianne wohl auch so gehalten hatte.

»Das ist viel besser«, flüsterte er. »Das ist wirklich.« Er spielte.

»Nein. Ich bin müde.«

»Tut mir Leid, wenn ich dir Angst gemacht habe«, sagte er. »Ich weiß nicht, was das war. Ich weiß nicht, was da passiert ist.«

»Es spielt keine Rolle. Er ist jetzt gegangen. Robbie ist endgültig gegangen.«

»Woher weißt du das?«, fragte er.

»Du hast aufgehört. Er hätte das im Leben nicht gemacht.«

»Sie ist nicht verbrannt worden«, sagte er leise. »Er hat sie erstochen, erst hat er sie umgebracht, und dann sich.«

»Und ich nehme an, er hat ihr versprochen, dass er sie bis ans Ende aller Zeiten lieben wird, oder irgendwas Lächerliches in der Art.«

»Genau das hat er gemacht.«

Rebecca drehte sich um und schaute ihm ins Gesicht. »Und was hat sie dazu gesagt? Verlass dich darauf, dass wir durch dich bis in alle Ewigkeit verflucht sind? Hat sie ihn angeschrien, er soll das zurücknehmen?«

»Nein. Sie wusste, was er vorhatte. Sie hat einfach in seinen Armen gelegen und es geschehen lassen.«

»Sie hat immer in seinen Armen gelegen und es geschehen lassen. Viel verändert hat sich nicht.«

Schweigen.

»Es war ein Messer, stimmt's? Ein großes Messer, das er im Stiefelschaft hatte.«

»Ja.«

»Messer machen mir Angst.«

»Jetzt weißt du also, weshalb.«

»Dieses krumme Ding da an der Wand gefällt mir auch nicht sonderlich. Wo hast du das her?«

»Ich habe es im Irak gefunden, mehr darf ich dir dazu nicht sagen, also frag nicht.«

»Verschlusssache?«

»Ja.«

»Ich habe dich vermisst.«

»Ich habe dich auch vermisst.«

»Ich habe dich vermisst, bevor ich dich überhaupt kennen gelernt hatte. Weißt du das? Irgendwas hat mir immer gefehlt. Und dann habe ich dich kennen gelernt, und ich habe gefunden, was gefehlt hat. Was meinst du? Wo haben die beiden sich kennen gelernt?«

»Wer?«

»Hannah und Robbie.«

»Hier. Komm, ich zeige es dir.« Kelly machte Licht, setzte sich auf den Rand seines schmalen Bettes, griff unters Bett und holte eine riesige Aktenmappe darunter hervor. Er zog den Reißverschluss auf und nahm einen Stapel Zeichnungen heraus, die am oberen Rand mit einer Büroklammer zusammengehalten waren. Sie waren natürlich chronologisch geordnet. Die erste trug das Datum 12.11.87. Es war eine Skizze mit Kohlestift mit vielen Fingerabdrücken. Rebecca sträubte sich jedes einzelne Haar im Nacken.

Hannah. Es war ganz entschieden Hannah. Mit einem Korb voller Kräuter in der einen Hand ging sie einen Hügel hinauf, während sie mit der anderen Hand den zerlumpten Rock hochhielt. Sie trug Stiefel, die mit einer Kordel zusammengehalten wurden. Im Hintergrund gab es einen See – ein schottisches *Loch* – und Berge. Das Gras stand hoch. Es regnete, ihr Haar war nass und lag eng am Kopf, und auch die Bluse klebte ihr am Körper.

»So hat er sie zum ersten Mal gesehen. Sie kämpfte sich einen Hügel hinauf, und der Boden war matschig, und sie rutschte aus. Er ritt gerade vorbei und sah, wie es passierte, also hielt er an. Und so begann alles. Er war verheiratet, aber er kam nicht dagegen an. Dieses Mädchen, dem er aus dem Matsch hochgeholfen hatte, war leidenschaftlich und witzig und sanft, und sie wollte den Leuten nur helfen. Sie hatte die Gabe. Schon damals hatte sie die Gabe.«

Rebecca nahm die nächste Zeichnung. Hannah in der Sonne sitzend, Hühner um sie herum, die auf dem Boden kratzten, eine Katze schlafend auf ihrem Schoß.

Und immer so weiter. Einfache Szenen mit einer jungen Frau, und immer trug sie dieselbe Kleidung, bis Rebecca zum zehnten Bild kam. Dazu musste Kelly nichts erzählen, weil sie das schon viele Male selbst durchlebt hatte. Der geflieste Fußboden, die Gesichter im Dunkeln. Dem Gericht das ›Hexenmal‹ zeigen. Hannah war schwanger.

Und von da an wurde die Serie düsterer. Catherine, die Hannah den Säugling aus den Armen riss. Da war die Zeichnung eines alten Mannes, der auf seinem Strohbett lag. Hannahs Pa, und er war tot. Da gab es Darstellungen der Folter, obwohl er gesagt hatte, die meisten davon habe er verbrannt. Und dann kam die letzte Zeichnung. Die einzige, auf der Robbie Innes zu sehen war, und die einzige, die Kelly in Farbe gezeichnet hatte. Sie trug das Datum vom 4.3.95. Vierter März. Mein Geburtstag, dachte Rebecca.

Ein kleiner Raum im Burgturm. Stroh auf dem Steinboden. Robbie Innes saß mit dem Rücken zur Wand, und Hannah lag ausgestreckt auf seinem Schoß. Auf dem Leib trug sie kaum mehr als Fetzen. Wäre da nicht die Decke um ihre Beine gewesen, hätte sie auch genauso gut nackt sein können. Sie war schmutzig, abgemagert und voller Blut. Wie auch Robbie. Rebecca konnte sein Gesicht nicht deutlich erkennen, weil sein langes Haar es verdeckte. Er trug einen grünschwarz gestreiften Kilt und ein weißes Hemd mit gebauschten Ärmeln. Mitten in seiner Brust steckte ein Messer.

»Das verfolgt dich, stimmt's?« Das sagte Rebecca ganz leise.

»Diese eine Szene, immer und immer wieder, fast jede Nacht, seit du hier bist. Selbst wenn ich vergessen wollte, irgendwas will das nicht zulassen.«

Rebecca gab ihm die Zeichnungen zurück, und Kelly legte sie in die Mappe, die er unter das Bett schob. Dann ging das Licht aus, und sein Arm wurde wieder zum Kissen. Rebecca zog kleine Kreise auf Kellys Brust. »Ich wette, er ist nicht noch einmal so dumm und sagt: *Ich liebe dich, auf ewig.*«

»Da sei dir mal nicht so sicher. Ich glaube, so viel hat sich gar nicht verändert. Die Zeiten vielleicht, aber das ist auch alles.«

»Darf ich jetzt schlafen? Ich habe mich schon vor drei Stunden in einen Kürbis verwandelt.«

Kelly wollte ganz offensichtlich nicht schlafen.

»Wie oft kannst du es in einer einzigen Nacht machen?«

»Möchtest du das gern herausfinden?«, fragte er.

Um zehn Uhr musste sie sich in seinem Dienstzimmer melden, und sie wollte nicht zu spät kommen. Jetzt war er wieder ganz Commander, aber sie war nicht enttäuscht. Sie war beinahe froh. Und außerdem strafte seine Stimme Lügen, was seine Augen verrieten. Er ging an ihr vorbei und schaute sich nicht um.

»Heute geht es also los, ja?«

Sie schaute auf, als sie ihren Toast zur Seite schob. Ein Bissen hatte genügt. Es ging ihr gar nicht gut. »Sieht ganz so aus, Sergeant.«

»Also fünfzig Pfund, ja?«

Sie lächelte Billy an, weil er sie anlächelte. Heute Morgen

hatte er sein Frühstück an ihren Tisch gebracht. »Kann ich Sie etwas fragen?«

Argwöhnisch sah er sie an.

»Was machen Sie hier eigentlich genau?«

Er strich sich Marmelade auf seinen Toast und antwortete: »Grundausbildung mit der Waffe. Geiselbefreiung, Erstschlag und Präventivschlag. Hubschraubereinsätze. Ich selber habe ein, zwei Dutzend Lufteinsatzkommandos hinter mir. Dann gibt es noch die verdeckten Einsätze, Bombenentschärfungen ... Sie haben überhaupt keine Ahnung, wovon ich hier rede.«

»Und das machen hier alle?«

»Mehr oder weniger. Für spezielle Situationen gibt es Spezialisten-Teams.«

»Und Kelly ist der Chef von diesen ganzen Teams?«

»Er gehört der SEAL an.«

Sie beugte sich vor und flüsterte: »Und was genau ist das nun schon wieder?«

»Wissen Sie das denn nicht?«, fragte Billy.

Sie schüttelte den Kopf, also beugte sich diesmal Billy vor, und dann erklärte er das mit der Elitekampfschwimmertruppe. Rebecca lehnte sich weit zurück. »Jetzt weiß ich auch, wieso er sich andauernd so aufregt, wenn ich ihn Seemann nenne.«

Diesmal spuckte Billy seinen Tee über den Tisch.

»Ich glaube, ich werde die fünfzig Pfund verlieren. Ich sehe Sie dann später, Sergeant.«

Rebecca ging zur Krankenstation hinunter. Die Jalousien waren aufgezogen, also war Mike wieder an der Arbeit. Sie klopfte an seine Tür und steckte den Kopf hinein. »Hallo, Kleines. Mir geht es gut, falls Sie das fragen wollten.«

»Schön, mir geht es nicht gut.«

»Dann setzen Sie sich wohl lieber.«

Er machte die Tür zu und setzte sich auf die Schreibtischkante. »Sie werden doch einem alten Mann nicht wieder Angst einjagen, oder?«

»Na ja, wer weiß. Das ist doch vertraulich, ja? Es bleibt unter uns.«

»Ja.«

»Sie werden es niemandem erzählen. Schwören Sie mir das.«

»Ich schwöre.«

»Es darf keiner erfahren. Mitch nicht. Jamie nicht. Keiner.«

»Was zum Teufel ist denn los, Kleines?«

»Ich glaube, ich bin schwanger.«

Zwanzig Minuten später verließ sie das Dienstzimmer des Arztes und ging zur Verwaltung. Rebecca klopfte an Kellys Tür und ging hinein. Er telefonierte gerade, also setzte sie sich ganz ruhig hin und wartete und gab sich alle Mühe, ihm beim Telefonieren nicht zuzuhören. Es war nur eine Abfolge von Ja, Nein, Okay und noch mehr Ja und Nein. Was Billy ihr alles über die SEAL-Truppe der US Navy erzählt hatte, das war doch sicher nur ein Scherz gewesen.

Kelly legte auf und sah sie fragend an.

»Es ist fünf vor. Ich bin nicht zu spät.« Die Art, wie er sie musterte, gefiel ihr nicht. Sie trug etwas Langärmeliges. Das mit Pflaster festgeklebte Wattestückchen konnte er nicht sehen, außer, er hatte Röntgenaugen. »Was?«, fragte sie. »Was?«

»Das ist für dich gekommen.« Über den Schreibtisch schob er ihr ein kleines Luftpostpäckchen zu. Es war ungeöffnet. Rebecca Miller. Ein Postfach in Salisbury.

Rebecca riss das Päckchen auf wie ein Hund, der am Verhungern war. Ein gerahmtes Foto war in eine Plastikschutzhülle mit Luftbläschen gewickelt, aber zuerst las sie den Brief. Seiten über Seiten. Sie betrachtete zwei Fotos, die dem Brief lose beilagen, und er sah, wie sich ihr Gesichtsausdruck plötzlich veränderte; Neugier wurde zu Liebe. Und so voller Liebe sah sie dann auch ihn an und fügte noch ein Lächeln hinzu. Sie reichte ihm eines der Fotos. Ein Kind, das mit irgendeinem Spielzeug spielte. »Näher als ihm wirst du einem eigenen nicht kommen, das hast du doch gesagt, oder?«

Diesen Blick hatte sie bei ihm bisher noch nicht gesehen. Es schien, als würde er ihr Geheimnis bereits kennen. »Ich wollte nur, dass du ihn siehst. Das ist alles.« Rebecca nahm ihm das Foto wieder aus der Hand und wandte sich noch einmal dem Brief zu. Geduldig wartete Kelly. Sie wickelte das gerahmte Foto aus, betrachtete es und sagte: »Du liebe Güte. Jahrelang hat das an der Wand gehangen, Kelly. Jahrelang. Als Mama starb, habe ich es abgenommen und weggelegt. So lange Zeit, und es ist mir nie aufgefallen.« Sie reichte es ihm, und er sah es sich an. Es war die Eisenhower, ohne jeden Zweifel. Er erkannte die Frau auf dem Foto, weil ihre Tochter ihr ähnlich sah. Das Interessante war die Tatsache, dass Rebeccas Mutter neben Pete stand, der damals Kampfpilot war. Staatenübergreifende Manöver: ein kurzer Aufenthalt in Sydney, dann Brisbane, schließlich North Queensland und Shoalwater Bay. Er konnte sich noch gut erinnern.

Was im Hintergrund des Fotos zu sehen war, zog Kelly an wie ein Magnet. Er sah sich selbst an Deck, breitbeinig und mit verschränkten Armen stand er da, genau wie sie es gesagt hatte. Aber er schaute nicht in die Kamera. Er betrachtete das Mädchen im Teenager-Alter, das auf dem Foto nicht zu sehen war. Den Kopf hatte er zu der Person rechts von ihm geneigt, als sei das Foto mitten in einem Gespräch gemacht worden. Kelly sprach mit Robert Glover. »Na schön, ich kenne ihn also auch. Bist du jetzt zufrieden?«

Über das Haustelefon meldete er sich bei Joel und sagte ihm, er sei in vier Stunden wieder zurück. »Du kommst mit.« Er nahm seine Uniformjacke von dem Haken hinter der Tür. »Lass das liegen. Du kannst es später holen.«

Rebecca ließ das Päckchen, den Brief und die Fotos auf Kellys Schreibtisch liegen.

»Wie ist er eigentlich so? Mal ganz ehrlich.«

»Wer?«

»Robert Glover.«

»Rob? Er ist ein ganz normaler, anständiger Kerl.«

»Er wird Präsident, er kann kein ganz normaler, anständiger Kerl sein.«

»Das war er damals, und das ist er immer noch. Tut mir Leid, dich enttäuschen zu müssen.«

»Nun renn doch nicht so. So schnell komme ich nicht mit.«

Er ging langsamer. »Hast du mir irgendetwas zu sagen?«, fragte er, als sie wieder um eine Ecke bogen und den nächsten Korridor langgingen, allerdings in einem Teil des Gebäudes, den sie vorher noch nicht betreten hatte. Sie wusste nicht einmal, dass es diesen Gang gab.

»Nein.«

»Bist du sicher?«

»Ja.«

»Also, wie war das so?«

»Was?«

»Dabei zu sein, als das Kind auf die Welt kam. Das Kind von deiner Freundin.«

»Beängstigend. Deine beste Freundin in den Wehen zu sehen ist das wirkungsvollste Verhütungsmittel überhaupt. Du empfindest nur noch Angst. Ich habe damals ernsthaft mit dem Gedanken gespielt, Nonne zu werden, aber ich war nicht katholisch.«

»Die Pille nimmst du nicht, oder?«

»Dafür gab es auch keinen Grund.«

»Glaubst du, das könnte vielleicht jetzt eine gute Idee sein?«

Schweigen. Er blieb stehen und drehte sich zu ihr um. Sie hielt ihm ihre Marken hin und verzog dabei das Gesicht.

»Das war nur Spaß.«

»Was?«

»Das mit dem Mikrofon in deinen Marken. Ich wollte mit dir nach London, weil ich wusste, wie die Nacht enden würde, und ich wollte keine ...« Das, was dann geschah, traf ihn völlig unvorbereitet. Aus dem Nichts kam ihr Fuß und traf ihn am Kinn. Sie wirbelte herum, und er landete flach auf dem Rücken auf dem harten Steinfußboden. Schmerz schoss ihm durch den

Körper, in seinen Ohren rauschte es. »Was war das denn, verdammt nochmal?«

»Du verlogener, elender Mistkerl!«

Sie machte sich bereit, noch einmal zuzutreten. Er packte ihr Fußgelenk, bevor sie ihn treffen konnte. »Es war nur Spaß!«

»Das war aber überhaupt nicht komisch!« Ihre Augen füllten sich mit Tränen. »Ich habe dir immer alles geglaubt, was du mir gesagt hast, und jetzt kommst du und sagst so was!«

»Wo hast du denn Karate gelernt?«, fragte er und rieb sich das Kinn.

»Brauner Gürtel bei den Junioren, 1986.«

»Und das erzählst du mir jetzt erst?« Kelly stand auf, klopfte sich den Staub ab und ging weiter in Richtung Kleiderkammer. »Und schießen kannst du auch, oder?«

Schweigen. Er blieb stehen, senkte den Kopf. »Was? Was ist jetzt schon wieder?«

»Entschuldige dich.«

»Tut mir Leid.«

»Sieh mich an und sag es, du Schweinehund!«

Du Schweinehund. So hatte Hannah immer Robbie angeschrien.

»Es tut mir Leid, Rebecca.«

Rebecca ging weiter, und Kelly fasste sich an den Mund. Blut. »Vielen Dank auch, Miller.«

»Bitte.«

»Bitte, Sir.«

»Ich werde dich nicht Sir nennen.«

»Wenn du erst Uniform trägst, dann nennst du mich auch Sir.«

»Ach, Scheiße.«

Kelly hoffte, dass sie ihn nicht lächeln sah. Sie war so unglaublich leicht auf die Palme zu bringen.

»Was gibt es denn da zu lachen?«

»Gar nichts.«

»Du solltest dich schämen. Ein großer, starker Elitekampfschwimmer und lässt sich von einem Mädchen aufs Kreuz legen.«

»Ja, ich schäme mich«, sagte er und gab sich alle Mühe, nicht zu lachen.

»Wieso bist du jetzt nicht böse?«

»Das ist der Cherokee in mir«, sagte er nur.

»Ja und?«

»Ich habe dich beleidigt, du hast mir in die Fresse getreten. Wir sind quitt. Es ist eine Frage des Gleichgewichts.«

»Aha. Gleichgewicht.«

»Und, hast du ihn gehalten, als er auf die Welt kam?«

»O ja.«

»Und wie war das?«

»Sagenhaft«, antwortete sie leise. »Es war sagenhaft. Sechsunddreißig Stunden blanken Entsetzens gipfelten in ein paar Sekunden reinster Glückseligkeit. Diesen Moment werde ich nie vergessen. Ein vollkommen neues Leben, zerbrechlich. Hilflos.«

»Und dann nahm seine Mutter ihn.«

»Er hatte ja nie mir gehört. Nicht, dass überhaupt je einer einem anderen gehört. Wir verbringen einfach eine gewisse Zeit gemeinsam hier, so lange es eben dauert. Und egal, ob es nun gut, schlecht oder neutral ist. Wenn man Glück hat, ist es meist gut.«

»Und wie ist deine Zeit hier gewesen, mit uns?«

»Alles drei, aber meist ist es gut gewesen.«

»Wegen der Männer?«

»Wegen dir.«

Eine Weile war nichts zu hören, nur das Poltern seiner Stiefel und das Klacken ihrer Sandalen auf dem Boden des Korridors. Er weiß es, dachte sie. Er weiß es. Aber das kann er doch gar nicht wissen. Mike hat es versprochen, bei seinem Leben hat er geschworen, dass er kein Sterbenswörtchen sagen würde. »Dieser unterirdische Gang führt nach Stonehenge, stimmt's?«

Er hielt ihr die Tür zur Kleiderkammer auf. »Das kann man nie wissen«, sagte er. »Vielleicht hast du ja irgendwann mal dein eigenes Baby.« Sie schaute zu ihm hoch. »Zum Beispiel ... nächsten Juli, wer weiß?«

Was Marianne zu ihr gesagt hatte, fiel ihr wieder ein. *Meinen Mann können Sie nicht anlügen, aber ich nehme an, das können Sie lernen. Irgendwann ...*

»Das ist jetzt nicht der passende Augenblick, Kelly.« Unter seinem Arm hindurch ging Rebecca hinein. Ein junger Mann trat vor. Rydell. Gesehen hatte sie ihn schon, aber miteinander geredet hatten sie noch nicht. Wegen der Uniform nahm er bei ihr Maß, und die ganze Zeit stand Kelly in seiner üblichen Haltung da, breitbeinig und mit gekreuzten Armen, und sah zu.

»Hier lang, Miss«, sagte Rydell und führte sie weiter hinein in die kühlen, klammen Tiefen, deutete auf einen winzigen Raum und schloss die Tür.

Sie hörte die beiden draußen sprechen. Sie hatten keine sinnvolle Erklärung für das, was hier ablief, und so ging es auch Rebecca. Da auf dem Tisch, in einem Raum, in dem sie von grünen und schwarzen Uniformen in Plastikschutzhüllen umgeben war, lag ihre Ausstattung, das hieß, eine Art Ersatzausstattung, bis ihre eigentlichen Uniformen verfügbar waren. Man hatte ihr gesagt, sie solle heute die schwarze tragen und morgen die grüne. Immer abwechselnd. Sich daran gewöhnen, bis sie ihr zur zweiten Haut geworden waren.

Zuerst zog sie die Hosen an. Sie waren steif und kratzig und bestanden aus einem schweren, offenbar nicht entflammbaren Material. Wenigstens fühlte es sich so an. In der Taille waren die Hosen viel zu lang. Ein T-Shirt. Schwarz. Das kleinste, das sie dahatten, fiel ihr bis auf die Oberschenkel. Als sie es in die schwarzen Hosen steckte, entstanden dicke, unbequeme Wülste. Als Nächstes der Pullover. Er hatte gefütterte Kunstlederflicken auf den Schultern und der Brust. Auch der Pullover war schwer. Wieder der kleinste, den sie vorrätig hatten, die Ärmel reichten ihr bis über die Fingernägel, der Saum fast bis zu den Knien. Als sie auch den Pullover in die Hosen gesteckt hatte, sah sie aus wie das Michelin-Männchen.

Sie war gleich zwanzig Pfund schwerer. Sie nahm den Gürtel in die Hand und fragte sich, wie er wohl funktionieren mochte.

»Hilfe gefällig?« Kelly lehnte sich an die Tür und gab sich alle Mühe, nicht zu lachen. Er ging zu ihr hin und zeigte ihr, wie man den Gürtel anlegen musste. »Bist du sicher, dass du mir nichts zu sagen hast?«

Ihr war klar, dass er das den ganzen Tag durchhalten würde und wahrscheinlich auch die ganze Nacht. »Das kann warten.«

In seinen Augen wieder Enttäuschung. »Ich weiß es schon, Rebecca. Ich wusste es in dem Moment, als du in mein Büro gekommen bist.«

»Ach, tatsächlich?«

»Es ist ein Mädchen mit dunklem Haar.«

»Vor dir werde ich wohl nie Geheimnisse haben können, was?«

Er schnallte den Gürtel fester, als unbedingt nötig gewesen wäre. »Allerdings nicht. Keine Geheimnisse. Keine Lügen. So ist es abgemacht. Und barfuß kannst du übrigens auch nicht gehen.«

Sie zog die Stiefel an. Die kleinsten in der Kleiderkammer, und wieder einmal zu groß. Wie Wasserski fühlten sie sich an. Sie musterte sich in dem gesprungenen Spiegel und setzte die Nighthawk-Mütze auf, dann drehte sie sich zu Kelly um. »Na, was sagst du?«

In seinem Gesicht zeigte sich keine Reaktion, aber mit den Augen lachte er sie an.

»Jetzt musst du eine tödliche Waffe aus mir machen. Wie im Film *Lethal Weapon*.«

»Hast du den gesehen?«

»Alle Teile, wohl an die zwölf Mal jeden Teil.«

»Mel Gibson?«

»Pamela Anderson?«

»Eines musst du mir versprechen. Du darfst mich heute Abend nicht hassen.«

Sie versuchte zu lächeln. Er auch.

Er ging hinaus, sie ihm hinterher, ihre Zivilkleidung trug sie über dem Arm, und sie gab sich Mühe, nicht über den unebenen Boden zu stolpern.

Rebecca watschelte Kelly hinterher durch den Matsch, und alles war in bester Ordnung, bis sie am Hügel stehen blieb. Bis zur Spitze würde sie es nie schaffen, das wusste sie. Er spazierte natürlich hinauf, als wenn es eine Rolltreppe wäre. Immer wenn sie einen Schritt vorwärts machte, rutschten ihre Stiefel den schmalen, matschigen Pfad wieder hinunter. Sie war im Ganzen noch nicht einmal zweihundert Meter weit gekommen und war schon über und über voll mit Schlamm. Zu rufen hatte keinen Sinn. Sie waren von zu viel Lärm umgeben, es hätte keiner etwas gehört.

Von der Hügelspitze aus sah Kelly nach unten. Sie hatte die Hälfte des Weges geschafft. Noch ein Schritt, und schon rutschten ihr die Füße weg, und sie schlitterte die Anhöhe auf dem Bauch hinunter. Sie lag unten am Hügel, das Gesicht im Schlamm. Fast ein Déjà-vu-Erlebnis. Sie versuchte aufzustehen, diesmal landete sie auf dem Hintern und rutschte wieder dorthin zurück, wo sie den Aufstieg begonnen hatte. Er wollte ihr helfen. Nein, mehr noch. Er wollte ihren Koffer packen und sie ins nächste Flugzeug nach Australien verfrachten. Sie gehörte nicht hierher. Sie sollte nicht hier sein. »Haben wir ein Problem, Miss Miller?«

»Diese bescheuerten Stiefel sind die reinsten Wasserski!«

Er brüllte sie an. »Los, aufstehen. Sofort!«

»Ich versuche es ja. Ich versuche es ja.« Sie war zu langsam. Im Bruchteil einer Sekunde stürzte er auf sie zu und rollte sie zur Seite. Eine halbe Sekunde später rannte ein Dutzend Männer an ihnen vorbei, in voller Bewaffnung und in schwarzer Uniform. Bevor sie Rebecca gesehen hätten, wäre es schon zu spät gewesen. Natürlich wären sie ihr ausgewichen, aber sie benutzten scharfe Munition heute, und das Letzte, was er jetzt noch gebrauchen konnte, war ein Unfall.

Kelly setzte sich in den Schlamm neben diese Frau, die diesem Unfall, der nur darauf gewartet hatte zu passieren, knapp entgangen war. »Hast du die denn nicht gehört?«

»Nein.« Wie sollte sie auch? Dicht über dem Erdboden, in nicht einmal fünfzig Meter Entfernung, kreiste ein Hubschrauber, dazu noch lautes Geschützfeuer irgendwo. Ihre ganze Aufmerksamkeit war darauf gerichtet gewesen, sich im Schlamm aufrecht zu halten. Den verdammten Hügel hinaufzuklettern. Wie die Besteigung des Mount Everest kam es ihr vor.

Kelly legte das Gesicht in die Hände. Ich muss dem ein Ende machen, dachte er.

Neben ihm im Schlamm versuchte sie mühsam aufzustehen. Aus einem Tümpel mit schlammigem Wasser fischte sie ihre Mütze. Sie schlitterte wieder, dann allerdings fand sie schnell die Balance. Er nahm ihre Hand und zog sie den Hügel hoch.

Noch viermal rutschte sie aus, bis sie endlich bei dem Übungshaus waren.

»Sieh einfach nur zu«, sagte er, nachdem er sie eine Leiter hochgescheucht hatte. Von dem nicht vorhandenen Dach einer Betonkonstruktion, die ein Haus darstellen sollte, schaute sie herunter. Zu sehen waren vier Strohpuppen, zwei an einem Tisch, eine in einer Ecke und die vierte mitten im Raum. Vier Männer ganz in Schwarz traten die Tür ein. Gewehrsalven. Nur Bruchteile eines Augenblicks später waren drei Strohpuppen erledigt. Die eine, die mitten im Raum, war unversehrt.

»Durchschnittlich vier Sekunden«, sagte Kelly. »Vier Sekunden, deren Ergebnis entweder Leben oder Tod ist. Jeden einzelnen Tag unseres Lebens trainieren wir, um diese vier Sekunden zu halten.«

Sie sagte nichts. Sie dachte nichts, denn sie selbst war die Puppe mitten in dem Raum gewesen.

»Mir nach.«

Zwing mich nicht dazu, betete sie, als sie die Leiter hinunterkletterte. Zwing mich nicht dazu.

Vom Übungshaus weg führte er sie zum Schießstand. Da war sie schon einmal gewesen, aber diesmal war sonst keiner da. Kelly unterschrieb, so wie auch Billy unterschrieben hatte, und er nahm sich eine Waffe. Seine eigene hatte er im Gürtel stecken.

Die Vorgehensweise kannte Rebecca schon, aber sie traute sich nicht, etwas zu sagen. Sie sah zu, wie er die Waffe lud und entsicherte. Die Papierfigur setzte er fünfzehn Meter zurück.

»Du zuerst«, sagte sie.

Kelly setzte das Ziel knapp fünfzig Meter zurück, und während es sich noch bewegte, hatte er schon die Waffe gezogen und fünfmal gefeuert. In der Zeit hatte Rebecca zweimal mit den Augen geblinzelt. Durch Kopf und Brust der Zielfigur schien das Tageslicht, als sie auf die ursprüngliche Fünfzehn-Meter-Distanz zurückkam.

Übelkeit stieg in ihr auf, und die ließ sich nicht so leicht wieder hinunterschlucken. Sie hatte angenommen, diesmal wäre sie in der Lage, das zu machen.

»Wir gehen hier nicht eher weg, bis du dieses Ziel triffst. Vier Sekunden, Maximum. Du schießt, um zu töten, nicht um zu entwaffnen oder zu verwunden. Du schießt, um zu töten.«

Sie hatte ganz genau gewusst, dass er das sagen würde. »Werde ich in Lakenheath bewaffnet sein?«

»Wir treffen reine Vorsichtsmaßnahmen. Das ist alles.«

Rebecca lud die Pistole mit dem 45er Kaliber noch einmal neu, entsicherte, zielte und feuerte. Ein Ohr. Eine Schulter. Ein Schenkel. Dreimal völlig daneben. Sie brauchte fünfundzwanzig Sekunden.

»Nochmal«, sagte Kelly.

Und noch einmal. Und dann noch einmal. Und immer noch einmal. Endlos so weiter. Und jedes Mal, wenn sie den Abzugshahn betätigte, betete sie stillschweigend um Vergebung. Kelly hörte, wie ihr Herz vor Kummer aufschrie. Aber sie gab nicht auf. Sie versuchte es immer wieder. Und er wusste genau, dass es nur einen Grund gab, weshalb sie es immer weiter versuchte.

Sie wollte, dass er stolz auf sie war. Allerdings schmerzte ihn das weit mehr, als es sie je schmerzen würde.

Beim Abendessen saß er mit ihr an einem Tisch. Bis sie wieder zurück waren, hatte die letzte Tischzeit sich schon ihrem Ende genähert. Zum Duschen oder Umziehen war keine Zeit mehr gewesen, so saß sie ihm von Kopf bis Fuß mit Schlamm verschmiert gegenüber. »Ich werde nie eine tödliche Waffe sein, was?«

»Du warst gar nicht so übel, für ein ...«

»Wenn du jetzt sagst: Für ein Mädchen, lege ich dich noch einmal aufs Kreuz.«

»Versuch es ruhig. Ich passe auf.«

»Ich werde fünfzig Pfund verlieren.«

Kelly dachte, sie redete von Diät und Gewichtsabnahme. Wenn sie fünfzig Pfund abnahm, wäre nichts mehr von ihr übrig.

»Billy und ich haben eine Wette laufen. Er sagt, ich packe es nicht. Was meinst du?«

»Genau. Du packst es nicht.«

»Wieso nicht?«

»Du sollst es gar nicht. Das ist meine Aufgabe. Verschiedene Grautöne. Du am einen Ende des Spektrums, ich am anderen.«

Sie schob ihr Essen auf dem Teller hin und her. Sie brachte keinen Bissen herunter. »Ich war immer schon fest davon überzeugt, dass das falsch ist, Kelly. Gewalt und Krieg. Ich habe immer gedacht, wenn ich die Dunkelheit nicht an mich heranlasse, existiert sie auch nicht. Aber das tut sie doch, und das war schon immer so. Ich bin ja so dumm gewesen. Da gab es immer etwas, das um jeden Preis bewiesen werden musste. Und jetzt, wo ich wirklich etwas beweisen muss, kann ich es einfach nicht. Ich nehme einen Platz auf diesem Planeten ein, einen

Platz, der möglicherweise gar nicht mehr für mich reserviert ist, ach, ich weiß auch nicht, und ich bringe einfach nichts Produktives zu Wege.« Sie spürte, wie sein Stiefel unter dem Tisch ihr Bein berührte.

»Heute Abend läuft *Braveheart*«, sagte er.

Keine Reaktion.

»*Braveheart.* Mel Gibson.«

»Ohne mich.«

»Ich dachte, den magst du?«

»Natürlich mag ich ihn. Schließlich bin ich eine Frau, oder? Aber den Film mag ich nicht.«

»Wieso nicht? Weil er am Ende stirbt?«

»Weil es tatsächlich passiert ist.«

»Also, was willst du dann machen?«

»Schlafen.«

»Und davor?«

Sein Fuß wieder an ihrem Bein.

Rebecca wandte sich wieder ihrem Nudelgericht zu. »Bei dir oder bei mir?«, fragte sie leise.

»Bei mir. Ich weiß, was ich gleich machen werde.«

Sie klopfte an seine Tür, und er machte auf. Die Heizung lief wieder auf vollen Touren. Er trug nur schwarze Satin-Boxershorts, die Marken und ein breites Lächeln, als er zurücktrat und sie hereinließ. Im Hintergrund spielte Musik. Loreena McKennitt. »Du lässt mich schön aussehen, das hast du versprochen.«

»Du bist doch schon schön.«

»Das sehe ich aber nicht. Das habe ich noch nie gesehen.«

»Ich sehe dich nur so.«

»Ja, ja, ist ja schon gut. Wie wollen wir es denn machen?«

Sie trug wieder dieses blaue Kleid. Darin hatte er sie schon gemalt, zwei Jahre, bevor er ihr von Angesicht zu Angesicht gegenüberstand. Er hob ihr Kinn an, küsste sie sanft und flüsterte ihr etwas ins Ohr.

»Nackt? Ich?«

»Unbedingt.«

»Kelly ...«

»Du bist zauberhaft«, sagte er, als er ihr den Reißverschluss vom Kleid aufzog und ihr ein Stück Stoff, das zu einem rotgoldenen Sari gehörte, hinhielt. »Wickle dir das um den Kopf.«

»Aye, aye, Captain.«

Er wies sie an, sich unter das uralte Krummschwert zu stellen, das er in der irakischen Wüste gefunden hatte. Ein Krummschwert, das er selber dort vor sechshundert Jahren hinterlassen hatte. Aber das brauchte er nicht zu wissen. Er hatte seine Liebe zum Orient in die Gegenwart mitgebracht. Seine Liebe zum Orient ... Wahrscheinlich waren sie auch schon damals zusammen gewesen. Zusammen, aber auf ewig getrennt, außer in einigen heimlichen Augenblicken.

Rebecca breitete das weiche, fließende Stück Stoff aus und fand die Mitte. Es war gut anderthalb Meter lang, duftig leicht und fast durchsichtig, und hatte eine goldene Fransenkante. Es war von vollendeter Schönheit. Sie hielt es hoch, warf es sich über die Schultern und fing an zu tanzen – einen ägyptischen Schleiertanz.

Kelly starrte sie an.

Im ersten Moment konnte er gar nicht glauben, was er da so völlig unvorbereitet zu sehen bekam. Etwas so Schönes und Sinnliches hatte er in seinem ganzen Leben noch nicht gesehen. Unter gar keinen Umständen würde es ihm gelingen, das auf die Leinwand zu bringen. Wie schon einmal wetzte sie wieder die scharfen Kanten seiner Existenz ab, und dabei berührte sie ihn nicht einmal. Ihre Gegenwart allein reichte aus.

Sein Herz stand buchstäblich in Flammen. So etwas hatte er nie zuvor empfunden, aber er hatte so etwas ja auch noch nie gesehen. Oder doch – in der Türkei. Üppig gebaute junge Frauen, die die Hüften schwangen und die typischen Bauchtänze vorführten. Roh und hart, derb. So wie das hier war es nicht gewesen. Nichts kam dem hier gleich.

Halb nackt schwebte sie durch sein Zimmer, tauchte ab, schwang hin und her, wirbelte herum und ließ Bauch und Hüften kreisen. Ab und zu warf sie ihm einen flüchtigen Blick zu, doch ein Lächeln lag nicht auf ihrem Gesicht, wenn sie an ihm vorbeiglitt. Einen kurzen Moment lang befand er sich in einem Sultanspalast, sie tanzte für ihn um einen Brunnen herum. Und dann schwand das Bild. Aber sie verschwand nicht. Sie spielte es so gut, so perfekt. Nur allzu bald war es vorbei, sie wickelte ihm den Sari um den Hals und legte ihm die Hände auf den Körper. Leichte, schier unerträgliche Berührungen. Küsse. Kleine Bisse. Mit der Hand glitt sie über seinen Bauch, seine Hüfte und hinunter in das seidige Vlies. Schnell und heftig holte er Luft. Sie nahm ihn in die Hand und bewegte sich wieder, schwang hin und her, rieb ihren halb nackten Körper leicht an seinem und drehte ihn, tanzte jetzt mit ihm. Ihr Blick verriet reine Willenskraft. Er war ihr ausgeliefert, und das wusste sie. Kelly streckte die Hand aus, wollte sie berühren, aber sie zog sich zurück. »Nein. Nein. Heute Abend bin ich an der Reihe.«

Sie kniete sich auf den Teppich. Berührungen wie von Federspitzen. Kelly würde bestimmt keine Einwände erheben. »O mein Gott«, dachte er laut und lehnte den Kopf an die Wand. Er schloss die Augen und ließ es geschehen.

Als sie nach endloser Zeit fertig war, war er es auch. Es war fast so gut gewesen wie an dem Tag, als sie ihn mit ihrem Licht berührt hatte. Fast.

Was du für Liebe hältst, und was Liebe wirklich ist ...

Zwei menschliche Körper könnten nie wiederholen, was er an dem Tag gefühlt hatte, aber das hier kam dem schon verdammt nahe.

Sie stand auf und berührte ihn mit Fingern, an denen jetzt sein eigener Körpergeruch haftete. Sie musste sich auf die Zehenspitzen stellen, um an seinen Mund heranzureichen. Er konnte nur den Kopf senken, und sie küsste ihn voll hitziger Leidenschaft, die ihm die Tränen in die Augen steigen ließen.

Er hatte sie jetzt fest in die Arme genommen. Sie schwitzte, und wieder roch sie nach Äpfeln.

Zum zweiten Mal im Leben war er jetzt um Worte verlegen. Die ganze Nacht lang und noch mehr hätte er sie eng an sich pressen können, aber sie schob ihn weg und schaute zu ihm hoch. »Jetzt kannst du mich malen.«

Sie nahm den Stoff, sprang auf sein Bett und stellte sich unter das Krummschwert, legte sich den Schleier um den Kopf, drapierte ihn um ihren Körper und drehte sich zu ihm um.

»Nein«, sagte er mit zitternder Stimme.

Rebecca stand da und musterte sein Gesicht, während er versuchte, sich zu konzentrieren und sich eine andere Pose für sie auszudenken. Schweißperlen rannen an ihr herunter. Sie hob die Hand, um sich den Schweiß abzuwischen.

»So. Ja! Steh ganz still jetzt.«

»Was?«

»Das ist es. Steh ganz still jetzt.«

Sie runzelte die Stirn. »Du machst wohl Witze.«

»Das ist ideal. Steh ganz still jetzt.«

Kelly machte den Schrank auf und holte einen Fotoapparat heraus. Eine Polaroidkamera.

»Nicht«, sagte sie.

Er legte sich auf den Boden, und die Blitze blendeten sie. »Vertrau mir. Das wird dich umhauen.«

11. Kapitel

Sie war mit dem Frühstück halb fertig, als sie über ihren Piepser ins Dienstzimmer des Colonel befohlen wurde. Sie schaute zu Kelly hinüber, und im selben Moment drehte er sich zu ihr um. Rebecca nahm ihren Toast und ihren Kaffee und stapfte allein durch die Korridore, ging nicht enden wollende Treppenfluchten hoch, bis zum Verwaltungstrakt.

In Petes Dienstzimmer wartete Dawn Lindsay auf sie. Zuerst gaben sie sich die Hand, aber dann schien eine Umarmung die einzig mögliche Begrüßung zwischen ihnen zu sein. Ohne erkennbare Gefühlsregung beobachtete Pete die rührende Geste. »Wie geht es Ihnen?«, fragte Rebecca. Sie spürte die Feindseligkeit, die von Pete ausging.

»Wenn der Senator wieder weg ist, fängt für mich die Prozedur an.«

»Gut. Und Rick?«

Dawn hob ihre linke Hand. Rebecca registrierte die Größe des Verlobungsrings und lächelte. Jetzt wirkte Pete durchaus interessiert, bis Rebecca die unausgesprochene Frage auffing und sagte: »Frauenkram, Colonel.«

Dawn bediente sich an der Kaffeemaschine, sie fragte den Colonel nicht, ob er auch einen Kaffee wollte. Rebecca setzte sich. Sie balancierte ihre Kaffeetasse auf den Knien. Wo auf der Brusttasche ihr Name hätte stehen sollen, war nur ein leeres Feld. Ihre Uniform war noch nicht fertig, aber diese grüne passte etwas besser als die schwarze. Wenn sie die Uniform trug, so hatte sie gedacht, würde sie sich wenigstens wie ein Soldat *fühlen*. Die Hoffnung war ihr Lebenselixier.

»Zwei Dinge, und dann bin ich auch schon wieder weg«, sagte Dawn Lindsay. »Wir hätten Sie gern heute bei Petes kleinem geselligen Beisammensein. Ich bin sicher, Commander Nolan ist nur allzu bereit, Sie dorthin zu begleiten. Nach dem, was ich gehört habe, verstehen Sie beide sich ja prächtig.« Wieso lächelte sie so süffisant den Colonel an, als sie das sagte? Machten sie alle darüber etwa Witze? Rebecca sagte nichts. Sie nahm einen Schluck Kaffee. Was spielten die beiden hier für ein Spielchen?

»Morgen um vierzehn Uhr fahren Sie nach Lakenheath hinaus.«

»Ja, ich weiß.«

Dawn setzte sich und schlug die Beine übereinander. Schwungvoll strich sie sich eine Strähne ihres dicken rotbraunen Haars aus dem Gesicht. »Ist da vielleicht noch etwas, das Sie uns sagen könnten, Rebecca?«

»Im Grunde nicht.«

»Nicht gerade die Antwort, die ich erwartet habe.«

»Das ist die Antwort, die Sie bekommen, Dawn.«

Pete beobachtete die zwei: wie beim Tennis, ein endloser Austausch von Volleys.

»Wird Elizabeth ihn begleiten?«

»Ja.«

»Was wird sie tragen?«

Rebecca richtete den Blick in die Ferne, die sie als die Zukunft sah, fing dort Bilder auf und brachte sie in die Gegenwart hervor. »Sie trägt ein dunkelblaues, hoch elegantes Kostüm mit Diamantbrosche. Sie würde lieber die Perlen ihrer Großmutter tragen, aber als sie die anlegt, geht der Verschluss kaputt. Sie ist in dem Lear-Jet, als die Perlenkette reißt. Der Senator hilft ihr nicht beim Aufheben der Perlen. Er sagt, er hat seine Brille nicht zur Hand. Er sagt, er kauft ihr neue.«

»Und was trägt der Senator?«

»Was er immer trägt. Braun.«

»Und die Farbe des Flugzeugs?«

»Äh, weiß mit hellblauen Streifen. Glaube ich.«

»Wie viele Leute stehen zur Begrüßung bereit?«

»Hinter der Absperrung oder davor, auf dem roten Teppich?«

»Sagen Sie mir einfach, was Sie sehen.«

Rebecca konzentrierte sich auf den Bronzeadler, aber sie war mit den Gedanken nicht so recht bei der Sache. Zunächst beschrieb sie den von britischer und amerikanischer Luftwaffe genutzten Stützpunkt Lakenheath. Sie war noch nie dort gewesen. »Da befinden sich etwa dreißig Kinder. Grundschulkinder. Einige halten Blumen für den Senator in der Hand. Da sind auch zwei Fernsehteams. BBC. CNN, glaube ich ... Ja, der Wagen von der CNN hat eine Satellitenschüssel auf dem Dach. Überall stehen Nighthawks, aber das nehmen die Leute in der Menge nicht wahr. Ich erkenne die Gesichter in meiner Nähe: Mannett, Mitch. Billy ...«

Kaum hatte sie seinen Namen ausgesprochen, verblasste Billys Bild allmählich aus der Szenerie, als ob seine Anwesenheit dort irgendwie ungewiss wäre.

Aber das verbannte Rebecca aus ihren Gedanken und fuhr fort. »Einige Jungs sind in Zivil, andere in schwarzem Dress. Die in Schwarz sind gut versteckt – irgendwo hoch oben, und sie schauen herunter. Nur ein paar sind in grünem Dress dabei.«

»Und Sie?«

»Ich habe keine Ahnung. Ich schaue mich normalerweise nicht an.«

»Dann tun Sie es jetzt.«

»In Grün.« Sie berührte ihre Hemdtasche. »In eigener Uniform. Mein Name steht hier auf der Tasche.«

»Sind Sie bewaffnet?«

»Ich weiß nicht genau. Ich hoffe nicht. Ich mag Waffen nicht. Was ist sonst noch da ... Militärpolizei. Feuerwehrautos. Da steht eine schwarze Limousine mit kleinen USA-Fähnchen darauf. Es sieht so aus, als seien die Leute, die da warten, Amerikaner. Meist Ehefrauen und Verwandte von Mitgliedern des Verteidigungsstabs. Ich nehme an, wenn er deren Stimme will, dann besucht er die Leute auch. Die anderen haben sich nicht die Mühe gemacht, ins Ausland zu reisen. Lorber hat sich sehr zurückgezogen, nachdem seine Tochter ...«

»Wir wollen jetzt Lakenheath sehen, und zwar nur Lakenheath.«

Sie schaute Pete an. Er hatte heute richtig üble Laune. »Sollte Kelly das hier nicht auch hören?«

»Machen Sie einfach weiter«, sagte Pete.

»Ich hätte Kelly gern dabei.«

»Machen Sie weiter!«

Ihr Gefühl sagte Nein. Hundertmal Nein. Dawn saß still da, kochte innerlich vor Wut und hätte den Colonel am liebsten zum Schweigen gebracht. »Bitte, Rebecca.«

»Auf der anderen Seite der Absperrung steht Pete. Sie sind in Galauniform. Ganz in Blau. Kelly ist in Weiß. Sein Gesicht wirkt ganz angestrengt. Der Gesichtsausdruck, den er immer dann bekommt, wenn er ahnt, dass irgendeine Katastrophe kurz bevorsteht. Da ist noch eine Art Diplomat. Außerdem jemand vom Stützpunkt Lakenheath. Er trägt die gleiche Uniform wie Sie, Pete. Er hat graues Haar und mehr Orden auf der Brust. Ich sehe drei Damen. Die eine steht bei dem Diplomaten. Die andere bei dem anderen Colonel. Ihre Frau ... Sheila? Heißt sie so? Ich habe nicht den Eindruck, dass sie gern dort ist, aber sie weiß, sie hat keine andere Wahl. Man erwartet es von ihr. Sie mag Robert Glover nicht. Irgendetwas ist vor zehn, zwölf Jahren passiert, und es hat den Anschein, als habe sie ihm das nie verziehen. Sie haben erzählt, Sie waren Trauzeuge bei seiner Hochzeit, aber ich bin mir nicht so sicher, ob Ihre Freundschaft noch so innig ist, wie sie es früher einmal war.«

Pete stand auf und ging zur Kaffeemaschine. Dawn sagte: »Wieso haben Sie nichts gesagt? Ich hätte Ihnen doch eine Tasse gebracht.« Aber er antwortete nicht. Das hätte ich nicht sagen sollen, dachte Rebecca. Das ist keine Dose mit Würmern, die ich da geöffnet habe. Würmer sind harmlos. Das ist ein Becken voller Piranhas, das ich habe überlaufen lassen. »Sie sehe ich nicht dort, Dawn.«

»Weil ich nicht da sein werde. Fahren Sie fort.«

Rebecca ging in Gedanken wieder in die Zukunft, zurück nach Lakenheath. »Die Leute werden allmählich nervös, weil das Flugzeug Verspätung hat. Lassen Sie mich zum Flugzeug hinauf ... Der Senator fliegt die Maschine nicht. Er fühlt sich nicht wohl. Es ist sein Kopf, glaube ich. Es fühlt sich wie ein Kater an. Er versucht zu schlafen, aber Elizabeth nörgelt herum. Er hört ihr nicht zu, und das regt sie auf. Sie hat solche Angst. Schreckliche Angst ... Irgendetwas stimmt nicht. Irgendetwas stimmt ganz und gar nicht. Sie sind im Landeanflug, und man schickt sie noch einmal hoch. Sie müssen kreisen, oder wie zum Teufel Sie das auch nennen, und der plötzliche Kurswechsel gefällt dem Senator überhaupt nicht. Er beschimpft den Piloten. Er ist in ziemlich übler Stimmung ... Zwei Leibwächter sind bei ihm. Der eine ist groß und blond, und der andere ist klein und sieht aus wie Tom Cruise. Der kleinere geht zum Piloten. Es hat mit irgendeiner Notlandung zu tun. Nichts mit ihrer Maschine. Es geht um ein anderes Flugzeug. Es sieht aus wie einer von den Jets, die Sie im Irak geflogen sind, Pete. Irgendwie so ähnlich. Ich kenne mich nicht aus mit Flugzeugen. Irgendwas stimmt damit nicht. Es scheint ein Feuer an Bord zu geben. Auf jeden Fall eine sehr willkommene Ablenkung für die Leute unten am Boden, das ist schon mal klar.«

Es war fast so, als säßen sie um ein Lagerfeuer herum und hörten einem Geschichtenerzähler uralter Zeiten zu.

»Da ist viel Rauch. Die Maschine kommt herunter, und irgendwas stimmt nicht mit den Rädern. Es gibt eine Bruchlandung. Die Feuerwehrautos fahren aus, die Krankenwagen auch.«

»Also landet denn nun die Maschine vom Senator oder nicht?«

»Doch, aber ... Es ist jetzt alles anders. Die Situation ist jetzt vollkommen verändert. Es ist nicht mehr so, wie es war. Das Flugzeug, das da im Bach gelandet ist, hat alles verändert. Wieso ist denn der Commander nicht hier? Er sollte wirklich hier sein. Ich verstehe nicht, wieso er nicht da ist.«

»Verdammt nochmal, erzählen Sie uns einfach, was Sie sehen, und lassen diesen Mist von wegen *ohne ihn kann ich das nicht*!«

Rebecca schaute Pete an und dann Dawn. Von dem Augenblick an, in dem sie das Dienstzimmer betrat, hatten ihr die atmosphärischen Schwingungen schon nicht gefallen. Ihr war klar, die beiden hatten gestritten, aber sie wusste nicht, worüber. Vielleicht war der Anlass für den Streit die Tatsache, dass Pete die Einmischung von der CIA nicht sonderlich schätzte, aber nichts dagegen tun konnte? Nein, es ging tiefer. Es war die Tatsache, dass sie diesmal Dawn geschickt hatten, und das brachte ihn aus der Fassung. Aber wieso? Was zum Teufel war hier los? Am liebsten hätte sie geschrien, aber das nahm ihr Dawn dann ab.

»Würden Sie jetzt endlich den Mund halten und mich mit ihr reden lassen? Sie haben wirklich das Feingefühl von einem Holzklotz, der einem auf dem Hinterkopf landet, wissen Sie das?«

Wäre der Blick, den Dawn Pete zuwarf, bewaffnet gewesen, läge er jetzt auf einem Tisch im Leichenschauhaus. Die atmosphärische Spannung würde sich jeden Augenblick entladen, das war Rebecca klar. Aber sie wollte verdammt sein, wenn sie noch ein weiteres Wort ohne Kellys Anwesenheit sagte. Und sie wusste, dass Kelly nicht zu ihnen stieß. Wenn Kelly der Einsatzleiter der ganzen Operation war, wieso war er dann nicht hier?

»Es verändert sich ständig. Es gibt zu viele Variablen und keine eindeutigen Hinweise auf ein bestimmtes Ergebnis.

Wenn ich Ihnen jetzt etwas erzähle, wird das für den Augenblick richtig sein, aber morgen stimmt es vielleicht schon nicht mehr. Verstehen Sie, was ich sagen will?«

»Aber ja, Rebecca. Natürlich verstehe ich das.« Und Dawn verstand es tatsächlich, aber Pete saß da und rieb sich die Stirn. Er schläft schlecht, dachte Rebecca. Er hat zu viele Sorgen. Viel zu viele. Aber sie begriff immer noch nicht, weshalb sie jedes letzte, nur menschenmögliche Detail wissen wollten, denn schließlich machten die Nighthawks regelmäßig so etwas. Wieso bin ich überhaupt hier?, fragte sie sich. Die Blicke, die zwischen dem befehlshabenden Offizier und der CIA-Beauftragten für Operationen in Großbritannien hin und her gingen, waren tödlich.

»Mehr können Sie uns zum gegenwärtigen Zeitpunkt nicht sagen?«, fragte Pete.

»Nein«, log sie.

Er glaubte ihr. »Das wäre dann alles«, sagte Pete.

Ohne ein weiteres Wort flüchtete Rebecca.

Kelly fragte nicht, was passiert war, jedenfalls zunächst nicht. Vielleicht ging er davon aus, sie würde es von sich aus erzählen. Heute traf sie das Ziel einfach nicht. Sie war mit ihren Gedanken ganz entschieden woanders. »Ich kann das nicht.«

»Doch, du kannst das. Du musst das können.«

»Ach je, jetzt fang du nicht auch noch an.«

»Was ist denn los?«

»Es ist alles irgendwie verdreht. Alles außer Kontrolle.«

»Was denn?«

Sie nahm die Munition aus der 45er Pistole, legte sie hin und trat zurück. Sie drehte sich um und ging weg.

»Du bist noch nicht entlassen.«

Wie ein unartiges Schulkind streckte sie ihm die Hand hin. »Dann hau mich doch.«

»Beweg deinen Hintern wieder hierher, sofort!«

»Du kannst mich mal.« Sie ging in die Kälte hinaus und dann

die matschigen Wege zur Anstalt. Sie blieb stehen und versuchte, ihre Fassung zurückzugewinnen, als ein Trupp Soldaten vorbeikam und um sie herumlief, und Kelly hörte die Rufe: »He, Rebecca.«

»He, Jungs.«

»Wenn Sie größer wären, könnten wir Sie vielleicht besser sehen, Soldat«, sagte einer. Sie wusste nicht, von wem das kam. Die Energie, sich eine witzige Antwort auszudenken, hatte sie nicht, und bis ihr endlich etwas eingefallen wäre, wären die Männer schon weitermarschiert.

Kelly hatte sie eingeholt. »Was ist denn bloß los mit dir?«

»Ich weiß auch nicht. Ich weiß einfach nicht.«

Noch ein Trupp Soldaten kam vorbeimarschiert – mit vollem Gepäck. Kelly zog sie auf die Seite. Im Wald setzten sie sich auf einen Baumstamm. Sie starrte in sich hinein, tief in ihr Inneres. Da konnte er sie nicht erreichen, das würde er nie können. Er stützte die Ellenbogen auf die Knie und wartete auf das Unvermeidliche.

»Was ist da zwischen Dawn und Pete?«, fragte sie.

»Wie bitte?«

»Dawn. Pete. Was ist da zwischen ihnen?«

»Aufeinanderprall verschiedener Persönlichkeiten, würde ich sagen. Die Frau hat Eier so hart wie Titan.«

»Vielleicht braucht sie die auch. So wird das einfach nichts, Kelly. Ihre Anwesenheit ist ihm ein Dorn im Auge. Ich dachte, wir sind hier alle auf derselben Seite, oder etwa nicht? Es soll doch ein unterhaltsamer Abend werden.«

»Wovon redest du?«

»Du sollst mich heute Abend auf eine Dinnerparty mit zu Pete nehmen. Irgendeine piekfeine Angelegenheit.«

»Herrje. Ist das heute Abend?« Er nahm die Mütze ab und kratzte sich den Kopf.

»Wie lange kennst du Pete schon?«

»Fünfzehn Jahre.«

»Hast du ihn auf der Eisenhower kennen gelernt?«

»Nein. Ich kannte ihn schon vorher.«

»Den Senator auch?«

»Vielleicht.«

»Hat Pete irgendwas über Robert Glover und Sheila gesagt?«

Etwas regte sich in Kellys Gesicht. Das war wirklich Piranhaverseuchtes Gewässer, in das sie da die Zehen gesteckt hatte. »Darüber kann ich dir keine Auskünfte geben«, sagte Kelly.

»War es was Sexuelles?«

Kelly überlegte einen Moment, bevor er sagte: »Das verstehst du nicht. Dieses Militärleben, das ist fast wie Familie. Für manche ist es die einzige Familie. Monatelang bist du weg von zu Hause. Wenn es zu Kampfhandlungen kommt, kann keiner wissen, wie lange du weg sein oder wann du deine Familie wiedersehen wirst. So weit noch alles klar? Du hast Kumpel auf Heimaturlaub oder kurz davor, nach Hause geschickt zu werden, und da gehen sie dann deine Familie besuchen. Sie helfen. Sie kommen und reparieren die Schranktür, wofür du nie Zeit hattest. Also eigentlich vertraust du ihnen dein Leben an.«

»Und deine Frau? Gene war doch mal ein Freund von dir, oder?«

»Darüber darf ich nicht sprechen.«

»Das solltest du aber.«

»Ich habe gesagt, ich darf nicht. Lass es. Lass es einfach gut sein.«

»In der Situation bist du gewesen, stimmt's? Du warst der, der weg war, und ein Kumpel hat deine Frau besucht. Ich muss einfach wissen, was hier los ist, Kelly. Ich kann es mir nicht leisten, herumzuraten oder von irgendwelchen Annahmen auszugehen. Was Annahmen betrifft, bin ich wirklich ein gebranntes Kind, also sprich bitte mit mir. Du hast mal gesagt, hier steht mehr auf dem Spiel als nur das Leben oder der Tod eines Schwarzen.«

»Du erzählst mir, was deiner Meinung nach hier los ist, und ich lasse dich dann wissen, ob du dich irrst.«

Einen Vertrauensbruch kann und will er sich nicht leisten, dachte sie. »Im Golfkrieg war Pete im Irak. Und er war zusammen mit Robert Glover in Lakenheath stationiert. Damals waren sie miteinander befreundet. So wie du und Gene Samperi.«

Immer noch keine Reaktion von ihm. Bis jetzt hatte sie sich noch nicht geirrt.

»Irgendwas ist da passiert im Golfkrieg. Eine Schule. Unter dem Schulgebäude befand sich eine Munitionsfabrik. Und dann der Bombenangriff. Und damit wurde der Senator einfach nicht fertig. Er wurde suspendiert und dann nach Hause geschickt.«

»Ich wünschte, du hättest diese Fähigkeit nicht.«

»Wenn ich sie nicht hätte, Kelly, dann wäre ich jetzt nicht hier bei dir, oder? Wir müssen alle unseren Preis bezahlen. Manche mehr als andere. Mike hat einmal zu mir gesagt, ich hätte eine Gabe Gottes und von ihr nicht Gebrauch zu machen hieße, ihm ins Gesicht zu spucken.«

Da nahm Kelly ihre Hand, und ihr fiel nichts mehr ein. Er konnte sich jetzt vor ihr verschließen, und dafür war sie dankbar. Sie fuhr fort, sprach mehr zu sich selbst als mit Kelly, und das wusste er.

»Also wegen irgendeiner psychischen Sache wurde Robert Glover nach Hause geschickt. Er kann mit der Schuld nicht fertig werden. Er hat Albträume wegen dieser Kinder, sogar tagsüber. Auch Elizabeth kann damit nicht umgehen. Er ist nicht mehr der Mann, den sie einmal geheiratet hatte. Also wendet er sich der Frau seines besten Freundes zu, denn sonst kann er nirgendwo hingehen. Du hast es ja selber gesagt. Familie.«

»So was in der Art.«

»Es ist nur dieses eine Mal passiert. Aber es hätte überhaupt nicht passieren dürfen. Petes Frau, Sheila. Sie hat die Schwangerschaft abbrechen lassen, weil sie keine andere Wahl hatte, und die Abtreibung hätte eine harmlose Sache sein sollen, aber es hat sie fast umgebracht. Sie dachte, Pete würde es nie herausfinden, aber er fand es heraus. Denn als er schließlich aus dem

Nahen Osten wieder nach Hause kam, hat Glover ihm die Affäre gebeichtet. Er hätte nie ein Wort zu sagen brauchen. Und das weiß er jetzt auch. Er hat vier leibliche Kinder, und Pete und Sheila haben ihr kleines Mädchen adoptieren müssen. Das ist der einzige dunkle Punkt in der Vergangenheit des Senators, der ihn zu Fall bringen könnte, Kelly.«

Kelly drückte ihre Hand.

»Er ist schon in England, nicht?«

»In London.«

»Und heute Abend wird er auf Petes Dinnerparty sein.«

»Er möchte dich gern kennen lernen.«

»Hätte ich das gestern gewusst, wäre ich richtig aufgeregt gewesen, aber jetzt bin ich mir da nicht mehr so sicher. In all diesem Chaos weiß ich nur eines. Es ist kein unbekannter Verschwörer, der seinen Tod will. Es ist kein namenloses Gesicht in der Menge. Es ist nicht einmal ein Rassenproblem, denn Robert Glover wird vermutlich der beste Präsident werden, den dein Land in den letzten Jahrzehnten hatte. Es ist überhaupt kein politisches Attentat. Es ist etwas Persönliches. Es ist nicht die Kugel in den Kopf. Das hat sich geändert. Jetzt schafft er es die Gangway hinunter. Das ist so, seit Gene ... Lorber wollte Glover ein für alle Mal als Mitbewerber loswerden. Das war politisch. Aber das ist anders, seit er seine Kandidatur zurückgezogen hat.« Dass Mariannes Selbstmord dafür der Grund war, sagte sie nicht. Das traute sie sich nicht.

»Erzähl mir, was deiner Meinung nach passiert.«

»Das ist nicht meine Meinung. Ich sehe das. Es ist Pete. Pete wird Robert Glover töten.«

»Das glaube ich nicht.«

»Du hast mich gefragt, und ich habe es dir gesagt. Es ist wieder genau wie damals der Tod von John Lennon. Der Senator denkt, man hat ihm verziehen, aber Pete ist dafür nicht der Typ. Er sieht dir ins Gesicht und ist dein Freund und kann auch sehr charmant sein, aber ich würde ihm beim besten Willen nicht über den Weg trauen, und das weiß er. Er hat Angst vor mir,

Kelly. Ich weiß, er ist dein Freund. Ich weiß, ihr steht euch nahe. Aber trau ihm nicht. Du darfst ihm nicht trauen.«

»Überzeug mich«, sagte Kelly, und dabei musterte er seine Fingernägel.

»Ich sehe den Senator, er kommt die Gangway herunter. Er lächelt den Kindern zu, aber da sind all diese Leute, die er begrüßen muss. Er kennt fast alle dort. Bekannten schüttelt Robert Glover die Hand, aber wenn er jemanden näher kennt, umarmt er denjenigen. Mann oder Frau, ganz egal. Wie ein Ringer umklammert er seine Freunde. Er kommt zu Pete, und sie umarmen sich, und dann – aus kürzester Distanz. Das ganze Magazin.«

»Das würde er nie im Leben machen. Das wäre der reinste Selbstmord.«

»Ich schildere nur, was ich heute in seinem Büro gesehen habe. Und ich sage dir noch eins, ich bin so schnell ich konnte abgehauen. Wäre ich bei den olympischen Spielen mitgesprintet, hätte ich jetzt eine Goldmedaille.«

»Du irrst dich, Rebecca.«

»Ich denke nicht.«

»Es gäbe ein Dutzend Möglichkeiten, Glover in Lakenheath umzubringen. Schnell und sauber. Ein Ziel, ein Schuss, und schon wäre er erledigt. Pete ist doch kein Selbstmordkandidat.«

»Er kommt so nahe heran, wie er will. Er hat nichts zu verlieren.«

»Nur sein Leben.«

»Und deshalb wollte er dich heute auch nicht dabeihaben. Er hat auf den Moment gewartet, wo ihm klar sein würde, dass ich weiß, was passieren wird.«

»Da liegst du wirklich falsch, Rebecca.«

»Ach, lieber Gott, wenn du nur Recht hättest. Bitte lass die zwei Prozent Ungenauigkeit, die die Leute von der OSIR festgestellt haben, jetzt eintreten.«

»Wenn Pete Robs Tod wollte, wieso sollte er dann bis Lakenheath warten, wo er ihn doch heute Abend bei sich zu Gast hat? Was du gesehen hast, Rebecca, was du glaubst, gesehen zu haben, ist nur ein Spiel, das die beiden immer gespielt haben. Zwei Jungs, die auf dem Boden miteinander rangeln, so was in der Art. Pete und Rob haben sich nie die Hand geschüttelt. Sie haben sich immer umarmt und dann mit nur in der Einbildung vorhandenen Pistolen aufeinander geschossen. Das hast du gesehen, Kleines. Zwei Freunde, die sich begrüßt haben, nicht mehr und nicht weniger. Aber ich werde Pete sagen, er soll ihm lieber die Hand hinhalten, nur für den Fall, dass die Sicherheitsleute nervös werden.«

»Der Senator war auf dem Boden, und er war tot.«

»Pete ist kein Selbstmordkandidat. Er ist viel zu ehrgeizig, um das alles wegzuwerfen. Das ergibt einfach keinen Sinn.«

Eine Weile sagten sie beide nichts.

»Ich glaube, ich kann das heute Abend nicht, Kelly. Was ist, wenn ich dem Senator vorgestellt werde und er dann stirbt? Was dann?«

»Wir werden es verhindern. Das hast du doch selbst gesagt, vor ein paar Jahren. Es ist nur eine Warnung.«

»Ich weiß nicht, ob ich das kann.«

»Doch, das kannst du. Und das wirst du auch. Und dieses Gespräch hat nie stattgefunden, Kleines. Du hast nichts gesagt, und ich habe nichts gehört, und so wird das bleiben, bis dieser Lear-Jet in Lakenheath gelandet ist. Ist das klar?« Kelly legte den Arm um sie, und sie lehnte den Kopf an seine Schulter.

»Ich werde dich vermissen«, sagte sie und hoffte, dasselbe auch von ihm zu hören, aber er sagte nichts. »Ich will nicht nach Hause zurück, wenn das hier vorbei ist. Doch, natürlich, ich will, dass das hier zu Ende geht, aber jeden Morgen wache ich auf, und ich weiß, dass ich einen Tag näher an ... Du wirst hier sein, und ich werde da unten sein, und ...«

»Ich weiß. Mir geht es genauso.«

»Mein ganzes Leben habe ich auf dich gewartet, und was bekomme ich? Sechs Wochen. Sechs Wochen, und es hätte ein Leben lang sein sollen.«

Sag es. Bitte. Sag es. Sag es doch!

Und er war drauf und dran, es zu sagen. Aber er konnte nicht. Stattdessen hielt er sie nur noch enger an sich gepresst. Und dann war der Augenblick vorbei. »Wir müssen wieder an die Arbeit. Los, wir müssen jetzt rein. Komm schon.«

Aber sie rührte sich nicht. Sie saß auf diesem bemoosten, feuchten Baumstamm und weinte. »Ich kann das nicht allein. Ich kann das nicht. Ich werde schließlich noch genauso verrückt wie Annie. Ja, ganz bestimmt.«

»Wenn es irgendeine Gerechtigkeit im Leben gibt, Rebecca, dann wirst du nicht allein sein. Aber das ist jetzt nicht der richtige Moment.«

»Kelly, wir haben nicht mehr viel Zeit.«

»Wir haben immer noch eine Woche. Also denk nicht mehr an das, was sein könnte, denk nur an das, was jetzt ist. Was wir mit dem anfangen, was wir haben, ist das Wichtigste überhaupt, ob es nun ein ganzes Leben ist oder lausige sechs Wochen.« Sie sah ihn nicht an, also drehte er ihren Kopf zu sich. »Alles wieder in Ordnung?« Sie nickte. »Wisch dir die Tränen ab und hör mit dem verdammten Geschniefe auf. Regel Nummer 1: Nighthawks weinen nicht. Sie machen ihre Arbeit. Regel Nummer 2: Wenn alles vorbei ist und sie allein sind, dann können sie weinen.«

»Regel Nummer 3?«

»Eine Wiederholung von Regel Nummer 1 und Regel Nummer 2, Kleines. Na komm schon. Du schaffst es schon in fünf Sekunden. Ich will, dass du das Ziel in zwei Sekunden triffst.«

»In zwei?«

»In zwei. Vier Schüsse, zwei in den Kopf, zwei in die Brust, zwei Sekunden.«

»Mindestens?«, bettelte sie.

»Höchstens.«

»Was mache ich denn nur hier?«, fragte sie. Vor zwei Jahren hatte Emmanuel gesagt: *Dein Leben wird sich sehr bald ändern. Alles, was du gelernt hast, alles, woran du glaubst, wird nicht mehr so sein.* Rebecca kam mühselig auf die Beine und folgte Kelly zurück auf den Schießstand.

Das Bild wollte er sie noch nicht sehen lassen, und sie durfte auch nicht in die Nähe seines Quartiers. Nach den Übungen auf dem Schießstand verschwand er. Rebecca trottete in die Bar und setzte sich.

»Was darf's denn sein?«, fragte Greg.

»Ein Flugticket nach Hause.«

»Da müssen Sie sich ganz hinten anstellen. Cola?«

Beinahe hätte sie Whisky gesagt. Einen großen. Aber jetzt durfte sie nichts trinken. »Ja. Eine Cola. Mit einem kleinen Schlückchen Rum drin, ja?«

Sie bekam ihre Cola mit Rum. Ein Glas würde schon nicht schaden. Alkohol in größeren Mengen war verboten, hatte Mike gesagt. Als Nächstes die Wurlitzer. »He, Billy.«

»Rebecca.« Er klappte sein Buch zu und beobachtete sie, als sie sich den Song *Tusk* aussuchte; dann setzte sie sich zu ihm und seufzte tief. »Harter Tag im Büro?«, fragte er.

»Ich hatte es schon in fünf Sekunden geschafft, und dann wollte er, dass ich es in zwei Sekunden hinkriege. So ein verdammter Sklaventreiber. Nie hört er auf, einen anzutreiben.«

»Und haben Sie es in zwei Sekunden geschafft?«

»Am Ende, ja.«

Billy fischte nach seinem Portemonnaie und holte zwei Zwanziger und einen Zehner heraus. Das Geld steckte er sich in den Mund.

»Was soll das?«, fragte sie.

»Die Wette.«

»Ich bin kein Nighthawk. Das werde ich nie sein. Stecken Sie es wieder weg.«

»Es gehört Ihnen.«

»Billy ...«

»Sie haben die Wette gewonnen.«

Sie verschränkte die Arme, lehnte sich zurück und starrte ihn an.

»Wie viele Schüsse in den zwei Sekunden?«

»Vier. Zwei in den Kopf, zwei in die Brust.«

Billy stopfte ihr das Geld in den Ärmel. »Das kann nicht mal ich.«

»Was soll das heißen?«

»Ich schaffe das nicht.«

»Da ist schon noch ein kleiner Unterschied zwischen einem Mann aus Papier und einem lebendigen Menschen.« Sie nahm das Geld heraus und steckte es ihm in sein Hemd. Sofort kamen die Scheine wieder zum Vorschein, und er warf sie schwungvoll auf den Tisch.

»Kaufen Sie sich was Schönes davon. Für mich, ja? Sie gehen doch heute Abend mit dem Commander zu einer Dinnerparty, nicht?« Sie nickte. »Für einen kleinen Ausflug nach Salisbury reicht die Zeit noch. Was meinen Sie?«

»Können wir mit Ihrem Motorrad fahren, Sergeant?«

Zwei Stunden Ausgang bekamen sie. Rebecca zog sich ihre Zivilkleidung an. Merkwürdig, dass sie ihre Jeans jetzt so nannte. Und dann traf sie sich mit Billy auf dem Parkplatz. Er gab ihr einen Motorradhelm mit Visier, und bevor sie auf die rote Ducati stieg, schaute sie zum obersten Stockwerk des Verwaltungsgebäudes hoch. Kelly stand an seinem Fenster und beobachtete sie. Mit hoch gerecktem Daumen gab sie ihm zu verstehen, dass alles in Ordnung war, und er gab ihr dasselbe Zeichen.

Er hatte Macpherson angewiesen, das zu tun. Er hatte ihm fünfhundert Pfund gegeben, und er sollte ihr jetzt kaufen, was immer sie haben wollte. Aber das würde sie nie erfahren.

Kelly sah zu, wie das Motorrad die von Bäumen gesäumte

Auffahrt hinunterfuhr, und dann drehte er sich weg. Er holte ein Stück zerknülltes Hotelbriefpapier aus seiner Tasche und sah es sich noch einmal an. Sein Tod. Er in weißer Ausgehuniform, sie in Grün.

12. Kapitel

»Was meinen Sie? Schlicht? Elegant? Sexy? Oder sollte ich vielleicht wie eine Nonne wirken?«

Billy zuckte mit den Schultern. Erst ein einziges Mal in seinem Leben war er mit einem Mädchen Kleider einkaufen gegangen, und zwar mit seiner Schwester. Aber dieses eine Mal hatte gereicht. »Keine Ahnung.«

»Wie würden Sie mich denn gern heute Abend sehen?«, fragte sie.

»Nackt«, antwortete er.

»Sie sind keine große Hilfe.«

»Ich bin nur ehrlich.«

»Stehen Sie nicht da wie ein hypnotisierter Fisch. Helfen Sie mir lieber.«

Hypnotisierter Fisch. Das hatte noch keiner zu ihm gesagt.

Die Verkäuferin machte sich bemerkbar.

Billy lief hin und her und wartete eine halbe Ewigkeit, jedenfalls kam es ihm so vor, während Kleider in die Umkleidekabine gebracht und wieder herausgereicht wurden. Schließlich tauchte Rebecca aus der Kabine wieder auf und drehte sich hin und her. »Was meinen Sie?«

Er nickte. Mehr war nicht möglich. Nach längerer Diskussion an der Kasse bezahlte er dann.

»Das hätten Sie aber nicht tun müssen. Ich wollte es mir doch kaufen«, sagte Rebecca, als sie über die Straße gingen.

»Dann, mein Engel, hätten mich Nagelschere und hektarweise Grasflächen erwartet.«

»Kelly hat bezahlt?«

»Das sollen Sie aber nicht erfahren. Und wohin jetzt?«

»Schuhe kaufen.«

Er drehte sich um und ging den Weg zurück, den sie gekommen waren.

Kelly sah auf die Uhr. Die zwei Stunden waren um. Inzwischen hätten sie zurück sein müssen. Dann sah er weit weg bei den Hecken die rote Ducati aufblitzen, und er atmete wieder regelmäßig. Mit Macphersons Erscheinen rechnete er in zehn Minuten. Es waren die längsten zehn Minuten seines Lebens. Ein Klopfen an der Tür, und er kam hereinspaziert. »Haben Sie es gesehen?«, fragte Kelly.

»Nein«, log Billy.

»Wo ist sie jetzt?«

»Auf der Suche nach Brannagh.«

»Wieso Brannagh?«

»Keine Ahnung. Ich habe nicht gefragt.« Billy gab ihm das Wechselgeld zurück. Kelly sagte nichts, aber das war auch nicht nötig. Hätte er Marianne fünfhundert Pfund gegeben, hätte sie die andere Hand aufgehalten und nochmal fünfhundert verlangt, denn die hätte sie auf der High Street in Kensington gebraucht.

»Danke dafür, Mac.«

»Nichts zu danken.«

Und Billy war wieder verschwunden.

Pete schloss gerade sein Dienstzimmer ab, als er Macpherson auf dem Gang sah. »Wo zum Teufel sind Sie denn gewesen?«

»In Salisbury, Sir. Ich bin mit Rebecca für heute Abend einkaufen gegangen.«

»Einen Moment bitte. Hier herein!« Der Offizier schloss wieder auf, und Billy folgte seinem Befehlshabenden in das Büro.

Rebecca schaute auf den Gang, erst auf die eine, dann auf die andere Seite, und schloss die Tür, nachdem sie Steve in ihr Zimmer gelassen hatte. »Danke, dass Sie gekommen sind. Ich brauche unbedingt Ihre Hilfe.«

»Ja, das haben Sie schon gesagt, aber ich verstehe nicht ...«

»Ich brauche ein Wunder. Und zwar schnell. Ich muss heute Abend auf diese piekfeine Dinnerparty, und alle möglichen Leute werden da sein. Ich brauche Ihre Hilfe. Ich werde das hier anziehen, weil es das einzige Kleid war, das einigermaßen ausgesehen und mir gepasst hat.«

Sie holte das Kleid aus dem Schrank. Es war aus schwarzem Jersey und hatte goldene Pünktchen, es war schlicht und elegant, hatte ein tiefes Dekolleté und einen sehr gewagten Rückenausschnitt. Es war eines dieser Kleider, die sich dem Tragen von Unterwäsche widersetzen. »Da werden ein paar Leute aber ganz schön gucken«, sagte Steve.

»Glauben Sie, es wird dem Commander gefallen? Oder ist es übertrieben?«

»Das gefällt ihm bestimmt. Wofür brauchen Sie mich denn nun?«

»Sie haben mir doch erzählt, Sie haben früher nicht nur frisiert, sondern auch Make-up und Spezialeffekte gemacht, oder?«

»Ja, das habe ich.«

»Können Sie das hier irgendwie überdecken? Bitte!« Sie knöpfte sich das Hemd auf und schaute hinunter.

Die Narbe von der Gewehrkugel war rund, etwa zweieinhalb Zentimeter im Durchmesser. Sie war dunkelrot, wulstig und sah entzündet aus. »Kaum zu glauben, dass Sie das überlebt haben.«

»Streng genommen habe ich es auch nicht überlebt. Können Sie mir helfen? Bitte! Ich habe es mit Make-up-Grundierung und Abdeckstift probiert, aber dadurch wird sie nur noch auffälliger. Ich weiß einfach nicht, was ich machen soll.«

Genau um zwanzig Uhr war Kelly auf dem Weg in sein Quartier, um zu duschen und sich umzuziehen, als die Tür zu Rebeccas Zimmer aufging und Steve Brannagh herauskam. »Steve«, sagte Kelly.

»Sir.« Und Brannagh konnte ihm nicht ins Gesicht sehen, als er vorbeiging.

Flammen der Eifersucht züngelten nach Kellys Herz und verloschen dann wieder. Nein, dachte er. Das sieht ihr nicht ähnlich, so was zu tun. Aber das hatte er anfangs schließlich auch von Marianne gedacht.

Brannagh? Macpherson vielleicht, aber Brannagh? Was war denn an dem schon dran? Und wichtiger noch: Was zum Teufel hatte er da drin zu suchen? Das Betreten ihres Quartiers war verboten. Er klopfte an Rebeccas Tür.

»Wer ist da?«

»Der Mann mit den guten, süßen Sachen. Wer sonst? Mach schon auf.«

»Geh weg. Du kannst nicht reinkommen. Du verdirbst noch alles.«

»Was verderbe ich?«

»Kelly! Ich versuche gerade, mich fertig zu machen.«

»Und dafür brauchst du so lange?«

»Ich werde einfach so tun, als hätte ich das gar nicht gehört.«

»Na, dann treffen wir uns um einundzwanzig nullnull in der Halle.«

»Das heißt was ... neun Uhr?«

Er lächelte in sich hinein. »Ja, das könnte man so sagen.«

»Neun Uhr? Ich bin jetzt schon halb verhungert. Um wie viel Uhr werden wir denn essen?«

»Spät«, antwortete er.

»Das überlebe ich nicht.«

»Doch, das wirst du.«

Kelly ging in sein eigenes Zimmer, duschte und zog sich um.

Er wartete in der Halle. Um Punkt einundzwanzig Uhr hörte er das Klacken hochhackiger Schuhe auf der Treppe, und dann erschien sie. Er hätte schwören können, dass er einen Augenblick lang, nur einen Augenblick lang, Flügel in ihrer goldenen Aura gesehen hatte.

»Verdammt«, flüsterte er.

»O mein Gott«, flüsterte Rebecca.

Und so blieben sie dreißig Sekunden stehen. Sie waren nicht in der Lage, sich vom Fleck zu rühren. Kelly trug seine weiße Ausgehuniform, die Mütze hatte er unter den Arm geklemmt. Rebecca war ganz in Schwarz und Gold. Er sieht wunderbar aus, dachte sie, und er dachte von ihr dasselbe, als sie die Treppe hinunter- und auf ihn zukam.

»Du siehst einfach zum Anbeißen aus, Commander.« Sie streckte die Hand aus und berührte die linke Seite seiner makellosen Uniformjacke. So viele Orden.

Er nahm ihre Hand und küsste ihre Finger, dabei schlug ihm das Herz bis zum Hals, und er brachte keinen Ton heraus. Irgendeine Art von Verwandlung fand hier statt. Ihre Augen waren riesig. Die Falten des sich sanft bauschenden Stoffes, der ihr wundersamerweise nicht von den Schultern rutschte, verbarg halb ... eine Tätowierung? Eine einzelne rote Rose. Er schaute nach hinten. Ihr Rücken war nackt bis etwa fünf Zentimeter über ihrem Gesäß, und über der Austrittswunde eine weitere Tätowierung. Eine sich aufrichtende, herumwirbelnde Taube.

»Gefällt es dir nicht?«, fragte sie. »Möchtest du, dass ich mir was anderes anziehe?«

»Nein! Äh, nein. Nein, es ist ... Du siehst fantastisch aus. Absolut fantastisch.« Sein Blick erfasste ihr Haar, ihre Augen, ihren Körper, sogar ihre Füße in den goldenen Sandaletten.

»'ne echt megageile Sahneschnitte, was?«

»Wie bitte?«

»Das sagt man so bei uns, wenn man meint, dass eine Frau gut aussieht: Bist 'ne echt megageile Sahneschnitte, Süße.«

»Aha.«

»Kelly?«

»Was?«

»Ich bin schon halb verhungert. Können wir jetzt gehen?«

»Ja, klar. Klar. Kleinen Moment noch. Faraday!«

Schritte. Jamie tauchte auf – mit einem Fotoapparat in der Hand.

Kelly entriegelte den BMW und hielt ihr die Tür zur Beifahrerseite auf. Heute Abend hatte er es nicht eilig. Da gab es etwas, das er sie fragen musste, aber es wollte einfach nicht kommen, noch nicht. »Du siehst so hinreißend aus.«

»Du auch«, sagte sie.

»Die Tätowierung ist nicht echt?«

»Nein. Natürlich nicht. Das war Steves Idee. Wie ich heute Abend aussehe, das ist alles Steves Werk.«

»Brannagh?«

»Ja. Von Kopf bis Fuß. Er ist ein wahrer Zauberer.«

»Du machst wohl Witze.«

»Nein.«

Und eine Welle der Erleichterung strömte über ihn weg, als sie seine Hand berührte. »Warst du eifersüchtig?«, fragte sie.

»Ich? Nein. Nie im Leben.«

»Lügner.«

»Na ja, also schön, vielleicht war ich eifersüchtig. Aber jetzt nicht mehr. Das ist ... na ja. Jetzt bin ich sehr glücklich.«

Und er startete den Wagen.

»Ich glaube, ich halte mich heute Abend lieber ganz bedeckt, Kelly.«

»Und wieso?«

»Unter den gegebenen Umständen halte ich das für klüger.«

»Wie du meinst.«

»Ich war heute noch bei Mike, bevor ich mit Billy in die Stadt gefahren bin. Er hat es bestätigt. 12. Juli. Vorher konnte ich nichts sagen, weil wir uns nicht ganz sicher waren.«

Schweigend fuhr Kelly durch die Nacht.

»Wenn du dieses Baby nicht willst, dann sag es mir jetzt, denn wie die Entscheidung auch ausfällt, ich bin diejenige, die damit leben muss.«

Ganz dicht an einer Hecke auf der schmalen, einsamen Landstraße kam der BMW plötzlich zum Stehen. Kelly schaltete den Motor aus, machte die Innenbeleuchtung an und drehte sich zu ihr um. Sie wartete und fragte sich, was er wohl sagen würde. Sie hatte keine Ahnung, ob er sich freute, ob er Enttäuschung empfand oder ob es ihm ganz einfach egal war. An seinem Blick war nichts abzulesen, aber irgendwas ging ihm durch den Kopf. Fast hätte er etwas gesagt, aber es blieb bei dem Versuch. Da wollte einfach nichts herauskommen, nichts, was wirklich wichtig gewesen wäre. Nichts Persönliches, nichts, was ihre Zukunft betraf. Wenn sie denn überhaupt eine Zukunft hatten.

»Ich weiß, ich hätte verantwortungsvoller sein sollen«, sagte Rebecca leise. »Ich weiß, das ist keine Entschuldigung, aber ich habe einfach nicht geglaubt, dass mir je so etwas passieren würde. Die ganze Zeit habe ich gedacht, dass immer nur die anderen sich verlieben und eine Familie gründen. Ich war schon seit sieben Jahren mit keinem mehr zusammen, und um auf ein Wunder zu hoffen, ist das wirklich eine ziemlich lange Zeit. An dem Abend, bevor ich von zu Hause wegfuhr, hat mir Annie die Karten gelegt, du lieber Himmel, wirklich, und sie hat gesagt, ich würde jemanden kennen lernen. Du hast sie doch neulich am Telefon gehört. Und ich weiß noch, wie bei ihren Worten irgendwas tief in meinem Innern ihr zustimmte, aber das hielt ich für, ach, ich weiß auch nicht. Wunschdenken? Einen Urlaubsflirt? Also ich will damit Folgendes sagen: Ich habe das nicht geplant. Wenigstens nicht bewusst. Ich wollte dich nicht in eine Falle locken, Kelly, ich wollte dir nichts gegen deinen Willen aufzwängen.« Und er sagte noch immer nichts. Er rang mit sich. Das konnte sie an seinem Gesicht ablesen. »Wieso kannst du es denn nicht einfach sagen? Bitte. Sag um Himmels willen irgendwas. Ganz egal was.«

Es gab noch zwei vergebliche Anläufe, und dann:

»Die ganze Zeit, in der ich mit Marianne in Irland war, ist nur ein einziger Ort irgendwie wichtig gewesen, und das war hier, weil du hier warst. Ich stand auf den Cliffs of Moher, und ich wäre so gern mit dir da gewesen, nicht mit ihr. Ich habe mir schon ausgemalt, wie ich sie umbringen könnte, Rebecca. Ich habe Marianne beim Schlafen zugesehen und überlegt, wie ich es wohl anstellen könnte. Ich hatte gelesen, was du geschrieben hattest. Marianne, im Sterben. Also habe ich zugesehen, wie sie eine Hand voll Schlaftabletten nahm und sich mit Whisky zuschüttete, und ich habe nichts dabei empfunden. Und verdammt nochmal, als sie am nächsten Morgen die Augen aufmachte, hätte ich fast geweint, weil sie noch am Leben war.

»Und als ich dann aus Georgia wegwollte, habe ich sie in der Badewanne gefunden. Und ich stand da und habe nichts dabei empfunden. Nicht das kleinste bisschen. Ich habe gedacht, Mann, mit mir stimmt irgendwas nicht.

»Ohne ihn konnte sie nicht leben. Deshalb hat sie sich umgebracht. Zehn Jahre bin ich mit ihr verheiratet gewesen, und neun von diesen zehn Jahren hat sie sich von Gene Samperi vögeln lassen. Aber auf dem Flug nach Hause habe ich daran denken müssen, was vor so langer Zeit mit dir und mir passiert ist. Und da wurde mir dann klar, weshalb sie sich auf die Art aus dem Staub gemacht hat. Ich hätte es nämlich genauso gemacht.«

Eine Weile sagte er nichts.

»Wirklich tiefe Gefühle habe ich nie für sie gehabt. Das weiß ich jetzt. Nie habe ich für jemanden wirklich etwas empfunden, bis ich dir begegnete. Und ich kann über so was nicht reden, ich kann es nicht zeigen, denn ich weiß nicht, wie. Aber sag du mir ja nicht, dass ich dieses Baby nicht will, denn so soll es nun einmal sein. Mit *uns* soll es so sein. Jedes Mal wenn ich dich anschaue, möchte ich am liebsten auf die Knie fallen und Gott danken, dass du zurückgekommen bist, und bis ich dich kennen lernte, habe ich nicht einmal gewusst, dass es einen Gott gibt. Aber es gibt einen Gott, es muss einen Gott geben, denn schließlich bist du ja da.«

Nun war es heraus. Er wusste nicht, wo er hinsehen sollte.

»Wovor hast du solche Angst, Kelly?«

Keine Antwort.

»Wieso kannst du nicht weiter als bis nächste Woche sehen?«

Wieder nur Schweigen.

»Ich habe sie gesehen. Diese Skizze von dir und mir auf Notizpapier vom Hotel. An dem Abend, als du aus den Staaten zurückgekommen bist, ist sie dir aus der Tasche gefallen. Du hattest genau dasselbe an wie heute Abend, und ich war in der grünen Uniform, und du lagst angeschossen da, und ich habe dich in meinen Armen gehalten. Du hattest nicht vor, mir das zu sagen, oder? Keine Geheimnisse, Kelly. Keine Lügen. Weißt du noch?«

Der Commander von den Navy Seals, dessen Brust so voll mit Orden hing, dass es beim Gehen klimperte, schaute ihr in die Augen und sagte: »Na schön. Du willst die Wahrheit hören? Ich habe Angst. Ja. Tatsächlich. Ich habe Angst, dass ich dich, wenn die nächste Woche um ist, nie mehr wiedersehen werde. Dass ich nicht da sein werde, wenn unsere Tochter zur Welt kommt. Dass ich überhaupt keine Rolle in ihrem Leben spielen werde. Dass ich nie Vater sein werde. Ein richtiger Vater, nicht bloß der Typ, dem es gelungen ist, ein Ei zu befruchten. Verstehst du, was ich damit sagen will?«

»Kelly, du wirst nächste Woche nicht sterben.«

»Ich habe es gesehen, Kleines.«

»Nein. Du hast deine Ängste gesehen. Du glaubst, dass du, weil du mich vor ein paar hundert Jahren getötet hast, irgendeine karmamäßige Schuld begleichen musst und dass du diesmal sterben wirst. Du wirst *nicht* sterben. Nach all diesen vergeblichen Versuchen, nach all der Zeit, in der es nie gestimmt hat, haben wir endlich die Chance, es richtig zu machen.«

»Nein. Das war echt. Es war da, bevor wir wussten, dass du

Uniform tragen sollst. Du hattest langes Haar, als ich wegfuhr, und ...«

»Halt meine Hand. Jetzt. Halt meine Hand.«

Er nahm ihre Hand und lehnte den Kopf an die Kopfstütze. Das Schweigen war unheimlich. Sie sieht es auch, dachte er. Ich sterbe in ihren Armen, und das sieht sie jetzt.

»Pensacola. Du unterrichtest an der Militärakademie in Pensacola. Es ist grau. Das Haus, in dem wir wohnen, ist grau. Es ist modern eingerichtet, abgesehen von deinem ganzen alten Kram.«

»Mein ganzer alter Kram?«

»Ich habe einen Ehering am Finger. Einen traditionellen irischen Ring. Mit Smaragden. Ich bin hochschwanger. Mein Bauch ist so angeschwollen, dass ich kaum noch laufen kann. Ich kann nicht sitzen. Ich kann nicht stehen. Ich kann nicht schlafen. Und du kommst zur Tür herein, und du wedelst mir mit einem weißen Taschentuch zu. Diesmal kannst du das Haus gefahrlos betreten.« Und während sie sprach, spürte sie, wie sich seine Anspannung löste. Sie glitt ab von ihm, so viel Anspannung. Die Bilder kamen schnell und klar, und sie hoffte, dass sie echt waren. »Jetzt ist es ein großer Raum, ein Raum in einem Krankenhaus, aber es sieht nicht nach Krankenhaus aus. Du trägst jetzt eine andere Art Uniform, und du hast lauter schwarzes Zeugs überall im Gesicht. Du schlitterst über den Boden, und die Leute gehen in Deckung. Du bist ganz aufgelöst. Du glaubst, du hast es verpasst. Es bleibt kaum Zeit, ein Wort zu wechseln, schon ist sie da. Sie ist so winzig, dass sie ganz auf deine zwei ausgestreckten Hände passt, und du weißt nicht genau, was du tun sollst. Aber dieser Blick von dir. Du starrst sie so intensiv an, dass du vergisst, sie mir zu zeigen, und du willst sie mir nicht geben, aber dann tust du es schließlich. Du möchtest sie Charlotte nennen.«

»So hieß meine Mutter.«

»Dann wird sie Charlotte heißen. Du stirbst nicht, und wir

machen diesmal alles richtig.« Rebecca küsste seine Finger und ließ seine Hand los.

Kelly holte etwas aus seiner Tasche, griff nach ihrer Hand und steckte ihr einen Ring an den Finger. »Ist das der Ring, den du gesehen hast?«

Rebecca schaute auf ihre linke Hand hinunter, auf den rotgoldenen irischen Ring, der mit Smaragden besetzt war. »Hattest du den die ganze Zeit in der Tasche und hast nur auf den richtigen Moment gewartet?«

Zunächst wollte er sich nicht festlegen, bis er sich dann schließlich herüberbeugte und sie küsste. Und da war das Versprechen nach mehr, aber das lag immer in seinen Küssen. »Ich liebe dich«, sagte er leise. »Willst du meine Frau werden?«

»Okay.«

»Okay? Mehr hast du nicht dazu zu sagen?«

»Das könnte man als Zustimmung deuten, Sir. So könnte man das nennen, Sir. Roger. Ich will. Ich werde. Ja. Was hast du gegen okay?«

»Es ist die Art, wie du es sagst. Es klingt so ... australisch.«

Sie sah ihn an. Er zog sie wieder einmal auf. Kelly startete den Wagen, schaltete die Innenbeleuchtung ab, und weiter ging die Fahrt nach Salisbury. Sie erinnerte sich wieder an das, was er am Nachmittag im Wald gesagt hatte. Wir haben immer noch eine Woche ... Was wir mit dem anfangen, was wir haben, ist das Wichtigste überhaupt, ob es nun ein ganzes Leben ist oder ...

Leise sang er vor sich hin, er hatte eine richtig schöne Stimme. Und dann nahm sie wahr, um was für ein Lied es sich handelte. »Was ist das?«

»Was?«

»Was du da singst. Ich habe das auf dem Flug hierher gehört. Was ist das?«

»Die CD liegt im Handschuhfach.«

Als sie sich vorbeugte, beugte er sich auch vor und versuchte, ihr in den Ausschnitt zu gucken, auch wenn er schon wusste, was es da zu sehen gab.

»Ja!«, schrie sie. »Wo hast du das her?«

Sie schaltete die Innenbeleuchtung an. Er machte sie wieder aus. »Wir sind gleich da.«

»Fahr einen Umweg.«

»Rebecca, wir sind schon reichlich spät.«

»Bitte, Kelly? Fünf Minuten? Bitte!«

Er fuhr dreimal um den Häuserblock, während der Engel sich ein Lied anhörte über einen Engel, der nicht fliegen konnte.

Billy Macpherson saß in seinem Quartier im Dunkeln, er fühlte sich unschlüssig, und ihm war übel. Barry Mannett, mit dem er sich das Zimmer teilte, kam herein und machte das Licht an. Aber bevor er noch etwas sagen konnte, kam von Billy: »Mach das Licht aus. Mach es aus und lass mich um Himmels willen allein.«

Schnell und leise zog sich Barry zurück, das Licht ging wieder aus.

Und wieder saß Billy im Dunkeln und grübelte.

Kelly parkte gegenüber dem herrschaftlichen Haus und schaltete den Motor ab. Er sagte kein Wort.

»Du magst so was nicht, oder?«

»In Afghanistan fühle ich mich sicherer.« Er seufzte und stieg aus dem Wagen, hielt ihr die Tür auf und half ihr heraus. Dann verriegelte er das Auto und hielt ihr den Arm hin. »Bist du bereit?«

»Soweit man für so was bereit sein kann.«

Er ging mit ihr über die Straße, machte das Tor auf und klopfte an die große blaue Tür. »Soll ich vielleicht lieber den Ring abnehmen?«, fragte Rebecca.

»Nein.«

Die Tür ging auf, und gleich darauf legte eine rothaarige Frau mittleren Alters Kelly die Arme um den Hals. Sheila, dachte Rebecca und wartete, bis die Wir-haben-uns-ja-so-lange-nichtgesehen-Begrüßung vorbei war. Kelly stellte sie der Frau des Colonel vor, und als die Frau Rebecca ansah, machte sie beinahe den Fehler, ihr die Hand zu schütteln. Ich habe schon viel von Ihnen gehört.« Feindseligkeit lag in der Stimme und auch in dem alles erfassenden Blick, mit dem der Neuankömmling von dem blonden Kurzhaar bis hinunter zu den Füßen in den goldenen Sandalen begutachtet wurde. Diese Frau war mit Marianne befreundet gewesen.

»Freut mich, Sie kennen zu lernen«, sagte Rebecca, und ihr war klar, dass Pete seiner Frau ausdrückliche Anweisung gegeben hatte, die Australierin mit den übersinnlichen Fähigkeiten unter keinen Umständen zu berühren. Und weiß der Himmel, was er noch alles gesagt hatte. Sie spürte die Speere, die Pfeile, die Messer und was sonst noch in dem Waffenarsenal dieser Frau vorhanden war, als Kelly ihr den Arm um die Taille legte und sie hineinführte.

»Ich kann das nicht, Kelly.«

»Doch, das kannst du. Sei einfach du selbst!«

»Davor habe ich ja gerade Angst.«

Pete sah sie hereinkommen. Er sah, wie seine Frau zögerte, und er sah auch Kellys zärtliche Gefühle für die junge Frau an seinem Arm. Sie sah überwältigend aus. Sie hatte sich mächtig herausgeputzt für diesen Anlass. Pete goss sich einen Bourbon ein. Den brauchte er jetzt. Schnell kippte er ihn hinunter, warf sich in die Brust und begrüßte die beiden späten Gäste wie lang vermisste gute Freunde. Rebecca warf er flüchtig einen nervösen Blick zu, als er ihr etwas zu trinken anbot.

»Danke, für mich nur eine Cola.«

»Sie können haben, was Sie wollen, solange Sie das Tanzen auf den Tischen auf ein Minimum beschränken.«

»Ich muss mich zusammenreißen, Pete. Ich bin schwanger.«

Seine hellblauen Augen schlossen sich genau, sie zählte mit, vier Sekunden. Jene vier langen Sekunden, die über Leben oder Tod entschieden. Und dann holte er wieder Luft. Er sah Kelly an, der sich nichts anmerken ließ. Pete winkte einen Kellner heran, und als Rebecca von einem silbernen Tablett ihre Cola nahm, bemerkte Pete den irischen Ring an ihrer linken Hand. So gewaltig drehte sich ihm der Magen um, dass es wehtat.

»Sie haben ein wunderschönes Haus, Colonel.«

»Danke.«

»Wo ist Ihre Tochter?«

Er zeigte nach oben. »Glauben Sie mir, da ist sie im Moment wirklich am besten aufgehoben.«

»Ich hatte gehofft, ich würde sie kennen lernen.«

»Vielleicht ein anderes Mal. Wenn Sie mich bitte entschuldigen würden.«

Rebecca sah ihm hinterher, wie er wegging und sich wichtigeren Leuten zuwandte. Das Haus war wunderschön. Es hätte direkt aus einer Fernsehsendung mit Einrichtungstipps stammen können: Originale an den Wänden, französische Antiquitäten. Der Duft nach frischen Blumen hing in der Luft, vermischt mit Zigarettengeruch und großzügig fließendem Alkohol. Der Teppich unter ihren Füßen war üppig dick, und von irgendwoher war Musik zu hören. Ganz sanfte Musik. Blues. Und dann drang aus einem anderen Zimmer, deutlich über all den anderen Stimmen herauszuhören, schallendes Gelächter.

»Das wird wohl Rob sein«, sagte Kelly. »Dann wollen wir es mal hinter uns bringen, was?«

Er nahm sie bei der Hand und führte sie in den Salon. Eng beieinander standen Leute im Kreis um einen Mann herum: Robert Glover. Er war ein hoch gewachsener Schwarzer mit frühzeitig ergrautem Haar und funkelnden Augen. Seine Frau war nicht bei ihm. Der Senator sah Kelly und musste zweimal hinschauen. »Nolan? Kelly Nolan? Versteckst *du* dich da hinter dieser Uniform? Und wen hast du da bei dir? Wen verbirgst du da unter deinem Arm?«

Die Menge, die sich um diesen Mann versammelt hatte, der bald der König sein würde, teilte sich, als er aufstand und vortrat. Er umarmte Kelly, schlug ihm dreimal kräftig auf den Rücken, und Rebeccas Herz stand still. Dann drehte er sich zu ihr um.

Robert Glover wusste bereits, wer sie war, und größtenteils auch, was sie durchgemacht hatte. Er kannte die Fotos und wusste um die tätowierte Rose. Aber das hatte er denn doch nicht erwartet. Mein Gott, dachte er. Sie ist ja winzig. Sie ist ... Der Senator schaute kurz weg, und als er wieder hinsah, war die Farbe immer noch da. Die winzige junge Weiße, die er sich in die Tasche hätte stecken können, war umgeben von einem goldenen Nebel, der sich durch den ganzen Raum und noch darüber hinaus erstreckte. Einen Augenblick lang stand die Welt still.

Herzlich umarmte der Senator sie, und als er sie aus seiner Umklammerung entließ, war ihr Gesicht aschfahl. »Wie kümmern sich diese Verrückten um Sie? Werden Sie gut behandelt?«

»Sehr gut, Sir.«

»Hat man Sie schon in einen Nighthawk verwandelt, ja?«

»Nun, sagen wir, es ist für uns alle eine Herausforderung, Sir.«

»Haben Sie Hunger?«

»Ich bin halb verhungert.«

»Prima. Mit geht es genauso. Wollen wir was Essbares auftun? Nur Sie und ich. Ich glaube kaum, dass ich es noch eine Stunde aushalte.«

Sie sah sich nach Kelly um, als der Senator mit ihr aus dem Salon hinaustänzelte. Zwei junge Männer versuchten, ihnen zu folgen. »Lassen Sie uns zehn Minuten allein. Ich habe mit der jungen Dame etwas Privates zu besprechen. Kennt ihr das Wort, Jungs? Privat?«

Schnell zogen sich seine Leibwächter vom Geheimdienst zurück. Der eine war blond, der andere sah aus wie Tom Cruise.

Der Senator führte sie in einen kleinen Raum neben der Küche, wo sich Küchenchefs und Kellner tummelten, schloss die Tür, lehnte sich dagegen und seufzte laut und vernehmlich.

Mit dem künftigen Präsidenten der USA in einer Speisekammer eingeschlossen zu sein – das hatte sie nicht kommen sehen.

»Sie brauchen keine Angst vor mir zu haben. Das hier ist der einzige Raum, in dem ich allein sein kann, außer auf dem Klo, und selbst da warten sie vor der Tür. Ist alles in Ordnung da drin, Sir? Herrje.«

»Ich habe keine Angst vor Ihnen. Ich bin nur völlig überwältigt.«

»Das müssen Sie nicht! Und sagen Sie um Himmels willen nicht Sir zu mir, ich heiße Rob. Sie haben also in Sydney mit meiner Frau gesprochen, ja? Natürlich erinnern Sie sich noch daran, denn diese Leute lassen nicht zu, dass Sie das vergessen. Also damals, ganz am Anfang, da war die Kandidatur für das Präsidentenamt nur einfach so eine Idee von mir. Sie kam und ging. Eines Morgens wachte ich auf, und die Idee blieb. Ein Jahr verging, und dann bat mich Liz, mich zu setzen und mir anzuhören, was Sie ihr seinerzeit in dem Hotel gesagt hatten. Ich habe nur deshalb eingewilligt, die Tonbandaufzeichnung weiterzugeben, weil ich sie beruhigen wollte. Um einfach ein bisschen Frieden zu haben. Ich habe es zu keinem Zeitpunkt ernst genommen. Aber viele andere haben es ernst genommen. Was ich hier zu sagen versuche, ist Folgendes: Ich habe nicht gewollt, dass Ihnen so etwas passiert.«

Darauf sagte Rebecca nichts.

»Was mich im Moment so erstaunt, ist: wieso.«

»Wieso?«, wiederholte sie. »Wieso was?«

»Miss, Sie sind keine Amerikanerin. Das müssen Sie doch nicht machen.«

Sie schaute ihm in die Augen. »Sie sind wirklich etwas ganz Besonderes.«

Das amüsierte ihn. »Ach, Kleines, wir alle wären doch gern etwas Besonderes, aber was wir tun können, sogar in einer Position wie meiner, ist äußerst begrenzt.«

»Aber Sie werden es. Sie werden etwas ganz Besonderes sein.

Sie werden Geschichte schreiben, Mr. Glover. Geschichte. Aber wollen Sie mir eines versprechen?«

»Schießen Sie los.«

»Nächsten Montag, werden Sie da bitte eine kugelsichere Weste tragen?«

Wieder lächelte er, dann lachte er richtig laut los. »Herzchen, bei der Horde von Raubvögeln da nebenan, die behaupten, Ihre Freunde zu sein, was bleibt einem halbwegs vernünftigen Menschen denn da schon übrig? Also ich will Ihnen mal was erzählen. Liz, meine Frau, Sie haben sie ja kennen gelernt, hat eine fixe Idee. Seit dreißig Jahren fragt sie mich jeden Tag: Hast du auch ein sauberes Taschentuch dabei? Und dann ist da noch diese Manie mit der Unterwäsche. Um Himmels willen, ich bin Kampfflugzeuge geflogen. Wenn man mich von irgendeinem Rollfeld hätte aufklauben müssen, hätten die Leute wirklich als Allerletztes nach meiner Unterwäsche ... Also. Was wollte ich denn eigentlich sagen? Ach ja, in den vergangenen zwei Jahren hat mich meine Frau jeden Tag gefragt: Hast du auch deine kugelsichere Weste an, Rob Glover? Und ob ich sie nun anhatte oder nicht, sie hat jedes Mal nachgesehen, ehe sie mich zur Tür hinausgehen ließ.«

Rebeccas Lächeln wirkte ansteckend. Kelly hatte Recht gehabt. Er war ein ganz normaler, anständiger Kerl. Jede Verstellung war ihm fremd.

»Wollen Sie mir etwas anvertrauen?«

Aha, da wären wir also so weit, dachte sie und stellte sich innerlich ein auf das Unvermeidliche. Sie hätte nie gedacht, dass sich dieser Mann unter all die anderen einreihen würde.

»Haben Sie als kleines Mädchen je gespielt, dass Sie in einer ganz anderen Welt leben würden?«

Die nicht erwartete Frage traf sie unvorbereitet. »O ja. Das mache ich sogar heute noch.«

»Na schön. Dann machen Sie mal die Augen zu und stellen Sie sich vor, Sie hätten gerade am Strand eine alte Zauberlampe gefunden. Was wäre, wenn Sie nun drei Wünsche freihätten? Was wären das für Wünsche?«

Ohne zu zögern, antwortete sie: »Ich würde mir wünschen, normal zu sein. Ein ganz gewöhnlicher Durchschnittsmensch.«

»Ja warum zum Teufel denn das? Ich würde meine Seele verkaufen, wenn ich dafür Ihre Fähigkeiten bekäme.«

»O nein, das würden Sie nicht. Wer auch nur halbwegs bei Verstand ist, würde sich so etwas nie und nimmer wünschen. Ich wünschte, ich könnte ein stinklangweiliges, ganz normales Leben führen, ohne dass ich Dinge wüsste, die die meisten Leute ohnehin nicht erfahren sollten. Ich wäre so gern in der Lage, mich mit einem einzelnen Menschen zu unterhalten, ohne gleichzeitig eine ganze Horde Geister zu sehen, die mir alle Informationen zuschreien. Die Zukunft zu kennen ist für manche Leute nicht immer das Angenehmste, Senator. Aber da sind ja noch zwei andere Wünsche, und die sollten dann vielleicht Sie haben, nicht ich. Sie werden sie gut gebrauchen können.«

»Ich werde Präsident. Das wissen Sie doch, oder?«

»Ja. Es wird ein fast erdrutschartiger Wahlsieg.«

»Wenn ich je etwas für Sie tun kann, rufen Sie mich einfach an.«

»Das dürfte ja wohl kaum möglich sein, wenn Sie erst einmal im Weißen Haus sind.«

»Sie rufen an, ein R-Gespräch, ganz egal wo Sie gerade sind, nennen Ihren Namen, und dann werden Sie durchgestellt.« Und das meinte er auch so. »Also wenn wir uns jetzt nicht bald wieder da draußen zeigen, werden die Leute noch denken, dass hier etwas ganz Bestimmtes vor sich geht. Ach Gott, was habe ich für einen Hunger.«

Kelly hockte unten auf der Treppe, als die beiden wieder erschienen. Auf dem Knie hatte er ein Kind, und die Kleine zeigte ihm ein Buch. Rebecca bemerkte, wie sie dem schwarzen Mann hinterherschaute, als er vorbeiging. Und sie hörte auch, wie der Senator zu Kelly sagte: »Pass gut auf diese kleine Frau auf, sonst genehmige ich mir deine Eier zum Frühstück.«

»Habe ich schon Konkurrenz bekommen?«

Jennifer schaute zu Rebecca hoch und lächelte. Das Foto in Petes Dienstzimmer war jüngeren Datums, der eine Vorderzahn war gerade wieder nachgewachsen. Rebecca hockte sich hin und sagte: »Ich bin Rebecca«, und sie hielt ihr die Hand hin. Die Kleine nahm sie.

»Jennifer! Du weißt doch, dass du nicht runterkommen sollst.«

»Aber ich wollte doch Kelly die Bilder zeigen, die ich gemalt habe.«

»Du gehst jetzt sofort nach oben. Los, marsch. Aber ein bisschen schnell. Setz dich in Bewegung, oder ich gehe deinen Vater holen.«

Bevor die Kleine ihrer Mutter gehorchte, sagte sie Kelly noch, dass sie ihn lieb hatte und dass sie ihn heiraten würde und dass er dagegen gar nichts tun könne.

»Jetzt mach aber lieber, was deine Mutter dir gesagt hat, kleiner Fratz.«

Sheila ging mit dem Mädchen die Treppe hinauf.

»Sie ist eine Sehende«, sagte Rebecca.

»Das ist sie ganz bestimmt. Also?«, fragte er.

»Er ist nett«, sagte Rebecca.

»Er wird nicht sterben?«

»Können wir jetzt gehen?«

»Ich dachte, du bist am Verhungern?«

»Vielleicht wieder in den King's-Arms-Pub, was hältst du davon?«

»Nein. Wir müssen hier bleiben. Wir müssen da einfach durch.«

»Gerade im Moment hört sich Afghanistan richtig gut an. Kelly, Sheila hasst mich.«

Zwanzig handverlesene Gäste saßen an zwei langen Eichentischen im Ballsaal des Herrenhauses. Rebecca saß zwischen Robert Glover und Pete Hamill, ihr gegenüber saß Kelly zwischen Sheila und Dawn Lindsay. Rebecca beugte sich zum Senator, der rechts von ihr saß, und er beugte sich zu ihr. »Was für eine Vorstellung sieht sich Ihre Frau denn gerade im Moment an?«

»Ich habe keine Ahnung«, antwortete er.

»Ich glaube, wir kommen heute Abend in den Genuss einer ganz anderen Art von Vorstellung.«

Robert Glover fing den irren Blick in Sheilas Augen auf und sagte weiter nichts.

Nur zwei der Gesichter an ihrem Tisch waren Rebecca bekannt: Das eine gehörte zu einem englischen Sänger, der vor ungefähr fünfzehn Jahren eine Berühmtheit gewesen war, das andere zu einem Shakespeare-Darsteller, der andauernd zu ihr herübersah und sie anlächelte. Sie hatte gehofft, ein paar Tage in Stratford-upon-Avon zu verbringen und sich bei der Gelegenheit ein Stück im Royal Shakespeare Theatre anzusehen. So war das ursprünglich einmal geplant gewesen. Der Schauspieler sah sie an und lächelte wieder. Macbeth, dachte sie. Im Moment spielt er gerade den Macbeth. Vielleicht geht Kelly einmal mit mir hin? Sie warf ihm einen Blick zu. Irgendwie konnte sie sich nicht vorstellen, dass er ein Shakespeare-Stück durchhielt.

Sheila. Rebecca wünschte, sie würde nicht so starren. Mit jedem Moment nahm ihre Feindseligkeit zu. Vielleicht liegt es daran, wie ich angezogen bin? Vielleicht liegt es daran, dass ich mit Kelly zusammen bin und sie und Marianne Freundinnen waren?

Der erste Gang wurde serviert. Wachteln.

Rebecca schaute auf den Vogel auf ihrem Teller. Es kam ihr so vor, als sollte sie ihren Wellensittich verspeisen. Das bringe ich nicht fertig, dachte sie. Das arme Ding ist umsonst gestorben. Sie knabberte an einem Stück Brot und versuchte, nicht auf die Unterhaltungen zu achten, die um sie herum im Gang waren, bis Sheila den Schauspieler fragte, ob es stimme, dass er für seine neueste Rolle im West End als homosexueller Schriftsteller keinerlei Recherchen habe betreiben müssen.

Es trifft also nicht nur mich, dachte Rebecca. Die Frau ist ganz und gar voller Hass. Von ihrem Platz aus konnte sie die Treppe sehen, die zu den Schlafzimmern im oberen Stockwerk führte. Gegen alle ausdrücklichen Anweisungen kam Jennifer herunter; eine Puppe hielt sie eng an sich gepresst, während sie sich mitten auf die Treppe setzte, hinunterschaute und sich alle Mühe gab, die Gesichter der Leute zu sehen, aber sie sah nur die Dame, den schwarzen Mann und ihren Vater.

Der Senator beugte sich wieder vor und flüsterte: »Ich weiß, es sieht irgendwie so aus, als habe unser Essen neulich noch in einem Vogelkäfig gezwitschert, aber eines dürfen Sie mir ruhig glauben. Wenn man Hunger hat, isst man wirklich fast alles.«

Rebecca attackierte die Wachtel. Sie schaute zu Kelly hinüber. Er versuchte, nicht zu zeigen, wie komisch er das fand.

»Rebecca, wie alt waren Sie eigentlich, als Sie das erste Mal in die Zukunft sehen konnten?«, fragte Sheila ein bisschen zu laut. Sheila, die Angst hatte, ihr die Hand zu geben oder ihr zu nahe zu kommen. Vielleicht hielt sie die Entfernung über den Tisch hinweg für sicher?

Vorhang auf. Die Vorstellung beginnt. Rebecca legte ihre Gabel zur Seite. »Damals war ich fünf. Ich wusste, dass mein Großvater sterben würde.«

»Und woher wussten Sie das? Hat eine Art *Engel* Ihnen das erzählt?« Engel. Pete hatte ihr alles gesagt.

»Ja. Genau so ist das gewesen.«

»Wie haben Ihre Eltern reagiert?«

»Verängstigt. Sie haben immer verängstigt darauf reagiert.«

»Also, Sie wollen sagen, Ihre Eltern haben entweder gewusst, dass Sie anders waren, oder sie haben Sie für verrückt gehalten?«

Sheila wusste eine Herausforderung zu schätzen, und das war Rebecca bewusst. Pete versuchte, seine Frau mit einem

Blick zum Schweigen zu bringen, aber sie beachtete ihn gar nicht.

»Meine Eltern waren Agnostiker, beide Lehrer von Beruf, Mrs. Hamill. Die Abschiedsworte meines Vaters an meine Mutter waren: Mit diesem Ding in meinem Haus kann ich nicht länger zusammenleben. Aber das war sein Problem. Mein Vater konnte nur das glauben, was er auch gesehen hatte, und was er nicht sah, das hat ihn geängstigt. Genau das ist wohl, fürchte ich, das Problem mit der Menschheit. Wir glauben nur, was unsere körperlichen Sinne wahrnehmen. Leider ist das, was unsere körperlichen Sinne wahrnehmen, irreführend, denn es ist ganz und gar nicht die Realität.«

»Sie wissen, wie und wann Leute sterben werden, nicht?«, sagte sie und sah dabei direkt Robert Glover an.

»Manchmal. Wenn es ein vermeidbarer Tod ist. Wenn es nicht vorherbestimmt ist.« Rebecca nahm ihre Gabel wieder zur Hand, musste sie aber gleich wieder weglegen, als sie gefragt wurde:

»Haben Sie immer schon diese Wundervorstellungen aufgeführt?«

»Wundervorstellungen? Nein. Ich gebe keine Vorstellungen. Michael da hinten gibt Vorstellungen; das ist sein Beruf, und darin ist er ausgezeichnet. Was genau glauben Sie, sind Wunder?«

»Na, zum Beispiel Sie. Sehen Sie alle diese Tätowierungen? Wollen Sie wissen, was sie damit verdecken will? Sie wurde erschossen. Sie ist von den Toten wieder auferstanden. Sie berührt Leute, und sie heilt sie. Was glauben Sie eigentlich, wer Sie sind? Der wiedergeborene Jesus?«

Pete neben ihr starb tausend Tode. Bald würde er mit den Nerven am Ende sein. Nackt und barfuß stand er in diesem Augenblick mitten auf einem Minenfeld, und er brauchte dringend Trost, aber sie wusste, wenn sie ihn jetzt berührte, würde er vermutlich an die Decke gehen.

»Nein, ich halte mich nicht für Jesus Christus. Wieso sollte ich so etwas denken?«, sagte Rebecca ruhig. »Der Geist Christi ist eine Idealvorstellung, und dieses Ideal zu erreichen ist das höchste Ziel des menschlichen Lebens. Zurückgekommen ist er einzig und allein, um die Entfremdung der Menschen von Gott zu heilen. Alle hier im Raum werden letztlich in der Lage sein, den Geist Christi zu erlangen und zu tun, was er tun konnte, allerdings nur, falls sie es für möglich halten. Das ist seine Botschaft gewesen. Sein Leben hat uns als Beispiel dienen sollen. Wir alle können das erreichen, wenn wir nur daran glauben.«

»Sie können also tun, was Christus getan hat.«

»Glauben Sie, was Sie wollen, Sheila. Eines Tages werden Sie es wissen. Das Leben selbst wird Ihnen den Weg weisen.«

»Gleich werden Sie noch behaupten, Sie seien Gott begegnet.«

Hört diese Frau wohl noch damit auf? Wann nimmt sie endlich ihre Tabletten, ihr Prozac, oder wie das Zeug heißt? »Wie können Sie jemandem begegnen, den Sie immer schon gekannt haben?«

Und dann durchtrennte eine ihr bekannte Stimme Sheila Hamills Hasstirade. »Ich glaube, sie ist Gott begegnet. Und wenn nicht Gott, dann jemand anderem.«

Alle Augen wandten sich Dawn Lindsay zu.

»Die meisten hier kennen mich, und für diejenigen, die nicht wissen, wer ich bin, ich leite derzeit die CIA-Operationen in diesem Land. An dem Tag, an dem ich Rebecca begegnete, hat sich mein Leben verändert. Lassen Sie mich Ihnen von diesem Tag erzählen. Mit verbundenen Augen und mit dem Gesicht einer Ecke zugewandt hat sie dagesessen, und sie hat nicht einmal wissen können, dass ich mich in diesem Raum befand, aber sie hat mir Dinge erzählt, die niemand, und ich wiederhole, *niemand* hätte wissen können. Wollen Sie die Wahrheit hören? Sie hat mir eine Heidenangst eingejagt, bis ich mich fragte, wo das wohl herkam. Von irgendwoher muss es ja gekommen sein.«

Hör auf damit, Dawn. Bitte, hör auf damit, betete Rebecca stumm.

»Was würdet ihr verdammt nochmal machen, wenn Christus höchstpersönlich jetzt durch diese Tür käme? Woher würdet ihr wissen, wer das ist? Wie würdet ihr ihn erkennen? Was müsste er tun, um eure Aufmerksamkeit zu erlangen?«

»Dawn, bitte. Nicht.«

»Ruhe, Rebecca. Sie hatten Ihre Chance. Ich will Ihnen sagen, was er tun müsste. Irgendetwas Außergewöhnliches. Irgendetwas, das sonst keiner könnte. Vielleicht Wasser in Wein verwandeln? Von den Toten auferstehen? Die Toten wieder zum Leben erwecken? Jemandem die Hand auflegen und ihn heilen? Eine oder zwei Wahrheiten aussprechen, von denen ihr dachtet, ihr hättet sie vergessen, bis ihr sie wieder hört? Sicher, dann würdet ihr es glauben, aber jetzt könnt ihr das nicht. Und wieso? Weil eine Frau da drüben sitzt? Weiter ist sie nichts. Schaut sie euch an. Sie ist eine von uns, außer dass sie vielleicht ein paar Sachen kann, von denen wir glauben, wir könnten sie nicht. Ich habe nicht die Absicht, hier zu sitzen und zuzuhören, wie Sie jemanden mit Dreck bewerfen, vor dem Sie Angst haben, Sheila. Sie haben Angst, weil Sie es nicht begreifen, und Sie begreifen es nicht, weil Sie es nicht begreifen wollen. Wovor fürchten Sie sich denn so? Davor, dass sie womöglich etwas über Sie wissen könnte? Aber haben wir nicht schließlich alle irgendein tiefes, dunkles Geheimnis? Bei mir jedenfalls war das so. Aber eines will ich Ihnen sagen: Diese Frau hat mir das Leben gerettet, und sie hatte nicht den Schatten einer Ahnung, wer ich bin. Wir erfahren Gottes Liebe. Wenn das nicht tätige Liebe ist – einem völlig Fremden das Leben zu retten, weil derjenige zu viel Angst davor hat, sich selber zu retten –, dann weiß ich auch nicht, wie Sie das nennen wollen. Sind Sie in diesem Punkt mit mir einer Meinung, Senator?«

»O ja«, war alles, war Robert Glover darauf zu erwidern hatte.

Dawn warf ihre Serviette auf den Tisch, und ihr Begleiter begriff, dass es auch für ihn Zeit zu gehen war. Rick, dachte Rebecca. Das ist Rick. Er tut, was man ihm sagt. Er hat Angst vor ihr. Er liebt sie, aber er hat auch Angst vor ihr.

Robert Glover beugte sich wieder vor. »Das schlägt die Politik um Längen.«

Pete stand auf und begleitete Dawn und Rick hinaus. Er entschuldigte sich, bis Dawn sagte: »Legen Sie Ihre Frau lieber an die Leine, Pete, sonst dreht sie sich noch selbst einen Strick aus ihrem Verhalten.«

Mit geschlossenen Augen stand Pete vor der Tür, die er gerade zugemacht hatte, bis er spürte, dass etwas ihn am Bein berührte. »Daddy?«

»Ab mit dir ins Bett, Jennifer.«

»Daddy, diese Dame auf dem Platz neben dir. Ist sie ein Engel, Daddy?«

Er sah auf seine Tochter hinunter. »Nein. Nein, sie ist kein Engel.«

»Aber ich habe gesehen ...«

»Ich sagte, ab mit dir ins Bett! Sofort!«

Und das Kind schoss die Treppe hoch.

Ihm war nicht klar gewesen, wie laut er das gesagt hatte, bis er die plötzlich eintretende Stille wahrnahm.

Zwei nicht enden wollende lange Stunden später warf Kelly seine Uniformmütze auf den Rücksitz und riss sich die Jacke auf, damit er endlich wieder Luft bekam. »Alles in Ordnung mit dir?«

»Alles bestens.«

»Bestimmt?«

Sie nickte. »Ich bin einmal mit einem Skeptiker in einer Fernsehsendung aufgetreten. Er ging irgendwann einfach. Das heute Abend war gar nichts. Glaub mir, es war wirklich gar nichts dagegen.«

»Du glaubst das doch nicht, oder?«

»Was?«

»Dass dies hier dein letztes Leben ist.«

»Nein.«

»Aber ich.«

»Ich will nach Hause.«

Kelly startete den Wagen. »Was hat Rob zu dir gesagt?«

»Es hat ihm Leid getan, was alles passiert ist. Du hattest Recht, was ihn angeht. Er ist wirklich ein ganz normaler, anständiger Kerl. Aber er ist auch etwas Besonderes. Er gibt sich diesen äußeren Anschein von Normalität, aber da liegt etwas in seinem Blick. Etwas nicht Greifbares. Er ist viel tiefgründiger, als er die Leute glauben lassen will.«

»So wie du.«

»Ich? Das glaube ich nicht. Er wird wirklich wunderbare Sachen in diesem Leben vollbringen.«

»Und du? Tust du das nicht schon?«

»Ich bin nur eine von vielen. Er ist etwas ganz Außergewöhnliches. Ich könnte das nicht. Ich würde das auch gar nicht wollen.«

Kelly sagte nichts.

»Er wollte wissen, was ich mir wünschen würde, wenn ich drei Wünsche frei hätte. Ich habe mir gewünscht, normal zu sein, und habe ihm die anderen beiden Wünsche überlassen, weil er sie wirklich braucht.«

»Wird er sterben?«

»Ich habe keine Ahnung. Ich habe wirklich keine Ahnung.«

Billy war nicht beim Frühstück, also setzte sie sich an Kellys Tisch. Er las Zeitung beim Essen. »Zeit ganz für uns«, sagte sie augenzwinkernd.

»Was?«

»Ja, genau das. Bei dir oder bei mir?«

Darauf reagierte Kelly nicht. »Deine Uniform ist fertig.«

Rebecca sah Rydell zwei Tische weiter weg sitzen, und ohne aufzuschauen, sagte Kelly: »Diese Woche hat Macpherson Dienst in der Kleiderkammer.«

»Oh.«

»Also iss auf, lass dir deine Ausrüstung geben und komm zur Sporthalle.«

»Wieso?«

Er sah sie an. Er war es nicht gewohnt, dass man seine Befehle infrage stellte. »BNK.«

»Was ist das?«

»Bewaffneter Nahkampf.«

»Nochmal für nicht Eingeweihte, bitte.«

»Duell im Morgengrauen. Zehn Schritte und dann umdrehen und schießen. Alles klar?«

»Oh. Mit wem werde ich das machen?«

»Mit mir. Also sag Macpherson, du brauchst eine kugelsichere Weste, die Platzpatronen können ganz schön wehtun.« Er blätterte die Seite um.

»Was macht das Bild?«

»Fortschritte. Wirklich gute Fortschritte.«

»Wann kann ich es sehen?«

»Wenn du es schaffst, mich umzubringen, bevor ich dich erwische.«

Eine weitere Herausforderung wurde ausgesprochen und durch ihr Feixen angenommen. Die einzige Art, wie er sie dazu bringen konnte, bei dem mitzumachen, was er ihr beibringen sollte.

»Haben Sie je in Erwägung gezogen, Liebesgedichte zu schreiben, Commander? Sie haben so eine ganz besondere Art, mit Worten umzugehen, hat Ihnen das schon einmal jemand gesagt?«

Der Blick, den sie statt einer Antwort erhielt, sagte mehr als Worte.

Allein ging Rebecca durch den unterirdischen Gang und betrat die Kleiderkammer. Billy las wieder ein Buch, aber kaum sah Rebecca ihn an, da spürte sie auch schon, dass etwas mit ihm nicht in Ordnung war.

»Sergeant.«

»Rebecca«, sagte er und deutete auf ein in Plastik gepacktes Bündel mit einer dschungelgrünen Uniform und eine Schachtel daneben. Stiefel in ihrer Größe. Mit dem Fuß schob er ihr über den Schreibtisch ein Klemmbrett hin. Rebecca nahm den Kugelschreiber und unterschrieb.

»Sind Sie okay?«, fragte sie.

»Ja.«

»Sie waren nicht beim Frühstück.«

»Ich habe heute ziemlich zeitig gegessen.«

»Habe ich Sie wieder irgendwie beleidigt oder verletzt?«

»Nein.«

»Billy?«

»Was?«

»Der Commander sagt, ich brauche heute eine kugelsichere Weste.«

Seufzend legte Billy das Buch zur Seite und machte sich auf den Weg in die Tiefen der Kleiderkammer. Mit einer Weste kam er zurück, eine kleine Größe. Seine Größe. Die legte er dann auf die Stiefel, kritzelte ein, zwei Worte auf das Papier auf dem Klemmbrett und hielt ihr den Kugelschreiber hin.

Heute konnte er ihr einfach nicht in die Augen schauen. Gestern Nachmittag hatte er zwei Stunden ununterbrochen nur Witze gemacht. Er hatte ihr von seiner Familie auf den Kanalinseln erzählt. Eine Schwester und vier Brüder. Er war zur Armee gegangen, weil da das Leben sicherer war. Und heute? Vielleicht hatte er schlechte Neuigkeiten erhalten. »Wie legt man die an?«

»Das wird Ihnen dann der Commander zeigen.«

»Er hat gesagt, ich soll mich mit voller Ausrüstung und fertig angezogen in der Sporthalle melden.«

Billy brummelte etwas in sich hinein und führte sie nach hinten. »Sie können mir ruhig alles sagen, das wissen Sie doch«, sagte sie.

»Ziehen Sie Ihr Hemd aus.«

Er sah die Tätowierungen, sagte aber nichts. Normalerweise hätte er irgendetwas sagen müssen. Er hatte nicht einmal gefragt, wie der gestrige Abend verlaufen war. Er zog ihr die kugelsichere Weste über den Kopf und zog die Bänder mit dem Klettverschluss an, bis sie viel zu fest saßen. Er war wütend, aber als er sie berührte, empfing Rebecca nichts. Überhaupt nichts. Sie musste wieder daran denken, wie sie ihn am Tag zuvor auf dem Stützpunkt in der Menge hatte stehen sehen und er dann auf einmal nicht mehr da war. Er war verschwunden.

»Billy, was ist los?« Sie streckte die Hand aus, wollte ihn berühren, aber er wehrte sie mit dem Arm ab. Er ließ sie nicht an sich heran.

»Ziehen Sie sich an und verschwinden Sie.«

»Was habe ich Ihnen getan?«

Kurz trafen sich ihre Blicke. »Bitte, Rebecca. Gehen Sie. Jetzt.«

»Sagen Sie mir, was mit Ihnen los ist.«

Er schien aufkommende Übelkeit hinunterzuschlucken, und plötzlich konnte er sich nicht mehr beherrschen. Rebecca sprang zur Seite, denn schnell wie ein Pfeil schoss er an ihr vorbei. »Wenn Sie krank sind, kann ich Ihnen doch vielleicht helfen!«

»O verdammt, bleiben Sie bloß weg von mir!«

Kelly machte die Tür der Sporthalle zu.

»Irgendwas stimmt nicht mit Billy. Ich weiß nicht, was, aber ich mache mir Sorgen um ihn.«

»Weshalb?«

»Das weiß ich ja eben nicht. Wenn ich das wüsste, könnte ich ja etwas tun. Vielleicht spricht er ja mit dir.«

»Vielleicht.« Kelly kam zu ihr, machte ihr die Druckknöpfe der Jacke auf und legte die Hand auf ihre kugelsichere Weste. »Wenn du auch nur den Hauch von einem Brennen spürst, hören wir auf. Du hältst dann einen Finger hoch. Sprechen wirst du nicht.«

»Er benimmt sich sehr ...«

»Was habe ich dir gerade gesagt?«

Rebecca hielt den Mund. Er gab ihr die Pistole Kaliber 45, mit der sie ewig lange geübt hatte, jedenfalls kam es ihr so vor.

Kelly ging im Kreis um sie herum. Sie hatte keine Ahnung, was er jetzt schon wieder vorhatte. Die Art, wie er sie umkreiste, machte ihr Angst. Da war etwas Tiefes, Unergründliches. Er kam auf sie zu, legte den Arm um sie, als wollte er sie zärtlich umarmen, und normalerweise hätte sie das gern gehabt, bis sie etwas Hartes spürte und hinuntersah. Irgendwie hatte er ihr ihre Pistole aus dem Gürtel genommen und drückte sie ihr jetzt gegen die Rippen. »Du bist tot«, sagte er. »Und wieso bist du tot? Weil du mir vertraut hast. Du hast gedacht, ich käme in freundlicher Absicht.«

O nein, das habe ich bestimmt nicht gedacht, sagte sie sich. Ich habe nicht gedacht, dass du in freundlicher Absicht kommst.

Er ließ sie los, gab ihr die Pistole zurück und begann wieder mit dem Kreisen. Zweimal, dreimal. Rebecca reagierte allmählich panisch. »Kelly, was soll das denn ...«

Er machte einen Satz nach vorn: Den Arm legte er ihr um die Schultern, den Kopf drückte er ihr nach hinten, und unters Ohr hielt er ihr etwas Hartes. »Du bist tot«, sagte er. »Und wo ist deine Waffe?«

Sie hatte sie auf den Boden fallen lassen. Ihr war nicht einmal bewusst gewesen, dass sie ihr aus der Hand geglitten war.

Wieder ließ er los. »Heb sie auf. Du darfst nie ohne Waffe sein.«

Ohne ein Wort zu sagen, hob Rebecca die Waffe auf, und wieder dieser Satz nach vorn, genau dasselbe Manöver, aber Kelly hatte ihr nicht Zeit gelassen, sich aufzurichten. Diesmal hatte sie die Waffe nicht fallen lassen, aber wieder war sie tot, ehe auch nur ein Augenblick vorbei war. »Und wo ist deine Waffe jetzt?«

Sie sah nach. Sie war drauf und dran, die Wände hoch zu gehen.

»Ich will, dass du Folgendes machst.«

Er nahm den Arm auf den Rücken, die Waffe hielt er nach unten. Gut und schön für ihn. Er war ja besonders beweglich! Außerdem war er groß und ihr gegenüber im Vorteil.

»Mir ist klar, dass du nur ein kleiner Dreikäsehoch bist, und ein Schuss von dir aus dieser Position wird wohl kaum töten, aber immerhin hast du Zeit, dich umzudrehen und dein Werk zu vollenden.

»Das kann ich nicht. Das kann ich nie im Leben.«

»Habe ich dir Erlaubnis erteilt zu sprechen?«

Wieder umkreiste er sie, aber diesmal in etwa drei Metern Entfernung. Sie ahmte seine Bewegungen nach. »Würdest du bitte damit aufhören!«

»Ich habe dir gesagt, du sollst nicht sprechen.«

Jetzt stand er still da, direkt vor ihr, die Hände auf dem Rücken. »Zieh deine Waffe und schieß einfach drauflos.« Sie schüttelte den Kopf. Er streckte die Arme aus. Er bot ihr ein Ziel, das sie kaum verfehlen konnte. »Komm schon, Dreikäsehoch. Erschieß mich.«

Also entschloss sie sich zu schießen, um der Qual ein Ende zu machen. Wenigstens konnte sie dann sagen, dass sie es versucht hatte. Bis sie die 45er in der Hand hatte, hörte sie auch schon den Schuss, und er ließ die Pistole sinken. »Hast du das gespürt?«

»Was?«

»Du bist tot.«

»Bin ich nicht.«

»Bist du doch.« Er zeigte auf die Stelle. Sie sah an sich hinunter. Das zweite L in MILLER. Ihr neues Uniformhemd. Da hingen nur noch Fäden.

Tatsächlich, dachte sie. Ich bin tatsächlich tot. In wenigen Minuten hat er mich ein halbes Dutzend Mal erledigt, und ich stehe einfach nur so da und lasse das geschehen. Beißend bittere Tränen stiegen ihr in die Augen. Aber er ging wieder um sie herum, Pistole im Gürtel, Hände diesmal auf dem Kopf. Rebecca wischte sich das Gesicht am Ärmel ab, zog so schnell sie konnte und feuerte.

Einmal.

Alles in allem hörte sie drei Schüsse.

Sie sah an sich herunter. Er hatte sie schon wieder erschossen.

Das schaffe ich nie. Er ist einfach zu schnell. Er ist einfach zu gut.

»Das mag ja stimmen, aber wir bleiben so lange hier, bis du es schaffst, mich wenigstens einmal zu treffen. Nur einmal.«

Es war nicht, *was* er gesagt hatte. Es war die Art, *wie* er es gesagt hatte. »Du benimmst dich wieder wie so ein blöder Wichser.«

»Sir.«

»Ach, Kacke. Ich werde dich nie mit Sir anreden.«

»Ich versuche doch bloß, dich am Leben zu erhalten.«

»Indem du mich umbringst? Das macht dir doch noch Spaß.«

»Nein, macht es nicht.«

An seinem Gesichtsausdruck konnte sie nicht ablesen, ob er die Wahrheit sagte oder nicht. »Wohl macht dir das Spaß. Du lachst doch über mich. Ich bin nur eine Zielscheibe des Spotts – Zielscheibe des Spotts für alle. Ich begreife nicht, wieso wir das überhaupt machen müssen. Ich bringe doch sogar die Insekten aus meiner Badewanne in Sicherheit, bevor ich das Wasser einlaufen lasse.«

»Ja, das ist mir klar.«

»Und ... und ... ich wollte auf dem Stützpunkt mein schwarzes Samtkleid anziehen, und jetzt muss ich dieses Zeug tragen. Da drin sehe ich ja aus wie das Michelin-Männchen. Ich verabscheue dieses Zeug. Ich verabscheue das, was es mit mir anstellt. Ich würde mich lieber hinsetzen und jemandem die Hand halten und ihm helfen, und du willst, dass ich Leute erschieße. Ich kann das nicht, und verdammt nochmal, ich werde das auch nicht.«

»Rebecca ...«

Den Augenblick hatte sie gut gewählt. Er rieb sich immer den Nacken, wenn er dazu ansetzte, seine Handlungen in Worten zu beschreiben, die sie auch verstehen würde. Außerdem rieb er sich gerade den Nacken mit der Hand, in der er die Waffe hielt. Sie wusste, es war nicht ganz fair, aber sie zog ihre 45er, feuerte, verfehlte ihn völlig und spürte zwei Einschläge, diesmal auf der rechten Brustseite. »Scheiße! Ich kriege das nicht mal hin, wenn ich mit unfairen Mitteln arbeite!«

»Doch, du kannst das, und du wirst das schaffen. Nochmal.«

Im Stillen rief Rebecca um Hilfe. Rief irgendjemanden. Ganz egal wen. Sogar Billy the Kid wäre ihr recht gewesen. Irgendjemand, der dem ein Ende machte.

Die Hilfe kam. Die Hilfe hatte die ganze Zeit in unmittelbarer Nähe gestanden, hatte einfach nur gewartet, wollte gebeten werden einzugreifen.

Wieder ging Kelly im Kreis um sie herum, und wieder wurde ihr ganz unheimlich. Einen kurzen Moment lang arbeiteten ihre Reflexe wie der Blitz, so schnell wie Kellys. Er spürte die Einschläge in der Herzgegend, vier Treffer. Auch Rebecca fühlte sie, allerdings nur zwei.

Kelly sah ihr ins Gesicht, aber vor ihr Gesicht hatte sich das Gesicht eines anderen geschoben, und zuerst wusste er nicht, wer das war. »Nicht schlecht. Aber trotzdem bist du tot.«

»Nicht schlecht? Du bist genauso im Arsch, Kumpel.«

Da kam eine männliche Stimme aus ihrem Mund. Eine männliche Stimme, die Kelly kannte. »David?«, fragte Kelly. »David Mason?«

Das Lächeln, das sich auf Rebeccas Gesicht zeigte, war nicht ihr eigenes. Es war das Lächeln von David Mason. Und dann war es verschwunden.

»Wer ist David Mason?«, fragte sie.

»Er war da. Er war in dir. Der alte Mistkerl hat mich erschossen.«

»Ach, heißt er so? Mir hat er seinen Namen nie gesagt. Hat bloß gesagt: *Namen sind Schall und Rauch, Baby. Nur was ich gewesen bin, zählt.* Er hat gesagt, er war Elitetruppenkampfschwimmer, oder so was in der Art, und dass er dich wie das andere Jungvolk trainiert hat, oder so was in der Art.«

»Der hat dir geholfen, es bis auf zwei Sekunden runterzubekommen?«

»Tja, wer weiß?« Und wieder zog sie ihre Waffe, ohne Unterstützung diesmal. Und dieser eine Schuss verursachte beißenden Schmerz. Er traf Kelly tief unten auf dem Brustkorb. Er rieb sich die Stelle. Ihr hatte er eine kugelsichere Weste verordnet, aber er trug keine. Er hatte das nicht für nötig gehalten.

Wieder begann er mit dem Kreisen. Bevor sich ihr sein Arm diesmal um die Schultern legen konnte, sah sie etwas, das sie lieber nicht gesehen hätte. Es war nicht Kelly. Ein anderer ging da im Kreis um sie herum, und er war wie ein Araber angezogen. Ihr Körper schrie auf vor Schmerz, und auf felsigem Untergrund lag sie auf den Knien, und der Araber ging im Kreis um sie herum, und seine Finger ließ er eine Art gebogenes Schwert entlanggleiten. Es sah aus wie das Schwert, das bei Kelly an der Wand hing. Angst überfiel sie. So viel Angst, dass sie den Arm nach hinten bog und feuerte, und Kelly fiel hart auf die Knie. Da begriff sie, dass sie ihn verletzt hatte.

»Kelly! Scheiße, bist du in Ordnung?«, schrie sie. Sie warf die Waffe weg und ließ sich neben ihn auf die Knie fallen, während er sich alle Mühe gab, die aufsteigenden Tränen zu unterdrücken.

»Ja, mir geht es gut«, krächzte er. »Bis ans Ende meines Lebens werde ich nur noch im Falsett sprechen, und möglicherweise wird es bei dem einen Kind bleiben, aber sonst geht es mir gut.«

»Lass mich dir helfen. Gott, lass mich doch etwas tun!«

»Rühr mich nicht an. Rühr mich bloß nicht an.«

Und neben dem Baskettballkorb, aufmerksam ihrem Streit zuhörend, stand Captain David Mason, Elitekampfschwimmer der US-Streitkräfte, Kellys Lehrer von der Militärakademie in Pensacola, Florida, der vor fünf Jahren an einem Herzanfall gestorben war. Er lachte schallend.

13. Kapitel

Von einem Mädchen erschossen. Das würde er sein Leben lang zu hören bekommen. Aber Kelly machte das Beste, was er in der Situation tun konnte, und reagierte einfach nicht auf die Sticheleien, die Witze. Jetzt wusste er also, weshalb sie solch rasante Fortschritte gemacht hatte. David, dachte er. Wenn Kelly je ein Idol gehabt hatte, dann Mason. *Namen sind Schall und Rauch, Baby. Nur was ich gewesen bin, zählt.* Das war seine übliche Anmache gewesen, und sie hatte fast immer funktioniert. Und ihn jetzt wiederzusehen, wenn auch nur als kurzes Aufblitzen in Rebeccas Gesicht ...

Zum Begräbnis war Kelly eigens in die Staaten geflogen. Auf dem Friedhof von Arlington war er einer der Sargträger gewesen. An dem Abend war er nach Hause nach Norfolk gefahren und hatte allein in seinem Haus gesessen, und er hatte geweint. Aber der Captain war nicht tot. Er war hier bei ihm, das war er wahrscheinlich immer gewesen, nur – Kelly hatte das nicht gewusst.

Er schaute ans andere Ende der Messe, zu Rebecca. Vor lauter Stolz auf ihre Leistung glühte sie förmlich. Immerhin hatte sie ihm ermöglicht, sein Gesicht wenigstens teilweise zu wahren, indem sie sich zum Mittagessen an einen anderen Tisch gesetzt hatte. Die Männer gratulierten ihr. Soll sie doch ruhig ihren Augenblick des Ruhms haben, dachte er. Soll sie das doch mit nach Hause nehmen. Das hat sie sich verdient.

Es wird richtig merkwürdig werden, wenn sie nicht mehr da ist. Das werden wir alle zu spüren bekommen. Sie hat diese steinernen Wände mit ein wenig Herz erfüllt, uns alle hat sie mit ein wenig Herz erfüllt. Die meisten hatten schon vergessen, was das überhaupt war.

Kelly aß, und aus den Augenwinkeln heraus nahm er wahr, dass mit Macpherson tatsächlich etwas nicht stimmte. So weit Kelly wusste, war da im Augenblick kein Mädchen, das ihn verlassen haben konnte. Das war eine der schlimmsten Erfahrungen – verlassen zu werden. Verletzter Stolz. Gegen alles und jeden gerichtete Aggression. Wieder ein Rettungsanker verschwunden, und das mit den Worten: *Andauernd bist du in Einsatzbereitschaft. Du sagst mir nie, was du tust und wohin du gehst. Ich will einen Mann, der bei mir ist, wenn ich ihn brauche. Ich will dich nie mehr wiedersehen.*

Nein, dachte er. Ursache dieses Problems war keine Frau. Der Dienst in der Kleiderkammer? Nicht gerade eine Aufgabe, um die die Männer sich rissen. Nein, es war nicht die Kleiderkammer. Kelly drehte sich, bis er Macpherson besser im Blick hatte, und sah genauer hin. Billy war ganz und gar von Grau umgeben. Normalerweise war Macphersons Farbe ein leuchtendes Gelb vermischt mit Orange und hier und da ein paar Flecken Grün. Wenn Rebecca in der Nähe war, umgab ihn strahlendes Rosa. Das war in Ordnung. Die meisten Männer nahmen ein heftiges sexuelles Rot an, wenn sie in der Nähe war. Das war der einzige Grund, weshalb Kelly sie bei Macpherson in Sicherheit glaubte, aber manchmal zweifelte er auch an dieser Überzeugung. Zwischen den beiden hatte es von Anfang an irgendeine Verbindung gegeben.

Das Grau gefiel Kelly nicht. Kelly wusste, was das zu bedeuten hatte. Diese Farbe hatte er bei Männern gesehen, die kurze Zeit darauf starben. Er hatte sie bei Flugzeugen gesehen, die kurze Zeit darauf abstürzten.

Er nahm seinen Teller und setzte sich an Macphersons Tisch. Billy schaute auf, hielt den Blick aber nicht lange und wandte sich wieder seinem Buch zu. Kelly nahm die Ketchupflasche und stellte sie schwungvoll auf das Taschenbuch.

»Was denn, Sir?«, fragte Billy. Seine Augen waren kalt.

»Haben Sie mir irgendwas zu sagen?«

»Nein, Sir. Nichts.«

Seinem Gesichtsausdruck konnte Kelly nichts entnehmen. Macpherson benahm sich, wie die Mitglieder der Elitetruppe sich im Krisenfall verhalten sollten. Genannt wurden nur Name, Rang und Einheit. Lieber wollten sie sterben, als sich unehrenhaft zu verhalten. Dagegen kam keiner an. »Reden Sie mit mir, Mac.«

»Ich kann nicht, Sir.«

»Vergessen Sie das Scheiß-Sir, reden Sie mit mir.«

»Ich kann nicht. Ich kann einfach nicht.« Billy hob die Flasche von seinem Buch, aber Kellys Hand schloss sich um sein Handgelenk und verhinderte jede weitere Bewegung. Billy wusste, dass Kelly ihm das Handgelenk ausrenken würde, wenn er sich jetzt bewegte.

»Wie lange kennen wir uns schon?«

»Schon verdammt lang.«

»Also reden Sie.«

Aber er schüttelte den Kopf. Nein. Er steht unter dem Befehl von jemandem, dachte Kelly. Hier gab es zwei Offiziere, die ranghöher waren als Kelly, und der einzige Ort, an dem Mike seinen Rang ausspielte, war die Krankenstation. Also blieb nur einer übrig. »Was ist das für ein Auftrag, den Sie nicht erledigen wollen, Mac? Ist es Rebecca? Ist sie der Auftrag?«

Noch immer nichts.

»Sie werden ihn nicht ausführen! Das werden Sie nicht, Bill! Und das ist ein Befehl! Haben Sie mich verstanden? Das werden Sie *nicht*!«

Kelly ließ Billys Handgelenk los, und Macpherson schoss davon. Jetzt verstand Kelly, weshalb der Colonel für ein paar Tage in die Staaten reisen würde. Rebecca hatte die ganze Zeit Recht gehabt.

In einer Stunde würden sie nach Suffolk fliegen. Pete, Kelly, Rebecca. Pete wollte sie in Lakenheath dabeihaben, in Uniform und bewaffnet, und jetzt wusste Kelly auch, warum. Er starrte die Ketchupflasche an, ohne sie zu sehen. Der Anschlag am ersten Tag. Dafür verantwortlich Samperi. Pete hatte keinerlei Überraschung gezeigt, als sie tot eingeliefert wurde. Er ging ihr aus dem Weg, aber vielleicht musste er das. Er hatte als Erster gemerkt, was eine Berührung bewirken kann. Er hatte Kelly von dem nicht bestandenen Test in der Zentrifuge erzählt. Dann kam Kellys Urlaub. Das Timing war einfach perfekt. Sie kommt betrunken nach Hause. Sie ist verletzlich. Ihre Tür ist offen. Zwei Leute kennen den Zugangscode. Den Colonel befragt man nicht. Der Colonel ist Gott. Aber Pete war bei der Rettungsaktion dabei. Pete, Faraday und Macpherson. Bei der Gelegenheit hätte er sie endgültig aus dem Weg schaffen können. Nein, dachte Kelly. Nein, er braucht sie lebend bis zum allerletzten Moment. Und Lakenheath ist der allerletzte Moment.

Er wartet auf den Augenblick, in dem ihm klar wird, dass ich Bescheid weiß.

Dieser Moment rückte schnell näher. Vielleicht war er auch schon da. Kelly war davon ausgegangen, dass sie sich in Pete geirrt hatte, aber trotzdem wollte ihm beim besten Willen immer noch kein vernünftiges Motiv einfallen – oder wenigstens kein Motiv, das Sinn ergab.

Barrett trank Tee. Kelly ließ sein Essen stehen, ging zu Joel und klopfte ihm auf die Schulter. Mit einer Geste gab er ihm zu verstehen, er solle hinauskommen. Joel folgte ihm auf den Korridor und dann zu den Toiletten in der Nähe der Bar. Zuerst überzeugte sich der Commander davon, dass außer ihnen beiden niemand hier war. »Sie hatten Dienst an dem Abend, als Miller entführt wurde, stimmt's?«

»Ja, Sir, das stimmt, aber ich verstehe nicht ...«

»Wer ist in ihr Zimmer gegangen, Joel? Der Colonel?«

Er stand wieder einem Mann gegenüber, der dem Befehl eines Ranghöheren unterstand.

»Danke. Ihr Schweigen ist Bestätigung genug.«

Kelly ging auf die Krankenstation. Mike las gerade, als Kelly hereinkam und die Tür schloss. »Ich muss mit Ihnen reden.«

»Nun ja, hängt ganz davon ab, worüber Sie reden möchten.«

»Über eine Übernahme des Kommandos«, sagte Kelly und setzte sich.

Herr im Himmel, Sir, das ist doch ein Scherz, oder?

Ich habe Ihnen einen Befehl erteilt.

Und wieder hätte er sich am liebsten übergeben. Billys Mund war ganz trocken. Die Hände zitterten ihm. Solche Angst hatte er noch nie im Leben gehabt. Also Kelly wusste Bescheid. Herrgott. Der Commander wusste Bescheid.

Rebecca benutzte ihre Marke, um in ihr Zimmer zu kommen. Sie sang ein Lied beim Betreten des Zimmers. Loreena McKennitt. *The Highwayman.* Das Lied kannte Billy, weil es das Lieblingslied seiner kleinen Schwester war. Sie spielte nur das eine.

The highwayman came riding, riding, riding, the high-wayman came riding, up to the old inn door ...

Der Engel schloss die Tür. Sie hatte eine schöne Stimme. Sie sang besser als Loreena. Sein Herz schlug heftig. Schnell, dachte er. Es muss schnell gehen. Er schluckte seine Angst hinunter und ließ unter Gewaltanstrengung wieder den Soldaten zum Vorschein kommen. Billy trat aus ihrem Badezimmer. Die kugelsichere Weste lag auf dem Bett, und sie griff gerade nach einem T-Shirt, als sie die Bewegung sah. »Scheiße!« Sie versuchte, sich zu bedecken. »Haben Sie mir eine Angst eingejagt. Was machen Sie denn hier?«

Sie vertraute ihm. Sie mochte ihn. Das sollte sie nicht. Ich werde sie nicht ansehen, dachte er. Ich kann sie einfach nicht ansehen. Er schloss die Augen ganz fest, aber wie ein Echo hörte er immer noch ihre Stimme. »Was ist denn nur los?«

Er machte die Augen auf. Da stand sie und runzelte die Stirn, den Kopf hatte sie zur Seite gelegt wie ein neugieriger junger Hund.

»Was ist denn, Billy?« Tränen in seinen Augen? Wieso? Ständig schluckte er, als sei er kurz vor dem Ersticken. Er atmete zu schnell. »Sind Sie krank? Sind Sie deshalb hergekommen?«

Er unterdrückte seine Übelkeit, eine ganze Flut davon. Er schwitzte. Rebecca versuchte, sich das T-Shirt anzuziehen, aber er bewegte sich so schnell, dass sie es nicht kommen sah. Mit dem Gesicht wurde sie gegen die Wand geschleudert. Ganz oben am Nacken spürte sie die Pistole. Jetzt sterbe ich also, dachte sie, und sie schloss die Augen und wartete. Aber er zögerte. Er brachte es nicht fertig.

Billy ließ sie los. Er drehte sie zu sich herum. In seinen Augen lag eine Verzweiflung, die dem Grad ihres Entsetzens und ihrer Verwirrung entsprach. Die Pistole hielt er in der rechten Hand, aber er streckte die linke aus und berührte ihr Gesicht. Solch einen Blick hatte sie noch nie im Leben gesehen, und so etwas wollte sie auch nie im Leben wieder sehen. Dann glitt sein Handrücken ihre Schulter hinunter, über ihren Arm, ihren Körper. An ihrem BH zerrte er so heftig, dass es wehtat. Seine Hand fühlte sich heiß an. Glühend heiß.

Wie würden Sie mich denn gern heute Abend sehen?

Nackt.

Jetzt wird er mich vergewaltigen, dachte sie. »Das müssen Sie doch nicht tun, Billy, das ist gar nicht nötig.«

Aber er starrte ihr nur in die Augen, als wolle er versuchen, sich noch an die letzte Einzelheit zu erinnern, an alles, was er gerade sah und was er gerade fühlte. Sie festhalten. Einfach nur sie festhalten. Da küsste er sie dann. Es war wie ein Abschiedskuss.

»Ich bin am Ende, mein Engel. Was auch immer ich von jetzt an mache, es ist aus. Ich habe Ihnen nicht wehtun wollen. Weiß der Himmel, ich wollte Sie nur lieben, aber ich hatte einfach keine Chance.« Er ließ sie los. Machte einen Schritt zurück.

»Ich ... ich verstehe das nicht«, sagte Rebecca, und ihre Stimme zitterte, als sie den BH wieder zurechtrückte.

Eine ganze lange Weile starrte er sie an. »Kein Ausweg, mein Engel. Es gibt keinen Ausweg. Es tut mir so Leid«, sagte er und drehte sich um. Er ließ sich auf die Knie fallen und hielt sich die Pistole unters Kinn.

»Billy! Nein!«

Genau in dem Augenblick, in dem sie ihn an der Schulter berührte, betätigte er den Abzug. Es war kaum ein Geräusch zu hören, als Rebecca die Auswirkungen von Billys Tat zu spüren bekam.

Stolpernd lief sie aus ihrem Zimmer auf den Korridor. Sie hatte keine Ahnung, wohin sie ging. Auf ihrem Gesicht, in ihrem Haar, auf ihrem BH Billys Blut und Teile seines Gehirns, sogar ihre Uniformhose war voller Flecken. Als sie auf die Kamera am hinteren Ende des Korridors zustolperte, brannte das Lämpchen nicht. Irgendwie musste sie diese Treppe hinunterkommen, aber ihre Beine weigerten sich zu funktionieren. Also ließ sie sich mit einem dumpfen Geräusch auf die Treppe fallen. »Ist da wer?«, rief sie. Es kam keiner. »Ist da wer?«, schrie sie. Und sie schrie und schrie, bis jemand kam. Und dann noch jemand. Dröhnen von Stiefeln auf der Treppe. Hände, die sie berührten, sie untersuchten.

»Das ist nicht ihr Blut«, hörte sie die Stimme eines Amerikaners. Auf seiner Hemdtasche stand Mancuso.

»Rebecca?«

Sie musste auf die Hemdtasche schauen, denn sie hatte keine Ahnung, wer da mit ihr sprach. Der Mann trug seinen schwarzen Dress, also stand da kein Name. Aber er hatte graue Augen, und seine Stimme kam ihr bekannt vor. »Geht den Commander suchen! Jetzt sofort! Und holt einen Sanitäter her!«

»Ich will nach Hause«, sagte sie mit zittriger Stimme. Ihre Augen waren so riesig wie Untertassen.

»Was ist passiert?«, fragte Joel.

»Billy«, sagte sie. »In meinem Zimmer.«

Mancuso rannte die Treppe rauf, nahm dabei immer drei Stufen auf einmal.

Rebecca wischte sich mit der Hand übers Gesicht, sah Blut und Hautfetzen, und sie schaute an sich hinunter. Sie versuchte, es sich vom Gesicht, vom Hals, von den Brüsten wegzuwischen, aber es ging nicht ab. Sie fing an zu kreischen. »Macht das weg! Macht das weg!«

Und dann war Kelly da. Und auch Mitch und Mike, so viele, aber sie sah keinen.

Lieber sterben, als sich unehrenhaft verhalten. Man hatte ihm einen Befehl erteilt, den er nicht hatte ausführen können. Kelly schaute hinunter auf das, was von Billy Macpherson noch übrig war. Das Zimmer über und über voller Blutspritzer. Doch das meiste hatte Rebecca abbekommen.

Jetzt würde Kelly nie mehr beweisen können, wer diesen Befehl erteilt hatte.

Es gibt keine größere Liebe, dachte er.

Wäre es jemand anderes gewesen, läge Rebecca jetzt wieder tot zu seinen Füßen. Aber man hatte Billy Macpherson ausgewählt. Aus einhundertfünfundachtzig Männern hatte man Mac ausgewählt.

Es gibt keine größere Liebe, dachte er wieder.

Kelly saß an ihrem Bett und starrte auf seine Hände. Sie stand unter Beruhigungsmitteln. Ich hätte bei ihr bleiben sollen. Ich hätte sie nicht aus den Augen lassen dürfen. Und wo war er stattdessen gewesen? Auf der Krankenstation, da hatte er eine Strategie zur Übernahme des Kommandos finden wollen. Kelly sprang auf, als sich ihm eine Hand auf die Schulter legte.

»Sie können hier doch nichts ausrichten, mein Junge«, sagte Mike.

»Woanders kann ich im Moment aber auch nicht sein.«

»Doch, das können Sie. Sie müssen hier raus und Ihren Job machen. Fahren Sie nach Lakenheath. Jetzt sofort.«

»Ich kann es nicht beweisen«, sagte Kelly. »Wie vielen hat man den Befehl noch erteilt?«

»Bei mir ist sie in Sicherheit. Das wissen Sie auch. Also los, raus.«

»Aber wenn sie aufwacht und nach mir fragt und ich bin nicht hier ...«

»Sie wird jetzt noch nicht aufwachen, Kelly. Dafür habe ich gesorgt.«

»Sie ist schwanger, Mike. Nichts hat sie sich sehnlicher gewünscht als dieses Kind. Sie braucht dieses Kind, verstehen Sie?«

»Sicher, genauso sehr, wie Sie dieses Kind brauchen, mein Junge, ich verstehe das. Sie hat das Kind nicht verloren, wenn Sie das meinen.«

Mike sah die Erleichterung in den dunklen Augen, und er legte Kelly die Hand auf die Schulter. »Ich werde sie heiraten.«

»Sicher. Gut. Und jetzt raus, habe ich gesagt. Sie haben doch einen Job zu erledigen, oder?«

Kelly starrte Pete an. Wie viele Jahre kannte er ihn jetzt schon? Es kam ihm wie eine verdammt lange Zeit vor. Er bemühte sich angestrengt um den Anschein von Normalität, aber er verlor den Kampf, er scheiterte kläglich.

»Sie ist unverletzt?«

Kelly nickte, und einen Moment lang meinte er Enttäuschung in den Augen des Colonel zu erkennen.

»Selbstmord.« Eine Feststellung, keine Frage. »Was für eine Konfession hatte er, wissen Sie das?«

»Katholisch. Ich weiß, dass seine Mutter sehr gläubig ist. Ich weiß allerdings nicht, ob er ... ich weiß allerdings nicht, ob er auch gläubig war oder nicht.« Es tat weh, von Macpherson in der Vergangenheit zu sprechen. Katholiken begingen keinen Selbstmord.

»Sie kennen die Familie?«

»Ja.« Das wird ihnen allen das Herz zerreißen.

»Hat er irgendeinen Abschiedsbrief hinterlassen?«

»Nein.«

»Was hat Rebecca zu diesem Vorfall zu sagen?«

»Sie steht unter Beruhigungsmitteln. Die nächsten paar Tage wird keiner etwas Sinnvolles aus ihr herausbekommen. Das nach Einschätzung des Arztes. Und ich vertraue seinem Urteil.«

»Ein paar Tage haben wir aber nicht Zeit. Montag in einer Woche trifft Glover in Lakenheath ein. Wenn ich mich nicht irre, ist heute Sonntag, und sie sollte jetzt eigentlich bei uns sein.«

Kelly juckten die Hände. Das mochte er gar nicht, wenn ihm die Hände juckten. »Sie und Mac waren Freunde. Sie wird ziemlich lange brauchen, um darüber hinwegzukommen.« Vielleicht ein Leben lang. »Wunder sollten Sie nicht erwarten.« Und dann wurde ihm klar, was er da gesagt hatte. Das war nämlich genau das, was die Leute von ihr erwarteten, jeden Tag ihres Lebens. Wunder.

»Selbstmord«, sagte Pete wieder, mehr zu sich selbst als zu Kelly. »Sie haben keine Veränderung in seiner Persönlichkeit bemerkt? Irgendwas in der Art?«

»Er war ungewöhnlich ruhig. Aber hinterher ist man natürlich immer klüger.«

»Wer wird Macphersons Stelle einnehmen?«

»So weit voraus habe ich noch nicht gedacht.«

»Dann sollten Sie vielleicht Ihren Kopf wieder geraderücken und sich auf Ihren Job konzentrieren. Denken Sie vielleicht, ich weiß nicht Bescheid über Sie und Rebecca, was?«

Kelly starrte auf seine Stiefel.

»Wollen Sie hier weg?«

Ja. Ja, ich will hier weg. Die Worte kamen ihm nicht über die Lippen.

»Wollen Sie wieder zurück und das Jungvolk unterrichten?«

Genau das werde ich bald wieder machen, dachte er.

»Dann kommen Sie zurück zu mir. Ich brauche Sie hier, und zwar jetzt. Hören Sie mir überhaupt zu?«

»Ja, ich höre Ihnen zu.«

»Kann Sie sich selbst verteidigen?«

»Ja.«

»In welchem Maß?«

»Sie ist schnell genug, sie ist treffsicher genug.«

»Danke.«

»Aber ...«

»Kein aber. Entweder Sie haben Ihren Job erledigt oder nicht.«

»Jawohl, Job erledigt.« Vor seinem geistigen Auge konnte Kelly es deutlich sehen. Glover sieht sie. Kommt auf sie zu. Umarmt sie. *Sie hat eine Pistole!* Blumen fliegen durch die Luft. Kelly schloss die Augen, als die Übelkeit in ihm aufstieg.

»Ich persönlich hoffe, Sie beide leben glücklich bis ans Ende Ihrer Tage, aber im Augenblick brauche ich Sie hier.«

Noch ein Wort, und ich jage dir meinen Stiefel so weit den Arsch rauf, dass du an dem Leder erstickst. Aber natürlich erst nachdem ich dir mit bloßen Händen das Herz aus dem Leib gerissen habe. In der Ecke des Büros, über Petes Kopf, glitzerte ein goldenes Licht. Das Gefühl, das sich beim Anblick dieses Lichts einstellte, war ein Gefühl der Ruhe. Kellys Impulsivität legte sich ein wenig. Er brauchte jetzt seine volle Konzentration.

»Selbstmord.«

Sag es nur oft genug, und am Ende glaubst du es noch selber, dachte Kelly.

»Die Anwesenheit einer Frau hier, besonders einer solchen Frau, musste unweigerlich Ärger verursachen. Vielleicht wollte er mehr, als nur mit ihr befreundet sein. Sie hat ihn abgewiesen.«

Und deshalb hat er Schluss gemacht? Das muss ja wohl ein Scherz sein. Kelly sagte nichts. Er rieb sich mit der Handfläche über den Oberschenkel.

»Wo lebt nochmal Macphersons Familie?«

»Auf den Kanalinseln. Seine Mutter wird es nicht glauben können.« Ich kann es auch nicht glauben.

»Also in, sagen wir mal, dreißig Minuten sehen wir uns dann unten. Wenn sie zu sehr unter Beruhigungsmitteln steht, fliegen wir am Montag eben allein nach Lakenheath, um unsere Vorkehrungen zu treffen.« Pete beugte sich zum Haustelefon. »Barrett. Geben Sie mir Macphersons Vater, legen Sie ihn mir auf die Sechs.«

»Sein Vater ist tot. Sollten Sie es vergessen haben, Mac hat vergangenen August drei Wochen Urlaub anlässlich des Todesfalls genommen.«

»Oh. Barrett? Geben Sie mir die Mutter.«

Als Pete wieder aufschaute, war Kelly nicht mehr im Zimmer. Er hörte die Tür zum Nebenzimmer zuschlagen. Laut und deutlich.

Eine Weile ging Kelly auf und ab, schaute auf die Uhr. Harlem brachte den Hubschrauber rein. Er rief auf der Krankenstation an. Keine Veränderung.

Auf der Suche nach einem Rekrutierungsoffizier für die Elitekampfschwimmer der Navy und Einsatzleiter für Spezialaufgaben in Millington, Tennessee, blätterte Kelly sein Internetadressbuch durch. Dann tippte er schnell eine Anfrage ein. Er erbat schnellstmögliche Antwort. Einen Moment lang zögerte er, bevor er die Mail verschickte, aber dann war sie weg. In der obersten Schublade seines Schreibtisches fand er das kleine Diktiergerät, legte ein neues Band ein und überprüfte die Batterien. Dann ertönte am Computer das Pling der eingehenden E-Mail. Er öffnete die Nachricht. Es war eine Antwort vom Einsatzleiter für Spezialaufgaben Charles King.

Da hat doch irgend so ein Idiot erzählt, Sie wären im Kosovo umgekommen?!? Sie haben ganz schön was gut bei mir. Rufen Sie an. Dann reden wir. Charlie

Wer zum Teufel war Charlie King? Eine ganze Weile sagte ihm der Name nichts. Das Nachdenken wurde zur Herausforderung bis wenige Minuten vor der Landung des Iroquois-Helikopters in Lakenheath.

Charlie King. O ja. Genannt B. B., B. B. King. Er spielte Gitarre, deshalb nannten sie ihn so. Kelly hatte ihn nicht mehr gesehen, seit ... Kelly erinnerte sich nicht mehr. Vor der kubanischen Küste in haiverseuchtem Gewässer hatte er in einem Dinghy mit Leck gelegen und darauf gewartet, von einem U-Boot aufgenommen zu werden. B. B. war verwundet gewesen. Hatte sein rechtes Knie verloren. Kelly hatte die Rettungsaktion durchgeführt, ihn lebend herausgebracht und ihn dann nie wiedergesehen. Er hatte ihn ganz vergessen. Aber B. B. hatte Kelly nicht vergessen.

Harlem landete sanft, jedenfalls in Anbetracht des kräftigen Seitenwindes. Pete verschwand mit dem befehlshabenden Offizier des Stützpunktes in die nächste Bar und überließ es Kelly und Nick Mancuso, den Stützpunkt in Augenschein zu nehmen, Notizen zu machen und die Operation zu planen und hoffentlich die Katastrophe vorherzusehen, bevor sie passierte. Er war froh, dass Rebecca nicht dabei war.

Früh am Morgen nahm Kelly vage ein Geräusch wahr. Da war eine Hand auf seinem Haar. Sanft. Liebevoll. Es fühlte sich ... angenehm an. Den Kopf hatte er auf das schmale Bett gelegt, und schnell setzte er sich auf. Bis er aufwachte, war ihm überhaupt nicht bewusst gewesen, dass er eingeschlafen war. Rebecca schaute ihm ins Gesicht. »Dein Haar ist ganz weich«, sagte sie mit schleppender Stimme und ging so gut sie konnte gegen die Beruhigungsmittel an.

»Wie fühlst du dich?«

Sie fuhr sich übers Gesicht. »Beschmutzt.«

»Nein, da ist alles in Ordnung.«

»Billy?«

Als Kelly den Kopf schüttelte, weinte sie. Es ging ihr so

zu Herzen, dass er dachte, ihre Tränen würden nie versiegen.

»Was hat er zu dir gesagt? Hat er überhaupt etwas gesagt?«

»Er hat gesagt ... hat gesagt, dass es ihm Leid tut. Und dann hat er noch ... dann war da noch ... von da an weiß ich nicht mehr viel ... Habe ich geschrien? Jemand mit grauen Augen.«

»Das war Joel.«

»Joel. Er sagt mir immer, wie spät es ist.« Ihre blauen Augen waren leer. Sie schien nicht bei sich zu sein. »Kein Ausweg«, flüsterte sie. »Kein Ausweg. Billy hat gesagt, dass es keinen Ausweg mehr gibt. Was immer er jetzt auch machen würde, er wäre am Ende ...«

Kelly nahm ihre Hand, hielt sie ganz fest. Es war also tatsächlich ein Befehl gewesen, und Billy hatte ihn nicht ausführen können. Aber Beweise gab es nicht. Billy hatte den Beweis mit sich genommen. »Wenn es geht, rede! Nur solange es geht, jetzt, dann brauchst du da nicht noch einmal durch.«

»Ich bin in mein Zimmer gegangen, ich wollte die kugelsichere Weste ausziehen, weil ich davon einen Ausschlag bekam. Er war in meinem Zimmer. Ich weiß nicht, wie er hineingekommen ist. Und er hat mich angestarrt, und ich dachte, er wollte ... Als du weg warst, haben wir viel zusammen gelacht. Ich habe gedacht, er wäre schwul. Aber das war er nicht. Wir hatten die Gelegenheit. Aber ich wollte nicht. Und ich habe ihn verletzt, als ich Nein gesagt habe. Dann war eigentlich alles wieder in Ordnung. Aber heute hat er sich aufgeführt, als würde er mich hassen. Also habe ich gedacht, er wäre in mein Zimmer gekommen, um ...«

Das Schweigen zog sich endlos hin.

»Er hatte diese Pistole, die gleiche wie du, und ich dachte, die braucht er im Grunde gar nicht. Ich dachte, wir wären Freunde. Ich habe ihn wirklich gemocht, und wenn es dich nicht gegeben hätte, dann ...«

Wieder Schweigen.

»Ich stehe also da in meiner Uniformhose und sonst nicht viel, und er steht da, und ich denke: Scheiße. Scheiße. Und er starrt mich an, als hätte er sein Lebtag noch kein Mädchen gesehen, und er fängt an zu weinen. Als müsste er etwas tun, aber er konnte nicht. Er war so schnell, Kelly. Was du mir alles beigebracht hast – ich hatte alles vergessen. Ich habe gedacht, jetzt werde ich also sterben. Aber das geht doch nicht. Ich bin schwanger. Ich darf noch nicht sterben. Nicht schon wieder. Nicht so, nicht ... durch ihn.

Er konnte es nicht tun. Er konnte einfach nicht. Dann hat er mich berührt, und er hat mir einen Abschiedskuss gegeben, und dann hat er gesagt, es gibt keinen Ausweg, und da hat er dann ... ich habe versucht, ihn aufzuhalten, aber ...«

Sie weinte wieder. Kelly drückte ihr die Hand, und sie griff fest zu. Wie sehnlich er sich doch wünschte, mit einer Berührung das tun zu können, was sie tat. Und dann sah er den Film vor seinem inneren Auge ablaufen, schnell. *Macpherson. Er presst sie gegen die Wand, drückt ihr eine 45er in den Nacken. Er kann es nicht. Er dreht sie zu sich herum, legt ihr die Hand auf die Brust, küsst sie. Er dreht sich um, kniet sich hin und jagt sich eine Kugel in den Kopf, dass ihm die Schädeldecke wegfliegt.* Und dann war da nichts mehr.

»Rebecca, hör mir zu. Es war nicht deine Schuld. Du hast Mac nicht umgebracht.«

Der Blick in ihren Augen widersprach ihm. Es war ihre Schuld. Alles, von Anfang an. Leon. Vielleicht hätte sie das verhindern können, hätte ihn daran hindern können, sich ins Auto zu setzen, ihn auf andere Art warnen können. Samperi war ihretwegen gestorben, und weil er starb, starb auch Marianne. Und jetzt Billy. All das spürte Kelly, und nur, weil er ihre Hand hielt. Sie gab ihren Zauber an ihn weiter. »Nein. Das stimmt nicht.« Er wusste, er könnte das bis in alle Ewigkeit sagen, aber ihr Herz würde es nie glauben.

Sie zog ihre Hand weg. »Und ich habe gedacht, er liebt mich.«

»Er hat dich geliebt.«

»Das ist keine Liebe.«

Kelly sagte nichts. Sie sollte nicht wissen, dass Billy den Befehl gehabt hatte, sie zu töten. Eine Woche mussten sie noch überstehen. Je weniger sie wusste, desto besser.

»Ich will jetzt nach Hause. Ich will einfach nur nach Hause, wo ich hingehöre. Ich will nicht mehr hier sein. Ich kann das nicht mehr.« Sie rollte sich zur Seite und war dann sehr still.

Kelly begriff das nicht. Für den Augenblick wusste er nur, wo für ihn zu Hause war – überall, wo sie sich aufhielt. Er starrte auf seine Hände, und während der nächsten Stunde horchte er nur auf Rebecca, die im Schlaf schluchzte. Und da war verdammt nochmal nichts, was er für sie tun konnte.

Ganz von fern nahm er ein Geräusch wahr, das ihn weckte. Räder die quietschten. Stafford? Mitch deutete mit dem Kopf auf ein Feldbett, das er auf die Isolierstation gebracht hatte.

Es wurde kein Wort gesprochen. Es war auch kein Wort nötig zwischen ihnen. Kelly legte sich bäuchlings auf das Feldbett, und wenige Augenblicke später schlief er tief und fest. Irgendwie von fern nahm er wahr, dass sie in das schmale Bett zu ihm gekrochen war, aber sonst registrierte er kaum etwas. In einem sanften, goldenen Nebel bat sie ihn, sie zu lieben, aber er konnte nicht. Er wollte nicht. Nicht hier, sagte er. Nicht so. Stattdessen nahm er sie in die Arme und hoffte, das würde genügen. Wieder einmal würde er hinterher klüger sein.

Sonnenaufgang. Sein Arm war eingeschlafen. Sie redete, murmelte vor sich hin. Nackt lag sie auf dem Feldbett neben ihm. Das Krankenhausnachthemd lag auf dem Fußboden.

Bei Tageslicht sah er eine ganze Reihe winziger Blutergüsse auf ihren Brüsten. Aber sie hatte gesagt, sie hätte nichts gespürt, und sie hatte eine kugelsichere Weste getragen, also woher die

Blutergüsse? Da war auch noch etwas anderes. Es sah aus wie ein Brandmal. Kelly schaute genauer hin. Ein Handabdruck. Die Hand war kleiner als seine. Er rief sich wieder in Erinnerung, was er gesehen hatte. Hatte Billys Hand ihr die Haut verbrannt? Was zum Teufel war hier los?

Und dann holte sie tief Luft, hielt den Atem viel zu lange an, setzte sich kerzengerade auf und schrie: »Nein!«

Kelly zog sie wieder herunter, und sie kuschelte sich an ihn, sog seine leisen, beruhigend belanglosen Worte auf und wiegte sich wieder in den Schlaf.

Schritte. Die Tür ging auf. Los, raus. Zurück. Den Handzeichen des Commander wurde schnell und ohne langes Fragen Folge geleistet.

Jamie lehnte sich gegen die Tür des Isolationszimmers und wartete darauf, dass der Commander zu Ende brachte, was immer er da drin tun mochte.

»Rebecca? Ich muss jetzt gehen.«

»Nein.« Das sagte sie so leise, dass er es kaum verstand.

»Ich muss gehen. Ich möchte, dass du den ganzen Tag hier unten bei Mike bleibst. Hörst du mich? Du wirst alleine nirgends hingehen.«

»Mhm?«

»Du bleibst den ganzen Tag hier unten bei Mike. Geh nirgends alleine hin.«

»Ich will nach Hause.«

»Ich weiß. Bald. In Ordnung? Bald.«

»Es brennt. Es tut so weh.«

»Was? Was brennt?«

»Alles.«

Kelly legte sie zurück in ihr eigenes Bett und zog ihr wieder das Krankenhausnachthemd an.

»Gibst du mir noch einen Kuss zum Abschied?«, fragte sie.

Kelly gab ihr einen Abschiedskuss.

Nachher war er klüger.

Gegen Mittag schlief sie immer noch. Gerührt hatte sie sich immer nur, um das Krankenhausnachthemd auszuziehen, wenn einer der Sanitäter versuchte, es ihr wieder anzuziehen. Sie hatte sich geweigert zu frühstücken.

»Rebecca? Wachen Sie auf. Na los.«

»Nein. Nicht mehr, Mitch. Ich will nicht mehr.«

»Sie müssen etwas essen.«

»Ich will aber nicht.«

Mitch stellte das Tablett mit dem Mittagessen weg und sah, wieder einmal, das Krankenhausnachthemd auf dem Fußboden. Er hob es hoch. »Am besten befestige ich das wohl mit einer Heftklammer an Ihnen.«

»Es tut weh.«

»Was tut weh?«

»Alles.«

»Davon habe ich jetzt aber genug. Los, setzen Sie sich auf.«

»Ich kann nicht.«

Mitch steckte sich das Stethoskop in die Ohren, zog die Bettdecke zurück, legte ihr die Hand auf die Schulter und drehte sie um. Als sie gesagt hatte, dass es wehtat, hatte sie nicht fantasiert. Mitch deckte sie wieder zu und ging hinaus.

Rebecca drehte den Körper wieder in die Seitenstellung, in der die Schmerzen einigermaßen erträglich waren.

»Captain?«

Mike sah auf.

»Es geht um Rebecca«, sagte Mitch. »So was habe ich in meinem ganzen Leben noch nicht gesehen.«

Der Captain folgte Mitch in das Isolierzimmer, und auch Jamie kam mit.

»Gehen Sie weg«, sagte sie zwischen zwei schmerzerfüllten Schluchzern.

»Sie kommandieren mich nicht herum, Rebecca.« Mike legte ihr die Hand aufs Gesicht. Sie schreckte zusammen. Es war eine sanfte Berührung gewesen, aber sie hinterließ deutliche

Striemen. »Legen Sie sich mal für mich auf den Rücken, Kleines.«

»Es tut weh.«

»Ja, das sehe ich, aber versuchen Sie es.«

Sie versuchte unter großer Anstrengung, sich umzudrehen, aber unter sich hatte sie ein Nagelbett. »Kalt«, sagte sie. »Kalt.« Ihre Haut war fast durchsichtig. Es gab kaum einen Zentimeter ihres Körpers, der nicht mit rotgrünen Blutergüssen und riesigen dunkelroten Striemen bedeckt war, von denen einige nässten.

Nicht einmal fürs Mittagessen machte Kelly eine Pause. Durch acht Stunden Verwaltungskram hatte er sich zu mühen, und er sah nicht hoch, als jemand in sein Dienstzimmer kam. Aber er hob rechtzeitig den Kopf, um die Faust kommen zu sehen. Heftig wurde er zurückgeschleudert.

»Was haben Sie doch für ein Glück, mein Junge, dass ich nicht zur kämpfenden Truppe gehöre, denn im Augenblick könnte ich Sie umbringen, ohne zu zögern.«

Der große Schotte kletterte über den Schreibtisch, sprang auf den Boden, packte Kellys Uniform, zog ihn daran hoch und schüttelte ihn kräftig. »Was?«, fragte Kelly nur immer wieder, während ihm Blut aus der Nase lief.

»Sie kommen mit mir«, sagte der Schotte.

»Aber ich muss ...«

»Jetzt sofort!«

Die Leute gingen ihnen schnell aus dem Weg.

»Herr im Himmel. Was stimmt denn nicht mit ihr?«

»Ich hatte gehofft, dass Sie mir das erklären könnten.«

Mit voll geblutetem Taschentuch an der Nase sah Kelly auf Rebecca hinunter. Sie atmete selbstständig, aber das war auch alles, was sie konnte. Ihre Herztätigkeit wurde wieder mit Monitor überwacht, eine Blutkonserve hing an einem Gestell und versorgte sie intravenös.

»Ich verstehe das nicht«, sagte Kelly und drehte sich zu dem Arzt um. »Sie war vollkommen in Ordnung, als ich sie heute Morgen verließ. Sie war vollkommen in Ordnung. Noch etwas mitgenommen, aber vollkommen in Ordnung. Andauernd hat sie gesagt, sie wolle nach Hause.«

»Wie erklären Sie sich das denn?« Mike zog die Bettdecke zurück. Die Angst, die er schon einmal gesehen hatte, kehrte in die Augen des Commander zurück. »Ich habe ... heute Morgen Blutergüsse an ihr gesehen, aber ich habe ihr gesagt, dass sie es sagen müsse, falls sie irgendwas spüren würde. Ich hatte auf einer kugelsicheren Weste bestanden. Im Übrigen hätte es ohnehin keine Blutergüsse geben dürfen. Wir haben nur Platzpatronen benutzt. Was zum Teufel ist hier los?«

»Sie sind also nicht verantwortlich für das da?«

»Wofür halten Sie mich? Sie ist mein Ein und Alles, Mann. Mein Leben, mein ganzes, erbärmliches Scheißleben!«

»Also was ist das dann?«

»Sie sind hier doch der Arzt. Herrgott, so tun Sie doch was!«

Mitch klebte dem Commander ein Pflaster auf die Nase. »Was ist los mit ihr, Mitch?«

»Keinen blassen Schimmer. Es sieht so aus, als würde ihr Körper dichtmachen, und wir wissen nicht, wieso. Mike hat jeden Test durchgeführt, der uns bekannt ist, aber da ist nichts. Die Ursache muss etwas sein, das uns völlig unbekannt ist.«

Was hatte sie einmal gesagt? Irgendwas von Antworten, die sich einstellen, wenn es eine Wissenschaft des Geistes gibt? Kelly sah das golden glitzernde Licht über Mikes Kopf kreisen. Und dann waren da zwei Lichter. Eines erschien in einer Gestalt, die Kelly sofort erkannte. Dawns Stimme war als Echo in seinem Kopf zu hören. *Sie kann vielleicht ein paar Sachen, von denen wir* glauben, *wir könnten sie nicht*. Er hätte auch nie gedacht, dass eine Berührung in ihm Bilder auslösen könnte. Aber genauso war es gewesen. *Jeder hier im Raum wird schließlich in der Lage sein ... Ich will jetzt nach Hause. Ich will nach Hause, wo ich hingehöre.* Die Stimme des Schweizer Arztes meldete sich zurück. Sie hatten über den Tod geredet. *Sie haben diesen Ort Zuhause genannt?*

O ja. Zuhause. Wohin wir gehen, wenn der Traum endet und die Wirklichkeit beginnt. Sie will, dass ihr Traum jetzt endet. Ich bin nicht mehr Teil davon. Charlotte und ich, wir kommen in dieser Gleichung überhaupt nicht mehr vor.

Kelly hörte eine Cherokee-Stimme. Die Sprache hatte er seit seiner Kindheit nicht mehr gesprochen. *Mach es jetzt, oder sie wird sterben.* Weißer Rabe, Kellys Vorfahr, der Schamane, ging geradewegs durch Mitch Stafford hindurch.

Dann machen wir es jetzt, antwortete Kelly auf Cherokee, und Weißer Rabe ging in seinen Körper.

»Commander?« Mitch trat zurück, weil irgendetwas beinahe Fremdartiges durch Kellys Augen ging. Mitch wusste nur eines: Wer immer das war, es war nicht der Commander. Mitch standen die Nackenhaare zu Berge. Es lag eine statische Ladung in der Luft, und Mitch nahm vage den Geruch von Rosen wahr. Kelly – oder wer immer es war – stand auf, und wenn Mitch nicht aus dem Weg gegangen wäre, hätte der andere ihn einfach umgerannt. »Kelly?«, sagte er, lauter diesmal. »Commander?«

Ein Indianer ging an ihm vorbei und ins Isolierzimmer hinein. Ein Indianer mit Haaren bis zur Taille, der ein weißes, an der Seite geknotetes Stirnband trug. Die Tür zum Isolierzimmer schloss sich, und die Jalousien wurden heruntergelassen, und eine Art Sprache drang heraus, aber es war keine Sprache, die einer von ihnen verstand. Es klang nach indianischem Singsang.

Kelly folgte der Gestalt, die in dem goldenen Licht lebte, bis er an einen Ort kam, an dem alles um ihn herum grau war. Wo bist du? Wieso versteckst du dich vor mir? Ich weiß, dass du hier bist. Ich kann dich spüren.

Es kam keine Antwort.

Dies war nicht das Zuhause. Dies war nicht der Ort, an dem sie sich sonst immer trafen, wenn wieder einmal der Traum des Lebens zu Ende geträumt war.

Ein verblasster, goldener Dunst löste sich aus den Schatten. Immer findest du mich. Immer. Der Dunst ging in ein Glitzern über und wurde dann schwächer. Es ist meine Schuld. Es ist alles meine Schuld. All das hier. Ich komme damit nicht zurecht. So bin ich nicht. So etwas soll ich nicht tun. Es tötet meine Seele. Es tötet mich.

Und so war es auch. Er spürte es. Mit jedem Moment, sogar an diesem Ort zwischen den Welten, wo es keine Zeit gab, wo es nichts gab außer pulsierenden Gedanken, wurde sie weniger und weniger. Sie starb. Ihr Licht war dabei zu verlöschen.

Von irgendwoher, vom Rande seiner Wahrnehmung, drang ein hohes, monotones Kreischen. Das Geräusch zog ihn zurück. Heftig kämpfte er dagegen an.

Keine größere Liebe. Nur du und ich. Nur du und ich, hörst du? Es gibt keine größere Liebe. Die kann es nicht geben.

Jetzt hörte er Stimmen. Stimmen von Leuten, die er kannte. Die Stimmen zerrten an ihm, drängten ihn, zurückzukommen. Keine größere Liebe! Hörst du mich?

Und immer noch wurde das Gold weniger und weniger.

Es ist unser letztes Mal. Unsere einzige Chance, es doch noch richtig zu machen. Komm zurück mit mir. Bitte. Komm zurück zu mir. Zeig mir, was es ist. Zeig mir, was Liebe wirklich ist. Beweis es mir, denn ich muss es wissen. Wir beide *müssen es wissen!*

Und das goldene Licht kam schnell auf ihn zu, aber er hatte keine Angst davor. Es hüllte ihn ein. War eins mit ihm. Es war so stark, dass es sie beide über den Rand der Wirklichkeit und zurück in den Traum stieß.

Kelly hatte seine Hände auf ihr: seine linke auf ihrer Stirn, seine rechte auf ihrem Herzen. Und Weißer Rabe war jetzt neben ihm, nicht mehr in ihm. Kellys Urgroßvater lächelte und verschwand.

Kelly fühlte Hände auf seinem Körper, die ihn wegzogen. »Nein«, sagte er. »Nein.« Ihm war nicht bewusst, dass er immer noch Cherokee sprach.

Jamie führte Kelly aus dem Zimmer. »Sie ist in Ordnung, Sir. Eine Weile hatte sie einen Herzstillstand, aber Sie wollten uns nicht an sie heranlassen. Herrje, Commander. Sie haben sie wieder zurückgeholt. Sie können das auch, was sie sonst immer macht. O verdammt, das ist faszinierend, Sir.«

Kelly versuchte, sich auf Jamies Gesicht zu konzentrieren. »Wovon reden Sie?«

»Kein Scheiß, Sir. Es stimmt. Sie haben sie berührt, und sie ist zurückgekommen. Und die ganze Zeit haben Sie diesen Singsang von sich gegeben. Sehen Sie sich das an. Sehen Sie nur.« Jamie zeigte ihm seinen Arm. Die Ärmel hatte er hochgerollt, und jedes einzelne Haar stand ihm zu Berge. Überall hatte er eine Gänsehaut, obwohl die Zentralheizung eingeschaltet war. Aber Kelly konnte nicht klar sehen. Seine Augen rollten hin und her, und heftig schlug er auf dem Boden auf. Das Nächste, was er danach wieder wusste, war die Tatsache, dass er sich in der stabilen Seitenlage befand und Faraday ihm Glukoselösung reichte.

14. Kapitel

Es ist offen.«

Rebecca kam herein. Sie sah blass aus. Heute trug sie ein Kleid. Solange er lebte, wollte er sie nie wieder in Uniform sehen. »Wer hat dich hier heraufbegleitet?«, fragte Kelly.

»Jamie.«

»Setz dich lieber, bevor du umkippst.«

»Mir geht es gut.«

»So siehst du aber nicht aus.«

»Du auch nicht.«

Kelly nahm sich seine Zigaretten, aber dann fiel ihm ein, dass sie den Rauch nicht mochte. Er legte sie wieder weg.

»Jetzt ist alles verkehrt. Alles. Es ist alles verkehrt. Ich sehe nichts mehr. Ich sehe einfach nichts mehr.« Eine heimliche Träne stahl sich aus ihrem Auge und tropfte ihr Gesicht hinunter. Hätte sie jetzt Uniform getragen, hätte sie sich das Gesicht am Ärmel abgewischt, aber sie war nicht in Uniform, also benahm sie sich auch nicht so. »Ich weiß nicht, was ich jetzt machen soll. Es ist alles weg. Alles, was ich vorher konnte. Es ist weg, Kelly. Da ist einfach nichts mehr.«

Kelly richtete den Blick auf die Stelle über ihrem Kopf und konzentrierte sich. Sie war immer noch ganz in Gold, aber es war nicht mehr so hell, so rein, so klar. Der Goldnebel umfasste jetzt nur noch ungefähr sechs Meter statt der sonst üblichen fünfundzwanzig. Außerdem waren da noch Streifen in Gelb, Orange und Blau, dazu noch eine schreckliche Senffarbe, die er bei Leuten gesehen hatte, die so tief trauerten, dass sie keinen Weg da heraus fanden.

»Kelly?«

»Ja.«

»Ich glaube, die Zauberlampe des Senators hat mir meinen Wunsch erfüllt.«

Er kam herum und setzte sich auf die Schreibtischkante, an dieselbe Stelle, so fiel ihr auf, an der damals auch seine Frau gesessen hatte. Wann war das gewesen? Das war Ewigkeiten her.

»Du bist damit geboren, Schätzchen. So leicht kannst du dir das nicht wegwünschen. Vertrau mir, ich habe das schon an die tausendmal versucht.«

»Nein. Es ist weg, und da drin ist nur noch Leere, es fühlt sich an wie ein massives schwarzes Loch, da wo vorher mein Herz gewesen ist.«

»Du trauerst.«

Nur zwei Worte, aber er war schon immer mit zwei Worten ausgekommen, wo sie fünfzig gebraucht hatte. Bis zu diesem Augenblick hatte sie ihren Schmerz nicht als Trauer gesehen. »Trauer, ist es das?«

»Auf jeden Fall.« Du trauerst um Macpherson, um das Leben, das du einmal hattest. Um deine Überzeugungen. Um das, wofür du dich gehalten hast. Nichts wird mehr so sein für dich wie früher. »Du hast deine Fähigkeiten ganz bestimmt nicht verloren.«

»Wie kannst du das wissen?«

Er zuckte mit den Schultern. Wie sollte er ihr sagen, dass das glitzernde Licht, das sie Emmanuel nannte, Emmanuel, der Kelly an den Ort geführt hatte, an dem sie sich in all der grauen Leere verloren hatte, dass dieser Emmanuel immer noch getreulich um ihren Kopf kreiste?

»Es ist alles nur Zeitverschwendung gewesen, oder?«

»Auf keinen Fall.«

Noch eine Träne. Und noch eine. »Kelly, ich habe versucht zu sehen, aber es ist alles schwarz.«

»Gut«, sagte er.

»Aber ich soll euch doch helfen und ...«

»Wir brauchen deine Hilfe nicht. Wir haben deine Hilfe nie gebraucht.« Er hob ihr Gesicht an. Spuren der Blutergüsse waren immer noch zu sehen, waren aber im Lauf der letzten drei Tage verblasst. Außer Kelly kannte keiner die Ursache dieses Phänomens. Sie hatte geglaubt, für den Tod von vier Menschen verantwortlich zu sein, und um die Bilanz auszugleichen, hatte sie sich ebenfalls den Tod gewünscht. Er verstand, wieso, weil er *sie* verstand. Und sie war nicht einmal eine Cherokee. »Du gehst jetzt besser in dein Zimmer zurück.«

»Ich will mit zum Stützpunkt, Kel. Ich muss mit euch dahin.«

Er schüttelte den Kopf.

»Aber deshalb bin ich doch überhaupt hier.«

»Nein«, sagte er.

»Bitte lass mich mitkommen, ja? Lässt du mich mitkommen?«

Wieder schüttelte er den Kopf. »Geh jetzt. Ich habe hier noch viel zu erledigen.«

»Kann ich nicht wenigstens versuchen ...?«

Er zog sich von ihr zurück, ehe sie seine Nase berühren konnte. »Nein, Kleines. Nicht. Du gehst jetzt. Ja? Ich komme später nach, wenn ich hier fertig bin.« Kelly beugte sich über seinen Schreibtisch, drückte auf einen Knopf des Haustelefons und gab Joel Anweisung, Rebecca in das Offiziersquartier zurückzubegleiten. Sie wohnte jetzt in seinem Quartier, alle Regelungen und Bestimmungen waren ihm völlig schnuppe.

Innerhalb von sechzig Sekunden war Joel zur Stelle. Er führte Rebecca weg, und Kelly machte sich wieder an die Arbeit. Der Inhalt des Posteingangskorbs vermehrte sich von Stunde zu Stunde, aber größtenteils handelte es sich um Urlaubsanträge, die auf seine Unterschrift warteten. Außerdem lag da ein Flugticket, Economy Class, nur Hinflug. Japan Airlines. Von

Heathrow nach Brisbane über Osaka. Er sah es sich an. Miss Rebecca Miller. Sie würde allein reisen.

Kelly nahm die Kopie seiner Personalakte sowie seinen Antrag auf Versetzung auf seinen früheren Ausbilderposten bei der Militärakademie in Pensacola. Jetzt brauchte er nur noch die Genehmigung seines gegenwärtigen Vorgesetzten. Das würde also noch eine ganze Weile auf dem Schreibtisch liegen bleiben.

Aus den Augenwinkeln heraus nahm er eine Bewegung wahr. Das goldene Licht war wieder da. *Hüte dich vor dem, der Blumen trägt*, kam es ihm in den Sinn.

Emmanuel?

Wer ich bin, ist nicht so wichtig.

Was willst du?

Sie muss auch da sein. Sie muss unbedingt da sein.

Aber nicht in Uniform.

Das ist nicht mein Problem. Hüte dich vor dem, der Blumen trägt.

Wieso?

Und Kelly sah die Zukunft. Ein flüchtiger Einblick wurde ihm gewährt. Er trug nicht die weiße Galauniform, sondern den schwarzen Kampfdress, und hockte mit einem Super-Magnum-Scharfschützengewehr auf dem Dach eines Hangars in Lakenheath. Es war ein kalter Tag, und es regnete. Die wartende Menschenmenge war ungeduldig, die meisten Gesichter von Regenschirmen verdeckt. Das war nicht gerade hilfreich. Kinder mit Blumen für den Senator, den Präsidentschaftsanwärter, rauften und spielten in Pfützen, während ihre Mütter sich unterhielten.

Rebecca stand dort mitten in der Menge, und sie trug genau das, was er von Anfang an für diesen Anlass erwartet hatte: schwarzen Samt und eine Rosenquarzkette. Sie war unbewaffnet.

Nur Sekunden bevor die Sirene die Luft zerriss, hob sie den Kopf.

Eine beschädigte F15-Eagle kam herein, einer der Motoren hatte Feuer gefangen.

Und dann war da nichts mehr. Das goldene Licht war verschwunden.

Noch vier Tage.

Er warf das Flugticket in den Papierkorb. Denn wenn sie nach Hause wollte, würde er mit ihr reisen, und sie würden Business Class fliegen.

Beim Abendessen war sie nicht in der Messe, also nahm er an, dass sie zur ersten Tischzeit hier gewesen war. Sie war auch nicht in der Bar, aber in die Bar hatte sie sich seit fast einer Woche schon nicht mehr getraut. Kelly ging hoch in sein Quartier, öffnete die Tür. Sie schrieb gerade und hielt die Hand hoch. Bitte nicht stören. Als der Gedankenfluss aufhörte, drehte sie sich zu ihm um.

»Hallo, Cochise.«

»Sag das nicht zu mir. Das ist so wie die Bezeichnung ›Squaw‹ für eine Indianerin, oder wie man sie bei euch da unten sonst nennen mag. Gin?«

»Nein. Ich nenne sie Menschen.«

»Du weißt genau, was ich meine.« Er zog sich die Stiefel aus, ließ die Kleider fallen und ging unter die Dusche. Sie ging ihm ins Badezimmer hinterher, klappte Toilettensitz und -deckel herunter und setzte sich auf die Toilette. Ihm war klar, dass sie das jetzt bis ans Ende ihres Lebens tun würde. Wenn Frauen die Welt regieren würden, dann wären Toilettensitze dauerhaft festgenagelt. »Was hast du geschrieben?«, fragte er.

»Ach, eigentlich nichts.«

»Ich wusste gar nicht, dass ›eigentlich nichts‹ so viel Konzentration erfordert.«

»Gedichte. Rein persönlich. Und nein, du darfst nicht sehen, was ich geschrieben habe.«

»Zu spät.«

»Das ist nicht wahr.« Dieser Blick! Er hatte ihre Gedichte gelesen. Für Verlegenheit war es jetzt zu spät. »Ich möchte dich gern etwas fragen.«

»Schieß los.«

»Bist du schrecklich reich?«

»Ist das wichtig für dich?«

»Wenn ich versuche herauszufinden, wo das alles herkommt, sehe ich nur viele bunte aufblitzende Lichter.«

»Bunte aufblitzende Lichter?«

»Ich weiß auch nicht, was das zu bedeuten hat.«

»Vielleicht bedeutet es, dass mir fünfzig Prozent eines Spielcasinos in Las Vegas gehören.«

»Scheiße, ernsthaft?«

»Scheiße, ernsthaft!«

»Also, weshalb machst du das dann hier? Wieso bist du bei dieser Truppe?«

»Ich bin nun mal Soldat.«

»Und das wird immer so sein?«

Das Wasser wurde abgestellt. Rebecca reichte ihm ein Badetuch. »Bist du vielleicht dabei, es dir anders zu überlegen?«

»Nein. Nein, zum ersten Mal im Leben habe ich das Gefühl, es ist die richtige Entscheidung.«

»Also nicht mehr alles schwarz in schwarz jetzt?«, fragte er und verteilte Rasierschaum im Gesicht, und sie sah fasziniert zu, wie er mit dem Rasiermesser hantierte.

»Dunkelgrau.«

»Ich hatte heute Besuch von einem deiner Freunde.«

»Von wem?«

»Emmanuel. Du wirst in Lakenheath dabei sein. Aber du wirst nicht Uniform tragen, und du wirst auch nicht bewaffnet sein. Wir werden an dir ein Mikrofon verstecken, was bedeutet, dass wir dich hören können, aber du uns nicht. Und du wirst eine kugelsichere Weste tragen, und es ist mir ganz egal, ob du damit wie das Michelin-Männchen aussiehst. Ich will kein Risiko eingehen.« Er spritzte sich Wasser ins Gesicht und rubbelte kräftig sein Gesicht trocken, bis ihm klar wurde, dass er seine Nase lieber nicht hätte berühren sollen. »Und am Freitag sind wir beide hier raus. Ich habe immer noch vier Wochen Resturlaub. Was meinst du? Schottland? Irland? Was immer du sagst, wir fahren hin.«

Sie lächelte.

Kelly zog sich Boxershorts an. »Es wird verdammt kalt werden da oben in Edinburg.«

»Es ist hier schon verdammt kalt.«

»Das hier ist doch gar nichts.« Er griff ihre Hand und zog sie von dem Toilettensitz hoch. »Ich muss dir etwas zeigen.«

Die Bilder hatte er versteckt, denn er wusste ganz genau, dass sie nachgeschaut hätte, wenn er sie auf der Staffelei gelassen hätte.

»Das bist du.«

Vertrau mir, hatte er gesagt. *Das wird dich umhauen.* Der Anblick der Bilder traf sie wie eine Wucht. Einen Moment lang dachte sie, jemand habe sie geschlagen. Sie war ganz außer Atem. Darauf war sie nicht vorbereitet gewesen. Zu sehen war nicht das Offiziersquartier, sondern ein Sultanspalast. Und da stand eine berückende, wunderschöne Frau mit olivfarbener Haut, behangen mit Gold und Juwelen. Eine Tänzerin. Die Tänzerin des Königs. Ihre dunkle Haut schimmerte. Sie hielt sich aufrecht, voller Stolz auf ihre offensichtlichen körperlichen Vorzüge.

Sie sah Kelly an. Er war ein Busenfetischist, da konnte es keinen Zweifel geben. Aber einmal hatte er zum Spaß gesagt, mehr als eine Hand voll sei Verschwendung. Er hatte ihr gesagt, sie sei zauberhaft, gerade so wie sie war. Vielleicht hatte er Marianne davon nicht so erfolgreich überzeugen können. Hatte sich Marianne deshalb operieren lassen? Und dann wurde ihr die Wahrheit bewusst: So schön Marianne auch war, sie hatte sich nie mit ihrem Aussehen zufrieden geben können. Kellys weibliches Ideal war Pamela Anderson, also musste Marianne zum Klon von Pamela Anderson werden. Alles, was seine Frau im

Leben geschätzt hatte, hatte sie wegen der äußeren Erscheinung geschätzt.

Wenn Kelly zu Rebecca sagte, sie sei schön, dann musste sie das in seinen Augen auch gewesen sein, und nur darauf kam es wirklich an, auch wenn sie selber nicht davon überzeugt war.

»Gefällt es dir nicht?«

»Ich weiß nicht, was ich sagen soll. Das bin doch nicht ich. Oder?«

Das Haar der dargestellten Frau war schwarz und fiel ihr locker in Kaskaden über den üppigen Körper. Der Ausdruck in ihren braunen Augen war geprägt sowohl von Furcht als auch von Liebe. Etwas in diesem Gesicht kam ihr bekannt vor. Schnell bewegte sich Rebecca sechshundert Jahre in der Zeit zurück. Sie erinnerte sich. Jedes Mal wenn sie tanzte, erinnerte sie sich. Weshalb sonst hatte sie es so schnell, so mühelos gelernt? Die Tanzgruppe in Brisbane, die Kostümierung, die Aufführungen – es spielte keine Rolle, wo sie war, ob allein in ihrem Wohnzimmer oder in der Öffentlichkeit, jedes Mal wenn sie tanzte, immer, immer, wurde sie im Geist an diesen einen Ort versetzt. Diesen Palast mit der Marmorhalle, wo immer er auch sein mochte, wann immer es gewesen sein mochte. Aber wie konnte er das wissen? Hatte er es gespürt, als sie für ihn getanzt hatte?

»So siehst du mich also?«, fragte sie.

»So bist du früher einmal gewesen.«

»Aber woher weißt du, dass ich das bin?«

»Ich erinnere mich«, sagte er darauf nur.

»Ich nicht. Ich erinnere mich nur an das Tanzen.«

»Ich auch«, sagte er leise. Er streckte die Hand nach ihr aus und berührte ihr Gesicht, und sie knabberte eine Weile an seinem Finger. »Das Beste habe ich mir bis zum Schluss aufgehoben.«

»Zwei?«, fragte sie. »Du hast zwei gemalt?«

Er holte das andere Bild hervor. Die Tränen stiegen ihr in die Augen, und er musterte aufmerksam ihr Gesicht, in der Hoffnung, außer Tränen noch eine Reaktion zu erkennen. Er hielt es für das beste Bild, das er bis jetzt gemalt hatte. »Ist das nach dem Foto entstanden, das Jamie aufgenommen hat?«

»Nein. Es ist entstanden nach der Aufnahme in meinem Gedächtnis, und da wird dieses Bild auch für immer bleiben.« Er legte sich die Hand aufs Herz. Manchmal sagte er wirklich die süßesten Sachen, auch wenn ihm selbst das gar nicht bewusst war. Andererseits würde auch sie den Anblick nicht so bald vergessen, den er in seiner weißen Galauniform mit der Uniformmütze unter dem Arm geboten hatte. Am liebsten hätte sie jedes weibliche Wesen, das ihm auf der Dinnerparty an jenem Abend überhaupt nur einen Blick zugeworfen hatte, mit einem Fluch belegt. Aber leider hatte es überhaupt keinen Zweck, ihm zu sagen, er sei süß. Er würde daran ersticken. Süß war für ihn ein Teelöffel Zucker in einer Tasse Kaffee, also wandte sie sich wieder dem Bild zu.

Es zeigte Rebecca in einem Kleid, das der Schwerkraft trotzte, als sie dabei war, die Treppe herunterzukommen. Wenn sie genau hinsah, erkannte sie halb versteckt in den goldenen Farbtönen des Hintergrunds fast so etwas wie die Flügel eines Engels. »O Kelly. Du hast mich schön aussehen lassen.«

Er lächelte. »Wieso hattest du da überhaupt deine Zweifel?«

»Aus tausenderlei Gründen, und nicht einer davon ist jetzt noch wichtig.«

»Ich liebe dich. Und das weißt du.« Jetzt konnte er es sagen. Es tat gar nicht weh.

»Liebe mich«, sagte sie leise. »Bitte, ja?« Sie bettelte ihn an. Sie bettelte. Der Ausdruck in ihren Augen ließ reine Verzweiflung erkennen.

»Ich weiß nicht.«

»Kelly ...«

»Schon mal was von den sieben V gehört?«

»Den sieben was?«

»Vorsichtige vorherige Vorausplanung verhindert verheerend verpatzte Vorstellungen. Also lass mich mal einen Moment überlegen ...« Er zog den Reißverschluss von ihrem Kleid auf und zog es ihr über die Schultern herunter. Sie stieg aus dem Kleid. Da war nicht einmal mehr die Spur eines Blutergusses oder einer Verbrennung oder eines Striemens auf ihrem Körper zu sehen, und das freute ihn. Kelly hob sie hoch, als wäre sie leicht wie eine Feder, und legte sie quer auf das Bett. Er fuhr ihr mit den Fingern ins Höschen, zog es ihr herunter und warf es in die Luft. Da lag sie und wartete. Er schaute auf sie hinunter, wie sie so ausgestreckt unter ihm lag, auf ihre Gestalt, ihre Umrisse, auf die Art, wie die Schatten auf ihrer Haut spielten.

»Das Vorausplanen einer Aktion kann eine Weile dauern, weißt du.« Kelly stützte sich auf einen Ellenbogen und beobachtete die Spur von Schauern, die seine Berührung hinterließ. Ihre Brüste waren weich, einladend, echt. Kein Silikon. Die Brustwarzen waren steif, lange ehe er sie berührte, ehe er sie küsste, ehe er zubiss. Sie spreizte umso mehr die Beine, je weiter sich seine Finger in Richtung ihres Bauches, ihrer Schenkel bewegten. Sie wand sich, und er wollte sich nicht weiter vorwagen. Sie zerfloss vor Ungeduld, einer ganzen Welle von Ungeduld. Er spürte sie in ihr aufkommen und gab sich alle Mühe, nicht darüber zu lachen. Und dann dirigierte ihre eigene Hand die Vorstellung, als ob er nicht wüsste, was zu tun war. Da lag sie aber falsch.

Kelly kniete auf dem Fußboden, zog sie über das Bett auf sich zu und legte sich ihre Beine auf die Schultern. Sie wölbte sich hoch, ihm entgegen, wieder ganz Ungeduld. Sollte sie warten. Sie würde warten müssen. Er begann an der Innenseite ihrer Knie und arbeitete sich mit dem Mund weiter nach oben. Qualvoll langsam ging er dabei vor. Absichtlich langsam. Er hörte in Gedanken ihren Dialog, der gar nicht stattfand.

Zu langsam.

Nein. Langsam ist gut.

Bitte?

Wir machen das so, wie ich will, oder ...

Du brauchst doch ewig.

Ach, ist das so?

Kelly, bitte, bitte.

Obwohl er immer noch unglaublich langsam vorging, hatte er ein Gespür für die heikle Trennungslinie zwischen Schmerz und Vergnügen, aber in ihren Augen hielt er sie viel zu lange hin. Er spürte ihren Höhepunkt, jede Welle und jedes pulsierende Pochen, und er dachte schon, er müsse ihr wieder den Mund zuhalten, aber diesmal schrie sie nicht. Als es vorbei war, entspannte sie sichtlich.

Nachdem die Schwelle einmal überschritten war, bahnte er sich langsam seinen Weg an den Anfang zurück. »Willst du mich immer noch?«, und mit einem tiefen Kuss gab er ihr ihren eigenen Geschmack zu kosten. »Du willst mich? Hier? Jetzt? Bist du sicher?«

Der Laut, der sich aus ihrer Kehle löste, war reine Zustimmung.

Er schlief tief, aber das tat er hinterher immer. Das dunkle Grau vor ihrem geistigen Auge hatte sich aufgehellt, aber ob das von seiner Berührung kam, von dem wahnsinnigen Orgasmus, den er ihr verschafft hatte – wie hatte er das überhaupt wissen können –, oder von dem Bild mit der Tänzerin, das da an der Wand lehnte, das wusste sie nicht. Sie starrte auf die Augen der Frau, ihre eigenen Augen. Was ist wohl damals mit uns geschehen?, fragte sie sich und schlief wieder ein.

Für heute haben sie ihre Flucht geplant. Malik weiß, wie sie nach Marokko kommen können, aber das hieß, sie müssten die Juwelen verkaufen, die der König ihr geschenkt hatte. Hier können sie nicht heiraten. Der König würde sie niemals gehen lassen. Sie müssen fliehen. Wenn es eine Zukunft für sie geben soll, haben sie keine andere Wahl.

Aber die Wachen kommen, und man findet die Favoritin des Königs in den Armen eines jungen Mannes. Fast ein Junge noch, doch einer der Männer des Königs. Anklage wegen Verrats wird erhoben – von der neuesten Frau des Königs.

Beide werden sie in die Marmorhalle geschleift und auf die Knie gezwungen. Aysha, die Tänzerin, auf der einen Seite, und Malik, der junge Mann, auf der anderen Seite der Halle. Aysha wagt, den Blick zu ihrem König zu erheben, auch wenn andere nicht so verwegen sind. Sie kennt ihn gut. Bisher ist er immer gnädig gewesen und hat ihr die Momente der Schwäche vergeben. Doch heute liegt Enttäuschung in den Augen des Königs.

»Dreimal hast du schon Schande über mich gebracht, Aysha.«

»Ich bringe über niemanden Schande.«

Sein Blick geht zu dem Jungen. Malik. Ein Fußsoldat. Der Befehl wird erteilt. Einhundert Peitschenhiebe und danach steinigen.

»Aber keiner von uns ist verheiratet!«, ruft Aysha. »Das könnt Ihr nicht tun! Wir sind beide frei, wir gehören niemandem.«

»Du gehörst mir! Einhundert Peitschenhiebe und danach steinigen! Und du, Aysha, wirst dabei zusehen.«

Der König höchstpersönlich schleift sie an den Haaren auf den Hof, zu dem Podest, auf dem die Auspeitschungen stattfinden.

»Du wirst dabei zusehen!«

Maliks Schreie sind durchdringend, als die Peitsche ihm die Haut aufreißt. Einhundert Hiebe sind zu viel. Einhundert Hiebe werden ihn umbringen. Aysha fleht den König um Gnade an, aber Gnade gibt es nicht. Malik ist kaum noch am Leben, als man ihn in die Grube wirft, aus der nur noch sein Kopf herausragt. Der König nimmt den ersten Stein und reicht ihn Aysha.

Sie liegt jetzt auf den Knien. Mit beiden Armen umschlingt sie seine Beine. Sie fleht um Gnade.

»Gnade für wen?«, fragt der König.

»Für uns beide. Für uns beide. Wir wollen doch heiraten.«

»Du gehörst mir«, sagt der König. Der König ist vierzig, alt, verglichen mit ihren zwanzig Jahren. Er hatte sie gefunden, als sie Waise geworden war, halb verhungert, ohne Heim, und das war nun der Dank dafür?

Hunderte von Malen war sie freiwillig in sein Bett gekommen. Nicht ein einziges Mal hatte sie ihn abgewiesen. Tausendmal hatte sie für ihn getanzt, für ihn ganz allein. Würde er sich denn nicht gnädig zeigen? Würde er den Jungen denn nicht am Leben lassen?

Aber der Stein liegt in ihrer Hand, die Liebe ihres Lebens befindet sich in der Grube. »Wirf den Stein!«, befiehlt der König.

»Ich kann nicht. Ich liebe ihn.«

»Wirf!«

Wieder fleht sie um Gnade.

Der König nimmt sein Krummschwert und lässt es von der einen Hand in die andere gleiten. »Wirf!«

Sie wirft. Noch viele Steine kommen aus anderen Händen geflogen, bis der Junge tot ist.

Den König rührt ihr Weinen nicht. In seinen Augen ist nichts mehr. Keine Liebe. Kein Hass. Kein Mitleid. Keine Gnade. Über den Boden kriecht sie zu dem Jungen, der da tot in der Steinigungsgrube liegt. Der König packt sie an den Haaren und zieht sie auf die Füße. Sie weint noch immer um den Jungen.

»Du gehörst mir!«

Aysha spuckt ihm ins Gesicht.

»Du wirst mir bis in alle Ewigkeit gehören!«

Im Kreis geht er mit ihr herum und lässt das Krummschwert von der einen Hand in die andere gleiten, doch ihr Trotz ist stärker als ihre Furcht.

»Entfernt die Juwelen vom Körper dieser Diebin!«

Man hält sie fest, und des Königs Gold, Rubine und Smaragde werden ihr fortgenommen: die Ketten, die Armbänder, die Ringe, die Armreifen, die Fußkettchen ...

»Ihr habt mir diese Juwelen geschenkt. Jedes Mal, wenn ich

zu Euch ins Bett kam, habt Ihr mir ein neues Schmuckstück geschenkt. Ich habe nichts von Euch gestohlen!«

»Du wolltest den Schmuck verkaufen, um nach Marokko zu gelangen.«

»Wer hat Euch das erzählt? Das ist gelogen! Weshalb hört Ihr auf solche Lügen, wo Ihr mich doch eigentlich kennen müsstet?«

»Dreimal bin ich gnädig gewesen, Aysha. Tausendmal wäre ich gnädig gewesen, wenn du das gewollt hättest, aber nun kann ich dir nicht länger vertrauen.«

»Ich kann nicht bestraft werden, denn ich habe nichts gestohlen! Ich bin nicht verheiratet, folglich bin ich keine Ehebrecherin! Ich tanze für Euch. Ich komme in Euer Bett, wenn Ihr keine von Euren hässlichen, schüchternen Weibern bei Euch haben wollt. Ihr wollt mich nicht zur Frau nehmen, weil ich nicht von vornehmem Geblüt bin, aber Ihr wollt auch nicht erlauben, dass ich einen Mann meiner Wahl heirate. Ich bin keine Diebin! Ich bin keine Sklavin! Hört Ihr mich? Ich bin keine Sklavin! Ich bin eine freie Frau, und ich gehöre keinem! Ich habe keine Angst vor Euch!«

Wenn sie mich jetzt anspuckt, wird sie sterben, denkt er.

»Weshalb hast du keine Angst, Aysha? Gerade jetzt habe ich nämlich große Angst.«

»Nie habe ich Eure Liebe zu mir gefürchtet.«

Sie ist die einzige Frau, die es wagt, dem König in die Augen zu schauen, und die denkt, sie kann ihm ebenbürtig sein.

»Wenn du denkst, ich könnte eine wie dich lieben, dann kennst du mich nicht, dann hast du mich nie gekannt!«

»Ihr lügt! Ich spucke auf Eure Lügen!«

Ihren Mut, den liebte er am meisten. Ihren Mut. Ihren nicht versiegenden Stolz auf das ewig Trügerische ihres Körpers und auf dessen Macht über die Männer. Früher einmal hatte sie damit auch Macht über ihn, aber mit dem Alter kam die Weisheit.

»Hört Ihr mich? Ich spucke auf Eure Lügen, und ich spucke auf Euch!«

So heftig schlug der König sie, dass sie zu Boden fiel und Blut und Zähne spuckte statt Hass.

»Einhundert Peitschenhiebe«, sagt er.

Sie wird zum Podest geschleift und festgebunden.

Im Kreis geht er langsam um sie herum. Einmal. Zweimal. Dreimal. Die Hand des Königs geht nieder, und die Peitsche frisst sich in die Haut, aber sie gibt keinen Laut von sich, weil sie weiß, dass er ihre Schreie hören will. Nach vierzig Hieben spürt sie nur noch wenig Schmerz. Nach sechzig Hieben bittet sie um Gnade.

Nach dem sechsundsiebzigsten Hieb halten nur die Stricke sie noch aufrecht. Der König hebt die Hand. Die Peitsche bleibt reglos. Er hebt ihren Kopf. Sie atmet.

»Gesteh deinen Verrat, und ich werde Gnade walten lassen.«

Sie spuckt ihn an.

Er hebt die Hand, und die Auspeitschung wird fortgesetzt. Und immer noch gibt sie keinen Laut von sich.

Nach dem hundertsten Hieb ist sie halb tot. Sie wird heruntergeschnitten und fällt. Der König kauert sich neben sie.

»Gesteh deinen Verrat, und ich werde Gnade walten lassen.«

Die Peitsche hat ihr die Haut vom Rücken gerissen. Allah ist gnädig, aber dies ist das Werk des Menschen, nicht das Werk Allahs.

Da spricht eine Stimme zu ihr, die sie kennt. Es klingt wie die Stimme, die sie früher einmal kannte, als sie den König in den Armen wiegte und als er ihr seine Geheimnisse anvertraute. Damals ist er freundlich gewesen. Immer ist er freundlich gewesen.

»Dreimal, Aysha. Dreimal hast du mich betrogen. Dafür habe ich dir vergeben. Aber dein Plan, nach Marokko zu fliehen, ist ein eindeutiger Verrat. Du lebst in meinem Haus. Du dienst mir, nicht meinem Feind. Gesteh diesen Verrat jetzt. Allah wird gnädig sein.«

Sie kann das Gesicht ihres Königs nicht sehen, aber sie sieht seine Füße. Tausendmal hat sie seine Füße geküsst. Tausendmal hat sie für ihn getanzt. Ganz allein für ihn. Und hundertmal hat er in ihren Armen wie ein kleines Kind geweint. Wie oft hat er ihr von seiner Liebe zu ihr erzählt? Wie oft hat er gebetet, sie möge von vornehmem Geblüt sein? Denn wäre sie das gewesen, dann wäre sie jetzt seine einzige Frau.

Sie ist kaum in der Lage zu sprechen. »Ja, es ist wahr, ich hatte vor, die Juwelen zu verkaufen, um nach Marokko zu gelangen.«

»Wieso?«

Aysha versucht, zu ihrem König aufzuschauen, denn es ist Traurigkeit, die sie da in seiner Stimme hört.

»Dort bin ich geboren. Es ist kein Verrat. Marokko ist meine Heimat. Malik und ich wollten dort heiraten. Ich habe ihn so geliebt, wie Ihr mich einst liebtet. Wer wird jetzt für Euch tanzen?«

Kraftvoll und ohne zu zögern schwingt der König sein Krummschwert, und der Tod seiner Favoritin tritt auf der Stelle ein.

Er geht weg, in die Wüste hinein, allein, und weit wirft er das Krummschwert von sich.

Weinend wachte sie auf. Sie setzte sich aufrecht hin. An der Wand hing ein verziertes, gebogenes, uraltes Schwert.

Sie schaute auf Kelly hinunter, der schlafend neben ihr lag.

Die Hände zitterten ihr. Sie verschränkte die Arme, um dem Zittern Einhalt zu gebieten, aber es war schwer, lautlos zu weinen. Ihre Bewegung weckte ihn.

»Weshalb weinst du?«

»Nur so«, sagte sie leise, aber auch ihre Stimme war zittrig. Jetzt begriff sie, weshalb sie es nicht hatte leiden können, als er im Kreis um sie herumgegangen war. Geweckt worden war eine so tief vergrabene Erinnerung, dass sie wünschte, sie hätte sie nie aufgedeckt. Der Himmel mochte wissen, wie oft sie sonst noch gelebt hatte. Rebecca wollte es gar nicht erfahren.

»Wirst du jetzt jedes Mal anfangen zu weinen, wenn wir Sex haben?«

»Ich hoffe nicht.«

»Was ist denn los?«, fragte er, drehte sich auf die Seite und schaute hoch zu ihr.

»Wie oft haben wir das eigentlich schon gemacht?«, fragte sie.

»Drei-, viermal? Ja. Es sei denn, du zählst dieses eine Mal mit, als wir ...«

»Nein, ich meine, das hier. *Das.* Als du mich holen gekommen bist. Du hast gesagt, wir hätten die Chance, es dieses Mal richtig zu machen. Du hast gesagt, wir müssten beide endlich wissen, was wahre Liebe ist. Was hast du damit gemeint? Denn ich habe dich immer geliebt. Immer.«

»Lass die Vergangenheit ruhen. Die hat keine Bedeutung und keinen Einfluss mehr. Okay? Lass mich jetzt wieder schlafen.«

»Bitte, du musst dieses verdammte Ding von der Wand nehmen.«

»Das Krummschwert? Wieso?«

»Bitte, ja?«

»Was ist bloß mit euch Frauen los? Marianne konnte es auch nicht leiden.«

»Es ist schlechtes Feng shui.«

Großer Gott, noch so eine, dachte er. »Morgen nehme ich es ab.«

Vielleicht erahnte sie genau den Moment, in dem er wieder einschlafen wollte, denn er hörte: »Es stimmt tatsächlich.«

»Was ...«

»Was ich erst jetzt wirklich weiß, obwohl ich auch vorher schon dachte, ich wüsste es. Das Leben ist tatsächlich ein riesiges Karussell. Wir steigen ein, und wir steigen aus, und dann steigen wir wieder ein, aber wirklich weg kommen wir nie davon.«

»Manche versuchen es immerhin«, sagte er und küsste ihren

Bauchnabel. »Schätzchen, ich will deine tief schürfenden und bedeutungsvollen Gedankengänge ja nicht unterbrechen, aber ich muss jetzt wirklich ein bisschen schlafen, okay?«

»Versprich mir, dass du es abnimmst und wegwirfst.«

»Wieso? Mir gefällt es.«

»Mir nicht.«

Er seufzte. »Aber es ist doch bloß irgendein altes Schwert.«

»Ich werde jeden Tag nörgeln, so lange, bis du es wegwirfst.«

Was hatte sie einmal gesagt? Lieber vierzig Peitschenhiebe, aber nicht das? »Du willst es runterhaben, also dann hol es runter.«

»Ich rühr das Ding nicht an.«

Er setzte sich auf. »Es ist ein lebloser Gegenstand. Außerdem ist es wertvoll. Wenn ich es an meiner Wand behalten will, dann behalte ich es.«

»Na schön, in Ordnung. Ganz wie du willst. Entweder ich oder dieses ... dieses ...«

»Krummschwert.«

»Ich meine das wirklich ernst. Entweder dieses Ding oder ich.«

Er stieß eine ganze Reihe von Flüchen aus und nahm das Krummschwert dann von der Wand. Sie schloss fest die Augen, als er es von der einen Hand in die andere gleiten ließ. »Hast du eine Ahnung, wie viel Zeit es mich gekostet hat, es zu restaurieren?«

»Entweder das da oder ich. Und glaub mir, das ist kein Scherz.«

Die Tür ging auf, er warf das Schwert auf den Flur, stieß die Tür mit dem Fuß wieder zu und kletterte ins Bett zurück. »Ich kann das einfach nicht glauben. Da werfe ich doch glatt drei Riesen zu dieser bescheuerten Tür raus.«

Eine Weile war Ruhe, bis Rebecca leise sagte: »Du bist wohl heute nicht gerade einer der Hellsten, was?«

»Was noch?« Zwei Worte. Er versuchte erst gar nicht, mit seiner Wut hinterm Berg zu halten.

»Was ist, wenn irgendjemand ganz unschuldig barfuß den Flur langgeht und gegen das Schwert stößt? Willst du einen Kollegen ohne Zehen?«

Kelly verfluchte sich selbst, stieg wieder aus dem Bett, holte das Schwert aus dem Flur und lehnte es gegen die Wand. »Bist du jetzt zufrieden?«, fragte er von der offen stehenden Tür her, gerade als Mike barfuß vorbeiging und sich alle Mühe gab, den Commander nicht zu bemerken, der da nackt in seiner offenen Tür stand.

15. Kapitel

Pete war von seinem mehrtägigen Aufenthalt in den Staaten zurück, aber er sagte kaum ein Wort, nahm ihre Anwesenheit kaum zur Kenntnis. Ein paar Mal hatte sie ihn gesehen, meist bevor er sie sah, aber er war immer zu beschäftigt, um sich mit ihr zu unterhalten. Kelly war überzeugt, die Fantasie ging wieder mit ihr durch, und empfahl ihr, sich auf der Krankenstation zu beschäftigen. Mike würde schon irgendwas finden, was sie tun könnte.

Sie machte Inventur, und das rief Erinnerungen an ihr bisher einziges Arbeitsverhältnis wach: Nachdem sie das College abgebrochen hatte, suchte sie sich eine Stelle als Kassiererin im Supermarkt, aber da brachen dann dauernd die Kassen zusammen. Also räumte sie Waren ein, half den Kunden. Alles, solange sie nur nicht mit irgendwelchen elektronischen Geräten in Kontakt zu kommen brauchte.

Sie war mit der Inventur halb durch, als jemand hereinkam – diesmal ein Verwundeter, der noch selber gehen konnte –, und Mike wollte ihre Hilfe. Im Behandlungsraum stand Rebecca dabei und sah Mike zu, wie er für die Fraktur eines linken Oberarms feuchte Gipsbandagen zu einer Gipsschiene formte. Rydell. Seinen Vornamen wusste Rebecca nicht. Sie fragte sich, ob er überhaupt einen hatte, an den er, oder sonst irgendjemand, sich erinnerte. Verwundet worden war er beim Training auf dem, was alle hier nur den ›Horrorparcours‹ nannten. Er war eine Barriere aus Stangen hinaufgeklettert, war ausgerutscht, und sein Arm war zwischen den Holzstangen hängen geblieben.

Mike würde damit rechnen, dass sie ihn fragte, ob sie helfen könne, so viel war Rebecca klar. Und genau damit rechnete auch Rydell, aber sie spürte niemanden in sich und konnte auch beim besten Willen nichts sehen. Ohne unsichtbare Unterstützung konnte sie nichts tun, musste einfach nur zusehen und Mike die Dinge anreichen, die er brauchte, aber sie konnte noch nicht einmal vorhersehen, was er brauchen würde. Ihre Machtlosigkeit war erschütternd.

Mike beendete seine Arbeit und schickte den enttäuschten Rydell seiner Wege. »Was ist denn mit Ihnen los?«, fragte er, während er sich den Gips von den Händen wusch.

Rebecca zuckte mit den Schultern.

»Ich hätte gedacht, Sie würden sich darum reißen, an den Burschen rangelassen zu werden und ihm Ihre magischen Hände auflegen zu dürfen.«

Rebecca versuchte zu lächeln.

»Los, kommen Sie mit«, sagte er. Sie folgte ihm in sein Dienstzimmer und setzte sich. »Was stimmt denn nun nicht mit Ihnen?«

»Alles in Ordnung.«

»Ach, das können Sie einem anderen erzählen.«

»Der Engel hat seine Flügel verloren und ist auf die Erde gefallen.«

»Das ist der größte Mist, den ich seit langem gehört habe. Sie enttäuschen mich, Rebecca.«

»Das ist doch nichts Neues. Entweder brauche ich einen ordentlichen Klaps auf den Hintern, oder ich verhelfe Ihnen zu einem Herzanfall, oder ich enttäusche Sie. Aber ich reise ja bald ab, und dann geht alles hier wieder seinen gewohnten Gang.«

»Ach ja, Freitag. Aber Sie werden sich noch nach uns zurücksehnen.«

Der Blick, den sie dem Captain zuwarf, sprach Bände. »Blödsinn«, fügte sie als Erklärung dennoch hinzu. »Ich verschwinde von hier, und alles, was bleibt, wird eine große Staubwolke sein.«

Mike mochte das nicht glauben. Das hatte sie auch gar nicht erwartet. »Dann heiraten Sie ihn also? Und dann ab nach Pensacola?«

»Er hat es Ihnen erzählt?«

»O ja. Wir sind jetzt schon fünf, sechs Jahre befreundet. Ich glaube, ich weiß so ziemlich alles über ihn, Kleines.«

»Macht er das nur mir zuliebe oder für sich? Denn wenn er denkt, er muss das für mich machen, dann will ich es nicht.«

»Na, das müssen Sie ihn schon selber fragen. Das da in Pensacola hat er ja schon gemacht, bevor ihm der Posten hier angeboten wurde. In dem Job war er richtig gut. Hat die Jungs zu Elitekampfschwimmern ausgebildet.«

»Hat den Leuten beigebracht, andere zu töten.«

»Er ist nun einmal Soldat. Und wenn Sie denken, Sie könnten einen anderen Menschen aus ihm machen, dann werden Sie eine gehörige Enttäuschung erleben. Jetzt sage ich Ihnen mal was ganz im Ernst. So zahm wie jetzt habe ich ihn noch nie erlebt.«

»Zahm? Kelly? Reden wir hier über ein und denselben Mann?«

»O ja, allerdings. Ich war das, der ihm die Nase gebrochen hat. Das bringen nicht viele fertig, ohne hinterher im Streckverband zu landen.«

»Wieso haben Sie das denn gemacht? Ich dachte, Sie sind Pazifist.«

»Hören Sie, wenn Sie in Glasgow aufwachsen, dann können Sie gar nicht anders, dann müssen Sie kämpfen lernen. Es war eine Überreaktion. Ich habe gar nicht erst groß nachgedacht. Ich habe ihn hierher geschleift, ihn gezwungen, sich anzusehen, was er, wie ich dachte, mit Ihnen angestellt hatte, und wissen Sie, was er gesagt hat? Er hat zu mir gesagt: Sie ist mein Leben. Mein ganzes, erbärmliches Scheißleben. Und deshalb sage ich Ihnen jetzt klipp und klar, Sie müssen sich entscheiden, was Sie wollen. Wenn Sie sich für Kelly entscheiden, wird sich an dem Leben, so wie Sie es jetzt kennen, nicht groß was ändern. Weiß der Himmel, wo auf der Welt Sie sein werden, immer woanders, aber sonst wird sich nicht groß was ändern. Er wird nicht da sein, wenn Sie ihn brauchen, und wenn er dann da ist, wird er sich in irgendein Krisengebiet wünschen, ehe der Tag um ist. Können Sie damit leben, wollen Sie das?«

Rebecca sagte nichts.

»Sie werden wahrscheinlich ein Foto an der Wand brauchen, damit Ihr Kleines da weiß, wer sein Daddy ist.«

Eine Weile sahen sie sich einfach nur an. »Hat das Ihre Mary immer gemacht?«

»Sie macht es immer noch, diesmal für den Enkel, und der ist jetzt, Augenblick, acht Wochen alt.«

»Sie haben ihn immer noch nicht gesehen, oder?«

»Ach, den sehe ich schon noch früh genug. Und ich werde all die Zeit mit ihm verbringen, die ich meinen Mädchen hätte widmen sollen.«

Wieder schwiegen sie eine Weile.

»Sie haben nur ein bisschen Ihren Glauben verloren, weiter nichts. Der kommt schon wieder, aber Sie müssen sich ein wenig Zeit geben.«

»Ich habe keine Zeit, Mike. Mein Kopf ist ein gähnend leeres Loch. Mein Herz ist leer. Ich sehe nicht einmal mehr die Leute da unten.«

»Was für Leute?«

»Die Leute, die sie da unten gefangen gehalten haben. Die Gefährlichen. Die geisteskranken Kriminellen. Jetzt sehe ich nur noch weiße Wände. Das ist erschreckend. Alles ist weg, und daran bin ich nicht gewöhnt.«

»Genau das haben Sie sich doch gewünscht.«

»Ja, aber wieso musste das ausgerechnet jetzt passieren? Morgen Mittag besucht der Senator den Stützpunkt. Ich werde rein gar nichts machen können.«

»Doch, das werden Sie. Sie lassen die Jungs einfach ihre Arbeit machen. Genau das werden Sie. Was sein soll, das wird auch sein, das glauben Sie doch, oder?«

»Genau davor habe ich ja solche Angst. Mike, ich habe Kelly belogen. Das musste ich einfach.«

»Was soll das heißen, Sie haben ihn belogen?«

»Als er mit Marianne in Irland war, hat er seinen eigenen Tod gesehen. Er hat die Szene gezeichnet. Ich habe ihn belogen, Mike. Ich habe ihn belogen, und er wusste, dass ich ihn belog. Gleich als ich hierher kam, habe ich das in ihm gespürt. Die Gabe. Den Fluch. Ich verstand nicht, weshalb die mich hier brauchten, wenn sie doch schon Kelly hatten. Er weiß es, Mike. Er weiß es, aber er spielt irgendein dummes Spiel, irgendein ›Und sie lebten glücklich bis ans Ende ihrer Tage‹, was wir vielleicht beide wollen, aber nie haben werden, denn nichts, rein gar nichts ändert sich jemals wirklich.«

»Erzählen Sie mir, was Sie gesehen haben.«

»Ich habe ganz genau gesehen, was er tat. Er ist in der weißen Galauniform, er ist angeschossen. Er stirbt in meinen Armen, und ich kann ihm einfach nicht helfen.«

»Das ist wirklich ein ziemlich gewaltiger Riesenblödsinn.«

»Das habe ich gesehen!«

»Er wird morgen die weiße Galauniform nicht tragen.«

Schnell sah Rebecca auf.

»Heute Morgen hat er sein Team zusammengestellt. Siebzehn Jungs gehen raus. Acht in Zivil, vier in Grün und fünf in Schwarz. Ihr Kelly wird einer von denen in Schwarz sein. Er wird den Senator nicht begrüßen, er macht das, was er am besten kann. Kelly wird jetzt Macphersons Platz einnehmen, aber ich glaube, das macht er deshalb, weil er keinem anderen zutraut, den Job richtig zu erledigen.«

»Kelly wird Scharfschütze sein?«

»Ja.«

»Das hat er mir gar nicht erzählt.«

»Er macht seinen Job, Mädchen. Also, Sie machen sich jetzt weiter keine Sorgen und vertrauen ihm, und wenn Gott will, werden Sie nächsten Freitag auf dem Weg nach Edinburg sein.«

Und genau in dem Augenblick öffneten sich die Schleusentore, und eine wahre Sturzflut von Bildern, denen sie sich nicht verschließen konnte, überschwemmte sie. Hannah. Die Tänzerin. Der Senator mit einer Kugel mitten im Kopf. Die Panik, das Chaos. Was Gene damals zu ihr gesagt hatte. *Er wird die Verwirrung ausnutzen. Er hat mehr als nur einen Auftrag. Bloß weil er Sie gebumst hat, heißt das noch lange nicht, dass er Sie nicht umbringt.* Das hatte er schon einmal gemacht. Und es gab immer noch Momente, in denen er ihr Angst machte. Sie sah etwas in seinen Augen und wollte am liebsten weglaufen.

Seine Frau war die Tochter eines Senators. Sein Schwiegervater musste seine Kandidatur für das Präsidentenamt zurückziehen. Er war wohlhabend. Er war Commander in der US Navy, aber daher konnte das ganze Geld nicht kommen. Wie konnte einem Commander der US Navy ein halbes Casino gehören? Wem gehörte die andere Hälfte? Ein Name kam ihr in den Sinn und wollte nicht mehr verschwinden. Corey Lorber, sein Schwiegervater.

Kelly sah nicht auf, als sie hereinkam. »Gibst du mir einen Kaffee?«, fragte er. Da fängt es schon an, dachte sie. Bring mir dies. Bring mir jenes. Kein Bitte, kein Danke. Nur: Mach mal. »Bitte«, fügte er hinzu.

Rebecca goss ihm einen Kaffee ein, gab Zucker hinein und stellte die Tasse auf seinen Schreibtisch. »Danke. Was war mit Rydell los?«

»Hat sich den Arm gebrochen.«

»Den rechten oder den linken?«

»Den linken.«

Wenn er mit einer detaillierten Beschreibung rechnete, konnte er ewig warten. Zum ersten Mal, seit sie das Zimmer betreten hatte, nahm Kelly ihren Gesichtsausdruck wahr. O Scheiße, dachte er.

»Wer ist dein Partner bei dem Casino?«

Kelly lehnte sich zurück, musterte ihr Gesicht und nahm die Kaffeetasse in die Hand. »Wieso?«

»Ich will es eben wissen.«

»Das musst du nicht wissen.«

»Es ist mir egal, ob du denkst, dass ich das wissen muss oder nicht. Sag es mir einfach.«

»Rebecca, was ist denn los ...« Es war nicht einmal eine Frage. Es war eine halb gelangweilte Antwort.

»Verdammt nochmal, sag es mir einfach.«

»Verdammt nochmal, das geht dich überhaupt nichts an.« Der Ausdruck in seinen Augen war kalt. Dieses Eis hatte sie vorher schon gesehen, aber sie würde sich nicht einschüchtern lassen. Die Leute ließen sich immer einschüchtern, wenn er diesen Blick aufsetzte. Bei ihr würde das nicht funktionieren. Das war nie so gewesen, und es würde jetzt nicht so sein.

»Wer ist dein Partner?«

»Nein.«

»Nächster Versuch. Die Antwort gefällt mir nicht. Wer ist dein Partner?«

»Raus.« Mit dem Kopf machte er eine Geste in Richtung Tür.

Nein, das wird auch nicht funktionieren. »Hier gibt es einhundertachtzig Leute, die du nach Belieben herumkommandieren kannst, aber zu den Leuten gehöre *ich* nicht.« Sie verschränkte die Arme. »Was genau hast du vor, Commander, wenn du da auf irgendeinem Dach liegst und dich hinter deiner Uniform versteckst? Was wirst du in all der Verwirrung machen, nachdem Glover mitten in den Kopf geschossen wurde? Was wirst du machen?«

»Schwing deinen Hintern raus hier, jetzt sofort, nimm eine Pille, und dann kommst du zurück, wenn du wieder ein Mensch bist und ich so tun kann, als hätte ich nicht gehört, was du gerade gesagt hast.«

»Du hast vier Sekunden.« Sie zog sich den irischen Ring vom Finger. Sie meinte es ernst. »Wer ist dein Partner?«

»Mein Partner hat nichts mit dem hier zu tun.«

»Wer ist es?«

Er wurde nicht schlau aus ihr. Er hatte nicht den Schatten einer Ahnung, was in ihrem Kopf vor sich gehen mochte. »Wo ist dein Problem? Na los. Raus damit. Ich will das jetzt hören. Ich werde langsam neugierig.«

»Mike hat mir erzählt, was du für morgen geplant hast. Du wirst nicht deine weiße Galauniform tragen und den Senator begrüßen.«

»Das stimmt.« Er nahm einen Schluck von seinem Kaffee, griff nach den Zigaretten und überlegte es sich auch diesmal anders.

»Woher soll ich wissen, was du wirklich bist?«

»Wie bitte?«

»Auf wessen Seite stehst du?«

»Auf wessen *Seite* ich stehe? Auf keiner Seite. Ich mache das, wofür ich bezahlt werde.« Eindringlich musterte er ihr Gesicht. Er wusste jetzt, was in ihrem Kopf vor sich ging, dazu musste er gar nicht erst ihre Hand halten. Fünfzehn Stunden lang war sie in Samperis Gewalt gewesen. Und zwei Wochen lang hatte das langsam in ihr gegärt. »Was hat Samperi zu dir gesagt?«

Wie schaffte er das nur? Seine Frage entwaffnete sie vollständig. »Er hat gesagt ... er hat Dinge gesagt, die mir sinnvoll schienen.«

»Das wäre ja mal was ganz Neues.«

»Er hat gesagt, ich soll mich mal fragen, auf wessen Seite du stehst, wo doch dein Schwiegervater auch für das Amt kandidiert. Und wer wartete dann hier auf dich, Kelly, als wir aus London zurückkamen? Du hattest mir nicht erzählt, dass du mit deiner Frau wegfahren wolltest.«

Ihre Logik, wenn sie denn überhaupt logisch dachte, ergab für ihn keinen Sinn. »Ich habe es dir doch erklärt. Ich hatte es vergessen.«

»Ein schlechtes Gedächtnis? Du? Was habe ich gemacht, als du mich seinerzeit auf dem Flughafen zum ersten Mal angesprochen hast?«

»Du hast dich umgedreht, weil du dachtest, ich spreche mit jemand anderem. Was soll das?«

»Du hast ein fotografisches Gedächtnis, also erzähl mir hier keinen Blödsinn von wegen vergessen; das Geschenk von deiner Frau zum zehnjährigen Hochzeitstag hast du ganz bestimmt nicht vergessen. Woher wusste Gene das mit uns?«

»Keine Ahnung.«

»Er hat gefragt, wie lange es gedauert hat, bis du mich im Bett hattest. Und lange gedauert hat das wirklich nicht, oder? Er hat gesagt, es sei wichtig für dich, dass ich dir voll und ganz vertraue. Bloß weil du mich gebumst hättest, hieße das noch lange nicht, dass du mich nicht umbringen würdest. Das hat er gesagt. Und ich will ja jetzt kein früher mal gelebtes Leben ins Spiel bringen, aber schließlich hast du mich schon einmal umgebracht. Du warst schon immer fähig, mir in die Augen zu schauen und mich anzulächeln und mir gleichzeitig das Herz aus dem Leib zu reißen. Also, wenn es stimmt, dass du mehr als ein Eisen im Feuer hast, dann hatte Gene vielleicht Recht mit dem, was er gesagt hat. Vielleicht hat er die ganze Zeit Recht gehabt. Und weißt du was? Gerade jetzt weiß ich wirklich nicht, ob ich das glauben soll oder nicht.«

Kelly sah weg. Sie wartete auf eine Erklärung. Sie wartete auf etwas, irgendetwas, ganz egal was. »Also, du willst mich morgen in weißer Galauniform, ja?«

So tonlos hatte sie seine Stimme noch nie gehört. So voller Leere.

Da stand er auf, nahm seine Pistole aus dem Gürtelhalfter und gab sie ihr. »Da, nimm«, sagte er. Diesmal strafte der Ausdruck in seinen Augen seine Worte nicht Lügen. »Du willst mir das heimzahlen, was passiert ist, als wir ganz andere Menschen waren?«

»Wir sind nie ganz andere Menschen gewesen! Siehst du das denn nicht?«

»Dann nimm das verdammte Ding und bring es hinter dich!«

Fast blieb ihr das Herz stehen, als sie seinem Blick begegnete. Solchen Schmerz hatte sie noch nie gesehen, außer vielleicht in Billys Augen, ehe er sich umdrehte und auf die Knie fiel und sich die Pistole unters Kinn hielt und ...

Kelly tippte sich an die Stirn. »Hier. Ich hoffe, du machst es richtig.«

Rebecca verschränkte die Hände auf dem Rücken. Aber das hatte keinen Zweck. Er drehte ihr das Handgelenk um und drückte ihr die Waffe in die Hand. Sie ließ sie auf den Boden fallen.

»Benutze sie!« Er hob sie auf und hielt sie ihr wieder hin, aber sie weigerte sich, sie zu nehmen.

»Wieso? Soll ich dich umbringen, bevor du mich umbringst, damit wir wieder einmal ganz von vorn anfangen können?«

Schweigen. Völlige Stille.

»Ach, Scheiße, wofür hältst du mich eigentlich, Rebecca?«

»Sprich mit mir, schrei mich nicht an!«

»Sprechen? Wozu? Du hörst ja doch nicht richtig zu, wenn ich was sage. Du bist derart besessen von dem, was längst vergangen ist, dass du das nicht mehr siehst, was hier und jetzt vor sich geht. Ich bin es, Rebecca. Ich. Ich bin hier. Ich bin immer hier gewesen. Hast du irgendwelche Probleme mit deinem Kurzzeitgedächtnis?« Er steckte seine Pistole weg und hielt einen Finger hoch. Er stach ihr den Finger vor die Brust, er tat ihr weh. Er wollte ihr wehtun. »Die Kugel ist genau da reingegangen, mitten rein. Die Einschusswunde in deiner Brust war so riesig wie der beschissene Grand Canyon, und Mac musste mich von meinen erbärmlichen Wiederbelebungsversuchen wegzerren, weil du hinüber warst. Du warst hinüber, ehe ich dich überhaupt kennen lernen konnte. Also, vielleicht bin ich nicht mehr ganz richtig im Kopf, aber ich dachte, wir hätten darüber geredet. Wer hat dir denn die Sache mit Leon Carter geglaubt, wer hat dich nach London gebracht?«

Er griff nach seinen Zigaretten und zündete sich eine an. Die Hände zitterten ihm, aber den Blick wandte er nicht einmal von ihrem Gesicht ab. »Wer hat einen Peilsender in deinen Marken installieren lassen, damit wir dich jederzeit finden, falls nötig? Wer hat versucht, dir klar zu machen, was so ein Arschloch wie Samperi möglicherweise anrichten kann? Wer versucht wohl, dich zu schützen, damit du keine Kugel in den Kopf kriegst? Macpherson hatte den Befehl, dich umzubringen, aber das solltest du eigentlich nicht erfahren. Er hat es nicht fertig gebracht abzudrücken, und deshalb hat er Schluss gemacht. Er wollte lieber sterben, als etwas Unehrenhaftes tun, so war das. Ja, er hat dich geliebt. Er hat dich so sehr geliebt, dass er sich selbst umgebracht hat. Er hat einen ausdrücklichen Befehl verweigert, und das hat er gemeint, als er sagte, es gibt keinen Ausweg mehr.«

Tränen standen ihr in den Augen, aber Kelly nahm keine Notiz davon.

»Was glaubst du, wieso bist du in der Krankenstation unter Obhut von Captain McLaren gewesen? Wieso wohnst du wohl hier in meinem Quartier? Ich will dir jetzt mal was erzählen. Zwei Leuten hier vertraue ich voll und ganz: McLaren und mir selbst, denn um ehrlich zu sein, ich habe keine Ahnung, ob nicht vielleicht noch jemand diesen besagten Befehl erhalten hat. Jeden Augenblick, wenn du nicht in meiner Nähe bist, frage ich mich, was zum Teufel wohl los sein könnte.«

»Tut mir Leid«, sagte sie leise und hoffte, dass er fertig war.

»Nein. Ich bin nicht fertig. Willst du wissen, was ich gemacht habe, als ich in den Staaten war? Ich habe die Scheidung eingereicht, aber genau an dem Tag hat Marianne mir die Mühe erspart. Außerdem habe ich noch mein Testament geändert.«

»Was hast du gemacht?«

»Und übrigens, wenn ich dich wirklich nur gebumst hätte, Rebecca, dann wüsstest du das. Dann hätte ich dir nämlich auf dem Weg nach draußen fünfzig Dollar hingeworfen. Was wir beide haben, nein, was wir beide *hatten*, ist, Entschuldigung, *war* weit mehr als nur das. Sieh mich an, wenn ich mit dir rede!«

»Ich habe doch gesagt, es tut mir Leid.«

»Und das sollte es auch, denn hätte ich deinen Tod gewollt, dann würdest du jetzt nicht hier stehen. Begreifst du das?«

Darauf wusste Rebecca nichts mehr zu sagen. In Gedanken war sie noch bei seinen Worten. *Was wir beide hatten. Was wir beide hatten.* Er sprach in der Vergangenheitsform.

»Hörst du mir überhaupt zu? Ist jemand zu Hause da drin? Wenn ja, dann hätte ich gern irgendeine Reaktion. Es genügt, wenn du zu erkennen gibst, dass du mich verstanden hast.«

Sie schaute hoch und spießte ihn mit ihren riesigen blauen Augen auf. »Mir wäre lieber, du würdest mich schlagen, nicht mit mir herumschreien. Das täte weniger weh.«

Er sah weg. Das musste er. »Du wirst morgen *keine* Uniform tragen, denn wenn du in einer Situation wie der morgen in Uniform bist, wird man annehmen, du bist auch bewaffnet. Wir sind beide hier ganz schön reingelegt worden, Rebecca. Ich habe dir irgendwelchen Mist beigebracht, den du gar nicht wissen wolltest und von dem du übrigens auch gar nichts hättest wissen sollen, und das nur zu einem einzigen Zweck. Es ist leichter, dich auszuschalten, wenn der Zeitpunkt der richtige ist. Ich habe es auch gesehen. Dein Freund hat es mir gezeigt. Das Szenario wurde also geändert, damit es den neuen Gegebenheiten entspricht.

Rebecca, ich *weiß*, wer Glover umbringen will, und ich weiß auch, wie es vor sich gehen soll. Die ganze Zeit hast du Recht gehabt, bis vor ein paar Minuten, als du hier hereingetigert kamst und angefangen hast, mich mit Anschuldigungen zu bombardieren. Aber ich bin froh, dass du das gemacht hast, denn wenigstens weiß ich jetzt, wo ich wirklich stehe. Im Augenblick fühlt sich mein Standort allerdings eher wie Treibsand an. Also sag es mir, sofort. Was willst du?«

Da war nur Stille. Stille, befrachtet mit schlechtem Gewissen, das für ein ganzes Leben reichen würde, denn sie hatte ihm nicht vertraut in einem Moment, in dem sie ihm hätte vertrauen sollen. »Dich«, sagte sie leise. »Dich will ich, auf jede nur denkbare Weise. Nur dich will ich.«

Er streckte die Hand aus und hob ihr Gesicht zu sich, und bei der Berührung wurde ihm alles klar. Kelly seufzte. »Hast du angenommen, mein Geschäftspartner wäre Corey Lorber?« Sie nickte. Er rieb sich den Nacken. »Rebecca, mein Geschäftspartner ist meine Halbschwester.«

Rebecca musste sich über die Augen wischen, um ihn deutlich erkennen zu können. »Deine Halbschwester?«

»Wieso setzt du dich nicht einfach?«

Rebecca setzte sich, und das tat auch Kelly. Er nahm seine Kaffeetasse, als wäre rein gar nichts geschehen.

»Joanna ist zehn Jahre älter als ich. Wir sind in einer traditionellen Gemeinde in North Carolina aufgewachsen, Snowbird hieß der Ort. Wir hatten nichts. Und ich meine, wirklich nichts. Nicht einmal eine nennenswerte Schulausbildung. Ich bin abgehauen, sobald ich konnte. Ich war fünfzehn, als ich bei der Navy anheuerte, und habe mich da dann hochgekämpft. Ich will damit Folgendes sagen: Joannas Vater war Cherokee. Sie ist kein Halbblut wie ich. Unser Großvater mütterlicherseits war ...« Er seufzte. Zähneziehen war kaum schlimmer. »Er war Schauspieler. Er hat unsere Großmutter und Mutter im Stich gelassen, weil ihn die Lichter der Filmmetropole lockten. Er hat einen Haufen Geld mit billigen Western verdient – Gene Autry und Will Rogers, so ein Zeug. Und ich rede von Millionen. Er ist nie mehr nach North Carolina zurückgekommen, und ich habe ihn gar nicht erst kennen gelernt, aber er hat meiner Mutter alles hinterlassen, was er während seiner Jahre in Hollywood verdient hatte. Das Casino ist nur ein Teil davon. Da ist auch noch eine Kabelfernseh-Produktionsgesellschaft in Los Angeles, und noch ein paar Sachen. Sieh mal, ich habe Joanna schon von dir erzählt, sie würde dich gern kennen lernen. Aber damit wollte ich noch warten. Das wollte ich dir eigentlich alles auf dem Weg nach Edinburg erzählen.«

»Jetzt komme ich mir so dumm vor.«

»Gut. Das freut mich.«

»Es war ja nur, weil Gene ...«

»Ich habe dich vor ihm gewarnt.«

»Nur weil du wusstest, was kommen würde.« Eine Weile sagte sie nichts. »Es war Pete, nicht? Pete hat Billy den Befehl gegeben, mich ... mich ... Deshalb hat Billy auch geweint. Hat gesagt, er könne es nicht. Andauernd hat er sich bei mir entschuldigt.«

»Das kann ich nicht beweisen, und ich werde das nie beweisen können, und deshalb kann ich auch das Kommando nicht übernehmen.« Noch nicht, dachte er, sagte es aber nicht. »Noch Fragen?«

»Sagst du mir, was du über morgen weißt?«

»Nein, das sage ich dir nicht.«

»Ich muss es wissen.«

»Nein. Das musst du nicht wissen. Du wirst dort sein, weil deine Anwesenheit erwartet wird und aus irgendeinem mir unbekannten Grund erwünscht ist. Also – du wirst weiter nichts als zusehen und uns alles wissen lassen, was deiner Meinung nach wichtig sein könnte. Und von diesem Scheiß, dass du nichts mehr siehst und spürst, will ich nichts mehr hören, denn das glaube ich dir nicht.«

»Wir hatten gerade einen furchtbaren Streit.«

»Ach was, das war kein furchtbarer Streit. Ein furchtbarer Streit ist, wenn du mit einer zerbrochenen Whiskyflasche auf mich losgehst. Nicht alle meine Narben sind berufsbedingt.«

Nach der Lautstärke war die Stille beruhigend, geradezu ohrenbetäubend. »Mir ist das egal, ob du stinkend reich bist oder nicht.«

»Ach wo, keine Spur. Das ist dir nicht egal.«

»Es ist wirklich verflixt schwer, dich anzulügen, Kelly.«

»Du bist nicht die Erste, die mir das sagt.«

Sie nahm einen Kugelschreiber und spielte damit. »Weißt du, was ich dachte, als ich dein Auto zum ersten Mal sah? Ich habe gedacht, nur blöde Wichser fahren BMW. Das war allerdings der pure Neid, denn ich besitze lediglich einen kleinen blauen

Einkaufswagen. Wie groß ist eigentlich dein Haus in Norfolk?«

»Wieso?«

»Reine Neugierde.«

»Zwei Etagen, fünf Schlafzimmer. Und deins?«

»Ein-Zimmer-Apartment in der Nähe von Southbank. Mit Blick auf den Fluss.«

»Brisbane, stimmt's?«

»Nein. So spricht man das nicht aus. Es endet ... bin nicht ... bane.«

»... bin? Nein, es heißt Brisbane.« Kelly kritzelte BRISBANE auf ein Stückchen Papier und hielt es ihr hin.

»Blöde Yankees. Ihr denkt immer, ihr wisst alles besser.« Sie schrieb mehrere Ortsnamen der Aborigines dazu, die sie selber nur mit Mühe aussprechen konnte, und gab ihm den Zettel zurück. »Versuch das mal auszusprechen. Mein hysterisches Gelächter sagt dir dann, wenn du was falsch gemacht hast.«

Er machte nicht einmal den Versuch. Eine Weile sah er sie an, dann kritzelte er *Ich liebe dich* auf Cherokee auf den Zettel. Rebecca wusste, was es bedeutete, weil Weißer Rabe es ihr gesagt hatte. »Ich liebe dich auch.«

»Geht es dir jetzt besser?«, fragte er, denn ihre Farben waren wieder rein und hell.

»Doch, ja. Danke. Du bist ein guter Therapeut.«

»Die Rechnung kommt mit der Post. Du darfst jetzt gehen.«

Aber sie kam auf seine Seite vom Schreibtisch, umarmte ihn und fuhr mit ihren kalten Fingern unter sein grünes Hemd. Seine Haut war so warm.

Und sie sah den Luftwaffenstützpunkt Lakenheath. Die Limousine mit den amerikanischen Fähnchen wartete, und es regnete, und ...

»Ich weiß, was du machst.«

Sie küsste seine Wange, umarmte ihn noch einmal und verließ sein Büro.

»Rebecca. Haben Sie einen Moment Zeit?«

»Aber ich wollte gerade ...«

»Es wird nicht lange dauern.«

Pete schloss die Tür, nachdem sie hereingekommen war. »Sind Sie bereit für morgen?«, fragte er.

»Ich hoffe.«

»Sie werden Uniform tragen, und Sie werden bewaffnet sein, ist das klar?«

Sie nickte.

»Ist irgendwas nicht in Ordnung?«

»Nein.«

»Ich sehe Sie dann morgen auf dem Stützpunkt«

»Okay.«

»Sie werden mit Commander Nolan und den meisten Leuten von der Einsatztruppe hinfliegen.«

Einsatztruppe? So nannten sie das also? »Okay.«

»Haben Sie das von Rob gehört?«

»Was denn?«

»Die neuesten Umfragen deuten auf einen wahren Erdrutschsieg.«

»Das überrascht mich nicht.«

Ein paar Sekunden lang musterte Pete sie. »Kelly bewirbt sich um seinen alten Job als Ausbilder an der Akademie in Pensacola.«

»Ja, ich weiß.«

»Er braucht meine Genehmigung.«

Wieder konnte sie in seinem Gesichtsausdruck nichts lesen.

»Ich dachte nur, Sie sollten das vielleicht wissen.«

»Kann ich jetzt gehen?«

Er nickte, und einen Moment lang überlegte Rebecca, ob es nicht sicherer wäre, wenn sie rückwärts ginge, aber dann drehte sie sich um, stolzierte hinaus und machte die Tür lauter zu, als nötig gewesen wäre. Als sie endlich wieder auf dem Flur stand, pochte ihr Herz heftig. Sie ging in Kellys Dienstzimmer zurück. »Der Boss sagt, ich werde morgen Uniform tragen.«

»Ich glaube, jetzt ist wohl ein bisschen Vertrauen angebracht, oder?« Er schaute nicht hoch von dem, was er gerade machte.

»Was hast du gesehen, Kelly?«

»Das Michelin-Männchen in schwarzem Samt«, sagte er nur.

16. Kapitel

Um Punkt sechs Uhr fünfzehn kam sie in die Messe, wo kaum eine Menschenseele war, außer Frank und Nick Mancuso, der Zeitung las. Nick war in schwarzem Dress. Er schaute auf. »Sollen Sie heute nicht in Uniform sein?«

»Sollen Sie nicht jetzt bei den anderen sein?«, konterte sie.

Nick wandte sich wieder seiner Zeitung zu. »Tragen Sie eine kugelsichere Weste?«

»Tragen Sie ein Suspensorium?«

Er trank seinen Kaffee aus, klemmte sich die Zeitung unter den Arm, und dann kam er zur Essensausgabe, wo sie auch stand. »Aber Sie«, sagte er, als er mit der Hand auf ihrem Kleid ihren Rücken hinunterglitt.

»Lassen Sie die Hosen runter, Soldat. Jetzt bin ich dran.«

Ohne ein weiteres Wort zu sagen, ging Nick hinaus.

»Sie können so was zu Mancuso sagen, und Sie sind die Einzige, die ungeschoren davonkommt«, sagte Frank.

»Danke.« Sie wusste, sie musste etwas essen, aber Appetit hatte sie auf nichts. Sie nahm sich einen Apfel, ließ sich einen Kaffee eingießen und setzte sich ans Fenster. Allein saß sie da und sah auf den Wald hinaus und dachte, wie sehr sie diesen Ort vermissen würde. Sie kam sich beinahe vor wie eine Geisel, ein Mensch in Extremsituation, der nicht mehr weiß, wem seine Loyalität gilt. Das war für sie schon zur Normalität geworden. Umgeben von Soldaten der Antiterroreinheit hörte sie deren Gesprächen zu und wurde gelegentlich in deren Leben hineingezogen.

Sie überlegte, wie Pensacola wohl sein mochte. Sie überlegte, wo das überhaupt war. Wie lange es dauern würde, bis sie mit amerikanischem Akzent sprach. Schon jetzt fiel es ihr schwer, ihr australisches Englisch rein zu halten. Außerdem überlegte Rebecca, ob sie bei der Hochzeit wohl hochschwanger sein würde, und dann überlegte sie, wo sie wohl heiraten mochten.

Frank setzte sich ihr gegenüber an ihren Tisch und störte ihre Tagträumerei. Der Winter brach jetzt mit aller Macht herein, aber er hatte schon wieder eine winzige Rose in der Hand und hielt sie ihr hin. Sie war vollkommen. Sie duftete nicht, aber sie war wunderschön. Außerdem war sie blutrot. »Schön, dass Sie hier gewesen sind. Ich werde Sie vermissen. Es war ein Gefühl, als würde die Sonne wieder scheinen, wenn Sie irgendwo auftauchten.«

»Sie sind lieb, Frank. Wirklich.«

»Es geht das Gerücht, dass Sie den Commander heiraten werden. Dass er dann in die Staaten zurückgeht und Sie mitnimmt.«

»Wie wäre es, wenn wir bis morgen warten, ehe wir irgendwelche Abschiedspartys in Gang bringen?«

»Woher wissen Sie, was wir vorhaben?«

Sie berührte Franks Hand, und im ersten Moment war da nichts. Plötzlich begannen die Bilder und Gefühle zu strömen. Sie sah eine Wüste, und ein riesiges Zelt. Geschützfeuer überall, und der Koch machte einfach so weiter, als würde er in einem Fünf-Sterne-Hotel arbeiten, und nicht in einer Feldküche. »Es ist nicht weg! Ach, Frank. Es ist nicht weg! Ich habe wieder Kontakt!« Sie sprang auf, umarmte ihn fest, und Frank fragte sich, wieso er ihr nicht jeden Tag eine Rose geschenkt hatte.

Vor der geschlossenen Tür zur Sporthalle wartete Rebecca auf das Ende der Einsatzbesprechung. Sie war jetzt an dem Ort, an dem sie sich einfinden sollte, und pünktlich war sie auch. Sechzehn Männer kamen aus der Sporthalle, und fast alle begrüßten sie, und sie begrüßte die Männer, und zwar jeden mit Namen. Sie dachte, jetzt weiß ich ihre Namen, ohne auf ihre Hemdtaschen gucken zu müssen. Ich weiß ihre Namen, und in ein paar Tagen reise ich ab. Ich werde keinen von ihnen je wiedersehen.

Mitch kam als sechzehnter heraus, er war der achte in Zivil. »Tag«, sagte er.

»Hallo, Fremder.«

Heute wirkte er recht freundlich. Sie fragte sich, wieso.

»Sie bleiben heute bei mir, also immer schön in meiner Nähe bleiben, sonst kriegen Sie einen Tritt von mir in den Allerwertesten.«

Ah, das war schon besser. Das war Mitch, wie sie ihn kannte. »So schnell können Sie gar nicht laufen, als dass Sie mich einholen könnten. Haben Sie auch Ihren Regenschirm dabei, Seemann?«

»Es wird nicht regnen, und wenn Sie mich noch einmal Seemann nennen, bearbeite ich Sie aufs Übelste mit der dicksten Spritze, die ich auftreiben kann.«

»Ist das ein Versprechen?«

»Sie passen auf, dass Sie dicht bei mir bleiben.«

»Superkleber, Mitch. Wie Superkleber.«

Mitch lächelte nur selten, aber heute Morgen tat er es. »Das könnte ich auf hundert verschiedene Arten interpretieren, und alles wäre nur reines Wunschdenken. Also bis dann, beim Hubschrauber.«

Rebecca schaute ihm hinterher, als er wegging. Eine drastische Veränderung war in ihm vorgegangen. Er war immer noch mürrisch, und er tat immer noch so, als sei er die Fleisch gewordene Teilnahmslosigkeit, aber das Negative, der Hass, war verschwunden. Ihr Aufenthalt hier war nicht umsonst gewesen. Wenigstens einem Mann hatte sie über den Abgrund von Trauer, Schuld und Elend hinweggeholfen, der ihn viel zu lange geplagt hatte.

Jetzt musste Rebecca das zu Wege bringen, denn ihr eigener Abgrund lag gähnend vor ihr, so riesig wie der Grand Canyon.

Kelly, der siebzehnte, der herauskam, war in schwarzem Dress, und wie üblich hüpfte ihr Herz, als ihre Blicke sich begegneten, und in den Kniekehlen spürte sie ein elektrisches Surren. Werde ich das in fünf Jahren auch noch fühlen, wenn er zur Tür hereinkommt, sich ein Bier aus dem Kühlschrank nimmt und sich vor den Fernseher pflanzt, um Fußball zu gucken? »Komm mit«, sagte er, und sie machten sich auf den Weg zur Nachrichtenabteilung. »Hast du auch daran gedacht, dich zu schützen?«

»Das ist eine sehr intime Frage. Und außerdem ein bisschen zu spät.«

»Trägst du deine kugelsichere Weste?«

»Du bist schon wie Elizabeth Glover. Die ist auch regelrecht besessen von kugelsicheren Westen. Kugelsichere Westen und saubere Unterwäsche.«

»Das hat Rob dir erzählt?«

»Allerdings.«

»Trägst du jetzt deine Weste oder nicht?«

»Jawohl, Commander.« Sie wollte Kellys Hand nehmen, aber das hatte er nicht gern. Er war kein großer Händchenhalter. Romantische Spaziergänge im Park würde es mit diesem Mann nicht geben.

Kelly nahm ihre Hand, und er ließ sie auch nicht los, als ein Soldat mit einer ziemlich großen Waffe an ihnen vorbeimarschierte. Rebecca sah nichts weiter als zwei blaue Augen. »Was war denn das für ein fürchterliches Ding?«, fragte sie.

»Nick Mancuso«, antwortete Kelly.

»Ich meinte die Waffe.«

»Eine L 115, ein Scharfschützengewehr. Du bist heute bei Stafford.«

»Ja, das hat er mir schon erzählt. Die übliche Drohung.«

»Tu einfach genau, was er sagt, wenn er es sagt.«

»Keine Sorge. Das mache ich schon.«

Er hielt die Tür auf, und sie ging unter seinem ausgestreckten Arm hinein. Joel hatte Dienst, saß eingeklemmt zwischen einem Computer und einer Telefonanlage, umgeben von Fernsehüberwachungsbildschirmen. Joel mit den grauen Augen, der ihr immer die Uhrzeit sagte. Er hatte eine Menge Uhren, von denen er sich eine aussuchen konnte. Jede Zeitzone der Welt wurde angezeigt. »Körpermikrofon, Sir?«

Kelly nickte. »In vierzig Minuten will ich dich auf dem Hubschrauberlandeplatz sehen.«

»Aye, aye, Captain.«

Kelly machte sich auf den Weg zur Waffenkammer, um sich seine eigene Super-Magnum zu holen.

»Sind Sie nervös?«, fragte Joel, als er sich einen Kopfhörer ins Ohr steckte.

»Allerdings.«

»Wird schon schief gehen. So was machen wir andauernd. Hier lang.« Sie folgte ihm in einen zweiten, kleineren Raum, wo er ihr mit Klebeband ein winziges Mikrofon auf der Schulter befestigte, das er unter der kugelsicheren Weste und unter dem Kleid versteckte.

»Ich weiß aber nicht, ob das funktionieren wird, Joel. Ich stelle fürchterliche Sachen mit elektrischen Geräten an. Man hat mich höflich gebeten, in dem einzigen Job, den ich je hatte, zu kündigen, weil in meiner Gegenwart die ganze Hardware zusammengebrochen ist.«

»Es wird schon funktionieren.«

»Woher wollen Sie das wissen?«

»Der Commander möchte wissen, was das für ein Job gewesen ist.«

»Kassiererin im Supermarkt.«

Joel hörte wieder einen Moment zu und lächelte. »Er sagt, als Mädel an der Kasse müssen Sie eine Wucht gewesen sein, einfach umwerfend.«

»Die Elektronik hat es ganz bestimmt umgeworfen.«

Kelly hatte gesagt, die Männer würden sie hören können, sie umgekehrt aber die Männer nicht. Das eröffnete ungeahnte Möglichkeiten. Sie könnte singen und sie damit alle in den

Wahnsinn treiben; sie könnte dem Commander vor seinen Männern ihre nie versiegende Liebe erklären, und dann hätte er keinen Moment Ruhe mehr. Alles wäre möglich. Alles, wenn es sie nur ablenken würde von dem, was der Tag möglicherweise für sie bereithielt.

Das ist es also, dachte sie. Ich muss jetzt in diesen Hubschrauber einsteigen. Sie war schon einmal in einem Hubschrauber gewesen, das hatte man ihr jedenfalls erzählt, aber erinnern konnte sie sich nicht. Kelly winkte ihr zu; sie sollte sich beeilen. Die aufkommende Angst schluckte sie herunter, dann streckte sich ihr eine Hand entgegen. Steve Brannagh, der Friseur, half ihr beim Einsteigen in den Iroquois-Helikopter. Elf Leute, sie eingeschlossen, befanden sich dort drin, und nur sie und Mitch Stafford trugen Zivilkleidung. Die anderen trugen entweder Schwarz oder Grün. Ein Platz war frei, der gegenüber von der offenen Tür, und wartete auf sie. Kell'y saß mit Mitch an der offenen Tür. Der Hubschrauber hob ab, leitete den Kurvenflug ein. Sie traute sich nicht, nach unten zu sehen.

Rebecca war kreidebleich, mit jedem ewig währenden Augenblick wurde ihr übler. Plötzlich spürte sie eine Hand, die sich um ihr Handgelenk legte. Ihr Schreckensschrei wurde vom Höllenlärm innerhalb des Hubschraubers übertönt. Kelly deutete mit der Hand hinaus. Sie sah hinunter.

Stonehenge aus der Luft. *Ich werde einmal mit dir rüberfliegen.*

Ungefähr sechzig Meter unter ihnen lag der uralte Steinkreis und starrte zu ihr herauf. Sie sah den umlaufenden Fußweg, die Touristen da unten sahen aus wie Ameisen. Harlem, der schwarze Hubschrauberpilot, hielt die Maschine eine Weile auf der Stelle, dann leitete der Helikopter eine Kurve nach Nordosten ein. Suffolk.

Hüte dich vor dem, der Blumen trägt.

Ist das alles, was du mir sagen willst?

Vertrauen. Glaube. Geduld.

Vertrauen, dachte sie. Ja, das habe ich jetzt. Glaube? Immer. Geduld? Das war der schwerste Brocken, weil sie sich nichts sehnlicher wünschte, als dass diese Sache vorbei wäre. In den nächsten paar Stunden, die die reine Hölle würden, wollte sie lieber nicht dabei sein. Sie wollte, dass die Uhr vorwärts sprang. Sie wollte Robert Glover und seine Frau mit dem wirren Haar in diese Limousine einsteigen und wegfahren sehen, und sie wollte an irgendeinem Abend in der Zukunft den Fernseher anmachen, und dann würde er da in den Nachrichten zu sehen sein: Robert Glover, Präsident der Vereinigten Staaten von Amerika. Diesmal würden die Friedensgespräche im Nahen Osten nicht scheitern. Diesmal wäre der Krieg vorbei. Es würde Frieden herrschen.

Sie rufen an. Sie nennen Ihren Namen, und dann werden Sie durchgestellt.

Ich will nach Hause, dachte sie. Wieso bin ich überhaupt nach Sydney gefahren? Wäre ich nicht nach Sydney gefahren, wäre all das nicht passiert. Ich würde jetzt Babysitter bei Michael spielen, wenn Annie mal ins Kino will. Oder ich würde arbeiten, irgendjemandem helfen, mit seinem Leben klarzukommen, während mir bei meinen Problemen keiner helfen würde. Wäre ich nicht nach Sydney gefahren, hätte Elizabeth Glover mich nie gefunden.

Und der Mann, der König einer Nation sein wollte, würde nicht leben, um das zu werden, wozu er geboren war.

Wozu mag ich wohl geboren sein, fragte sie sich. Sie sah Kelly an, der da im Hubschrauber saß, als sei das seine Bestimmung. Ich liebe ihn, dachte sie. Ich habe ihn schon immer geliebt. Und diesmal wird es richtig. Jetzt machen wir, was wir schon vor Jahrhunderten hätten machen sollen. Hier ging es wirklich nicht nur um den Senator. Hier ging es auch um Kelly.

Da drehte er sich zu ihr um, als habe er ihre Gedanken mitten im Flug aufgefangen. Er blinzelte ihr zu.

Vertrauen und Glaube, hatte Emmanuel gesagt. Geduld lag nicht im Bereich des Möglichen. Innere Ruhe lag nicht im Bereich des Möglichen. Ihr war übel, und das kam nicht vom Fliegen. Es war ein tief sitzender Schmerz in ihrem Inneren, und sie wusste genau, was das zu bedeuten hatte.

Hart setzte der Hubschrauber auf. Die Motoren wurden ausgeschaltet. Die Einsatztruppe stieg aus, aber Rebecca konnte sich nicht rühren, vor lauter Angst vor dem, was passieren würde, wenn sie sich rührte.

Die Männer der Einsatztruppe verteilten sich, nahmen ihre vorher besprochenen Positionen ein. Mitch und Kelly warteten darauf, dass sie aus dem Hubschrauber ausstieg, aber sie konnte sich nicht rühren, noch nicht. Erst mussten die Krämpfe nachlassen. Sie war nicht sicher, dass es dazu kommen würde. Das hatte der Stress verursacht. Eine Hand auf ihrem Arm. Sie drehte sich um. Kelly hockte neben ihr. »Wir sind da.«

»Ich kann nicht.«

»Doch, du kannst. Und du wirst.«

Sie fasste sich an den Magen und sah ihn an. Sie schüttelte den Kopf.

Für einen kurzen Moment schloss er die Augen. »Willst du Mitch?«

Sie nickte.

Kelly ließ die beiden allein. Er gab sich Mühe, nicht zu viel zu denken, er gab sich Mühe, sich auf seine Arbeit zu konzentrieren. Aus den Augenwinkeln heraus sah er, wie Mitch nach dem Erste-Hilfe-Kasten griff. Schmerzmittel. Und während der nächsten paar Minuten konnte Kelly nur warten.

Dann tauchte Mitch wieder auf, er half Rebecca aus dem Hubschrauber. Etwa anderthalb Kilometer mussten sie bis zum angegebenen Landeplatz für die VIP-Maschinen gehen, und sie hatte Schmerzen. Das konnte er deutlich sehen. Er konnte es beinahe spüren. Rebecca sagte nichts und Mitch noch weniger. Kelly folgte in einiger Entfernung. Es war der längste Fußweg seines Lebens.

Einer von der Militärpolizei hielt die beiden an, von denen er dachte, sie seien Zivilisten, die sich verirrt hatten, aber er ließ sie passieren, nachdem sie sich ausgewiesen hatten.

Auf direktem Weg begab sich Rebecca auf die Damentoilette.

Mitch sah Kelly an und sagte nichts. Er wird seine Position erst dann beziehen, wenn er weiß, dass die Frau in Ordnung ist. Aber auch, wenn sie nicht in Ordnung ist, muss er seine Position beziehen. Mitch wusste ganz genau, wie Kelly sich fühlte.

Als Rebecca schließlich wieder auftauchte, fühlte sie sich noch immer nicht wohl, aber sie sah Kelly an und hielt den Daumen hoch. Da atmete er wieder regelmäßig.

Noch eine Stunde. Bald musste er seine Position einnehmen.

Leute trafen ein, Frauen, Schulkinder mit Blumen. Die Männer von der Militärpolizei durchsuchten alle. »Bleib immer bei Mitch.«

»Ja, das werde ich.«

In seinen Augen lag ein Blick, der nicht schwer zu deuten war. Was ihm durch den Kopf ging, konnte er nicht sagen, weil sie beide verkabelt waren und sechzehn Männer alles mithören würden.

»Ich liebe dich, Kelly«, sagte sie, warf ihm ihre Arme um den Hals, zog ihn zu sich hinunter und küsste ihn. Aus seinem Kopfhörer drangen das unvermeidliche Gewitzel, das Wolfsgeheul und die anzüglichen Bemerkungen.

Nach einem Blick, von dem sie hoffte, es würde nicht der letzte sein, küsste Kelly sie. Dann war er weg, auf dem Weg zu seiner Position auf dem Dach des Hangars. Er sagte zu seinem Team: »Noch eine Bemerkung, und ihr kriegt alle eine Disziplinarstrafe.«

Von einer Startbahn weiter weg kam ein Höllenlärm, als vier F15-Maschinen abhoben. »Eine von diesen Maschinen wird mit brennendem Motor genau zu der Zeit zurückkommen, zu der das Flugzeug des Senators Landeerlaubnis erhält.«

Sechzehn Köpfe drehten sich zu den F15-Maschinen um.

Kelly machte sich gar nicht erst die Mühe. Er hatte das selber auch schon gesehen. Mancuso war auf dem Hangardach gegenüber von Kelly postiert, von wo aus er die Menschenmenge direkt im Blickfeld hatte. Er sagte: »Wie macht sie das bloß, Sir?«

»Zauberei«, war Kellys lakonische Antwort. Er schaute hoch. Ein heftiges Gewitter rollte von Nordosten heran. Der Wind direkt von der Nordsee nahm an Stärke zu, und die Luft kühlte sich schnell ab. Das Flugzeug des Senators würde Verspätung haben. Das wusste er. Das fühlte er.

»Verdammt, ist das kalt«, sagte Rebecca und trat von einem Fuß auf den anderen. Das schwarze Samtkleid war aus festem Material gearbeitet, aber diesen Wind konnte nichts abhalten. Wäre jetzt ein Arbeiter von einer der Bohrinseln vorbeigekommen, hätte sie ihn angefallen und ihm die Jacke geklaut.

»Das ist nicht richtig kalt«, sagte Mitch.

»Meine Nase ist ganz taub. Noch fünf Minuten, dann fängt es bestimmt an zu regnen.«

»Ich halte die Wette.«

»Wie viel würden Sie gern verlieren, Seemann?« Rebecca machte ihre Tasche auf und holte den Regenschirm heraus. »Wie spät ist es?«

»Fünf Minuten später als beim letzten Mal, als Sie nach der Uhrzeit gefragt haben.«

Genau dreißig Sekunden, bevor sich die Schleusentore des Himmels öffneten, spannte Rebecca den Regenschirm auf. Kinder kreischten, Mütter riefen ihnen zu, sie sollten sich unterstellen. Die meisten zogen vor, im Regen herumzutollen. Das machte allzu viel Spaß. Die Wartenden wurden immer weniger.

Die Teams der Nachrichtensender bezogen Stellung. Die Männer von der Militärpolizei waren jetzt zahlreich vertreten. Einige Gesichter in der Menge um sich herum erkannte Rebecca, und die ständige Anwesenheit von Mitch führte dazu, dass sich ihre Anspannung allmählich löste. Dann sah sie den Wagen von der Royal Air Force näher kommen, ihm folgte dicht die Limousine mit den amerikanischen Fähnchen, die in dem schon fast sturmartigen Wind flatterten.

Pete und Sheila sowie der befehlshabende Offizier des Luftwaffenstützpunktes und dessen Frau stiegen aus dem Wagen. Sheila hatte Probleme mit ihrem Rock. Suchend ließ Pete den Blick über die wartende Menge schweifen, die vor dem Regen Schutz gesucht hatte, aber Rebecca entdeckte er nicht. Er suchte nach einer Frau in der Uniform seiner Einheit und nicht nach einer Frau in schwarzem Samtkleid.

Der Diplomat blieb im Wagen und bot den Damen ein wenig Schutz vor dem Regen an. Pete und der andere Colonel hatten ihren jeweils eigenen Regenschirm, den sie zu bändigen versuchten.

Jetzt war alles anders. Es war so ganz anders als das, was sie vorher gesehen hatte.

»Er kommt«, sagte Rebecca. »Und die F15 auch.«

Elizabeth Glover flog nur, wenn es sich nicht vermeiden ließ. Ihrer Ansicht nach stimmte etwas nicht mit Leuten, die gern mit dem Flugzeug reisten. Rob machte ein Nickerchen, und sie hoffte, dass er ordentlich zu leiden hatte. Ausdrücklich hatte sie ihm gesagt, er sollte es am Vorabend leicht angehen lassen, aber hatte er auf sie gehört? Nein. Er hörte ja nie auf sie.

Sie klammerte sich an ihren Sitz und wünschte, das Flugzeug würde nicht so schlingern. O Gott, betete sie. Lass uns bitte heil herunterkommen. Auf dem Teppichboden ihr zu Füßen lagen verstreut die Perlen ihrer Großmutter. Der Flug war einfach zu unruhig, aufheben konnte sie sie im Moment nicht.

»Schon gut, Schätzchen. Wir stürzen nicht ab. Wenn wir abstürzen würden, dann wüsstest du es.«

Wie konnte er nur dasitzen und sich so auf seinem Platz lümmeln? Das machte ihm auch noch Spaß. »Trägst du deine kugelsichere Weste, Rob Glover?«

Er knöpfte sich das Hemd auf, wie er das jeden Tag seines

Lebens machte, wenn sie zusammen waren, dann knöpfte er es wieder zu.

»Jesus, Maria und Josef und alle Heiligen, die mir einfallen, das bringt mich um.«

»Beruhige dich und halt den Mund, Schätzchen, du machst den beiden Kleinen noch Angst.«

Glovers Bodyguards vom Geheimdienst, Baker und Williams, sahen sich an.

Plötzlich stieg das Flugzeug steil auf und leitete einen abrupten Kurvenflug nach rechts ein. Elizabeth schrie, der Senator fluchte. »Was zum Teufel ist denn jetzt wieder los?«

Baker stapfte ins Cockpit und kam mit der Nachricht zurück, es finde eine Notlandung statt – eine F15, die mit nur einem Motor landen musste. Außerdem hatte die Maschine Probleme mit dem Fahrwerk. »Tut mir Leid, Sir, aber wir müssen eine andere Landebahn benutzen.« Robert Glover schaute aus dem Fenster und schnallte sich an.

»Gleich fahren die Feuerwehrautos hinaus, dann folgt ein Krankenwagen. Der Lear-Jet wird eine andere Landebahn benutzen.«

Mit kreischenden Sirenen verließen zwei Feuerwehrautos das Depot. Zehn Sekunden später fiel ein Krankenwagen in die Kakophonie mit ein.

In strömendem Regen und bei heftigem Seitenwind setzte der Lear-Jet unsanft und mit kreischenden Bremsen auf einer Landebahn auf, die zur Landung ursprünglich nicht vorgesehen war.

»Mrs. Glover hat einen Nervenzusammenbruch, weil der Senator bei dem Piloten der anderen Maschine nach dem Rechten sehen will. Sie streiten. Sie sagt, das könne er doch nicht machen. Er sagt, er werde verdammt nochmal tun, was er wolle. Okay, der blonde Bodyguard wird die Tür öffnen. Er wird einen Regenschirm benutzen. Der ist rot.«

Sie sagte den Männern mindestens eine Minute im Voraus,

was passieren würde, das war perfekt, denn normalerweise hatten sie nur vier Sekunden, um zu reagieren, oder überhaupt keine Zeit.

Auf der endgültigen Position für die VIP-Flugzeuge rollte der Lear-Jet langsam aus.

»Der blonde Bodyguard steigt zuerst aus, dann der Senator, dann Mrs. Glover und schließlich der zweite Bodyguard. Hat Tom Cruise etwa einen kleinen Bruder?«

Die Luke öffnete sich, die Treppe kam herausgefahren. Der blonde Bodyguard zupfte an seinem Anzug herum, während er auf die Leute schaute, die da unten im Regen warteten, und er griff nach einem roten Regenschirm. Er spannte ihn auf. Auf der Treppe war kein Platz für den Bodyguard und den Senator.

»Stecken Sie das verdammte Ding weg, Junge. Diese Leute warten im Regen und wollen mich sehen, und sie werden mich verdammt nochmal zu sehen bekommen. Also lassen Sie mir ein bisschen Platz. In letzter Zeit kann ich ja nicht einmal allein in Ruhe pinkeln gehen.«

Die siebzehn Männer mussten nicht von den Lippen lesen können, um zu wissen, was gesprochen wurde. Der Schirm wurde schnell wieder zugeklappt. Robert Glover stand auf der zweiten Stufe des Lear-Jets, und er hob die Hand, um den Leuten zuzuwinken, die sich unten drängten. Fünfzehn Sekunden länger, als er sollte, stand er da, und auf einmal wirkten seine Grüße in die Menge entspannter. Glücklicher. Es schien, als wüsste er, dass er nun doch am Leben bleiben würde.

Durch das Zielfernrohr folgte Kelly dem Senator die Treppe hinunter auf das Rollfeld. Er schwenkte mit, als der prominente Besuch dem amerikanischen Botschafter und auch der Frau des Botschafters die Hand schüttelte. Senator Glover umarmte Carl Lindberg, Oberstleutnant der Luftwaffe von Lakenheath, aber Carls Frau schüttelte er nur höflich die Hand und ging weiter. Er umarmte Pete Hamill, und Kelly war bereit, aber Rebeccas Vision eines Schusses aus nächster Nähe erfüllte sich nicht. Sheila beachtete der Senator gar nicht. Kelly behielt sie im Auge und wartete. Aber wieder passierte nichts. Und dann wurde Glover seiner Rolle als Albtraum aller Sicherheitsleute gerecht. Er spazierte einfach weiter. Wo zum Teufel will er denn hin? Kelly setzte das Zielfernrohr ab. Der Senator ging auf den herankommenden Krankenwagen zu und gab ihm Zeichen anzuhalten. Und aus seinem Kopfhörer drang Rebeccas Stimme zu Kelly: »Er macht das bloß, weil seine Frau gesagt hat, er soll das lassen. Er will den Piloten fragen, wie viel Stunden er schon hinter dem Steuerknüppel gesessen hat. Er zieht das absichtlich in die Länge. Er stellt sie alle auf eine harte Probe. Er will sich keine Feinde schaffen. Er denkt einfach nur, wenn er schon sterben soll, dann will er wenigstens abtreten, während die ganze Welt zusieht. Er will der Welt zeigen, dass er sich um das Wohlergehen eines einzelnen Piloten kümmern kann, und wenn er das kann, dann kann er sich auch um mehrere Millionen Menschen kümmern. Wenn die Leute auf ihn warten und dabei nass werden, dann kann auch er nass werden, wenn er diese Leute begrüßt. Er sagt, wenn der Junge unter fünfundfünfzig Stunden liegt, kriegt jemand ordentlich Ärger an den Hals. Was immer das zu bedeuten hat. Was hat das zu bedeuten?«

Der Krankenwagen hielt an, und der stattliche Mann, der Präsident werden wollte, kletterte in Begleitung von Carl Lindberg hinten auf den Wagen. Das Fernsehen liebte so was. Es zeigte Herz. Es zeigte Mitgefühl. Aber die Kameras durften nicht mit in den Krankenwagen.

»Wie alt sind Sie, mein Junge?« Der junge Pilot sah keinen Tag älter aus als der Teenager, der dem Senator morgens per Fahrrad die Zeitung brachte.

»Dreiundzwanzig, Sir.«

»Sie glauben wohl, Sie spielen hier Top Gun, was?«

»Sir?«

»Wie viele Stunden Flugpraxis haben Sie?«

»Siebenhunderteinundsechzig, Sir. Beinahe.«

Robert Glover drehte sich zu Carl Lindberg um und sagte: »Der schläft wohl auch noch da oben, was?«

»Ihr Wagen wartet, Senator.«

»Gut. Der kann auch noch ein paar Minuten länger warten.«

Der Krankenwagen düste davon, und dem Senator folgte jetzt eine lange Schleppe der Menschlichkeit. Wenigstens hatte es aufgehört zu regnen. Die Leute schüttelten das Wasser von den Schirmen und hofften, er würde noch näher kommen, ein paar Worte zu ihnen sagen, ein paar Hände berühren, die Blumen entgegennehmen.

»Er wird ein Bad in der Menge nehmen«, sagte Rebecca. »Und ich habe keine Ahnung, was da passieren wird.«

Aber das wusste auch sonst niemand, außer vielleicht Kelly.

Er erfasste Glover wieder mit dem Zielfernrohr. Sheila Hamill konnte er nirgends entdecken. Zweifel kamen auf. Wer ist es? Wer ist es? Komm schon, rühr dich. Das ist die letzte Gelegenheit für dich vor der Wahl, jetzt hast du ihn, wenn du ihn willst, also zeig dich ... *Hüte dich vor dem, der Blumen trägt*, kam ihm die Stimme in den Sinn.

Nick Mancuso auf dem Hangardach gegenüber, der die Menge genau im Blickfeld hatte, stand unter einem eigenen, ganz besonderen Befehl.

Der Senator schob die Barriere weg, und die Kinder schwärmten auf ihn zu. Er suchte die Menge ab, und Rebecca war klar, nach wem er Ausschau hielt.

Von den Kindern nahm er Blumensträuße entgegen und reichte sie abwechselnd an seine beiden Bodyguards weiter, die sie wiederum ans Ende der Reihe durchgaben. Und am Ende der Reihe stand Pete. *Hüte dich vor dem, der Blumen trägt.* Rosen. Nelken. Lilien. Die Art von Lilien, die man bei Beerdigungen sah.

»Es ist Pete«, sagte Rebecca. »Es ist dein Vorgesetzter.«

Und im selben Moment sah Pete Rebecca. Sie trug keine Uniform. Stafford stand ganz in der Nähe, sowie vier weitere Männer. Er schaute hoch und sah sich suchend um. Zwei, drei, so viele konnte er sehen. Was zum Teufel hatte Nolan da geplant? So war das nicht abgesprochen gewesen.

Einige Männer in der Menge erkannte er, aber Kelly konnte er nirgends entdecken. Auch Sheila war verschwunden. Er schaute nach hinten zu dem Fahrzeug von der Royal Air Force und seufzte erleichtert. Rob hatte sie nicht beachtet, also war sie wieder in den Wagen eingestiegen. Elizabeth stand nervös bei der Limousine und wartete, Carls Frau stand neben ihr.

Es fing wieder an zu regnen, als sich Glover auf die Australierin zubewegte. Die Fernsehkameras rückten näher heran.

»Hallo, Schätzchen. Schön, dass ich Sie wiedersehe.«

»Senator.«

Herzlich umarmte er sie, und Kelly hörte den Schrei: *Sie hat eine Waffe!*

Blumen und Regenschirme flogen durch die Luft. Die Leute gerieten in Panik. Fingen an, wild durcheinander zu laufen.

Vier Sekunden dauerten eine Ewigkeit.

Rob sah die 45er, sah, wer sie in der Hand hielt und auf wen gezielt wurde. Er zog die junge Frau hinter seinen Rücken.

Und dann erschien jemand hinter Rebecca. Billy Macpherson. Mit einer Kraft, die sie in sich nicht vermutet hatte, stieß sie gegen den Rücken des Senators. Auf dem regennassen Rollfeld rutschte sie aus – oder hatte jemand sie gestoßen? Mitch Stafford sprang vor und riss den stattlichen Schwarzen zu Boden. Drei Schüsse wurden auf drei Ziele abgegeben.

Kelly feuerte in dem Moment, in dem er Pete seine Waffe ziehen sah. Die Kugel traf Pete genau zwischen den Augen.

Mancuso kam nicht an sein Ziel heran. Sie war ausgerutscht. Beide Zielpersonen waren genau in dem Augenblick gestürzt, als er seine Schüsse abgegeben hatte. Stattdessen traf die Kugel den blonden Bodyguard.

Chaos.

Sheila sprang aus dem Wagen, rannte zu Pete und fluchte laut schreiend, als der zweite Bodyguard den Senator wegzerrte. Sheila hob Petes 45er auf. Dann kam sie wieder hoch, schrie und zielte. Kelly gab den ersten Schuss ab, der Bodyguard einen unnötigen zweiten.

Glover brüllte etwas, das niemand verstand, versuchte zurückzugehen, konnte es aber nicht. Elizabeth versetzte ihrem Mann einen Stoß, um ihn in die Limousine zu bugsieren, dann schoss der Wagen davon.

Die Gefahr war jetzt vorbei. Kelly zog sich zurück. Mancuso nicht.

Rebecca saß auf dem regennassen Rollfeld und zitterte, aber nicht vor Kälte. Zu ihren Füßen lagen Nelken. Der Geruch der Blumen war sehr intensiv. Jemand sprang über sie hinweg; sie wusste nicht, wer das war, und es war ihr auch egal. Überall standen oder liefen Leute. Dicht vor ihrem Gesicht eine Fernsehkamera, ein Mikrofon. Jemand fragte nach ihrem Namen, woher sie den Senator kenne, ob sie ihn gut kenne, worüber sie gesprochen hätten. Sie hörte auch Stimmen, die sie erkannte, Männerstimmen, Videoaufzeichnungen wurden verlangt, mit Nachdruck.

Mancuso kam immer noch nicht zum Schuss. Sie trug eine kugelsichere Weste, er musste einen Kopfschuss platzieren.

Ein Pfad aus zertretenen Rosen und Nelken führte zu dem blonden Bodyguard, der im Sterben lag. Mitch konnte nichts weiter tun, außer einen Druckverband anlegen und auf einen Krankenwagen warten. Während der sich seinen Weg auf das Rollfeld bahnte, starb der Bodyguard, und Rebecca sah seinen Geist aufsteigen. Er verharrte einen Moment, dann war er verschwunden.

Zwischen den umherstampfenden Füßen sah sie Pete. Die Augen hatte er immer noch geöffnet. Sheila lag neben ihm. Sie hatte einen Schuh verloren, und zwei Blumen waren im Schnee erblüht.

Dann war da eine Hand, die ihr vertraut vorkam. Sie erkannte die Berührung. Sie schaute auf. Kelly. Das Scharfschützengewehr hatte er in der einen Hand, mit der anderen zog er sie vom Boden hoch, aber ihre Knie gaben immer wieder nach. Die Hand hatte er auf ihrem Hinterkopf. Sie spürte die Uniform an ihrem Gesicht. Sie wusste, dass sie zu Hause war, als er sagte: »Es ist vorbei. Es ist vorbei.«

Nein! Ist es nicht!

Billy Macpherson deutete auf Nick Mancusos Position.

Rebecca wurde mit großer Wucht weggeschleudert. Sie schlitterte über den regennassen Asphalt und überschlug sich zweimal. Zwei weitere Schüsse, noch mehr Geschrei. Sie sah sich um. Ein Soldat in schwarzer Uniform fiel von dem Dach eines Hangars, Kelly lag auf dem Boden.

»Nein. Nein. Nein ...«

Sie kroch zu ihm. Er stöhnte und keuchte, sein Mund war voller Blut. In seiner Uniform, genau da, wo vor einer Sekunde noch ihr Kopf gewesen war, befand sich ein riesiges Loch. Sie wusste nicht, was sie machen sollte. Hände auf ihrem Körper, die sie wegzogen. Aber sie wehrte sich. Sie schrie. Sie kämpfte und wollte zu Kelly zurück, aber wer auch immer sie hielt, wollte sie nicht loslassen.

17. Kapitel

Sie saß am Krankenbett und weigerte sich wegzugehen, ehe Kelly nicht die Augen aufgemacht hatte. Obwohl er eine kugelsichere Weste getragen hatte, war die Wucht des Aufpralls so heftig gewesen, dass ihm das Brustbein und vier Rippen zertrümmert worden waren. Sie hatte versucht, Hand bei ihm aufzulegen, aber es hatte sich nichts getan, und sie wusste auch, weshalb sich nichts getan hatte. Sein Geist hatte die Erlaubnis verweigert. Sein Cherokee-Blut suchte sich einen eigenen Weg, und davon verstand sie überhaupt nichts.

»Kleines?«

»Was?«, sagte sie tonlos, ohne aufzusehen.

»Ich brauche Sie. Kommen Sie bitte mit.«

»Nein. Ich kann Kelly nicht allein lassen.«

»Mitch und Jamie sind hier. Den beiden Jungs würde ich mein Leben anvertrauen, und sein Leben vertraue ich ihnen auch an. Ich brauche Sie dringend.«

»Ich kann nichts tun, Mike. Ich kann einfach nichts tun.«

»Wir müssen ein Kind besuchen. Die Polizei und die Sozialarbeiter erwarten uns an der Schule, in Ordnung?«

Sie schaute auf. »Jennifer Hamill?«

Mike nickte. Sie schaute wieder zu Kelly. Rebecca hatte an seinem Bett gesessen, ihm anderthalb Stunden lang die Hand gehalten, und kaum wurde der Name des kleines Mädchens erwähnt, machte er die Augen auf. Außer Kummer und Schuld konnte Rebecca in diesen Augen nichts erkennen. Kelly kannte die Kleine seit ihrer Geburt. Sie wollte ihn heiraten, war es nicht so? Er hatte Jennifer das Malen beigebracht. Ihre Zeichnungen waren in dieser Mappe, die sie sich an jenem Abend angesehen hatten. Und vor zwei Stunden hatte er sie zum Waisenkind gemacht. Etwas, das sie nun schon zum zweiten Mal in ihrem Leben durchmachte.

»Geh mit Mike«, kam es rasselnd von Kelly, als er endlich sprechen konnte. Das Atmen war eine reine Qual, aber er drückte ihr die Hand, so fest er konnte.

Es handelte sich um eine Privatschule, teuer, imposant. Rebecca ging mit dem Captain hinein.

Eine junge Sozialarbeiterin, eine Polizistin und eine ältere Frau von der Wohlfahrt warteten im Büro der Direktorin. Schnell wurden sie einander vorgestellt. Bis jetzt noch keine Spur von Jennifer.

An der Hand ihrer Lehrerin kam die Kleine herein. Man hatte ihr noch nichts gesagt. Reihum musterte sie die Fremden, der Captain in Uniform schien ihr bekannt vorzukommen, dann sah sie Rebecca. Sie erkannte sie, ließ die Hand ihrer Lehrerin los und kam auf Rebecca zugelaufen. Eng drückte sie sich an sie. Das Kind weiß Bescheid, dachte Rebecca. Es weiß schon Bescheid.

»Würden Sie uns einen Moment allein lassen?«, fragte Rebecca.

Das war nicht ganz das übliche Vorgehen, aber so wie die Australierin sie anschaute und das Kind sich an sie klammerte, blieb ihnen keine andere Wahl.

Die Tür schloss sich hinter ihnen. Mike stellte sich ans Fenster.

»Wo ist mein Daddy?«, fragte Jennifer. »Er hat heute auf Wiedersehen gesagt. Er sagt sonst nie auf Wiedersehen. Sonst sagt er immer: Schönen Tag noch, bis heute Abend dann. Ist etwas passiert?«

Ich kann sie nicht belügen, dachte Rebecca. Sie zog Jennifer auf ihren Schoß, setzte sie so, dass sie sich in die Augen schauen konnten. Rebecca berührte das Gesicht der Kleinen, strich ihr die Haare von den Augen. »Jennifer, du wirst deinen Daddy nicht wiedersehen. Es ist ihm etwas zugestoßen heute.«

»Was denn?«

»Er wurde verwundet. Er wurde wirklich sehr schwer verwundet, Spätzchen.«

Die adoptierte Kleine wusste, was der Tod war. Sie wusste schon, dass ihre leibliche Mutter gestorben war. Die einzigen Toten im Leben der Kleinen, die sie persönlich kannte – das spürte Rebecca nach einer Berührung des Mädchens –, waren eine Katze und ein Goldfisch. Dem Kind etwas vom Himmel zu erzählen wäre zwecklos. »Dein Dad hat dir heute auf Wiedersehen gesagt, weil er wusste, dass das nötig war, Jennifer.«

»Hat es einen Unfall in Lakenheath gegeben?«, fragte die Kleine.

»Dein Dad dachte, er habe jemanden mit einer Waffe gesehen, und es gab eine ziemliche Verwirrung und ... es tut mir so Leid. Es war ein riesiges, schreckliches, wirklich schreckliches Chaos. Dein Daddy ist heute gestorben, Jennifer.«

»War das die Schuld von dem schwarzen Mann?« Die Nase lief ihr, und die Tränen kullerten, aber sie gab kaum einen Laut von sich. »Hat er meinen Dad umgebracht? Wer hat meinen Dad umgebracht?«

»Dein Dad war ...« Sie schaute zu Mike, aber von da kam keine Hilfe. Gott, vergib mir, aber ich muss dieses Kind anlügen. Ich muss einfach. »Dein Dad ist gestorben, damit der schwarze Mann am Leben bleiben konnte. Dieser schwarze Mann, den du kennen gelernt hast, der hat eine sehr wichtige Aufgabe zu erledigen.« Als die Worte herauskamen, merkte sie, dass nicht alles gelogen war.

Zwischen all den Schluchzern stieß Jennifer hervor: »Ich habe gehört, wie Daddy sich unterhalten hat. Er hat gesagt, es kann nicht sein. Der schwarze Mann, Rob, dass der Präsident wird. Ich habe gehört, wie er das zu Nick gesagt hat. Kennen Sie Nick?«

»Ja, ich kenne Nick.« Und wieder schaute sie zu Mike hinüber.

»Daddy hat gesagt, Nick muss es richtig machen. Dann haben sie über Zeichen geredet, und ich habe Ärger gekriegt, weil ich nicht da bei der Tür hätte stehen sollen, aber ich wollte doch nur, dass Daddy meiner Puppe wieder den Kopf fest draufmacht. Der fällt andauernd runter.«

Jetzt weinte sie. Es zerbrach ihr das Herz. Rebecca hielt sie fest und schaute wieder zu Mike. Das Zeichen, das vom Captain kam, war nicht schwer zu deuten. Rebecca nickte.

»Spätzchen, versprichst du mir, keinem Menschen was von dem zu erzählen, was dein Daddy und Nick über den schwarzen Mann gesagt haben und was du mit angehört hast?«

»Aber er hat auch mit Onkel Gene über ihn gesprochen. Und sie haben auch über Sie gesprochen, Rebecca. Sie haben gesagt, Sie sind gefährlich. Und dass der schwarze Mann immer in Sicherheit wäre, wenn Sie in der Nähe sind. Das ist wegen dem, was Sie sehen. Wie Sie Sachen sehen, die andere Leute nicht sehen können. Aber ich kann das auch, also heißt das denn, dass ich auch gefährlich bin?«

»Ach, Kleines ...«

»Ich habe meine Mom gefragt, und sie hat gesagt, ich hätte nicht lauschen dürfen. Sie hat gesagt, es geht mich nichts an, und dann bin ich in mein Zimmer geschickt worden. Die ganze nächste Nacht war Daddy weg, und er wollte nicht sagen, wo er gewesen ist. Sie haben sich schrecklich gestritten, weil Mom dachte, er hat wieder eine Freundin.«

Übelkeit stieg in ihr auf. Pete war das gewesen, der da in ihrem Badezimmer gewartet hatte?

»Sie wollten Ihnen wehtun, Daddy und Gene. Aber als ich Sie gesehen habe, da wusste ich, dass Sie nett sind, und dann habe ich es Kelly gesagt, und er hat gesagt, er weiß schon, dass irgendwelche Leute Ihnen wehtun wollen, und ich soll mir keine Sorgen mehr deswegen machen. Er hat gesagt, er wird sich um Sie kümmern. Wo ist Kelly? Wieso ist er denn nicht hier?«

»Kelly ist auch verwundet worden. Aber es geht ihm gut. Er ist im Krankenhaus. Mitch kümmert sich um ihn. Mitch und auch Jamie.«

»Hat Kelly meinen Dad erschossen?«

»Wie kommst du denn darauf, Jennifer?«

»Dad hat immer gesagt, Kelly ist der beste Schütze in der ganzen Einheit.«

»Spätzchen, Kelly fühlt sich im Moment sehr, sehr schlecht, und er möchte einfach sicher sein, dass mit dir alles in Ordnung ist. Bitte versprich mir das: Wenn irgendwer dich nach dem schwarzen Mann fragt, ganz egal was, dann weißt du von nichts. Das ist sehr, sehr wichtig, dass du von nichts weißt. Du musst das bis ans Ende deines Lebens als ganz großes Geheimnis hüten. Hand aufs Herz, ja?«

Die Kleine nickte, legte die Hand aufs Herz und berührte das goldene Kruzifix, das Rebecca seit ihrem sechzehnten Geburtstag jeden Tag trug – das Geschenk ihrer Großmutter, ein Erbstück, inzwischen einhundertneunzig Jahre alt.

»Daddy ist im Himmel. Wie die Dame, die mich geboren hat, und Alfie und Jaws.« Die leibliche Mutter, die Katze, der Goldfisch. Rebecca nickte.

»Wo ist meine Mom?«

Wäre Rebecca nach ihrem Instinkt gegangen, hätte sie das Kind abgesetzt, wäre hinausgegangen und hätte dieses Chaos einem anderen überlassen. Was machte sie eigentlich hier?

»Wo ist meine Mom?«, fragte Jennifer noch einmal.

»Sie ist bei deinem Daddy, Spätzchen.«

»Aber mein Daddy ist doch jetzt im Himmel.«

»Ja, das stimmt. Und deine ... deine Mom ist bei deinem Dad, Jennifer, und deshalb wirst du sie auch nicht mehr wiedersehen.«

Im Blick des Mädchens lag ein Ausdruck höchster Ungläubigkeit. »Aber nach der Schule gehen wir doch zu diesem Kostümladen, ich muss doch am Samstag auf Michelles Geburtstagsfeier eine Fee sein!«

Rebecca konnte nur den Kopf schütteln. Sie spürte, wie allmählich Wut in dem Kind aufkam. »Nein. Mom ist *nicht* bei Dad. Nein.«

»Es tut mir so Leid, Herzchen, aber es stimmt.«

»Sie bringen sie zurück.«

»Das kann ich nicht.«

»Doch, wohl können Sie das! Mein Dad hat gesagt, Sie können alle möglichen Sachen. Bringen Sie sie zurück! Bringen Sie sie beide zurück, los!«

»Das kann ich nicht. Es tut mir Leid.«

»Ich will meine Mom ...«

»Das weiß ich ja.« Und wieder hielt sie die Kleine fest und wiegte sie eine halbe Ewigkeit.

»Bitte, bringen Sie sie doch zurück, ja?« Erstickt und unter Tränen kam die Bitte, und die Tränen des Kindes brannten.

»Ich kann nicht.«

»Wenn Sie Gott bitten, würde er Ja sagen, weil Sie ein Engel sind.«

Mike starrte auf seine Schuhe, dann auf die dunkle Holztäfelung der Wände, als er hörte: »Ich kann das nicht, Jennifer. Es tut mir so Leid.«

»Ich hasse Gott, und ich hasse Sie!« Sie versuchte, sich loszumachen.

»Herzchen, nein. Nein. Gib nicht Gott die Schuld für Dinge, die die Menschen tun. Das ist Gott gegenüber nicht fair, und dir gegenüber auch nicht. Gott hat wirklich nicht Schuld.«

»Doch, hat er wohl. Hat er wohl.«

»Sieh mich an, Jennifer.«

Die Kleine hörte auf, hin und her zu zappeln, und lehnte sich zurück.

»Gott hat nicht Schuld.«

Alle Anspannung wich aus dem Körper der Kleinen, und sie sackte nach vorn. Ab und zu wurde ihr kleiner, magerer Körper von Schluchzern erschüttert, aber immerhin war sie ruhig jetzt.

»Jennifer? Hör mir zu jetzt. Captain Mike wird bald die Damen hereinholen. Sie werden mit dir nach Hause fahren und dir helfen, ein paar von deinen Sachen zusammenzupacken. Danach musst du mit ihnen gehen. In Ordnung?«

»In Ordnung.«

»Und noch einmal, denk an unser Versprechen.«

»In Ordnung.«

Die Polizistin und die Sozialarbeiterinnen kamen wieder in das Büro, aber Rebecca sah sie gar nicht. Sie sah etwas ganz anderes, als sie das Kind einer anderen Frau hin und her wiegte und sie spürte, wie die Tränen dieses Kindes sich ihr in die Seele brannten.

Die graue Wohnung. Da stand ein rosafarbenes Fahrrad an der Wohnungstür. Jennifer, die etwa zehn Jahre alt war und langes dunkles Haar hatte, spielte mit Kelly ein Computerspiel. Sein rechtes Bein steckte in einem Gipsverband. Schlafend, mit dem Kopf in seinem Schoß, lag die zweijährige Charlotte da. Rebecca sah auch sich selbst, sie war wieder schwanger und dabei, einen Kuchen zu backen. Sie hatte in ihrem ganzen Leben noch keinen Kuchen gebacken. Alles sah ... so normal aus. Sie sah glücklich aus.

Und dann war die Vision verschwunden, und sie wurde in die Gegenwart zurückkatapultiert. Ihr Kleid war ganz feucht von Jennifers Tränen. Die Kleine zog sich als Erste zurück – vielleicht hatte auch sie gesehen, was in der Zukunft lag. Oder vielleicht hatte sie gespürt, dass die Damen zurückgekommen waren. Sie streckte die Hand aus, berührte das goldene Kruzifix und schaute Rebecca in die Augen.

»Gefällt dir das?«

Das kleine Mädchen nickte.

»Weißt du, was es bedeutet?«

Wieder nickte das Kind.

»Putz dir erst mal die Nase.« Rebecca griff nach einer Box mit Taschentüchern, und das Kind gehorchte. Ohne zu zögern, griff Rebecca nach hinten und öffnete den winzigen Verschluss der Kette. Das geliebte Kruzifix ihrer Großmutter würde jetzt von einem anderen kleinen Mädchen getragen werden, das dessen magische Eigenschaften weit mehr brauchte als Rebecca. Jennifer Hamill kletterte von Rebeccas Schoß, drehte sich zu den Sozialarbeiterinnen um und sagte: »Ich muss jetzt mit Ihnen gehen.« Die eine der Frauen streckte ihre Hand aus, und Jennifer Hamill nahm sie. Sie drehte sich zu Rebecca um, und sie berührte das goldene Kruzifix, das sie jetzt um den Hals hängen hatte.

»Denk an unser Versprechen.«

»Das werde ich.«

Und damit war sie verschwunden.

Rebecca schaute zu Mike auf, aber sie fand keine Worte. Er ging zu ihr, legte ihr die Hand auf die Schulter und drückte sie. »Sie wirken tatsächlich Wunder, Mädchen. Ja, wirklich.«

Und da weinte sie dann, und der Mann, der einem richtigen Vater so nahe kam, wie sonst niemand in ihrem ganzen Leben, war auch diesmal wieder bei ihr und hielt sie in seinen Armen.

Als Rebecca auf die Krankenstation kam, war Kelly wach.

»Sie wusste es. Sie wusste das mit Pete. Sie hatte ein paar Unterredungen mit angehört, Kelly. Diesen Samperi hat sie sogar ›Onkel Gene‹ genannt. Sie hat mir versprechen müssen, dass sie keinem ein Wort davon verraten würde. Sie hat mir versprechen müssen, sie würde sagen, sie wüsste von nichts. Das musste ich einfach tun. Sie ist doch bloß ein Kind.«

Und er nickte und griff nach ihrer Hand.

»Was wird nur aus ihr werden?«, fragte Rebecca. »Verwandte? Pflegeeltern? Noch eine Adoption? Ich habe gar nicht daran gedacht, danach zu fragen.«

Lange Zeit starrte er auf die Wand gegenüber in ein ganz eigenes Szenario, das nur er sehen konnte. Er hatte Schmerzen, ja, aber nicht nur körperliche. Es erinnerte an seine Rückkehr aus Georgia. Er verfiel zusehends.

»Du hast mir heute das Leben gerettet«, sagte sie.

»Und du mir vor acht Wochen«, entgegnete er.

»Und wie soll ich das gemacht haben?«

»Du bist zu mir zurückgekommen. Du hast mir etwas Wertvolles geschenkt, etwas, für das es sich zu leben lohnt.« Aber immer noch starrte er an die Wand. Ja, er hatte Gründe für die Traurigkeit, die aus ihm herausbrach, aber Rebecca wusste, dass das alles die falschen Gründe waren.

Eines Tages wirst du erkennen, weshalb es auf der Welt Leute wie mich gibt.

Nach diesem Tag würde sie nie mehr einen Beweis für seine Worte brauchen. Es würde immer Licht und Dunkel geben und alle Schattierungen von Grau dazwischen. Es war alles eine Frage des Gleichgewichts. Des Gleichgewichts und der Harmonie. Vor allem eine Frage der Perspektive.

»Wieso darf ich dir nicht helfen?«

»Ich muss das jetzt aushalten.«

»Nein, das musst du nicht.«

»Streite nicht mit mir. Zwei Regeln, weißt du nicht mehr?«

Regel Nummer 1: Mach deine Arbeit. Regel Nummer 2: Wenn alles vorbei ist und du allein bist, dann kannst du weinen.

»Du hast nur deinen Job gemacht, Kelly. Rob lebt, weil du deinen Job gemacht hast.«

»Das ist mir vollkommen klar.« Da sah er sie an, sah die Haut, die aufgerissen war, als sie über den Asphalt geschleudert worden war, als wäre sie ein Baseball. Besser Hautabschürfungen als eine Kugel im Kopf, dachte er, denn genau das wäre sonst passiert. »Ich bin dir nicht böse. Dir doch nicht.« Er griff nach ihrer Hand und hielt sie sich auf diese entsetzliche Prellung auf seiner Brust. Aber die Genehmigung kam immer noch nicht. Da war einfach zu viel Schmerz.

»Was wird hier jetzt passieren, Kelly? Wer wird das Kommando übernehmen?«

»Joe Mason müsste morgen Nachmittag hier eintreffen. Mit ihm habe ich eine Weile bei SEAL Sechs gearbeitet. Er wird neuer Colonel hier.«

»Das ging aber schnell.«

»Deshalb nennt man uns ja die Schnelleingreiftruppe.«

»Das kannst du laut sagen. Du hast mich über das halbe Rollfeld geschleudert.«

»Ich wollte kein Blut auf meiner Uniform.«

Und wieder begegneten sich ihre Blicke, er hielt sie mit seinen dunklen Augen fest und weigerte sich, sie gehen zu lassen. Er war am Leben. Sie war am Leben. Und das war das Einzige, was im Moment zählte.

»Und was bedeutet SEAL Sechs?«

»Das unterliegt strengster Geheimhaltung. Genau wie diese Operation. Du warst auf CNN in allen Nachrichtensendungen zu sehen. Es wurde live übertragen. Du bist eine Heldin. Weißt du das überhaupt? Mit deiner Ausweichtaktik hast du Rob Glover das Leben gerettet.«

»Die Ausweichtaktik von irgendwem hat Rob Glover das Leben gerettet. Kelly, Rob hat versucht, mich vor Pete zu beschützen, und ich habe versucht, ihn aus dem Gleichgewicht zu bringen. Mitch hat ihn zu Boden geworfen. Mitch ist der Held, ich nicht.«

»So habe ich das nicht gesehen. Und die Fernsehkameras haben das auch nicht so gesehen. Wenn die vom Fernsehen und von der Presse dich ausfindig machen, wird dein Leben eine einzige Hölle. Deshalb ist mir da was eingefallen. Vielleicht solltest du lieber noch eine Weile hier bleiben. Hier findet dich keiner. Was meinst du?«

Kelly würde etwa vierzehn Tage brauchen, um David Masons ältesten Sohn Joe einzuarbeiten und seine Verletzungen auszuheilen. Er hatte seinen Urlaub um drei Wochen verschoben, sodass sie einen ganzen Monat für sich haben würden. Nur Kelly und Rebecca. Einen Monat, um zu entscheiden, wie ihre Zukunft, die sie ja nun hatten, aussehen sollte.

»Wieso lässt du mich nicht Hand auflegen bei dir?«

»Ich habe heute drei Menschen erschossen, Rebecca. Ich habe drei Menschen erschossen, die ich kannte, und deshalb muss ich mich im Moment einfach wie der letzte Dreck fühlen.«

»Weshalb solltest du unter Entscheidungen leiden, die andere Leute ganz bewusst getroffen haben?«

»Ich brauche das«, sagte er wieder.

»Du hast nur deinen Job gemacht.«

»Scheiß auf den Job!« Das Schreien verursachte Schmerzen. Er hustete, die Schmerzen zerrissen ihn fast. Neben dem Bett hing ein Beutel, der sich langsam mit dem Blut füllte, das aus seinen Lungen ablief. »Ich werde eben alt. Ich bin zu langsam. Ich bin mit dem Herzen nicht mehr bei der Sache. Ich liebäugle mit einem Fischerboot.«

»Einem Fischerboot? Du? Das ist das Dümmste, was ich je von dir zu hören bekommen habe. Guck dich doch an. Du liegst doch bloß im Bett, weil dir das Sitzen wehtut, in Gedanken bist du bei zweihundert anderen Sachen, von denen du weißt, du könntest die jetzt machen. Du bist so stinkig, weil du hier ans Bett gefesselt bist. Mike hat mir erzählt, wie es werden würde, aber ich wusste es schon. Kelly, wenn es denn schon mein Schicksal ist, dich an die See zu verlieren, dann tu wenigstens etwas, woran dein Herz wirklich hängt. Und wenn du nun einmal am liebsten Jungs verwandeln willst in ...« Sie schwieg. Sie brachte es einfach nicht heraus. »Unterrichten, das ist das Richtige für dich. Nicht Fischer werden. Fischer? Du? Ich wette, das hältst du eine Woche durch, allerhöchstens.«

»Du kennst mich nicht richtig.«

»Blödsinn. Was ist denn nur los mit dir? Weißt du nicht, dass du selber auch Wunder zu Wege bringst? Guck doch, was du mit mir gemacht hast.«

Er lachte, und das Lachen tat ihm weh.

»Vielleicht hast du mich ja nicht gerade in eine tödliche Waffe verwandelt, aber wenigstens weiß ich jetzt, wer ich bin. Du hast mir gezeigt, wer ich wirklich bin. Du hast mir beigebracht, was wirklich wichtig ist.«

Aber das sah er nicht so. Er sah einfach nicht, dass er überhaupt etwas getan hatte.

»Ich will einfach nur, dass du ganz du selbst bleibst. Und Soldat, das bist du nun einmal. Weißt du was? Ich kann damit leben. Keine Geheimnisse und keine Lügen, hast du das nicht einmal gesagt? Okay. Treffen wir eine Abmachung. Ich halte dich nicht davon ab zu tun, was du tun musst, und du hältst mich nicht ab. Was meinst du?«

Er nickte. »Na schön«, sagte er.

»Ich hatte mich schon auf Edinburg gefreut. Und auf Irland. Aber ich nehme an, dass du in, na sagen wir mal, spätestens drei Wochen aus diesem Bett heraus bist und wieder für leichtere Aufgaben eingesetzt werden kannst. Das würde dir doch gefallen, oder? Eingesperrt in einem Büro, umzingelt von Tonnen von Papier. Und das gibt mir dann, na sagen wir mal, einundzwanzig Tage und Nächte, in denen ich hier sitzen und mich rächen kann für all die fürchterlichen Dinge, die du mir angetan hast. Also schön. Ich bleibe.«

Sie war sich nicht sicher, welche ihrer Prophezeiungen ihn am meisten erschreckte: drei Wochen ununterbrochenes Nörgeln oder von Papierkram umzingelt zu sein.

Kelly sah das goldene Licht ihren Kopf umkreisen, und dann war da noch ein silbernes. »Na gut«, sagte er. »Na gut. Du hast gewonnen.« Rebecca stand auf, legte ihm die linke Hand auf die Stirn und die rechte aufs Herz ...

18. Kapitel

Am internationalen Flughafen von Brisbane schwebte sie durch die Passkontrolle und wartete geduldig, bis die ›andere‹ Schlange bei der Passkontrolle kürzer wurde. So haben wir uns kennen gelernt, dachte sie. Ich habe in einer Reihe mit den Ausländern gestanden, und jetzt ist er dran. Und bald geht wieder alles von vorn los, wenn wir in die USA kommen. Da wird er dann auf mich warten.

An ihrem letzten Abend in der Anstalt hatte es eine Party gegeben und am nächsten Morgen eine Art Vollversammlung. Joel hatte ihr eine Uhr geschenkt, die tatsächlich über dreizehn Uhr zwanzig hinausging, und die anderen hatten ihr ihre Liebe geschenkt. Sie hatte versprochen, mit Mike, Jamie, Mitch und einem Dutzend anderen in Kontakt zu bleiben, wenn ihr auch klar war, dass die meisten sie innerhalb eines Monats vergessen haben würden.

Broadmeadows zu verlassen war längst nicht das traumatische Erlebnis, mit dem sie gerechnet hatte, bis Kelly den Zustand seines kostbaren BMWs sah. Er war in Toilettenpapier eingewickelt.

Edinburg war tödlich kalt. Sie gingen die Royal Mile vom unteren Ende den Hügel hinauf bis zur Burg am anderen Ende. Dann standen sie beide an den Burgtoren, während der Wind um sie herum pfiff. Horden von Touristen warteten auf Einlass. Kelly drehte sich zu ihr um und sagte: »Bist du sicher, dass du das willst?«

»Die alten Gespenster müssen begraben werden, Kelly.«

»Ich dachte, das wären sie schon.«

»Das ist jetzt nicht der rechte Zeitpunkt, logisch zu denken.«

Er hielt ihre Hand, als sie hineingingen, nur um zu verhindern, dass sie in dem stürmischen Wind weggeweht würde.

Gespenster suchten sie nicht heim. Robbie und Hannah konnten jetzt in Frieden ruhen, denn Frieden hatten sie nun auch endlich in der Gegenwart.

Auf der Fähre nach Rosslare war Rebecca seekrank. Sie verbrachte die ganzen vier Stunden auf einer Sitzbank ausgestreckt, mit dem Kopf auf Kellys Schoß. Es waren vier Stunden reinster Hölle, denn Kelly erzählte ihr ununterbrochen Seefahrergeschichten und die meisten davon völlig übertrieben. Besonders eine hatte es ihm angetan, in der er sich in einem lecken Boot befand mit einem Typen, dem es durch einen Schuss das Knie weggerissen hatte, in haiverseuchtem Gewässer, bei fast fünf Meter hohen Wellen. Sie mussten darauf warten, von einem U-Boot aufgefischt zu werden. »Eine wirklich sehr glaubhafte Geschichte«, murmelte sie. Er lachte sie aus, weil sie seekrank war, und dabei sei es noch nicht einmal eine raue Überfahrt, also kniff sie ihn an der Innenseite des Oberschenkels. Diese bewussten sechshundert Stellen am menschlichen Körper hätte er ihr einfach nicht zeigen sollen. Für gewisse Dinge hatte sie ein fotografisches Gedächtnis, und die entsprechende Information würde sie zur weiteren Verwendung abspeichern – und Gebrauch davon machen, wenn er es am wenigsten erwartete.

Auf den Cliffs von Moher fror sich Rebecca beinahe zu Tode, während er dasaß und zeichnete, und dann posierten sie beide noch vor der Charlie-Chaplin-Statue in Waterville.

In Dublin konnte er an den Bettlern vorbeigehen, aber Rebecca nicht.

In London wurden die Tage und Nächte lang. Museen, Parks, Galerien. Unterhaltungsshows. Sie beschwerte sich über den Abfall auf den Straßen, bis Kelly ihr erklärte, weshalb es keine Mülltonnen gab, und in plastischen Einzelheiten, wie nur er das konnte, beschrieb er ihr einige der verheerenden Verletzungen, die er als Folge von Bombenanschlägen von Terroristen gesehen hatte.

Auf dem Weg nach Australien machten sie drei Tage in Singapur Station. Natürlich war er schon einmal dort gewesen. Es gab kaum einen Flecken auf der Landkarte, an dem er noch nicht gewesen war. Champagner auf den Flügen. Sitze, in denen man schlafen konnte. Ständige Betreuung und ständiges Verwöhntwerden. Das war Teil des Lebensstils, an den er gewöhnt war, aber so war es nicht immer gewesen. Er sagte, er wisse noch sehr gut, wie es sei, absolut nichts außer dem kulturellen Erbe und einem starken Selbstwertgefühl zu haben. Und Rebecca wusste, dass dieses Selbstwertgefühl Kelly jederzeit und überall ermöglichen würde, eine Nische für sich zu finden.

Und dann tauchte er aus der Passkontrolle für Nicht-Australier auf, schaute sie an, lächelte, und wieder tat ihr Herz einen Hüpfer. Schon einmal hatte sie sich gefragt, ob sich der Zauber je verflüchtigen würde, aber jetzt wusste sie, er würde nie enden. Der Zauber lag in seinem Lächeln, in der Art, wie er sie ansah. In der Art, wie er nie etwas zu sagen brauchte.

Nachdem sie ihr Gepäck geholt hatten und durch den Zoll gegangen waren, sagte sie, er müsse jetzt tapfer sein. Ja, er könne mit jeder Situation umgehen, und vielleicht stimme es, dass nichts ihn überraschen oder schockieren könne, und ja, er mochte ja Elitekampfschwimmer gewesen sein und mit einem einzigen Satz seines Selbstbewusstseins von hohen Gebäuden springen, aber: »Du hast Annie noch nicht kennen gelernt«, sagte sie bloß.

»Das ist schon in Ordnung«, antwortete er. »In Las Vegas erwartet uns Joanna. Sie nimmt merkwürdigen Bleichgesichtern ganz gern mal den Skalp ab.«

Rebecca hatte Annie nicht gesagt, dass sie in Begleitung reisen würde. Sie hatte sich Kelly als Überraschung aufheben wollen. Außerdem, wie hätte sie das mit ihm erklären sollen?

Stundenlang hatte sie darüber nachgedacht, aber eingefallen war ihr nichts.

Als sie in die geräumige, luftige Ankunftshalle kamen, sah Kelly ein Kind aus der Menge auf sie zuschießen und Rebecca die Arme um die Beine schlingen.

Michael, dachte er. Und da war ihre Freundin, die Frau, mit der Rebecca zusammenarbeitete. Kelly lächelte. Es gefiel ihm, wenn er Recht hatte. Annie hatte orangefarbenes, igelig zu Berge stehendes Haar. Augenbraue, Nase und Unterlippe waren gepierct. Sie war klein und hatte Gewichtsprobleme. Sie war süchtig nach Schokolade, die Ersatz für den Sex war, den sie nicht bekam. Sie trug ein orangefarbenes Top mit Flecken drauf, das ungefähr drei Nummern zu klein war, denn es bedeckte kaum ihre ausladenden Brüste, dazu trug sie Shorts und an den nackten Füßen rosafarbene blumige Dinger, denen die Bezeichnung Schuhe kaum gerecht wurde. Sie sucht an den falschen Orten nach Liebe, dachte Kelly, während er sich geduldig im Hintergrund hielt. Schien unter Drogen zu stehen, und zwar gewaltig.

»Wer ist denn der große, dunkle, gut aussehende Fremde?«, fragte Annie.

»Annie, ich möchte dir Kelly vorstellen. Ich habe mir doch tatsächlich einen echten lebendigen Kerl geangelt.«

»Herrje, das kannst du laut sagen. Hallo, Kelly.« Annie streckte die Hand aus, und Kelly schüttelte sie. Sie war klebrig.

»Annie«, sagte Kelly. »Schön, Sie kennen zu lernen.«

»Tut mir Leid. Michael hat seine Flasche O-Saft über mich ausgekippt. Ich versuche, den kleinen Racker von der Brust zu entwöhnen. Unmöglich. Er ist so ein richtiger kleiner Macho. Sind Sie Amerikaner?«

»Aus North Carolina.«

»Haben Sie Indianerblut in sich?«

»Ein bisschen Cherokee, ja.«

»Wow«, sagte sie. »Waren Sie je bei Vollmond auf so einer Tipi-Fete?«

Kelly gab sich Mühe, nicht zu zeigen, wie sehr ihn das amüsierte. »Ein- oder zweimal vielleicht.«

»Sch ... Stark. Beck, wo hast du denn diesen Typen aufgetan?«

»Er hat mich aufgetan, mehr kann ich dazu nicht sagen.«

»Du siehst ja völlig verändert aus, und das machen nicht nur die Haare«, meinte Annie, als sie in ihrer Tasche nach dem Autoschlüssel fischte und dann ihren Sohn anbrüllte, der sich immer noch an Rebeccas Bein klammerte und sich über den Boden schleifen ließ, als sie sich in Bewegung setzte. Der Junge beachtete seine Mutter überhaupt nicht, also nahm Kelly ihn in die Arme, hielt ihn hoch in die Luft, schaute ihm in die Augen und setzte ihn wieder ab. Auf der Stelle benahm sich der Junge gut. »Wie haben Sie das denn angestellt?«, fragte Annie.

»Wir haben da so eine kleine Abmachung, stimmt's, Kumpel?«

Das Kind starrte ihn an.

»Kann ich mir den mal ausleihen, Beck? Kann ich? Ja? Kann ich?«

Kelly kratzte sich den Kopf.

Auf der Fahrt vom Flughafen nach Southbank hatte Rebecca nicht die Gelegenheit, viel zu sagen – zehn Wochen war sie weg gewesen und war nun gezwungen, sich Annies ausführlichen Bericht über das anzuhören, was an jedem einzelnen Tag während ihrer Abwesenheit passiert war.

Kelly hörte nicht zu. Er schaute stattdessen aus dem Fenster. Der kleine Quälgeist war ganz still, wie er so da auf seinem Kindersitz neben dem Elitekampfschwimmer saß, aber gelegentlich streckte er die Hand aus, um Kelly zu berühren. Der schaute ihn dann an und kam in den Genuss eines boshaften Lächelns. Er wusste, der kleine Terrorbengel plante irgendeinen Gegenangriff.

»Ist Michael da hinten in Ordnung? Er ist so still.« Annie fing Kellys Blick im Rückspiegel auf. »So still ist er sonst nie. Was haben Sie bloß mit ihm angestellt?«

»Du bist okay, oder, Kumpel?«

»Auto«, sagte der Junge und zeigte mit dem Finger. »Bumen. Hauf. Hund. Kack!«, brüllte er und zeigte auf den entgegenkommenden Verkehr. Ein Truck raste vorbei, und der Junge zeigte immer noch.

»Hoppla«, meinte Annie. »Tut mir Leid, er hat den Truck gemeint, der uns entgegenkam. Mit dem L und dem S hat er auch so seine Probleme. Mit ihm unterwegs sein ist ein ganz schönes Abenteuer, kann ich euch sagen. Vornehme alte Damen fallen um wie die Fliegen. Einmal bin ich mit ihm im Bus rauf nach Caloundra gefahren, und lauter Trucks von einem Militärkonvoi sind uns entgegengekommen. Ich habe schon gedacht, die würden uns verhaften.« Annie wandte sich wieder ihrer Unterhaltung mit Rebecca zu.

Hatte Kelly wirklich Rebecca für merkwürdig gehalten, als er sie kennen lernte? Ihm fiel auf, dass das Breakfast Creek Hotel immer noch da war, wo es 1987 gestanden hatte, und er fragte sich, ob die Steaks dort immer noch zu beiden Seiten von den großen Tellern hingen.

»Und wie lange werden Sie im Zauberland bleiben, Kelly?«

»Zwei Wochen«, antwortete er.

»Und das ist dann was? Urlaub?«

»Annie, können wir das vielleicht später besprechen?«, fragte Rebecca.

»Was ist denn hier los, Rebecca? Irgendwas ist doch hier los. Ich spüre die Vibrationen. Na komm schon, raus damit.«

»Ich werde nach Amerika ziehen. Kelly und ich werden nächsten Monat heiraten, in einem Ort namens Snowbird, in einer traditionellen Cherokee-Zeremonie, und ich habe zwei Wochen, um mein Leben hier zum Abschluss zu bringen.«

Annie gab weiter nichts mehr von sich, nicht einmal ein Gebrummel, bis sie schließlich in der Tiefgarage des Apartment-Blocks geparkt hatte, in dem Rebecca wohnte.

»Also, Beck, zweihundertdreißig Leute haben angerufen,

die du zurückrufen musst. Inzwischen werden es wahrscheinlich zweihundertvierzig sein. Da sind Leute, die dich brauchen. Du kannst hier nicht einfach alles stehen und liegen lassen.«

»Doch, Annie. Ich kann und ich werde gehen.«

»Aber das ist doch dein Leben hier.«

»Ich werde dann in Pensacola, Florida, leben.«

»Wo zum Teufel ist das denn?«, schrie Annie fast. »Tut mir Leid, Kelly, ich will Sie ja nicht beleidigen, aber Herr im Himmel, Rebecca, wie lange kennst du den Kerl eigentlich? Weißt du überhaupt was von ihm?«

»Ich kenne diesen Mann seit Ewigkeiten, Annie, und was immer du auch sagst, ich werde meine Pläne nicht ändern. Also hör bitte auf damit. Hör bitte auf.«

Eine ganze Weile konnte Annie nicht einmal mehr klar denken. »Wieso hast du mir denn nichts gesagt? Du bist zehn Wochen weg, dabei hätten es eigentlich nur drei sein sollen. Ich weiß nicht, ob du überhaupt noch am Leben bist. Ich kriege einen Anruf und eine lausige Postkarte, und du kommst mit irgendeinem herrenlosen Amerikaner angeschneit, den du irgendwo gefunden hast, weiß der Himmel, wo, und dann knallst du mir so was vor den Latz: Ich werde in Scheiß-Pensacola, Florida, leben. Und dann erwartest du auch noch allen Ernstes, dass ich mich darüber *freue*? Wie hast du ihn kennen gelernt?«

»Das kann ich dir nicht sagen. Ich wünschte, ich könnte es, aber ich kann nicht. Ach, Annie. Lass doch. Lass das doch einfach.«

Annie stieg aus dem Wagen. Sie war verärgert und schlug die Autotür so heftig zu, dass der ganze Wagen erschüttert wurde. Kelly seufzte, stieg auch aus dem Auto, ging zu Annie und hob die Hand. Annie hielt mitten in der Bewegung inne: Sie hatte gerade die schweren Koffer aus dem Kofferraum ihres Kombis hieven wollen.

»Kelly Nolan, Commander, Elitekampfschwimmertruppe

der Vereinigten Staaten, vormals zweiter befehlshabender Offizier der Nighthawks, der 32. Schnelleingreif-Antiterroreinheit mit Sitz in Wiltshire, England. Aber das darf ich eigentlich gar nicht sagen, also Sie haben nichts gehört, ist das klar?«

Annies Mund klappte auf.

»Am 11. Oktober wurde auf dem Royal-Airforce-Stützpunkt Lakenheath, England, ein Attentatsversuch auf einen amerikanischen Präsidentschaftskandidaten vereitelt. Haben Sie davon im Fernsehen in den Nachrichten gehört?«

Für den Moment war Annie wie gelähmt, aber wenigstens war ihr Mund jetzt zu.

»Ich habe gefragt, ob Sie das in den Nachrichten gesehen haben?«

»Nein. Ich sehe keine Nachrichten. Das ist zu deprimierend.« Einen Moment lang dachte Annie nach. »Das war doch nicht dieser Schwarze, dessen Frau Rebecca in Sydney aufgesucht, oder?«

»Es scheint, wir verstehen uns.«

»Heilige Scheiße«, sagte Annie. »Tatsächlich? Was Beck mir damals am Telefon gesagt hat. Das *stimmte* also?«

»Ich schlage vor, wir bringen jetzt die Koffer hoch, trinken einen Kaffee, und keiner stellt mehr Fragen, die sowieso nicht zu beantworten sind. Wie hört sich das für Sie an, Ann Maree?«

»Prima«, quiekte sie. »Klingt gut.« Woher weiß er denn meinen zweiten Vornamen?, dachte sie. Nicht einmal Rebecca kannte ihren zweiten Vornamen.

Irgendwie war es Kelly gelungen, Annie auf eine Art einzuschüchtern und mundtot zu machen, wie Rebecca es noch nie zuvor erlebt hatte. Wirklich ein Wunder. »Was hast du zu ihr gesagt?«, fragte sie.

»Nicht viel«, meinte er, und ihm fiel auf, dass der kleine Terrorbengel sich umgruppiert hatte. Inzwischen hing er an seinem, statt an Rebeccas Bein.

Hier geht sie nie im Leben weg, dachte Kelly. Er saß auf dem kleinen Balkon, rauchte, trank ein kaltes Bier und schaute auf den Horizont, auf die Spiegelung der Großstadtlichter auf dem Fluss, den nicht abreißenden Straßenverkehr auf der Brücke. Eine schöne Wohnung hatte sie hier. Klein, aber sehr schön. Die Mädels besprachen da drin die praktischen Dinge. Er schaute hinein. Der Junge lag schlafend in Rebeccas Armen. Beim letzten Mal, als er hingeschaut hatte, hatte er sich an die Brüste seiner Mutter geklammert. Annie hatte versucht, ihn wegzuschubsen, ihm eine Flasche zu geben, an der er nuckeln konnte, aber schließlich hatte der Junge den Kampf gewonnen. Tabasco, dachte Kelly. Das würde das Problem lösen.

»Tja, ich denke, ich gehe dann mal lieber und lass euch zwei allein. Ich bringe den kleinen Racker nach Hause ins Bett.«

Sonst hatte Rebecca darauf immer geantwortet: *Ach, nein. Bleib doch noch.* Heute Abend sah sie Annie an und nickte. »Es tut mir so Leid, Annie.«

»Ist schon in Ordnung«, sagte Annie leise. »Du bist verliebt, und ich bin einfach nur egoistisch. Ich an deiner Stelle würde dasselbe machen. Dann schnapp ich ihn mir mal und mach mich auf den Weg. Wenn ich dir beim Packen helfen soll, ruf mich einfach an.« Annie warf Kelly einen Blick zu; er saß draußen auf dem Balkon und hörte jedes Wort mit an, was gesprochen wurde. Sie wusste, dass Rebecca sie nie mehr anrufen würde. So ist das Leben, dachte sie. »Ich freue mich für dich. Und ich weine eigentlich auch nicht. Nicht richtig.«

Mit Tränen in den Augen hob Annie ihren schlafenden Sohn hoch und ging zu Kelly hinaus auf den Balkon. Ihre Blicke begegneten sich. »Es ist mir ganz egal, wer Sie sind und was Sie machen, aber ich schwöre bei Gott, wenn Sie Rebecca wehtun, finde ich Sie, und was ich dann mit Ihnen anstelle, wird nicht gerade schön sein.«

Kelly sagte nichts.

»Ganz davon abgesehen war es wirklich schön, Sie kennen

gelernt zu haben. Merkwürdig, aber schön. Ich bin froh, dass sie glücklich ist. Ich bin höllisch eifersüchtig, aber ich bin auch froh.«

»Versuchen Sie es mit Tabasco«, sagte Kelly.

»Wie bitte?«

»Tabasco. Das hat meine Mutter immer gemacht.«

Annie versuchte zu lächeln, sah dann Kelly und Rebecca an, und sie wusste, dass sie hier jetzt nicht mehr gebraucht wurde.

Als die Tür hinter ihr zugegangen war, stand Kelly auf. Er setzte sich neben Rebecca auf ein riesiges weißes Sofa und legte den Arm um sie. Sie ließ den Kopf an seine Schulter fallen, dann beschloss sie, sich in seinen Schoß zu kuscheln. Sie schaute zu ihm auf.

»Bist du dir auch wirklich sicher?«, fragte er.

»Ja. Es ist nicht mehr wie vorher, Kelly. Diese Wohnung fühlt sich nicht einmal mehr an wie ein Zuhause. Ich muss jetzt nicht mehr so tun, als wäre Annies Familie auch meine. Bald habe ich meine eigene Familie.«

»Solange du nur von Annie keine Ratschläge über Kindererziehung annimmst, okay?«

»Er ist ein fürchterliches Kind, was? Bis heute war mir gar nicht klar, wie fürchterlich er ist. Wie konnte er sich in zehn Wochen bloß so verändern?«

»Das hat er vielleicht gar nicht. Vielleicht hast du dich verändert. Aus der Entfernung sieht man die Dinge manchmal klarer.« Kelly griff nach der Fernbedienung, um den Fernseher auszumachen. In dem Moment, in dem er die Fernbedienung berührte, kamen die neuesten Nachrichten. Robert Glover kündigte den Wahlsieg an.

»Was sagt man dazu? Wir haben einen schwarzen Präsidenten«, sagte Kelly.

»Glaubst du, er wird sein erstes Jahr überleben?«

»Ich habe keine Ahnung. Und wir, werden wir das schaffen?« Er hatte die Hand auf ihrem Bauch, aber noch war es viel zu früh, irgendeine Bewegung zu fühlen, obwohl sie behauptete, sie spüre es schon. Sie sagte, es fühle sich an wie Schmetterlinge im Bauch. Er überprüfte es jeden Tag – sicherheitshalber.

Er machte den Fernseher aus. Seinem alten Freund da oben wollte er nicht dabei zuhören, wie er der Welt Lügen erzählte. Kelly hatte Besseres zu tun.

**Ein Mann. Eine Frau. Eine Liebe,
die nicht sein darf.**

Manhattan, 1945: Der Krieg ist aus, und alle Menschen feiern. Auch Sarah, eine junge Frau, die nach New York gekommen ist, um ihren Weg zu machen. Sie trinkt auf einer Party auf die Zukunft. Da platzt Jack Malone herein, ein US-Army-Journalist, der gerade aus dem besiegten Deutschland kommt. Für Sarah und Jack ist es Liebe auf den ersten Blick. Doch sie haben nur eine Nacht. Und sie treffen eine Entscheidung, die nicht nur ihrer beider Leben bestimmt, sondern noch Jahrzehnte danach ihre schicksalhaften Auswirkungen haben wird ...

ISBN 3-404-14927-0

BASTEI
LÜBBE

**Wie man einen Mann erobert –
und beim Schachspiel siegt**

Rose spielt leidenschaftlich gerne Schach – und sie gewinnt fast immer. Nur ihr Liebesleben lässt zu wünschen übrig. Denn bisher ist Rose aus allen Liebesbeziehungen als Verliererin hervorgangen. Und als schottische Lexikografin hat man auch nicht gerade den Ruf, eine mit allen Wassern gewaschene Liebhaberin zu sein ... Rose hat sich schon fast mit einem entspannten Leben im Zölibat abgefunden, als sie einem Mann begegnet, der wie geschaffen ist für sie: er ist attraktiv, er spielt Schach und er ist Millionär!

ISBN 3-404-14937-8

BASTEI
LÜBBE